A FORÇA

DON WINSLOW

A FORÇA

Tradução
Alice Klesck

Rio de Janeiro, 2018

Copyright © 2017 by Samburu, Inc.

Direitos de edição da obra em língua portuguesa no Brasil adquiridos pela Casa dos Livros Editora LTDA. Todos os direitos reservados. Nenhuma parte desta obra pode ser apropriada e estocada em sistema de banco de dados ou processo similar, em qualquer forma ou meio, seja eletrônico, de fotocópia, gravação, etc., sem a permissão do detentor do copyright.

Contato:
Rua da Quitanda, 86, sala 218 – Centro – 20091-005
Rio de Janeiro – RJ – Brasil
Telefone: (21) 3175-1030
www.harpercollins.com.br

CIP-Brasil. Catalogação na Publicação
Sindicato Nacional dos Editores de Livros, RJ

W743f

Winslow, Don
    A força / Don Winslow ; tradução Alice Klesck. – 1. ed. – Rio de Janeiro : HarperCollins, 2018.
    512 p.

    Tradução de: the force
    ISBN 978-85-9508-225-0

    1. Ficção americana. I. Klesck, Alice. II. Título.

17-46191
                            CDD: 813
                            CDU: 821.111(73)-3

Durante a época em que eu estava escrevendo este romance foram mortos, no exercício do dever, os seguintes funcionários de órgãos dedicados à aplicação da lei. Este livro é dedicado a eles:

Sargento Cory Blake Wride, delegado adjunto Percy Lee House III, delegado adjunto Jonathan Scott Pine, agente penitenciária Amanda Beth Baker, detetive John Thomas Hobbs, agente Joaquin Corre-Ortega, policial Jason Marc Crisp, delegado chefe adjunto Allen Ray "Pete" Richardson, policial Robert Gordon German, oficial disciplinar Mark Aaron Mayo, policial Mark Hayden Larson, policial Alexander Edward Thalmann, policial David Wayne Smith Jr., policial Christopher Alan Cortijo, delegado adjunto Michael J. Seversen, policial de patrulha Gabriel Lenox Rich, sargento Patrick "Scott" Johnson, policial Roberto Carlos Sanchez, policial de patrulha Chelsea Renee Richard, primeiro sargento John Thomas Collum, policial Michael Alexander Petrina, detetive Charles David Dinwiddie, policial Stephen J. Arkell, policial Jair Abelardo Cabrera, policial de patrulha Christopher G. Skinner, subdelegado especial Frank Edward McKnight, policial Brian Wayne Jones, policial Kevin Dorian Jordan, policial Igor Soldo, policial Alyn Ronnie Beck, chefe de polícia Lee Dixon, delegado adjunto Allen Morris Bares Jr., policial Perry Wayne Renn, policial de patrulha Jeffrey Brady Westerfield, detetive Melvin Vincent Santiago, policial Scott Thomas Patrick, chefe de polícia Michael Anthony Pimentel, agente Geniel Amaro-Fantauzzi, policial Daryl Pierson, policial de patrulha Nickolaus Edward Schultz, agente Jason Eugene Harwood, delegado adjunto Joseph John Matuskovic, agente Bryon Keith Dickson II, delegado adjunto Michael Andrew Norris, sargento Michael Joe Naylor, delegado adjunto Danny Paul Oliver, detetive Michael David Davis Jr., delegado adjunto Yevhen "Eugene" Kostiuchenko, delegado adjunto Jesse Valdez III, policial Shaun Richard Diamond, policial David Smith Payne, guarda Robert Parker White, delegado adjunto Matthew Scott Chism, policial Justin Robert Winebrenner, delegado adjunto Christopher Lynd Smith, agente Edwin O. Roman-Acevedo, policial Wenjian Liu, policial Rafael Ramos, policial Charles Kondek, policial Tyler Jacob Stewart, detetive Terence Avery Green, policial

Robert Wilson III, delegada federal Josie Wells, policial de patrulha George S. Nissen, policial Alex K. Yassie, policial Michael Johnson, policial de patrulha Trevor Casper, policial Brian Raymond Moore, sargento Greg Moore, policial Liquori Tate, policial Benjamin Deen, delegado Sonny Smith, detetive Kerrie Orozco, policial de patrulha Taylor Thyfault, policial de patrulha James Arthur Bennett Jr., policial Gregg "Nigel" Benner, policial Rick Silva, policial Sonny Kim, policial Daryle Holloway, sargento Christopher Kelley, agente penitenciário Timothy Davison, sargento Scott Lunder, policial Sean Michael Bolton, policial Joseph LaValley, delegado adjunto Carl G. Howell, policial de patrulha Steven Vincent, policial Henry Nelson, delegado adjunto Darren Goforth, sargento Miguel Perez-Rios, policial de patrulha Joseph Cameron Ponder, delegado adjunto Dwight Darwin Maness, delegado adjunto Bill Myers, policial Gregory Thomas Alia, detetive Randolph A. Holder, policial Daniel Scott Webster, policial Bryce Edward Hanes, policial Daniel Neil Ellis, chefe de polícia Darrell Lemond Allen, policial de patrulha Jaimie Lynn Jursevics, policial Ricardo Galvez, agente William Matthew Solomon, policial Garret Preston Russell Swasey, policial Lloyd E. Reed Jr., policial Noah Leotta, comandante Frank Roman Rodriguez, tenente Luz, M. Soto Segarra, agente Rosario Hernandez de Hoyos, policial Thomas Cottrell Jr., agente especial Scott McGuire, policial Douglas Scott Barney II, sargento Jason Gooding, delegado Derek Geer, delegado Mark F. Logsdon, delegado Patrick B. Dailey, major Gregory E. "Lem" Barney, oficial Jason Moszer, agente especial Lee Tartt, agente Nate Carrigan, policial Ashley Marie Guindon, policial David Stefan Hofer, delegado adjunto John Robert Kotfila Jr., policial Allen Lee Jacobs, delegado Carl A. Koontz, policial Carlos Puente-Morales, policial Susan Louise Farrell, policial de patrulha Chad Phillip Dermyer, policial Steven M. Smith, detetive Brad D. Lancaster, policial David Glasser, policial Ronald Tarentino Jr., policial Verdell Smith Sênior, policial Natasha Maria Hunter, policial Endy Nddiobong Ekpanya, delegado adjunto David Francis Michal Jr., policial Brent Alan Thompson, sargento Michael Joseph Smith, policial Patrick E. Zamarripa, policial Lorne

Bradley Ahrens, policial Michael Leslie Krol, supervisor de segurança Joseph Zangaro, policial de tribunal Ronald Eugene Kienzle, delegado adjunto Bradford Allen Garafola, policial Matthew Lane Gerald, agente Montrell Lyle Jackson, policial Marco Antonio Zarate, agente penitenciário Mari Johnson, agente penitenciário Kristopher D. Moules, capitão Robert D. Melton, policial Clint Corvinus, policial Jonathan De Guzman, policial José Ismael Chavez, agente especial De'Greaun Frazier, agente Bill Cooper, policial John Scott Martin, policial Kenneth Ray Moats, policial Kevin "Tim" Smith, sargento Steve Owen, primeiro delegado adjunto Brandon Collins, policial Timothy James Brackeen, policial Lesley Zerebny, policial Jose Gilbert Veja, policial Scott Leslie Bashioum, sargento Luis A. Meléndez-Maldonado, delegado adjunto Jack Hopkins, agente penitenciário Kenneth Bettis, delegado adjunto Dan Glaze, policial Myron Jarrett, sargento Allen Brandt, policial Blake Curtis Snyder, sargento Kenneth Steil, policial Justin Martin, sargento Anthony Beminio, sargento Paul Tuozzolo, delegado adjunto Dennis Wallace, detetive Benjamin Edward Marconi, comandante adjunto Patrick Thomas Carothers, policial Collin James Rose, policial de patrulha Cody James Donahue.

"Policiais são apenas pessoas", disse ela, indiferente.
"Ouvi dizer que eles começam assim."
        RAYMOND CHANDLER, *FAREWELL, MY LOVELY*

O ÚLTIMO CARA

O último cara da Terra que alguém imaginaria encontrar no Centro Correcional Metropolitano (CCM), na Park Row, era Denny Malone.

Você poderia pensar no prefeito, no presidente dos Estados Unidos, no papa – qualquer um em Nova York apostaria vê-los atrás das grades antes de ver o detetive Dennis John Malone.

Policial e herói.

Filho de policial e herói.

Um sargento veterano da divisão de elite do Departamento de Polícia da Cidade de Nova York.

Da Força-Tarefa Especial de Manhattan North.

E, acima de tudo, um cara que sabe onde todas as ossadas estão escondidas, pois foi ele próprio quem escondeu pelo menos metade delas.

Malone, Russo, Billy O, Big Monty e o restante tomaram aquelas ruas como próprias e, ali, davam ordens como reis. Eles fizeram com que as ruas se tornassem seguras e mantiveram-nas seguras para as pessoas decentes que tentam levar a vida naquele lugar; esse era o trabalho deles, era a sua paixão, era o que amavam fazer, se isso significasse ter que comer pelas beiradas e ganhar algum extra, aqui e ali, era isso o que eles faziam.

As pessoas não sabem o que é preciso fazer, às vezes, para mantê-las em segurança e é melhor que nem saibam.

Podem achar que querem saber, podem dizer que querem saber, mas não querem saber de nada.

Malone e a Força-Tarefa não são como qualquer policial em serviço. Há mais de 38 mil policiais fardados; Denny Malone e o seu pessoal compunham o 1% de 1% de 1% – dos mais inteligentes, mais resistentes, mais velozes, mais corajosos, os melhores, os mais cruéis.

A Força-Tarefa Especial de Manhattan North.

"A Força" soprava pela cidade como um vento frio, rascante e violento, varrendo ruas e becos, playgrounds, parques e conjuntos habitacionais, arrancando a sujeira e a imundície, uma tempestade predatória soprando para longe os predadores.

Um vento forte que abre caminho por cada fresta, adentra as escadarias do conjunto popular, nas fábricas de heroína, nas salas dos fundos dos clubes sociais, nos condomínios dos novos ricos, nas coberturas dos velhos ricos. Desde a Columbus Circle até a ponte Henry Hudson, do Riverside Park ao Harlem River, subindo a Broadway e a Amsterdam, descendo pela Lenox e a St. Nicholas, pelas ruas numeradas que se estendem pelo Upper West Side, o Harlem, Washington Heights e Inwood, se houvesse algum segredo que A Força não soubesse era porque ainda não tinha sido sussurrado nem imaginado.

Vendas de drogas e de armas, tráfico de gente e contrabando, estupros, roubos e assaltos, crimes tramados em inglês, espanhol, francês, russo, em refeições com couve-galega e frango ensopado, ou porco assado, ou massa com molho de tomate, ou pratos gourmet, em restaurantes cinco estrelas, numa cidade feita do pecado e para o lucro.

A Força estava em todas, mas, principalmente, em cima de armas e drogas, porque armas matam e drogas incitam as mortes.

Agora, Malone está trancafiado, o vento parou de soprar, mas todos sabem que é o olho do furacão, o silêncio mortal que precede o pior. Denny Malone nas mãos dos federais? Não é na corregedoria interna, nem na promotoria pública, mas nos federais, onde ninguém na cidade pode tocá-lo?

Todo mundo está na expectativa, esperando pela porrada, pelo tsunami, porque com o que Malone sabe, ele pode derrubar comandantes, chefes, até o chefe de polícia. Ele pode deitar e rolar em cima de promotores, juízes – porra, ele pode botar o prefeito e pelo menos um congressista numa bandeja de prata, servir aos federais, e ainda oferecer alguns bilionários de lambuja.

Portanto, quando se espalhou a notícia de que Malone estava preso, no Centro Correcional Metropolitano, as pessoas no olho do furacão ficaram amedrontadas, muito amedrontadas, e começaram a buscar abrigo, mesmo na calmaria, mesmo sabendo que não há muros altos o suficiente, nem porões profundos o bastante — nem na One Police, nem no prédio da Corte Criminal, nem mesmo na Gracie Mansion ou nos apartamentos de luxo perfilados na Quinta Avenida ou no Central Park South — para manter essas pessoas protegidas do que estiver dentro da cabeça de Denny Malone.

Se Malone quiser levar a cidade toda para o buraco, ele leva.

Contudo, por outro lado, ninguém jamais esteve a salvo de Malone e sua equipe.

Eles estavam sempre nas manchetes: no *Daily News*, no *Post*, nos canais 7, 4 e 2; nos noticiários da TV. Eram reconhecidos nas ruas, policiais cujos nomes são familiares ao prefeito, cadeiras cativas no Madison Square Garden, no Meadowlands, no Yankee Stadium e no Shea, policiais que entram em qualquer restaurante, bar ou boate da cidade e são tratados como a realeza.

E desse bando de machos-alfa, Denny Malone é o líder absoluto.

Ao entrar em qualquer casa da cidade, os policiais de carreira e os novatos param para olhar, os tenentes cumprimentam, até os capitães sabem que não devem mexer com ele.

Ele conquistou o respeito de todos.

Dentre outras coisas (porra, você vai querer falar dos roubos que ele impediu, do tiro que levou, do garoto refém que ele salvou? Dos estouros, dos desmontes, das condenações?), Malone e sua equipe fizeram a maior apreensão de drogas da história de Nova York.

Cinquenta quilos de heroína.

E o dominicano que estava traficando já era.

Junto com um policial tido como herói.

A equipe de Malone enterrou o parceiro — gaitas de fole, bandeira dobrada, fitas pretas sobre os distintivos — e voltou ao trabalho na mesma hora porque a bandidagem, as gangues, os ladrões, os estupradores e mafiosos não tiram folga para o luto. Se você quer manter as ruas seguras, tem de estar na rua dia e noite, finais de semana, feriados, o que for preciso, e as esposas sabem ao que se candidataram, os filhos aprendem a entender que isso é o que o papai faz, ele coloca os bandidos atrás das grades.

Só que agora quem está na jaula é ele. Malone está sentado num banco de aço, detido numa cela, como os pilantras que ele geralmente bota ali, curvado, com a cabeça nas mãos, preocupado com seus parceiros – seus irmãos da Força – e com o que vai acontecer com eles agora que atolou todos na merda.

Está preocupado com sua família – sua esposa, que não se candidatou a isso, seus dois filhos, um menino e uma menina pequenos demais para entenderem agora, mas que, quando tiverem idade suficiente, jamais perdoarão o motivo de terem crescido sem pai.

E também tem a Claudette.

Maluca, de seu jeito.

Carente, precisando dele, e ele não estará lá.

Nem para ela, nem para ninguém. Por isso, agora, Malone não sabe o que vai acontecer com as pessoas que ama.

A parede que ele está encarando tampouco tem resposta, para dizer como ele foi parar ali.

Não, porra nenhuma, pensa Malone. Ao menos seja honesto com você, pensa ele, sentado sem nada à sua frente, exceto o tempo.

Pelo menos, finalmente, diga a verdade a você mesmo.

Você sabe exatamente como veio parar aqui.

Passo a passo, porra.

Nossos fins sabem de nossos começos, mas o inverso não é verdadeiro.

Quando Malone era criança, as freiras o ensinaram que, mesmo antes de nascermos, Deus – e somente Deus – conhece os dias de nossas vidas e sabe o dia de nossa morte, sabe quem ou o que vamos nos tornar.

Bem, eu gostaria que ele tivesse me contado sobre essa merda toda, pensa Malone. Que tivesse me dado uma dica, me dedurasse para mim mesmo, tivesse falado alguma coisa, qualquer coisa. Tivesse dito, ei, seu babaca, você virou à esquerda, deveria ter virado à direita.

Mas, não, nada.

Depois de tudo o que viu, Malone não é um grande fã de Deus e imagina que o sentimento seja mútuo. Há muitas perguntas que gostaria de lhe fazer, mas se estivessem juntos numa sala, Deus provavelmente iria se calar, munindo-se de um advogado, deixando que seu próprio filho tomasse o tranco.

Depois de todo esse tempo na corporação, Malone perdeu a fé, então, quando chegou o momento em que se viu olhando o demônio nos olhos, não havia nada que separasse Malone de um assassinato, exceto cinco quilos de força no gatilho.

Cinco quilos de gravidade.

Foi o dedo de Malone que apertou o gatilho, mas talvez tenha sido a gravidade que o empurrou para baixo, a gravidade implacável e impiedosa de dezoito anos na corporação.

Empurrou-o direto para onde ele está agora.

Malone não iniciou a carreira para terminar ali. Não arremessou o capelo no ar, no dia de sua formatura na Academia, nem fez seu juramento, no dia mais feliz de sua vida – o dia mais radiante, mais azul, o melhor –, achando que viria parar ali.

Não, ele começou com os olhos fixos na estrela guia, os pés firmes no chão, mas a vida tem disso, você começa verdadeiramente rumando ao norte, mas desvia só um grau, não importa se por um ano ou cinco anos, porém, conforme os anos vão se acumulando, você vai se distanciando cada vez mais de seu norte e acaba nem sabendo que se perdeu até estar tão longe de seu destino inicial que sequer consegue enxergá-lo.

Você não pode mais retomar o caminho e recomeçar.

O tempo e a gravidade não permitem.

E Denny Malone daria muita coisa para recomeçar.

Bem, ele daria tudo.

Porque jamais pensou que acabaria numa cadeia federal, na Park Row. Ninguém pensou, exceto Deus, talvez, e ele não lhe contou.

Mas ali está Malone.

Sem sua arma e seu distintivo, ou qualquer outra identificação do que ou de quem ele é, ou do que e de quem ele era.

Um policial corrupto.

PRÓLOGO

O LANCE

Lenox Avenue,
Benzinho.
Meia-noite.
E os deuses estão rindo de nós.
 LANGSTON HUGHES, "LENOX AVENUE: MIDNIGHT"

Harlem, Cidade de Nova York
Julho de 2016

Quatro da manhã.
Quando a cidade que nunca dorme pelo menos deita e fecha os olhos.
É isso que Denny Malone pensa enquanto dirige seu Crown Vic pela via principal do Harlem.
Por trás de paredes e janelas, em apartamentos e hotéis, espigões e conjuntos habitacionais populares, as pessoas estão dormindo ou não conseguem dormir, estão sonhando ou já estão além de sonhos. Pessoas estão brigando ou transando, ou ambos, fazendo amor e bebês, gritando

palavrões ou falando manso, trocando palavras íntimas que só dizem respeito um ao outro, e não devem ser ouvidas na rua. Alguns estão embalando bebês, tentando fazê-los dormir ou apenas levantando para mais um dia de trabalho, enquanto outros estão dividindo quilos de heroína em papelotes que serão vendidos aos viciados, para suas doses matinais.

Depois das putas e antes dos garis, há um espaço de tempo em que você tem que levantar algum, Malone sabe disso. Nada de bom acontece depois de meia-noite, era o que seu velho costumava dizer, e Malone tinha ciência disso. Seu pai foi policial nessas ruas, voltando para casa de manhã, depois de seu turno da madrugada, com sangue nos olhos, a morte no nariz e no coração uma ponta de gelo que nunca derreteu e acabou por matá-lo. Numa manhã, ao sair do carro, na entrada da garagem, seu coração pifou. Os médicos disseram que ele já caiu morto no chão.

Malone o encontrou.

Aos oito anos de idade, saindo de casa para ir ao colégio a pé, viu o casaco azul sobre o monte de neve suja que tinha ajudado o pai a tirar com a pá da entrada da garagem.

Agora, ainda nem amanheceu e já está quente. Um daqueles verões em que Deus, o todo-poderoso, se recusa a diminuir o aquecedor ou ligar o ar-condicionado. A cidade está nervosa e irritada, prestes a entrar em combustão, numa briga ou num motim, o cheiro de lixo velho e urina, aromas adocicados, azedos, repugnantes e corruptos como o perfume de uma puta velha.

Denny Malone adora.

Mesmo durante o dia, quando faz um calor de matar e é barulhento, quando os bandidos estão nas esquinas e o grave do hip-hop machuca os ouvidos, quando garrafas, latas, fraldas sujas e sacos plásticos com urina saem voando pelas janelas dos apartamentos populares, e a merda de cachorro fede no calor pútrido, ele não estaria em nenhum outro lugar do mundo.

Essa é a sua cidade, sua área, seu coração.

Passando pela Lenox, pelo velho bairro de Mount Morris Park, com seus graciosos prédios de tijolinhos, Malone louva os pequenos deuses locais – as torres gêmeas do tabernáculo Ebenezer Gospel, onde os hinos emanam, aos domingos, com vozes de anjos; depois, o pináculo inconfundível da Igreja Adventista do Sétimo Dia Ephesus, mais acima, na mesma quadra, o Harlem Shake – não a dança, mas melhores hambúrgueres da cidade.

Depois vêm os deuses mortos – o velho Lenox Lounge, com seu icônico letreiro em neon, a fachada vermelha e toda aquela história. Billie Holiday costumava cantar ali, Miles Davis e John Coltrane também tocaram seus instrumentos de sopro no bar, que era um ponto de encontro costumeiro para James Baldwin, Langston Hughes e Malcolm X. Agora o local está fechado, a vitrine coberta com papel pardo e o letreiro apagado, mas dizem que vai reabrir.

Malone duvida.

Deuses mortos não ressuscitam, só em contos de fadas.

Ele atravessa a rua 125, também conhecida como Dr. Martin Luther King Jr. Boulevard.

Pioneiros urbanos e a classe média negra enobreceram a região que os corretores imobiliários batizaram de "SoHa", um acrônimo misto que é sempre a morte de qualquer velho bairro, Malone pensa. Ele está convencido de que se empreiteiros pudessem comprar propriedades no Inferno de Dante, eles batizariam a região de "LoInferno" e começariam a espalhar boutiques e condomínios por lá.

Quinze anos atrás, essa extensão da Lenox não tinha imóveis comerciais; agora voltou à moda, com novos restaurantes, bares e cafés nas calçadas, aonde os locais bem de vida vêm comer, os brancos vêm para se sentirem modernos e ajudam a prestigiar, e alguns apartamentos, nos condomínios com arranha-céus, chegam a valer dois milhões e meio.

Tudo que você precisa saber agora sobre o Harlem, pensa Malone, é que tem uma Banana Republic ao lado do Apollo Theater. Há deuses dos locais e deuses do comércio e se você tiver de apostar em quem vai ganhar, sempre aposte no dinheiro.

Mais adiante, subindo os conjuntos habitacionais, ainda é o gueto.

Malone atravessa a rua 125 e passa pelo Red Roster, em cujo porão fica o Ginny's Supper Club.

Há santuários menos famosos, não menos sagrados para Malone.

Ele participou de funerais no Bailey's, comprou bebida na Lenox Liquors, tomou pontos na Emergência do Harlem Hospital, jogou fliper, perto do mural Big L, no Fred Samuel Playground, pediu comida através do vidro à prova de balas do Kennedy Fried Chicken. Estacionou ali na rua e ficou olhando a garotada dançar, fumou maconha num telhado, viu o sol nascer no Fort Tryon Park.

Há mais deuses mortos, deuses antiquíssimos: o velho Savoy Ballroom e o terreno do Cotton Club, ambos fechados bem antes da época de Malone, fantasmas do Renascimento do Harlem, assombrando o bairro com a imagem do que foi um dia e jamais poderá voltar a ser.

Mas a Lenox está viva.

Na verdade, pulsa na linha de metrô que passa embaixo de toda sua extensão. Malone costumava pegar o trem da linha 2 que, à época, era chamado de "A Besta".

Agora ele passa pelo Black Star Music, pela Igreja Mórmon, pelo African American Best Food. Quando chegam ao final da Lenox.

— Dê a volta no quarteirão — ordena Malone.

Phil Russo, ao volante, vira à esquerda na rua 147 e contorna a quadra. Desce pela Seventh Avenue e faz outra conversão à esquerda, na 146, seguindo direto por um prédio popular abandonado, que o proprietário deu de volta aos ratos e baratas, botando as pessoas para fora na esperança de que algum viciado com um fogareiro incendeie o lugar para receber o seguro e vender o terreno.

É ganhar ou ganhar.

Malone dá uma olhada em busca de vigias ou algum policial do turno da madrugada cochilando em uma viatura. Nota um vigia sozinho do lado de fora da porta. Veste um lenço verde e tênis Nike verde com cadarços verdes, que o tornam um Trinitario.

Ao longo de todo o verão, o pessoal de Malone vêm observando o laboratório de heroína do segundo andar. Os mexicanos trazem a heroína de caminhão e entregam a Diego Pena, o dominicano encarregado de Nova York. Pena separa a carga, dividindo os quilos em papelotes, e distribui para as gangues de Domos ou dominicanos, os Trinitarios e os DDP (Dominicans Don't Play), depois para os negros e as gangues de porto-riquenhos nos conjuntos habitacionais.

Essa noite, a fábrica está recheada.

Cheia de dinheiro.

Cheia de droga.

— Preparem-se — Malone diz, checando o Sig Sauer P226 no coldre em sua cintura.

Uma Beretta 8000D Mini-Cougar fica em um segundo coldre, preso ao pé de suas costas, logo abaixo de um novo colete à prova de balas, com revestimento cerâmico.

Ele obriga todo mundo a usar os coletes numa missão. Big Monty reclama que é apertado demais, mas Malone lhe diz que é mais folgado que um caixão. Bill Montague, também conhecido como Big Monty, é da velha escola. Na cabeça, mesmo no verão, está seu chapéu de feltro com a aba gasta e uma pena vermelha do lado esquerdo, sua marca registrada. Sua concessão ao calor é uma camisa guayabera GGG, e calça cáqui. Um charuto Montecristo pende do canto de sua boca.

Uma espingarda Mossberg 590 calibre 12 de cano longo, carregada de cartuchos, encontra-se aos pés de Phil Russo, perto de seus sapatos lustrosos de couro vermelho, abrigando os seus dedos finos de carcamano. Os sapatos combinam com os seus cabelos. Russo é aquele italiano ruivo raro e Malone brinca que devia ter um irlandês escondido na pilha de lenha. Russo responde que isso é impossível, porque ele não é alcoólatra e não precisa de uma lupa para enxergar o próprio pau.

Billy O'Neill anda com uma submetralhadora HK MP5, duas granadas e um rolo de fita crepe. Billy O é o mais jovem da equipe, mas tem talento, esperteza e agilidade de rua.

E tem culhão também.

Malone sabe que Billy não é de correr, não vai amarelar, ou hesitar em apertar o gatilho se for preciso. Tem um temperamento irlandês e a boa pinta de um Kennedy. Também tem outros atributos dos Kennedy. O garoto gosta de mulher e as mulheres gostam dele.

Essa noite, a equipe vai pegar pesado.

E apostar alto.

Quando você tem de encarar narcotraficantes doidões de cocaína ou anfetamina, ajuda se você estiver numa onda equivalente, então Malone toma duas cápsulas de dexedrina para dar uma "ligada". Depois veste seu casaco azul com o logo da polícia em branco e o cordão com seu distintivo pendendo no peito.

Russo dá novamente a volta na quadra. Ao contornar a rua 146, ele pisa fundo, acelera até o laboratório clandestino e dá uma freada. O vigia ouve os pneus cantando, mas é tarde demais. Malone desceu antes que o carro parasse. Ele joga o vigia de cara na parede e cola o cano de sua Sig na cabeça dele.

– *Cállate, pendejo* – diz Malone. – Dá um pio e eu te arrebento.

Ele dá uma rasteira no olheiro e o leva ao chão. Billy já está ali e passa fita crepe nas mãos do vigia, prendendo-as atrás das costas, além de grudar outro pedaço na sua boca.

A equipe de Malone está colada na parede do prédio.

– Todo mundo esperto – diz Malone. – Vamos todos para casa essa noite.

A dexedrina começa a bater. Malone sente o coração acelerar e o sangue esquentar.

É bom.

Ele manda Billy O para o telhado, para descer pela saída de incêndio e cobrir a janela. O restante entra e segue escada acima. Malone vai na frente, com a Sig apontada, pronta. Russo vem logo atrás, com a metralhadora, e depois vem o Monty.

Malone nem se preocupa com a retaguarda.

Uma porta de madeira bloqueia o alto da escada.

Malone olha para Monty.

O grandalhão sobe os degraus, prende o pé-de-cabra entre a porta e o batente. O suor escorre de sua testa, na pele escura, conforme ele pressiona o cabo da ferramenta e abre a porta.

Malone entra, empunhando a pistola no ar, mas não há ninguém no corredor. Ao olhar à direita, ele vê a nova porta de aço, no fim do corredor. Tem uma música *machata* tocando num rádio lá dentro, vozes em espanhol, o ruído de moedor de café, o estalido de uma máquina de contagem de cédulas.

E um cão latindo.

Porra, pensa Malone, agora todos os traficantes têm cachorro. Da mesma forma que hoje em dia todas as garotas do East Side têm um cachorrinho yorkshire dentro da bolsa, a bandidagem tem pit bulls. É uma boa ideia, os agentes se cagam de medo dos cães e as *chicas* trabalhando nos laboratórios de drogas não vão correr o risco de ter o rosto arrancado, se roubarem.

Malone fica preocupado com Billy O, porque o garoto adora cachorro, até os pit bulls. Malone ficou sabendo disso em abril passado, quando eles estouraram um galpão perto do rio e viram três pit bulls tentando pular a cerca trançada para avançarem no pescoço deles, mas Billy O simplesmente não conseguiu matá-los, nem deixou que ninguém o fizesse, então eles tiveram que dar a volta toda e entrar pelos fundos do prédio, subir pela saída de incêndio até o telhado e depois descer pela escada.

Foi um pé no saco.

De qualquer forma, o pit bull os descobriu, mas os Domos, não. Malone ouve um deles gritar – *Cállate!* –, depois, uma batida forte e o cão se cala.

Mas a porta de segurança de aço é um problema. O pé-de-cabra não vai abri-la.

Malone fala no rádio.

– Billy, você está pronto?

– Nasci pronto, mano.

– Vamos explodir a porta – diz Malone. – Quando cair você joga uma granada.

– Feito, D.

Malone assente para Russo, que mira nas dobradiças da porta e dispara duas vezes. Os cartuchos explodem mais depressa que a velocidade do som e a porta vai abaixo.

Mulheres nuas, exceto por luvas plásticas e redes nos cabelos, correm na direção da janela. Outras agacham embaixo das mesas, enquanto as máquinas de contagem cospem notas pelo chão como caça-níqueis pagando com papel.

Malone grita:

– Polícia!

Pela janela, ele vê Billy à esquerda.

Fazendo absolutamente porra nenhuma, só olhando para dentro da janela. Jesus Cristo, joga a porra da granada.

Mas Billy não joga.

Que porra ele está esperando?

Então Malone a vê.

A cadela pit bull tem filhotinhos, quatro, encolhidos atrás dela numa bola, enquanto ela presa na corrente, vira-se rosnando para protegê-los.

Billy não quer machucar os filhotes.

Malone berra pelo rádio.

– Porra, anda logo!

Billy olha para ele, pela janela, depois dá um bico no vidro e lança a granada.

Mas o seu arremesso é curto, para evitar a porra dos cachorros.

A explosão estoura o restante do vidro, lançando estilhaços no rosto e no pescoço de Billy.

Luz branca forte e cegante, gritos, berros.

Malone conta até três e entra.

Caos.

Um membro dos Trini cambaleia, com uma das mãos nos olhos cegos e a outra atirando com a Glock, indo em direção à janela e à saída de incêndio. Malone acerta dois tiros no peito e o homem cai dentro da janela. Um segundo atirador mira em Malone, de debaixo da mesa de contagem, mas Monty acerta esse com seu 38, depois dá mais um tiro, para ter certeza de que ele estará morto quando os paramédicos chegarem.

Eles deixam as mulheres saírem pela janela.

– Billy, você está bem? – pergunta Malone.

O rosto de Billy parece uma máscara de Halloween.

Há talhos em seus braços e pernas.

— Eu já tive cortes piores em jogos de hóquei — ele diz, rindo. — Vou tomar uns pontos depois que a gente terminar aqui.

Tem dinheiro para todo lado, em pilhas, nas máquinas, espalhado pelo chão. A heroína ainda está nos moedores de café, onde estava sendo dividida.

Mas isso é pouca merda.

La caja — o alçapão — um buraco enorme na parede, está aberto.

Há pilhas, do chão ao teto, de tijolos de heroína.

Diego Pena está calmamente sentado junto a uma mesa. Se a morte de dois de seus caras o perturba, ele não demonstra.

— Você tem um mandado, Malone?

— Eu ouvi uma mulher gritando, pedindo ajuda — diz Malone.

Pena dá uma risadinha.

O filho da puta anda bem vestido. Terno cinza Armani e valendo uns 2 mil, um Piaget de ouro no pulso, cinco vezes mais caro.

Pena percebe o seu olhar.

— É seu. Eu tenho mais três.

A cadela pit bull late desvairada, se esticando na corrente.

Malone observa a heroína.

Pilhas e pilhas, em plástico fechado a vácuo.

Droga suficiente para deixar a cidade inteira doidona durante semanas.

— Eu vou lhe poupar o trabalho de contar — diz Pena. — Cem quilos redondos. Heroína mexicana da melhor, "Dark Horse", com 60% de pureza. Você pode vender por 100 mil dólares o quilo. A grana que você está vendo deve somar mais de 5 milhões. Fique com a droga e o dinheiro. Eu pego um avião para a República Dominicana e você nunca mais vai me ver. Pense nisso, quando será a próxima vez que você vai fazer 15 milhões de dólares só para virar as costas?

E todos nós vamos para casa essa noite, Malone pensa.

— Entregue a sua arma. Devagar — diz ele.

Pena lentamente enfia a mão no paletó, para pegar a pistola.

Malone lhe acerta dois tiros no coração.

Billy O agacha e pega um quilo. Ele o abre com uma faca, mergulha um vidrinho na heroína, pega um punhado e despeja num saco plástico que tira do bolso. Aperta o frasco dento do saco de teste e espera pela mudança de cor.

Fica roxo.

Billy sorri.

— Estamos ricos!

— Anda logo com essa porra — apressa Marlone.

Surge o som da corrente arrebentando, o pit bull se solta e pula em sua direção. Billy cai para trás, soltando o quilo no ar. O pó faz uma nuvem, depois cai como neve sobre os seus ferimentos.

Mais um estouro e Monty mata a cadela.

Porém Billy está estendido no chão. Malone o vê enrijecer, depois suas pernas começam a dar espasmos, sacudindo incontroláveis, conforme a heroína entra em sua corrente sanguínea.

Seus pés batem no chão.

Malone se ajoelha ao lado dele, segurando-o nos braços.

— Billy, não — diz Malone. — Aguenta firme.

Billy olha para ele com os olhos vazios.

Seu rosto está branco.

Sua espinha se estica como uma mola.

Ele se foi.

Logo o Billy O, o lindo e jovem Billy O, tão novinho.

Malone ouve o próprio coração partir, em seguida, as explosões abafadas. Primeiro ele acha que foi atingido, mas não vê nenhum ferimento e então acha que é a sua cabeça que está estourando.

De repente, ele se lembra.

É 4 de Julho.

PRIMEIRA PARTE

NATAL BRANCO

Bem vindo à selva, esse é meu lar,
O nascimento do blues, o nascimento da música.
CHRIS THOMAS KING "WELCOME TO DA JUNGLE"

CAPÍTULO 1

Harlem, Nova York
Noite de Natal

Meio-dia.

Denny Malone toma duas anfetaminas e entra no chuveiro. Ele acabou de acordar, depois de seu turno de meia-noite às oito, e precisa de uma força para se manter na ativa. Inclinando o rosto para o chuveiro, ele deixa o jato bater em sua pele até doer.

Ele também precisa disso.

Pele cansada, olhos cansados.

Alma cansada.

Malone vira e se deleita na água quente que bate em sua nuca em seus ombros. Escorrendo pelos braços tatuados. É tão bom que ele poderia passar o dia todo ali, mas o homem tem coisas a fazer.

– Hora de se mexer, campeão – ele diz a si mesmo.

– Você tem responsabilidades.

Ele sai, se seca e embrulha a toalha em volta da cintura.

Malone tem 1,90 metro e é sólido. Agora com 38 anos, ele sabe que tem uma aparência rude. São as tatuagens em seus antebraços largos, o restolho da barba cerrada mesmo quando se barbeia, o cabelo preto curto, os olhos azuis de quem diz não tire onda comigo.

É o nariz quebrado, a pequena cicatriz no lado esquerdo do lábio. As cicatrizes maiores em sua coxa direita que não podem ser vistas – suas marcas como Medalhas de Honra por ser tão imbecil a ponto de se deixar alvejar. Mas a polícia de Nova York é assim, eles te dão uma medalha por ser imbecil e tiram seu distintivo por ser inteligente.

Talvez essa pinta de durão o ajude a evitar confrontos físicos e é isso que ele procura fazer. Uma coisa é certa: é mais profissional resolver tudo na conversa. E outra, qualquer briga vai deixá-lo machucado – mesmo que sejam só os nós dos dedos – e ele não gosta de ficar com a roupa toda suja, rolando sobre Deus sabe o quê, espalhado pelo chão.

Ele não é tão fã de pesos, então bate no saco de areia e corre, geralmente bem cedo ou no fim da tarde, dependendo do trabalho. Percorre o Riverside Park pois gosta da visão aberta do Hudson, de Jersey, do outro lado do rio e da ponte George Washington.

Agora, Malone entra na pequena cozinha. Sobrou um pouquinho de café da hora que Claudette levantou, então ele enche uma caneca e a põe no microondas.

Para que outra enfermeira possa ficar com a família, Claudette está dobrando seu horário no Harlem Hospital, localizado a quatro quadras de distância, na Lenox com a rua 135. Com sorte, Malone a verá essa noite ou amanhã bem cedo.

Malone não liga que o café esteja choco ou amargo. Ele não está buscando qualidade, só quer a cafeína para ajudar a dexedrina. De qualquer maneira, ele não suporta toda a frescura por trás do café gourmet, ficar numa fila, atrás de um millennial merdinha que leva dez minutos para pedir o *latte* perfeito só para tirar uma selfie. Malone acrescenta um pouco de creme e açúcar, como faz a maioria dos policiais. Eles tomam café demais, por isso o leite para abrandar o estômago enquanto o açúcar ajuda a dar um gás.

Tem um médico no Upper Side que dá qualquer receita que o Malone queira – Dex, Vicodin, Xanax, antibióticos, o que for. Alguns anos atrás, o bom doutor – ele é um cara bom, com esposa e três filhos –, teve um caso com uma mulher que resolveu chantageá-lo quando ele decidiu terminar.

Malone teve uma conversa com a garota e explicou as coisas. Entregou-lhe um envelope lacrado com 10 mil dólares e disse que era só. Ela nunca mais deveria entrar em contato com o médico, caso o fizesse Malone a colocaria na Casa de Detenção, onde ela daria sua xota supervalorizada só para ganhar uma colherada de pasta de amendoim.

Agora, o médico grato lhe dá receitas e, muitas vezes, dá até amostras grátis. Tudo ajuda, pensa Malone e, de qualquer forma, ele não poderia ter nenhum comprimido tipo anfetamina e analgésicos em sua ficha médica se ele os conseguisse através do plano de saúde.

Ele não quer ligar para Claudette e incomodá-la no trabalho, mas manda uma mensagem só para dizer que não perdeu a hora e perguntar como está o dia dela. Claudette responde: o Natal está uma loucura, mas tudo bem.

É, o Natal é uma loucura.

Em Nova York, é sempre uma maluquice, pensa Malone.

Se não for maluquice natalina, é maluquice de Ano-Novo (os bêbados), ou maluquice do Dia dos Namorados (as brigas domésticas aumentam expressivamente e os gays brigam em bares), maluquice de Dia de St. Paddy (policiais bêbados), maluquice de 4 de Julho, maluquice do Dia do Trabalho. A gente precisa de férias dos feriados. Passar só um ano sem nenhum deles e ver se dá certo.

Provavelmente não daria, pensa Malone.

Porque ainda tem a maluquice de todo dia: maluquice de bebum, maluquice de drogado, maluquice do crack, maluquice da metanfetamina, maluquice de amor, maluquice de ódio e a preferida de Malone, a boa e velha maluquice de maluco. O que o público em geral não entende é que as prisões da cidade se transformaram em verdadeiros hospícios e centros de desintoxicação. Três quartos dos detentos examinados têm resultados positivos para drogas ou são psicóticos, ou ambos.

Eles deveriam estar num hospital, mas não possuem plano de saúde.

Malone entra no quarto para se vestir.

Camisa preta de brim, calça jeans Levi's, botas Doc Marten com biqueira reforçada de aço (as melhores para chutar portas), uma jaqueta preta de couro. O uniforme quase-oficial do irlandês-americano nova--iorquino da divisão de Staten Island.

Malone foi criado ali mesmo, sua esposa e filhos ainda moram lá, e se você for irlandês ou italiano em Staten Island, suas opções de carreira são basicamente policial, bombeiro ou trambiqueiro. Malone escolheu a porta número um, embora tenha um irmão e dois primos bombeiros.

Bem, seu irmão, Liam, *era* bombeiro até o 11 de Setembro.

Agora, duas vezes ao ano, ele faz uma viagem até o Cemitério de Silver Lake para deixar flores, uma garrafa de Jameson's e um relato de como vai indo o time dos Rangers.

Geralmente, uma merda.

Eles sempre brincavam que o Liam era a ovelha negra da família por tornar-se um *hose-monkey* – como são chamados os bombeiros – em vez de policial. Malone costumava medir os braços do irmão para ver se estavam mais compridos por estarem sempre arrastando toda aquela tralha, e Liam respondia que a única coisa que um policial carregava escada acima era um saco de donuts. Também havia uma competição fictícia entre eles para ver quem roubava mais: um bombeiro num incêndio ou um policial num chamado de roubo.

Malone adorava o irmão caçula, cuidou dele todas aquelas noites, quando o seu coroa não estava em casa, e eles ficavam juntos, assistindo aos Rangers, no canal 11. A noite em que os Rangers ganharam a Stanley Cup, em 1994, foi uma das noites mais felizes da vida de Malone. Ele e Liam estavam na frente da TV, de joelhos, no último minuto do jogo, enquanto os Rangers se mantinham firmes, com um ponto de vantagem, segurando na unha, e Craig MacTavish – Deus abençoe Craig MacTavish – não parava de mandar o disco de borracha para dentro da área dos Canucks. O tempo finalmente acabou e os Rangers ganharam o campeonato por 4 a 3. Denny e Liam se abraçaram e pularam juntos.

Então, de repente, Liam se foi, e Malone percisou contar à mãe deles. Depois disso ela nunca mais foi a mesma, morreu no ano seguinte. Os médicos disseram que foi câncer, mas Malone sabe que ela foi mais uma vítima do 11 de Setembro.

Ele prende o coldre com regulador e a Sig Hauer no cinto.

Muitos policiais gostam do coldre de ombro, mas Malone acha que ter que erguer a mão até ali é um movimento a mais e prefere a arma onde a mão já está. Ele prende a Beretta que usa quando está de folga atrás da cintura, e ela se aloja no pé de suas costas. A faca SOG vai dentro de sua bota direita. Isso é contra as normas, uma ilegalidade do cacete, mas Malone não está nem aí. Ele pode se deparar com uma situação em que algum bandido pegue as suas armas e aí? Como vai se defender? Com a própria pica? Ele não vai morrer como uma piranha, vai cair furando e rasgando.

E, de qualquer forma, quem vai lhe dar uma dura?

Muita gente, seu mané, ele diz a si mesmo. Hoje em dia, todo policial tem um alvo nas costas.

Tempos difíceis para a polícia de Nova York.

Primeiro, teve o tiro em Michael Bennett.

Michael Bennett era o garoto negro de catorze anos que foi alvejado e morto por um policial da Divisão de Homicídios em Brownsville. O caso clássico: era noite, ele parecia meio suspeito e o policial – um novato chamado Hayes – pediu que ele parasse e o garoto não parou. Bennett virou e enfiou a mão na cintura para sacar o que Hayes achou que fosse uma arma.

O novato descarregou a arma no garoto.

No fim das contas, não portava uma arma, mas um celular.

Claro que a comunidade ficou "indignada". Os protestos beiravam motins, com os habituais célebres pastores, advogados e ativistas sociais encenando diante das câmeras. A prefeitura prometeu uma investigação completa. Hayes foi posto de licença administrativa até o resultado da investigação e o já hostil relacionamento entre os negros e a polícia ficou ainda pior.

A investigação ainda está "em andamento".

E veio em seguida todo o negócio em Ferguson, Cleveland e Chicago, Freddy Gray morto em Baltimore. Depois teve o Alton Sterling, em Baton Rouge, Philando Castile, em Minnesota, e assim por diante.

Não que a polícia de Nova York não tivesse suas próprias mortes de negros desarmados, Sean Bell, Ousmane Zongo, George Tillman, Akai Gurley, David Felix, Eric Garner, Delrawn Small... e, agora, esse novato tinha que atirar em Michael Bennett.

Então o Black Lives Matter fica colado no seu pé, todo cidadão é um jornalista com um celular e a câmera pronta para filmar, e você sai todo dia, para trabalhar com o mundo inteiro achando que você é um racista assassino.

Tudo bem, talvez nem todo mundo, Malone admite, mas agora é bem diferente.

As pessoas olham de maneira diferente.

Ou atiram em você.

Cinco policiais abatidos por um atirador em Dallas. Dois policiais mortos em Las Vegas, dentro de um restaurante, enquanto almoçavam. Quarenta e nove policiais assassinados nos Estados Unidos no ano passado. Um deles foi Paul Tuozzolo, da polícia de Nova York, e, no ano anterior, a corporação perdera Randy Holder e Brian Moore. São muitos ao longo dos anos. Malone conhece as estatísticas: 325 alvejados, 21 esfaqueados, 32 surrados até a morte, 21 deliberadamente atropelados, 8 mortos em explosões, e nada disso inclui os caras que ainda estão morrendo por conta da merda que inalaram no 11 de Setembro.

Então, é isso mesmo, Malone leva algum extra e, sim, ele acha que haveria inúmeras pessoas prontas para derrubá-lo se o encontrassem com armas ilegais. Dentre elas figura, no mínimo, o pessoal da Ouvidoria da Polícia, pessoas que Phil Russo insiste em dizer que são um bando de ratos e traíras. Porém este é o órgão preferido do prefeito para descer o pau na corporação policial e desviar as atenções de seus escândalos pessoais.

Sendo assim, o Conselho o colocaria na forca, pensa Malone, a Corregedoria certamente o enforcaria e até mesmo seu próprio chefe colocaria uma corda em seu pescoço alegremente.

Agora Malone engole em seco, pois vai ligar para Sheila. Ele não quer brigar, não quer a pergunta "De onde você está ligando?", mas é isso que ouve, quando sua esposa distante atende ao telefone.

– De onde você está ligando?

– Da cidade – diz Malone.

Para todo morador de Staten Island, Manhattan é e sempre será "a cidade". Ele não entra em maiores detalhes e, felizmente, ela não força a barra.

– É bom que não seja uma ligação para dizer que você não vai poder vir amanhã. As crianças vão ficar...

— Não, eu vou.
— Para abrir os presentes?
— Vou chegar aí cedo — diz Malone. — Que horas é melhor?
— Sete e meia, oito.
— Tudo bem.
— Está no turno de meia-noite? — ela pergunta, com um tom de voz desconfiado.
— Isso aí — devolve Malone.

A equipe de Malone está no turno da madrugada, mas isso é mero detalhe técnico, eles trabalham quando decidem trabalhar, que é quando as ocorrências mandam. Os cartéis de drogas trabalham em turnos regulares, portanto os clientes sabem quando e onde encontrá-los, mas traficantes fazem o próprio horário.

— E não é o que você pensa.
— O que eu penso?

Sheila sabe que todo policial com um Q.I. acima de dez e de patente pode ficar de folga no Natal se quiser, e um turno de meia-noite é geralmente uma desculpa para sair e encher a cara com os camaradas ou pegar alguma puta, ou ambos.

— Não entre em paranoia, nós estamos trabalhando num negócio — diz Malone. — Pode estourar essa noite.
— Claro.

Tom sarcástico. Mas quem diabos ela pensa que paga pelos presentes das crianças, os aparelhos odontológicos, os seus dias no spa ou seus passeios com as amigas? Todos os caras da corporação contam com as horas extras para pagar as contas, talvez até para ter algum guardado. As esposas, mesmo dos separados, têm de entender. Você está lá ralando pesado o tempo todo.

— Você vai passar a noite de Natal com ela? — Sheila pergunta.

Estava tão perto de se safar, pensa Malone. E Sheila pronuncia "ela" de uma maneira espinhosa.

— Ela está trabalhando — diz Malone, esquivando-se da pergunta. — E eu também.
— Você está sempre trabalhando, Denny.

E não é a grande verdade, pensa Malone, encarando isso como uma despedida e desligando. Vão escrever na porra da minha lápide: *Denny Malone estava sempre trabalhando*. Porra . Você trabalha, você morre, você tenta ter uma vida entre uma coisa e outra.

Mas trabalha, na maior parte do tempo.

Muitos caras entram na corporação para cumprir o tempo e se aposentar, até saem antes e passam a receber a pensão. Malone está na corporação porque ama o trabalho.

Ao sair do apartamento, ele pensa, mais honesto, que está neste trabalho porque ama a si mesmo. Se tivesse que fazer tudo outra vez, não faria nenhuma outra coisa além de ser detetive policial da cidade de Nova York.

Melhor emprego do mundo, porra.

Malone coloca uma touca preta de lã porque está frio lá fora, tranca o apartamento e desce a escada, saindo na rua 136. Claudette escolheu o local porque é uma caminhada rápida até seu trabalho e perto do Centro Recreativo Hansborough, que tem uma piscina interna, onde ela gosta de nadar.

— Como você pode nadar numa piscina pública? — Malone perguntou a ela. — Quer dizer, os germes pululam ali. Você é enfermeira.

Ela riu.

— Você tem uma piscina particular que eu desconheça?

Ele caminha a oeste, pela 136, saindo na Seventh Avenue, também conhecida como a Adam Clayton Powell Jr. Boulevard, passa pela Igreja da Ciência Cristã, pela United Fried Chicken e o Café 22, onde Claudette não gosta de comer porque tem medo de engordar e Malone não gosta de comer porque tem medo que alguém cuspa em sua comida. Do outro lado da rua fica o Judi's, um barzinho onde ele e Claudette tomam um drinque tranquilamente, nas raras ocasiões em que as folgas coincidem. Então, ele atravessa o ACP café, na rua 135 e passa pela Thurgood Marshall Academy e um IHOP, onde ficava o Small's Paradise, no subsolo.

Claudette, que sabe dessas coisas, disse a Malone que Billie Holiday fez seu primeiro teste de cantora ali e que Malcolm X trabalhou ali como garçom durante a Segunda Guerra. Malone ficou mais interessado em saber que Wilt Chamberlain foi proprietário do local por um tempo.

As quadras da cidade são lembranças.

Elas têm vidas e mortes.

Malone ainda era um novato, andava na viatura, quando um vagabundo estuprou uma menininha haitiana nessa quadra. Essa tinha sido a quarta menina que o animal tinha atacado e todos os policiais da Três-Dois estavam atrás dele.

Os haitianos chegaram antes da polícia, encontraram o cretino ainda no telhado e o jogaram lá de cima no beco dos fundos.

Malone e seu então parceiro receberam o chamado e entraram no beco, onde o tal Rocky, esquilo que não voava mais, estava esparramado numa poça de seu próprio sangue com quase todos os ossos do corpo quebrados. Nove andares é uma queda e tanto.

— Foi esse homem — disse uma das mulheres locais a Malone, na entrada do beco. — O homem que estuprou aquelas garotinhas.

Os socorristas sabiam das coisas e um deles perguntou:

— Ele já está morto?

Malone sacudiu a cabeça e os paramédicos acenderam cigarros e recostaram na ambulância, fumando por uns dez minutos antes de entrarem com a maca e voltarem dizendo que iam chamar o médico legista.

O legista determinou a causa da morte como "trauma grave com hemorragia fatal" e os caras da Divisão de Homicídios que apareceram aceitaram o relato de Malone, de que o cara tinha pulado por culpa do que havia feito.

Os detetives despacharam como suicídio, Malone ganhou muitos afagos da comunidade haitiana e, mais importante, nenhuma das garotinhas precisou ser testemunha no tribunal, com seu estuprador as encarando e algum defensor canalha tentando fazer com que elas parecessem mentirosas.

Foi um bom resultado, mas, puta merda, se a gente fizesse isso hoje e se fôssemos pegos, seríamos presos.

Ele continua andando ao sul, passa pelo St. Nick's.

Também conhecido como "The Nickel".

O condomínio popular The St. Nicholas Houses, com uma dúzia de prédios de quatorze andares entre a Adam Clayton Powell e a Frederick Douglas, que vão da rua 127 até a 131, dá conta de boa parte da vida profissional de Malone.

É, o Harlem mudou, o Harlem ficou mais sofisticado, mas os conjuntos habitacionais ainda estão ali. São como ilhas desertas num mar de nova prosperidade feitos com o de sempre: pobreza, desemprego, venda de drogas e gangues. Malone acredita que o St. Nick's seja habitado, em sua maioria, por gente do bem, tentando viver suas vidas, criar os filhos, mesmo com todas as dificuldades, levar sua vida cotidiana, mas também tem a bandidagem barra pesada e as gangues.

Duas gangues dominam o movimento no St. Nick's: os Get Money Boys e os Black Spades. Os GMB dominam os prédios do norte e os Spades, os do sul, e eles vivem um ritmo inquieto, imposto por DeVon Carter, que controla praticamente todo o tráfico de drogas no West Harlem.

O limite entre as gangues é a rua 129 e Malone passa pelas quadras de basquete no lado sul da rua.

Os garotos não estão por ali hoje, está muito frio.

Ele sai no Frederick Douglas, passa pelo Harlem Bar-B-Q e a igreja batista Great Zion Hill. Foi logo adiante, naquela rua, onde ele foi intitulado "policial herói" e "policial racista", nenhuma das duas etiquetas é verdadeira, pensa Malone.

Há quase seis anos, quando trabalhava como civil da Três-Três e estava almoçando na Manna's, ouviu gritos na rua. Foi até a porta e viu pessoas apontando para uma delicatessen, na outra calçada e mais adiante na quadra.

Malone fez o chamado relatando um 10-61, sacou sua arma e entrou na loja.

O ladrão agarrou uma garotinha e apontou a arma para a cabeça dela.

A mãe da menina berrava.

– Largue a arma! – o ladrão gritou para Malone. Ou eu vou matar ela! Eu mato ela!

Ele era negro, estava totalmente drogado, completamente alucinado.

Malone manteve a arma apontada para ele e disse:

— E que porra eu tenho a ver com isso? Pra mim é só mais um bebê crioulo.

Quando o cara piscou, Malone atirou e acertou na cabeça.

A mãe saiu correndo e agarrou a garotinha. Segurou-a junto ao peito.

Foi o primeiro cara que Malone matou.

Um tiro certeiro, sem problema com o comitê de análise, mas Malone teve que ficar no escritório até que tudo fosse esclarecido, para passar pelo psiquiatra do departamento e ver se estava sofrendo de transtorno de estresse pós-traumático ou algo assim, mas ele não estava.

O único problema foi que o atendente da loja registrou tudo com a câmera do celular e o *Daily News* publicou uma edição com a manchete PRA MIM, É SÓ MAIS UM BEBÊ C**OULO, com a foto de Malone e o subtítulo "Policial herói é um racista".

Malone foi chamado para uma reunião com seu então capitão, com a Corregedoria e um agente de relações públicas da One Police, que perguntou:

— Bebê crioulo?

— Eu precisava ter certeza de que ele acreditava em mim.

— Não poderia ter escolhido palavras diferentes? — perguntou o agente.

— Eu não tinha um roteirista comigo — disse Malone.

— Nós queríamos indicá-lo para uma Medalha de Honra — disse o capitão —, mas...

— Eu não estava contando com isso.

Para seu crédito, o cara da Corregedoria disse:

— Posso mencionar que o sargento Malone *salvou* uma vida afro-americana?

— E se ele errasse? — perguntou o agente de relações públicas.

— Não errei — disse Malone.

Porém a verdade era que ele tinha pensado a mesma coisa. Não disse ao psiquiatra, mas teve pesadelos errando o bandido e acertando a garotinha.

Ainda tem.

Porra, ele tem pesadelos até acertando o bandido.

O vídeo foi postado no YouTube e um grupo local de rap fez uma música intitulada "Só mais um bebê crioulo", que teve algumas centenas de milhares de visualizações. Mas, pelo lado positivo, a mãe da menininha veio à delegacia à procura de Malone, com uma travessa de seu pão de milho especial com jalapeño e um cartão escrito à mão.

Ele ainda tem o cartão.

Agora, ele atravessa a St. Nicholas e a Convent, caminha descendo a rua 127, até onde ela converge com a 126, e segue em ângulo nordeste. Atravessa a Amsterdam e passa pelo Amsterdam Liquor Mart, que o conhece bem, a igreja batista Antioch, que não o conhece e passa pelo St. Mary's Center e a Two-Six House, entra no prédio que agora abriga a Força-Tarefa Especial de Manhattan North.

Ou, como é conhecida nas ruas, "A Força".

CAPÍTULO 2

A Força-Tarefa Especial de Manhattan North foi meio que ideia de Malone, para começar.

Um monte de verbosidades burocráticas descreve a missão deles, mas Malone e cada um dos policiais da Força sabem exatamente qual é a "tarefa especial"...

Segurar as pontas.

Big Monty coloca de maneira um pouco diferente.

– Somos paisagistas. Nossa função é impedir que a selva volte a crescer.

– De que porra você está falando? – perguntou Russo.

– A velha selva urbana que era Manhattan North foi quase toda podada – disse Monty –, para dar lugar a um Jardim do Éden comercial e cultivado. Nossa tarefa é evitar que a selva retome o paraíso.

Malone sabe da equação: o valor imobiliário sobe à medida que o crime cai, mas ele não dava a mínima para isso.

Sua preocupação era a violência.

Logo que Malone entrou na corporação, o "Milagre Giuliani" tinha transformado a cidade. Os chefes de polícia Ray Kelly e Bill Bratton haviam utilizado a teoria das "janelas quebradas" e tecnologia de estatísticas computacionais, a CompStat, para reduzir o crime de rua a um nível quase insignificante.

O evento do 11 de Setembro mudou o foco do departamento, passando de anticrime para antiterrorismo, mas a violência de rua continuou a cair, os índices de assassinatos despencaram e os "guetos" de Upper Manhattan, como o Harlem, Washington Heights e Inwood começaram a ressuscitar.

A epidemia do crack havia chegado à sua trágica conclusão darwiniana, mas os problemas de pobreza e desemprego – vício, alcoolismo, violência doméstica e gangues – não sumiram.

Para Malone, era como se houvesse dois bairros, duas culturas agrupadas ao redor de seus respectivos castelos, as torres novinhas e reluzentes dos novos condomínios e os arranha-céus dos antigos conjuntos habitacionais populares. A diferença é que as pessoas no poder agora estavam literalmente investindo.

Antigamente, o Harlem era o Harlem e o pessoal rico "não ia lá", a menos que estivesse se misturando ou procurando emoção barata. Os índices de assassinato eram altos, assaltos e roubos e toda a violência que vinha com as drogas também, mas, contanto que os negros estivessem estuprando, roubando e matando outros negros, quem daria a mínima?

Bem, Malone.

Outros policiais.

Essa é a ironia amarga e brutal em relação ao trabalho policial.

É a raiz do relacionamento de amor e ódio que os policiais têm com a comunidade e vice-versa.

Os policiais vêem isso todos os dias e todas as noites.

Os feridos, os mortos.

As pessoas se esquecem de que os policiais primeiro veem as vítimas, depois os agressores. Desde o bebê que alguma piranha viciada em crack jogou numa banheira até a criança em estado de choque, surrada pelo padrasto de 18 anos, que mora na mesma casa; da senhorinha que quebra a bacia quando um ladrão de bolsa a derruba na calçada ao candidato a traficante de 15 anos, alvejado e morto na esquina.

Os policiais sentem compaixão pelas vítimas e odeiam os agressores, mas não podem sentir demais ou não conseguem fazer seu trabalho. Tampouco podem odiar demais, ou se tornarão eles mesmo os agressores. Então, desenvolvem uma carapaça que os envolve, um campo de força, uma postura tipo "nós odiamos todo mundo" que todos sentem a dois metros de distância.

Mas Malone sabe que é preciso essa postura ou esse emprego te mata física e psicologicamente, ou ambos.

Então, você se apieda da senhorinha vítima, mas odeia o vira-lata que a fez sofrer; você tem empatia pelo dono da loja que acabou de ser roubado, mas despreza o canalha que o roubou; você se sente mal pelo garoto negro que levou um tiro, mas odeia o crioulo que o alvejou.

O verdadeiro problema, pensa Malone, é quando você começa a odiar a vítima também. E você odeia, o que só gera desgaste. A dor delas torna-se sua, a responsabilidade do sofrimento delas pesa em seus ombros, você não fez o suficiente para protegê-las, estava no lugar errado, não pegou o agressor antes.

Você passa a se culpar e/ou começa a culpar as vítimas. Por que são tão vulneráveis, tão fracas? Por que vivem naquelas condições? Porque entram em gangues e vendem drogas? Por que precisam atirar umas nas outras, por nada? Por que são esses animais do caralho, porra?

Porra, mas Malone ainda se importa.

Não quer ligar.

Mas liga.

Tenelli não está contente.

— Por que esse pé no saco tem que nos fazer vir aqui na noite de Natal? — ela pergunta a Malone quando o policial entra pela porta.

— Acho que você respondeu sua própria pergunta — diz Malone.

O Capitão Sykes é um pé no saco.

Falando em saco, a opinião que impera é que Janice Tenelli tem culhões. Os maiores da Força. Malone já viu a detetive chutando, repetidamente, um saco de areia, bem no local onde ficariam os culhões e isso até o fez estremecer.

Ou ficar de pau duro. Tenelli tem uma juba, uma cabeleira preta, um par de seios de matar e um rosto de filme italiano. Todos os caras da Força têm vontade de transar com ela, que já deixou claro que não tem sacanagem onde se ganha o pão.

Contrariando todas as provas, Russo insiste em insistir, pela cara de Tenelli, que ela, casada e mãe de dois filhos, é lésbica.

— Por que eu não quero transar com você? — perguntou ela.

— Porque essa é a minha fantasia mais louvada — disse Russo. — Você e Flynn.

— Flynn é lésbica.

— Eu sei.

— Pode se acabar na punheta — disse Tenelli, sacudindo o punho.

— Eu ainda não embrulhei nenhum presente — ela agora diz a Malone —, meus sogros virão amanhã, e eu vou ter que ficar sentada, ouvindo esse cara fazendo discurso? Ora, vamos, Denny, dê um jeito nele.

Ela sabe o que todos eles sabem — Malone já estava ali bem antes de Sykes chegar e estará ali depois que ele for embora. A piada é que Malone até aceitaria fazer a prova de tenente, mas não poderia aceitar o corte no pagamento.

— Sente-se e ouça-o falar — diz Malone —, depois, vá pra casa e faça... o que você vai fazer?

— Sei lá, o Jack que cozinha tudo — diz ela. — Costelinha, eu acho. Esse ano, você vai fazer a sua corrida anual ao peru?

— Com ênfase em "anual".

— Certo.

Eles estão entrando na sala de reunião, quando Malone avista Kevin Callahan de canto de olho. O agente secreto — alto, magro, cabelos compridos ruivos e barba ruiva — parece completamente doidão.

Policias, agindo sob disfarce ou não, não devem usar drogas, mas de que maneira devem fazer as aquisições sem serem descobertos? Então, às vezes, isso acaba se tornando um vício. Muitos caras saem da missão direto para a reabilitação e ferram a carreira.

Risco ocupacional.

Malone se aproxima, agarra Callahan pelo cotovelo e o conduz porta afora.

— Se o Sykes ver você, vai mandar fazer exame de urina na hora.

— Eu tenho que bater meu ponto.

— Eu vou assinar sua ida na supervisão — diz Malone. — Se perguntarem, você está no Ville, para mim.

A delegacia da Força-Tarefa Especial de Manhattan North fica convenientemente localizada entre dois conjuntos populares: Manhattanville, logo acima e o Grant, passando a 125, pouco abaixo deles.

Se tiver uma revolução, pensa Malone, nós estaremos cercados.

– Valeu, Denny.

– Por que ainda está aqui? – Malone pergunta. – Pode se mandar pro Ville. E, Callahan, se você fizer merda de novo, eu mesmo peço um teste.

Ele entra outra vez e senta numa cadeira dobrável de ferro, na sala de reunião, ao lado de Russo.

Big Monty vira, em sua cadeira, e olha para eles. Ele está segurando uma caneca de chá escaldante, que consegue bebericar, apesar do charuto apagado, preso no canto da boca.

– Só quero registrar meu protesto oficial, em relação às atividades dessa tarde.

– Anotado – diz Malone.

Monty vira de volta.

Russo sorri.

– Ele não tá nada contente.

Ele está *des*contente, pensa Malone, contentemente. É bom dar uma sacudida no grandalhão inabalável de vez em quando.

Para mantê-lo em forma.

Raf Torres entra, com sua equipe: Gallina, Ortiz e Tenelli. Malone não gosta que Tenelli esteja com Torres, porque ele gosta de Tenelli e acha o Torres um bosta. Ele é um grandíssimo filho da puta, o Torres, mas, para Malone, mais parece um sapão marrom porto-riquenho.

Torres dirige o olhar a Malone. De alguma maneira, o gesto parece simultaneamente demonstrar respeito e desafio.

Sykes entra e fica atrás do púlpito, como um professor. Ele é jovem para capitão, mas também tem uns "parças" no Palácio Real, tem costas quentes e gente graúda cuidando de seus interesses.

E é negro.

Para Malone, ele parece um candidato precoce a senador republicano, muito impecável, muito limpo, os cabelos cortados bem curtos. Não há chance de ele ter tatuagens, a menos que seja uma seta na bunda em que se lê *caminho para o meu cérebro*.

Isso não é justo, Malone pensa, se repreendendo. A ficha do cara é consistente, ele trabalhou como um policial de verdade no distrito dos Grandes Crimes, no Queens, e depois se tornou o superintendente designado da função – ele limpou a Dez e a Sete-Seis, territórios bem sujos, e depois eles o mandaram para cá.

Para riscar mais um feito, em sua ficha? Malone reflete.

Ou para fazer uma faxina na gente?

De qualquer maneira, Sykes trouxe consigo aquela postura típica do Queens.

Tudo perfeito, estritamente segundo as regras.

Um verdadeiro fuzileiro naval do Queens.

No primeiro dia de Sykes no comando, ele chamou todo mundo da Força-Tarefa – 54 detetives, agentes secretos, o pessoal de combate ao crime e os policiais fardados – e pôs todos sentados para ouvirem.

– Sei que estou olhando para a elite – disse Sykes. – O melhor dos melhores. Também sei que estou olhando para alguns policiais corruptos. Vocês sabem quem são. Eu *saberei* quem vocês são. E, ouçam bem: se eu pegar algum de vocês aceitando sequer um café ou um sanduíche de graça, eu vou tomar seu distintivo e sua arma, eu vou tirar a sua pensão. Agora podem sair, vão fazer seu trabalho.

Ele não fez nenhum amigo, mas deixou claro que não estava lá para isso. Sykes também alienou seu pessoal ao se assumir verbalmente como contra o "abuso de autoridade", alertando que não iria tolerar intimidação, agressões, discriminação racial ou apalpadelas durante revistas.

Que porra ele acha que fazemos para mantermos o mínimo resquício de controle? Pensa Malone, olhando o homem agora.

O capitão ergue uma edição do *New York Times*.

– "Natal Branco" – Sykes lê. – "Heroína inunda a cidade nas festividades". Mark Rubenstein, do *New York Times*. E não é somente uma matéria, ele está escrevendo uma série. No *New York Times*, cavalheiros.

Ele faz uma pausa, para deixar que todos assimilem a informação.

Não assimilaram.

A maioria dos policiais não lê o *Times*. Eles lêem o *Daily News* e o *Post*, mais o caderno de esportes ou o a seção de sacanagem, na página seis. Alguns lêem o *Wall Street Journal* para manter o padrão de seus portfólios. O *Times* é estritamente para a chefia da One Police e os picaretas do gabinete do prefeito.

Mas o *Times* diz que há uma "epidemia de heroína", Malone pensa.

Que, claro, só é uma epidemia porque agora os brancos estão morrendo.

Os brancos começaram a conseguir receitas de cápsulas à base de ópio com seus médicos – oxicodona, Vicodin, essas merdas. Mas era caro e os médicos ficavam relutantes em receitar demais, exatamente pelo receio de viciar. Então a galera branca foi ao mercado aberto e as anfetaminas se tornaram droga de rua. Estava tudo muito bem e civilizado até que o cartel Sinaloa, do México, tomou a decisão corporativa de depreciar as vendas das grandes empresas farmacêuticas americanas, elevando sua produção de heroína e, assim, reduzindo o preço da droga.

Como incentivo, eles também aumentaram a sua potência.

Os viciados brancos americanos descobriram que a heroína "cinnamon" mexicana era mais barata e mais forte que as anfetaminas, passaram a injetá-la nas veias e a morrer de overdose.

Malone literalmente viu isso acontecendo.

Ele e sua equipe perderam as contas dos viciados em pontes e túneis, donas de casa em bairros de elite e madames do Upper East Side que eles prenderam. Foi ficando cada vez maior o número de caucasianos encontrados mortos, amontoados em becos. Fato que, segundo a mídia, é uma tragédia.

Até congressistas e senadores pararam de lamber a bunda de seus doadores para reparar na nova epidemia e exigir que "algo seja feito a respeito".

– Eu quero vocês fazendo apreensões de heroína – diz Sykes. – Nossos números relativos ao crack estão satisfatórios, mas os números em relação à heroína estão díspares.

A chefia adora números, pensa Malone. Essa nova safra de policiais de "gestão" parece o pessoal de estatística do baseball – acreditam que os números dizem tudo. Quando os números não dizem o que querem, eles os massageiam como as coreanas da Eighth Avenue, até obterem um final feliz.

Você quer sair bem na foto? O crime violento está em baixa.

Precisa de mais recursos? O crime está em alta.

Você precisa de detenções? Mande o seu pessoal fazer um punhado de prisões por qualquer besteira, que nunca resultarão em condenações. Você nem liga – as condenações são problema do promotor de justiça, você só quer os números de prisões efetuadas.

Quer provar que as drogas estão em baixa em seu setor? Mande seus caras em missões de "busca e esquiva", onde não há droga alguma.

Isso é metade do embuste. A outra maneira de manipular os números é pedir aos policiais que rebaixem acusações de delito grave para má conduta. Então você classifica um roubo explícito como "pequeno furto", um assalto torna-se "perda de bens" e um estupro passa a ser "tentativa de agressão sexual".

Boom, o crime caiu.

Como em *O homem que mudou o jogo*.

– Há uma epidemia de heroína – diz Sykes – e nós estamos nas manchetes.

Eles devem ter arrancado o saco do Inspetor McGivern, na CompSat, a reunião de estatísticas, pensa Malone, e ele transferiu a dor para o Sykes.

Que agora ele a está passando adiante.

E nós vamos repassá-la a um bando de traficantes da escória, viciados que vendem para poder usar, e vamos lotar a casa de apreensões, para que a Delegacia Central transborde com vômito dos toxicômanos em abstinência e atole as súmulas com fracassados trêmulos implorando para sair e depois voltando para a cadeia para usar mais heroína. Então, eles saem ainda mais viciados e recomeçam o ciclo todo.

Mas nós não seremos díspares.

A chefia e a One Police podem falar o quanto quiserem que não há cotas, mas todos os caras da corporação sabem que há. Lá atrás, na época das "janelas quebradas", havia boletim de ocorrência para tudo – vagabundagem, lixo no chão, para quem pulasse a catraca do metrô, estacionasse em fila dupla. A teoria era que se você não apresentasse as pequenas infrações, as pessoas achariam que não havia problema em cometer as graves.

Então ficava todo mundo registrando um monte de babaquice, o que obrigou uma porção de gente pobre a deixar o trabalho que eles jamais conseguiriam repor para pagar multas que não tinham condições de bancar. Alguns simplesmente faltavam às audiências no tribunal e recebiam um aviso de "não comparecimento", agravando seus delitos leves para contravenções. No fim, acabavam na prisão por jogar um papel de chiclete na calçada.

Isso causou muita raiva em relação à polícia.

Depois, vieram os 250.

As apalpadelas durante uma revista.

Isto basicamente significava que se você visse um garoto negro na rua, você mandava parar e dava um sacode. A medida causou muito ressentimento e rendeu muita propaganda negativa, então, também não fazemos mais isso.

Só que fazemos.

Agora, a cota *que não é considerada cota*, é a heroína.

– Colaboração – Sykes está dizendo – e coordenação são o que nos tornam uma Força-Tarefa e não apenas entidades separadas sediadas no mesmo espaço. Portanto, vamos trabalhar juntos, cavalheiros, e fazer esse negócio.

Porra, rá, rá, rá, pensa Malone.

Sykes provavelmente não se dá conta de que ele acabou de dar instruções contraditórias ao seu pessoal – trabalhar com suas fontes e fazer apreensões de heroína – ele nem consegue sacar que você trabalha com as suas fontes, dando-lhes drogas e *não* apreendendo.

Eles dão informação, você dá uma presença.

Assim que funciona.

Será que ele pensa que o traficante vai chegar a você só pelo bom coração, que ele nem tem? Ser um bom cidadão? Um traficante fala com você por dinheiro ou droga, para se livrar de algum bote ou ferrar outro traficante. Ou, talvez, *talvez*, porque tem alguém comendo a vadia dele.

E é só.

Os caras da Força não se parecem muito com policiais. Na verdade, ao olhar em volta, Malone acha que eles se parecem mais com criminosos.

Os que trabalham sob disfarce parecem doidões ou vendedores de droga – de moletons de capuz, calças largas ou jeans imundos, tênis. O preferido de Malone, um garoto negro chamado Babyface, se esconde embaixo de um capuz enorme e fica chupando uma chupeta enquanto olha pro Sykes, sabendo que o chefe não vai dizer porra nenhuma porque Babyface mostra serviço. Os policiais à paisana são piratas urbanos. Eles ainda têm distintivos de estanho – não de ouro – embaixo de suas jaquetas pretas de couro, casacos da marinha e coletes. Os jeans são limpos, mas sem vinco, e eles preferem as botinas de enfiar em lugar dos tênis.

Com exceção ao "Caubói" Bob Bartlett, que usa botas de bico fino "para chutar melhor rabo de preto". Bartlett nunca foi além da cidade de Nova Jersey, mas tem um sotaque arrastado de caipira e dá nos nervos de Malone, com a "música" country que bota para tocar no vestiário.

A galera "fardada" tampouco se parece com os policias comuns. Não é a questão da roupa, mas está na cara deles. São mal-encarados, com sorrisinhos tão fixos ao rosto quanto os distintivos presos no peito. Esses caras estão sempre prontos, prontos pra botar pra quebrar só pela onda.

Até as mulheres têm uma postura hostil. Não há muitas na Força, mas as que estão ali não engolem sapo. Tem a Tenelli e também a Emma Flynn, uma garota festeira que bebe bem (irlandesa, vai entender), com a voracidade sexual de uma imperatriz romana. E todas elas são duronas, com uma raiva saudável no coração.

Mas os detetives, que têm distintivos dourados como Malone, Russo, Montague, Torres, Gallina, Ortiz, Tenelli, são de uma alçada inteiramente distinta, "os melhores dos melhores", veteranos condecorados com mega-apreensões no currículo.

Os detetives da Força-Tarefa não são infiltrados, nem fardados, nem policiais à paisana, nem disfarçados.

Eles são reis.

Seus reinos não são campos e castelos, mas as quadras da cidade e os arranha-céus dos conjuntos populares. Conjuntos em Tony Upper West Side e no Harlem. Eles que mandam na Broadway e no West End, na Amsterdam, Lenox, St. Nicholas e Adam Chayton Powell. Central Park e Riverside, onde babás jamaicanas empurram carrinhos de bebês dos yuppies, os empresários de startups passam dando uma corrida, e os playgrounds são forrados de lixo, onde as gangues jogam basquete e vendem droga.

É bom mesmo que a gente reine, pensa Malone, com pulso firme, "porque nossos súditos são negros e brancos, porto-riquenhos, dominicanos, haitianos, jamaicanos, italianos, irlandeses, judeus, chineses, vietnamitas e coreanos que se odeiam mutuamente e que, na ausência de reis, matariam uns aos outros mais do que já fazem.

Nós reinamos sobre as gangues: Crips and Bloods, Trinitarios e Latin Lords. Dominican's Don't Play, Broad Day Shooters, Gun Clappin', Goonies, Goons on Deck (parece até um gênero musical), From Da Zoo, Money Stackin' High, Mac Baller Brims. Folk Nation, Insane Gangster Crips, Addicted to Cash, Hot Boys, Get Money Boys.

Depois vêm os italianos – a família Genovese, os Luchese, os Gambino, os Cimino. Todos ficariam totalmente fora de controle se não soubessem que há reis que lhes cortariam as cabeças.

Nós também mandamos na Força. Sykes pensa que ele é quem manda, ou pelo menos finge que acha que manda, mas são os reis detetives que realmente dão as ordens. Os infiltrados são nossos espiões, os fardados são nossos soldados rasos, os policiais à paisana são nossos cavaleiros.

E nós não nos tornamos reis porque nossos papaizinhos também eram – nós assumimos nossas coroas a duras penas, como os antigos guerreiros que lutam para chegar ao trono, com espadas lascadas, a armadura marcada, ferimentos e cicatrizes. Começamos nessas ruas com armas e cassetetes, punhos fechados, ousadia, esperteza e culhões. Fomos subindo pelo nosso conhecimento da rua, duro de ganhar, conquistando respeito, vitórias e até derrotas. Conquistamos nossa reputação como soberanos firmes, fortes, impiedosos e justos, administrando a dura justiça com clemência moderada.

Isso é o que um rei faz.

Ele faz justiça.

Malone sabe que é importante que eles aparentem esse papel. Súditos esperam que seus reis sejam compactos, afiados, que usem um dinheirinho para se vestir e se calçar, que tenham um pouquinho de estilo. Olhem só o Montague, por exemplo. Big Monty se veste como se fosse um professor da Ivy League – paletós de tweed, coletes, gravatas de tricô – com o chapéu de feltro com a peninha vermelha na faixa. Isso vai contra o estereótipo e é assustador, porque os bandidos não sabem como classificá-lo, e quando ele os coloca numa sala, eles acham que estão sendo interrogados por um gênio.

E Monty provavelmente o é.

Malone o viu entrar no Morningside Park, onde os idosos negros ficam jogando xadrez, desafiar cinco tabuleiros de cada vez e ganhar todos.

Depois devolver o dinheiro que tinha acabado de ganhar deles.

O que também é genial.

Russo é da velha escola. Ostenta um sobretudo de couro marrom avermelhado, moda do passado que lhe cai bem. Por outro lado, tudo cai bem em Russo, ele se veste com capricho. O sobretudo retrô, os ternos italianos de alfaiate, camisas com monograma, sapatos Magli.

Um corte de cabelo, toda sexta-feira, a barba feita duas vezes ao dia.

Tem a sofisticação de um gângster, é o seu comentário irônico para os mafiosos com quem ele cresceu e com quem nunca quis ficar. Ele seguiu o caminho oposto. Como policial, gosta de brincar dizendo que é "a ovelha branca da família".

Malone sempre veste preto.

Sua marca registrada.

Todos os detetives da Força são reis, mas Malone – sem faltar o respeito com nosso Senhor e Salvador – é o Rei dos Reis.

Manhattan North é o reino de Malone.

Assim como acontece com qualquer rei, seus súditos o amam e temem, reverenciam e odeiam, louvam e insultam. Ele tem seus leais e rivais, seus psicopatas e críticos, suas celebridades e conselheiros, mas não tem amigos verdadeiros.

Com exceção dos seus parceiros.

Russo e Monty.

Seus irmãos reis.

Ele morreria por eles.

– Malone? Se você tiver um minuto pra mim?

É o Sykes.

CAPÍTULO 3

— Tenho certeza de que você sabe — diz Sykes em sua sala — que praticamente tudo que eu disse ali foi papo.
— Sim, senhor — Malone responde. — Eu só estava imaginando se *você* sabia.

O sorriso retraído de Sykes fica mais retraído ainda, algo que Malone achava impossível.

O capitão lhe considera arrogante.

Quanto a isso, Malone não discute.

Para ser policial nessa área, pensa ele, é bom que você seja arrogante, mesmo. Tem gente por aí que percebe que você não se acha o cara e te mata. Eles te matam e te fodem nos ferimentos. Deixe o Sykes sair para rua, deixe que ele dê os flagrantes, arrombe portas.

Sykes não gosta disso, mas tem muita coisa no detetive-sargento Dennis Malone de que ele não gosta — seu senso de humor, seus braços tatuados, seu conhecimento enciclopédico das letras de hip-hop. Particularmente ele desgosta da postura de Malone, do fato de que Manhattan North é seu reino e seu capitão é apenas um turista.

Foda-se ele, pensa Malone.

Não há nada que Sykes possa fazer, porque em julho último Malone e sua equipe fizeram a maior apreensão de heroína da história de Nova York. Eles derrubaram Diego Pena, o chefão dominicano, com cinquenta quilos, o suficiente para chapar todos os homens, mulheres e crianças da cidade.

Eles também confiscaram perto de 2 milhões de dólares em espécie.

A chefia, no One Police Plaza, não ficou muito contente por Malone e sua equipe terem feito toda a investigação sozinhos, sem envolver mais ninguém. O pessoal da Narcóticos ficou furioso, assim como os federais da repressão às drogas. Mas eles que se fodam, pensa Malone.

A mídia adorou.

O *Daily News* e o *Post* publicaram manchetes coloridas berrantes, todas as emissoras de TV transmitiram. Até o *Times* publicou uma história na coluna Metropolitana.

Portanto, a chefia teve que sorrir e engolir.

Eles posaram com pilhas de heroína.

A mídia também deitou os cabelos, em setembro, quando a Força-Tarefa fez uma megaincursão nos conjuntos populares Grant e Manhattanville para prender mais de cem membros de gangues da 3Staccs, da Money Avenue Crew e da Make It Happen Boys. Esse último grupo, da camada de jovens desfavorecidos, matou uma estrela de basquete de 18 anos em retaliação à morte de um dos seus. Ela estava de joelhos, numa escada, implorando pela vida, suplicando pela chance de ir para a faculdade pois tinha ganhado uma bolsa integral. Mas não adiantou.

Eles a deixaram na plataforma entre dois lances de escada, seu sangue escorrendo pelos degraus como uma pequena cachoeira vermelha.

Os jornais ficaram forrados de fotos de Malone, sua equipe e o resto da Força-Tarefa arrastando os assassinos para fora dos conjuntos habitacionais, rumo à prisão perpétua e sem condicional a ser cumprida em Attica, conhecida nas ruas como a Cúpula do Terror.

Logo, pensa Malone, a minha equipe, apresenta três quartos das prisões de qualidade sob "seu comando", apreensões sérias, de peso e que resultam em condenações por um tempo expressivo. Isso não aparece em seus números, mas você sabe muito bem que minha equipe deu assistência em praticamente todas as prisões dos homicídios ligados às drogas resultando em condenação, sem falar nos assaltos, roubos, violência doméstica e estupros cometidos por viciados e traficantes.

Eu já tirei mais bandido da rua do que o câncer e é a minha equipe que segura a tampa dessa lata de vermes e impede que tudo exploda, e você sabe disso.

Então, mesmo que você se sinta ameaçado por mim, mesmo sabendo que, na verdade, sou eu quem manda na Força, você não vai me transferir, porque precisa de mim para ficar bem na fita.

E você também sabe disso.

Pode até não gostar do seu melhor jogador, mas não vai negociar o passe. E é quem pontua no placar.

Sykes não pode lhe tocar.

Agora, o capitão diz

– Aquilo foi conversa fiada para agradar a chefia. A heroína aparece nas manchetes, nós temos que reagir.

O fato é que o uso da heroína está em baixa na comunidade negra, não em alta, e Malone sabe disso. A venda de heroína no varejo por gangues de negros está em baixa, não em alta; na verdade, os bandidinhos jovens estão diversificando sua atuação, passando a roubo de celulares e crimes cibernéticos – roubo de identidade e fraudes de cartão de crédito.

Qualquer policial do Brooklyn, Bronx e de Manhattan North sabe que a violência não gira em torno da heroína e sim da maconha. Os garotos que fazem ponto nas esquinas estão brigando para ver quem fica com a tranquilidade da venda da marijuana e em que lugar vão vendê-la.

– Se pudermos derrubar os laboratórios de heroína – diz Sykes –, pelo amor de Deus, nós vamos derrubá-los. Mas o que realmente me preocupa são as armas. O que realmente me importa é impedir que esses jovens idiotas se matem e matem outras pessoas na minha área.

Armas e drogas são a sopa e o sanduíche do crime americano. Por mais que a corporação seja obcecada pela heroína, é mais obcecada em tirar as armas da rua. E por um bom motivo – são os policiais que têm de lidar com os assassinos, os feridos, relatar baixas às famílias, trabalhar com elas, tentar fazer com que consigam alguma justiça.

E, claro, são as armas nas ruas que matam os policiais.

Os babacas da Associação Nacional de Rifles vão lhe dizer que "armas não matam pessoas, pessoas matam pessoas". É, sei, pensa Malone, pessoas armadas.

Claro que há esfaqueamentos e espancamentos fatais, mas sem armas o número de homicídios seria insignificante. A maior parte dos congressistas safados, os que vão às reuniões da NRA cheirosos e vestindo uma roupa cheia de frufrus, nunca viu um homicídio por arma de fogo nem alguém baleado.

Os policiais, sim.

E não é bonito. Não é nada parecido com o que se vê ou ouve nos filmes. Esses escrotos que acham que a resposta é armar todo mundo, para que possam, por exemplo, atirar num cinema escuro, nunca tiveram uma arma apontada para suas cabeças e, se tivessem, iam se cagar.

Eles dizem que tudo tem a ver com a Segunda Emenda da Constituição e dos direitos individuais, mas, na verdade, tem a ver é com o dinheiro. Os fabricantes de armas, que compõem a base sólida dos recursos da NRA, querem vender armas e ganhar sua grana.

Fim da porra da história.

Nova York tem as leis mais rigorosas do país em relação a porte de armas, mas isso não faz a menor diferença porque todas as armas vêm de fora, e entram pelo corredor chamado "Iron Pipeline". Traficantes de armas fazem compras através de laranjas, em estados com leis fracas contra armamento – Texas, Arizona, Alabama, as Carolinas – e depois trazem os arsenais pela Interestadual 95 até as cidades do nordeste e as da Nova Inglaterra.

Os idiotas adoram falar de crime nas cidades grandes, pensa Malone, mas não sabem ou não ligam para o fato de que as armas vêm de suas cidades.

Até hoje, pelo menos quatro policias nova-iorquinos foram mortos com armas que vieram através da Iron Pipeline.

Sem falar dos garotos das esquinas e dos transeuntes.

A prefeitura, o departamento de polícia, todos estão desesperados para tirar as armas da rua. A polícia está até recomprando, sem fazer perguntas, pagando em cartões vale-dinheiro: você traz suas armas e nós sorrimos e lhe damos cartões bancários de duzentos dólares por pistolas e fuzis automáticos e 25 dólares por espingardas, revólveres e rifles menores.

A última recompra, na igreja da esquina da rua 129 com a Adam Clayton Powell, rendeu 48 revólveres, dezessete pistolas semi-automáticas, três rifles, uma espingarda e um AR-15.

Malone não tem o menor problema com isso. Armas fora de circulação são armas fora de circulação e isso ajuda um policial a realizar sua tarefa prioritária: ir para casa depois da ronda. Um dos velhos policiais veteranos me ensinou isso, logo que cheguei à corporação, sua tarefa prioritária é ir para casa, ao final da ronda.

Agora, Sykes pergunta:

– Como estamos com DeVon Carter?

DeVon Carter é o chefão do tráfico de Manhattan North, também conhecido como Soul Survivor, o mais recente de uma sequência de chefões do Harlem – chegou depois de Bumpy Johnson, Frank Lucas e Nicky Barnes.

Ele ganha a maior parte de seu dinheiro através dos laboratórios de heroína que, na verdade, são centros de distribuição que despacham para a Nova Inglaterra, as cidadezinhas subindo o Hudson, ou abaixo, para a Filadélfia, Baltimore e Washington.

Imagine a Amazon da heroína.

Ele é inteligente, estratégico e se isolou das operações cotidianas. Nunca se aproxima de drogas ou das vendas e todas as suas comunicações são filtradas por um punhado de subordinados que vão falar com ele pessoalmente, jamais ao telefone, sequer por mensagem de texto ou e-mail.

A Força nunca conseguiu infiltrar um policial na operação de Carter porque o Soul Survivor só deixa velhos amigos e familiares próximos entrarem em seu círculo mais íntimo. E se um deles é flagrado, prefere cumprir a pena a entregá-lo, porque cumprindo a pena, eles continuam vivos.

É frustrante. A Força-Tarefa pode pegar quantos traficantes de rua quiser. Os policiais à paisana fazem inúmeras ações comprando e flagrando, mas é uma porta giratória, alguns traficantes de rua vão para a cadeia de Rikers, mas já tem uma porção na fila para assumir seus lugares passando droga.

Porém, até agora, Carter nunca foi incomodado.

– Temos nossos informantes confidenciais na rua – diz Malone. – Às vezes conseguimos sua localização, mas e aí? Sem um grampo estamos ferrados.

Carter é dono ou sócio de uma dúzia de boates, lojas de bebidas, prédios de apartamentos, barcos e sabe Deus o que mais, e ele pulveriza suas reuniões. Se eles conseguissem colocar um grampo num desses lugares, talvez conseguissem o suficiente para partir para cima dele.

É o círculo vicioso clássico. Sem flagrante, você não consegue autrização e, sem autorização, não consegue obter o flagrante.

Malone não se dá ao trabalho de dizer isso. Sykes já sabe.

— O serviço de inteligência — diz Sykes —, indica que Carter está negociando uma grande compra de armas de fogo. Armamento de gente grande: fuzis de assalto, pistolas automáticas, até lançadores de foguetes.

— Como você sabe?

— Ao contrário do que você pensa — diz Sykes —, você não é o único que realiza trabalho policial nesse prédio. Se Carter está em busca desse tipo de armamento, isso significa que ele vai entrar em guerra contra os dominicanos.

— Concordo.

— Bom — continua Sykes. — Não quero essa guerra se desenrolando na minha área. Não quero ver esse nível de derramamento de sangue. Quero esse carregamento interceptado.

Sei, pensa Malone, você quer o carregamento interceptado, mas do seu jeito — nada de gracinhas de caubói, nem grampos ilegais, nada de explosões, nada de ir atrás de caguetagem. Ele já ouviu todo esse discurso.

— Eu fui criado no Brooklyn — diz Sykes. — No conjunto Marcy.

Malone conhece a história, já saiu no jornal, foi exibida no site da corporação: "Dos conjuntos populares para o distrito policial — policial negro luta para seguir seu caminho distante das gangues, rumo ao alto escalão do Departamento de Polícia de Nova York". De como Sykes deu uma virada em sua vida, conseguiu uma bolsa de estudos na Brown e voltou para casa para "fazer a diferença".

Malone não vai cair em prantos.

Mas só pode ser dureza, ser um policial negro de alta patente. Todos o olham de maneira diferente. Para as pessoas do distrito, você não é exatamente negro; para os policiais da casa, você não é tão policial. Malone se pergunta qual Sykes ele é, ou se ele sequer sabe que passa por isso. Deve ser duro, principalmente agora, com toda essa merda de racismo caindo em cima.

– Eu sei o que você pensa de mim – diz Sykes. – Um terno vazio. O carreirista negro. "Seguindo em frente e acima", não?

– Bem por aí, se nós estamos sendo honestos, senhor.

– A chefia quer tornar Manhattan North segura para o dinheiro branco – diz Sykes. – Eu quero tornar a área segura para o povo negro. Está bom esse tipo de honestidade para você?

– Sim, está de bom tamanho.

– Eu sei que você acha que está protegido por ter estourado o pico do Pena, por seus outros atos heróicos, pelo McGivern e pelo clube ítalo-irlandês, lá no centro da cidade, na One Police – diz Sykes. – Mas deixe-me lhe dizer uma coisa, Malone; você tem inimigos lá, só esperando que você escorregue na casca da banana para te pisotearem.

– E você não está esperando.

– Nesse momento, eu preciso de você – diz Sykes. – Preciso de você e de sua equipe para evitar que DeVon Carter transforme as minhas ruas num matadouro. Se fizer isso para mim, sim, eu vou seguir em frente e subir, e deixá-lo aqui, com seu pequeno reinado. Se não fizer isso por mim, você é somente um pé branco no meu saco preto e eu vou mandar transferi-lo para tão longe de Manhattan que você terá que usar uma porra de um *sombrero* para trabalhar.

Experimenta, seu filho da puta, pensa Malone.

Experimenta para ver o que acontece.

Mas a doideira é que os dois querem a mesma coisa. Eles não querem essas armas chegando às ruas.

E essas ruas são *minhas*, pensa Malone, não dele.

– Eu posso interceptar o carregamento. Não sei se consigo fazer isso seguindo estritamente as regras.

Então, com que intensidade quer isso, Capitão Sykes?

Malone permanece sentando, vendo Sykes analisar seu próprio acordo com o diabo.

Finalmente, Sykes diz:

– Quero relatórios, sargento. E acho bom que todo o conteúdo do seu relatório esteja estritamente conforme as regras. Quero saber onde você está e o que está fazendo. Estamos entendidos?

Perfeitamente, pensa Malone.

Somos todos corruptos.

Só que cada um de seu jeito.

E isso é uma oferta de paz. Se resultar numa grande apreensão, dessa vez eu trago você comigo. Você será o astro do filme, terá sua foto no *Post*, será um impulso em sua carreira. E ninguém dá a mínima para os números de Manhattan North, até que você já tenha saído.

– Feliz Natal, capitão.

– Feliz Natal, Malone.

CAPÍTULO 4

Malone havia começado a Corrida ao Peru havia cerca de cinco anos, quando a Força-Tarefa foi formada, achando que eles precisavam de um pouquinho de relações públicas positivas na vizinhança.

Todos ali conhecem os detetives da Força e não custa espalhar um pouquinho de amor e boa ação entre os homens. Você nunca sabe quando algum garoto que comeu peru em vez de passar o Natal com fome vai lhe dar uma colher de chá, alguma pista.

Para Malone, é uma questão de honra que os perus saiam de seu próprio bolso. Lou Savino e os mafiosos da Pleasant Avenue doariam alegremente a comida que caiu de traseiras de caminhões, mas Malone sabe que a comunidade logo ficaria sabendo. Então, aproveita o desconto concedido por um atacadista que estacionou caminhões em fila dupla e não foi multado, mas paga sozinho o restante da carga.

Porra, uma blitz decente recompensa bem mais que isso.

Malone não se ilude. Sabe que, depois de amanhã, as mesmas pessoas que aceitam seus perus não deixarão de lançar um "correio aéreo" em cima dele — garrafas, latas, fraldas sujas jogadas dos andares altos dos conjuntos habitacionais. Uma vez, alguém soltou um ar-condicionado inteiro do 19º andar, não acertou a cabeça de Malone por um triz.

O policial sabe que a Corrida ao Peru é apenas uma trégua.

Ele vai até o vestiário onde Big Monty se fantasia de Papai Noel.

Malone ri.

— Você está bonito.

Bem, na verdade, está ridículo. Um negão, geralmente reservado e respeitável, com um gorro de Papai Noel e uma barba imensa.

— Papai Noel preto?

— Diversidade — diz Malone. — Eu li no website da corporação.

— De qualquer maneira — Russo diz ao Montague —, você não é Papai Noel, você é o *Crack* Noel. Lá em cima, ele seria negro. E você já tem a pança.

— Não tenho culpa se toda vez que vou comer a tua mulher ela me dá um sanduíche — Montague responde.

Russo ri.

— Isso é mais do que ela dá pra mim.

Quem costumava fazer o Papai Noel era Billy O, mesmo sendo magrinho. Ele gostava disso mais do que tudo, botava um travesseiro por baixo da roupa e brincava com os garotos, distribuindo a comida. Agora a tarefa recaiu sobre o Monty, embora ele seja negro.

Monty ajusta a barba e olha para Malone.

— Você sabe que eles *vendem* esses perus. Talvez a gente devesse encurtar logo o caminho e dar o crack pra eles.

Malone sabe que nem todo peru chegará à mesa. Muitos irão direto para o cachimbo, para as armas ou para dentro do nariz. Esses perus vão para os traficantes de rua, que venderão aos mercadinhos, que vão colocá-los nas prateleiras e terão lucro. Porém a maioria chegará ao seu destino e a vida é um jogo de números. Algumas crianças terão uma ceia de Natal por causa de seus perus, outras não.

Já está bom.

DeVon Carter não acha nada razoável. Carter riu da Corrida ao Peru de Malone.

Há um mês e pouco.

Malone, Russo e Monty estavam almoçando na Sylvia's, cada um atacando um ensopado de asas de peru, quando Monty ergueu os olhos e disse:

— Adivinha quem chegou.

Malone deu uma olhada para o bar e viu DeVon Carter.

— Quer pedir a conta e sair? — disse Russo.

— Não há motivo para não ser cordial — devolveu Malone. — Acho que eu vou até lá dar um alô.

Quando Malone levantou, dois dos caras do Carter entraram em seu caminho, mas Carter acenou para que saíssem. Malone sentou na banqueta ao seu lado.

— DeVon Carter, Denny Malone.

— Eu sei quem você é — interviu Carter. — Algum problema?

— Nenhum, a menos que você tenha um problema — disse Malone. — Eu só pensei, ora, já que estamos no mesmo lugar, nós temos mais é que aproveitar e nos conhecer pessoalmente.

Carter estava muito alinhado, como sempre. Suéter Brioni cinza de caxemira e gola alta, calça carvão da Ralph Lauren, óculos Gucci.

O local ficou meio silencioso. Ali estavam sentados, lado a lado, o maior traficante de drogas do Harlem e o policial que tentava pegá-lo.

— Na verdade, nós estávamos rindo de você.

— É? O que eu tenho de tão engraçado?

— Sua "Corrida ao Peru" — zomba Carter. — Você dá coxas de peru para as pessoas. Eu dou dinheiro e droga. Quem você acha que vai ganhar essa?

— A verdadeira pergunta é — disse Malone —, quem vai ganhar, entre você e os Domos?

A queda do Pena desacelerou um pouco os dominicanos, mas foi só um revés. Algumas das gangues de Carter começavam a enxergar os dominicanos como opção. Eles temem estar em número menor e menos armados, podendo vir a perder o comércio de maconha.

Logo, Carter é um negociante de drogas diversificadas — ele tem de ser. Além da heroína, que vai mais para fora da cidade ou pelo menos, tem sua base de consumo mais destinada aos brancos, ele também comercializa pó e maconha. Afinal, para tocar em frente o seu negócio lucrativo, ele precisa de tropa. Precisa de segurança, de mulas, de gente de comunicação — ele precisa das gangues.

As gangues têm de ganhar dinheiro, precisam comer.

Carter não tem escolha a não ser deixar "suas" gangues venderem maconha. Ele tem de fazer isso ou os dominicanos vão fazer e tomar seu negócio. Ou comprarão as gangues de Carter diretamente ou simplesmente as varrerão do mapa, porque sem o dinheiro do bagulho as gangues não poderiam comprar armas e seriam inúteis.

Sua pirâmide poderia ruir pela base.

Malone não ligaria muito para a venda de maconha, mas 70% dos assassinatos de Manhattan North são relacionados às drogas.

Você tem as gangues dos latinos se enfrentando, tem as gangues negras se enfrentando e, cada vez mais, gangues negras enfrentando as dos latinos, aumentando a batalha entre os peixes grandes da heroína.

– Você tirou o Pena de circulação para mim – disse Carter.

– E não ganhei nem um cesto de muffins.

– Ouvi dizer que você foi bem compensado.

Isso deu um calafrio na espinha de Malone, mas ele não moveu um músculo.

– Toda vez que há uma grande apreensão, a "comunidade" diz que os policiais levam uma parte.

– Porque é isso mesmo que acontece todas as vezes. O que eu não entendo é o seguinte: – continua Malone – Os jovens negros catavam algodão; agora, vocês *são* o algodão. Vocês são aquele produto bruto que abastece as máquinas aos milhares, todos os dias.

– O complexo prisional industrial, – disse Carter. – Eu pago seu salário.

– Não pense que não sou grato – disse Malone. – Mas se não fosse você, seria outro. Por que acha que eles o chamam de "Soul Survivor"? Porque você é negro, isolado e é o último de sua espécie. Antigamente, os políticos brancos vinham puxar seu saco para ter seus votos. Quase não se vê mais isso porque eles não precisam de você. Estão puxando o saco dos latinos, asiáticos, hindus. Porra, até os muçulmanos estão faturando mais que você. Você está de saída.

Carter sorriu.

– Se eu ganhasse um níquel para cada vez que ouvi isso...

– Você tem ido à Pleasant Avenue ultimamente? – perguntou Malone. – Está *chinesa*. Inwood e os Heights? Mais latinos a cada dia. Seu pessoal no Ville e no Grant está começando a comprar dos Domos;

logo, logo, você vai perder até o Nickel. Os Domos, os mexicanos, os porto-riquenhos, eles falam a mesma língua, comem a mesma comida, ouvem a mesma música. Eles podem vender para você, mas se associarem a você? Pode esquecer. Os mexicanos fazem para os latinos locais um preço de atacado que não fazem para você, e você simplesmente não consegue competir, porque um doidão não tem lealdade a nada, exceto a seu braço.

– Você está apostando nos Domos? – perguntou Carter.

– Estou apostando em mim – disse Malone. – Sabe por quê? Porque a máquina continua moendo.

Mais tarde, naquele dia, um cesto de muffins chegou à delegacia de Malone, com um bilhete dizendo que custou 49,95 dólares, um níquel a menos do custo legal de um presente que um policial pode aceitar.

O Capitão Sykes não achou nada engraçado.

Malone vai seguindo pela Lenox, sentado na traseira de uma van com as portas abertas, Monty gritando – "Ho, ho, ho!" –, enquanto Malone joga os perus com a benção "Que a Força esteja com vocês!"

Esse é o mote não oficial da unidade.

Que Sykes também desgosta, porque acha "frívolo". O que o capitão não entende é que ser um policial nessa área é parte do show business. Não é como ser policial informante. Eles trabalham com os informantes, mas os informantes não fazem prisões.

Nós fazemos as prisões, pensa Malone, e algumas saem nos jornais, com nossos rostos sorridentes. O que Sykes não entende é que precisamos ter presença por ali. Uma imagem. E a imagem tem de ser que a Força está *com* você, não contra você.

A menos que você esteja traficando, assaltando as pessoas, estuprando mulheres ou se passa atirando. Aí a Força vem para te pegar, e pega.

De um jeito ou de outro.

De qualquer maneira, o pessoal dali nos conhece.

Gritam "A Força que se foda", "Me dá a porra do meu peru, seus filhos da puta", "Seus nojentos, por que não dão carne de porco?",

Malone só ri. É só para sacanear, e a maior parte das pessoas não diz nada, ou apenas um discreto "Obrigado". Porque a maioria das pessoas dali é gente boa, tentando ganhar a vida, criar seus filhos, como quase todo mundo.

Como o Montague.

O grandalhão carrega peso demais nos ombros, Malone pensa, vivendo nos Savoy Apartments, com esposa e três filhos, o mais velho dos garotos já chegando àquela idade em que ou você vigia ou perde para a rua – e Montague se preocupa cada vez mais quando fica muito tempo longe dos meninos. Essa noite ele quer estar em casa, com a família, na noite de Natal. Em vez disso, está na rua, ganhando o dinheiro da faculdade dos filhos, exercendo seu papel de pai.

A melhor coisa que um homem pode fazer por sua prole, é cuidar da porra da vida.

E eles são bons garotos, os filhos de Montague, pensa Malone. Espertos, educados, respeitosos.

Malone é o "Tio Denny".

E o guardião legal. Ele e Sheila são os guardiões dos filhos de Monty e dos filhos de Russo, caso algo aconteça. Se os Montague e os Russo saem para jantar juntos, como às vezes acontece, Malone brinca que não devem andar no mesmo carro, para que ele não herde mais seis filhos.

Phil e Donna Russo são os guardiões legais dos filhos de Malone. Se Denny e Sheila caírem de avião, ou algo assim – cenário cada vez mais improvável – John e Caitlin vão morar com os Russo.

Não é que Malone não confie em Montague – Monty talvez seja o melhor pai que ele já viu e as crianças o amam –, mas Phil é seu irmão. Outro garoto de Staten Island. Não é apenas parceiro de Malone, mas seu melhor amigo. Eles cresceram juntos, cursaram a Academia juntos. O carcamano já salvou a vida de Malone por incontáveis vezes e ele retribuiu o favor.

Levaria um tiro por Russo.

Por Monty também.

Um garotinho de talvez oito anos está perturbando Monty.

– O Papai Noel não fuma essa merda de charuto.

– Esse aqui fuma. E olha a boca.
– Por quê?
– Você vai querer um peru ou não? – pergunta Monty. – Pare de me sacanear.
– O Papai Noel não diz "sacanear".
– Deixe o Papai Noel em paz e pegue o seu peru.

O reverendo Cornelius Hampton se aproxima da van e a multidão se abre para ele como o mar Vermelho, sobre o qual está sempre pregando em seus sermões de "deixem meu povo em paz".

Malone olha o rosto famoso, os cabelos grisalhos alisados, a expressão plácida. Hampton é um ativista da comunidade, líder dos direitos civis, convidado frequente em programas de televisão, na CNN e MSNBC.

O Reverendo Hampton nunca viu uma câmera de que não gostasse, pensa Malone. Hampton tem mais tempo de transmissão na TV que Judge Judy.

Monty lhe entrega um peru.
– Para a igreja, reverendo.
– *Esse* não – diz Malone. – Toma esse.

Ele estende a mão para trás e escolhe uma ave, que entrega a Hampton.
– Está mais gordo.

Mais pesado também, pelo recheio.

Vinte mil, em dinheiro, enfiados pela bunda do peru. Cortesia de Lou Savino, chefão da família Cimino no Harlem, e dos meninos da Pleasant Avenue.

– Obrigado, sargento Malone – diz Hampton. – Isso vai alimentar os pobres e sem teto.

Vai sim, pensa Malone. Uma parte, talvez.
– Feliz Natal – diz Hampton.
– Feliz Natal.

Malone avista Nasty Ass.

Doidão, perto da pequena aglomeração, com seu pescoço magro e comprido entocado no casaco da North Face que Malone lhe comprou, para que ele não morresse congelado na rua.

Nasty Ass é um dos informantes de Malone, seu dedo-duro especial, embora Malone nunca tenha feito uma ficha para ele. Um viciado que vende um pouco, com informações geralmente boas. Nasty Ass ganhou seu nome nas ruas porque sempre parece que está cheirando à bunda cagada. Quando se tem escolha, é melhor conversar com Nasty Ass ao ar livre.

O informante se aproxima da traseira da van, seu porte magro tremendo porque está com frio ou em abstinência. Malone lhe dá um peru, mas pensa em que diabo ele vai fazer com isso. Aonde vai prepará--lo é um mistério, já que o homem geralmente apaga em cracolândias.

— O 218 da rua 184. Lá pelas onze — diz Nasty Ass.
— O que ele vai fazer lá? — pergunta Malone.
— Vai dar uma foda.
— Isso é informação quente?
— Quentíssima. Ele mesmo me disse.
— Se fechar, tem grana para você — diz Malone. — E vá atrás de uma porra de um banheiro, pelo amor de deus, tá?
— Feliz Natal — diz Nasty Ass.

Ele vai embora com o peru. Talvez consiga vendê-lo para se dopar, pensa Malone.

Um homem grita da calçada:
— Eu não quero essa porra de peru de *cana*! Michael Bennet não está aqui pra comer uma porra de um peru, está?

Bem, isso é verdade.

Então, ele vê Marcus Sayer.

O rosto do menino está inchado e roxo, seu lábio inferior cortado, quando ele pede um peru.

A mãe de Marcus, uma gorda idiota e preguiçosa, abre uma fresta na porta e vê o distintivo dourado.

— Deixe-me entrar, Lavelle — diz Malone. — Eu trouxe um peru para você.

Ele trouxe mesmo, está segurando a ave embaixo do braço e trazendo Marcus, de oito anos, pela mão.

Ela tira a corrente e abre a porta.

– Ele se meteu em confusão? Marcus, o que foi que você fez?

Malone dá um cutucão para o menino entrar na frente e o segue. Ele põe o peru em cima da bancada da cozinha, ou no que dá para enxergar da bancada, com garrafas vazias, cinzeiros cheios e a imundície habitual.

– Onde está o Dante? – pergunta Malone.

– Dormindo.

Malone ergue a jaqueta e a camisa xadrez de Marcus e mostra a ela os vergões nas costas do menino.

– Dante fez isso?

– O que o Marcus lhe disse?

– Ele não disse nada – diz Malone.

Dante sai do quarto. O mais recente homem de Lavelle é parrudo, com mais de 1,80 metro, todo musculoso e mal-encarado. Encontra-se bêbado, com os olhos vidrados e vermelhos, parado, olhando Malone de cima.

– O que você quer?

– O que eu lhe disse que faria se você batesse novamente no menino?

– Que ia quebrar o meu pulso.

Malone está com o cassetete e o gira como um bastão, descendo com tudo no punho direito de Dante, que estala, como um palito de picolé. Dante berra e desfere um golpe com a mão esquerda. Malone abaixa e acerta o cassetete nas panturrilhas do homem. O homem despenca como uma árvore.

– Pronto, aí está.

– Isso é abuso de autoridade.

Malone pisa no pescoço de Dante e usa o outro pé para chutar-lhe a bunda com força três vezes.

– Você está vendo Al Sharpton aqui? Equipes da televisão? Lavelle segurando um celular filmando? Não tem porra de abuso de autoridade nenhum se não tem câmera gravando.

– O garoto me desrespeitou – Dante geme. – Eu dou disciplina.

Marcus está ali, de olhos arregalados; ele nunca tinha visto o grandalhão do Dante tomar umas porradas e até que gosta. Lavelle já sabe que vai tomar outro sacode depois que o policial for embora.

Malone pisa com mais força.

– Se eu vir o moleque de novo com hematomas, se eu vir esse moleque com vergões, eu vou disciplinar *você*. Vou enfiar essa porra desse cassetete no teu cu até sair pela tua boca. Depois o Big Monty e eu vamos afundar seus pés no cimento e te jogar em Jamaica Bay. Agora dê o fora. Você não mora mais aqui.

– Você não pode me dizer onde eu moro!

– Acabei de dizer. – Malone tira o pé do pescoço de Dante. – Por que você ainda está deitado aí, sua putinha?

Dante levanta, segurando seu punho quebrado, contorcendo o rosto de dor.

Malone recolhe casaco do homem e o joga para ele.

– E meus sapatos? – Dante pergunta. – Estão lá no quarto.

– Você vai descalço – ordena Malone. – Vá a pé até a emergência e lhes diga o que acontece com homens feitos que batem em menininhos.

Dante cambaleia porta afora.

Malone sabe que todos falarão disso à noite. O assunto vai se espalhar. Talvez batam em garotinhos no Brooklyn, no Queens, mas não em Manhattan North, não no reino de Malone.

Ele vira para Lavelle.

– O que há de errado com você?

– E eu, não preciso de amor também?

– Ame o seu filho – diz Malone. – Se eu vir isso novamente, você vai pra cadeia e ele vai pro reformatório. É isso que você quer?

– Não.

– Então entre na linha. – Ele tira uma nota de vinte do bolso. – Isso não é para comprar doce. Ainda dá tempo de você comprar alguma coisa e colocar embaixo da árvore.

– Não tenho árvore.

– É só maneira de dizer.

Jesus Cristo.

Ele se agacha diante de Marcus.

— Se qualquer pessoa te machucar, qualquer um ameaçar te bater, vem falar comigo, com o Monty, o Russo ou qualquer um da Força, está bem?

Marcus assente.

É, pode ser, pensa Malone. Pode haver uma chance do garoto crescer sem odiar todos os policiais.

Malone não é tolo. Ele sabe que não vai impedir todos os espancamentos em crianças em Manhattan North, nem a maioria. Sequer evitará a maior parte qualquer outro crime. E isso o incomoda — é seu território, sua responsabilidade. Tudo que acontece ali é de sua conta. Ele sabe que isso também não é realístico, mas é o que ele sente.

Tudo que acontece no reino é da conta do rei.

Ele encontra Lou Savino no D'Amore, na rua 116, no que eles costumavam chamar de Harlem Espanhol.

Antes de ser o Harlem Italiano.

Agora, está se transformando no Harlem Asiático.

Malone segue até o bar.

Savino é um chefão italiano na família Cimino, com uma equipe baseada na antiga região da Pleasant Avenue. Eles são envolvidos em transações de construção, sindicatos, agiotagem, jogo — essas merdas habituais da máfia —, mas Malone sabe que Lou também vende droga.

Não em Manhattan North.

Malone garantiu que se essas merdas surgirem na área, todas as apostas já eram — será um tiro no pé de todos os seus outros negócios. Sempre foi esse o acordo da polícia com a máfia: os caras queriam tocar os negócios com as prostitutas, o jogo (carteado, cassinos clandestinos) e os números explodiram. Antes que o Estado assumisse, chamasse de loteria e transformasse a prática numa virtude cívica, eles davam um envelope mensal aos policiais.

Chamavam isso de "agenda".

Geralmente um policial de cada distrito era o coletor. Ele recolhia o pagamento e distribuía entre seus colegas. O policial na patrulha passava aos sargentos, que passavam aos tenentes, que passavam aos capitães, que passavam aos inspetores, que passavam aos chefes.

Todo mundo levava.

E quase todos consideravam "dinheiro limpo".

Naquela época, os policiais (porra, pensa Malone, até os policiais de hoje em dia) faziam distinção entre "dinheiro limpo" e "dinheiro sujo". Dinheiro limpo era mais do jogo; dinheiro sujo vinha de drogas e crimes violentos, as raras ocasiões em que um mafioso tentasse subornar para se livrar de um assassinato, um roubo à mão armada, estupro ou agressão violenta. Embora a maioria dos policiais aceitasse dinheiro limpo, era incomum alguém pegar dinheiro manchado de drogas ou sujo de sangue.

Até os mafiosos sabiam a diferença e aceitavam o fato de que o mesmo policial que pegasse dinheiro de jogo na terça poderia prender o mesmo gângster na quinta por vender heroína ou cometer um assassinato.

Todos sabiam das regras.

Lou Savino é um desses mafiosos que acha que está num casamento, mas está num velório.

Ele reza no altar de deuses falsos e mortos.

Tenta manter uma imagem de algo que acha que era, mas, na verdade, não existiu, exceto no cinema. A porra do cara quer muito ser algo que nunca foi, até a imagem fantasma que agora está sumindo no escuro.

Os caras da geração de Savino gostavam do que viam nos filmes e queriam ser *aquilo*. Portanto, Lou não está tentando ser Lefty Ruggiero, ele está tentando ser Al Pacino sendo Lefty Ruggiero. Ele não está tentando ser Tommy DeSimone, ele tenta ser Joe Pesci, sendo Tommy DeSimone, não o Jake Amari, mas o James Gandolfini.

Malone acha que foram bons filmes, mas, Jesus, Lou, foram filmes! Mas as pessoas apontam para o local, a algumas quadras de distância dali, onde Sonny Corleone deu uma surra em Carlo Rizzi com a tampa de uma lixeira como se aquilo realmente tivesse acontecido, e não como o cenário onde Francis Ford Coppola filmou James Caan fingindo bater em Gianni Russo.

Bem, tudo bem, pensa Malone, toda instituição sobrevive com sua própria mitologia, incluindo a polícia de Nova York.

Savino está com uma camisa de seda preta por baixo de um paletó Armani cinza perolado e está sentado, bebericando um *Seven and Seven*. Por que diabos alguém despejaria refrigerante num bom uísque é um mistério para Malone, mas cada um com seu cada um.

— Olha só, é o policial *di tutti* policiais!

Savino levanta e o abraça.

O envelope escorrega facilmente do paletó de Savino para o de Malone.

— Feliz Natal, Denny.

O Natal é uma época importante para a comunidade dos mafiosos. É quando todos recebem seus bônus anuais, frequentemente dezenas de milhares de dólares. O peso do envelope é a referência para saber sua posição dentro do grupo: quanto mais pesado, maior o seu status.

O envelope de Malone não tem nada a ver com isso.

É pelo seu serviço como portador.

Dinheiro fácil. Só para encontrar uma pessoa aqui, outra ali. Um bar, um jantar, o playground no Riverside Park. E passar um envelope. Já sabem do que se trata, já foi tudo combinado. Malone é só o despachante, porque esses bons cidadãos não querem correr o risco de serem vistos com um mafioso conhecido.

São servidores públicos da prefeitura, o tipo que concede licitações para contratos.

É onde fica o centro de lucros dos Cimino.

A *borgata* Cimino recebe uma parcela de tudo: uma restituição do empreiteiro, por conseguir a licitação, depois o concreto, as vigas de aço, a parte elétrica e a hidráulica. De outro modo, esses sindicatos acham um problema e embargam o projeto.

Todos acharam que os mafiosos haviam acabado depois da RICO, Lei anticorrupção, do Giuliani, do caso da Comissão, o das Janelas.

E haviam acabado mesmo.

Então, as Torres Gêmeas vieram abaixo.

De um dia para o outro, os federais transferiram três quartos de seu efetivo para o antiterrorismo e a máfia reagiu. Porra, eles até fizeram uma fortuna superfaturando a remoção dos escombros do Marco Zero. Louie costumava se gabar dizendo que eles levaram 63 milhões de dólares.

O 11 de Setembro salvou a máfia.

Não está claro quem é encarregado pela família Cimino, mas o dinheiro mafioso é por conta de Stevie Bruno. Cumpriu dez anos por um caso de corrupção, há três foi solto e está em rápida ascensão. Muito isolado, mora em Jersey e raramente vem à cidade, mesmo para uma refeição.

Portanto, eles estão de volta mas nunca voltarão a ser o que foram.

Savino faz sinal para que o bartender providencie um drinque para Malone. O bartender já sabe que é um Jameson's puro.

Eles sentam-se novamente e prosseguem no ritual de dança: como vai a família, tudo bem, e a sua, como vão os negócios, você sabe, mais um dia ganhando menos, aquela conversa fiada.

– Encontrou o bom reverendo? – pergunta Savino.

– Ele ganhou seu peru – diz Malone. – Numa noite dessas, alguns de seus caras deram um sacode no dono de um bar, na Lenox, um cara chamado Osborne.

– Qual é? Você tem o monopólio pra bater em italiano?

– Tenho, sim.

– Ele vacilou com o pagamento – explica Savino. – Duas semanas seguidas.

– Não me exponha fazendo isso na rua, onde todos veem – diz Malone. – As coisas já estão bem tensas na "comunidade".

– Ei, só porque um dos seus caras apagou um garoto quer dizer que eu tenho que emitir algum tipo de passe livre? – pergunta Savino. – Esse babaca aposta no Knicks. No *Knicks*, Denny. Depois me dá volta no meu dinheiro. O que eu deveria fazer?

– Apenas não faça na minha área.

– Porra, Jesus, Feliz Natal, que bom que você veio essa noite – diz Savino. – Mais alguma coisa incomodando?

– Não, só isso.

– Obrigado, santo Antônio.

— Você ganhou um envelope bom?

Savino dá de ombros.

— Quer saber de uma coisa... aqui entre nós? Hoje em dia, os chefes são um monte de pão-duro do caralho. Esse cara tem uma casa em Jersey com vista para o rio, quadra de tênis... Quase nem vem mais à cidade. Passou dez anos pegado e tudo bem, eu entendo... Mas, por isso, ele acha que pode comer com as duas mãos, que ninguém se importa. Sabe de uma coisa? Eu me importo.

— Porra, Lou, alguém pode ouvir.

— Eles que se fodam — diz Savino. Ele pede outro drinque. — Tenho algo que pode lhe interessar, sabe o que eu ouvi? Ouvi que talvez toda a heroína tomada no estouro do Pena fez de você um astro do rock e nem chegou ao cofre de flagrantes.

Jesus Cristo, será que está todo mundo falando disso?

— Papo furado.

— É, provavelmente — diz Savino —, porque já teria aparecido na rua e não apareceu. Alguém fez uma Operação França e acho que estão entocando.

— É, bem, não ache.

— Porra, hoje você está sensível pra cacete — diz Savino. — Eu só estou dizendo que alguém entocou e tá dando um tempo pra passar...

Malone pousa o copo.

— Tenho que ir.

— Gente pra ver, lugares pra ir — diz Savino. — *Buon Natale*, Malone.

— É, pra você também.

Malone sai pela rua. Jesus, o que Savino ouviu sobre a queda do Pena? Será que ele estava só jogando verde ou sabe de alguma coisa? Isso não é nada bom, terá que ser resolvido.

De qualquer maneira, pensa Malone, a *italianada* não vai mais bater em nenhum negligente desavisado na Lenox.

Isso já é alguma coisa.

Vamos à próxima.

★ ★ ★

Debbie Phillips estava grávida de três meses, quando Billy O morreu.

Por eles não serem casados (*embora* Monty e Russo estivessem no pé do garoto para fazer as coisas certas, e ele se mostrasse inclinado para tal), a corporação não fez merda nenhuma por ela. No funeral de Billy, ela não foi reconhecida como esposa, a porra do departamento católico não deu a bandeira dobrada à futura mãe descasada, nem ofertou palavras bondosas; benefícios ou plano médico, então, nem pensar. Ela queria fazer um teste de paternidade e processar a corporação, mas Malone a convenceu do contrário.

Não se entrega a corporação a advogados.

– Essa não é a maneira como nós fazemos as coisas – ele disse a ela. – Nós vamos cuidar de você, do bebê.

– Como? – perguntou Debbie.

– Deixe que eu me preocupe com isso – disse Malone. – Qualquer coisa que você precise, pode me ligar. Se for coisa de mulher: Sheila, Donna Russo, Yolanda Montague.

Debbie nunca pediu nada.

Ela era um tipo independente, não tão apegada ao Billy, muito menos à família. Eles ficaram juntos numa noite e a coisa acabou sendo permanente, apesar dos constantes alertas de Malone para que Billy usasse camisinha.

– Na hora, eu tirei – Billy disse a ele, quando a Debbie ligou, dando a notícia.

– Porra, você tem quinze anos? – Malone perguntou.

Monty deu-lhe um peteleco na cabeça.

– Idiota.

– Vai se casar com ela? – Russo perguntou.

– Ela não quer casar.

– Não interessa o que ela e você querem – disse Monty. – O que importa é o que a criança precisa: pai e mãe.

Mas Debbie é uma daquelas mulheres modernas que acha que não precisa de homem para criar filho. Disse ao Billy que eles deveriam esperar para ver o "desenrolar do relacionamento".

Mas eles não tiveram a chance.

Agora, ela abre a porta para Malone com os oito meses de gestação aparentes. Ela não está recebendo nenhuma ajuda da família, que mora na Pensilvânia, e não tem ninguém em Nova York. Yolanda Montague é a que mora mais perto e sempre vai vê-la, leva compras de mercado, acompanha-a às consultas médicas quando Debbie deixa, mas não lida com dinheiro.

As esposas nunca lidam com o dinheiro.

– Feliz Natal, Debbie – diz Malone.

– É, isso aí.

Ela o deixa entrar.

Debbie é bem miúda, por isso a barriga parece ainda maior. Seus cabelos louros estão desgrenhados e sujos, o apartamento, uma bagunça. Ela senta no sofá velho; a televisão está ligada com o noticiário da noite.

Está quente e abafado no apartamento, mas, nesses apartamentos antigos, está sempre quente ou frio demais – ninguém consegue entender os aquecedores. O aparelho agora zune, como se dissesse a Malone para dar o fora se não estiver gostando.

Ele coloca um envelope em cima da mesa.

Cinco mil.

A decisão foi bem fácil. Billy continua recebendo sua parte inteira e quando eles repassarem a heroína de Pena, ele também recebe a parte dele. Malone é o executor, vai repassando o dinheiro a Debbie, conforme achar que ela precisa e consegue administrar. O restante irá para uma poupança para a faculdade do filho de Billy.

O menino não será carente de nada.

Sua mãe pode ficar em casa, tomar conta dele.

Debbie brigou com Malone, por causa disso.

– Você pode pagar uma creche. Eu preciso trabalhar.

– Não precisa, não.

– Não é só o dinheiro – disse ela. – Eu ficaria maluca, passando o dia inteiro aqui, sozinha com uma criança.

– Você se sentirá de outra forma depois que ele nascer.

– É o que dizem.

Ela olha para o envelope.

– Assistência social natalina.

– Não é caridade – diz Malone. – É o dinheiro do Billy.

– Então me dê – diz ela. – Em vez de ficar pagando em prestações, como assistência social.

– Nós zelamos pelos nossos – diz Malone. Ele olha ao redor do apartamentinho. – Você está pronta para esse bebê? Já tem, sei lá, um berço, fraldas, uma mesa pra trocá-lo?

– Olhe só, você...

– Yolanda pode levá-la pra fazer compras – diz Malone. – Ou, se você quiser, nós podemos simplesmente trazer as coisas.

– Se a Yolanda me levar pra fazer compras – retoma Debbie –, eu vou parecer alguma nojenta rica de West Side com uma babá. Talvez eu possa fazer com que ela fale com sotaque jamaicano, ou elas todas são haitianas agora?

Ela está amarga.

Malone sabe que não é para menos.

Ela teve um caso com um policial, engravidou e o policial foi morto, e aí está ela – sozinha, com a vida totalmente fodida. Policiais e suas esposas dizendo-lhe o que fazer, dando mesada, como se ela fosse uma criança. Mas ela é uma criança, pensa Malone, e se eu desse a grana inteira do Billy de uma só vez ela iria detonar tudo. E como ficaria o bebê?

– Você tem planos para amanhã? – pergunta a ela.

– *A felicidade não se compra* – diz ela. – Os Montague me convidaram, assim como os Russo, mas eu não quero ser intrometida.

– Eles foram sinceros.

– Eu sei. – Ela põe os pés em cima da mesa. – Eu sinto falta dele, Malone. Isso é maluquice?

– Não – diz Malone. – Não é maluquice.

Também sinto falta dele.

Eu também o amava.

* * *

The Dublin House, na rua 79 com a Broadway.

Você entra, numa noite de Natal, e o que vê, o que vai encontrar, pensa Malone, é um monte de bêbados irlandeses e policiais irlandeses e alguns que são as duas coisas.

Ele vê Bill McGivern em pé, no bar lotado, virando um drinque para dentro.

– Inspetor?

– Malone – diz McGivern –, eu estava torcendo para ver você essa noite. O que vai beber?

– Vou te acompanhar.

– Outro Jameson's – McGivern diz ao bartender.

As bochechas do inspetor estão coradas, realçando a brancura de seus cabelos. McGivern é um daqueles irlandeses sorridentes rosados, de rosto cheio, cordiais. Grande figura na Emerald Society e nos Catholic Guardians. Se não fosse policial, teria sido um cabo-eleitoral dos bons.

– Quer sentar numa mesa com sofá? – Malone pergunta, quando chega o drinque.

Eles encontram uma, nos fundos, e sentam.

– Feliz Natal, Malone.

– Feliz Natal, inspetor.

Eles brindam.

McGivern é "padrinho" de Malone – seu mentor, protetor. Todo policial com qualquer tipo de carreira tem um, o cara que intercede por você, arranja-lhe boas missões, fica em alerta por você.

McGivern é um padrinho muito poderoso. Um inspetor do Departamento de Polícia de Nova York está a duas patentes acima de um capitão e só fica abaixo dos chefes. Um inspetor bem colocado – como McGivern – pode matar a carreira de um capitão e Sykes sabe disso.

Malone conhece McGivern desde pequenininho. O seu pai e o inspetor foram policiais fardados juntos, na Seis, nos velhos tempos. Foi McGivern que conversou com Malone, alguns anos após o falecimento de seu pai, para explicar-lhe algumas coisas.

– John Malone foi um grande policial – disse McGivern.

– Ele bebia – devolve Malone.

É, ele tinha dezesseis anos e já sabia a porra toda.

— Bebia — disse McGivern. — Seu pai e eu, lá na Seis, nós encontramos oito crianças assassinadas, todas com menos de quatro anos de idade, já mortas há duas semanas.

Uma delas tinha uma porção de marquinhas de queimaduras no corpo, e McGivern e seu pai não conseguiam entender o que era, até finalmente perceberem que eram exatamente do tamanho da boca de um cachimbo de crack.

A criança tinha sido torturada, e mordeu e arrancou um pedaço da própria língua de tanta dor.

— Então, sim — disse McGivern —, seu pai bebia.

Agora Malone tira um envelope do paletó e o empurra para o outro lado da mesa. McGivern pega e diz:

— Realmente, um Feliz Natal.

— Eu tive um bom ano.

McGivern guarda o envelope dentro de seu casaco de lã.

— Como a vida tem lhe tratado?

Malone dá um gole no uísque e diz:

— Sykes está na minha cola.

— Eu não posso fazê-lo ser transferido — diz McGivern. — Ele é o queridinho do Palácio Real.

One Police Plaza.

Sede do Departamento de Polícia de Nova York.

Que agora tem seus próprios problemas, pensa Malone.

Uma investigação do FBI sobre os oficiais de alta patente aceitando presentes em troca de favores.

Umas babaquices como viagens, ingressos para o Super Bowl, jantares em restaurantes gourmet em troca de isenção de multas, arquivamento de intimações em obras, até por fazerem a segurança de uns babacas que estavam contrabandeando diamantes do exterior. Um desses ricaços cretinos conseguiu que um comandante da marinha levasse seus amigos até Long Island num barco da polícia, e uma unidade aérea para levar seus convidados para uma festa, nos Hamptons, com um helicóptero policial.

É difícil conseguir porte de armas em Nova York, ainda mais um porte licenciado. Isso geralmente exige uma minuciosa pesquisa do histórico da pessoa além de entrevistas. A menos que você seja rico e possa dar 20 mil a um "corretor" e o "corretor" suborne os policiais de alta patente para encurtar o processo.

Os federais pegaram um desses corretores pelas bolas e ele está falando, dando nomes.

Acusações iminentes.

Até agora, cinco chefes já foram dispensados.

Um deles se matou.

Foi de carro até uma rua perto de um campo de golfe próximo à sua casa, em Long Island, e se matou com um tiro.

Nem deixou bilhete.

Ondas de pura tristeza e choque estão varrendo o escalão mais alto do Departamento de Polícia de Nova York, incluindo McGivern.

Eles não sabem quem será o próximo – a ser preso, a botar o cano da arma na boca.

A mídia está em cima de unhas e dentes, mais por conta da guerra entre o prefeito e o chefe de polícia.

É, bem, talvez não seja tanto uma guerra, pensa Malone, parece mais com dois caras num navio afundando, brigando pelo último lugar no bote salva vidas. Cada um está diante de superescândalos, a única cartada é jogar o outro para os tubarões da mídia e torcer para que o frenesi dure o suficiente para dar tempo de remar para longe.

Por mais que Hizzoner seja castigado, Malone acha pouco e a maioria de seus irmãos policiais compartilha da mesma opinião, porque o filho da puta joga todos eles no fogo sempre que tem uma chance. Não lhes deu apoio com o Garner, o Gurley ou o Bennett. Ele sabe de onde vêm os seus votos, portanto, é um alcoviteiro da comunidade minoritária e faz tudo, só faltou lamber a bunda da galera do Black Lives Matter.

Só que agora é o cu dele que está na reta.

Veio à tona que sua gestão ofereceu alguns favores para importantes doadores de campanha. Essa foi bem chocante, pensa Malone.

Isso é novidade nesse mundo, exceto as alegações de que o prefeito e seu pessoal levaram a coisa um pouquinho mais adiante – ameaçando prejudicar potenciais doares que não contribuíssem e os investigadores do estado de Nova York que estavam tocando o caso arranjaram uma palavra horrenda para isso: extorsão.

A palavra dos advogados para "propina", uma antiga tradição em Nova York.

A máfia fez isso durante gerações, provavelmente ainda faz, em alguns bairros que ainda controla, forçando os lojistas e donos de bares a fazer pagamentos semanais para "proteção" contra os roubos e o vandalismo que virão se não pagarem.

A corporação também pagava. Antigamente, todos os proprietários de negócios da quadra sabiam que era bom ter um envelope pronto para o policial coletor na sexta-feira, ou sanduíches, café e bebidas de graça. Das putas, boquetes. Em troca, o policial zelava pelo quarteirão, checava as trancas à noite, botava os garotos da esquina para correr.

O sistema funcionava.

Agora, Hizzoner está promovendo sua própria angariação de propina para fundos da campanha e veio com uma defesa quase cômica, oferecendo para divulgar uma grande lista de doadores a quem ele *não* fez favores. Estão falando de indiciamentos e dos 38 mil policiais da corporação, cerca de 37.999 se ofereceram para comparecer com algemas.

Hizzoner despediria o chefe de polícia, só que iria parecer o que é, então ele precisa de uma desculpa, qualquer merda que o prefeito possa jogar em cima da corporação ele vai pegar com as duas mãos.

E o chefe de polícia ganharia a briga contra o prefeito não fosse o escândalo que está irrompendo na One Police. Portanto, ele precisa de notícias melhores, precisa de manchetes.

Apreensões de heroína e queda nos índices criminais.

– A missão da Força-Tarefa Especial de Manhattan North não mudou – McGivern vive dizendo. – Não me interessa o que o Sykes lhe diga, você que manda no zoológico, resolva do jeito que precisar. Eu não gostaria de ser citado por isso, é claro.

Quando Malone foi procurar McGivern pela primeira vez para propor uma Força-Tarefa, englobando simultaneamente o combate às armas e a violência, não encontrou tanta resistência como imaginava.

As divisões de Homicídios e de Narcóticos são independentes. A Narcóticos é uma unidade em si, administrada diretamente pela One Police, e eles geralmente não se misturam. Porém, com quase três quartos dos homicídios relativos às drogas, isso não fazia sentido, Malone argumentou. O mesmo em relação a uma divisão de combate às gangues, pois a maior parte da violência proveniente das drogas também é violência de gangues.

Criemos uma única Força-Tarefa, para combatê-los simultaneamente, ele propôs.

As divisões de Narcóticos, Homicídios e Crime Organizado berraram como porcos empacados. E é verdade que as divisões de elite têm seus podres no Departamento de Polícia.

Mais porque sempre foram inclinados à corrupção e à violência excessiva.

A antiga Divisão da Polícia Civil, lá pelos idos dos anos 1960 e 1970, deu origem à Knapp Commission, que quase destruiu o departamento. Malone considera Frank Serpico um babaca ingênuo, pois *todos* sabiam que os civis aceitavam dinheiro. Ele entrou na divisão mesmo assim. Sabia no que estava se metendo.

O cara tinha complexo de Jesus.

Não é de se admirar que nenhum policial do Departamento de Polícia de Nova York tenha doado sangue quando ele foi alvejado. O cara quase destruiu a cidade também. Pelos vinte anos que se seguiram após a Knapp, a prioridade da corporação era lutar contra a corrupção em lugar do crime.

Depois veio a Unidade Especial de Investigação, que ganhou carta branca para atuar pela cidade como bem quisesse. Também fez algumas apreensões boas, ganhou muito dinheiro bom, subornando os traficantes. Eles foram pegos, é claro, e as coisas entraram na linha por um tempo.

Em seguida, veio a divisão de elite intitulada Unidade de Crimes de Rua, cuja tarefa principal era tirar de circulação as armas que a

Knapp tinha deixado chegar às ruas. Cento e trinta e oito policiais, todos brancos, tão bons no que faziam que a corporação ampliou em quatro vezes o tamanho da divisão, depressa demais.

O resultado que, em 4 de fevereiro de 1999, dos quatro policiais da Unidade de Crimes de Rua que estavam patrulhando o lado sul do Bronx, o mais sênior estava na divisão há apenas dois anos e os outros, só há três meses. Não havia nenhum supervisor com o grupo, eles não se conheciam e não conheciam o bairro.

Quando Amadou Diallo pareceu puxar uma arma, um dos policiais começou a atirar e os outros o acompanharam.

"Disparos contagiantes", dizem os especialistas.

Foi o episódio dos infames 41 tiros.

A Unidade de Crimes de Rua foi desfeita.

Os quatro policiais foram todos indiciados e absolvidos. Algo que a sociedade relembrou quando Michael Bennett foi morto.

Mas é complicado – o fato era que a Unidade de Crimes de Rua era eficaz no combate às armas, portanto, provavelmente, mais negros foram mortos pela dissolução da divisão do que por policiais.

Dez anos atrás, houve um antecessor da Força-Tarefa, o Instituto do Norte de Manhattan, no qual trabalhavam 41 detetives em narcóticos no Harlem e em Washington Heights. Um deles tirou mais de 800 mil dólares dos traficantes; seu parceiro veio em segundo, com 740 mil. Os federais os pegaram como efeito colateral, depois de um estouro de lavagem de dinheiro. Um dos policiais pegou sete anos, o outro seis. O comandante da divisão pegou um ano e pouco por levar a sua parte.

Algo que dá calafrios em todo mundo é ver policiais sendo levados algemados.

Mas isso não impede nada.

Parece que a cada vinte anos surge um escândalo de corrupção e uma nova comissão.

Portanto, criar a Força-Tarefa foi um peixe duro de vender.

Levou tempo, influência e muito lobby, mas a Força-Tarefa Especial de Manhattan North enfim surgiu.

A missão é simples: retomar as ruas.

Malone conhece a agenda silenciosa, Não estamos interessados no que vocês fazem nem em como fazem (contanto que não saia no jornal), apenas mantenham os animais em suas jaulas.

– E o que eu posso fazer por você, Denny? – pergunta agora McGivern.

– Nós temos um agente chamado Callahan – diz Malone –, que está caindo no buraco. Eu gostaria de tirá-lo antes que ele se machuque.

– Você foi ao Sykes?

– Eu não quero prejudicar o garoto, – diz Malone. – Ele é um bom policial, só está infiltrado há tempo demais.

McGivern tira uma caneta do paletó e desenha um círculo num guardanapo.

Depois faz dois pontos dentro do círculo.

– Esses dois pontos, Denny, somos eu e você. Dentro do círculo. Você me pede para lhe fazer um favor, isso está dentro do círculo. Esse Callahan... – Ele faz um ponto do lado de fora do círculo. – Esse é ele. Entende o que eu estou lhe dizendo?

– Eu estou pedindo um favor para alguém fora do círculo.

– Só *dessa vez*, Denny – diz McGivern. – Mas você precisa entender que se isso voltar pra mim, eu vou jogar em cima de você.

– Feito.

– Há uma vaga na Anticrime, na Dois-Cinco – diz McGivern. – Eu vou ligar para o Johnny, que é de lá e me deve um favor. Ele vai ficar com seu garoto.

– Obrigado.

– Precisamos de mais apreensões de heroína – diz McGivern, levantando. – O chefe da Narcóticos está no meu pescoço. Faça nevar, Denny. Dê-nos um Natal branco.

Ele segue caminho pelo bar lotado, com cumprimentos cordiais e tapas nos ombros alheios, a caminho da saída.

Malone subitamente sente-se triste.

Talvez seja a baixa da adrenalina.

Talvez sejam as canções de Natal.

Ele levanta e vai até o fonógrafo, coloca algumas moedas e encontra o que estava procurando.

"Fairytale of New York", do The Pogues'.

Uma tradição da sua noite de Natal.

Malone sabe que Sykes faz o tipo interessado e prestativo no Police Plaza, mas se pergunta exatamente com quem e até que ponto o capitão é de fato generoso. Sykes está a fim de ferrá-lo, sem dúvida.

Mas eu sou um herói, Malone pensa debochando de si mesmo.

Agora, pelo menos metade dos policiais no bar começou a cantar, fazendo coro. Eles deveriam estar em casa com suas famílias, aqueles que ainda as têm, mas, em lugar disso, estão aqui, uns com os outros, com a birita e as lembranças.

É uma noite gélida no Harlem.

Fria de matar.

Aquele tipo de frio em que a neve suja estala sob seus pés e dá para ver a respiração. Passa das dez da noite e não tem muita gente na rua. A maioria das bodegas já fechou, fechados estão os seus pesados portões de ferro forrados de grafite e há barras de ferro por cima das janelas trancadas. Poucos táxis passam devagar, em busca de passageiros, e alguns viciados circulam como fantasmas.

O Crown Vic descaracterizado segue ao norte, pela Amsterdam, e a esta altura eles já não estão entregando perus, estão prestes a distribuir a dor. Dor não é nada de novo para as pessoas dali, é uma condição de vida.

É noite de Natal e está frio, limpo e quieto.

Ninguém está esperando que algo aconteça.

Por isso, Malone conta que Fat Teddy Bailey seja gordo, feliz e obediente. O policial vem trabalhando há semanas com Nasty Ass para pegar, de surpresa e em flagrante, este traficante de nível intermediário.

Russo está cantando.

Ele vira na rua 184, onde Nasty Ass disse que Fat Teddy viria transar.

– Está frio demais para os olheiros – diz Malone, porque não vê os garotos de sempre e ninguém começa a assoviar, alertando que a Força está na área.

– Negro não gosta de frio – explica Monty. – Qual foi a última vez que você viu um irmão numa montanha de esqui?

O Cadillac de Fat Teddy está estacionado em frente ao número 218.

– Nasty Ass, é *o cara*.

– Quer pegar agora? – Monty pergunta.

– Deixa o cara trepar – responde Malone. – É Natal.

– Ahh, noite de Natal – diz Russo, enquanto eles ficam sentados no carro. – O licor de creme de ovos batizado com rum, os presentes embaixo da árvore, a esposa altinha o bastante pra liberar *la fica* e nós sentados aqui na selva com a bunda gelada.

Malone tira um frasco do bolso da jaqueta e entrega a ele.

– Estou trabalhando – afirma Russo.

Ele dá uma golada longa e passa o frasco ao banco traseiro. Big Monty dá um trago e devolve o frasco a Malone.

Eles esperam.

– Quanto tempo esse merda vai ficar trepando? – pergunta Russo.

– Ele toma Viagra? Espero que não tenha tido um ataque do coração.

Malone sai do carro.

Russo dá cobertura, enquanto Malone se agacha ao lado do Cadillac e esvazia o pneu traseiro esquerdo. Então, eles voltam ao Crown Vic e esperam por mais cinquenta minutos gélidos.

Fat Teddy tem 1,92 metro e 127 quilos. Quando finalmente sai, ele parece o boneco da Michelin vestindo seu casacão da North Face. Segue andando em direção ao seu carro, com seu tênis de basquete modelo LeBron Air Force One, de 2.600 dólares, e o balanço contente de um homem que acabou de ficar muito satisfeito.

Então, ele vê o pneu.

– Puta que pariu.

Fat Teddy abre a mala, tira o macaco e se curva para começar a tirar as roscas dos parafusos.

Não ouve o que se aproxima.

Malone põe o cano da pistola atrás da sua orelha.

– Feliz Natal, Teddy. Ho, ho, ho, seu filho da puta.

Russo aponta a espingarda para o traficante, enquanto Monty começa a revistar o Cadillac.

– Vocês são um bando de filhos da puta sedentos – conta Fat Teddy. – Nunca tiram um dia de folga?

– O câncer tira um dia de folga?

Malone empurra Fat Teddy contra o carro e o revista por cima do casaco grosso, encontrando uma .25 ACP. Os traficantes adoram essas armas de calibre estranho.

– Xiii – diz Malone. – Condenação por porte de arma de fogo clandestina. Essa é uma bronca boa. E bem ali tem uma bronca de meio quilo.

Cinco anos de pena, no mínimo.

– Não é minha – diz Fat Teddy. – Por que estão me parando? Negro em movimento?

– Teddy em movimento – diz Malone. – Eu claramente vi um volume em sua jaqueta e me pareceu uma arma.

– Tá olhando meu *volume?* – pergunta Fat Teddy. – Vai dar uma de viado, agora, filho?

Em resposta, Malone pega o celular de Fat Teddy, joga-o na calçada e o pisoteia.

– Ora, vamos, filho, era um iPhone 6. Você tá exagerando.

– Você tem vinte desses – diz Malone. – Mãos pra trás.

– Tu não vai me levar – diz Fat Teddy, num tom cansado, quase entregue. – Não vai ficar lá fazendo boletim de ocorrência na porra da noite de Natal. *Tu tem* que tomar um goró, irlandês. Tem que tomar um *álcu*.

Malone pergunta ao Monty:

– Por que sua gente não consegue dizer álcool?

– É um *pobrema*.

Monty enfia a mão embaixo do banco do passageiro e tira um pacote de heroína – cem papelotes separados em dezenas.

– Ora, o que temos aqui? É Natal na Rikers. É bom levar uma guirlanda de visco, Teddy, e torcer pra que eles o deixem beijá-los na boca.

– Você que plantou isso aí.

– Plantei tua bunda – diz Malone. – Isso é heroína do DeVon Carter. E ele não vai ficar nada contente de você ter perdido a carga.

– Você tem que falar com o seu pessoal – reclama Fat Teddy.

– Que pessoal? – Malone lhe dá um soco no rosto. – Quem?

Fat Teddy se cala.

– Eu vou pendurar uma etiqueta de dedo-duro em você na Central Booking. Você nem vai conseguir chegar à Rikers.

– Vai fazer isso comigo, cara? – pergunta Fat Teddy.

– Ou você está no meu bonde ou está nos trilhos.

– Tudo que eu sei – conta Fat Teddy – é que o Carter disse que tinha proteção em Manhattan North. Eu achei que *era* vocês.

– Bem, não somos nós.

Malone está *puto*. Ou o Teddy está fazendo fumaça, ou alguém de Manhattan North está na agenda do Carter.

– O que mais você tem?

– Nada.

Malone enfia a mão no casaco dele e tira rolos de dinheiro, amarrados com elásticos.

– Isso é nada? Deve ter 30 mil aqui, é uma bela grana. Desconto para cliente fidelizado no McDonald's?

– Eu como no *Five Guys*, seu filho da puta. Eu, hein, McDonald's.

– Bem, essa noite você vai comer salsichão.

– Ora, vamos, Malone – diz Fat Teddy.

– Vamos fazer uma coisa – aconselha Malone –, nós só vamos confiscar o flagrante e liberar você. Pode considerar isso como um presente de Natal.

Não é uma oferta, é uma ameaça.

– Se vai levar meus esquemas, vai ter que me prender, me dar o boletim! – diz Teddy.

Fat Teddy precisa do boletim para mostrar ao Carter como prova de que os policiais levaram a carga e ele não a roubou. Procedimento padrão. Se você toma um bote, é bom que tenha um boletim para mostrar ou terá os dedos cortados.

Carter já fez isso.

Reza a lenda que ele tem um daqueles cortadores de papel de escritório e os traficantes que não estão com sua droga, o seu dinheiro ou um boletim, têm que botar a mão ali. Depois, *vup*, já eram os dedos.

Só que não é lenda.

Uma noite, Malone encontrou um cara cambaleando na rua, com o sangue escorrendo pela calçada. Carter o deixou só com o polegar, para que ele só conseguisse apontar para si mesmo quando tentasse apontar o culpado.

Eles deixam Teddy recostado ao seu carro e voltam ao Crown Vic. Malone divide o dinheiro em cinco, uma parte para cada um deles, uma para despesas e outra para Billy O. Cada um põe seu dinheiro dentro de um envelope endereçado a si mesmo, que sempre carregam.

Então eles voltam e pegam o Teddy.

– E meu carro, cara? – Fat Teddy pergunta quando o arrastam para colocá-lo de pé. – Não vão levar, vão?

– Você tinha heroína dentro dele, babaca – conta Russo. – Agora é propriedade do Departamento de Polícia de Nova York.

– Você quer dizer propriedade do Russo – diz Fat Teddy. – Você não vai dirigir meu Caddy pela orla de Jersey com esse carcamano fedido dentro.

– Eu não seria visto, nem morto, nesse carro – interrompe Russo. – Ele vai direto pro fundo do lago.

– É Natal! – Teddy choraminga.

Malone aponta o queixo para o prédio.

– Qual é o número dela?

Fat Teddy diz. Malone aperta os números e segura o telefone junto à boca de Fat Teddy.

– Gata, desce aqui – chama Fat Teddy. – Fique com o meu carro. E é bom que ele esteja aqui quando eu sair. Inteirinho.

Russo deixa as chaves de Fat Teddy no capô e eles o arrastam para a sua viatura.

– Quem me entregou? – pergunta Fat Teddy. – Foi a putinha imunda do Nasty Ass?

– Você quer ser um daqueles suicidas natalinos? – Malone pergunta. – Pular da Ponte GW? Porque nós podemos providenciar isso pra você.

Fat Teddy começa a implicar com Monty.

– Tá trabalhando pros caras, mano? Você é o crioulo da casa?

Monty lhe dá um soco na cara. Fat Teddy é grande, mas sua cabeça dá um solavanco para trás.

– Eu sou um homem negro, você é um gorila bebedor de refrigerante de uva, espancador de puta, vendedor de droga nos conjuntos habitacionais.

– Seu filho da puta, se eu não estivesse de algemas...

– Vai encarar? – diz Monty.

Ele solta o charuto na rua e pisa com o calcanhar.

– Então vamos, só eu e você.

Fat Teddy não diz nada.

– Foi o que pensei – diz Monty.

A caminho da Três-Dois, eles param numa caixa de correio e colocam os envelopes. Depois, levam Fat Teddy e registram a ocorrência pela arma e pela heroína. O sargento de plantão não fica nada contente.

– É noite de Natal, seus babacas da Força-Tarefa.

– Que a Força esteja com você – diz Malone.

Russo está ao volante descendo a Broadway, em direção ao Upper West Side.

– De quem o Fat Teddy estava falando? – pergunta Russo. – Estava só de papo ou o Carter tem alguém na agenda?

– Só pode ser o Torres.

Torres é um cara todo errado.

Faz suborno, vende casos e negocia prostitutas – umas viciadas em crack, na maioria, e fugitivas. É duro com elas, as mantém na linha com uma antena de rádio de carro. Malone já viu os vergões.

O sargento é um verdadeiro espancador, tem uma fama merecida pelos sucessivos abusos de autoridade, até para os padrões de Manhattan

North. Malone faz o que pode para manter Torres calminho. Afinal, todos eles são da Força-Tarefa e precisam se entrosar.

Mas Malone não pode ter um escória como Fat Teddy dizendo que está protegido, por isso, terá que bolar alguma coisa em relação a Torres.

Se é que é verdade.

Se é que é o Torres.

Russo entra na rua 87 e acha uma vaga na frente de um prédio de tijolinhos, número 349.

Malone aluga um apartamento de um corretor que eles protegem. O aluguel é zero.

É pequeno, mas serve para eles, cumpre o seu papel. Um quarto para cair ou levar uma garota, uma saleta com uma pequena cozinha e um lugar para tomar banho.

Também dá para esconder droga porque o boxe tem uma plataforma falsa com um ladrilho solto, onde eles guardaram os cinquenta quilos que tomaram do falecido e não lastimado Diego Pena.

Eles estão esperando para repassar. Cinquenta quilos é o suficiente para fazer um impacto na rua, causar um reboliço, até fazer com que os preços despenquem, por isso, eles têm que deixar que a poeira da queda do Pena abaixe antes de desentocar. A heroína tem um valor de rua de 5 milhões de dólares, mas os policiais terão que passar com um desconto para alguém de confiança. Ainda assim, é uma bela grana, mesmo dividida em quatro.

Malone não tem qualquer problema em deixá-la quieta.

A maior tacada que eles já deram, ou, provavelmente, a maior que darão na vida, é a segurança deles, a sua aposentadoria, o seu futuro. É o dinheiro da faculdade dos seus filhos, uma proteção contra alguma doença catastrófica, a diferença entre se aposentar em um parque de trailers em Tucson ou em um condomínio em West Palm. Os 3 milhões em dinheiro eles logo dividiram, e Malone alertou que ninguém deveria sair gastando. Nada de comprar carro novo, joias para a esposa, um barco ou uma viagem para as Bahamas.

É isso que o pessoal da Corregedoria procura – uma mudança de estilo de vida, de hábitos no trabalho, de postura. Guardem o dinheiro,

Malone disse aos seus caras. Separem 50 mil onde possam pegar, em uma hora, caso a Corregedoria venha atrás e você tenha que sumir. Outros cinquenta para pagar fiança, se não der para sair a tempo. Fora isso, gastem um pouquinho e guardem o restante. Cumpram o horário, peguem sua aposentadoria e tenham uma vida.

Eles até conversaram sobre se aposentarem agora. Com um intervalo de alguns meses entre eles, para saírem enquanto estão ganhando. Talvez a gente devesse fazer isso, Malone agora pensa, mas tão perto de ter estourado o esquema do Pena levantaria suspeitas.

Ele pode até ver a manchete: POLICIAL HERÓI SE APOSENTA APÓS A MAIOR APREENSÃO DE HEROÍNA DA HISTÓRIA.

A Corregedoria certamente viria.

Malone e Russo entram na sala e Malone pega uma garrafa de Jameson's no pequeno bar, servindo uma dose para cada um deles, de dois dedos, em copos baixos de uísque.

Ruivo, alto e esguio, Russo parece tão italiano quanto um sanduíche de presunto com maionese. Malone parece mais italiano e quando eram pequenos, eles brincavam que talvez tivessem sido trocados no hospital.

A verdade é que Malone provavelmente conhece Russo melhor que a si mesmo, mais porque ele guarda tudo para si e Russo não. Se o colega estiver com alguma coisa na cabeça, aquilo sai pela boca – não para todo mundo, só para os seus irmãos policiais.

Na primeira vez que ele transou com a Donna, na clássica noite de formatura do Ensino Médio, Russo nem precisava dizer; no dia seguinte estava estampado em seu rosto pateta, da mesma forma que ele demonstrava claramente os seus sentimentos.

– Eu a amo, Denny – ele disse. – Vou casar com ela.

– Mas que porra, você é irlandês? – perguntou Denny. – Vocês não precisam casar só porque transaram.

– Não, eu quero – disse Russo.

Russo sempre soube quem é. Muitos caras queriam sair de Staten Island, ser outra coisa. Russo, não. Ele sabia que queria se casar com Donna, ter filhos, morar no velho bairro, e estava feliz em ser o estereótipo de East Shore, um policial na cidade, com esposa, filhos, uma casa de três quartos, banheiro e lavabo, e refeições ao ar livre nos feriados.

Eles fizeram a prova juntos, ingressaram juntos na polícia, foram juntos para a Academia. Malone teve que ajudar Russo a ganhar três quilos para que alcançasse o peso mínimo, obrigava-o a tomar milk shakes, cerveja e a comer sanduíches a metro.

Ainda assim, Russo não teria conseguido sem Malone. Russo conseguia acertar qualquer alvo, mas não sabia brigar por nada. Ele sempre foi assim, mesmo quando jogavam hóquei. Russo tinha as mãos leves e conseguia acertar o fundo da rede, estava sempre pronto para quando a chapa esquentasse, quando rolava encrenca, mesmo com seus braços compridos. Malone tinha que interceder e tirá-lo do bolo. Por isso, no mano a mano, na Academia, geralmente arranjavam para que fossem parceiros, e Malone deixava Russo derrubá-lo, prendê-lo numa chave de braço ou num mata-leão.

No dia em que se formaram – será que algum dia Malone vai se esquecer? – Russo estava com aquela risada presunçosa que não saía de seu rosto por nada. Eles se olharam e souberam o que seria a vida deles.

Quando Sheila urinou e surgiram duas listras azuis, foi a Russo que Malone contou primeiro. Russo lhe disse que não tinha perguntas, só uma resposta certa: ele queria ser seu padrinho.

– Mas essa merda é coisa antiga – contou Malone. – Isso era para os nossos pais, nossos avós, não dá mais muito certo.

– O caralho que não dá – respondeu Russo. – Nós *somos* à moda antiga, Denny. Somos de East Shore, Staten Island. Você pode se achar todo moderninho, mas não é. Nem a Sheila. Por que, você não a ama?

– Não sei.

– Você a amou o bastante pra transar com ela – disse Russo. – Eu conheço você, Denny, não vai conseguir ser um desses pais babacas ausentes, tipo doador de esperma. Isso não é você.

Então, Russo foi seu padrinho.

Malone aprendeu a amar Sheila.

Não foi tão difícil. Ela era bonita, engraçada e inteligente de sua maneira, e foi bom por muito tempo.

Ele e Russo estavam em serviço quando as Torres Gêmeas vieram abaixo. Russo correu *em direção* àqueles prédios, não para longe, porque sabia quem ele era. E, naquela noite, quando Malone ficou sabendo que Liam tinha ficado embaixo da Torre Dois e nunca mais voltaria, foi Russo quem passou a noite inteira sentado com ele.

Foi o mesmo que Malone fez com Russo quando Donna teve um aborto espontâneo.

Russo chorou.

Quando Sophia, filha de Russo, nasceu prematura, com um quilo e alguma coisa, e os médicos disseram que ela corria grande risco, Malone ficou sentado no hospital a noite toda, sem dizer nada até que Sophia estivesse fora de perigo.

Na noite em que Malone deu bobeira e tomou um tiro, se expondo demais ao correr na frente de um B&E para pegar um bandido, se não fosse por Russo, a corporação teria dado um funeral de inspetor para Malone e uma bandeira dobrada à Sheila. Teriam tocado as gaitas de fole, fariam uma vigília e Sheila teria ficado viúva em vez de divorciada, se Russo não tivesse matado o bandido e dirigido o carro até a emergência, como se o tivesse roubado, porque Malone estava com hemorragia interna.

Não, Phil cravou duas balas no peito do bandido e a terceira na cabeça, porque esse é o código. Um assassino de policiais morre na cena ou no "trajeto" lento, a caminho do hospital, com vários desvios de rota se necessário.

Os médicos fazem um juramento hipocrático, mas os médicos dos primeiros socorros, não. Eles sabem que se tomarem medidas extraordinárias para salvar a vida de um matador de policiais, da próxima vez que pedirem reforço a ajuda pode demorar a chegar.

Russo não esperou pelo atendimento de emergência, naquela noite. Ele levou Malone correndo ao hospital e o carregou no colo, como se fosse um bebê.

Salvou sua vida.

Mas esse é o Russo.

Corajoso, um cara à moda antiga, com seu avental de mestre cuca churrasqueiro, um gosto inexplicável por Nirvana, Pearl Jam e Nine Inch Nails, inteligente para cacete, raçudo e leal como um cão, sempre disponível, a qualquer hora, em qualquer lugar. Phil Russo.

Um policial dos policiais.

Um irmão.

– Alguma vez você pensou que a gente deveria abandonar? – pergunta Malone.

– A corporação?

Malone sacode a cabeça.

– A outra parada. Quer dizer, quanto mais a gente precisa ganhar?

– Eu tenho três filhos – diz Russo. – Você tem dois, o Monty, três. Todos inteligentes. Tem ideia de quanto custa uma faculdade hoje em dia? São piores que os Gambino, te fisgam feio. Você eu não sei, mas eu preciso continuar ganhando.

Você também, Malone diz a si mesmo.

Você precisa do dinheiro, do fluxo de caixa, mas é mais que isso, admite. Você adora o jogo. A vibração, a derrubada da bandidagem, até o perigo, a ideia de que você pode ser pego.

Você é um doido do caralho.

– Talvez seja hora de passarmos a heroína do Pena – afirma Russo.

– O quê!? Você precisa do dinheiro?

– Não, eu tô legal – diz Russo. – Só que, você sabe, a poeira baixou, e ela está ali parada, sem render nada. Esse é o dinheiro da aposentadoria, Denny. É o dinheiro do "vai se foder que eu tô fora". Dinheiro de sobrevivência se alguma coisa acontecer.

– Você está esperando que algo aconteça, Phil? – pergunta Malone. – Sabe de alguma coisa que eu não sei?

– Não.

– É um passo grande – diz Malone. – Nós já pegamos dinheiro, mas nunca traficamos.

– Então por que pegamos, se não íamos vender?

– Isso nos torna traficantes – diz Malone. – Nós passamos toda nossa carreira lutando contra esses caras, agora seremos exatamente iguais a eles.

– Se a gente tivesse entregado tudo – diz Russo –, alguém teria pegado.

– Eu sei.

– Por que não nós? – pergunta Russo. – Por que todo mundo fica rico? Os mafiosos, os traficantes, os políticos? Por que não nós, só para variar um pouco? Quando é a nossa vez?

– Eu sei – repete Malone.

Eles ficam em silêncio, bebendo.

– Tem mais alguma coisa te incomodando? – Russo pergunta.

– Sei lá – Malone diz. – Talvez seja só o Natal, sabe?

– Você vai até lá? – pergunta Russo.

– De manhã, pra abrir os presentes.

– Bem, isso vai ser bom.

– É, vai ser bom – diz Malone.

– Passa lá em casa, se tiver uma chance – diz Russo. – A Donna está preparando a ceia italiana: macarrão com molho ferrugem, o *baccalata* e o peru.

– Valeu, eu vou tentar.

Malone segue de carro até a Força-Tarefa.

– O Fat Teddy já pegou o ônibus? – pergunta ao sargento.

– É noite de Natal, Malone – diz ele. – As coisas estão mais devagar.

Malone vai até lá embaixo, nas celas de detenção, onde Teddy está sentado num banco. Se há algum lugar mais deprimente no Natal do que uma cela de detenção, Malone não conhece. Fat Teddy ergue os olhos, quando o vê.

– Você tem que fazer alguma coisa por mim, mano.

– O que você vai fazer por mim?

– Tipo o quê?

— Me contar quem está na agenda do Carter.

Teddy ri.

— Como se você não soubesse.

— Torres?

— Sei de nada.

Pronto, pensa Malone. Fat Teddy está com medo de dedurar um policial.

— Certo — diz Malone. — Teddy, você não é idiota, você só finge que é na rua. Sabe que com duas condenações na ficha, só a arma vai render cinco anos. Se ligarmos isso a compras de droga em Gooberville, o juiz vai ficar injuriado, pode dobrar a pena. Dez anos é um bom tempo, mas eu vou te visitar, levar umas costeletas da Sweet Mama's.

— Para de palhaçada comigo, Malone.

— Estou falando muito sério. E se eu conseguir uma liberação?

— E se você tivesse uma rola no lugar do que tem aí?

— Você que queria falar, sério, Teddy — diz Malone. — Se não quer...

— O que você quer?

— Andei ouvindo que o Carter esteve negociando a compra de um armamento pesado. O que quero saber é com quem ele está negociando.

— Você acha que eu sou imbecil?

— Nem um pouco.

— Nossa, mas só pode, Malone — diz Teddy —, porque se eu conseguir sair e você pegar as armas, o Carter vai ligar as coisas e eu vou cair.

— Você acha que eu sou imbecil, Teddy? Eu armo a sua liberação, para parecer que foi pelos trâmites comuns.

Fat Teddy hesita.

— Vai se foder! — grita Malone. — Eu tenho uma mulher linda me esperando e estou aqui sentado com um gordo horrível.

— O nome dele é Mantell.

— O nome de quem?

— Do cara que arruma as armas pro ECMF.

Malone sabe que os East Coast Motherfuckers são um clube de motociclistas que pegam pesado na maconha e nas armas. Eles têm afiliados na Georgia e nas Carolinas. Mas são racistas, supremacistas brancos.

— O ECMF faria negócio com um negro?

— Acho que o dinheiro negro vale a mesma coisa. — Fat Teddy dá de ombros. — E eles não se importam em ajudar negros a matarem negros.

O que mais surpreende Malone é Carter estar fazendo negócios com brancos. Ele só pode estar desesperado.

— O que os motoqueiros podem oferecer a ele?

— AKs, ARs, MAC-10s, o que quiser — devolve Teddy. — É isso aí que eu sei, filho.

— Carter não te arranjou um advogado?

— Não consigo falar com Carter — diz Teddy. — Ele está nas Bahamas.

— Ligue pra esse cara — ordena Malone, entregando um cartão. — Mark Piccone. Ele vai te tirar.

Teddy pega o cartão.

Malone levanta.

— Nós estamos fazendo alguma coisa errada, não estamos, Teddy? Você e eu aqui com a bunda gelada e o Carter tomando *piña colada* na praia?

— Fato.

Malone segue pela rua, no carro descaracterizado que usa para trabalhar à paisana.

Há poucos lugares em que um informante pode estar. Nasty prefere a área logo ao norte de Columbia, mas abaixo da rua 125, e Malone o encontra andando de fininho pelo lado leste da Broadway, em seu compasso de viciado.

Malone encosta, abaixa o vidro e manda:

— Entra.

Nasty Ass olha em volta, nervoso, depois obedece. Está ligeiramente surpreso porque Malone geralmente não o deixa entrar em seu carro, reclama que o Nasty fede, embora o viciado não sinta cheiro de nada.

Ele está em crise forte de abstinência.

Com o nariz escorrendo, as mãos trêmulas e os braços abraçados ao corpo, se balançando para frente e para trás. Nasty diz a Malone:

— Tô ferrado. Não consigo encontrar ninguém. Você tem que me ajudar, cara.

Seu rosto magro está pálido, a pele escura está amarelada. Os dois dentes superiores da frente estão para fora, como um esquilo, num desenho animado mal feito, e, se não fosse por seu cheiro, ele poderia ser chamado de Nasty Mouth.

O cara está doente.

— Por favor, Malone.

Malone estende a mão por baixo do painel até uma caixa metálica, presa por um ímã. Ele abre a caixa e entrega um envelope a Nasty, o suficiente para ele melhorar.

Nasty abre a porta.

— Não, dentro do carro — diz Malone.

— Eu posso mandar aqui?

— Ah, porra, foda-se. É Natal.

Malone dobra à esquerda, depois segue rumo ao sul, descendo a Broadway, enquanto Nasty Ass vira a heroína numa colher, usa um isqueiro para cozinhar depois a puxa com uma seringa.

— Esse troço tá limpo? — pergunta Malone.

— Como um recém-nascido.

Nasty Ass crava a agulha na veia e aperta a seringa. Sua cabeça dá um tranco para trás, depois ele suspira.

Ele está bem novamente.

— Pra onde vamos?

— Pra rodoviária de Port Authority — informa Malone. — Você vai sair da cidade por um tempo.

Nasty está assustado.

— Por quê?!

— É para o seu próprio bem.

Só para o caso de Fat Teddy ficar muito puto a ponto de ir atrás dele e matá-lo.

— Não posso sair da cidade. Não tenho nenhum contato fora da cidade.

— Bem, você vai sair sim.

— Por favor, não me obrigue — suplica Nasty Ass. Ele começa a chorar de verdade. — Não posso ficar no veneno fora da cidade. Eu vou morrer por lá.

— Você quer ficar no veneno na Rikers? — Malone pergunta. — Porque essa é a sua outra opção.

— Por que você está sendo tão escroto, Malone?

— É da minha natureza.

— Você nunca foi assim antes.

— Bem, isso não é o que era antes.

— Pra onde eu devo ir?

— Não sei. Filadélfia. Baltimore.

— Eu tenho um primo em Baltimore.

— Então, vá pra lá — diz Malone. Ele tira cinco notas de cem dólares e entrega a Nasty Ass. — Não gaste tudo em porcaria. Dá o fora da porra da cidade e fique por lá um tempo.

— Quanto tempo eu tenho que ficar?

Ele parece desesperado, realmente amedrontado. Malone duvida que Nasty Ass alguma vez tenha ido até o East Side, que dirá saído da cidade.

— Liga pra mim, daqui a uma semana ou mais e eu te falo — diz Malone. Ele encosta na frente da estação de ônibus e deixa Nasty descer. — Se eu te vir em Nova York, vou ficar zangado, Nasty Ass.

— Achei que a gente *era* amigo, Malone.

— Não, nós não somos amigos. Nem vamos ser. Você é meu informante. Um delator. Só isso.

Dirigindo de volta para a cidade, Malone deixa a janela aberta.

Claudette abre a porta.

— Feliz Natal, querido — diz ela.

Malone adora a sua voz.

Foi a voz dela, baixa e macia, até mais que seu visual, que o atraiu primeiro.

Uma voz cheia de promessas e garantias.

Você vai encontrar conforto ali.

E prazer.

Em meus braços, na minha boca, na minha boceta.

Ele entra, senta no sofá – ela dá outro nome ao móvel, mas ele nunca consegue se lembrar – e diz:

– Desculpe, estou tão atrasado.

– Eu também acabei de chegar em casa – diz Claudette.

Apesar disso, ela está vestindo um quimono branco e seu perfume tem um aroma celestial.

Ela acabou de chegar e se aprontou para mim, Malone pensa.

Claudette senta no sofá ao seu lado, abre uma caixa de madeira entalhada na mesa de centro e tira um baseado. Acende o cigarro, dá uma tragada e passa para Malone.

Ele traga e diz:

– Eu achei que você fosse trabalhar de quatro à meia-noite.

– Também achei.

– Plantão difícil? – pergunta ele.

– Brigas, tentativas de suicídio, overdoses – diz Claudette, pegando o baseado de volta. – Chegou um homem descalço com o punho quebrado, disse que conhece você.

Ela é enfermeira da emergência, geralmente no plantão noturno, portanto, já viu de tudo. Ela e Malone se conheceram quando ele levou um informante viciado que acidentalmente atirou no próprio pé e arrancou quase metade do membro.

– Por que você não chamou uma ambulância? – perguntou ela.

– No Harlem? Ele teria morrido de hemorragia enquanto os paramédicos tomavam um café na Starbucks. Em vez disso, ele ensangüentou meu carro inteiro.

– Você é policial.

– Na mosca.

Agora ele recosta e estica as pernas dela por cima das suas. O quimono desliza para cima e revela as suas coxas. Há um ponto, logo abaixo da boceta dela que Malone acha o lugar mais macio da terra.

– Essa noite – ela diz –, nós tivemos um bebê abandonado pelo crack. Deixado na porta da frente.

– Embrulhado em paninhos?

– Já entendi a ironia, Malone – diz ela. – Como foi seu dia?

– É, foi bom.

Malone gosta porque ela não força a barra, fica satisfeita com o que ele lhe conta. Muitas mulheres não ficam, querem que ele "compartilhe", querem detalhes que ele prefere esquecer a ter que contar. Claudette entende. Ela tem seus próprios horrores.

Ele afaga aquele ponto macio.

– Você está cansada. Provavelmente quer dormir.

– Não, benzinho, eu quero foder.

Eles terminam os drinques e vão para o quarto dela.

Claudette tira a roupa dele, beijando sua pele conforme vai o desnudando. Ela fica de joelhos e o coloca na boca e, mesmo no escuro do quarto, apenas com a luz que entra da rua, ele adora ver seus lábios cheios e vermelhos em seu pau.

Essa noite ela não está doidona, só de maconha, uma maconha muito boa e ele também ama isso. Estende a mão abaixo de sua cabeça e sente os cabelos dela, depois desliza a mão por dentro do quimono e sente seu seio, instiga-o e sente quando ela geme.

Malone põe as mãos nos ombros dela, fazendo-a parar.

– Eu quero mergulhar em você.

Ela levanta, vai para cama e deita. Ergue os joelhos como um convite e diz:

– Então vem cá, amor.

Ela está molhada e quente.

Ele desliza por cima dela, roçando em seus seios fartos, sua pele marrom escura, e estende a mão até aquele ponto, para senti-lo, enquanto as sirenes berram lá fora, as pessoas gritam e ele não liga, não tem qualquer preocupação nesse momento, só tem que entrar e sair dela e ouvi-la dizer:

– Eu amo isso, meu bem, eu *amo* isso.

Quando sente que está quase gozando, ele agarra a bunda dela – Claudette diz que não tem bunda, para uma negra – mas ele segura sua bundinha firme, puxa para perto e mergulha o mais fundo que pode, até sentir aquele bolsinho dentro dela, ela agarra seu ombro, com firmeza, e goza pouco antes dele.

Seu gozo com ela é, como sempre, desde a ponta dos dedos dos pés, até o alto da cabeça. Talvez seja a chapação, mas ele acha que é ela, com aquela voz macia e suave, a pele marrom quente, agora escorregadia e suada, se misturando com a dele. Talvez tenha passado um minuto, talvez uma hora, quando ele a ouve dizer:

– Ai, amor, eu tô cansada.

– É, eu também.

Ele rola para o lado, saindo de cima dela.

Sonolenta, ela dá um apertãozinho na mão dele e apaga.

Ele fica deitado de barriga para cima. Do outro lado da rua, o dono da loja de bebidas deve ter se esquecido de apagar as luzes e o reflexo pisca em vermelho, no teto de Claudette.

É Natal na selva e pelo menos por esse curto período de tempo, Malone está em paz.

CAPÍTULO 5

Malone dorme só por uma hora, porque quer chegar à Staten Island antes que as crianças levantem e comecem a abrir os presentes sob a árvore.

Ele não acorda Claudette quando levanta.

Veste-se, vai até a pequena cozinha, faz um café instantâneo e vai até a jaqueta, de onde tira o presente que comprou para ela.

Brincos de diamante da Tiffany.

Porque ela é louca por aquele filme da Audrey Hepburn.

Malone deixa a caixa em cima da mesinha de centro e sai. Ele sabe que Claudette vai dormir até meio-dia e depois vai para a casa da irmã, para a ceia de Natal.

– Provavelmente ainda vou encarar uma reunião no St. Mary's – disse ela.

– Eles têm reuniões no Natal? – Malone perguntou.

– Principalmente no Natal.

Ela está indo bem, está limpa há quase seis meses. Difícil para uma viciada trabalhando num hospital perto de todas aquelas drogas.

Agora ele vai dirigindo até seu canto, na rua 104, entre a Broadway e o West End.

Quando se separou de Sheila, pouco mais de um ano atrás, Malone decidiu ser um daqueles poucos policiais vivendo em sua área de trabalho. Ele não subiu tanto, até o Harlem, mas resolveu ficar na periferia de Upper West Side. Dá para pegar o trem para trabalhar, ou até caminhar, se ele quiser, e ele gosta dos arredores de Columbia.

A garotada da faculdade é irritante, com sua arrogância e convicção juvenil, mas tem algo nisso de que ele também gosta. Gosta de entrar nas cafeterias, nos bares e ouvir as conversas. Gosta de subir a pé, deixar que os traficantes e adictos saibam que ele está na área.

Seu apartamento fica num prédio de três andares sem elevador – tem uma salinha pequena, uma cozinha ainda menor e um quarto menor ainda, com um banheiro anexo. Na sala, há um saco de boxe pendurado numa corrente. É tudo de que ele precisa; de qualquer forma, ele não fica muito ali. É um lugar para cair, tomar banho e fazer um café de manhã.

Agora ele sobe, toma uma ducha e muda de roupa. Não daria para voltar para casa com a mesma roupa porque Sheila farejaria e, num segundo, perguntaria se ele estava com a tal.

Malone não sabe por que isso a incomoda tanto ou por que sequer incomoda – eles se separaram quase três meses antes que ele conhecesse a Claudette – mas foi um erro grave ter respondido honestamente à pergunta de Sheila: "Você está saindo com alguém?"

– Você é policial, não devia ser tão burro – Russo disse, quando Malone contou sobre o ataque da ex-mulher. – *Jamais* dê uma resposta honesta.

Ou qualquer resposta. Qualquer coisa que não seja "Eu quero um advogado, quero meu representante".

Mas Sheila deu um ataque.

– Claudette? Ela é o quê? Francesa?

– Não, na verdade, ela é negra. Afro-americana.

Sheila deu uma gargalhada na cara dele. Simplesmente morreu de rir.

– Porra, Denny, no Dia de Ação de Graças, quando você dizia que gostava da carne escura, eu achei que você estivesse falando da coxa do peru.

– Que comentário legal da sua parte.

– Não venha bancar o politicamente correto pra cima de mim – disse Sheila. – Com você é sempre "gorila" pra cá, "tição" pra lá. Diga uma coisa, você a chama de crioula?

– Não.

Sheila não conseguia parar de rir.

— Você contou pra ela quantos "manos" negões você derrubou com seu cassetete nos velhos tempos?

— Acho que pulei essa parte.

Ela caiu na gargalhada outra vez, mas ele sabia que vinha bomba. Ela já tinha tido alguns ataques de riso, era só uma questão de tempo até que o hilário se transformasse em ira e autopiedade. E veio.

— Fala aí, Denny, ela trepa com você melhor do que eu?

— Ora, vamos, Sheila.

— Não, eu quero saber. Ela trepa melhor que eu? Você sabe o que dizem. Quando você prova da cor, não esquece o sabor.

— Dá pra parar por aqui?

Sheila devolve:

— Porque você geralmente me trai com piranhas *brancas*.

Bem, isso é verdade, pensou Malone.

— Eu não estou traindo você. Nós estamos separados.

Mas Sheila não estava no clima para legalidades.

— Mas isso nunca o incomodou quando éramos casados, não é, Denny? Você e seus irmãos de farda, atacando tudo que tivesse boceta. Ah, e eles, sabem? Russo e Big Monty, *eles* sabem que você está revirando piche?

Ele não queria perder a calma, mas perdeu.

— Cala a porra da boca, Sheila.

— O quê!? Você vai me bater?

— Eu nunca encostei a mão em você, porra — disse Malone.

Ele fez muitas coisas ruins na vida, mas bater em mulher não é uma delas.

— Não, é verdade. Você parou de encostar em mim de vez.

Pior que nisso ela tinha razão.

Malone estava se barbeando com cuidado, primeiro subindo, depois descendo pelo pescoço, porque quer parecer limpo e revigorado.

Boa sorte com isso, pensa ele.

Malone abre o armário do banheiro e joga duas cápsulas de Dex 5mg para dentro, para dar um pouco de gás.

Depois troca de roupa, veste um jeans limpo, uma camisa social branca e um casaco preto de lã para parecer um homem de bem. Mesmo no verão, geralmente usa mangas compridas quando vai para casa porque Sheila fica injuriada com as tatuagens. Ela acha que as tatuagens simbolizam sua partida de Staten Island, que ele estava ficando todo hipster.

– Ninguém tem tatuagem em Staten Island? – Malone lhe perguntou.

Porra, agora tem um estúdio em quase toda esquina e metade dos caras que circulam pela vizinhança têm tatuagens. Pensando bem, talvez metade das mulheres também.

Ele gosta das tatuagens que cobrem seus braços. Primeiro, simplesmente as curte. Além disso, elas assustam os babacas, porque eles não estão acostumados a vê-las em policiais. Quando Malone arregaça as mangas para trabalhar em cima de um babaca, o cara já sabe que vai ser ruim.

É uma hipocrisia, porque Sheila tem um trevinho verde em seu tornozelo direito. Como se, só de olhar, já não desse para notar que ela é irlandesa com aquele cabelo ruivo, os olhos verdes e as sardas. É, não é necessário um psicólogo de duzentas pratas a hora para me dizer que Claudette é exatamente o oposto de minha futura ex-esposa, pensa Malone, enquanto prende no cinto a arma que usa quando está de folga.

Eu já saquei.

Sheila é tudo aquilo com que ele cresceu, nada de surpresas, o conhecido. Claudette é um mundo diferente, um constante descortinar, a outra. Não é só pela cor, embora isso seja grande parte.

Sheila é Staten Island, Claudette é Manhattan.

Para ele, a nova namorada *é* a cidade.

As ruas, os sons, os aromas, o sofisticado, a sedução, o exótico.

Na primeira vez que eles saíram, ela apareceu com um vestido retrô, dos anos 1940, com uma gardênia estilo Billie Holiday nos cabelos, os lábios pintados de vermelho vivo, e um perfume que quase o deixou tonto de tesão.

Ele a levou ao Buvette, no Village, perto da Bleecker, porque imaginou que, com um nome francês, ela talvez gostasse do lugar, e, de qualquer forma, não queria levá-la a nenhum ponto perto de Manhattan North.

Ela logo notou.

— Não quer ser visto com a morena, na sua área — disse ela, quando sentaram à mesa.

— Não é isso — disse ele, dizendo uma meia verdade. — É que quando eu estou lá é sempre a trabalho. Por que, você não gosta do Village?

— Eu adoro o Village — disse Claudette. — Eu moraria aqui se não fosse tão longe do hospital.

Naquele encontro ela não foi para a cama com ele, nem no seguinte, nem no outro. Mas, quando aconteceu, foi uma revelação, e ele se apaixonou de um jeito que nunca pensara ser possível. Na verdade, ele já estava apaixonado porque ela o desafiou. Com Sheila, ou era uma aceitação ressentida de qualquer coisa que ele tivesse feito, ou uma briga desvairada, ao estilo ruiva irlandesa. Claudette o levava a suposições, fazia com que ele visse as coisas de uma maneira nova. Malone nunca foi muito de ler, mas ela fez com que começasse a ler até poesia, e ele até gostou um pouquinho, tipo Langston Hughes. Em algumas manhãs de sábado, os dois dormiam até tarde e depois iam tomar café. Às vezes, davam uma passada nas livrarias, outra coisa que ele achou que jamais faria, e ela lhe mostrava livros de arte, contando sobre as férias em que foi para Paris sozinha, e como gostaria de voltar.

Porra, Sheila nunca vem nem à cidade sozinha!

Mas não é só o contraste com Sheila que faz Malone amar Claudette.

É sua inteligência, seu senso de humor, sua ternura.

Ele nunca conheceu uma pessoa mais bondosa.

Isso chega a ser um problema.

Ela é bondosa demais para o trabalho que faz, sofre pelos pacientes, sangra por dentro com as coisas que vê, isso a deixa arrasada, faz com que ela procure a agulha.

Ainda bem que está frequentando as reuniões.

Já vestido, Malone pega os presentes embrulhados que comprou para as crianças. Bem, ele comprou todos os presentes para as crianças, mas o Papai Noel ganha o crédito pelos que estão embaixo da árvore. Esses são os presentes de Malone para eles: o novo PlaysStation 4 para o John e um conjunto da Barbie para Caitlin.

Os brinquedos foram fáceis; difícil foi encontrar um presente para Sheila.

Ele queria presenteá-la com alguma coisa legal, mas nada romântico nem sugestivamente sexy. Acabou pedindo um conselho à Tenelli, que deu a dica de um belo cachecol.

– Nada barato, de camelô, como vocês costumam fazer no último minuto, seus babacas. Gaste um tempinho, vá até a Macy's ou à Bloomie's. Qual é a cor dela?

– O quê?

– Como ela é, seu tonto! – pergunta Tenelli. – É morena, clara? Que cor é o cabelo?

– Branca. Ruiva.

– Compra cinza. É mais seguro.

Então lá foi ele para a Macy's, encarou a multidão, e encontrou um belo cachecol de lã cinza que lhe custou 100 pratas. Ele espera que transmita a mensagem certa – eu não te amo mais, mas sempre vou cuidar de você.

Ela já deve saber disso, pensa Malone.

Ele nunca atrasa a pensão das crianças, e é quem paga as roupas deles, o time de hóquei do John e as aulas de dança da Caitlin. A família ainda tem cobertura em seu plano de saúde, que é muito bom e inclui assistência odontológica.

E Malone sempre deixa um envelope para Sheila, porque não quer que ela trabalhe e não quer que ela tenha, como dizem por aí, uma "quedinha" em seu padrão de vida. Então, faz a coisa certa e deixa um envelope gordo, e Sheila fica grata e é esperta o suficiente para nunca perguntar de onde vem o dinheiro.

O pai dela também foi policial.

– Não, é bom que você faça a coisa direito – disse Russo, certa vez, quando eles estavam conversando sobre isso.

– O que mais eu vou fazer? – perguntou Malone.

Você cresce naquele bairro, você faz a coisa certa.

O comportamento predominante em Staten Island é que homens podem deixar suas esposas, mas só os negros abandonam seus filhos.

O que não é justo, pensa Malone – Bill Montague é provavelmente o melhor pai que ele conhece –, mas é o que as pessoas pensam, que os negros saem por aí, fazem filhos nas putas, mas deixam as contas para os brancos pagarem.

Se um cara branco de East Shore tentar algo assim, cai todo mundo em cima – o padre, seus pais, seus irmãos, seus primos, seus amigos – dizendo o quanto ele é degenerado. Dão uma lição ao cara e assumem responsabilidade eles mesmos.

"Você fez isso", diria a mãe do cara, "eu não pude ficar de cabeça erguida na missa. O que eu diria ao padre?"

Esse argumento, especificamente, não tem muito peso com Malone. Ele odeia padres.

Acha que são uns parasitas. Ele não chega nem perto de uma igreja, a menos que seja um casamento ou um funeral a que ele tenha que comparecer. Mas não dá dinheiro nenhum para padres.

Malone, que nunca passa direto pelo Exército da Salvação sem colocar pelo menos cinco dólares na caixinha, não dá um centavo à igreja católica de onde ele cresceu. Recusa-se a doar dinheiro ao que julga ser uma organização de molestadores de crianças que deveriam ser indiciados como organização criminosa.

Quando o papa veio à Nova York, Malone queria prendê-lo.

– Isso não pegaria muito bem – disse Russo.

– É, provavelmente não.

Todos os policiais da patente acima de capitão se acotovelavam para chegar perto e beijar o anel ou a bunda do pontífice, o que se apresentasse primeiro.

Malone também não morre de amores por freiras.

– E quanto à Madre Teresa? – Sheila perguntou, quando eles estavam discutindo a respeito. – Ela alimentava o povo faminto.

– Se ela distribuísse camisinhas – disse Malone –, não teria tanta gente faminta para alimentar.

Malone detesta até *A noviça rebelde*. Foi o único filme a que assistiu em que torceu pelos nazistas.

— Como pode alguém detestar *A noviça rebelde*? — Monty lhe perguntou. — É legal.

— Mas que merda de negro é você? — Malone retrucou. — Que gosta da porra da *Noviça rebelde*?

— Isso mesmo — retrucou Monty. — Você ouve aquela merda de rap.

— O que você tem contra o rap?

— É racista.

Pela experiência de Malone, ninguém detesta mais rap e hip-hop do que homens negros com mais de quarenta anos. Eles simplesmente não conseguem suportar a postura, as calças penduradas deixando a bunda à mostra, os bonés de baseball virados ao contrário, as joias. E a maioria dos negros dessa idade não vai deixar que chamem suas mulheres de piranha.

Sem chance.

Malone já viu essa história. Uma vez, antes de seu casamento desabar, ele e Sheila, Monty e Yolanda estavam num passeio em casais, seguindo de carro pela Broadway numa noite quente, com as janelas abertas, e um rapper, numa esquina da rua 98, viu Yolanda e gritou: "Mas que piranha linda, mano!" Monty parou o carro no meio da Broadway, desceu, foi até lá e deu um sacode no moleque. Voltou para o carro sem dizer uma palavra.

Ninguém disse nada.

Claudette não odeia hip-hop, mas ouve mais jazz e faz com que ele a acompanhe às casas noturnas quando um dos músicos que ela gosta vai se apresentar. Malone até que gosta, mas prefere os caras *antigos* do rap e do hip-hop: Biggie, Sugarhill Gang, N.W.A. e Tupac. Nelly e Eminem também são legais, assim como Dr. Dre.

Malone está em pé, na sala, e percebe que estava viajando, portanto a dexadrina ainda não bateu.

Ele tranca a porta e vai até a garagem, onde o pessoal estaciona seu carro.

O veículo particular de Malone é um lindo Chevy Camaro SS conversível, 1967, restaurado, preto com listras Z-28, câmbio manual de quatro marchas, equipado com caixas de som Bose novas. Ele nunca vai de carro ao distrito, raramente o dirige em Manhattan. É o seu deleite, dirige para ir até Staten Island ou em passeios para fugir da cidade.

Agora, ele pega a West Side Highway rumo ao centro da cidade, depois atravessa Manhattan, perto do local do evento do 11 de Setembro. Faz mais de quinze anos e ele ainda fica zangado quando não vê as Torres. É um buraco no horizonte, um buraco em seu coração. Malone não odeia os muçulmanos, mas com certeza abomina aqueles filhos da puta *jihadistas* de merda.

Trezentos e quarenta e três bombeiros morreram naquele dia.

Trinta e sete policias da Port Authority e de Nova Jersey.

Vinte e três policiais entraram naqueles prédios e não saíram.

Malone jamais se esquecerá daquele dia e gostaria de poder esquecer. Ele estava de folga, mas atendeu ao chamado Nível 4. Ele e Russo e dois mil outros policiais foram mobilizados e ele viu a segunda torre cair, sem saber, naquele momento, que seu irmão estava ali dentro.

O dia interminável de buscas e a espera, e então, a ligação que confirmou o que ele já intuía, Liam não voltaria mais. Foi Malone que teve de dar a notícia à mãe e ele jamais se esquecerá do som, o grito agudo de dor que escapou dos lábios dela ainda ecoa em seus ouvidos, em altas horas da madrugada quando ele não consegue dormir.

O outro lembrete que sempre lhe vem é o cheiro. Liam, uma vez, lhe disse que nunca conseguiria tirar do nariz o cheiro de carne humana queimando e Malone nunca acreditou, até o 11 de Setembro. Então, a cidade inteira cheirava a morte, cinza e carne carbonizada, a podridão, ódio e tristeza.

Liam estava certo, Malone nunca conseguiu tirar aquele cheiro do nariz.

Ele põe Kendrick Lamar para tocar e bota o som a toda, conforme passa pelo Battery Tunnel.

O telefone toca quando ele está na Ponte Verrazano.

É Mark Piccone.

– Tem alguns minutos pra mim?

– É Natal.

— Cinco minutos — insiste Piccone. — Meu novo cliente quer que isso seja providenciado.

— Fat Teddy? — pergunta Malone. — Porra, o julgamento só será daqui a meses.

— Ele está nervoso.

— Eu estou indo para Staten Island — diz Malone.

— Eu já estou aqui — diz Piccone. — Vai ter uma reunião grande de família. Pensei em tentar fugir, no fim da tarde.

— Eu te ligo.

Malone sai da ponte perto de Fort Wadsworth, onde começa a Maratona de Nova York, da Hylan e segue atravessando Dongan Hills, passa o Last Chance Pond, e depois vira à esquerda na Hamden Avenue.

O antigo bairro.

Nada de especial nele, só uma quadra comum do East Shore, com belas casas de família, a maioria irlandeses ou italianos, muitos policiais e bombeiros.

Um bom lugar para criar os filhos.

A verdade é que ele não suportava mais.

O incrível e absoluto tédio.

Não conseguia mais se desligar dos flagrantes, das áreas vigiadas, dos telhados, becos, das perseguições e chegar no Hylan Plaza, Pathmark, Toys "R" Us, GameStop. Ele voltava para casa ligado de anfetamina, adrenalina, medo, raiva, tristeza, ira, e dirigia-se para casa de alguém para brincar de Mexican Train ou Banco Imobiliário, ou jogar pôquer, valendo moedas. Eram pessoas bacanas e ele se sentia culpado, sentado ali, bebericando seu vinho, conversando fiado, quando o que realmente queria era voltar para a rua, para o quente, o fedorento, o barulhento, perigoso, divertido, interessante, estimulante e enfurecedor Harlem, com as pessoas reais e as famílias e os desonestos, os traficantes, as putas.

Os poetas, os artistas, os sonhadores.

Cara, ele simplesmente adorava a porra da cidade.

Observar as pessoas batendo uma bola no Rucker, ou em pé no terraço do Riverside Park, vendo os cubanos jogando baseball lá embaixo. Às vezes, ele ia até Heights e Inwood, para dar uma olhada no cenário dominicano: os jogos de dominó nas calçadas, o reggaeton estrondando no som dos carros, os ambulantes abrindo cocos com machadinhas. Entrar no Kenny's, para tomar um *café con leche*, ou parar numa barraquinha de rua e tomar uma sopa de feijão.

É isso o que ele adora em Nova York – você quer, ali está.

A opulência doce e fétida dessa cidade. Ele nunca teve isso na vida até deixar Staten Island, seu gueto com a classe trabalhadora ítalo--irlandesa, dos policiais e bombeiros, e se mudar para a cidade. Você ouve cinco idiomas, caminhando numa única rua, inala seis culturas, escuta sete tipos de música, vê uma centena de tipos de pessoas, mil histórias e tudo isso é Nova York.

Nova York é o mundo.

Bem, o mundo de Malone.

Ele jamais mudará de cidade.

Não há motivo para tal.

Ele tentou explicar a Sheila, mas como se faz isso sem levá-la a um mundo que você não quer jogar em cima dela? Como passar de um conjunto popular, onde mamãe e papai estão tão atolados de crack, então você encontra um bebê morto há uma semana, os pés do bebê comidos pelos ratos e, depois, você leva seus próprios filhos ao Chuck E. Cheese's? Você deve contar isso a ela? "Compartilhar" isso? Não, o certo é estampar um sorriso no rosto e conversar com o vendedor de pneus sobre os Mets, ou que porra for, porque ninguém quer ouvir falar disso e você não quer falar, só quer esquecer e boa sorte com isso, campeão.

Certa vez, Phil, Monty e Malone receberam uma denúncia anônima para ir a um endereço em Washington Heights, onde encontraram um cara amarrado a uma cadeira. Suas mãos tinham sido decepadas por roubar heroína de uma supercarga e ele ainda estava vivo porque seus carrascos também cauterizaram os ferimentos perfeitamente com um maçarico. Seus olhos estavam pulando para fora do crânio, seu maxilar estava quebrado de tanto contraí-lo. Mas, depois, os policiais tiveram que voltar e ir a um churrasco, e ainda sentar perto da grelha, com o anfitrião, como os caras fazem. Ele e Phil se olharam por cima da churrasqueira e sabiam o que o outro estava pensando. Você não conversa com outros policiais sobre essas merdas, porque não precisa. Eles já sabem. São os únicos que sabem.

E teve a festa de aniversário.

Malone nem se lembra que criança estava fazendo aniversário – uma amiguinha de Caitlin, talvez. Foi outra daquelas festas no pátio dos fundos e eles penduraram uma *piñata* no varal. Malone estava ali sentado, olhando as crianças batendo no negócio, ele tinha passado a semana inteira na corte, vendo o julgamento de um traficante chamado Bobby Jones e o júri deu o veredicto de inocente, porque simplesmente não acreditaram que Malone o vira vendendo drogas do outro lado da rua. Pois Malone estava sentado e as crianças davam pauladas no burrico de papelão repetidamente, mas não conseguiam quebrá-lo. Malone finalmente levantou, pegou a vareta de um garoto e deu um porradão que destruiu a porra do burrico, fazendo voar doce para todo lado.

Tudo parou.

A festa inteira olhou para ele.

– Comam suas balas – disse Malone.

Ele ficou constrangido e entrou no banheiro. Sheila foi atrás e disse:

– Jesus, Denny, mas *que porra foi essa?*

– Eu não sei.

– Você não sabe? – ela perguntou. – Você nos constrange na frente de todos os nossos amigos e você *não sabe?*

Não, você que não sabe, Malone pensou.

E eu não quero lhe dizer.

Não consigo mais fazer isso.

Passar de uma vida para outra e essa vida, essa vida parece...

Tola.

Falsa.

Eu não sou isso.

Lamento, Sheila, mas eu não sou isso.

★ ★ ★

Então, nessa manhã de Natal, uma Sheila sonolenta encontra Malone à porta, de robe azul flanelado, cabelos despenteados, ainda sem maquiagem, segurando uma caneca de café.

Mesmo assim, ela ainda lhe parece bonita.

Ele sempre achou.

– As crianças já acordaram? – pergunta Malone.

– Não, eu dei um pouco de Benadryl pra eles ontem à noite.

Vendo a expressão no rosto dele, ela diz:

– É brincadeira, Denny.

Malone vai atrás dela até a cozinha, onde ela lhe serve uma caneca de café, depois senta na banqueta, junto à bancada.

Ele pergunta:

– Como foi a noite de Natal?

– Ótima – diz ela. – As crianças discutiram sobre que filme assistir e nós concordamos com *Esqueceram de mim,* depois *Frozen.* O que você fez?

Ele diz:

– Uma ronda.

Sheila olha para ele como se não acreditasse, uma expressão que o acusa de ter ficado com "a tal".

– Está trabalhando hoje? – ela pergunta.

– Não.

– Nós vamos jantar na Mary. – completa ela. – Eu o convidaria, mas você sabe, ela te odeia.

Mesma Sheila de sempre, a sutileza de uma marreta. Na verdade, essa é uma das coisas que ele sempre gostou nela. Com ela é preto ou branco, você sempre sabe se situar. E ela está certa, a irmã e toda a família dela o odeiam desde a separação.

– Tudo bem – diz ele. – Talvez eu dê uma passada no Phil. Então, como vão as crianças?

– Em breve, você vai precisar ter "a conversa" com John.

– Ele está com 11 anos.

– Não vai demorar e ele vai passar para o Ensino Médio – diz Sheila. – Você não acreditaria no que está acontecendo hoje em dia. As meninas pagando boquete já na sétima série.

Malone trabalha no Harlem, Inwood, Washington Heights. Sétima série é até muito.

— Vou falar com ele.

— Mas não hoje.

— Não, não hoje.

Eles ouvem vozes lá em cima.

— Hora do jogo — diz Malone.

Ele está diante do pé da escada, quando as crianças descem com tudo, os olhos acesos quando veem os presentes embaixo da árvore.

— Parece que o Papai Noel veio — diz Malone.

Ele não está magoado por eles passarem direto para pegarem os presentes. De qualquer forma, são crianças, são honestas.

— PlayStation 4! — John grita.

Bem, lá se vai o *meu* presente, pensa Malone, sabendo que nenhuma criança precisa de dois PlayStations.

Como eles podem ter crescido tanto em duas semanas? Ele se pergunta. Sheila provavelmente não percebe, porque está com eles todos os dias, mas John está espichando, começando a ficar mais alto e magro. Caitlin tem os cabelos ruivos da mãe, embora ainda sejam bem encaracolados, e aqueles olhos verdes. Vou precisar construir uma torre de guarda na casa para afugentar os rapazes.

Ele sente um aperto no coração.

Merda, pensa ele, eu estou deixando de presenciar meus filhos crescendo.

Ele senta na mesma poltrona que costumava sentar, todo Natal, quando ainda estavam juntos, e Sheila senta na mesma almofada, no sofá.

Tradições são algo importante, pensa ele. Hábitos são importantes. Dão às crianças uma referência de estabilidade. Então, ele e Sheila ficam sentados, tentando estabelecer um pouco de ordem e fazer com que as crianças se alternem, para que os presentes de Natal não terminem em trinta segundos. Sheila força um intervalo torturante para os pãezinhos de canela com chocolate quente antes que eles voltem aos presentes.

John abre o presente de Malone e finge entusiasmo.

— Nossa, pai!

Ele é um garoto, pensa Malone. Sensível. Não posso deixar que ele ingresse no ofício da família, isso o comeria vivo.

— Eu não sabia que o Papai Noel ia trazer isso — diz Malone, dando uma cutucada sutil em Sheila.

— Não, está ótimo — responde John, improvisando. — Eu posso ficar com um lá em cima e outro aqui embaixo.

— Eu levo de volta. Trago outra coisa pra você.

John pula de pé e enlaça o pescoço de Malone com os braços.

Isso é tudo para ele.

Tenho que manter esse menino fora da corporação, pensa ele.

Caitlin adora seu conjunto da Barbie. Aproxima-se e dá um grande abraço no pai, e um beijo em seu rosto.

— Obrigada, papai.

— De nada, meu bem.

Ela ainda tem aquele cheiro de criança.

Aquela doce inocência.

Sheila é uma ótima mãe.

Então, Caitlin lhe parte o coração.

— Você vai ficar, papai?

Paf.

John está olhando para ele, como se não soubesse que essa era uma possibilidade, mas agora está esperançoso.

— Hoje, não — revela Malone —, eu tenho que trabalhar.

— Pegar os bandidos — diz John.

— Pegar os bandidos.

Você não será eu, pensa Malone. Você não será eu.

Caitlin não desiste.

— Quando todos os bandidos forem pegos, você vai voltar pra casa?

— Vamos ver, meu bem.

— Vamos ver quer dizer não — diz Caitlin, dando uma olhada direta para sua mãe.

— E aí, gente, vocês não têm presentes pra *nós*? — pergunta Sheila.

A empolgação os distrai e eles saem correndo até a árvore. John dá a Malone um gorro de tricô do New York Rangers, Caitlin lhe dá uma caneca de café que ela pintou na aula de artes.

— Isso vai pra minha mesa — diz Malone. — E isso vai pra minha cabeça. Adorei os presentes, gente, valeu. Ah, e isso é pra você.

Ele entrega uma caixa à Sheila.

— Eu não te comprei nada — diz ela.

— Melhor assim.

— Macy's.

Ela ergue o cachecol para que as crianças vejam.

— Que bonito. E vai deixar meu pescoço aquecido. Obrigada.

— De nada.

Então, o clima fica estranho. Ele sabe que ela precisa começar a fazer as crianças se vestirem para ir para casa da família dela, as crianças também sabem. Mas eles também sabem que quando se mexerem, ele terá que ir embora e a família ficará partida outra vez, então, eles ficam imóveis como estátuas.

Malone olha seu relógio.

— Oh, nossa. Eu não posso deixar os bandidos esperando.

— Isso é engraçado, papai — diz Caitlin.

Só que seus olhinhos estão marejados.

Malone levanta.

— Comportem-se direitinho e obedeçam a mamãe, está bem?

— Vamos nos comportar — diz John, já assumindo o papel de homem da família.

Malone puxa os dois para junto de suas pernas.

— Eu amo vocês.

— Também te amamos — dizem tristes, em coro.

Ele e Sheila não se abraçam, pois não querem dar falsas esperanças às crianças.

Malone sai pela porta pensando que o Natal foi inventado para torturar pais divorciados e seus filhos.

Merda de Natal.

★ ★ ★

Estava cedo demais para aparecer na casa de Russo, então Malone vai até a costa.

Ele quer programar sua chegada para evitar o calvário do macarrão até a morte que a Donna está planejando. A ideia é chegar lá somente para o cannoli e uma torta de abóbora, com café batizado.

Malone para num estacionamento do outro lado da estrada da praia e fica no carro, com o motor ligado e o aquecedor também. Fica tentado a dar uma volta a pé, mas está frio demais.

Ele tira uma garrafa do porta-luvas e dá um gole. Malone bebe bastante, mas está longe de ser um alcoólatra e normalmente não beberia tão cedo assim, mas o uísque esquenta.

Talvez eu pudesse ser um alcoólatra, pensa Malone, mas eu tenho um ego grande demais para ser um estereótipo.

O policial irlandês divorciado alcoólatra.

Quem foi mesmo... ah, sim, Jerry McNab que veio até aqui de carro, numa tarde de Natal e pôs a arma no queixo. A arma que usa nas folgas. Policial irlandês divorciado alcoólatra estoura os próprios miolos.

Outro estereótipo.

Os caras da One fizeram questão de divulgar que ele estava limpando sua arma, para que não houvesse problema com o seguro ou a pensão, e o cara da indenização não era bobo de se meter com eles, então fingiu acreditar que um cara estava limpando sua arma, numa praia, no Natal.

McNab estava com medo de ir para a cadeia, de cumprir pena. Eles o flagraram em vídeo pegando dinheiro de um traficante de crack, no Brooklyn. Iam tomar seu distintivo, sua arma, a pensão, colocá-lo em cana e ele não conseguiu encarar. Não conseguiu encarar a vergonha que sua família passaria, a ex-esposa e os filhos o veriam algemado, então comeu a arma.

Russo teve uma interpretação diferente. Estavam discutindo a respeito no carro, uma noite dessas, matando tempo na vigilância, e ele disse:

— Vocês interpretaram tudo errado. Ele fez isso para salvar sua pensão, pela família.

— Ele não economizou nada? — perguntou Malone.

— Ele estava num carro da polícia — disse Russo. — Não podia estar ganhando muito, mesmo na Sete-Cinco. Ao morrer por acidente, sua família fica com a pensão e os benefícios. McNab fez a coisa certa.

Só que ele não guardou nada, pensa Malone.

Malone guarda.

Ele tem dinheiro vivo escondido, investimentos, contas bancárias onde os federais jamais poderiam pôr as patas.

E ele tem outra conta, na Pleasant Avenue, com os carcamanos, o que sobrou da antiga família Cimino, em East Harlem. Aqueles caras são melhores que bancos. Eles não vão roubá-lo ou jogar seu dinheiro em empréstimos de hipoteca.

Prefiro um mafioso honesto a um daqueles escrotos de Wall Street, pensa Malone. O que o povo não entende, acham que a máfia é corrupta? Eles só gostariam de poder roubar como os caras de fundos de investimentos, os políticos, juízes e advogados.

E o Congresso?

Melhor nem falar.

Um policial aceita um sanduíche de presunto para fazer vista grossa e perde o emprego. Os cuzões congressistas pegam milhões de um empreiteiro por seu voto e são patriotas. Quando um político estourar os miolos para salvar sua pensão, será a primeira vez que isso acontece.

E eu vou abrir uma garrafa de champanhe, pensa Malone.

Mas não vou cair como o Jerry McNab.

Malone sabe que não é do tipo suicida.

Vou fazer com que eles me matem, pensa ele, olhando uma duna gramada e a cerca antifuracão. O furacão Sandy fez um estrago em Staten Island. Malone fez questão de estar em casa naquela noite, sentou com Sheila e as crianças no porão e ficou brincando de Go Fish. No dia seguinte, saiu e fez o que pôde para ajudar.

Se eles me pegarem, eu cumpro a minha pena e fodam-se vocês e sua pensão.

Posso cuidar da minha família.

Sheila nem precisa ir até a Pleasant Avenue, eles irão até ela. Com um envelope gordo todo mês.

Eles serão corretos.

Porque não estão no Congresso.

Ele pega o telefone e liga para Claudette.

— Já levantou? — ele pergunta, quando a mulher atende.

— Acabei de levantar — diz ela. — Obrigada pelos meus brincos, benzinho. São lindos. Eu tenho uma coisa pra você.

— Você me deu meu presente ontem à noite.

— Aquilo foi pra *nós* — diz ela. — Estou no turno das quatro à meia-noite. Quer vir depois?

— Quero. Você vai para casa da sua irmã hoje, certo?

— Não consigo imaginar um jeito de escapar — diz Claudette. — Mas será legal ver as crianças.

Ele fica contente que ela vá, fica preocupado quando Claudette está sozinha.

Na última recaída dela, ele lhe deu uma escolha: ou você entra no carro comigo e eu te levo para a reabilitação ou vou algemá-la e você pode se desintoxicar na Rikers. Ela ficou furiosa com ele, mas entrou no carro e Malone a levou até Berkshires, em Connecticut, a um lugar que seu médico de West Side conseguiu para ele.

Sessenta mil pela reabilitação, mas valeu a pena.

Ela está limpa desde então.

— Eu gostaria de conhecer a sua família uma hora dessas — ele diz.

Ela ri baixinho.

— Não tenho certeza se estamos prontos pra isso, meu bem.

Significa que ela não está pronta para levar um policial branco à casa de sua família no Harlem. Ele será tão bem-vindo quanto um membro da Ku Klux Klan num lar negro do Mississippi.

— Mas, uma hora dessas... — diz Malone.

— Vamos ver. Preciso entrar no chuveiro.

— Então vá — diz ele. — Eu te vejo mais tarde.

Ele põe o gorro dos Rangers na cabeça, fecha o zíper da jaqueta e desliga o motor. O carro ainda continuará aquecido por alguns minutos. Ele recosta e fecha os olhos, sabe que a dexadrina não o deixará dormir, mas seus olhos estão ardendo.

Cronometragem perfeita na chegada ao Phil.

Eles estão terminando de tirar os pratos do jantar, a casa está um caos ítalo-americano com cerca de 57 primos correndo por todo lado, os homens fofocando perto da televisão, as mulheres papeando na cozinha, e o pai de Phil arrumou um jeito de cochilar na poltrona da sala no meio de tudo isso.

– Onde você se meteu, porra? – Phil pergunta. – Você perdeu o jantar.

– Cheguei tarde.

– Porra nenhuma – diz Phil, ao levá-lo para dentro. – Andou curtindo aquela fossa irlandesa, seu trouxa. Venha, a Donna vai te fazer um prato.

– Eu estou guardando espaço pro cannoli.

– É, bem, você vai pra casa com um Tupperware, nem tente sair dessa.

Os meninos gêmeos de Phil, Paul e Mark, vêm dar um oi ao tio Denny. Eles são os típicos garotos adolescentes italianos do sul de Staten Island, com seus cortes de cabelo penteados com gel e camisetas justas, mostrando os músculos, cheios de si.

– São uns mimados, isso sim –, disse Russo uma vez ao Malone. – Ficam metade do tempo no shopping, a outra metade jogando videogames.

Malone sabe que isso não é verdade, que Donna passa o tempo todo de motorista deles, levando para o hóquei, futebol e baseball. Os meninos são bons atletas, talvez até consigam bolsas de estudo, mas Russo não se gaba deles.

Talvez por perder tantos jogos dos dois.

A filha deles, Sophia, é outra coisa. Russo já até falou em se mudar para o outro lado do rio porque ela não teria chance de ganhar o concurso de Miss Nova York e talvez tivesse chance em Nova Jersey.

Aos dezessete anos, ela se parece com Donna, alta e pernuda, com cabelos negros e olhos azuis impressionantes.

Deslumbrante.

E ela sabe disso. Mas é uma garota meiga, Malone pensa, menos convencida do que poderia ser, e adora o pai.

Russo minimiza. Sua frase é:

Só tenho que impedi-la de fazer strip-tease.

– É, acho que isso não é uma preocupação – devolve Malone.

– E de engravidar – conta Russo. – É mais fácil cuidar de menino, porque você só tem que se preocupar com o pau.

Sophia vem e dá um beijo no rosto de Malone e, com uma demonstração desconcertante de maturidade, pergunta:

– Como vão Sheila e as crianças?

– Estão bem, obrigado por perguntar.

Ela dá um apertãozinho solidário na mão dele, para mostrar que é uma mulher e entende a sua dor, depois vai para a cozinha ajudar a mãe.

– Foi tudo bem hoje de manhã? – pergunta Russo.

– Foi.

– É bom a gente conversar dois minutos. Ei, Donna! – grita Russo – Vou levar o Denny lá embaixo, no porão, pra mostrar o kit que você me deu!

– Não demorem! A sobremesa está saindo!

O porão está tão limpo que parece um centro cirúrgico, onde tudo tem seu lugar exato, embora Malone não saiba quando Russo acha tempo para descer ali.

– É o Torres – diz Russo. – Que está na agenda de mesada do Carter.

– Como você sabe?

– Ele ligou hoje de manhã.

– Pra lhe desejar Feliz Natal? – pergunta Malone.

– Pra reclamar do Fat Teddy – diz Russo. – Eu aposto que aquele porco foi choramingar pro Carter, que puxou a corrente do Torres. O Torres disse que a gente tem que deixá-lo comer.

– Nós não impedimos que ele ganhe – diz Malone.

Se um cara ganha fora da área, ele fica com 100%. Mas se ele ou sua equipe ganham dentro de Manhattan North, eles botam dez pontos num fundo que todos dividem.

Meio parecido com a Liga Nacional de Futebol.

Qualquer equipe pode faturar em qualquer lugar, mas na questão prática, Washington Heights e Inwood são os centros de lucros da equipe de Torres.

Agora parece que ele está na agenda de Carter.

Malone não recebe mesada. Ele toma dos traficantes, ludibria o sistema com eles, mas não quer ser um funcionário ou um subsidiário de propriedade alheia.

Ainda assim, não vai bater de frente com Torres. Atualmente a vida está boa, e quando a vida está boa você não mexe em nada, porra.

Malone, então, diz:

– Piccone vai cuidar do Fat Teddy. Eu vou encontrá-lo mais tarde.

Malone tem um breve lampejo de que Torres pode estar armando uma arapuca para eles botando um grampo, mas logo tira isso da cabeça. Poderiam apertar seus sapatos até quebrar seus dedos e Torres não entregaria um irmão policial. Ele é um policial torto, abusa da autoridade, além de ser um escroto ganancioso, mas não é um rato delator.

Um rato é a pior coisa do mundo.

Eles ficaram em silêncio, por um segundo.

– O Natal não é a mesma coisa sem o Billy – diz Russo.

– Não é.

Sempre tinha um negócio, no Natal, de ver que mulher o Billy ia trazer.

Uma modelo, uma atriz, sempre alguma gata.

– É melhor a gente subir, antes que eles achem que você tá chupando meu pau – diz Russo.

– Por que não achariam que você tá chupando o meu?

– Porque ninguém ia acreditar nisso – diz Russo. – Vamos.

O cannoli faz jus à propaganda.

Malone come duas vezes e inicia um debate sobre os méritos relativos aos Rangers, Islanders e os Devils, porque Staten Island fica bem naquele triângulo onde você pode torcer para qualquer um deles.

Ele sempre foi torcedor dos Rangers, sempre será.

Donna Russo o pega na cozinha, limpando o prato, e aproveita a oportunidade para cercá-lo. Com ela não tem rodeio.

– Então, a sua esposa e os filhos. Você vai voltar?

– Bem, eu não vejo isso nas cartas, Donna.

– Compre um baralho novo – aconselha Donna. – Eles precisam de você. Acredite ou não, você precisa deles. Você é uma pessoa melhor com a Sheila.

– Ela não acha.

Malone não sabe se isso é verdade. Eles estão separados há mais de um ano e embora Sheila diga que está tranquila em relação ao divórcio, está sempre fazendo corpo mole para providenciar a papelada. E ele tem andando ocupado demais para forçá-la.

Ao menos, isso é o que você diz a si mesmo, pensa Malone.

– Me dá esse prato aqui – diz Donna. Ela pega a louça e coloca na lavadora. – O Phil disse que você tem uma coisinha paralela, em Manhattan.

– Não é paralela – diz Malone. – É a principal. Não sou mais casado.

– Aos olhos da igreja...

– Não me venha com essa baboseira.

Malone adora Donna, ele a conhece a vida toda, morreria por ela, mas não está no clima de ficar ouvindo hipocrisias de dona de casa. Donna Russo sabe – ela tem que saber – que seu marido tem uma amante na Columbus Avenue e fica estranha toda vez que surge o assunto, o que acontece bastante. Ela sabe e prefere ignorar, porque quer a bela casa, as roupas e as crianças na faculdade.

Malone não a condena, mas vamos nos manter na realidade.

– Vou dar comida pra você levar pra casa – diz Donna. – Você está magro, tem comido?

— Mulheres italianas.

— Tem que ser muito sortudo — diz Donna. Ela começa a encher grandes potes plásticos com peru, purê de batatas, legume e macarrão.

— Sheila e eu estamos fazendo aulas de *pole-dancing*, ela te contou?

— Essa parte ela pulou.

— É um ótimo exercício aeróbico — conta Donna, colocando os potes nas mãos de Malone — e pode ser bem sexy também, sabia? Sheila pode ter uns truques novos que você não conhece, meu amiguinho.

— Nem tudo tem a ver com sexo — retruca Malone.

— Tudo sempre tem a ver com sexo. — afirma Donna. — Volte para sua esposa, Denny. Antes que seja tarde demais.

— Você sabe alguma coisa que eu não sei?

— Eu sei *tudo* o que você não sabe — diz ela.

Ele se despede de Russo, a caminho da saída.

— Ela encheu muito o seu saco, sobre você e a Sheila? — pergunta Russo.

— É claro.

— Olha, ela enche até o *meu* saco sobre você e a Sheila.

— Obrigado por me receber.

— Ah, não fode, cara.

Malone coloca a comida no banco traseiro e liga para Mark Piccone.

— Você tem tempo agora?

— Para você, sempre. Onde?

Malone tem um impulso maluco.

— Que tal no calçadão?

— Está um gelo.

— Melhor assim. Não terá muita gente por lá.

Está vazio mesmo. O dia ficou cinza e um vento atroz está soprando da baía. A Mercedes preta de Piccone já está lá, mais alguns carros, pessoas fugindo dos jantares de família, uma velha van parece abandonada.

Ele encosta ao lado do carro de Piccone, do lado do motorista, em sentido contrário, e abaixa o vidro. Malone não sabe o motivo para que todo advogado tenha uma Mercedes, mas eles têm.

Piccone lhe entrega um envelope.

— Sua comissão pela indicação de Fat Teddy.
— Obrigado.

Assim que funciona, você prende um cara e dá a ele o cartão de um advogado de defesa. Se ele contratar esse advogado, o advogado lhe deve uma comissão.

Mas fica ainda melhor.

— Você consegue acertar esse negócio? — Piccone pergunta.
— Quem está no caso?
— Justin Michaels.

Malone sabe que Michaels é do jogo. A maioria dos promotores não é, mas tem um bocado deles que são, e como todo policial com bons contatos, Malone sabe como proceder para ter a mão molhada duas vezes.

— É, provavelmente consigo.

Passando um envelope ao Michaels, que verá que a corrente de provas teve seu valor elevado.

— Quanto? — pergunta Piccone.
— Estamos falando de uma redução ou de não prosseguimento da ação? — Malone pergunta.
— A liberação.
— De 10 a 20 mil.
— E isso inclui o seu, certo?

Por que Piccone está me enchendo o saco?, pensa Malone. Ele sabe, tanto quanto eu, que eu levo a minha parte do Michaels. É o que recebo por ser o intermediário, para que duas porras de advogados não tenham que se constranger admitindo, um para o outro, que estão à venda. Também é mais seguro para eles, porque um policial falando com um promotor de justiça no corredor é algo que acontece todos os dias, e não desperta suspeita.

— É claro.
— Pode fazer o acordo.

Ah, Nova York, Nova York, pensa Malone, uma cidade tão boa, onde ninguém te paga à toa.

E, de qualquer forma, ele deve ao Teddy pelas dicas da fonte das armas.

Malone sai do estacionamento.

Ele percorreu três quarteirões, quando vê que tem um carro o seguindo.

Não é Piccone.

Porra, será que é a Corregedoria?

O carro se aproxima e Malone vê que é Raf Torres. Malone encosta e desce. Torres encosta atrás dele e eles se encontram na calçada.

— Mas que porra, Torres? — pergunta Malone. — É Natal. Você não deveria estar com sua família ou com as suas putas?

— Você acertou esse negócio com o Piccone? — pergunta ele.

— Seu garoto vai ficar legal — tranquiliza Malone.

— A prisão deveria ter sido suspensa no minuto em que ele disse meu nome — diz Torres.

— Ele não falou a porra do seu nome — esclarece Malone. — E o que o faz pensar que pode dar cobertura a um dos caras do Carter?

— Três mil por mês — devolve Torres. — Carter não está contente. Ele quer o dinheiro dele de volta.

— Eu tô pouco me fodendo se ele está contente — diz Malone.

— Você tem que deixar as outras pessoas ganharem.

— Sirva-se à vontade. Contanto que seja fora do Harlem.

— Você é megaescroto, sabia, Malone?

— A questão é: *você* sabia?

Torres ri.

— Piccone está te dando algum?

Malone não responde.

— Eu deveria levar algum — diz Torres.

Malone pega no pau.

— Pode ter um pouco disso aqui.

— Que beleza! — ironiza Torres. — Que beleza de conversa para o Natal!

— Se você quer pegar a grana do Carter, isso é problema seu — diz Malone. — Pode se esbaldar. Mas ele tem que saber que comprou você, não eu. Se ele armar na minha área, está aberta a temporada de caça.

— Se é assim que você quer, irmão.

— E você está apostando no cavalo errado — devolve Malone. — Se eu não enquadrar o Carter, os Domos o farão.

— Mesmo depois de perder cem quilos de heroína? — pergunta Torres.

— Cinquenta.

Torres dá um sorrisinho malicioso.

— Se está dizendo.

Está um frio do caralho.

Malone entra em seu carro e sai.

Torres já não o segue.

No trajeto de volta para Manhattan, Malone coloca Nas para tocar bem alto.

Se DeVon Carter tiver acesso à Iron Pipeline, vai deixar corpos de Domos espalhados por toda Manhattan North. Os Domos vão retaliar e, de uma hora pra outra, nós seremos uma merda de uma Chicago.

E não é só isso.

Carter estava falando da queda do Pena, depois o Lou Savino e agora o Torres também está fazendo barulho?

Agora está arriscado demais mexer naquela mercadoria.

A carga do Pena pode colocá-lo exatamente na posição em que o Jerry McNab ficou.

Sua sorte pode acabar e talvez você morra de repente, de um ataque do coração, ou um derrame, um aneurisma. Mas, se não, quando chegar a hora, você não vai poder se cuidar...

Jesus, você está mórbido hoje.

Cara, que se foda.

Você tem um emprego que adora.

Dinheiro.

Amigos.

Um apartamento na cidade.

Uma mulher linda e sexy que te ama.

Você é dono de Manhattan North.

Portanto, eles não podem tocar em você.

Ninguém pode tocar em você.

SEGUNDA PARTE

O COELHINHO DA PÁSCOA

Ao longo dos quarenta anos de minha carreira como advogado de defesa, eu tinha contato regular com gente que mentia, corrompia e tentava ludibriar o sistema, para poder sair por cima.

A maioria trabalhava para o governo.

– OSCAR GOODMAN, *BEING OSCAR*

CAPÍTULO 6

Harlem, Nova York
Março

Um garoto morto mata uma velhinha.
A mulher tem 91 anos e é miúda.
Ainda menor, depois de morta.

O ferimento da entrada da bala, como a maioria dos ferimentos, é caprichado, no centro de sua bochecha esquerda, abaixo do olho. O ferimento da saída da bala, como a maioria desses ferimentos, não é pequeno nem caprichado, tem sangue, massa encefálica e cabelo explodidos no encosto de uma poltrona forrada de plástico.

– Eles não deveriam olhar pela janela quando ouvem alguma merda – diz Ron Minelli. – Mas isso provavelmente era tudo que ela fazia na vida. Ela provavelmente passava o dia olhando pela janela.

Quarto andar do Prédio Seis, no Nickel, e a senhora idosa é atingida por uma bala perdida. Malone caminha até a janela e olha abaixo. O atirador está no pátio, com a mão estendida, o dedo ainda no gatilho, como estava quando caiu para trás e fez o disparo. Ele provavelmente já estava apagado e foi uma reação muscular automática.

– Obrigado pelo chamado – diz Malone.

– Imaginei que fosse relacionado às drogas – relata Minelli.

E é. O morto no pátio é Mookie Gillete, um dos traficantes do DeVon Carter.

Monty está olhando ao redor do apartamento: fotografias de rapazes já adultos, netos, bisnetos. Xícaras de porcelana, uma coleção de souvenires, colheres de Saratoga, Colonial Williamsburg, Franconia Notch, presentes da família dela.

— Leonora Williams — diz Monty. — Descanse em paz.

Ele acende um charuto, embora o corpo ainda nem tenha começado a feder. A idosa já não vai mais se importar.

Uma viatura entra no pátio e Sykes desce. O capitão caminha até o garoto morto e sacode a cabeça. Depois olha acima, para a janela.

Malone assente.

— Achei a bala. Está aqui, na parede — alerta Russo.

— Pessoal, esperem pelos peritos — diz Malone. — Eu vou até lá embaixo.

Ele pega o elevador e desce ao pátio.

Metade do St. Nick's está ali fora, sem poder se aproximar do corpo, impedidos por policiais fardados da Três-Dois e uma fita amarela de isolamento. Um dos garotos diz:

— Ei, Malone, verdade que a sra. Williams tá morta?

— É.

— Que pena.

— É sim.

Ele caminha até Sykes.

Sykes olha para ele.

— Que mundo.

— Mas é o nosso.

— Quatro assassinatos em seis semanas — calcula Sykes.

É, seus números estão na merda, capitão, pensa Malone. Na reunião de segunda, com o CompStat, vão dançar flamenco no seu peito. Então, ele se arrepende de pensar assim. Ele não gosta do capitão, mas o homem está sinceramente entristecido pelas mortes nos conjuntos habitacionais.

Isso incomoda Sykes.

Incomoda Malone também.

Ele deveria estar protegendo gente como Leonora Williams. Uma coisa é quando os traficantes matam uns aos outros, mas é bem diferente quando uma velhinha inocente é atingida no fogo cruzado.

A mídia vai chegar a qualquer momento.

Torres se aproxima.

O combinado entre eles se manteve por três meses. Torres continua na agenda de mesada de Carter, mas Malone e sua equipe não afrouxaram. Só que agora, as matanças em retaliação, nos conjuntos, entre Carter e os dominicanos, ameaçando uma guerra absoluta, também ameaça a trégua inquieta.

E agora uma cidadã foi morta.

— Isso é chocante — diz Torres. — Ninguém viu nada.

— Só pode ter sido um Trinitario — especula Sykes. — Retaliando por DeJesus.

Raoul DeJesus foi metralhado nos Heights, na semana anterior. Antes de sua morte, era o principal suspeito pelo assassinato de um membro da Get Money Boy, alvejado e morto na rua 135.

— Esse Gillette aqui era dos GMB, certo? — pergunta Sykes.

— Nascido e criado.

E a GMB trafica para Carter.

— Cerque os Trinis — Sykes ordena a Torres. — Traga-os para interrogatório, prenda por porte de maconha, mandados pendentes, não me interessa. Vamos ver se algum deles quer falar em vez de seguir para a Rikers.

— Pode deixar, chefe.

— Malone, procure as suas fontes, veja se alguém fala — solicita Sykes. — Eu quero um suspeito, quero uma prisão, eu quero esses casos encerrados.

O circo chega. Repórteres, caminhões dos noticiários de televisão. E com eles, o reverendo Hampton.

É claro, pensa Malone, luzes, câmeras, Hampton.

Na verdade, não é o pior dos mundos. Pelo menos, Hampton desvia a mídia dos policiais e Malone pode ouvi-lo falando... "comunidade", "tragédia", "ciclo de violência", "desigualdade econômica", "o que a polícia está fazendo para...".

Para crédito próprio, Sykes encara o restante dos repórteres.

— Sim, nós podemos confirmar dois homicídios... Não, não temos suspeitos no momento... Não posso confirmar que tenha sido relacionado a drogas ou gangues... A Força-Tarefa Especial de Manhattan North vai liderar a investigação...

Um repórter se afasta do grupo e aborda Malone.

— Detetive Malone?

— Sim?

— Mark Rubenstein, *New York Times*.

Alto, magro, uma barba esmeradamente aparada. Um casaco esportivo com um suéter por baixo, de óculos, inteligente.

— O Capitão Sykes está respondendo a todas as perguntas — interrompe Malone.

— Entendo — diz Rubenstein. — Eu só estava pensando se há um momento em que nós pudéssemos nos encontrar e conversar. Eu estou fazendo uma série de artigos sobre a epidemia de heroína...

— Eu estou ligeiramente ocupado aqui, entende?

— Claro. — Rubenstein entrega um cartão. — Eu adoraria conversar, se algum dia estiver interessado.

Nunca estarei interessado, pensa Malone, pegando o cartão.

Rubenstein volta à conferência improvisada.

Malone caminha até Torres.

— Eu quero sentar pra conversar com Carter.

— Ah, é? — diz Torres. — Você não é o policial favorito dele.

— Eu estou cuidando do Bailey pra ele.

O julgamento se aproxima e o combinado vai rolar.

— Merda de dominicanos — xinga Torres. — Eu sou espanhol e odeio esses filhos da puta ensebados.

Tenelli se aproxima.

— Os GMBs já estão falando em revide.

— Ei, Tenelli, pode nos dar um segundo? — pergunta Malone. Ela dá de ombros e sai. — Pode me botar pra falar com Carter?

— Você garante a segurança?

— Você acha que os Trinis vão atacar quando...

— Não dos Domos — diz Torres. — De *você*.

— Pode marcar — apazigua Malone.

Ele volta até Sykes, que já está terminando com o pessoal da mídia.

Um policial à paisana está ao lado dele.

— Malone, esse é Dave Levin — diz Sykes. — Ele acabou de chegar à Força-Tarefa. Vou designá-lo para a sua equipe.

Levin deve ter trinta e poucos anos. Magro, alto, cabelo preto farto, nariz afilado. Ele aperta a mão de Malone.

— É uma honra conhecê-lo.

Malone vira pro Sykes.

— Capitão, podemos falar um instante?

Sykes assente para Levin, que se afasta.

— Se eu quisesse um cachorrinho, eu adotaria um — diz Malone.

— Levin é um cara esperto, vem da Anticrime, na Sete-Seis. Fez boas apreensões, muitos trabalhos pesados, tirou muitas armas da rua.

Ótimo, pensa Malone. Sykes está trazendo sua antiga equipe da Sete-Seis. A lealdade prioritária de Levin será ao Sykes, não à equipe.

— A questão não é essa. Eu tenho uma equipe funcionando redondinha. Nós trabalhamos bem juntos, um cara novo vai desestabilizar.

— As equipes da Força-Tarefa são compostas por quatro pessoas — diz Sykes. — Você precisa substituir o O'Neill.

Ninguém pode substituir Billy, pensa Malone.

— Então me dê um cara espanhol, o Gallina.

— Não posso ferrar o Torres desse jeito.

Torres é que está fodendo *contigo*, como se fosse uma puta de cadeia, pensa Malone.

— Certo, eu pego a Tenelli.

Sykes parece entretido.

— Você quer uma mulher?

Melhor que a porra de um espião, pensa Malone.

— A Tenelli acaba de conseguir uma pontuação muito alta, na prova de tenente — diz Sykes. — Logo estará fora daqui. Não, você vai ficar com o Levin. Você está desfalcado de gente e, como devo ter mencionado, eu quero esses casos encerrados. Você está fazendo algum progresso com o contato das armas do Carter?

— Deu uma amortecida.

— A Páscoa está chegando – diz Sykes. – Ressuscite. Sem arma não há guerra.

Malone vai até Levin.

— Vamos.

Ele o conduz até o prédio onde fica o apartamento de Leonora. Ficava.

— Não posso acreditar que eu estou trabalhando em Manhattan North com Denny Malone – diz Levin.

— Você não precisa puxar meu saco. O que precisa fazer é ouvir mais que falar e, ao mesmo tempo, não ouvir nada. Entendeu?

— Claro.

— Não, não entendeu – diz Malone. – E não vai entender por um tempo. Depois, se você for tão inteligente quanto Sykes diz, você entenderá.

A questão é de quem você é espião? Do Sykes? Da Corregedoria? Um policial deles usado como "associado no trabalho de campo"?

Está usando um grampo?

Isso tem a ver com Pena?

— O que fez você querer ser transferido para a Força-Tarefa? – pergunta Malone.

— É onde está a ação – devolve Levin.

— Tem ação de sobra na Sete-Seis.

É o distrito mais movimentado da cidade. Lidera os índices de tiroteios e roubos. E é pesado nas gangues: Eight Trey Crips, Folk Nation, a Bully Gang. Que ação esse garoto quer?

— Bem, "cuidado com o que você pede". Às vezes, o tédio é bom – diz Malone.

Depois, ele pergunta:

— Casado? Filhos?

— Tenho uma namorada. A gente é, você sabe, exclusivo um do outro.

É, sei, vamos ver quanto tempo dura, pensa Malone. A Força não é exatamente um lugar de cumprir promessas.

— Essa garota tem nome?

— Amy.

— Legal.

Boa sorte, Amy, pensa Malone.

A menos que o Dave aqui seja da Corregedoria, então ele mantém o pau tão limpo quanto o nariz. Algo para ficar de olho. Você não pode confiar num cara que não bebe com você, não dá um tequinho ou não fuma um baseadinho, não transa com alguém fora do namoro de vez em quando. Esse cara não quer ter que explicar essas merdas aos chefes.

— Então o Sykes é seu padrinho? — pergunta Malone.

— Não sei se eu diria isso.

— Bem, Manhattan North é uma casa de relações — explica Malone. — A Força-Tarefa é uma missão recompensadora. O que você tem, um tio na One Police?

— Acho que o capitão Sykes gostou do meu trabalho na Sete-Seis — responde Levin. — Mas, se está me perguntando se sou seu garoto, não sou.

— Ele sabe disso?

Levin fica meio irritado. O cãozinho tem dentes, pensa Malone.

— É, acho que sabe, sim — desconfia Levin. — Por quê? Você e ele têm algum tipo de atrito?

— Digamos que nós enxergamos as coisas de maneiras diferentes.

— Ele segue rigorosamente as regras — diz Levin.

— Isso.

— Olhe, eu sei que você não está pulando de alegria em ter um novato e sei que não posso substituir Billy O'Neill. Eu só quero que você saiba que eu sou grato por isso e não vou atrapalhar.

Você já está me atrapalhando, pensou Malone. Ou me fodendo.

O elevador fede a urina.

Levin tem ânsia de vômito.

— Eles usam os elevadores de privada — diz Malone.

— Por que não usam as privadas?

— A maioria está quebrada — explica Malone. — O encanamento é arrancando e vendido. Temos sorte que hoje seja só mijo.

Eles saem no quarto andar e entram no apartamento de Leonora. Os peritos da cena do crime estão ali agora, fazendo seu papel, embora o caso seja óbvio.

– Esse é Dave Levin – apresenta Malone. – Ele está entrando na equipe.

Russo olha para Levin como se estivesse inspecionando uma fruta no supermercado.

– Phil Russo.

– Prazer em conhecê-lo.

Montague ergue os olhos de onde está, abaixado, arrumando as meias.

– Bill Montague.

– Dave Levin.

– Ele veio lá da Sete-Seis – conta Malone.

Agora eles estão pensando o mesmo que ele. Levin pode não ser espião de Sykes, mas a última coisa de que eles precisam é de um novato em quem não sabem se podem confiar.

– Vamos trabalhar na rua – diz Malone.

A rua é sempre boa.

É onde Malone se sente em casa, no comando, em controle de si mesmo e do que está ao redor.

Não importa qual seja o problema, a resposta está sempre na rua.

Russo vira à esquerda, passando no Frederick Douglas e entra na rua 129, atravessando pelo centro do conjunto habitacional, depois encosta perto de um prédio grande de três andares.

– Aqui é a HCZ – diz Malone. – Harlem Children's Zone, uma escola pública independente. Não tem muito tráfico por aqui, porque os meninos não querem ter a ampliação da pena por traficarem em perímetro escolar.

A venda de drogas tornou-se um comércio realizado em ambientes fechados, porque é mais seguro não ficar à vista dos policiais e é mais fácil ligar ou mandar uma mensagem ao seu vendedor e ir até um apartamento, num dos prédios, ou numa das escadas e fazer a compra. E é literalmente impossível para os policiais realizarem batidas nos prédios, porque os traficantes botam crianças como olheiros e, quando elas emitem um alerta, os caras somem antes mesmo de você passar pela porta.

Eles seguem rumo ao leste, até o fim do quarteirão e a Igreja Metodista Salem, depois entram na rua 7, em direção ao playground de St. Nick's.

– Há dois playgrounds nesse conjunto – diz Malone. – Norte e Sul. Esse é o Norte. Tem jogo pesado e os babacas atiram em vez de pagar. O que está fazendo?

– Anotações.

– Isso aqui lhe parece a faculdade? – Malone pergunta. – Você está vendo aulas mistas? Frisbees, homens de coque? Você não faz anotações, não escreve nada. A única coisa em que vai usar sua caneta são os boletins de ocorrência. Anotações feitas no trabalho podem ser descobertas. Algum defensor babaca vai deliberadamente mal interpretá-las e usá-las pra te foder num julgamento.

– Entendi.

– Guarde tudo na cabeça, calouro – diz Russo.

Alguns membros dos Spades estão arremessando bolas de basquete e começam a berrar.

– Malone! E aí, Malone!

Assovios irrompem no ar, conforme os olheiros alertam os traficantes, que somem por trás dos prédios. Malone acena para os garotos na quadra.

– Nós voltaremos!

– Quando voltar, Malone, traga a sua esposa com calcinha limpa! Aquela que ela está usando está fedendo!

Malone ri.

– Empresta uma sua, Andre! Aquela vermelhinha de seda que eu gosto!

Mais gritos e risos.

★ ★ ★

Ah Não Henry está caminhando pela calçada com aquela expressão culpada, mas extasiada de quem diz "acabei de me dar bem".

Ah Não Henry ganhou seu apelido na primeira vez que eles lhe deram um bote, há quase três anos. Eles o puseram contra a parede e perguntaram se ele estava portando heroína.

– Ah, não – disse Henry, com uma inocência chocada.

– Você se aplica heroína? – Malone perguntou.

– Ah, não.

Então Monty encontrou o envelope de heroína no bolso de sua calça com todos os apetrechos e Henry só disse:

– Ah, não.

Monty contou a história no vestiário, naquela noite, e o nome pegou.

Agora, Malone espera até que Ah Não Henry entre num beco, aonde vai cozinhar e se aplicar. Ele, Russo e Levin vão atrás dele e Henry vira, os vê e diz, com uma previsão maravilhosa:

– Ah, não.

– Henry, não saia correndo de mim – ordena Malone.

– Não corra, Henry – reafirma Russo.

Eles o agarram e rapidamente encontram a heroína.

– Não diga nada, Henry – pede Malone.

Ele é um cara magrinho, com vinte e tantos anos, mas poderia facilmente passar por cinquenta. Está com uma jaqueta de brim que algum dia teve um forro de lã, jeans e tênis, e o seu cabelo é comprido e imundo.

– Henry, Henry, Henry – diz Russo.

– Isso não é meu.

– Bem, meu que não é – diz Malone. – E eu acho que não é do Phil. Mas, deixe-me perguntar a ele. Phil, essa heroína é sua?

– Não é não.

– Não, não é – diz Malone. – Portanto, se não é minha e não é do Phil, só pode ser sua, Henry. A menos que você esteja nos chamando de mentirosos. Você não está nos chamando de mentirosos, está?

– Dá um tempo, Malone.

– Você quer um tempo. Então, dá um tempo pra mim. Ouviu alguma coisa sobre aqueles tiros no St. Nick's?

— O que você *quer* que eu tenha ouvido?
— Não, não vamos fazer isso, Henry — explica Malone. — Se ouviu algo, me diga o que ouviu.

Henry olha em volta, depois diz:
— Ouvi dizer que foram os Spades.
— Você tá falando merda — diz Malone. — Os Spades estão com o Carter também.
— Você me perguntou o que eu ouvi — diz Henry. — Foi isso que eu ouvi.

Se for verdade, isso é má notícia.

Os Spades e os GMB tiveram uma trégua tensa, mas viável, forçada por Carter, que já faz um ano e pouco. Se isso for interrompido, St. Nick's vai se desintegrar. Uma guerra dentro do conjunto, com a rua 129, que é terra de ninguém, será uma catástrofe.

— Se ouvir mais alguma coisa — diz Malone —, me liga.
— Quem é ele? — pergunta Henry, apontando Levin.
— Ele está com a gente — responde Malone.

Henry olha para ele de um jeito engraçado.

Também não confia nele.

Eles encontram Babyface em Hamilton Heights, atrás da Barbearia Big Brother.

O infiltrado está chupando chupeta enquanto Malone lhe diz o que Henry falou sobre os Spades.

— Não é maluquice — diz Babyface. — O atirador era mesmo um irmão preto.
— Não era um dominicano escuro? — pergunta Monty.
— Um irmão — diz Babyface. — Poderia ser um Spade. Eles com certeza estão se armando.

Ele olha para Levin.
— Dave Levin — diz Malone. — Ele veio do Brooklyn.

Babyface assente para ele. É o máximo de boas-vindas que ele terá.
— Uma pena, aquela senhorinha — lamenta Babyface.

— O que você tem ouvido sobre as armas?
— Silêncio.
— Alguém falando de um cara branco? — pergunta Monty. — Um palhaço chamado Mantell?
— Motoqueiro? — pergunta Babyface. — Eu já vi esse cara por aí, mas ninguém está falando dele. Vocês acham que estamos procurando por armas que vem pela Iron Pipeline?
— Pode ser.
— Vou ficar de olho.
— Se cuida, hein? — diz Malone.
— Sempre.

— Alguém está com fome? — pergunta Russo.
— Eu até que comeria — diz Monty. — Na Manna's?
— Quando em Nairóbi... — conta Russo.
Ele desce pela rua 126 e a Douglas e estaciona na frente da Capela Funerária Unity, do outro lado da rua. Um garoto que aparenta cerca de catorze anos está na calçada.
— Por que você não está na escola? — Monty lhe pergunta.
— Fui suspenso.
— Por quê?
— Briguei.
— Imbecil. — Monty lhe passa uma nota de dez. — Toma conta do carro.
Eles entram na Manna's.
O lugar é comprido e estreito, um balcão com o caixa, na frente, perto das janelas, e bufês duplos, com bandejas de comida. Malone pega uma embalagem grande de isopor e enche com frango ensopado, frango frito, macarrão com queijo, algumas verduras e pudim de banana.
— Pegue o quiser — ele diz a Levin. — Eles cobram pelo peso.
A maioria dos clientes, todos negros, desvia o olhar ou lhes lança olhares hostis, vagos. Ao contrário do mito, a maior parte dos policiais

não come em seus próprios distritos, principalmente os negros ou latinos, pois temem que os funcionários cuspam na comida ou façam coisa pior.

Malone gosta da Manna's porque a comida já está pronta e ele pode controlar o que come e, bem, ele simplesmente gosta da comida.

Ele entra na fila.

O cara do balcão pergunta:

– Vocês estão em quatro?

Malone tira duas notas de vinte, mas o cara ignora. De qualquer forma, ele entrega a Malone um recibo. Malone vai até uma mesa nos fundos. O resto da equipe pega sua comida e senta com ele.

Os olhares os seguem até a mesa.

Ficou pior depois da morte de Bennett. Era ruim depois de Garner, mas agora está pior.

– Nós não pagamos? – pergunta Levin.

– Damos gorjeta – diz Malone. – Gorjetas gordas. O pessoal aqui é boa gente, gente que trabalha duro. E nós não voltamos mais que uma vez por mês. Você não vai querer matar um cara de porrada.

– O que foi? Você não gosta da sua comida? – pergunta Russo.

– Está brincando? É foda.

– Foda – diz Monty. – Você está tentando parecer enturmado, Levin?

– Não, eu só...

– Coma – diz Russo. – Se quiser um refrigerante ou algo para beber você compra, porque disso eles têm que prestar conta.

Todos eles sabem que isso é um teste. Se Levin for garoto do Sykes, ou um agente da Corregedoria, isso vai voltar para eles. Mas Malone está com o recibo pronto e pode dizer que Levin está de conversa.

A menos que Levin esteja vindo para uma jogada maior, pensa Malone. Ele força um pouquinho mais, para sentir o cara.

– Nós alternamos os turnos, dias, noites, madrugadas, mas é só tecnicamente. Os casos definem as horas. Somos flexíveis, se você precisar de um tempo fora, me liga, mas não pede através da delegacia. Fazemos um bocado de hora extra, alguns trabalhos paralelos bons, se você estiver interessado. Mas não aceite nenhum trabalho na folga que não seja por meu intermédio.

— Tudo bem.

Malone entra em seu modo professor.

— Aquelas torres, nos conjuntos habitacionais, você *jamais* entra ali sozinho. O telhado e os últimos andares são zonas de combate, as gangues sempre ocupam esses locais. As escadas são onde todas as merdas ruins acontecem: tráfico, assaltos, estupros.

— Mas nós lidamos mais com narcóticos, certo?

— Você ainda não é "nós", calouro — diz Malone. — É, nossa missão principal é droga e arma, mas as equipes da Força-Tarefa fazem qualquer porra que quiserem, porque está tudo relacionado. A maior parte dos roubos é cometida por viciados e *cracudos*. Os estupros e assaltos são mais coisa dos membros de gangues, que também traficam.

— Lidamos com eles no vai e volta — diz Russo. — Um cara que você prende por posse de droga talvez te dê um assassino em troca de uma pena menor ou uma liberação. Um cúmplice de homicídio pode delatar um grande traficante se você diminuir a pena dele.

— Qualquer equipe da Força-Tarefa pode seguir um caso em qualquer lugar em Manhattan North — explica Malone. — Essa equipe trabalha mais no Upper West Side e West Harlem. Torres e seu pessoal trabalham em Inwood e Heights.

— Nós trabalhamos em todas as ruas e conjuntos: St. Nick's, Grant e Manhattanville, Wagner. Você vai aprender qual é o nosso território e qual é o deles: OTV, "Only the Ville"; Money Avenue crew; Very Crispy Gangsters; Cash Bama Bullies. Agora, o negócio grande que está rolando é com os Domos, lá no Heights. Os Trinitarios não estão mais contentes em vender só por atacado e estão avançando na área dos traficantes negros aqui embaixo.

— Integração vertical — diz Monty.

— Então, de onde você é, Levin? — pergunta Russo.

— Do Bronx.

— Do Bronx? — pergunta Monty.

— Riverdale — admite Levin.

A equipe cai na gargalhada.

— Riverdale não é o Bronx — diz Russo. — É no subúrbio. Judeus ricos.

— Não vai me dizer que você frequentou a Horace Mann — diz Monty, falando da escola particular cara.

Levin não responde.

— Foi o que pensei — diz Monty. — E depois, onde?

— Universidade de Nova York. Me formei em direito criminal.

— Você poderia ter se formado até no Bigfoot — diz Malone.

— Por quê? — pergunta Levin.

— Porque nenhum dos dois existe aqui. Faça-nos um grande favor. Esqueça tudo que lhe ensinaram — diz Malone. Ele levanta. — Tenho que dar um telefonema.

Malone vai até lá fora e fala ao telefone.

— Você o viu?

Larry Henderson, um tenente da Corregedoria, está sentado num carro estacionado na frente da funerária.

— Levin é o alto? De cabelo preto?

— Porra, Jesus, Henderson — diz Malone. — Ele é o que não é nenhum de *nós*.

— Também não é nosso.

— Tem certeza?

— Eu te daria um toque, se tivesse ouvido alguma coisa — diz Henderson. — A Corregedoria não está em cima de você.

— Você também tem certeza disso?

— O que você quer de mim, Malone?

— Por mil mensais? — pergunta Malone. — Alguma tranquilidade.

— Vá em paz — diz Henderson. — Você tem um campo de força ao seu redor desde a queda do Pena.

— Mas dá uma checada nesse tal de Levin, está certo?

— Pode deixar.

Henderson vai embora.

Malone volta lá para dentro e senta.

— O Levin aqui — debocha Russo — não sabe do Coelhinho da Páscoa.

– Eu *sei* do Coelhinho da Páscoa – diz Levin. – O que quero dizer é que não entendo a ligação entre seu salvador sendo pregado numa cruz e depois ressuscitado, algo já meio duvidoso pra começar, e um coelho vindo e escondendo ovos de chocolate, principalmente porque o coelho é um mamífero que dá cria.

– Isso é o que ensinam pra eles na universidade – diz Russo. – O que você quer enterrar? Cruzes de chocolate?

– Faria mais sentido – diz Levin.

Monty entra na conversa:

– O Coelho da Páscoa vem de uma tradição pagã alemã que os luteranos adaptaram como um juiz para determinar se as crianças foram boas ou más.

– Meio parecido com o Papai Noel – comenta Russo.

– Que também não faz sentido algum – diz Levin.

– Você está amargo – brinca Russo –, porque os garotos judeus se fodem no Natal.

– Isso é verdade – diz Levin.

– Um ovo – diz Monty –, é um símbolo do nascimento, nova vida. Quando você enterra e depois recupera, isso é o símbolo de uma nova vida ressuscitada. Mas um coelho não pode botar ovos, assim como o homem não pode voltar dos mortos. Ambos exigem milagres. Por isso, o Coelho da Páscoa é um símbolo de esperança, de que milagres, a ressurreição, uma nova vida, a redenção são possíveis.

– Ei, dá uma olhada – diz Russo, apontando a televisão presa na parede.

O prefeito está na frente do St. Nick's falando com a imprensa.

"Meu governo não vai tolerar", ele está dizendo, "e essa cidade não vai tolerar violência em nossas habitações públicas."

Um velho sentado perto da televisão ri.

O prefeito continua:

"Eu instruí a nossa força policial a não poupar esforços para encontrar o culpado ou os culpados, e eu lhes prometo: nós vamos encontrá-los. O povo do Harlem, o povo da cidade de Nova York deve saber que para este governo as vidas negras importam."

— Conversa! — grita o velho.

Alguns clientes assentem concordando.

Mais alguns olham para Malone e a equipe.

— Você ouviu o homem — diz Malone. — Vamos trabalhar.

De volta ao carro, Malone vê a Sig Sauer P226, no coldre de ombro de Levin.

— Com o que mais você anda? — Malone pergunta.

— Só isso.

— É uma boa arma, mas você precisa de mais.

— É o regulamento — diz Levin.

— Diga isso ao bandido que acabou de tirá-la de você e está prestes a te matar com ela — afirma Malone.

— Você precisa de uma arma de reserva — diz Russo. — E alguma coisa que não seja uma arma.

— Tipo o quê? — pergunta Levin.

Russo tira um saquinho de couro de um bolso e um soco inglês de bronze do outro e ergue para mostrar. Montague tem taco de baseball serrado preenchido de chumbo no centro.

— Jesus Cristo — diz Levin.

— Isso é Manhattan North — diz Malone. — A Força-Tarefa. Nós temos uma função, segurar as pontas. O resto é só detalhe.

O telefone dele toca.

É o Torres.

DeVon Carter vai sentar para conversar com Malone hoje.

CAPÍTULO 7

Malone e Torres sentam à mesa, de frente para DeVon Carter, acima de uma loja de material de construção na Lenox, local que o traficante usa como um de seus muitos escritórios. Ele vai abandoná-lo depois dessa reunião, não voltará durante meses – se é que vai voltar.

Isso indica a Malone que Carter tem algo a ganhar com a reunião, porque está disposto a queimar um local.

– Você queria falar – diz Carter. – Fale.

– Você acabou de apagar uma velhinha inocente – inicia Malone. – O que será da próxima vez? Uma criança? Uma grávida? Um bebê? Se você revidar pelo Mookie, cedo ou tarde é isso que será.

– Se eu não reagir pelo que aconteceu com Mookie – conta Carter –, eu vou perder respeito.

– Não quero guerra na minha área.

– Diga isso aos dominicanos – diz Carter. – Sabe quem eles mandaram pra cá? Um sujeito chamado Carlos Castillo, um caçador de cabeças certificado.

– Não foi um dominicano que matou Mookie – diz Malone. – Foi um negro, talvez um Spade.

– Do que está falando?

– Estou falando sobre seus Spades te largando e procurando os dominicanos. Talvez eles tenham marcado um ponto para derrubar o Mookie.

Carter é bom em se conter, mas surge só um lampejo momentâneo em seus olhos que diz a Malone que é verdade.

– O que você quer que eu faça? – pergunta Carter.

– Desista do negócio com os motoqueiros – diz Malone. – Diga a eles que você não vai mais precisar das armas deles.

A voz de Carter fica mais agressiva.

– Você fica fora disso.

Ele olha para Torres.

Então, Torres sabe tudo sobre a negociação das armas, pensa Malone.

– Não, eu vou ficar marcando totalmente em cima disso.

– Eu não tenho como lutar contra os Domos sem armas – diz Carter. – O que você quer que eu faça, simplesmente morra?

– Deixe que a gente lide com os Domos.

– Como lidaram com o Pena?

– Se for preciso.

Carter sorri.

– E o que você quer por esse serviço? Três mil por mês, cinco, um valor combinado? Ou apenas a possibilidade de roubar tudo em que puser as mãos?

– Eu quero você fora do ramo – diz Malone. – Vá pra Maui, para as Bahamas, não me interessa. Mas você se aposenta e ninguém vem depois de você.

– Eu simplesmente abro mão do meu negócio e vou embora.

– Quanto dinheiro você precisa para viver? – pergunta Malone. – Quantos carros você consegue dirigir? Em quantas casas você consegue morar? Com quantas mulheres consegue transar? Eu estou lhe dando uma saída.

– Você não é tolo, Malone. Logo você, que deveria saber que reis não se aposentam.

– Seja o primeiro.

– E deixar você como rei?

– Diego Pena matou seu garoto Cleveland e sua família inteira – conta Malone. – Você não fez merda nenhuma em relação a isso. Esse não é o lendário DeVon Carter. Acho que você já passou.

– Sabe o que ouvi dizer? – pergunta Carter. – Que você anda mergulhando sua caneta no tinteiro. E ouvi dizer que você é o único cavalo branco que ela monta, a sua senhorita Claudette.

Ele bate com as costas da mão no antebraço dele.

– Se você ou algum dos seus macacos chegar perto dela, eu te mato.

– Só estou dizendo. – Carter sorri. – Se ela enjoar, eu posso cuidar dela.

Malone levanta.

– Minha oferta está de pé.

Torres desce a escada atrás de Malone.

– Mas que porra, Denny?

– Volte para o seu chefe.

– Deixe essas armas de lado – diz Torres. – Eu estou te avisando.

Malone vira.

– Avisando ou me ameaçando?

– Eu estou lhe dizendo. Deixa a merda dessas armas de lado.

– O quê!? Você também vai ganhar nesse negócio?

Ele conhece os motoqueiros, os brancos não negociam com negros, mas negociam com morenos para negociarem com negros.

Torres diz:

– Pela última vez, fique na sua.

Malone vira e desce a escada.

A Força-Tarefa é um zoológico.

Você encontra os animais habituais e também um bando de engravatados da chefia da One Police e um monte de funcionários do gabinete do prefeito.

McGivern está ali.

Ele encontra Malone na porta.

– Denny – diz ele –, nós temos que colocar rédeas nisso.

– Estamos trabalhando pra isso, inspetor.

– Trabalhe com mais afinco – diz McGivern. – O *Post*, o *Daily News* e a "comunidade" estão em cima da gente.

Vindo de duas direções, pensa Malone. De um lado, querem que a violência nos conjuntos pare; do outro, estão protestando contra a varredura que a polícia está fazendo nas gangues, que vem ocorrendo desde que assassinaram Gillette/Williams essa manhã.

Bem, qual dos dois eles querem? Porque não dá para ter ambos.

Malone abre caminho em meio à aglomeração, seguindo até a sala onde Sykes está comandando uma reunião da Força-Tarefa.

— O que temos? — pergunta Sykes.

— Os Domos estão negando, de todas as maneiras, qualquer participação na morte do Gillette — responde Tenelli.

— Mas eles fariam isso — diz Sykes. — Eles não imaginavam a morte do Williams e a repercussão disso.

— Entendo — diz Tenelli —, mas eles estão indo além do habitual "não temos nada a ver com isso". Eles foram proativos, mandaram gente nos avisar que não foram eles.

— Não foram — devolve Malone. — Eles subcontrataram os Spades para a execução.

— Por que os Spades assumiriam essa?

— É o preço para ingressar na gangue dos dominicanos — diz Malone. — Eles imaginam que Carter não pode abastecê-los com produtos de alta qualidade, armas, nem gente. Pulam fora agora ou ficam presos num barco afundando.

Babyface tira a chupeta da boca:

— Concordo.

— A questão é: por que agora? — pergunta Emma Flynn. — Os Domos estão quietos desde que o Pena caiu. Por que querem começar uma guerra agora?

Sykes coloca uma foto de uma câmera de segurança na tela.

— Eu falei com o pessoal da Narcóticos e com os federais da repressão às drogas — diz Sykes. — A melhor informação que eles têm é que esse homem, Carlos Castillo, veio da República Dominicana para reordenar a organização. É um traficante puro sangue. Ele nasceu em Los Angeles, como muitos de sua geração, portanto tem dupla cidadania, é dominicano e americano.

Malone olha a imagem granulada de Castillo, um homem pequeno, delicado, com pele cor de caramelo, cabelo preto grosso, um nariz de falcão e lábios finos, bem barbeado.

– Os federais da repressão às drogas já estão com ele no radar há anos, mas nunca acharam o suficiente para uma condenação – conta Sykes. – Mas isso tudo faz sentido: Castillo está aqui para endireitar o mercado de heroína em Nova York. Integração vertical, desde a República Dominicana até o Harlem, da fábrica ao cliente. Agora eles querem tudo. Castillo está aqui para liderar o ataque final a Carter.

Flynn olha para Malone.

– Você realmente acha que os dominicanos cooptaram os Spades?

Malone dá de ombros.

– É uma teoria viável.

– Ou a trégua entre os Spades e os GMB simplesmente acabou – diz Flynn.

– Mas nós não estamos ouvindo isso na rua – diz Babyface.

– Que informação nós temos que ligue esse tiroteio aos Spades? – pergunta Sykes.

Muitas.

As celas de detenção na Três-Dois, Três-Quatro e Quatro-Três estão cheias de membros de gangues GMB, Trinitarios e Dominicans Don't Play. Eles foram detidos por tudo, desde jogar lixo na rua até por mandados pendentes, violações de condicional e porte simples. Os que estão falando alguma coisa estão contando a mesma história que Ah Não Henry contou: o atirador, alguns dizem que eram atiradores, no plural, era, ou eram, negros.

– Imagino que ninguém esteja dando nomes – diz Sykes.

Ele sabe que os membros da GMB não entregariam um atirador dos Spades à polícia porque querem cuidar disso pessoalmente.

– Certo – diz Sykes –, amanhã nós faremos verticais nos prédios do norte. Vamos dar uma sacudida nos Spades, começar a arrastá-los pra cá, ver o que cai das árvores.

"Verticais" são incursões aleatórias pelas escadarias dos prédios dos conjuntos, geralmente feitas pelos policiais fardados, reservadas para noites de inverno, quando eles querem sair do frio.

Malone não pode culpá-los. É perigoso e você nunca sabe quando pode levar um tiro ou acertar algum garoto na penumbra, como o pobre policial Liang, que entrou em pânico e matou um negro desarmado e depois alegou que sua "arma disparou".

O júri não acreditou nele e condenou-o por homicídio culposo.

Pelo menos, eles não o mandaram para a cadeia.

É, as verticais são traiçoeiras. E agora, eles vão cercar os Spades.

Um dos caras do prefeito diz:

– A comunidade não vai gostar disso. Eles já estão muito aborrecidos com a última leva de prisões.

– Quem é esse? – Russo pergunta a Malone, olhando o cara que acabou de falar.

– É, acho que sei quem é – diz Malone, tentando lembrar o nome. – Chandler alguma coisa, alguma coisa Chandler.

– Tem gente na comunidade que não vai gostar disso – Sykes responde. – Outras pessoas vão fingir que não gostam. Porém a maioria quer que as gangues acabem. Eles querem e merecem segurança em suas próprias casas. Será que o gabinete do prefeito vai falar publicamente contra isso?

Boa, pensa Malone.

Mas parece que o gabinete do prefeito vai mesmo se colocar contrário.

– Nós não poderíamos fazer algo mais preciso? – questiona Chandler.

– Se tivéssemos um suspeito determinado, possivelmente – devolve Sykes. – Na ausência disso, essa é a melhor opção.

– Mas a comunidade vai interpretar a prisão de um grande grupo de jovens negros como discriminação racial – retruca Chandler.

Babyface dá uma gargalhada.

Sykes o encara, depois vira de volta para o assessor do prefeito.

– Você que está discriminando aqui.

– De que maneira?

– Presumindo que todos os negros farão objeção a essa operação – conclui Sykes.

Ele e todo mundo sabe por que o gabinete do prefeito está atuando pelos dois lados, contra o meio. As minorias compõem a sua base de eleitores e ele não pode se dar ao luxo de aliená-los.

Ele está numa posição difícil: de um lado, tem que ser visto tentando conter a violência na comunidade; do outro, não pode se aliar ao que será visto como uma tática policial pesada contra a mesma comunidade.

Então, força a situação em favor de uma prisão enquanto deixa registrado que declarou-se contrário às táticas que talvez possam produzir melhor essa prisão. Ao mesmo tempo, vai usar a questão para desviar a atenção de seu escândalo e direcionar para a polícia.

– Depois da morte de Bennett, nós não podemos dos dar ao luxo de alienar ainda mais... – diz Chandler.

McGivern, em pé no fundo da sala, interfere:

– Será que realmente precisamos ter essa discussão na frente da Força-Tarefa inteira? É uma questão de comando e esses policiais têm trabalho a fazer.

– Se prefere – diz Chandler –, podemos levar essa discussão...

– Nós não vamos levar essa discussão a lugar nenhum – diz Sykes. – Nós o convidamos para essa reunião como um gesto de cortesia, para mantê-lo informado, não para você participar nas decisões que são da alçada do departamento.

– Todas as decisões policiais são políticas – diz Chandler.

Ele fez seu trabalho.

Se a operação resultar em uma prisão relacionada ao assassinato de Williams, o gabinete do prefeito vai reivindicar o crédito. Se não, o prefeito vai culpar o chefe de polícia, discursar sobre a discriminação racial e torcer para que os jornais dêem cobertura aos problemas da corporação, não aos seus.

– Vão descansar – Sykes diz aos seus policiais. – Nós entraremos amanhã de manhã.

E a reunião termina.

O assessor do prefeito vem até Malone e lhe entrega um cartão.

– Detetive Malone, Ned Chandler. Assistente especial do prefeito.

– É, estou sabendo.

– Teria um minuto pra mim? – pergunta Chandler. – Mas, talvez, não aqui?

– Sobre o quê?

É uma situação traiçoeira pra caralho ser visto com um cara que seu capitão acabou de peitar.

– O inspetor McGivern achou que você talvez fosse a pessoa com quem eu deveria falar.

Então é isso.

– Está certo, tudo bem. Onde?

– Conhece o Hotel NYLO?

– Rua 77 com a Broadway.

– Eu o encontrarei lá – diz Chandler. – Assim que terminar aqui?

McGivern está ao lado de Sykes, acenando e chamando Malone. Chandler sai.

– Você acaba de colocar o pescoço na forca – McGivern diz a Sykes. – Acha que esses filhos da puta da Gracie Mansion vão hesitar em puxar a corda?

– Não tenho essa ilusão – esclarece Sykes.

Ele também não tem a menor ilusão, pensa Malone, de que se houver um enforcamento, McGivern não estará na multidão vibrando, feliz por não ser ele. Por isso, mandou que Sykes comandasse a reunião no lugar dele. Se as coisas derem certo, McGivern levará o crédito por seu subordinado talentoso; se derem errado, ele estará lá sussurrando "Bem, eu tentei dizer a ele..."

Agora McGivern diz:

– Sargento Malone, nós estamos contando com você.

– Sim, senhor.

McGivern assente e sai.

– Como o Levin está se saindo? – pergunta Sykes.

– Eu estou com ele há cerca de sete horas – diz Malone –, mas até agora, bem.

– Ele é um bom policial. Tem uma carreira pela frente.

Por isso, não vá foder o cara, é o que Sykes está dizendo.

– Que progresso você fez em relação às armas? – pergunta Sykes.

Malone conta o que sabe sobre Carter, Mantell e o negócio com ECMF. Nenhum carregamento chegou ainda, mas as negociações estão se desenrolando. Carter está à frente do negócio através de Teddy, de um escritório em cima de uma loja de material de construção, na Broadway com a rua 158. Mas, sem um grampo...

— Nós não temos o suficiente para uma autorização — diz Malone.

Sykes olha para ele.

— Faça o que tiver que fazer. Mas lembre-se: nós vamos precisar de boas provas.

— Não se preocupe — diz Malone. — Se eles o pendurarem, eu puxo as suas pernas.

— Eu agradeço, sargento.

— O prazer é meu, capitão.

A equipe está esperando por Malone na rua.

— Levin — diz Malone. — Por que não vai pra casa e tira um cochilo? Os adultos precisam conversar.

— Tudo bem.

Ele fica meio ofendido, mas vai embora.

— O que você acha? — pergunta Malone.

— Parece um bom garoto — opina Russo.

— Podemos confiar nele?

— Pra fazer o quê? — pergunta Monty. — Seu trabalho? Provavelmente. Algumas das outras coisas? Eu não sei.

— Falando nisso — diz Malone —, eu consegui a liberação pra botar o grampo no Carter.

— Conseguiu uma autorização pra isso? — pergunta Monty.

— Aham, um aceno de cabeça como autorização — explica Malone. — Nós vamos armar depois da operação de amanhã. Eu tenho que encontrar um cara do gabinete do prefeito.

— Sobre o quê? — pergunta Russo.

Malone dá de ombros.

★ ★ ★

Malone está sentado no bar do belo hotel boutique de West Side, chamado NYLO e dá um gole em sua água tônica. Ele tomaria um drinque de verdade, só que o cara que tem que encontrar é do gabinete do prefeito e nunca se sabe.

Ned Chandler entra um minuto depois, olha em volta, avista Malone e senta em sua mesa.

– Desculpe o atraso.

– Sem problema – diz Malone.

Ele está irritado. Chandler foi quem pediu este encontro, portanto deveria estar ali na hora, se não antes, pensa Malone. Não se pede um favor a alguém para deixar a pessoa esperando. Mas Chandler é do gabinete do prefeito, pensa Malone, então eu acho que as regras não se aplicam a ele. O cara inclina o queixo para a garçonete como se fosse obter sua atenção imediata, o que, na verdade, acontece.

– O que você tem para um drinque de puro malte? – Chandler pergunta.

– Temos um Laphroaig Quarter Cask.

– Muito denso. O que mais?

– Um Caol Ila 12 – diz a garçonete. – Bem leve. Refrescante.

– Aceito esse.

Faz quarenta segundos que Malone conhece Ned Chandler e já quer socar o babaca elitista. O cara deve ter trinta e poucos anos, está com uma camisa xadrez e uma gravata de tricô, por baixo de um suéter cinza e calça bege.

Malone o odeia só por isso.

– Eu sei que seu tempo é precioso – diz Chandler –, então vamos direto ao assunto.

Sempre que alguém lhe diz que seu tempo é precioso, pensa Malone, o que realmente querem dizer é que o tempo *deles* é precioso.

– Bill McGivern o recomendou – diz Chandler. – É claro, eu o conheço pela fama, inclusive estou bem impressionado, mas Bill disse que você era profissional, competente e discreto.

– Se está procurando por um espião no comando de Sykes, não sou eu.

— Não estou procurando por um espião, detetive — diz Chandler. — Conhece Bryce Anderson?

Não, pensa Malone, eu não conheço um bilionário do setor de construção imobiliária, da Comissão de Desenvolvimento da prefeitura. Porra, sim, eu sei quem é! Ele está pretendendo habitar a Gracie Mansion depois que o atual residente passar para o gabinete do governador.

— Conheço de nome, não o conheço pessoalmente — responde Malone.

— Bryce tem um problema — diz Chandler — que exige discrição.

Ele para de falar porque a garçonete chega com seu malte puro, leve e refrescante.

— Desculpe — diz Chandler a Malone. — Eu deveria ter perguntado. Você quer...

— Não, eu estou bem.

— Em serviço.

— Isso aí.

— Bryce tem uma filha — diz Chandler. — Lyndsey. Dezenove anos, inteligente, linda, a menina dos olhos do pai, essa merda toda. Abandonou a faculdade, em Bennington, para montar sua "marca de estilo de vida", tornando-se uma celebridade no YouTube.

— Qual é a marca de estilo de vida dela?

— Não tenho a menor ideia — diz Chandler. — Ela provavelmente também não. De qualquer maneira, a pequena Lyndsey tem um namorado, um verdadeiro otário. Claro que ela sai com ele pra atingir o papai, por lhe dar tudo.

Malone detesta quando civis tentam falar como policiais.

— O que faz dele um otário?

— Ele é um derrotado completo.

— Negro?

— Não, ela nos poupou desse clichê — responde Chandler. — Kyle é um cara branco, tipinho suburbano, que se acha o próximo Scorsese. Só que em lugar de fazer *Caminhos perigosos*, ele fez um pornô amador com a filha de Bryce Anderson.

— E agora ele está ameaçando divulgar. — completa Malone. — Quanto ele quer?

— Cem mil dólares. — diz Chandler. — Se essa gravação vazar, isso vai arruinar a vida da garota.

Sem mencionar a chance do papai de ser eleito, Malone pensa. Um candidato à lei e à ordem que não consegue nem controlar a própria filha.

— Esse Kyle tem sobrenome?

— Havachek.

— Você tem o endereço?

Chandler passa um pedaço de papel ao outro lado da mesa. Havachek mora em Washington Heights.

— Ela está morando com ele? — pergunta Malone.

— Estava — diz Chandler. — Lyndsey voltou para a casa dos pais, foi quando veio a chantagem.

— Ele perdeu o seu meio de sustento e precisa de um novo. — diz Malone.

— Essa também é a minha interpretação.

Malone põe o papel no bolso.

— Vou cuidar disso.

Agora Chandler parece nervoso, como se quisesse dizer alguma coisa, mas não sabe como ser educado. Malone até ajudaria, mas não está a fim. Finalmente, Chandler diz:

— Bill indicou que você poderia cuidar disso sem... se deixar levar.

Malone quer fazer o cara dizer. Como um mafioso fazendo o mesmo pedido. Eu quero o cara apagado. Não quero que apague o cara de vez. Quero que ele seja punido, quero que lhe dê uma lição...

Se fosse preciso matar esse babaca para impedir que um vídeo de sexo fosse divulgado, eles iam querer que eu matasse. Se não querem, também não querem um incômodo a mais, portanto, a consciência pesada, nem pensar.

Porra, como eu detesto essa gente. Mas ele alivia o lado de Chandler.

— Não vou passar da linha.

Eles adoram essa expressão.

— Então estamos entendidos? — Chandler pergunta.

Malone assente.

– Em relação ao pagamento pelo seu tempo...

Malone acena descartando.

Não é assim que funciona.

Russo vai pegá-lo na rua 79.

– O que o cara do prefeito queria? – inquere Russo.

– Um favor – responde Malone. – Você tem um tempinho?

– Pra você, meu benzinho...

Eles seguem para Washington Heights, encontram o endereço num prédio decaído, na rua 176, entre a St. Nicholas e Audubon. Russo estaciona na rua e Malone vê um garoto na esquina, vai até ele e lhe dá uma nota de vinte.

– Esse carro vai estar aqui, inteiro, quando a gente voltar, certo?

– Vocês são canas?

– Se alguém mexer no carro, somos agentes funerários.

Havachek mora no quarto andar.

– Por que será – pergunta Russo – que esses otários nunca moram no primeiro andar? Ou em prédios que pelo menos tenham elevador? Estou ficando velho demais pra essa merda. Os joelhos.

– Os joelhos vão primeiro – diz Malone.

– Graças a Cristo, hein?

Malone bate na porta de Havachek e ouve:

– Quem é?

– Você quer 100 mil ou não quer? – Malone pergunta.

A porta abre só a extensão da corrente. Malone chuta a porta e tudo o que está na frente.

Havachek é alto, magro, tem o cabelo preso num coque e já está com um hematoma feio se formando na testa, onde a porta o atingiu. Veste um moletom imundo e jeans preto justo por cima de um par de botas Chelsea. Ele dá um passo atrás e põe a mão na testa para sentir se tem sangue.

– Tire a roupa – Malone diz.

— Que porra é você?

— Eu sou o cara que acabou de lhe dizer pra tirar a roupa — esclarece Malone.

Ele saca a arma.

— Não me faça dizer de novo, Kyle, porque você não vai gostar nada da outra alternativa.

— Você é uma estrela do pornô, certo? — pergunta Russo. — Então isso não deve ser problema pra você. Agora tira a porra da roupa.

Kyle tira tudo e fica de cueca.

— Tudo — diz Russo, tirando o cinto dos passadores.

— O que vocês vão fazer? — pergunta Kyle.

Suas pernas estão tremendo.

— Você quer ser uma estrela do pornô — diz Malone. — Precisa se acostumar com isso.

— Tem tudo isso num dia de trabalho — diz Russo.

Kyle pisa ao lado, para sair da cueca, cobre a genitália.

— Ué, mas é assim que uma estrela do pornô se comporta? — pergunta Russo. — Ora, vamos, garanhão, mostre-nos o que você tem.

Ele gesticula com a arma e Kyle põe as mãos ao alto.

— Que tal, é bom? — pergunta Malone. — Ficar pelado na frente de estranhos? Você acha que é assim que Lyndsey Anderson pode se sentir? Ela é uma menina bacana, não uma piranha qualquer que você bota num filme pornô.

— Ela que me fez fazer isso — diz Kyle. — Disse que era um jeito de tirar dinheiro de seus pais.

— Isso não vai acontecer, Kyle — repreende Malone. — Você já baixou o arquivo?

— Não.

— Diga a verdade.

— É verdade!

— Que bom — diz Malone. — Essa é uma boa resposta pra você.

O policial pega o laptop, vê que eles estão acima de um beco e abre a janela.

— Isso custou 1.200 dólares! — Kyle grita.

– Alguma coisa vai sair voando por essa janela – diz Malone. – Você ou seu laptop. Escolha.

Havachek escolhe o laptop. Malone joga-o pela janela e fica olhando o computador se espatifar lá embaixo.

– Lyndsey estava nisso?

– Sim.

– Pode sapecar, Russo, que ele tá falando merda.

Russo dá com o cinto por trás das coxas de Kyle.

– Tá falando merda!

– Não, ela estava mesmo – diz Kyle. – Foi ideia dela.

– Bate de novo.

Russo bate.

– Eu estou dizendo a verdade!

– Eu acredito em você – diz Malone. – Mas você merece umas porradas. Merece muito mais que isso, mas eu não vou passar da linha.

– Ele nunca passa da linha – comenta Russo.

– Mas eu vou lhe dizer uma coisa, Kyle – diz Malone. – Se essa gravação aparecer em algum lugar, ou eu ouvir que você deu esse golpe em alguma outra menina, nós vamos voltar aqui e você vai se lembrar daquele cinto com saudades.

– Como nos velhos tempos – completa Russo.

– Agora, quando a Lyndsey lhe mandar alguma mensagem perguntando o que está rolando – diz Malone –, você não vai responder. Não vai atender aos telefonemas dela, nem às mensagens do Facebook, não vai ligar pra ela, nem entrar em contato com ela, você vai simplesmente desaparecer. E, se não fizer isso...

Malone aponta a arma para a testa dele.

– Você vai simplesmente *desaparecer* – ameaça Malone. – Mude-se de volta para Jersey, Kyle. Você não tem o que é preciso pro jogo da cidade.

– Um jogo bem diferente – diz Russo.

Malone põe as mãos nos ombros de Kyle. De um jeito paternal, como se fosse um treinador.

– Agora eu quero que você sente aqui, nu, por uma hora, e pense no escroto vagabundo que realmente é.

Então, ele ergue o joelho, com força.
— *Nós não tratamos as mulheres* dessa forma. Mesmo que elas nos peçam.
Conforme eles vão descendo a escada, Malone pergunta:
— Eu saí da linha?
— Não, eu acho que não — diz Russo.
O carro está esperando por eles quando chegam lá embaixo. Intacto.
Malone liga para Chandler.
— Aquele negócio já foi providenciado.
— Nós lhe devemos — diz Chandler.
É, devem mesmo, pensa Malone.

Claudette só está a fim de torrar a paciência essa noite.

E quando uma mulher — negra, branca, morena, ruiva, tanto faz, pensa Malone — quer torrar a sua paciência, sua paciência será torrada.

Talvez seja por conta das notícias na TV, uma filmagem dos policiais cercando negros, o pessoal em protesto, qualquer porra. Talvez seja o fato de que as emissoras de TV claramente juntaram os motins nos conjuntos com o caso Michael Bennett e Cornelius Hampton está em seu ponto habitual, diante das câmeras, dizendo: "Não há justiça para os jovens afro-americanos. Eu garanto que se Sean Gillette fosse branco, alvejado e morto, em plena luz do dia, no meio de um bairro de brancos, a polícia já teria um suspeito preso. Da mesma forma, garanto que se Michael Bennett fosse branco, o caso contra seu assassino já teria ido a júri há muito tempo."

Com uma cronometragem extraordinária, o defensor acabou de trazer o caso de Bennett ao júri e agora levará semanas, se não meses, para que saia uma decisão. Junte isso com as mortes no Nickel. A comunidade está fervendo.

— Ele está certo? — pergunta Claudette.

Eles estão sentados na frente da televisão, comendo uma comida indiana que ele trouxera: frango tikka para ela e carneiro korma para ele.

— Sobre o quê? — pergunta Malone.

– Sobre o que ele disse.

– Você acha que nós não estamos trabalhando duro pra descobrir quem matou essas duas pessoas hoje? – Malone pergunta. – Acha que ficamos tranquilos só porque são negros?

– Estou só perguntando.

– É, vai se foder.

Ele não está no clima para essa conversa fiada.

Mas Claudette está.

– Seja honesto, você vai me dizer que pelo menos subconscientemente Gillette não significa um pouquinho menos pra você porque ele é apenas outro "neguinho"? Não é assim que vocês falam, "neguinho"?

– É, nós chamamos de "neguinho" – diz Malone. – E também de "idiotas", "otários", "bandidos", "babacas"...

– "Crioulos"? – pergunta Claudete. – Eu já ouvi os policiais na sala de emergência, rindo por terem dado uma paulada na cabeça de um crioulo. Entregar o neguinho. Você fala assim, Denny, quando eu não estou por perto?

– Eu não quero brigar – diz ele. – Foi um dia daqueles.

– Coitadinho de você.

O korma está com um gosto horrível e ele sente o mal se apossando dele.

– O único garoto que surrei hoje era branco, se isso a fizer se sentir melhor.

– Ótimo, você dá oportunidades iguais.

– Duas pessoas foram mortas hoje – diz Malone, por não conseguir conter-se. – Aquele garoto e a velhinha. E você sabe por quê? Porque um crioulo tem que passar droga.

– Vai se foder.

– Estou trabalhando pra caralho, tentando encerrar esses casos.

– Está certo – diz Claudette. – Pra você são "casos", não pessoas.

– Jesus Cristo, Claudette – interrompe ele. – Você está tentando me dizer que cada paciente que entra numa maca é um ser humano inteiramente reconhecido pra você, e que às vezes não é somente outro trabalho? Outro pedaço de carne? Que você tenta salvar, mas, ao mesmo tempo, não os odeia só um pouquinho, por sangrarem em cima de você, doidões, bêbados, por causa da merda da violência?

– Você está falando de você, não de mim.

– É e não doeu tanto assim, né? – diz Malone. – Toda essa dor alheia que fez você se aplicar, não foi?

– Vá se foder, Denny. – Ela levanta. – Eu tenho um plantão cedo.

– Vá pra cama.

– Eu acho que vou fazer isso mesmo.

Ela espera acordada até achar que ele está dormindo e, quando Malone deita, parece que está de volta a Staten Island.

Malone tem sonhos infernais.

Billy O em espasmos no chão, como um fio de alta tensão solto.

A boca aberta do Pena, seus olhos mortos vagantes, mas, ainda assim, com assertividade. Neve cai do teto, tijolos brancos voam para fora da parede, um cão pula preso na corrente, cachorrinhos chorando de medo.

Billy busca ar, um peixe pulando no fundo do barco.

Malone chora e bate no peito do Billy. Mais neve sopra para fora da boca do Billy, contra o rosto de Malone.

E congela em sua pele.

Rajadas de metralhadora explodem em sua cabeça.

Ele abre os olhos.

Olha para fora da janela de Claudette.

São britadeiras.

Empregados da prefeitura com capacetes amarelos e coletes cor de laranja consertando a rua. Um supervisor está sentado na caçapa aberta do caminhão, fumando um cigarro, lendo o *Post*.

Merda de Nova York, Malone pensa.

Nova York filha da puta.

A doce e suculenta maçã podre.

Não era somente o Billy nos sonhos.

Isso foi só essa noite.

Três noites antes, foi aquele menino que morreu quando Malone estava lotado na Dez. Ele atendeu ao chamado e subiu ao sexto andar do conjunto Chelsea-Elliott. A família estava na mesa, jantando. Quando ele perguntou onde estava o menino, o pai apontou o polegar para a porta do quarto.

Malone entrou e viu um garoto deitado na cama, de bruços.

Um menino de sete anos.

Mas Malone não viu nenhum ferimento, nenhum sinal de trauma, nada. Ele virou o menino e viu a agulha ainda espetada no braço da criança.

Sete anos de idade, aplicando heroína.

Engolindo a raiva a seco, Malone voltou e perguntou ao pai que diabo havia acontecido.

O pai disse que o menino "tinha problemas".

E a família continuou comendo.

Então, tem *esse* sonho.

Há outros.

Dezoito anos na corporação, você vê coisas que gostaria de não ter visto. O que ele deveria fazer? "Compartilhar" isso com algum terapeuta? Com Claudette? Sheila? Mesmo que fizesse isso, elas não conseguiriam entender.

Ele entra no banheiro e joga água fria no rosto. Quando sai, Claudette está na cozinha fazendo café.

– Noite ruim?

– Estou bem.

– Claro que está – diz ela. – Você está sempre bem.

– Isso mesmo.

Jesus, qual é a porra do problema dela? Ele senta à mesa.

– Talvez você deva conversar com alguém – diz Claudette.

– É "suicídio profissional" – explica Malone.

Ela não sabe o que acontece quando um policial vai espontaneamente a um psicólogo. Passa o resto de sua carreira em funções administrativas, porque ninguém quer estar na rua com um doido em potencial.

– De qualquer maneira, eu não me vejo indo a um psicólogo pra falar que tive pesadelos.

– Porque você não é fraco como os outros.

– Jesus, que merda – reclama Malone –, se eu quisesse ouvir o quanto eu sou babaca, eu teria...

– Voltado com a sua esposa? – pergunta ela. – Por que não faz isso?

– Porque eu quero ficar com você.

Ela está junto à bancada, preparando uma salada que vai comer no almoço, colocando cuidadosamente os ingredientes numa vasilha plástica.

– Eu percebo que você acha que só outros policiais podem entender o que você passa. Vocês todos se sentem aflitos por levarem a culpa pelas mortes de Freddie Gray e Michael Bennett. Mas você não sabe qual é a sensação de ser culpado porque você *é* Freddie Gray ou Michael Bennett. Você acha que as pessoas te odeiam pelo que você faz, mas não tem que pensar que te odeiam pelo que você *é*. Você pode tirar essa jaqueta azul, eu vivo 24 horas, sete dias por semana, nessa pele. Isso é o que *você* não consegue entender, Denny... não consegue entender por ser um homem branco, mas este é o peso de ser negro nesse país. É um peso exaustivo que pressiona seus ombros pra baixo, cansa seus olhos e faz com que, às vezes, você se machuque só em andar.

Ela aperta a tampa para fechar a vasilha.

– E você estava certo ontem à noite. Às vezes eu odeio, sim, os meus pacientes. E estou cansada, Denny, cansada de limpar essa lambança que eles fazem uns aos outros, que nós fazemos uns aos outros e, às vezes, eu os odeio porque eles são negros como eu e isso faz com que eu me questione.

Ela põe a vasilha na bolsa.

– Então, isso é o que nós passamos, querido – conclui Claudette. – Todo santo dia. Não se esqueça de trancar a porta.

Ela lhe dá um beijo no rosto e sai.

★ ★ ★

Uma primavera antecipada chegou à cidade como um presente.

A neve virou lama, com água escorrendo pelas sarjetas como pequenos riachos. Um sinal de sol promete calor.

Nova York está saindo do inverno. Não que tenha hibernado; a cidade tinha acabado de erguer a gola e baixar a cabeça contra o vento que batia por entre seus becos, rostos gelados e lábios dormentes. Nova-iorquinos enfrentam o inverno como soldados passando por um tiroteio.

Agora a cidade vai se desnudando.

E a Força se prepara para a incursão no Nickel.

– Pega leve, pra começar – Malone diz a Levin. – Não tente provar nada. Vá tranquilo, vá entendendo as coisas. Não se preocupe, nós vamos registrar a ocorrência.

Vamos lhe arranjar uma apreensão, fazer com que você fique bem na papelada.

Eles estão entrando no prédio Seis, ao norte de St. Nick's, para fazer uma incursão vertical.

A gangue já sabe que a polícia chegou ali e em quatro outros prédios. Os candidatos a bandido, de dez anos de idade, já soaram os alarmes com gritos e assovios. As pessoas correm pelo lobby como se a equipe de Malone estivesse contaminada com anthrax. O casal que fica ali apenas lança olhares emburrados de foda-se e Malone ouve um deles sussurrar "Michael Bennett". Ele ignora.

Levin caminha na direção da porta da escada.

– Aonde você vai? – Russo pergunta a ele.

– Achei que nós fôssemos checar a escada.

– Você vai subir pela escada.

– É...

– Retardado do cacete – diz Russo. – Nós pegamos o elevador até o telhado e depois *descemos* a escada. Poupamos as pernas e além do mais estamos entrando acima de qualquer problema, em vez de abaixo.

– Ah.

– Universitário, hein?

Uma velhinha sentada numa cadeira metálica dobrável só balança a cabeça para Levin.

Eles sobem até o 14º andar e saem.

As paredes são todas grafitadas, há tags com os nomes das gangues.

A equipe caminha até a porta metálica que leva à escada, abre e eis o caos, quatro Spades dispersam como um ninho de codornas porque um deles está armado. Eles partem com tudo, escada abaixo.

Mais por intuição do que qualquer coisa, Malone sai correndo atrás deles, mas Levin pula o corrimão e salta na sua frente.

— Novato, espera aí! — Malone grita.

Mas Levin já partiu, descendo ao 13º andar e, então, Malone ouve o tiro. Ouve não, o tiro ecoa pela escada machucando os seus tímpanos, deixando-o surdo, e ele voa escada abaixo esperando encontrar Levin sangrando. Mas encontra Levin perseguindo o cara escada abaixo, depois saltando como um jogador de linha de fundo e derrubando o atirador por trás. Atira o cara no piso entre os andares, bem na hora em que Malone chega.

O cretino tenta arremessar a arma escada abaixo, mas Russo já os alcançou e segura a arma.

Levin está a mil.

— Segurem essa arma! Esse babaca atirou em mim!

Ele está ligado de medo e adrenalina, mas domina o atirador e o algema. Monty põe o atirador no chão e ajoelha em seu pescoço.

Levin senta no chão e encosta na parede, respirando ofegante, quando a adrenalina vai passando.

— Você está bem? — Malone pergunta.

Levin só assente, apavorado demais para falar.

Malone entende, conhece, pela experiência, a sensação de "quase fui morto".

— Recupere o fôlego, depois você vai levá-lo para a Três-Dois. Eu quero que você seja responsável por essa prisão.

Quando Malone chega ao distrito, Levin está esperando por ele.

— Odelle Jackson. Ele tinha um mandado por um flagrante de crack. Por isso se arriscou a atirar num policial.

— Cadê ele?

— Na sala de reunião.

Malone vai até o detetive da sala e vê Jackson na cela.

Levin está sentado no vestiário.

– Que porra, Levin? – Malone pergunta. – Jackson parece ter acabado de sair da igreja.

– Como ele deveria estar? – pergunta Levin.

– Como se tivesse tomado umas porradas.

– Eu não faço isso.

– Ele tentou te matar – diz Monty.

– E ele está preso por isso.

– Olhe – diz Malone –, eu sei que você está preocupado com a "justiça social" e quer que as "minorias" te amem, mas se Jackson chegar ao Central Booking sem ter tomado um sacode, todos os bandidos de Nova York vão pensar que não tem problema atirar num policial.

– Se você não bagunçar esse indivíduo – diz Monty –, vai colocar todos nós em perigo.

Levin parece arrasado.

– Não estamos dizendo pra você enfiar um desentupidor no cu dele – diz Russo. – Mas se você não for lá foder com aquele cara, ninguém nessa casa vai respeitar você.

– Vá fazer o que tem que ser feito – diz Malone –, ou desocupe o seu armário.

Vinte minutos depois, eles descem para colocar Jackson no ônibus para Central Booking. A cabeça dele parece uma abóbora, seus olhos são dois riscos e ele está mancando e segurando as costelas.

Levin fez o que tinha que fazer.

– Você caiu na escada, quando meu pessoal te pegou, certo? – Malone pergunta a Jackson. – Precisa de cuidados médicos?

– Eu estou bem.

É, você está bem *agora*, pensa Malone. Os carcereiros na Central Booking não gostam de policiais, então vão te deixar em paz. É uma história bem diferente, quando você entra em cana onde o oficial no comando sempre sente a vida ameaçada e leva muito a sério qualquer ataque a policiais. Você será um herói entre os detentos, mas os guardas vão te jogar por mais um lance de escada abaixo.

Levin parece enjoado.

Malone entende, ele se sentiu da mesma forma quando um policial antigo fez com que ele desse seu primeiro sacode num bandido.

Se não lhe falha a memória.

Isso foi há muito tempo.

Monty entra na sala e entrega uma folha de papel a Malone.

– O sr. Jackson está tendo um dia muito ruim.

Malone olha a folha. A bala que Jackson disparou em Levin casa com a bala que foi parar no peito de Mookie Gillette.

Mesma arma.

– Ei, sargento? – diz Malone. – Destranque esse cara, pode ser? Nós estaremos na sala 1 de interrogatório. E ligue para o Minelli, da Homicídios. Ele vai querer participar disso.

Jackson está algemado a uma tranca na mesa.

Malone e Minelli estão sentados de frente para ele.

– Você pode estar passando pelo seu pior dia na história. Você atira num policial e erra, agora está diante de uma acusação por duplo homicídio.

– Duplo? Eu não matei a sra. Williams.

– Ora, temos uma teoria interessante aqui – diz Minelli. – Segundo a lei, seu tiro no Mookie levou diretamente ao tiro na sra. Williams. Portanto, você é culpado por ambos.

– Eu não atirei no Mookie – diz Jackson. – Eu estava lá, mas não atirei nele. Eu só estava lá pra despistar.

O que ele quis dizer é que o atirador passou a arma para ele depois do disparo.

– Mas você ainda está com a arma do crime – diz Minelli. – E você a usou novamente.

– Eles me deram – explica Jackson –, me disseram pra eu me livrar dela.

– E você não se livrou – interrompe Malone. – Imbecil.

– Quem lhe deu a arma? – pergunta Minelli. – Quem atirou?

Jackson olha abaixo, para a mesa.

— Olhe, você sabe como funciona — diz Minelli. — Você vai pra cadeia pelos assassinos ou outro pode ir. Eu estou cagando pra quem vai. Vou encerrar o caso de qualquer jeito.

— Eu entendi — diz Malone. — Matar o Mookie lhe dá cartaz na rua, mas você vai realmente querer ser preso por causa da sra. Williams?

— Mesmo se não for por ela, eu vou por causa do policial.

— Por causa da lei de Nova York — diz Malone. — De quarenta anos à prisão perpétua, por atirar num policial. Com duas condenações anteriores, eu aposto que será perpétua.

— Então eu estou fodido mesmo.

— Você entrega o atirador — diz Malone —, e talvez eu possa te ajudar com o tiro no policial. Nós não podemos te liberar, mas podemos fazer com que o advogado de defesa diga ao juiz que você colaborou com um duplo homicídio. Dos quarenta, você cumpre quinze e sai, ainda terá uma vida. Do outro jeito, você vai morrer aqui.

— Se eu entregar — diz Jackson —, vão me matar aí dentro de qualquer jeito.

Malone vê nos olhos dele, o garoto sabe que sua vida acabou.

Uma vez que a máquina te pega, ela só te solta depois de mastigar.

— Você tem avó? — pergunta Malone.

— Claro que tenho avó — diz Jackson.

Passam pelo menos dez segundos, antes que ele diga:

— Jamichael Leonard.

— Onde podemos encontrá-lo? — pergunta Minelli.

— Na casa do primo dele.

Ele dá o endereço.

Malone o leva de volta, para pegar o ônibus para Central Booking.

— Nós vamos entrar em contato com seu advogado de defesa.

— Tanto faz.

Eles o acorrentam e o colocam no ônibus.

— Você quer participar dessa prisão? — Minelli pergunta a Malone.

— Não — diz ele. — Tinta demais nos torna alvos. Mas me faça um grande favor. Dê assistência ao Levin e deixe o Sykes inteirado antes de ir buscá-lo.

– É?

– É, por que não?

Como todo cara esperto sabe, se você quer comer, você não come sozinho. Você se mexe e aparece todo tipo de ajuda.

Ele desce até o vestiário e encontra Russo, Montague e Levin.

– Se fizer com que se sinta melhor, novato – diz Malone –, Jackson entregou o atirador da Williams. Você vai ter o registro da assistência.

Ajuda, mas não conserta as coisas. Ele vê nos olhos de Levin: a primeira vez que você dá um pouquinho de si para a rua, dói. O tecido da cicatriz ainda não se formou e você sente.

– Eu acho – diz Malone – que nós temos direito a uma Noite de Boliche.

CAPÍTULO 8

A Noite de Boliche é uma prática de praxe na Força-Tarefa.

Uma noite de participação obrigatória, sem desculpas, quando os homens dizem às esposas e namoradas que vão jogar boliche com os amigos.

É privilégio do líder da equipe – alguns chamam de seu dever – convocar a Noite de Boliche, como meio de extravasar a pressão, e quando um policial leva um tiro há muita pressão.

Se um policial irmão é morto, não se fala no assunto; se ele escapa por pouco, você *tem* que falar a respeito, pôr para fora, rir disso, porque amanhã ou no dia seguinte você terá que descer outra escada.

Eles frequentemente fazem o 10-13 – o nome vem do código de chamado via rádio, para "policial precisa de assistência" – quando eles se entocam em algum lugar para farrear, mas a Noite de Boliche é diferente: saem bem trajados, sem esposas, namoradas ou sequer casos, nada dos bares habituais de policiais.

A Noite de Boliche é estritamente primeira classe.

Sheila, com a perspicácia de esposa de policial de Staten Island, uma vez disse: "Vocês não vão jogar boliche. Isso é só um disfarce pra *sair*, se embebedar e transar com puta barata."

Isso não é verdade, pensou Malone, quando saiu pela porta, naquela noite. É um disfarce para *jantar* fora, se embebedar e transar com puta *de luxo*.

Levin não quer ir.

– Estou exausto – confessa. – Acho que vou pra casa relaxar.

– Isso não é um convite – diz Malone –, é uma intimação.

– Você vai – ordena Russo.

– Você faz parte da equipe – diz Monty –, você faz parte da Noite de Boliche.

– O que eu digo à Amy?

– Diga a ela que você vai sair com a sua equipe, pra que ela não espere acordada – aconselha Malone. – Agora vá pra casa se arrumar bem bacana. Encontre com a gente no Gallaghers às sete.

Mesa de canto no Gallaghers, na rua 52.

Essa noite, Russo caprichou no visual: terno cinza, camisa branca sob medida, punho francês, abotoaduras.

– Você ouviu o tiro? – pergunta Russo.

– Só depois – diz Levin. – Engraçado, isso. Eu só ouvi depois.

– Cara, você voou em cima daquele babaca – diz Russo. – Pode inscrever esse cara nos Jets.

– E os Jets precisam dele? – ironiza Malone.

E assim vai, eles vão fazendo Levin falar, fazendo com que ele tenha algum mérito por ser corajoso, por sobreviver.

– O negócio – diz Malone –, é que agora você provavelmente já está safo, pelo resto da vida.

– O que você quer dizer? – pergunta Levin.

Montague explica:

– A maioria dos policiais não toma um tiro em toda carreira. Você tomou, mas erraram. As probabilidades são que você nunca mais tome outro, vai sair ileso, cumpre seu tempo, se aposenta e recebe sua pensão.

Malone enche os copos.

– Então, um brinde!

Russo pergunta:

– Lembra do Harry Lemlin?

Malone e Monty começam a rir.

– Quem foi Harry Lemlin? – inquere Levin.

Ele adora essas histórias antigas e nem está zangado por ter sido multado por eles, em cem pratas, por usar uma camisa com botões nos punhos.

— Abotoaduras — Malone lhe disse. — Quando a equipe sai, nós saímos com estilo. Causamos uma impressão. Punhos franceses, abotoaduras.

— Eu não tenho abotoaduras.

— Compre — diz Malone, tirando uma nota de cem da carteira de Levin.

Agora, Levin pergunta outra vez:

— Quem foi Harry Lemlin? Conte-me a história.

— Harry Lemlin...

— Harry Nunca Desiste — diz Monty.

— Harry Nunca Desiste — diz Russo —, foi um corregedor no gabinete do prefeito, encarregado de fazer com que o orçamento parecesse relativamente legítimo. E ele era *avantajado*. Sabe aqueles garanhões que botam pra cruzar? Eles olhavam pro Harry e ficavam cabisbaixos de vergonha. O pau do Harry chegava às reuniões dois minutos antes dele. Certo, então, o Harry era um cliente cativo na Madeleine, isso na época em que ela tocava seu negócio em casa.

Malone sorri. Russo está entrando em modo contador de história.

— De qualquer maneira, naquela época, o negócio ficava na rua 64 com a Park. Então o Harry começou a tomar Viagra. Segundo ele, a melhor coisa que já aconteceu. Penicilina, vacina pra pólio, porra nenhuma. Harry está apaixonado pela pílula azul.

— Que idade ele tinha? — pergunta Levin.

— Você vai me deixar contar a história? — questiona Russo. — Ou vai continuar me interrompendo? Esses garotos de hoje em dia...

— Eu culpo os pais — diz Monty.

— Mais cem pratas — diz Malone.

— Harry tinha sessenta e poucos, sei lá — conta Russo —, mas estava transando como se tivesse dezenove. Duas garotas de uma vez, três, era uma máquina a todo vapor. As garotas faziam fila e ele dava canseira em todas. Madeleine não liga, está ganhando dinheiro, e as garotas adoram, ele é generoso nas gorjetas.

— Dava gorjetas pelos centímetros — diz Monty.

— Por que o Monty não é multado? — pergunta Levin.

— São *mais* cem pratas.

— Então, numa noite — diz Russo, pegando o embalo da história —, nós três estamos de campana na casa de um traficante de pó e recebemos uma ligação de Madeleine, no telefone particular de Malone. Toda aborrecida, chorando. "Harry morreu." Nós saímos correndo e, sim, lá estava Harry. Tinha batido as botas, as putas em volta dele chorando, como se ele fosse Jesus ou algo assim, e Madeleine fala pra gente: "Vocês têm que tirá-lo daqui." Puta merda, nós pensamos, porque isso será um grande constrangimento, o corregedor encontrado nu, à uma da manhã, na sacanagem, com um bando de garotas de programa. Temos que levar o corpo. O primeiro problema é vestir o Harry, porque ele tem que sair carregado e há, digamos, um obstáculo.

— Um obstáculo? — pergunta Levin.

— O soldado do Harry ainda está de pé, alerta — continua Russo —, pronto para o dever. Estamos tentando vestir as cuecas nele, que dirá a calça, que já estava meio apertada, e lutamos contra esse mastro erguido... que *não desce*, seja da pílula, ou da rigidez pós-morte, não sabemos, mas...

Russo começa a rir.

Malone e Monty também começam a rir e Levin está se divertindo.

— Então o que vocês fizeram?

— Que porra poderíamos fazer? — pergunta Russo. — Continuamos relutando, colocamos a roupa nele: a calça, a camisa, o paletó e a gravata, tudo, só que continua aquele megatoco espetado pra fora, eu juro, parecia estar aumentando, como se o pau dele fosse o Pinóquio e tivesse acabado de contar uma mentira.

— Eu desço, dou vinte pratas pro porteiro sair e fumar um cigarro e fico tomando conta do lobby. Monty e Malone levam o cara pro elevador e nós o arrastamos lá pra fora, pela saída lateral, colocamos no carro, o que não foi tarefa fácil. Harry está no banco da frente, como se estivesse bêbado e tal, e nós vamos até o centro da cidade, onde fica seu escritório. Damos cem pratas pro segurança, entramos de novo no elevador e colocamos o Harry em sua cadeira atrás da mesa, como se fosse um funcionário dedicado fazendo hora extra.

Russo dá um gole em seu Martini e faz sinal, pedindo outro.

— Mas e agora? A gente deveria simplesmente dar o fora dali e deixar que encontrassem o Harry de manhã, mas todos nós gostávamos dele. Somos muito afeiçoados ao cara e não temos coragem de deixá-lo ali sentado, apodrecendo, então...

— O Malone, aqui, liga para o sargento de plantão na Cinco. Inventa um papo de estar passando pelo prédio e ver a luz acesa, pensou em subir e ver o velho amigo Harry, blá, blá, pra mandarem uma viatura.

— Chega o pessoal fardado e depois os paramédicos. Dão uma olhada no Harry e dizem: "O coração desse cara explodiu." Nós concordamos, tipo, é, que triste, ele estava sobrecarregado de trabalho, então, o paramédico fala: "Mas não foi aqui." E nós todos perguntamos: "Como assim, porra?", e ele começa uma longa explicação sobre livor mortis e mortalidade, e que ele não evacuou nas calças e que, além disso, o falecido está com o pau duro como um pé de mesa e olha pra gente tipo "O que está havendo?", então, nós o puxamos no canto e contamos. Olhe, eu digo, Harry bateu as botas no galope e nós queremos poupar a viúva e as crianças do constrangimento. Pode dar uma força? "Vocês deslocaram o corpo?", me perguntou o paramédico. Nós confessamos. Aí ele disse: "Isso é crime."

— Nós concordamos. Malone aqui diz ao cara que nós vamos lhe dever um grande favor, mas que ele faça a coisa certa, e o médico disse "Tudo bem". Escreve que Harry morreu em sua mesa, um fiel servidor da cidade.

— O que era verdade – diz Monty.

— Com certeza – concorda Russo. – Só que agora, nós temos que ir até Rosemary, dizer a ela que seu marido faleceu. Seguimos até a casa deles, na rua 41, tocamos a campainha, Rosemary está de robe, bobes no cabelo, nós contamos pra ela. Ela chora um pouquinho, faz um chá pra todos nós e então...

O Martini de Russo chega.

— Ela quer vê-lo. Nós dizemos a ela, por que não esperar até amanhã, nós já fizemos a papelada, mas não. Ela quer ver seu marido.

Malone balança a cabeça.

– Então, tudo bem – diz Russo. – Vamos até o necrotério, nos identificamos, eles tiram o Harry da gaveta e eu tenho que dizer que eles fizeram o máximo. Eles o cobriram com lençóis, cobertores, mas, não... Barraca armada. Parecia uma tenda de circo, eu não sei, com elefantes, palhaços, acrobatas, e Rosemary olha e fala...

Todos eles começam a rir novamente.

– Rosemary fala: "Olhe, o pequeno Harry nunca desiste." Ela estava orgulhosa. Orgulhosa por ele ter morrido na sacanagem, fazendo o que ele adorava fazer. Nós estamos com hérnias de carregar o cretino tarado por todo lado e ela sabia de tudo. Sabe como, às vezes, os mafiosos são enterrados com os caixões fechados? Eles tiveram que fechar o caixão do Harry, da cintura para baixo. Rosemary disse que ele estava indo pronto pro céu.

Monty ergue o copo.

– Ao Harry.

– Nunca desiste – diz Malone.

Eles tilintam os copos.

Então, Russo olha por cima do ombro de Levin.

– Ai, que merda.

– O que foi?

– Não vire – diz Russo. – No bar. É o Lou Savino.

Malone parece alarmado.

– Tem certeza?

– É o Savino, com três caras dele – avisa Russo.

– Quem é Lou Savino? – pergunta Levin.

– Quem é Lou Savino? – diz Russo. – Está brincando comigo? Ele é um capo, da família Cimino.

– Manda na turma da Pleasant Avenue – explica Malone. – Ele tem um mandado de prisão expedido. Nós temos que pegá-lo.

– Aqui? – pergunta Levin.

– Ora, mas que porra – diz Russo –, o que você acha que a Corregedoria pensaria se soubesse que nós estávamos no mesmo lugar de um mafioso com um mandado expedido e o deixamos ir embora?

– Jesus – exclama Levin.

— Tem que ser você — diz Malone. — Ele ainda não nos viu, se for um de nós ele vai fugir como um coelho.

— Nós lhe daremos cobertura, garoto — diz Russo.

— Seja educado — aconselha Monty.

— Mas firme — completa Russo.

Levin fica de pé. Ele parece nervoso como nunca, mas vai até o bar onde Savino está tomando drinques com três de seus caras e suas amantes. Quando estão no salão principal de um restaurante, eles sempre querem ser vistos com belas mulheres; se são só os homens, ficam numa sala privativa.

Ter ou não mulheres no jantar numa Noite de Boliche há muito tem sido assunto de discussão na equipe de Malone. Ele pode argumentar nos dois sentidos. Por um lado, é sempre bacana ter uma bela mulher ao seu lado num jantar. Por outro, é ostentação demais. Um grupo de detetives conhecidos num restaurante caro é o limite; ser mais ostentoso, com garotas de programa, é outra coisa.

Portanto, Malone vetou. Ele não quer esfregar mulheres na cara do pessoal da Corregedoria, é uma boa chance que os homens têm para conversar. O restaurante é barulhento, a chance de ter um grampo é remota, e mesmo que a Corregedoria grampeasse, o som seria tão ruim e confuso que seria possível negar que era você. A fita jamais passaria como prova.

Ele e sua equipe observam Levin abordando Savino.

— Com licença, senhor?

— Sim, o que foi?

Savino não parece muito contente em ser interrompido, principalmente por alguém que não conhece.

Levin mostra seu distintivo.

— Temos um mandado. Receio que tenhamos que prendê-lo, senhor.

Savino olha em volta para seus homens e dá de ombros, tipo *Mas que porra de conversa fiada é essa?* Então, vira de volta para Levin e diz:

— Não tem mandado nenhum contra mim.

— Receio que tenha.

— Não *receie*, menino — diz Savino. — Ou tem mandado ou não tem, e, nesse caso, não tem, portanto você não tem que recear nada.

Ele dá as costas para Levin e sinaliza ao bartender, pedindo mais uma rodada de drinques.

– Mas que beleza – observa Monty. – Que beleza.

Levin leva a mãos às costas, para pegar as algemas.

– Senhor, nós podemos fazer isso como cavalheiros, ou...

Savino volta-se para ele outra vez.

– Se fôssemos fazer isso como cavalheiros, você não estaria interrompendo a minha noite, na frente dos meus companheiros e das minhas amigas, você... você é o que, italiano? Judeu?

– Sou judeu, mas não vejo o que isso...

– ...seu filho da puta assassino de Cristo, seu...

Savino olha para trás, vê Malone e grita

– Seu *sacana*! Seu sacana!

Levin vira e vê Malone e Russo quase caindo das cadeiras e os ombros de Monty sacudindo de tanto rir.

Savino dá um peteleco no ombro de Levin.

– Eles estão te *zoando*, menino! É a porra da Noite de Boliche, certo? Mas você tem muito *coglioni*, de chegar a mim desse jeito: "Com licença, senhor..."

Levin volta à mesa.

– Certo, isso foi bem constrangedor.

Mas Malone percebe que o novato leva numa boa, ele mesmo está rindo. E lá foi o garoto, três mafiosos na frente de suas mulheres e o garoto foi. Isso significa alguma coisa.

Russo ergue o copo.

– Essa é pra você, Levin.

– Esse é mesmo o Lou Savino? – pergunta Levin.

– O que, você acha que nós contratamos atores? – diz Russo. – Não, é ele.

– Vocês o conhecem?

– Nós o conhecemos – diz Malone. – Ele nos conhece. Estamos no mesmo ramo de negócios, só que em lados opostos.

Os filés chegam.

Outra regra da Noite de Boliche: pede-se filé.

Um grande New York Strip mal passado e suculento, um Delmonico, um Chateaubriand. Porque é bom, é o que se deve comer, e se você está no mesmo restaurante que os mafiosos, você quer ser visto comendo carne.

Policiais se dividem em duas categorias: comedores de grama e comedores de carne. Os comedores de grama são os "cafés pequenos", levam algum das empresas de reboque, ganham um café de graça, um sanduíche. Levam o que aparece, não são agressivos. Os comedores de carne são predadores, vão atrás do que querem, tomam as drogas, as comissões da máfia, a grana. Eles saem para caçar e tomam, portanto, é importante que quando uma unidade está comemorando, ela seja uma Unidade bem vestida e carnívora.

É como um recado.

Parece piada, mas não é, eles literalmente olham para ver o que tem no seu prato. Se for um cheeseburguer, os caras estarão comentando no dia seguinte: "Eu vi o Denny Malone no Gallaghers outro dia e sabe o que ele estava comendo? Hambúrguer."

Os mafiosos vão pensar que você é muquirana, ou que está duro, ou ambos, e essas alternativas mandam um recado ao cérebro vil de que você é fraco e, de repente, eles estão tentando se aproveitar disso. Eles também são predadores; excluem o fraco do bando e vão atrás dele.

Mas o filé de Malone está ótimo, um belo New York Strip mal passado, com o miolo vermelho. Em lugar de batata assada, ele pediu batatas fritas e ervilhas.

É gostoso cortar o filé, mastigá-lo.

Substancial.

Sólido.

Real.

Foi a decisão certa convocar a Noite de Boliche.

O grandalhão Montague ataca um filé Delmonico de quase meio quilo, totalmente concentrado na tarefa. Numa rara revelação, ele uma vez contou a Malone que cresceu numa casa onde carne era um raro deleite; quando criança, comia seu cereal matinal com água em vez de leite. E ele era um garoto grande, sempre com fome. Monty deveria ter sido um bandido de rua; seu tamanho o tornava o guarda-costas perfeito, ou capanga de algum traficante médio ou grande. Mas ele era inteligente demais para isso, pensa Malone. Monty sempre teve a habilidade de antever o que há depois da esquina, sabe o que vem pela frente e, mesmo quando adolescente, viu que a vida no tráfico levava a uma cela ou a um caixão, que só os caras do topo da pirâmide ganhavam dinheiro de verdade.

Mas ele observava que a polícia sempre comia.

Ele nunca viu um policial faminto.

Então, seguiu a outra direção.

Naquela época a corporação pegava candidatos negros às pencas. Se você fosse afro-americano, tivesse duas pernas e conseguisse enxergar um palmo à frente do nariz, estava dentro. Contudo, não esperavam que um candidato negro tivesse um Q.I. de 126, e foi esse o resultado do teste do Monty. Grande, brilhante, negro, ele tinha "detetive" escrito na testa desde o primeiro dia.

Até os policiais que detestam negros lhe dão o reconhecimento merecido.

Ele é um dos mais respeitados da corporação.

Agora está impecável, com um terno azul escuro Joseph Abboud sob medida, camisa azul clara, e a gravata vermelha escondida pelo guardanapo de linho que enfiou no pescoço. Monty não vai correr o risco de manchar uma camisa de cem dólares e não se importa nem um pouco com o que pensam sobre como ele prefere se comportar.

– Tá olhando o quê? – ele pergunta a Malone.

– Você.

– O que é que tem?

– Eu te adoro, cara.

Monty sabe disso. Ele e Malone não fazem aquelas presepadas de irmãos de mães diferentes, a baboseira de "Ebony and Ivory", mas são irmãos. Ele tem um irmão que é contador em Albany, outro cumprindo de quinze a trinta em Elmira, mas é mais próximo de Malone.

E faz sentido. Eles passam pelo menos doze horas por dia juntos, cinco ou seis dias por semana, e dependem um do outro para se manterem vivos. Não é clichê. Quando você entra naquela porta, nunca sabe. Você quer seus irmãos com você.

Da mesma forma que não se questiona que é diferente ser um policial negro, simplesmente é, só isso. Outros policiais, exceto seus irmãos ali, olham para ele de um jeito meio diferente e a "comunidade" – modo cômico usado pelos ativistas sociais, pastores linguarudos e políticos locais para chamar o gueto – o veem como um aliado em potencial, a quem devem ajudar, ou como um traidor. Um Uncle Tom, um Oreo, um preto no mundo dos brancos.

Monty não liga.

Ele sabe quem ele é: ele é um homem tentando cuidar da família e tirar os filhos da merda da "comunidade" – daquela comunidade onde uns roubam aos outros, corrompem uns aos outros e matam uns aos outros por uma bolsinha de moedas.

Enquanto seus irmãos naquela mesa morreriam uns pelos outros.

Malone uma vez disse que você nunca deve ser parceiro de alguém em que você não confie a ponto de deixar sua família e todo seu dinheiro por um tempo com essa pessoa. Se você fizer isso com um desses homens, quando voltar, sua família estará rindo e haverá mais dinheiro.

Eles pedem sobremesa: torta de chocolate, torta de maçã e cheesecake com cerejas.

Depois disso, café com conhaque ou sambuca, e Malone resolve que tem que acertar um pouco as coisas para Levin, então, ele diz:

– Harry Nunca Desiste foi ótimo, mas se você quer falar de defuntos...

– Não faça isso – interrompe Russo.

Ele não consegue continuar falando e começa a rir.

– O quê? – pergunta Levin.

Monty também está rindo, ele conhece a história.

– Não – diz Malone.

– Ora, vamos.

Malone olha para Russo, que assente.

– Isso foi lá atrás, quando Russo e eu ainda trabalhávamos na Seis. Nós tínhamos um sargento...

— Brady.

— Brady, que gostava de mim – continua Malone –, mas, por algum motivo, odiava o Russo. De qualquer forma, esse Brady gostava de beber e costumava me pedir pra deixá-lo no White Horse para tomar umas e, depois, eu ia buscá-lo, levava-o de volta pra casa, pra que dormisse e descansasse do porre. Daí, numa noite, nós recebemos uma ligação avisando de um morto que foi encontrado e, naquela época, um policial fardado tinha que ficar com o corpo até que o médico legista chegasse. Estava fazendo uma noite fria de matar, abaixo de zero, e o Brady me pergunta: "Onde está o Russo?", e eu digo: "Em seu posto." Ele me fala: "Mande-o até o local do morto." Parece legal, né? Tirar o Russo do frio, ficar do lado de dentro, mas o Brady sabia que o Phil aqui...

Malone começa a rir de novo.

— Naquela época, Russo *morria de medo* de gente morta.

— Se cagava de medo, por assim dizer – completa Monty.

— Vão se foder, vocês dois.

— Então eu tentei conversar com o Brady pra que desistisse da ideia – conta Malone –, porque eu sei como Russo é uma mulherzinha com isso e talvez desmaiasse e tal, mas o Brady não quis nem saber. Tinha que ser o Russo. "Diga a ele pra ir pra lá e ficar com a merda daquele corpo." Era um prédio de tijolinhos, perto de Washington Square, o corpo estava na cama, no segundo andar, e foi claramente morte por causas naturais.

— Era um velho – diz Russo – que era dono do prédio inteiro e vivia sozinho, teve um ataque do coração na cama.

— Eu deixo Russo lá e volto pra ficar sentado do lado de fora do White Horse. O Brady sai e já está meio doidão, me diz pra levá-lo até a casa onde estava o morto. Ele tinha saído do bar e cinco segundos depois já estava no carro, com uma flauta... – relata Malone.

— Que flauta? – pergunta Levin.

— Uma garrafa de coca cheia de birita – diz Monty.

— Nós passamos de carro – continua Malone –, Russo está na calçada, quase congelado. O Brady ficou puto e começou a gritar com Phil: "Eu lhe disse pra ficar com o corpo, seu imbecil! Pode marchar lá pra dentro, subir e ficar lá ou eu vou relatar sua desobediência." Russo volta pra dentro e nós, pro bar. Lá estou eu, sentado do lado de fora do bar, quando surge um chamado no rádio, um 10-10, disparos efetuados, e eu ouço o endereço. Era o mesmo endereço da residência do morto!

— Mas que porra — diz Levin, animado.

— Foi o que eu pensei — devolve Malone. — Eu entrei correndo no bar, encontrei o Brady e disse: "Temos um problema." Nós fomos correndo pra lá, subimos as escadas voando, e lá está o Russo, com a arma em punho, o falecido sentado com o tronco ereto na cama e o Phil tinha mandado duas balas no peito dele.

Malone está rindo tanto que quase não consegue falar.

— O que aconteceu foi que... o gás começa a se deslocar dentro do corpo... e faz coisas estranhas... fez com que ele se sentasse com o tronco ereto ... e assustou o Russo... tanto que ele largou o dedo no peito do cara...

— Eu estava vendo uma porra de um morto vivo! – diz Russo. – O que eu deveria fazer?

— Aí, nós realmente tínhamos um problema — conta Malone —, porque se o cara não estivesse morto, Russo não somente havia descarregado a arma, ele estava diante de uma acusação de homicídio.

— Eu fiquei no maior cagaço — diz Russo.

Os ombros de Monty sacodem, conforme ele ri, as lágrimas escorrendo pelo seu rosto.

— Brady me pergunta: "Tem certeza de que esse cara estava morto?", eu respondi: "Até que tenho." Ele me disse: "Até que tem? Mas que porra é essa?", mandei: "Eu não sei, ele não tinha pulso." E com certeza não tinha pulso depois que o Russo acertou duas balas no coração.

— Então, o que vocês fizeram? – pergunta Levin.

— O médico legista de plantão era Brennan, o puto mais preguiçoso que já ocupou essa função. Quer dizer, deram-lhe o emprego pra que ele não tivesse que trabalhar com gente *viva*. Ele chega, analisa a situação, olha pro Russo e diz: "Você atirou num morto?", Phil estava tremendo. Ele perguntou: "Então o cara estava morto?" E o Brennan falou: "Você está de brincadeira comigo? Ele estava morto três horas antes de você atirar nele, mas como é que eu vou explicar essas porras dessas balas no peito dele?"

Monty seca o rosto com o guardanapo.

– Aí é quando, eu tenho que dizer, o Brady conquistou seu mérito – diz Malone. – Ele fala pro Brennan: "Isso vai exigir muito trabalho da sua parte. Relatórios, uma investigação, você talvez tenha que ser testemunha..." E Brennan fala: "Que tal deixarmos isso pra lá? O rabecão vem, nós ensacamos o cara, eu atesto causas naturais, o Russo compra uma cueca nova."

– Incrível – diz Levin.

Lou Savino e seu grupo se levantam para sair. Savino assente para Malone que retribui o cumprimento.

Foda-se a Corregedoria.

Se os mafiosos não sabem quem você é, se não demonstram respeito por nós, não estamos fazendo o nosso trabalho.

A conta dá mais que cinco contas, ou daria, se eles fossem cobrados.

A garçonete entrega a nota que totaliza zero. Mas ela entrega uma nota, caso eles estejam sendo observados. Malone põe o cartão de crédito na mesa, ela pega, ele finge assinar.

Eles deixam 200 dólares de gorjeta na mesa.

Nunca, jamais dê uma volta em quem lhe serve.

Primeiro, isso não é certo. Segundo, novamente, vão espalhar que você é pão-duro. O que você quer é entrar num lugar onde um garçom o veja e diga "Eu quero atender *aquele* cliente".

Dessa forma, você sempre terá uma mesa.

E se não estiver com sua esposa, ninguém vai notar ou lembrar.

Jamais dê calote num garçom ou aceite troco de uma nota de vinte, estando num bar ou numa bodega.

Isso é para os comedores de grama, não para detetives da Força.

É simplesmente o custo do negócio.

Se não consegue lidar com isso, volte a patrulhar.

Malone liga para chamar o carro.

★ ★ ★

Na Noite de Boliche, eles sempre têm um carro com motorista.

Porque sabem que vão ficar doidões e ninguém vai querer estragar a noite com um flagrante por estar dirigindo bêbado, caso algum policial novato registre isso antes de saber o que é o quê.

Metade dos mafiosos de Nova York possui serviços de motorista porque é fácil lavar dinheiro através dessas empresas. Portanto, eles não têm o menor problema em conseguir um carro como cortesia. É claro que o motorista vai dizer ao chefe sobre todos os lugares que eles foram e o que fizeram, mas eles não se importam. E para por aí, nenhum motorista jamais vai denunciar à Corregedoria ou sequer admitir que eles estiveram em seu carro. E quem se importa se algum mafioso souber que eles ficaram bêbados e foram trepar? Nenhuma novidade.

O serviço de motorista não é tolo de enviar algum russo, ucraniano ou etíope. É sempre um camarada que conhece o riscado, sabe ficar de orelha em pé e boca fechada.

Essa noite é o Dominic, um "associado" da máfia de cinquenta e poucos anos, que já dirigiu para eles antes e sabe que vai levar uma bela gorjeta, ele gosta de ver os caras vestidos de Armani, Boss e Abboud entrando e saindo de seu carro. Vai parar bem pertinho do meio fio para não molhar os sapatos Gucci, Ferragamo e Magli de seus clientes. Cavalheiros que tratam seu carro com respeito não vão vomitar ali dentro nem comer fast food fedorenta, encher de fumaça de bagulho ou brigar com as mulheres.

Ele leva todo mundo para a Madeleine, na rua 98 com a Riverside.

– Vamos ficar pelo menos umas duas horas – Malone lhe diz, dando uma nota de cinquenta –, vai jantar.

– É só me ligar – diz Dominic.

– Que lugar é esse? – pergunta Levin.

– Você nos ouviu falando da Madeleine – explica Malone. – Aqui é a casa da Madeleine.

– Um bordel?

– Pode-se dizer que sim – confirma Malone.

– Eu não sei – diz Levin. – Amy e eu somos, você sabe, exclusivos.

– Você botou uma aliança no dedo dela? – pergunta Russo.

— Não.
— Então? — diz Russo.
— Olhe, eu acho que vou pra casa — interpele Levin.
— O nome é Noite de Boliche — diz Monty. — Não Jantar de Boliche. Você vai entrar.
— Sobe lá — incentiva Malone. — E faz uma social. Se não quiser transar, tudo bem, não transa. Mas vem com a gente.

Madeleine é dona da casa inteira de tijolinhos. Ela é bem discreta quanto ao que se passa ali dentro, para que os vizinhos não metam o nariz. De qualquer forma, atualmente, a maior parte de seu negócio é fora do local; a casa é só para pequenas festas e convidados especiais. Ela não faz mais o velho "desfile de apresentação"; os homens fazem a pré-seleção on-line.

Ela cumprimenta Malone pessoalmente, à porta, com um beijo no rosto.

Eles entram juntos; ela ainda marcava encontros quando ele trabalhava fardado. Uma noite, ela estava indo para casa, passando pelo Straus Park, e um babaca resolveu lhe perturbar, mas um tal policial fardado, digamos, "interferiu" e desceu seu cassetete na cabeça daquele estúpido, depois lhe deu alguns chutes no fígado para enfatizar seu ponto de vista.

— Quer dar queixa? — Malone perguntou a ela.
— Acho que você acabou de cuidar disso pra mim — Madeleine respondeu.

Desde então, eles são amigos e parceiros de negócios. Ele a protege, manda gente para o seu negócio; em retribuição, ela dá cortesias a ele e à sua equipe e deixa que ele olhe seu livro preto, para ver se ela tem algum cliente que possa lhe ser útil. A casa de Madeleine Howe nunca levou uma batida, suas meninas nunca são ameaçadas ou incomodadas — pelo menos não por muito tempo, e nunca duas vezes — e jamais tomam calote.

Além disso, em raras ocasiões, quando uma garota desanda e resolve chantagear um ou mais clientes, Malone também é acionado. Ele faz uma visita a ela e explica as ramificações legais do que ela está tentando fazer, depois descreve como é a prisão feminina para uma garota tão bonita e mimada como ela, e conta que as algemas serão as últimas pulseiras que ela vai receber de um homem. Ela geralmente aceita uma passagem aérea e some.

Portanto, os homens do livro preto da Madeleine – homens de negócio de alto nível, políticos, juízes – sabendo, ou não, também recebem a proteção da Força. Eles não veem seus nomes estampando a capa do *Daily News* e não podem dar uma de tolos. Mais de uma vez, Malone e Russo tiveram que conversar com um investidor ou um político em ascensão, que havia se apaixonado por uma das acompanhantes de Madeleine, explicar que não era assim que a coisa funcionava.

– Mas eu a amo – um candidato ao governo disse a eles. – E ela me ama.

Ele ia abandonar a esposa e os filhos – e a carreira – para começar um negócio de café torrado na Costa Rica com uma mulher que achava se chamar Brooke.

– Ela é paga pra fazer com que você se sinta assim – explicou Russo ao cara. – Esse é o trabalho dela.

– Não, isso é diferente – o cara insistiu. – É pra valer.

– Não passe por esse constrangimento – disse Malone. – Pense com essa cabeça aqui de cima, você tem esposa e filhos. Você tem uma família.

Não me faça colocá-la no telefone para que ela lhe diga que você tem um pau que parece um lápis e mau hálito, e que ela tentou fazer Madeleine mandar outra pessoa na última vez.

Agora, Madeleine dá as boas vindas a eles e todos pegam o pequeno elevador até o apartamento belamente decorado.

As mulheres são deslumbrantes.

E têm de ser, a 2 mil dólares por programa.

Os olhos de Levin quase pulam da cara.

– Vai com calma, calouro – diz Russo.

– Eu escolhi suas acompanhantes – diz Madeleine –, com base em suas preferências anteriores. Mas, para o rapaz novo, eu fui pelo meu palpite. Espero que Tara o faça feliz. Se não, nós podemos voltar ao livro.

– Ela é linda – diz Levin –, mas eu... não vou participar.

– Nós podemos apenas tomar uns drinques e ter uma boa conversa – Tara diz a Levin.

— Parece ótimo.

Ela o conduz até o bar.

A acompanhante de Malone se chama Niki. Ela é alta, pernuda, com um cabelão jogado para trás, ao estilo Veronica Lake, e olhos azuis claros. Ele se senta com ela, toma um uísque e ela um Martini, conversa por alguns minutos e, então, eles vão para um dos quartos.

Niki está com um vestido preto colado, com um imenso decote. Ela tira o vestido, revelando a lingerie preta, que Madeleine sabe que ele gosta, sem que ele precise pedir.

— Você quer alguma coisa especial? — ela pergunta.

— Você já é especial.

— Maddy disse que você é encantador.

Ela começa a tirar os saltos finos, mas Malone diz:

— Fique com eles.

— Você quer que eu tire a roupa ou...

— Eu tiro.

Ele tira a roupa e coloca nos cabides que Madeleine providencia para que seus clientes casados não voltem para casa com seus ternos amassados. Ele tira a pistola e põe embaixo do travesseiro.

Niki olha estranho.

— Nunca se sabe quem pode entrar pela porta — diz Malone. — Não é excentricidade. Se incomodar você, eu posso pedir outra pessoa.

— Não, eu gostei disso.

Ela lhe proporciona uma trepada de 2 mil dólares.

A volta ao mundo em oitenta minutos.

Depois, Malone se veste, coloca a arma de volta no coldre e deixa cinco notas de cem dólares na mesinha de cabeceira. Niki põe novamente o vestido, pega o dinheiro e pergunta:

— Posso lhe pagar um drinque?

— Claro.

Eles voltam à sala de estar. Monty está lá com sua acompanhante. Uma negra incrivelmente alta. Russo ainda não terminou, mas esse é o Russo.

— Eu como devagar, bebo devagar e faço amor devagar — confessa ele. — Saboreio.

Levin não está no bar.

— O novato fugiu da gente? — pergunta Malone.

— Ele foi para um quarto com a Tara — diz Monty. — Como diz Oscar Wilde: "Eu posso resistir a tudo, menos à tentação."

Russo finalmente entra com uma morena chamada Tawny, que faz Malone lembrar-se de Donna. Típico, pensa Malone, o cara trai a esposa com uma mulher que se parece com ela.

Alguns minutos depois, Levin chega meio bêbado, bem tímido e com cara de quem transou até cansar.

— Não contem pra Amy, está bem? — diz ele.

Eles caem na gargalhada.

— Não contem pra Amy! — diz Russo, passando o braço em volta do ombro de Levin. — Esse menino, essa porra desse menino, ele dá uma de Batman no negão, numa incursão vertical, e escapa de um tiro. Depois, foge da academia montada pra ele se exercitar no preso. *Depois*, vai algemar Lou Savino na frente de suas mulheres e do bando, no meio do Gallaghers, daí molha o pau numa boceta de 2 mil dólares, sai e diz "Não contem pra Amy!"

Todos eles caem na gargalhada outra vez.

Russo beija Levin no rosto.

— Esse menino! Eu adoro essa porra desse menino!

— Bem vindo à equipe — diz Malone.

Eles tomam outro drinque e é hora de ir.

As mulheres vão com eles, até a rua 127 com a Lenox.

Uma boate chamada Cove Lounge.

— Por que você ouve essa música de bandido? — Russo pergunta ao Malone, durante o caminho.

— Porque nós trabalhamos com bandidos — diz Malone. — De qualquer maneira, eu gosto.

— Monty — pergunta Russo —, você gosta dessa merda de hip-hop?

— Detesto — conta Monty. — Pra mim, pode botar um Buddy Guy, BB, Evelyn "Champagne" King.

– Que idade vocês têm? – pergunta Levin.
– Ah, sei, o que você ouve? – pergunta Malone. – Matisyahu?
Eles encostam do lado de fora da Cove. A fila em frente vê a limusine e fica na expectativa de quem vai descer, esperando algum astro do hip-hop. Vêem dois caras brancos descendo e não gostam.
Então, um deles reconhece Malone.
– São os canas! – ele grita. – Ei, Malone, seu filho da puta!
O porteiro os deixa entrar imediatamente. O Cove é todo azul, com luz roxa pulsando conforme a batida da música.
A outra cor é preto.
Contando com Malone, Russo, Levin e suas acompanhantes, há exatamente oito pessoas na boate que não são negras.
Todos olham para eles.
E conseguem uma mesa.
A hostess, uma negra que está além da beleza, os conduz diretamente a uma área VIP e eles sentam.
Quatro garrafas de Cristal surgem, um minuto depois.
– Com os comprimentos do Tre – diz a hostess. – Ele mandou dizer que seu dinheiro não é pra ser gasto aqui.
– Diga a ele obrigado – devolve Malone.
Tre não é oficialmente dono da boate. O produtor de rap, duas vezes condenado, não conseguiu obter a licença para a venda de bebidas, mas é o dono da casa. Agora, de uma plataforma elevada na área VIP, ele literalmente olha para baixo, para Malone, e ergue seu copo.
Malone também ergue o seu.
As pessoas veem a cena.
Isso acalma um pouco o clima.
Se os policiais brancos estão bem com o Tre, é porque são bons.
– Você conhece o Tre? – Niki pergunta, impressionada.
– É, digamos que a gente se conhece.
Da última vez que a corporação quis falar com Tre, Malone o levou pessoalmente. Sem algemas, nem escolta, nem câmeras.
Tre ficou grato pelo respeito.

Passou a oferecer alguns trabalhos de segurança para Malone, função exercida pelo próprio, ou com Monty se forem importantes. As coisas mais rotineiras ele passa para outros policiais de Manhattan North, que agradecem pelo dinheiro.

E Tre fica livre de ter policiais racistas como empregados. Ele dava ordem aos policiais para que fossem buscar cafés e cheesecake, essas merdas, até que Malone ficou sabendo e botou um fim nisso.

– Eles são *autoridades policiais da cidade de Nova York*, estão aí pra te proteger. Se você quer um petisco, mande que um de seus lacaios vá buscar.

Tre desce e se senta ao lado de Malone.

– Bem vindo à selva – diz ele.

– Eu *moro* aqui – diz Malone. – Você mora na porra dos Hamptons.

– Você deveria aparecer lá uma hora dessas.

– Eu vou, eu vou.

– Farrear com a gente – diz Tre. – As moças gostam de você.

Sua jaqueta preta de couro deve custar umas duas mil pratas, o relógio Piaget muito mais.

Dinheiro da música, das boates.

– Preto ou branco – diz Tre –, todo dinheiro é dinheiro.

Ele pergunta ao Malone:

– Quem vai me proteger da polícia? Um jovem negro não pode mais andar na rua sem tomar um tiro de um policial, geralmente nas costas.

– Michael Bennet tomou no peito.

– Não foi o que ouvi – diz Tre.

– Vai querer bancar o Jesse Jackson – interrompe Malone –, pode se esbaldar. Se tiver alguma prova, é só apresentar.

– À polícia? – pergunta Tre. – Isso é o que chamaríamos de jogar pra debaixo do tapete.

– O que você quer que eu faça, Tre?

– Nada – diz Tre. – Só estou te dizendo, só isso.

– Você sabe onde me encontrar.

– Sei.

Tre enfia a mão no bolso e tira um baseado do tamanho de um charuto.

— Enquanto isso, tome, pra você ficar de boa.

Deixa com ele o baseado e vai embora.

Malone dá uma fungada.

— Puta que pariu.

— Taca fogo — diz Niki.

Malone acende, dá uma baforada e passa pra Niki. É de primeira, pensa Malone. Mas, também, vindo do Tre, o que mais poderia ser? Uma maconha doce, suave e energizante, mais sativa do que indica. O baseado rola de mão em mão, até chegar a Levin.

Ele olha para Malone.

— O que foi? — pergunta Malone. — Você nunca fumou macoha?

— Desde que consegui esse emprego, não.

— Bem, nós não vamos contar pra ninguém.

— E se eu for testado?

Eles riem dele.

— Ninguém te contou sobre o Mijador Oficial? — pergunta Russo.

— O que é isso?

— Não é o *quê* — diz Monty —, é *quem*. Policial Brian Mulholland.

— Aquele cara que varre o vestiário? — pergunta Levin. — O zelador da casa?

A maioria dos distritos tem um policial que não é mais adequado para o trabalho de rua, mas ainda precisa de tempo para se aposentar. Eles o mantém para trabalhos internos, limpando, fazendo tarefas. Mulholland era um bom policial até atender uma denúncia e encontrar um bebê mergulhado dentro de uma banheira de água fervendo. Depois disso, começou a pegar pesado com a birita, que começou a pegar pesado com ele. Malone convenceu o capitão da Três-Dois a deixá-lo na corporação, escondê-lo como zelador.

— Ele não é só o zelador — conta Russo. — Ele também é o Mijador Oficial. Se você receber uma notificação de Doyle, Mulholland mija num saquinho pra você. Seu mijo pode até ter álcool 90, mas você estará limpo para drogas.

Levin dá um trago e passa.

– Isso lembra outra história – diz Malone, olhando pro Monty.

– Vão se foder, vocês todos – xinga Monty.

– Nosso colega aqui, Montague – continua Malone –, tinha um teste físico chegando. E ele não é exatamente, digamos, "desnutrido".

– *E* suas mães também – diz Monty.

– Quer dizer, Monty não consegue nem caminhar uma milha – diz Malone –, que dirá correr no tempo exigido. Então, ele faz o seguinte…

Monty ergue a mão.

– Havia um novato, um belo e distinto jovem afro-americano, cujo nome não diremos…

– Grant Davis – diz Russo.

– …que havia se destacado nas provas de atletismo da Universidade de Syracuse – diz Monty.

– Ele tinha um teste com os Dolphins – relembra Malone.

– Essa era uma oportunidade dupla – segue Monty. – Primeiro, pra que eu passasse em meu exame físico e, segundo, pra provar que a polícia não consegue distinguir um homem negro de outro e, além disso, nem se importa com tal coisa.

Malone interrompe:

– Então o Monty usa seu charme "pica dura distintivo dourado" para convencer o novato a correr em seu lugar no teste. O garoto ficou no maior cagaço, o que aparentemente o fez correr mais, porque ele quebrou o recorde de uma milha do departamento.

– Achei que não precisasse dizer a ele pra enrolar um pouquinho – diz Monty.

– Mas ninguém notou – conta Malone.

– Provando meu ponto de vista.

– Até que – diz Malone –, algum gênio da One P resolve querer estreitar o relacionamento entre o pessoal do corpo de bombeiros e da corporação, promovendo uma pequena reunião atlética.

Levin olha para Monty e sorri.

Monty sacode a cabeça.

— Esse comandante manda fazer um levantamento dos recordes e vê que o detetive William Montague tem o tempo de um atleta olímpico e imagina: esse é o cara — relata Malone. — O chefão da One P começa a apostar dinheiro com os camaradas do corpo de bombeiros.

— Aqueles brutamontes aceitaram as apostas — diz Russo —, porque alguns deles conheciam o verdadeiro William J. Montague e imaginaram que seria barbada.

— E seria — completa Malone. — Porque sem chance de conseguirmos colocar o falso Monty pra se passar pelo verdadeiro Monty na frente de todos aqueles policiais e bombeiros que o conheciam. Monty começa a treinar, o que significa fumar um charuto a menos por dia e pegar mais leve no molho barbecue, e o grande dia vem chegando. Nós aparecemos no Central Park e os bombeiros têm um competidor, um cara de Iowa que foi o campeão da Big Ten para uma milha. Quer dizer, o garoto...

— Um branco — diz Monty.

— ...parecia uma porra de um Deus — diz Malone. — Ele parecia uma escultura grega e o Monty aparece de short xadrez, a camiseta pendendo por cima da pança e um charuto na boca. O comandante deu uma olhada nele e quase se borrou. Ele começa tipo "Mas que porra você fez? Quanto conseguiu comer em um mês?", os chefões botaram milhares de dólares nessa corrida e estão injuriados. Eles vão para a linha de largada. A pistola estoura e, por um segundo, eu acho que o comandante deu um tiro no Monty. Monty arranca...

— Se é que se pode chamar aquilo de arrancada — interrompe Russo.

— ...dá cinco passadas — diz Malone — e se curva.

— Tendão da perna — diz Monty.

— Os bombeiros babuínos começam a pular — continua Malone —, os policiais estão xingando, entregando o dinheiro. Monty está no chão, segurando a perna, e a gente se acabando de rir.

— Mas vocês não perderam muito dinheiro? — pergunta Levin.

— Porra, você tá brincando comigo? — devolve Russo. — Eu mandei meu primo Ralphie, dos bombeiros, botar uma grana contra o Usain Bolt Comilão aqui, então ficamos quites. E o comandante foi embora totalmente puto e eu o ouvi dizer "Deve ter só um crioulo mole no Harlem e é o meu".

Levin olhara para Monty para ver como ele encara o "crioulo".

– O quê? – Monty lhe pergunta.

– Você sabe, a expressão – diz Levin.

– Não, não sei de expressão – diz Monty. – Eu sei "crioulo".

– E não se importa com isso?

– Não me importo com o que o Russo fala – diz Monty. – Não me importo com o que o Malone fala. Algum dia, talvez eu não me importe com o que você fala.

– Qual é a sensação de ser um policial negro? – Levin pergunta a Monty.

Malone se retrai. Isso pode tomar qualquer caminho. Monty pode explodir ou pode ser profissional.

– Qual é a sensação? – pergunta Monty. – Eu não sei, qual é a sensação de ser um policial judeu?

– Diferente – diz Levin. – Mas quando eu apareço, os judeus não me odeiam.

– Você acha que os negros me odeiam? – pergunta Monty. – Alguns sim. Alguns me chamam de Tom, o crioulo da casa. Mas a verdade é que independente de dizer, a maioria dos negros acha que eu estou tentando protegê-los.

– E dentro da corporação? – Levin pergunta, sem largar o osso.

– Tem ódio na corporação – diz Monty. – Tem ódio em todo lugar. Mas, no fim do dia, a maioria dos policias não vê preto ou branco, eles veem os policiais e todo o restante.

– Mas com "todo restante" – diz Levin –, a maioria das pessoas acha que queremos dizer "negros".

Todos ficam em silêncio, então todos eles mostram aquele sorriso chapado idiota fruto de uma erva boa. O baseado deixa todo mundo doido. Eles levantam e vão dançar. O que é uma surpresa para Malone, porque ele não dança. Mas agora está dançando, se sacudindo com Niki, no meio da muvuca da boate, a música pulsando nas veias de seus braços, revolvendo em sua cabeça, o Monty todo cheio de suingue, dançando ao seu lado, até o Russo levantou para dançar, todos eles estão muito chapados.

Dançando na selva, com o resto dos animais.

Ou os anjos.

Ou com quem souber diferenciar uma coisa da outra.

Eles levam Levin para casa, a oeste da rua 87, saindo do West End. Sua garota, Amy, não parece nada contente quando os policiais carregam seu namorado, meio inconsciente, até a porta.

– Ele ficou um pouco animado demais – conta Malone.

– Imagino que sim – diz Amy.

Garota bonitinha.

Cabelo escuro e encaracolado, olhos escuros.

Pinta de esperta.

– Nós estávamos comemorando a primeira prisão dele – explica Russo.

– Eu gostaria que ele tivesse me chamado – revela Amy. – Eu gosto de comemorar.

Boa sorte, esperta Amy, pensa Malone. Policiais comemoram com outros policiais. Ninguém mais compreende o que você está comemorando.

Estar vivo.

Derrubar os bandidos.

Ter o melhor emprego do mundo.

Estar vivo.

Eles jogam Levin no sofá.

Ele está apagado.

– Prazer em conhecê-la, Amy – acena Malone. – Ouvi muitas coisas bacanas sobre você.

– Igualmente – responde Amy.

Eles despacham Dominic para levar as mulheres de volta e depois seguem pela Lenox Avenue, no carro de Russo, com o som estrondando e as janelas abertas, cantando junto com o N.W.A., a plenos pulmões.

Seguindo por essa rua antiga, por essa rua fria, passando pelas áreas carentes, pelos conjuntos habitacionais.

Malone está com a cabeça para fora da janela da frente.

Russo dá uma risada demoníaca e eles berram.

Seguindo pela selva.

Doidões, bêbados.

Pelo tom cinzento do amanhecer.

Gritando para algumas pessoas assustadas nas calçadas.

CAPÍTULO 9

Eles o pegam quando ele está caminhando em direção ao seu apartamento.

Um carro preto encosta e três caras de terno descem.

Chapado do jeito que Malone está, primeiro ele acha que é da maconha. Não consegue vê-los com clareza, mas não importa. Parece uma piada de mau gosto, não é? "Três caras de terno saem do carro e..."

Então, ele toma um susto. Estão armados.

Pessoal do Pena?

Savino?

Ele vai pegar a arma, quando o cara principal mostra o distintivo e se identifica como "Agente Especial O'Dell – FBI".

Ele parece mesmo um federal, pensa Malone. Cabelo louro curto, olhos azuis. Terno azul, sapatos pretos, camisa branca, gravata vermelha, filho da puta da Gestapo da Church Street.

– Por favor, entre no carro, sargento Malone – diz O'Dell.

Malone mostra o distintivo. As palavras saem embrulhadas.

– Sou da corporação, seu merda da Church Street. Polícia de Nova York, polícia *de verdade*. Força-Tarefa...

– Quer ser algemado na rua, sargento Malone? – pergunta O'Dell.

– No seu bairro?

– Me algemar por quê? – pergunta Malone. – Por andar intoxicado publicamente? Isso agora é crime federal? Eu lhe mostrei meu distintivo, pelo amor de Deus, dá pra ter um pouquinho de empatia profissional?

– Não vou lhe pedir novamente.

Malone entra no carro.

O medo revolve em sua cabeça inebriada.

Medo?

Porra, pavor.

Porque, então, a ficha cai, é por causa da droga do Pena.

De trinta anos a prisão perpétua, pesando mais para perpétua.

O John vai crescer sem pai, a Caitlin vai entrar na igreja para casar sem você, que vai morrer numa cadeia federal.

O terror irrompe em meio ao torpor da birita, da maconha e do pó, e dispara choques elétricos em seu coração. Ele sente vontade de vomitar.

Respira fundo e diz:

– Se isso tem a ver com os inspetores e chefes aceitando dinheiro e presentes, isso está fora da minha alçada. Sei de nada disso, não.

Parece até o Fat Teddy. Sei de nada disso.

– Não diga mais nem uma palavra – comenta O'Dell –, até chegarmos lá.

– Chegarmos onde? Church Street?

Sede do FBI em Nova York.

No fim das contas, é no The Waldorf. Eles entram por uma porta lateral, sobem por um elevador de serviço até o sexto andar e entram numa suíte, no fim do corredor.

– The Waldorf? – pergunta Malone. – Como assim, eu vou ganhar uma torta red velvet?

– Você quer uma torta red velvet? – pergunta O'Dell. – Eu ligo para o serviço de quarto. Jesus Cristo, você está um caco. Que diabo andou fazendo? Se testarmos sua urina agora, o que vai aparecer? Bagulho? Pó? Dexedrina? Com isso, lá se vão seu distintivo e sua arma.

Tem um laptop aberto na mesa de centro. O'Dell aponta o sofá em frente e diz

– Sente-se. Quer um drinque?

– Não.

– Sim, você quer. Pode acreditar, você vai precisar. Jameson's, certo? Um bom irlandês como você não vai tomar uísque protestante. Nada da destilaria de Bushmills para um cara chamado Malone.

– Pare de me sacanear e me diga o motivo disso – diz Malone.

Não é a postura tranquila que ele gostaria de demonstrar, mas ele não consegue evitar. Não consegue esperar mais nem um segundo para ouvir a sentença de morte...

Pena.

Pena.

Pena.

O'Dell serve um uísque e lhe entrega.

– Sargento Dennis Malone. Força-Tarefa Especial de Manhattan North. Policial e herói. Seu pai foi um policial e também herói, seu irmão foi bombeiro, deu a vida no 11 de Setembro...

– Deixe a minha família fora da sua boca.

– Eles ficariam muito orgulhosos de você – diz O'Dell.

– Eu não tenho tempo pra essa conversa fiada.

Ele segue em direção à porta. Bem, na verdade, cambaleia com os pés pesados feito chumbo e as pernas moles.

– Sente-se, Malone. Relaxe um pouco, assista um pouco de televisão.

Isso é dito por um baixinho gorducho de meia-idade que está sentado numa poltrona no canto.

– Que porra é *você*? – pergunta Malone.

Dá um tempo. Pare. Bota a porra da cabeça no lugar. Isso não é sonho, porra, é a sua vida. Um passo errado e o resto da sua vida vai pelo ralo abaixo, cacete. Trate de alinhar essa cabeça de burro.

– Stan Weintraub – diz o cara. – Sou procurador no Southern District de Nova York.

FBI e o Southern District, pensa Malone.

Todos federais.

Nada de gente do estado ou da Corregedoria.

– Você me faz vir trabalhar a essa hora da madrugada – relata O'Dell –, o mínimo que pode fazer é sentar e assistir um pouquinho de televisão comigo.

Ele liga o vídeo na tela do computador.

Malone senta e assiste.

Ele vê seu próprio rosto na tela, quando Mark Piccone lhe entrega um envelope e diz:

"Sua comissão pela indicação de Fat Teddy."

"Obrigado."

"Você consegue acertar esse negócio?"

"Quem está no caso?"

"Justin Michaels."

"É, provavelmente consigo."

Eles o pegaram, sem questionamento.

Ele ouve Piccone perguntar:

"Quanto?"

"Estamos falando de uma redução ou de não prosseguimento da ação? – Malone pergunta."

"A liberação."

"De 10 a 20 mil."

"E isso inclui o seu, certo?"

"É claro."

Morto, sem direito a nada.

Como você pôde ser tão imbecil, porra, e baixar a guarda só porque é Natal. Qual é o seu problema, cacete? Será que eles já estavam com o Piccone na mira ou ele que armou para você? Estavam na sua cola?

Merda, há quanto tempo eles estavam em cima? O que sabem? Será que é só o Piccone ou eles têm mais coisa? Se sabem de Piccone, sabem também do sacode no Fat Teddy? Isso coloca Russo e Monty no bolo.

Mas não é o Pena, ele pensa.

Não entre em pânico.

Seja forte.

– O que vocês têm – explica Malone –, sou eu recebendo uma taxa de indicação de um advogado de defesa. Vão em frente, podem me enforcar. Isso nem vale a corda.

– Nós que decidimos isso – diz Weintraub.

– Eu estava ajudando um cara, o Bailey, a sair – continua Malone. – Ele é meu informante.

– Então, você tem um arquivo de informante pra ele – diz O'Dell. – Podemos dar uma olhada?

— Ele é mais útil pra mim vivo, sabe?

— Ele é mais útil pra você como fonte de renda — interrompe Weintraub.

— Você não está por cima aqui — informa O'Dell. — Você está na merda. Nós temos o suficiente nessa gravação pra tirar seu distintivo, sua arma, seu emprego e a sua aposentadoria.

— Colocá-lo numa cadeia federal — diz Weintraub. — De cinco a dez anos.

— Lei federal — completa O'Dell. — Você cumpre 85%.

— É mesmo? Não brinca, eu não sabia.

— A menos que você queira ir para uma instituição do estado, junto com os caras que pôs lá — diz Weintraub. — Que tal pra você?

Malone levanta e chega juntinho do rosto de Weintraub.

— Você vai bancar o Bobby Badass comigo? Não vai dar. Você não tem culhão pra isso. Se me ameaçar desse jeito outra vez, eu te boto do outro lado dessa parede.

— Nosso jogo não é assim, Malone — diz O'Dell.

É, sim, pensa Malone. Jogue duro, pesado. Esses caras são iguais aos doidões da rua, se você demonstrar fraqueza, eles vão te comer vivo.

— Há outros defensores, como Michaels, vendendo os casos? — pergunta Weintraub.

O'Dell não parece feliz com isso, portanto, esse é o primeiro erro que eles cometem. Weintraub que deu a dica, eles estão interessados em advogados, não em policiais.

Então eles estavam na cola do Piccone, não na minha.

Puta que pariu, eu passo quinze anos fora da reta da Corregedoria e caio numa roubada de outro cara. Agora tenho que descobrir se o Piccone sabe ou não.

— Pergunte ao Piccone.

— Estamos perguntando a você — diz Weintraub.

— O que você quer que eu faça, me mije?

— Queremos que você responda à pergunta — solicita O'Dell.

— Se o Piccone está colaborando — diz Malone —, vocês já sabem a resposta.

Weintraub começa a perder a paciência.

— Há advogados de defesa do distrito vendendo casos!?

— O que você acha, porra!?

— Eu perguntei o que *você* acha, caralho! — xinga Malone, indignado.

Então, Piccone não está colaborando. Provavelmente ainda nem sabe que é um artista com direito a gravação.

— Eu acho que você *sabe* — continua Malone. — Mas acho que você não *quer* saber. Você até *diz* que quer limpar o estábulo e tudo mais. No fim do dia, vai atrás de alguns advogados de defesa com quem tem rixas. Promotores, juízes saem limpos. Da próxima vez que vocês pegarem um deles, será a primeira vez.

— Você disse juízes? — pergunta Weintraub.

— Ora, cresça.

Weintraub não responde.

— Não precisa ser dessa maneira — diz O'Dell.

Lá vem, pensa Malone. O acordo.

A quantos bandidos eu ofereci um acordo?

— Você recebe diretamente dos promotores? — pergunta O'Dell — Ou recebe através dos advogados de defesa?

— Por quê?

— Se for você, você vai usar um grampo — diz O'Dell. — Vai gravá-los. Traz o dinheiro pra nós e será incluído como prova.

— Não sou um rato.

— As famosas palavras derradeiras.

— Eu posso cumprir pena.

— Tenho certeza que pode — diz O'Dell. — Mas será que a sua família pode?

— Eu já disse, deixe a minha família fora disso.

— Não, *você* deixe a sua família fora disso — diz O'Dell. — Você que os colocou nisso. *Você*. Não nós. Como os seus filhos irão se sentir sabendo que o pai deles é um safado? Como a sua esposa vai se sentir? O que dirá a eles sobre a faculdade — que não podem ir porque as economias foram para os advogados cuidarem da defesa, que o papai não tem pensão e que as universidades não aceitam cupons de desconto?

Malone não diz nada.

Esse cara, O'Dell é bom para um federal. Sabe onde espetar. Um católico irlandês de Staten Island vivendo de cupons de desconto? Não daria para apagar a vergonha em três gerações.

– Não me responda agora – segue dizendo O'Dell. – Você tem 24 horas. Nós estaremos aqui.

Ele entrega um pedaço de papel a Malone.

– Esse é um telefone com sistema Hello – diz O'Dell. – Cem por cento seguro. Você pode ligar nas próximas 24 horas, nós vamos agendar uma reunião com nosso chefe e ver o que podemos arranjar.

– Se você não ligar – diz Weintraub –, nós vamos algemá-lo dentro da sua sala na delegacia, na frente de todos os seus irmãos.

Malone não pega o pedaço de papel.

O'Dell enfia no bolso da camisa dele.

– Pense a respeito.

– Eu não sou rato – Malone repete.

Malone caminha em direção à parte alta da cidade, torcendo para que o ar fresco areje sua cabeça, permita que ele pense. Ele se sente nauseado pelo estresse e o medo, as drogas e a birita. Eles esperaram, os filhos da puta, ele se dá conta. Escolheram a hora e o momento de pegá-lo, no instante em que estivesse mais fraco, quando sua cabeça já estava ferrada.

Foi um movimento certeiro, o que você teria feito.

Se você vai atrás de um bandido, aparece ao amanhecer, quando o cara está dormindo, transforma seus sonhos num pesadelo, arranca uma confissão dele, antes que ele perceba que o despertador não vai tocar.

Só que esses merdas não precisam arrancar uma confissão de você. Eles te filmaram e estão oferecendo o que você já ofereceu a mil bandidos: "Seja meu informante, meu delator. Saia da merda e jogue outro em seu lugar. Acha que eles não fariam o mesmo, se fosse o contrário?"

Ele já ouviu a si mesmo dizer isso, cem vezes.

E em noventa das cem vezes deu certo.

Malone chega ao Central Park South e segue a oeste pela Broadway, passa por onde antes ficava o Plaza Hotel. Um dos melhores bicos que ele fez durante a madrugada era a segurança para um equipamento de filmagem que chegou antes da equipe. Eles pagaram para ele ficar sentado numa suíte, no Plaza, pedindo coisas do serviço de quarto, assistindo TV e olhando lindas mulheres pela janela.

Agora já é meio da manhã, primavera, os turistas estão circulando a toda e ele ouve uma babel de idiomas – asiáticos, europeus, New *Iók* – esse é o um dos sons da cidade para ele. É esquisito, estranho, sua vida inteira mudou nas duas últimas horas, mas a cidade segue em frente, à sua volta, as pessoas seguem para onde estão indo, conversam, sentam nos cafés nas calçadas, andam nas carruagens puxadas pelos cavalos, como se o mundo de Denny Malone não tivesse acabado de desmoronar.

Ele se força a inalar um pouco do ar da primavera.

Percebe que os federais cometeram um erro.

Eles deixaram que ele saísse, deixaram que ele saísse do quarto, deixaram que ele saísse no mundo e tivesse alguma perspectiva. Eu nunca deixaria um bandido sair da sala a menos que estivesse com um bom advogado, pensa Malone, e ainda assim, eu tentaria mantê-lo ali, sem deixar que ele visse outro mundo exceto a minha cara, nenhuma outra possibilidade fora a que eu estivesse mostrando em minha mão.

Mas eles deixaram, então, aproveite.

Pense.

Certo, eles já têm o suficiente para uma pena de quatro a cinco anos na lei federal, mas você não sabe se vai cair nesse enquadramento, ele diz a si mesmo. Você tem dinheiro escondido exatamente para uma emergência.

Uma das primeiras coisas que ele aprendeu, uma das primeiras coisas que disse ao seu pessoal, foi para guardar os primeiros 50 mil em dinheiro, em alguma lugar onde pudesse acessar caso alguém fosse descoberto. Dessa forma, você sempre terá um dinheiro de fiança e um sinal para pagar um advogado.

Talvez você possa vencer essa se atrair o promotor certo, o juiz certo. De qualquer maneira, é uma acusação de bosta. Metade dos juízes do sistema desejaria encerrar essa investigação, se soubesse a respeito dela. Mesmo que você não vença, provavelmente consegue apelar e cumprir dois anos.

Mas suponha que você pegue os quatro anos completos, pensa Malone. Esses são quatro anos cruciais para o John, os anos em que a vida dele tomará rumo. E a Caitlin? Malone ouviu todas aquelas histórias sobre garotas sem pais, que buscam esse amor com o primeiro cara que aparece.

Não. Sheila é uma ótima mãe e sempre terá o tio Phil, o tio Monty e a tia Donna.

Eles vão manter as crianças na linha.

Os dois ficarão magoados, mas vão ficar bem. São Malone, são durões, e são de um bairro onde, às vezes, os pais "vão embora". As outras crianças não vão implicar com eles por isso.

E a faculdade, eu também já tenho cobertura para isso.

Um homem cuida de seus negócios.

O dinheiro da formação das crianças está num buraco, embaixo do chuveiro.

Os caras vão cuidar da Sheila, ela receberá seu envelope. Então, vão se foder com seus cupons de desconto.

Eles fizeram um juramento. Se o pior acontecer, Russo estará em sua casa, todo mês, com um envelope, levará seu filho a todos os jogos de bola, vai colocá-lo na linha, se for preciso, garantir que ele faça a coisa certa.

Os mafiosos fizeram o mesmo, mas, hoje em dia, eles raramente mantêm um juramento por mais que alguns meses. Se um deles vai para a cadeia ou para debaixo da terra, a esposa tem que trabalhar, os filhos parecem maltrapilhos. Não era assim, mas agora esse é o principal motivo para que mafiosos se tornem delatores.

Com essa equipe não é assim. Monty e Russo sabem a quem devem procurar para pegar o dinheiro escondido de Malone, e cada centavo seria para manter o bem-estar de Sheila.

E ele continuaria recebendo sua parcela integral, mesmo em cana.

Portanto, você não precisa se preocupar com sua família.

Claudette, você sempre poderá mandar um dinheiro para ela, conforme precisar. Contanto que não use aquelas merdas, ela vai ficar legal. Agora já faz quase um ano que ela está limpa, tem seu emprego, sua família, alguns amigos. Talvez ela espere você, talvez não, mas ela vai ficar legal.

Ele chega à parte sudeste do parque, e caminha contornando a Columbus Circle, em direção à Broadway.

Malone adora caminhar pela Broadway, sempre adorou.

O Lincoln Center é lindo e agora ele está de volta à sua área, ao seu território.

Suas ruas.

Manhattan North.

Puta merda, ele ama essa rua. Sempre foi assim, desde o período em que passou na Dois-Quatro. O antigo prédio Astoria, Sherman Square, que eles costumavam chamar de "Parque da Agulha", Gray's Papaya. Depois, o velho Beacon Theater, o Hotel Belleclaire e o local onde ficava o Nick's Burger. Zabar's, o velho Thalia, a subida longa e suave.

Ele não tem medo de cumprir pena. Claro, haveria condenados lá dentro que iriam querer forra, caras cascudos, mas a minha casca também é grossa. E não vou entrar despreparado, os Cimino vão garantir um comitê de boas-vindas em qualquer prisão a que me mandarem. Ninguém se mete com caras que têm costas quentes com a máfia.

Se eu chegar a ser preso.

De qualquer maneira, você perde seu emprego. Se as acusações criminais não te derrubarem, alguma Comissão de Ética vai te derrubar. É tudo armado no tribunal, o chefe de polícia nunca perde. Se ele quiser você fora, você está fora.

Nada de arma nem distintivo, nada de aposentadoria nem emprego, e nenhuma delegacia do país vai aceitar você.

Que diabos eu vou fazer?

Ele não sabe fazer mais nada. Ser policial é o único emprego que teve na vida, o único que ele quis.

E agora acabou.

A sensação é de uma porrada na cara. Para mim, ser policial acabou.

Só por um momento idiota, negligente, numa tarde de Natal, para mim, acabou.

Talvez eu possa arranjar alguma coisa numa empresa de segurança ou numa firma de investigação, pensa ele. Então, ele descarta a ideia. Não vai querer ser um policial de mentira, um ex, e esse tipo de emprego sempre o colocaria em contato com os policiais de verdade, que ficariam com pena dele, ou o olhariam com desprezo, ou, no mínimo, o fariam lembrar-se do que ele não era mais.

É melhor sair limpo, fazer alguma coisa totalmente diferente.

Ele tem dinheiro no banco, muito mais dinheiro, quando eles passarem a carga do Pena.

Eu posso começar um negócio, pensa ele. Um bar, não – todo policial aposentado faz isso –, mas outra coisa.

Tipo o quê, Malone? Ele pergunta a si mesmo.

Tipo o quê, porra?

Tipo nada, pensa ele.

Você só sabe ser policial.

Então, ele vai trabalhar.

CAPÍTULO 10

Por onde você andou? – Russo pergunta.

Malone olha o relógio.

– Meio-dia, estou no horário.

Ele está no horário, mas a cabeça está girando tipo um pião. Ressaca da bebida, ressaca de droga, ressaca de sexo, ressaca de medo.

Eles pegaram de jeito e ele não sabe o que fazer.

– Não é disso que eu estou falando – diz Russo. – Você não mudou de roupa. Está cheirando a bebida, a maconha e a boceta. Boceta cara, mas, mesmo assim...

– Fiquei na casa da minha namorada – diz Malone. – Está bom pra você?

É a primeira mentira.

Para o seu parceiro, seu melhor amigo, seu irmão.

Conte a ele, pensa Malone. Leve o Russo e o Monty até o beco e conte tudo. Você rodou no negócio do Piccone, vai resolver essa merda, eles não precisam se preocupar com nada.

Mas ele não fala nada.

– Você foi pra casa da sua namorada? – Russo ri. – Desse jeito? No que deu isso?

– Como parece – ironiza Malone. – Se você não se importar, mãe, eu posso tomar um banho aqui, mudar de roupa.

Se ele está na merda, Levin está numa merda pior ainda. Ele está curvado no banco, tentando amarrar os sapatos, parece difícil demais para ele. Quando ergue os olhos e vê Malone, seu rosto está branco.

E culpado.

Como um bandido na sala, pronto para ir.

Levin será um bom policial, pensa Malone, mas jamais será um infiltrado. Ele não consegue disfarçar a culpa estampada no rosto.

– A Noite de Boliche não é pra Zé Boceta – diz Malone.

– Só para bocetas – completa Russo. – Mas isso você já sabe, não é?

– Não quero falar disso.

– Pobrezinha da Emily – caçoa Russo.

– Amy.

– Aquela, do "não conte à Amy" – lembra Monty.

– Qual é a diferença, porra? – diz Russo. – Não se preocupe, Dave... o que acontece em Manhattan North fica em Manhattan North. Nossa, não, espere aí, isso é em Vegas. O que acontece em Manhattan North, a gente conta pra todo mundo.

Malone entra, toma um banho. Toma duas cápsulas para dar uma levantada e veste uma camisa azul de brim e jeans preto.

Quando ele sai, Russo diz:

– O Sykes quer vê-lo.

Malone sobe até o escritório do capitão.

– Você está com uma aparência horrível – diz Sykes. – Andou na farra?

– Você também deveria farrear – diz Malone. – Encerrou o caso Gillette/Williams, não está mais com a corda no pescoço, o *Post* e o *News* estão até com tesão por sua causa.

– O *Amsterdam News* está me chamando de Oreo, um preto no meio do poder dos brancos.

– Você liga?

– Na verdade, não – diz Sykes.

Mas Malone sabe que ele liga.

– Eu estou satisfeito com o caso Gillette/Williams – diz Sykes –, mas isso não resolve o problema maior. Na verdade, só piora: se Carter conseguir aquelas armas, ele vai revidar pesado.

– Eu falei com ele – revela Malone.

– Você fez o quê?

– Trombei com ele, por acaso – conta Malone. – Então, aproveitei a oportunidade para pedir que ele recuasse.

– E?

– Você está certo. Ele não quer.

Mais mentiras por omissão. Ele não conta a Sykes que sabe que um de seus detetives está na agenda do Carter, na verdade, interferindo no negócio das armas. Não pode contar porque ele desceria a porrada no Torres algemado. Então, em vez disso, ele diz:

– Estamos em cima.

– Poderia ser um pouquinho mais específico? – pergunta Sykes.

– Estamos montando guarda no número 3803 da Broadway, onde acreditamos que Teddy Bailey esteja armando o negócio.

– Isso pode nos levar a Carter?

– Provavelmente, não – diz Malone. – Você quer as armas ou o Carter?

– Primeiro uma coisa, depois a outra.

– Nós pegamos as armas – continua Malone. – O Carter vai cair, de qualquer jeito.

– Eu quero esse cara preso – diz Sykes –, não morto por Carlos Castillo.

– Isso faz diferença? – pergunta Malone.

– Não quero que interpretem que a Força-Tarefa está atuando em nome de uma operação de drogas versus outra – afirma Sykes. – Isso aqui é Nova York, não o México.

– Jesus Cristo, capitão! – diz Malone. – Quer essas armas ou não? Nós dois sabemos que DeVon Carter não vai chegar nem perto delas. Da mesma forma que sabemos que o fim desses homicídios vai fazer com que você ganhe um tempinho, mas não muito, antes que a One P esteja novamente na sua cola.

– Pegue as armas – diz Sykes. – Apenas esteja ciente de que sua equipe está atuando como a ponta da lança da Força-Tarefa, não como uma equipe avulsa.

– Não se preocupe – diz Malone. – Quando a apreensão acontecer, você estará lá.

Estará lá para segurar a bola do jogo e comemorar.

Mas não vai querer saber como eu o coloquei de cara com o gol.
Ele desce a escada e cai numa porcaria de uma cilada.
É Claudette.

Dois policiais fardados a seguram pelos cotovelos e tentam delicadamente tirá-la da recepção, mas ela não quer nem saber.
– Onde está ele? – diz ela. – Onde está Denny?! Eu quero ver o Denny!
Malone entra pela porta e dá de cara com isso.
Ela está em crise de abstinência. Já passou a onda e agora está tremendo, os nervos dando espasmos horríveis.
Ela também o vê.
– Onde você esteve? Procurei você ontem à noite. Liguei pra você. Você não atendeu. Fui à sua casa, você não estava lá.
A maioria dos policiais parece apreensiva e assustada. Alguns dão sorrisinhos maliciosos, até que Malone os encara.
– Pode deixar que eu cuido disso – diz Malone.
Ele pega Claudette dos policiais.
– Vamos lá pra fora.
Mas ela está com aquela força que a loucura dá às pessoas e não sai do lugar.
– Quem é ela? Você está cheirando a boceta. Está cheirando a boceta, seu filho da puta. Boceta branca.
O sargento que está no balcão se inclina à frente
– Denny...
– Eu sei! Deixa comigo!
Ele pega Claudette pela cintura e carrega porta afora, enquanto ela esperneia e grita.
– Você não quer que seus amigos me vejam, seu babaca?! Está com vergonha de mim, na frente dos seus amigos policiais?! Ele trepa comigo, gente! Eu *deixo ele* meter no meu rabo, quando ele quer! Meu rabo preto!
Sykes está na escada.
Vendo tudo.

Malone reluta levando Claudette pela porta, para a rua. Alguns policiais à paisana estão chegando e encaram a cena.

– Entra no carro.

– Vá se foder.

– Entra na porra do carro!

Ele força para que ela entre pela porta do passageiro, bate a porta, contorna o carro e entra. Aperta a trava das portas, ergue as mangas dela e vê a marca da agulha.

– Jesus, Claudette.

– Estou presa, seu guarda? – pergunta Claudette. – Minha nossa, seu guarda, será que há algo que eu possa fazer para evitar ser presa?

Ela abre o zíper da calça dele e se curva.

Ele a endireita.

– Pare com isso.

– Tá brocha? A puta te deixou cansado?

Ele a segura pelo queixo, com o indicador e o polegar.

– Ouça. *Ouça.* Você não pode me fazer passar por isso. Você não pode vir aqui.

– Porque você tem vergonha de mim.

– Porque esse é meu local de trabalho.

Claudette desaba.

– Desculpe, Denny. Eu fiquei tão desesperada. Você me deixou sozinha. Você me deixou tão sozinha.

É uma explicação e uma acusação.

Ele entende.

Se um viciado entra num beco sozinho, é a doença que sai.

– Quanto você tomou? – pergunta ele.

Ele está receoso porque há um mundo novo lá fora, os traficantes estão misturando fentanil na heroína, é quarenta vezes mais forte e, se ela tomou uma dose dessas, pode ter uma overdose. Os viciados estão caindo por todo lado, morrendo como os gays nos dias mais sombrios da aids.

– O suficiente, eu acho – responde ela.

E repete.

— Você me deixou sozinha, meu benzinho, e eu não consegui suportar, então saí e tomei.

— Quem te arranjou?

Ela sacode a cabeça.

— Você vai machucá-lo.

— Eu prometo que não vou. Quem?

— Que diferença faz? — diz ela. — Você acha que pode ameaçar todos os traficantes de Nova York?

— Acha que não consigo descobrir?

— Então, descubra — diz ela. —– Eu estou sofrendo, querido...

Ele a leva para casa. Pega o saco de alívio embaixo do banco e leva lá para cima.

— Entre no quarto e tome — ele diz. — Eu não quero ver.

— É a última vez, amor — promete ela. — Vão me dar um negócio pra acalmar no hospital. Eu conheço um médico. Vou parar, eu prometo.

Ele senta no sofá.

Se eu for para a cadeia, pensa ele, ela morre.

Nunca vai conseguir sair dessa sozinha.

Depois de alguns minutos, Claudette ressurge.

— Agora estou cansada. Com sono.

Malone a coloca deitada no sofá, vai até o banheiro, ajoelha e vomita no vaso. Ele vomita violentamente, até não ter mais nada no estômago. Então, senta no piso preto e branco, estica a mão para pegar uma toalha e seca o suor do rosto. Depois de alguns minutos, ele levanta, joga água fria no rosto e na nuca.

Malone escova os dentes, até passar o cheiro do vômito.

Então, tira o celular do bolso e disca o número.

Ouve "Alô".

O'Dell devia estar sentado ao lado do telefone, o cretino pretensioso, esperando. Sabendo que eu ia ceder.

— Eu entrego advogados. Mas policiais não, está me ouvindo? Jamais irei delatar meus irmãos policiais.

CAPÍTULO 11

No instante em que ele entra na delegacia, Sykes acena, chamando para que suba a escada. Ele entra no escritório e Sykes pergunta:
— Você já ouviu falar de "estupro sob a cor da autoridade"?
— Não.
— Por exemplo – diz Sykes. – Se uma pessoa estiver em posição de poder, digamos, um detetive policial que tem um relacionamento sexual com uma pessoa sob esse poder, digamos, uma informante, isso é estupro sob a cor da autoridade. É um delito grave, de dez anos à prisão perpétua.
— Ela não é informante.
— Ela estava drogada.
— Ela não é informante – Malone repete.
— Então, quem é ela? – pergunta Sykes.
— Isso não é da sua conta.
— Quando uma mulher causa uma cena espalhafatosa na recepção da minha delegacia – afirma Sykes –, é muito da minha conta. Não posso admitir que a vida pessoal de um dos meus detetives envergonhe a corporação publicamente. Você é casado, não é sargento Malone?
— Separado.
— Essa mulher reside em Manhattan North?
— Sim.
— Então, você está se relacionando com uma mulher que vive em sua jurisdição – diz Sykes –, e isso é uma conduta imprópria a um policial. No mínimo.
— Preste queixa.
— Vou prestar.

— Não, não vai — diz Malone. — Porque eu acabei de esclarecer essa porra desse seu grande caso, sua carreira voltou aos trilhos e você não vai fazer nada que possa manchar o seu comando.

Sykes o encara e Malone sabe que ele está certo.

— Mantenha os problemas pessoais fora da minha delegacia — finaliza Sykes.

Malone e Russo sobem de carro pela Broadway, ao norte da rua 158.

— Quer falar a respeito? — pergunta Russo.

— Não — devolve Malone. — Mas você quer e vai falar, portanto vá em frente.

— Uma mulher negra que tem problemas com drogas? — pergunta Russo. — Isso não é bom, Denny, principalmente pelo atual, digamos, ambiente racial delicado.

— Eu vou cuidar disso.

— Quer dizer que vai terminar?

— Quero dizer que vou cuidar disso — diz Malone. — Assunto encerrado.

Ali naquela região, a Broadway é dividida em faixas que seguem subindo e descendo, com árvores perfiladas ao centro e a loja de material de construção embaixo do escritório do Carter fica do lado oeste.

— É um vão de escada até o segundo andar — diz Russo. — Fat Teddy pode não estar gostando disso.

Russo encosta junto a um caixa eletrônico, do lado leste da rua, eles descem e fingem sacar dinheiro, mas, em vez disso, ficam observando Babyface entrar na loja de bebidas, ao lado da loja de material de construção.

Cinco minutos depois, ele sai com um encarte de seis latas de Colt 45, que passa ao Montague.

Malone e Russo atravessam a rua e entram em um restaurante. Quinze minutos depois, Montague entra e senta de frente para Malone.

— Vá em frente — diz Malone. — Pode falar.

— O que eu vou falar? — pergunta Monty.

Seus olhos têm uma expressão de malícia, mas Malone vê a seriedade por trás.

— Eu também prefiro mulheres negras.

— Foi uma cena e tanto — relembra Russo.

— Admiro seu gosto por mulheres — diz Monty. — De verdade. Mas com toda essa pressão em cima da gente, nesse momento, a última coisa que precisamos é de mais atenção.

— Eu disse ao Russo que vou cuidar disso.

— E eu ouvi — afirma Monty. — Falando de assuntos mais urgentes, o cavalheiro Chaldean quer manter a licença para a comercialização de bebidas alcoólicas. Eu expliquei que ele acabou de vender álcool a um menor de idade. Ele parece desconhecer o Carter e eu lhe disse que nós só queríamos usar sua sala de estoque, que fica nos fundos, por algumas semanas, e fica tudo perdoado.

Malone levanta.

— É melhor a gente dar o fora daqui.

Eles voltam para o carro e ficam olhando, enquanto Levin entra. Ele demora 45 minutos para sair, entra no carro e Russo sai dirigindo, levando todos embora dali.

— Nós podemos fazer um buraco na parede de drywall — diz Levin —, colocamos um grampo subindo até o segundo andar e temos uma escuta no escritoriozinho de Carter.

— E quanto aos turnos? — pergunta Russo. — Teddy me conhece, e também o Malone e o Monty, e você não pode ficar 24 horas, sete dias.

— Olha, vocês são uns neandertais em tecnologia — ironiza Levin. — Quando tivermos o grampo instalado, eu posso monitorar tudo do meu laptop, de qualquer lugar próximo, com Wi-Fi. Que é tipo, todo lugar. E nós não precisamos ficar vigiando 24 horas, sete dias, apenas quando o Teddy vier.

— Nasty Ass pode nos fornecer isso — interfere Malone. — Levin, você tem certeza de que é bom nisso? Não temos mandado, é uma ilegalidade do caralho. Se formos pegos, você vai perder seu distintivo, pode até ir preso.

Levin sorri.

— Só não contem pra Amy.
— Você vai voltar pra delegacia? — pergunta Russo a Malone.
— Não, eu tenho que ir ao centro da cidade — diz Malone. — Tenho que preparar para a audiência do Fat Teddy.
— Boa sorte com isso — deseja Russo.
— Vou precisar.

Essa é a porra da ironia do negócio todo. Para ganhar o caso das armas, eles precisam manter Fat Teddy fora da prisão, na rua, e se soubessem disso antes, poderiam tê-lo liberado, sem ter que comprar o caso.

E não teria acontecido nada dessa baboseira federal.

Agora ele tem que comprar o caso para manter o próprio rabo fora da cadeia.

Dá até vontade de vomitar.

Pare de ficar com peninha de você, pensa Malone.

Seja homem e faça o que tem que fazer.

Malone encontra Nasty Ass doidão, perambulando pela Amsterdam com a rua 133, e encosta o carro.
— Entre.

Ele tinha se esquecido como o informante fede.
— Jesus, Nasty.
— O quê?

Nasty está relaxado, feliz. Deve ter injetado algo.
— Você nunca usa a privada?
— Não tenho privada.
— Peça uma emprestada — aconselha Malone.

Ele abre o vidro.
— Você conhece uma enfermeira que costumava comprar droga por aqui? O nome dela é Claudette.
— Uma irmã? Bem bonita?
— É.
— Já vi.
— De quem ela compra?

– Um traficante chamado Frankie.

– Um cara branco? – pergunta Malone. – Que fica no playground da Lincoln?

– Ele mesmo.

Malone lhe dá vinte pratas.

– Gente branca é mão de vaca.

– Por isso que temos dinheiro – diz Malone. – Desce.

– Gente branca é grossa também.

– Agora vou ter que entregar esse carro e pegar outro – diz Malone.

– Você é maligno, cara. Você é maligno filho da puta.

– Me liga.

– Pão-duro, grosso e maligno.

– Fora.

Nasty Ass desce do carro.

Frankie está sentado no banco de ferro na sala de detenção do fim do corredor.

Malone o pegou e o levou para a Três-Dois, não para Manhattan North. Depois o deixou sentado ali, por um tempo, para deixá-lo na pilha. A cela fede a urina, merda, vômito, suor, medo, desespero e um cheiro forte de Axe, que Frankie provavelmente roubou da Duane Reade.

Malone abre a porta e entra.

– Não, não levante.

Frankie tem trinta e poucos anos, a cabeça raspada e os braços inteiramente tatuados, mais tatuagens no pescoço.

Malone arregaça as mangas.

Frankie vê.

– Você vai me bater?

– Você se lembra de uma mulher chamada Claudette? – pergunta Malone. – Você lhe vendeu alguma merda hoje?

– Acho que sim.

– Você acha... – retruca Malone. – Você sabia que ela estava limpa, porque não ela não veio aqui por um tempo, certo?

— Ou ela foi a outro lugar — diz Frankie.
— Você também é viciado?
— Eu uso.
— Então você vende pra pagar sua droga?
— É bem isso, sim.
Ele está tremendo.
— Sabe por que te colocaram nessa cela? — pergunta Malone. — A câmera do vídeo não filma aqui dentro. E sabe como é hoje em dia. Se não está filmado, não aconteceu.
— Ai, Jesus.
— Jesus não está aqui — diz Malone. — Você só tem a mim. E a diferença entre ele e eu é que ele é um cara piedoso e eu não tenho um pingo de piedade no meu corpo inteiro.
— Ai, Deus, ela teve uma overdose?
— Não — diz Malone. — Se tivesse tido, você nunca teria chegado até aqui. Ouça. Frankie, olhe pra mim e ouça...
Frankie ergue os olhos para ele.
— Eu prometi a ela que não machucaria você. Por isso, eles vão soltá-lo, depois que eu for embora. Mas, ouça, Frankie: da próxima vez que você encontrar ela por aí, pode *sair correndo*, não andando, no sentido contrário. Se você algum dia voltar a vender droga pra ela, eu vou te encontrar e vou te matar no soco. E agora você sabe que eu cumpro as minhas promessas.
Ele sai da cela.

CAPÍTULO 12

Isobel Paz, a procuradora do Southern District de Nova York, é matadora.

Uma matadora muito foda, pensa Malone.

Pele morena, cabelos negros, batom vermelho numa boca grande e lábios finos. Quarenta e poucos anos, provavelmente, mas aparenta ser mais jovem. Ela entra na sala de blazer preto, saia justa e saltos altos.

Vestida para matar.

Eles estão de volta na merda do Waldorf.

Paz fez questão de chegar por último.

É a mesma coisa com os caras da máfia, pensa Malone. O chefe sempre é o último a chegar numa reunião. Faz os outros esperarem, estabelece a ordem hierárquica. Esses merdas não são diferentes.

À moda antiga, Malone se levanta.

Paz não estende a mão. Apenas diz:

— Isobel Paz, sou da Procuradoria-Geral.

— Denny Malone. Detetive do Departamento de Polícia de Nova York.

Ela tampouco sorri. Ajeita-se, alisando a saia, e senta de frente para ele.

— Sente-se, sargento Malone.

Ele senta. Weintraub liga um gravador digital. O'Dell entrega a ela uma xícara de café, como se estivesse oferecendo suas partes íntimas, depois se senta.

Então, merda, estamos todos na mesa, pensa Malone.

E agora?

— Sargento Malone — começa Paz —, deixe-me ser clara. Eu não acho que você é um herói. Eu acho que você é um criminoso que aceita suborno de outros criminosos. Só para que possamos nos entender.

Malone não responde.

— Eu poderia colocar você atrás das grades nesse minuto, por trair seu juramento e a confiança pública — continua Paz —, mas nós temos alvos de maior valor para ir atrás. Sendo esse o caso, eu vou simplesmente segurar meu nariz e trabalhar com o senhor.

Ela abre um arquivo.

— Vamos direto ao assunto. O senhor terá de fazer um acordo, durante o qual vai admitir quaisquer e todos os crimes que cometeu até esse momento. Se mentir, por omissão ou cometimento, qualquer acordo que façamos será anulado. Se cometer mais crimes que possam ir além dessa investigação, sem ter nossa aprovação específica, qualquer acordo que façamos será anulado. Se cometer perjúrio no depoimento, diante do juramento qualquer acordo que façamos será anulado. Está compreendido?

— Eu não vou atrás de policiais.

Paz olha para O'Dell e Malone vê que ele não disse nada a ela sobre essa parte do acordo. O'Dell olha para o policial, do outro lado da mesa de centro.

— Vamos deixar para atravessar essa ponte quando chegar a hora.

— Não — diz Malone. — Não tem ponte nenhuma que chegue lá.

— Então você vai para a cadeia — setencia Paz.

— Então eu vou pra porra da cadeia.

E vai se foder.

— Acha que isso é brincadeira, sargento Malone? — pergunta Paz.

— Se quiser que eu lhe traga advogados, eu vou segurar meu nariz e trabalhar com a senhora — explica Malone. — Se pedir que eu trabalhe contra policiais, vai tomar no cu.

— Desligue a gravação — ordena Paz, bruscamente, a Weintraub.

Ela olha para Malone.

— Talvez você esteja me confundindo com um de seus advogadozinhos de merda da Ivy League, lá do Southern District. Eu sou porto-riquenha do sul do Bronx, ruas muito mais duras que aquelas, de onde você vem, seu *hijo de puta*. Sou a filha do meio de seis irmãos, meu pai trabalhou numa cozinha e minha mãe costurava roupa falsificada para os chineses do centro da cidade. Eu frequentei a Fordham. Portanto, se ficar de sacanagem com a minha cara, seu arrombado, eu vou te mandar pra uma prisão federal de segurança máxima, onde você vai ficar babando por um mingau de aveia em seis semanas. *Compréndeme, puñeto?* Ligue o gravador novamente.

Weintraub torna a ligar o gravador.

– Essa fita será arquivada em segurança e ficará acessível apenas às pessoas dessa mesa – retoma Paz. – Não haverá transcrição. O Agente O'Dell vai resumir os procedimentos num relatório que só será acessível ao Southern District, ao Estado de Nova York e ao pessoal do FBI.

– Esse formulário 302 pode me levar à morte – diz Malone.

– Eu garanto que ficará em segurança – responde O'Dell.

– Certo, porque não há federais corruptos – segue Malone. – Nenhum advogado desvia nada nessa casa, nenhuma secretária cujo marido esteja com pagamentos de agiotas atrasados...

– Se você sabe os nomes... – interrompe Paz.

– Eu não sei de nome nenhum – diz Malone. – Só sei que esses 302 conseguem encontrar um caminho até os clubes sociais, ao lado de xícaras de café expresso, e que o motivo para que não haja transcrições é para que o departamento dê sua própria versão ao que eu disser.

Paz pousa a caneta na mesa.

– Você quer fazer um acordo ou não?

Malone suspira.

– Sim.

Sem acordo não tem negócio.

Por obrigação dela, ele faz o juramento. Malone promete dizer a verdade, toda a verdade...

– Você viu a prova de si mesmo aceitando o pagamento por dar referência a um réu para assistência legal. – interroga Paz. – Confirma isso?

– Sim.

– Você também parece estar ingressando numa conspiração para subornar um promotor de justiça para conduzir um caso em favor desse réu. Isso está correto?

– Sim.

– Isso é chamado de "comprar um caso"?

– É como eu chamo.

– Quantas vezes – pergunta Paz –, você "comprou um caso" ou facilitou algo assim?

Malone dá de ombros.

Paz olha para ele com aversão.

– Tantas que perdeu a conta?

– Você está misturando duas coisas – explica Malone. – Às vezes eu indico um suspeito para um advogado, por uma taxa. Outras, eu ajudo na abordagem de um promotor para comprar um caso e recebo um pagamento por isso também.

– Obrigada pelo esclarecimento – diz Paz. – Quantas taxas simples de indicação você já aceitou de advogados de defesa?

– Ao longo dos anos? – pergunta Malone. – Centenas, talvez.

– E de promotores que foram pagos?

– Provavelmente vinte ou trinta – diz Malone. – Ao longo dos anos.

– Você faz a entrega do pagamento ao promotor? – pergunta Weintraub.

– Às vezes.

– Quantas vezes? – pergunta Paz.

– Vinte?

– Está me perguntando ou me dizendo? – diz Paz.

– Eu não guardei registros.

– Tenho certeza que não – comenta Paz. – Então, aproximadamente vinte. Eu quero nomes. Quero datas. Quero tudo que você possa se lembrar.

Pronto, esse é o ponto divisor, pensa Malone. Se eu começar a dar nomes, não tem volta.

Eu sou um rato.

Ele começa com os casos mais antigos, dando nomes de pessoas que sabe já serem aposentadas ou que mudaram para outros empregos. A maior parte dos promotores de justiça não fica na função por muito tempo, mas a utilizam, como aprendizes, para encontrar posições mais lucrativas na área jurídica. Mesmo assim, isso vai complicá-los, mas não tanto como aos caras que ainda estão na ativa.

– Mark Piccone? – pergunta O'Dell.

– Eu peguei dinheiro do Piccone – diz Malone.

Ora, porra, todos eles já ouviram.

– Essa foi a primeira vez? – pergunta Paz.

– Pareceu ser a primeira vez? – devolve Malone. – Eu diria que indiquei Piccone provavelmente uma dúzia de vezes.

– Quantas vezes você levou pagamentos aos promotores para ele?

– Três.

– Foram todos somente para o Justin Michaels? – pergunta Paz.

Michaels é café pequeno, pensa Malone, e por que tudo isso, só por essas merdinhas de praxe? Michaels não é um cara ruim, ele aceita uma grana em pequenas apreensões, que não vão dar em nada, mas é firmeza contra as agressões, os roubos, estupros.

Agora vão dar uma prensa nele.

Não, Malone diz a si mesmo, agora você é que vai dar uma prensa nele.

Mas, porra, de qualquer maneira, eles já sabem.

– Dois foram pro Michaels.

– Que casos? – pergunta Weintraub.

Ele está zangado.

– Um caso foi de droga, um quarto de quilo de pó – diz Malone. – Um cara chamado Mario Silvestri.

– Aquele filho da *puta* – estoura Weintraub.

Isso faz abrir um sorriso torto no rosto de Paz.

– Qual foi o outro? – pergunta Weintraub.

– Foi uma acusação de merda, de porte de arma, de um traficante chamado… – pausa Malone. – Não me lembro de seu nome verdadeiro, mas seu nome na rua era "Long Dog". Clemmons, talvez.

– DeAndre Clemmons – diz Weintraub.

– É, é isso – diz Malone. – Michaels malhou as provas e o juiz jogou no comprobatório. Quer o nome do juiz?

– Depois – diz O'Dell.

— É, depois – diz Malone. – E eu aposto que, de alguma maneira, o 302 não vai chegar nele.

— Então, Silvestri e Clemmons – diz Paz. – E agora o Bailey.

— De qualquer maneira, vocês não conseguiriam condenações para esses caras – diz Malone –, portanto, qual é a diferença se alguém, fora os traficantes, ganhar um dinheirinho, só pra variar?

— Está realmente tentando justificar isso? – pergunta Paz.

— Só estou dizendo que nós multamos esses bandidos em alguma grana – diz Malone –, mais do que vocês teriam feito.

— Então você distribui justiça – conclui Paz.

Pode ter certeza que sim, pensa Malone. Mais que o "sistema". Eu distribuo na rua, quando dou uma surra em algum escroto que molestou uma criança; distribuo nos tribunais, quando dou um depoimento "mentiroso" sobre algum traficante de heroína que vocês jamais condenariam se eu não fizesse aquilo; e, sim, eu distribuo justiça quando multo esses filhos da puta e tiro algum dinheiro que vocês nunca tirariam deles.

— Há todo tipo de justiça – responde ele.

— E eu suponho que você doe esse dinheiro à caridade? – pergunta Paz.

— Parte dele.

De vez em quando, ele separa um envelope de dinheiro e envia para a St. Jude's. Mas esses filhos da puta não precisam saber disso. Malone não quer que eles ponham suas mãos sujas em algo limpo.

— O que mais você fez? – pergunta Paz. – Eu preciso da revelação completa.

Jesus, puta merda, pensa Malone.

É o Pena.

Isso tudo foi uma armação por causa do Pena.

Mas acha que eu vou dizer espontaneamente? Pensa Malone. Acha que eu sou algum bandido viciado, na sala de interrogatório, que vai fazer qualquer coisa só pra ficar bem?

— Se fizer as perguntas, eu respondo – diz Malone.

— Já roubou traficantes de drogas? – pergunta Paz.

Isso é sobre o Pena, pensa Malone. Se eles souberem de alguma coisa, vão forçar a barra. Então, seja curto e grosso, não dá abertura.

— Não.

— Você já pegou drogas ou dinheiro que não declarou? — pergunta Paz.

— Não.

— Já vendeu drogas?

— Não.

— Você nunca deu drogas a um informante? — pergunta Paz. — Legalmente, isso constitui uma venda.

Eu tenho que dizer alguma coisa pra ela, pensa Malone.

— Sim, isso eu já fiz.

— Isso é uma prática comum?

— Pra mim, sim — diz Malone. — É um dos modos como obtenho informação que me levam às prisões que eu trago a vocês.

E você já viu um viciado sofrendo? Pensa ele. Já viu algum deles em crise de abstinência? Sacudindo, se contorcendo, implorando, chorando? Você também daria.

— É uma prática comum de outros policiais? — Paz pergunta.

— Eu estou falando de mim — diz Malone. — Não de outros policiais.

— Mas você deve saber.

— Próxima pergunta.

— Você já surrou um suspeito para obter informação ou uma confissão? — pergunta Paz.

Você está de sacanagem com a minha cara, porra? Eu já arregacei um monte deles. Às vezes, literalmente.

— Eu não diria "surrar".

— O que você diria?

— Olhe — diz Malone —, talvez eu já tenha dado uns petelecos num cara. Jogado contra a parede. É praticamente isso.

— Só isso? — pergunta Paz.

— O que eu acabei de dizer?

Você pergunta, mas não quer saber. Você quer viver no Upper East Side, no Village ou em Westchester, e não quer a merda vazando em seus belos bairros. Você não quer saber como isso acontece por causa de você. Apenas quer que eu faça.

– E quanto a outros policiais? – insiste Paz. – E quanto aos seus colegas de equipe? Eles estão em casos vendidos?

– Eu não vou falar dos meus colegas.

– Ora, vamos – diz Weintraub –, você espera que a gente acredite que o Russo e o Montague não estão nisso com você?

– Eu não tenho expectativas quanto ao que acreditem ou não.

– Você ganha o dinheiro todo sozinho? – diz Weintraub. – Não inclui nenhum deles? Que tipo de parceiro é você?

Malone não responde.

– Diante de tudo, isso é inacreditável – murmura Weintraub.

– A oferta exige revelação integral – diz Paz.

– Eu já deixei claro – diz Malone –, eu não vou falar de policiais. Isso é o que você tem agora, *chica*. Você tem um advogado de defesa por dar cobertura, um policial por se gabar em comprar um caso. Você pode exonerar o Piccone, pode levar meu distintivo e talvez me botar preso por uns dois anos, mas você e eu sabemos que seus chefes vão olhar pra isso e perguntar *Isso é tudo que recebemos pelo nosso dinheiro?* Você vai ficar com cara de babaca. Então, agora deixe que *eu* lhe diga como vai ser – prossegue ele. – Qualquer um, menos policiais. Simples assim. Eu lhe arranjo o Michaels. Arranjo alguns advogados de defesa e um ou dois promotores. Posso até jogar no pacote alguns juízes, se você tiver peito. Em troca, eu estou liberado. Sem ir pra cadeia, fico com meu distintivo e minha arma.

Malone levanta, caminha até a porta e põe os dedos na boca e ouvido, gesticulando para que eles liguem.

Ele está esperando o elevador, quando O'Dell sai.

Deve ter sido uma reunião bem rápida.

– Tudo bem – diz O'Dell. – Temos um acordo.

É, sim, um acordo, pensa Malone.

Porque todo mundo pode ser comprado.

É só uma questão de encontrar o preço certo.

★ ★ ★

Claudette está passando mal.

Com o nariz escorrendo, o corpo trêmulo, com abstinência brava. Malone tem de admitir, ao menos ela está tentando parar novamente. Mas ela logo faz com que ele abandone essa ideia.

– Eu tentei usar, mas não encontrei o cara. Você fez alguma coisa?

– Não o machuquei, se é isso que quer dizer – conta Malone. – Você arranjou um médico para lhe dar alguma coisa? Porque se não, eu tenho um cara...

– O especialista em traumatismo me deu um pouco de Robaxina – diz ela.

– Você não tem medo que ele possa te dedurar para a chefia?

– Depois das merdas dele que eu já vi?

– Está melhorando?

– Parece que está melhorando?

Ele esquenta um pouco de água para fazer um chá de ervas. As ervas não vão fazer merda nenhuma, mas o chá talvez possa aquecê-la um pouquinho.

– Deixe-me levá-la para uma clínica de desintoxicação.

– Não.

– Eu fico preocupado, sabe?

– Não fique – diz ela. – Alcoólatras morrem na abstinência, usuários de heroína, não. Nós só passamos mal. E saímos e usamos de novo.

– É com isso que eu me preocupo.

– Se eu fosse fazer isso, já teria feito – diz ela.

Ela termina de tomar o chá. Ele embrulha um cobertor em volta dela e a toma nos braços, embalando-a como a um bebê.

Se fosse com outro cara, ele teria aconselhado a deixar essa mulher para lá. Com uma viciada, o que se faz é um velório, como se ela tivesse morrido – você passa pelo luto e depois segue em frente, porque a pessoa que você conheceu não está mais ali.

Mas ele não consegue fazer isso com Claudette.

CAPÍTULO 13

Na manhã seguinte, Malone entra no Rand's, um pouco adiante do tribunal, na mesma rua, com uma edição do *New York Post* embaixo do braço. Alguns minutos depois, Piccone se senta no sofá do outro lado da mesa.

— A página seis está boa hoje.

— Boa quanto?

— Vinte mil dólares.

Alguns casos custam mais que outros para serem comprados. Um porte simples, 2 mil pratas. Posse com intenção de vender, já são dígitos duplos. Um peso-pesado pode chegar a seis dígitos, facilmente, mas, por outro lado, se o réu tiver esse peso todo, ele tem esse dinheiro todo.

Acusações contra armas, hoje em dia, chegam lá no alto, principalmente se o réu já for fichado. Fat Teddy poderia pegar de cinco a sete anos, portanto isso é uma barganha.

Eles disseram que Malone precisa flagrar Piccone. Fingir que a conversa está se desenrolando diante de um júri.

— Se eu conseguir que o Michaels venda o caso por 20 mil, você está legal com isso?

Malone pega o *Daily News* e pousa ao seu lado.

— Só se você fizer com que ele retire a queixa e desista de encaminhar o processo.

— Por 20 mil, eu posso fazer até com que ele diga que a arma era dele.

— O que você vai comer? — Piccone pergunta. — As panquecas até que são comestíveis.

— Não, eu tenho que ir.

Ele levanta com o *Daily News*, deixa o *Post* para Piccone. Depois vai até o banheiro masculino e tira 5 mil do envelope dentro do jornal, coloca o dinheiro no bolso e vai para a rua.

Malone sempre achou que o número 100 da Centre Street é um dos locais mais deprimentes da terra.

Nada de bom acontece no prédio da Corte Criminal.

Mesmo quando algo bom e raro consegue passar sorrateiramente pelo mal, algo como a condenação de um bandido, é sempre decorrente de uma tragédia. Há sempre uma vítima, pelo menos uma família de luto, ou um monte de crianças cujo papai ou a mamãe vai embora.

Malone encontra Michaels no corredor. Entrega-lhe o jornal.

— Você deve ler isso.

— É? Por quê?

— Fat Teddy Bailey.

— Bailey está fodido.

— Quinze mil pra tirar o seu da reta dessa bagunça?

— Pegou sua taxa pela indicação? — Michaels pergunta.

— Você quer o dinheiro ou não? — diz Malone. — Mas é para liberar, não é uma apelação a um juiz.

Michaels coloca o jornal em sua bolsa de lona. Depois começa o show.

— Porra, Malone, isso vai caracterizar uma prisão ilegal.

Sem flagrante.

Algumas pessoas observam quando eles passam. Malone olha para ter certeza de que estão prestando atenção e grita:

— Delinquente conhecido e eu vi o volume de uma arma!

— Que tipo de casaco o Bailey estava usando?

— Porra, você acha que eu sou quem, o Ralph Lauren? — diz Malone, encenando a farsa.

— Um casaco comprido acolchoado — diz Michaels. — Um casaco da North Face. Você vai me dizer, não, você vai dizer a um juiz, que deu pra enxergar um .25 por baixo daquilo? É pra eu entrar lá e fazer papel de idiota? Um babaca racista para os outros lincharem?

— Você tem que entrar lá e fazer seu trabalho!

— Faça você o seu! — Michaels grita. — Faça uma porra de uma apreensão com que eu possa trabalhar.

— Você vai botar esse escroto de volta na rua.

— Não, *você* vai colocá-lo de volta na rua — diz Michaels, indo embora.

— Bichinha — diz Malone. — Jesus Cristo.

As pessoas olham para ele, em pé no hall. Mas não é incomum que policiais e promotores se desentendam.

Malone vai até o terceiro andar do antigo prédio têxtil, no Garment District, onde O'Dell instalou sua operação.

Duas mesas e o telefone não rastreável. Caixas vermelhas de arquivo. Armários metálicos baratos, uma cafeteira. Malone lhe entrega os 5 mil, tira a jaqueta e arranca os fios do grampo, que coloca em cima da mesa.

— Você conseguiu gravar? — pergunta O'Dell.

— Sim, consegui.

Weintraub pega a fita, adianta até a conversa com Michaels. Ouve e depois diz:

— Deus, puta merda.

— Isso já basta? — pergunta Malone. — Eu ter colocado os dois na merda pra você?

— O que foi, está se sentindo mal por isso? — pergunta Weintraub. — Quer ficar no lugar deles?

— Cala a boca, Stan — diz O'Dell. — Você fez um bom trabalho, Denny.

— É, eu sou um bom rato.

Malone segue na direção da porta, para sair daquele lugar nojento, literalmente um buraco de rato. E que porra é essa de "Denny"?, pensa ele. Agora somos amigos? Ele está todo "Stan" e "Denny", como se fôssemos todos do mesmo time? E me afagando a cabeça: "Você fez um bom trabalho, Denny"? Sou a merda do seu cãozinho, agora?

— Pra onde você está indo? — pergunta O'Dell.

— É da sua conta? — pergunta Malone. — Ou vai dizer que não estou livre pra sair? Você está com medo que eu possa avisar o cara? Não se preocupe, eu ficaria envergonhado demais.

— Você não tem do que se envergonhar — diz O'Dell. — Se vai se envergonhar, deve se envergonhar do que *estava* fazendo, não do que está fazendo agora.

— Eu não vim aqui em busca do seu perdão.

— Não? — devolve O'Dell. — Eu meio que acho que veio. Acho que alguma parte em você queria ser flagrada, Denny.

— É isso que você acha? — pergunta Malone. — Então, você é um babaca ainda maior do que achei que fosse.

— Quer tomar um café, um drinque? — pergunta O'Dell.

Malone se volta para ele.

— Não me *manipule*, O'Dell.

Você sabe quantos informantes eu já manipulei, mimei, seduzi e a quem disse que estavam fazendo a coisa certa? Eu lhes dou heroína, não café, e conheço a regra principal para lidar com eles: você não pode pensar neles como pessoas, são delatores. Se começar a se apaixonar por eles, a se preocupar com eles, a achar que são qualquer coisa além do que são, acabam te matando.

Eu sou seu delator, O'Dell.

Você não vai foder tudo me tratando como uma pessoa.

Claudette está praticamente do mesmo jeito quando ele volta para vê-la.

Ele entra pela porta e as primeiras palavras que saem de sua boca são:

— Você tem vergonha de ser visto comigo?

— De onde veio essa merda que você está dizendo? — pergunta ele.

Ele olha para ver se os olhos dela estão vidrados, mas não estão. Ela não usou nada, está segurando firme, em plena abstinência, e ele sabe como é difícil. Ela está zangada e agora vai descarregar em cima dele.

— Eu estive pensando no motivo da minha recaída.

Você recaiu porque é uma adicta, pensa ele.

– Por que eu nunca conheci os seus parceiros? – pergunta ela. – Você conhece as amantes deles, não é?

– Você não é minha amante.

– O que eu sou?

Ai, porra.

– Minha namorada.

– Você nunca me apresentou porque eu sou negra.

– Claudette, um dos meus parceiros *é* negro.

– E você não quer que ele saiba que você está transando com uma mulher preta – diz ela.

É, em parte, é verdade, pensa Malone. Ele não sabia como Monty reagiria, se seria ok ou se ele ficaria injuriado.

– Por que você quer conhecê-los?

– Por que você *não quer* que eu os conheça? – retruca ela. – É porque eu sou negra ou porque sou viciada?

– Ninguém sabia disso – diz Malone.

– Porque ninguém sabia a meu respeito.

– Bem, agora eles sabem – diz Malone. – Por que meus parceiros são tão importantes pra você?

– Eles são a sua família – responde ela. – Eles conhecem a sua esposa, seus filhos. Você conhece os deles. Eles conhecem todas as pessoas importantes na sua vida, menos eu. O que me faz pensar que eu *não sou* importante.

– Eu não sei o que mais eu posso fazer para...

– Eu sou a sua vida nas sombras – diz ela. – Você me esconde.

– Que besteira.

– A gente quase nunca sai – diz ela.

Isso é verdade. Entre os horários dela e os dele, fica difícil e, de qualquer maneira, é estranho, mesmo em 2017, um homem branco com uma mulher negra no Harlem. Quando saíam juntos, para um café ou o supermercado, recebiam olhares de esguelha e, às vezes, as pessoas encaravam abertamente.

E ele não é apenas um homem branco, ele é um *policial* branco.

Isso gera hostilidade ou algo até pior: talvez alguns dos locais imaginem que Malone vai pegar leve por estar com uma mulher negra.

– Eu não tenho vergonha de você – diz Malone. – Só que...

Ele começa a explicar sua preocupação de que as pessoas do bairro possam pensar que ele não seria firme.

– Mas, se você quer sair, vamos sair. Vamos sair agora.

– Olhe pra mim, estou horrível – diz ela. – Não *quero* sair.

– Jesus Cristo, você acabou de dizer...

– Eu me pergunto se sou algum tipo de tara secreta. Você só vem aqui pra me comer?

– Não.

Você me come também, amor, pensou ele, mas foi esperto em não dizer.

– Denny, você alguma vez pensou que você pode ser um dos motivos para que eu use droga?

Jesus, puta que pariu, Claudette, será que você alguma vez pensou que você é um dos motivos para que eu tenha me transformado num merda de um delator, que acabei de me tornar um rato, que essa porra desse seu vício, essa porra dessa sua doença foi o que me fez fazer isso?

– Ah, vai tomar no cu.

– Vai você tomar no cu.

Ele levanta.

– Pra onde você vai?

– Algum lugar que não seja aqui.

– Você quer dizer algum lugar longe de mim.

– É, isso.

– Vai – diz Claudette. – Vai embora. Se quiser ficar comigo, me trate como uma pessoa. Não como uma puta viciada.

Ele bate a porta ao sair.

CAPÍTULO 14

Malone e Russo vão a um jogo dos Rangers, com cortesias dadas por um cara do Madison Square Garden que ainda gosta de policiais.

É um tipo de gente mais raro a cada dia, pensa Malone. Ainda no mês passado, dois policiais à paisana num carro sem identificação, perto do Ozone Park, no Queens, viram um cara em pé ao lado de um carro parado em fila dupla, com uma garrafa aberta de birita.

Uma ocorrência besta, mas quando eles foram confrontar o cara, ele correu.

Se você corre da polícia, a gente vai atrás de você. É a mentalidade de golden retriever. Eles o cercaram, o cara puxou uma arma e os policiais atiraram nele, treze vezes.

A família contratou um advogado que começou a litigar o caso na mídia. "Um pai de família, com cinco filhos pequenos, foi morto com quinze tiros, incluindo tiros nas costas e na cabeça, só porque estava com uma garrafa aberta."

Primeiro foi o Garner, morto por estar vendendo Luckys, depois, Michael Bennett; agora um cara morto por causa de uma porcaria de uma garrafa aberta.

Mas, justiça seja feita ao chefe de polícia, ele defendeu os policiais. "A melhor maneira de não ser alvejado por um policial da cidade de Nova York é não portar uma arma e não apontar uma arma para eles."

Sintaxe e gramática à parte, como Monty observou, foi uma afirmação forte, principalmente quando o chefe de polícia acrescentou: "Meus policiais saem todos os dias e colocam suas vidas em risco e os advogados ficam de joguinhos."

O advogado disparou de volta. "Nós certamente temos empatia pelos bons policiais que arriscam suas vidas para proteger nossa sociedade – quem não tem? Mas quanto aos 'joguinhos'... basta apenas abrir um jornal, em qualquer dia da semana, para se inteirar das mentiras, das chantagens e dos roubos cometidos por membros do Departamento de Polícia de Nova York. Portanto, perdoe-me se eu não acreditar de pronto nas suas palavras sobre o que aconteceu."

A corporação está tomando porrada de todo lado.

Os manifestantes estão na rua, os ativistas convocam ação e a tensão entre a polícia e as comunidades está pior que nunca.

E nada sobre a convocação do júri popular para o caso Bennett.

Então, quando os negros não estão atirando em outros negros, os policiais estão atirando nos negros.

De qualquer forma, pensa Malone, são os negros que morrem.

E ele continua sendo policial.

Nova York continua sendo Nova York.

O mundo continua sendo o mundo.

É, mais ou menos. Seu mundo mudou.

Ele é um rato.

Da primeira vez que você faz isso, pensa Malone, é algo transformador em sua vida.

Da segunda, é apenas a vida.

Da terceira, pensa Malone, é a *sua* vida.

Você é isso.

Da primeira vez que ele usou um grampo, ele se sentiu como se todo mundo estivesse notando, como se estivesse colado em sua testa. Dava a sensação de uma cicatriz grossa em sua pele, um corte ainda com pontos que repuxavam.

Dessa última vez, foi colocado com mais facilidade que seu cinto. Ele quase nem notava que estava ali.

O'Dell não o chama de rato.

O agente do FBI o chama de "estrela do rock".

Estrela do rock.

Até meados de maio, Malone já entregou aos federais quatro advogados de defesa e três promotores de justiça. O escritório de Paz está ocupado, digitando acusações lacradas. Eles não vão efetuar prisões até que estejam prontos para acionar a armadilha completa.

O mais foda de tudo é que quando não está encurralando advogados corruptos, Malone simplesmente continua sendo policial.

Como se nada disso estivesse realmente acontecendo.

Ele vai para o serviço, trabalha com sua equipe, monitora a vigilância em Carter, lida com Sykes. Percorre as ruas, trabalha com seus informantes, faz as prisões que têm de ser feitas.

Ele vai até as cenas de crimes.

Duas semanas depois das mortes de Gillette/Williams, um Trinitario em Inwood estava voltando para casa de uma boate e levou um tiro na cabeça. Dez dias depois foi um Spade em St. Nick's, alvejado por um atirador que passou de carro. Ele está no Harlem Hospital, mas não vai sobreviver.

E, como Malone havia previsto, a maré boa relativa às prisões de Williams durou cerca de uma hora e meia. Agora Sykes está tomando na reunião do CompStat, o chefe de polícia está tomando do prefeito e o prefeito tomando da mídia.

Sykes está na cola de Malone para o progresso com o caso das armas.

Ele está na cola de todo mundo.

Tem Malone trabalhando no Carter, Torres no Castillo, tem a equipe à paisana tentando tirar as armas da rua, o pessoal infiltrado tentando comprá-las.

É, a merda está no ventilador.

Levin que dá um alento.

A porra do Levin, que apareceu um dia com seu iPad e sentou na loja de bebidas, digitando que nem maluco. Russo e Monty imaginaram que o moleque estivesse de sacanagem na internet, assistindo Netflix, não ligaram, pois é um trabalho monótono e você tem que fazer alguma coisa, mas, um dia, ele chegou mais orgulhoso que um garoto de catorze anos que acabou de pegar no primeiro peitinho, abriu o iPad e disse:

– Olhem isso.

– Que porra é essa, o que você fez?

– Eu hackeei os telefones dele – disse Levin. – Quer dizer, não a voz, não dá pra ouvir a outra metade das conversas, mas toda vez que ele faz ou recebe uma ligação, aparece na tela.

– Levin – disse Monty –, você realmente justificou a sua existência nessa terra.

Sem sacanagem.

Agora eles sabem com quem Fat Teddy está falando, e ele está falando bastante com Mantell.

– Análise de tráfego – contou Levin. – Conforme eles se aproximarem da entrega, o tráfego vai aumentar.

– Mas como sabemos onde eles farão a troca? – perguntou Malone.

– Não sabemos – disse Levin. – Mas saberemos.

– Carter não vai chegar nem perto do local da troca – opinou Monty. – Ele nem fala ao celular agora, mandou Fat Teddy providenciar tudo.

– Carter não nos interessa – disse Malone. – Só as armas.

Talvez impedir um banho de sangue.

Malone está tentando ser um policial de verdade, fazer trabalho de polícia de verdade, recuperar a paz em seu reino.

É a paz de espírito que ele não consegue recuperar.

O tiroteio de guerra que está se passando dentro de sua própria cabeça.

Monty não estava interessado em ir ao jogo dos Rangers.

– Preto não chega perto de gelo.

– Há jogadores de hóquei negros – disse Malone.

– Traidores da raça.

Eles teriam levado Levin, mas não dá para arrancá-lo da vigilância de Fat Teddy nem com um pé de cabra e uma granada. Assim, só Malone e Phil assistem os Penguins eliminarem os Rangers da final. Eles estão sentados, tomando cerveja, quando Russo diz:

– Que porra está acontecendo com você?

– Como assim?

– Quando foi a última vez que viu seus filhos?

— Quem é você, agora, o padre da minha paróquia? — pergunta Malone. — Quer comer a minha bunda, padre?
— Beba sua cerveja. Desculpe ter perguntado.
— Eu vou lá esse fim de semana.
— Faça o que quiser — diz Russo.
Então ele pergunta:
— E a tal mulher negra, já resolveu?
— Porra, Jesus Cristo, Phil.
— Está bem, está bem.
— Podemos assistir à porra do jogo?

Eles assistem à porra do jogo, vendo os Rangers fazerem o que os Rangers fazem, perderem a liderança no terceiro tempo e depois serem derrotados nos pênaltis.

Depois do jogo, Malone e Russo vão a um bar no Jack Doyle's para tomar uma saideira antes de dormir. O noticiário está passando na TV e o reverendo Cornelius está falando sobre a "matança policial" no Ozone Park.

Uma porra de um escroto com pinta de advogado, de terno, perto do bar, de gravata afrouxada no pescoço, começa a tagarelar.

— Os policiais executaram esse cara.

Russo vê a expressão nos olhos de Malone.

Já viu essa expressão antes e agora Malone tomou algumas cervejas e três Jameson's.

— Pega leve.
— Ele que se foda.
— Deixa pra lá, Denny.

Mas o fanfarrão não para de falar, começa a fazer discurso para o bar inteiro, falando sobre a "militarização da nossa força policial", e o melhor é que Malone nem discorda dele, mas simplesmente não está a fim de ouvir essa merda.

Ele está encarando o cara e o homem o vê, encara-o também, e Malone diz:

— O que você está olhando?

O cara quer recuar.

— Nada.

Malone desce da banqueta.

— Não, que porra você está olhando, seu bocudo?

Russo vai atrás dele, põe a mão em seu ombro.

— Vamos, Denny. Fica frio.

Malone dá um safanão na mão dele.

— Fica frio *você*.

Os amigos do cara estão tentando tirá-lo do bar e Russo incentiva.

— Por que vocês não levam seu amigo pra casa?

— Você é o quê? Advogado? — pergunta Malone ao cara.

— É, por acaso eu sou.

— Ah, que bom, pois eu sou policial. — diz Malone. — Eu sou um policial da cidade de Nova York, porra!

— Chega, Denny.

— Vou fazê-lo perder o distintivo. — diz o cara. — Qual é o seu nome?

— Denny Malone! Sargento Dennis John Malone! Manhattan North, caralho!

Russo põe duas notas de vinte na bancada do bar.

— Está tudo certo, nós estamos saindo.

— Depois que eu pegar esse viadinho de pau. — diz Malone.

Russo entra no meio dos dois, empurra Malone para trás e entrega seu cartão ao cara.

— Olhe, ele teve uma semana difícil, bebeu um pouquinho a mais. Pegue isso e, se precisar de um favor algum dia, para tirar uma multa, seja o que for, pode ligar.

— Seu amigo é um babaca.

— Essa noite, eu não posso discordar — diz Russo.

Ele agarra Malone e o arrasta para fora do bar, para a Eighth Avenue.

— Denny, mas que porra é essa?!

— Esse cara me deixou puto.

— Você quer a Corregedoria no seu pé?! — pergunta Russo. — Quer deixar o Sykes ainda mais animado do que já está? Jesus.

— Vamos tomar um drinque.

– Vamos colocar você na cama.
– Eu sou policial da cidade de Nova York.
– É, eu ouvi – diz Russo. – Todo mundo ouviu.
– A nata nova-iorquina.
– Certo, campeão.

Eles caminham até o estacionamento e Russo o leva para casa. Até lá em cima.

– Denny, faça um favor a você mesmo. Não saia mais essa noite.
– Não vou sair. Tenho que ir ao tribunal amanhã.
– É, você estará ótimo – diz Russo. – Você vai botar o relógio pra despertar ou eu te ligo?
– Despertador.
– Eu vou te ligar. Durma um pouco.

Sonhar bêbado é ter os piores sonhos.

Talvez porque seu cérebro já esteja ferrado e prestes a ceder às merdas mais terríveis que estão revolvendo ali.

Essa noite, ele sonha com a família de Cleveland.

Dois adultos, três crianças, todos mortos em seu apartamento.

Executados.

As crianças lhe pedem ajuda, mas ele não pode ajudá-las.

Ele não pode ajudá-las, então só fica ali em pé, chorando sem parar.

Malone levanta de manhã e vira cinco copos d'água.

Uma dor de cabeça do caralho.

Uísque antes da cerveja é bom; cerveja antes de uísque é uma catástrofe. Ele toma três aspirinas e dois Dexies, toma um banho e faz a barba, depois se veste. Hoje, a sua fantasia para ir ao tribunal é uma camisa branca com gravata vermelha, blazer azul, calça cinza e sapatos pretos bem engraxados.

Você não vai de terno para o tribunal a menos que seja tenente ou mais, porque não quer aparecer para os advogados e quer que o júri o veja como um trabalhador honesto.

Nada de abotoaduras hoje.

Nada de Armani, nem Boss.
Um verdadeiro Jos. A. Banks.

Mary Hinman o vê e ri.

— Esse é o seu traje de estudante dedicado?

Cabelos ruivos, pele clara e sardenta, a promotora especial da Narcóticos poderia pertencer ao elenco de *Riverdance* se fosse mais alta.

Mas Hinman é pequena, uma descrição que ele detesta.

— Não sou pequena — diz ela, quando surge o assunto. — Eu sou *concentrada*.

O que é verdade, sem sacanagem, Malone pensa agora, sentado de frente para ela à mesa. Hinman é feroz, uma bolinha de ira de 1,64 metro que subiu da maneira tradicional — colégio católico só de meninas, Fordham University, curso de Direito na Universidade de Nova York. Os pés de Hinman não tocam o chão da banqueta do bar, mas, quando bebe, ela te bota no chinelo. Malone sabe. Ele disputou um drinque atrás do outro com ela na noite em que Hinman conseguiu um veredicto contra um traficante chamado Corey Gaines, por ter matado a namorada.

Malone perdeu.

Hinman o colocou num táxi.

E ela herdou isso dos pais. Seu pai foi um policial alcoólatra, a mãe, esposa alcoólatra de policial.

Hinman conhece os policiais, sabe como a coisa funciona. Apesar disso, quando era novata, como advogada assistente, Malone precisou ensinar-lhe algumas coisas que seu pai não ensinara. Foi seu primeiro grande caso de drogas — muito antes que ela passasse por todos os seus colegas homens e se tornasse promotora especial — e Malone atuava como policial à paisana na Anticrime.

Mas foi um quilo inteiro de pó que Malone e seu então parceiro, Billy Foster, apreenderam, num conjunto na rua 148. Eles receberam uma pista de um informante, mas não era o suficiente para obter um mandado. Malone não estava a fim de entregar o caso ao pessoal da

Narcóticos – ele queria fazer a prisão. Então, ele e Foster entraram com um mandado de arma de fogo, prenderam o traficante e depois notificaram.

Isso lhe rendeu uma chamada de seu sargento e da Narcóticos, mas também o colocou em evidência. Ele nem ligaria se também conseguisse a condenação, porém ele queria esse troféu no currículo e ficou preocupado quando soube que uma advogada novata – uma mulher, ainda por cima – fosse conduzir seu caso.

Ao chamá-lo para a preparação de testemunha, Hinman disse:

– Apenas diga a verdade e consiga a condenação.

– Qual? – perguntou Malone.

– O que quer dizer?

– Eu quero dizer – disse Malone –, que posso dizer a verdade ou conseguir a condenação. Qual dos dois você quer?

– Ambos – disse Hinman.

– Você não pode ter ambos.

Porque se ele dissesse a verdade, eles perderiam o caso com uma alegação de obtenção ilegal de prova, porque Malone não tinha mandado nem flagrante para entrar no apartamento. As provas seriam "frutos de árvore envenenada" e o traficante seria liberado.

Ela repensou por alguns segundos.

– Eu não vou incentivar perjúrio, policial Malone. Só posso lhe recomendar que faça o que acha que deve fazer.

Mary Hinman nunca mais recomendou que Malone simplesmente dissesse a verdade.

Porque a verdade real que ambos sabem é que sem policiais dando depoimentos "mentirosos", a promotoria jamais conseguiria qualquer condenação.

Isso não incomoda Malone.

Se o mundo jogasse de forma justa, ele faria o mesmo. Mas as cartas são todas empilhadas contra os promotores e a polícia. *Miranda*, *Mapp*, todas as outras decisões da Suprema Corte beneficiam bandidos. É como a NFL de hoje. A liga quer passes para a jogada de *touchdown*, portanto um cara da defesa não pode sequer tocar no receptor. Nós somos os pobres caras da defesa, pensa Malone, tentando evitar que os bandidos pontuem.

Verdade, justiça e o jeito americano.

O jeito americano é que a verdade e a justiça podem até se cumprimentar no corredor, trocar cartões de Natal, mas o relacionamento entre as partes termina aí.

Hinman entende.

Agora ela está sentada do outro lado da mesa, numa sala de reunião da corte, e se dirige a Malone.

– Que diabos você fez ontem à noite?

– Jogo dos Rangers.

– Aham, sei – diz ela. – Está pronto para ser testemunha? Pode me dar uma prévia?

– Meu parceiro, o detetive-sargento Phillip Russo – diz Malone –, e eu, recebemos informação de residentes do bairro que havia uma atividade suspeita no número 324 Oeste da rua 132. Nós havíamos montado um ponto de observação do endereço e percebemos um Escalade branco encostando e o réu, sr. Rivera, desceu do carro. Eu não tinha formado crença de que no local houvesse drogas, certamente não havia visto nada que indicasse um flagrante.

Essa é a parte legal dessa dança que eles executam, conduzir a coisa do lado inverso, para convencer o júri de que eles estão dizendo a verdade. Além disso, é o que eles esperam, por assistirem na televisão.

Hinman pergunta.

– Se não tinha fagrante, o que lhe deu o direito de forçar a entrada no apartamento?

– O sr. Rivera não estava sozinho – diz Malone. – Havia dois outros homens no veículo com ele. Um deles portava uma pistola MAC-10 com silenciador. O outro portava uma TEC-9.

– E você viu essas armas.

Malone diz as palavras mágicas.

– Estavam bem visíveis.

Se uma arma estiver bem visível, você já tem um flagrante. E as armas estavam *mesmo* visíveis, aos pés de Malone.

– Então, procederam para a entrada no endereço – diz Hinman. – Vocês se identificaram como policiais?

– Sim. Eu gritei: "Polícia de Nova York!", e nossos distintivos estavam claramente visíveis, pendurados em cordões, por cima de nossos coletes protetores.

– O que aconteceu em seguida? – pergunta Hinman.

Nós plantamos as metralhadoras nos dois idiotas.

– Os suspeitos soltaram as armas.

– O que encontraram no apartamento?

– Quatro quilos de heroína e uma quantidade de moeda americana em espécie, em notas de cem, que acabou totalizando 550 mil dólares.

Ela repassa aquela merda toda entediante sobre os números das provas apreendidas e como ele está certo de que a heroína que ele apreendeu era a mesma que estava agora no tribunal, blá, blá, blá. Então Hinman diz:

– Espero que você venha com um pouquinho mais de energia para o julgamento do que veio para essa sessão.

– Conforme as palavras de Allen Iverson – diz Malone. – Nós estamos falando do exercício da lei aqui. Então *exerça*.

– Estamos falando sobre Gerard Berger.

Malone resume sua opinião sobre Gerard Berger da seguinte forma...

– Se ele estivesse pegando fogo – diz Malone –, eu jogaria gasolina em cima pra apagar.

Denny Malone odeia três coisas na vida, não necessariamente nessa ordem:

1. Molestadores de crianças
2. Ratos (da variedade humana)
3. Gerard Berger

O advogado de defesa não pronuncia seu nome como se faz no P.J. Clarke. Ele pronuncia "Bur-jay", e insiste para que você também faça assim. Algo que Malone se nega terminantemente a fazer, exceto no tribunal, para não parecer um engraçadinho na frente do juiz.

Em qualquer outro lugar é Gerry Burger.

Malone não é o único que detesta Berger. Todo promotor, policial, agente penitenciário e vítima também o despreza. Até seus próprios clientes o odeiam, porque até a conclusão do caso Berger é dono de grande parte do que eles tinham – seu dinheiro, suas casas, seus carros, seus barcos, às vezes suas mulheres.

Mas, como ele relembra: "Não se pode gastar dinheiro na prisão."

Os clientes de Berger geralmente não vão para a prisão. Eles vão para casa ou ficam em liberdade condicional, ou vão para reabilitação de drogas, ou frequentam aulas para aprender a controlar a raiva. Eles voltam a fazer o que estavam fazendo, que geralmente é algo criminoso.

Ele não se importa.

Traficantes de drogas, assassinos, homens que surram as esposas, estupradores, molestadores de crianças, Berger aceita qualquer cliente que tenha uma carteira gorda ou uma história que possa ser vendida a um editor ou ao cinema, preferencialmente ambos, algo como Diego Pena. Ele já viu versões suas interpretadas por atores de primeira linha, alguns dos quais já o procuram para aconselhamento, o que ele resume com uma simples frase "Seja um escroto absoluto".

Já disseram que o único momento em que algum cliente de Berger confessa é no programa da Oprah, e depois ele manda eliminar a confissão.

Berger não se dá ao trabalho de esconder sua riqueza, ele a ostenta. Ternos sob medida de milhares de dólares, camisas sob medida, gravatas e sapatos de estilistas famosos, relógios caros. Ele vai ao tribunal dirigindo Ferraris ou Maseratis, carros que lhes foram dados, imagina Malone, como pagamento. Ele tem uma cobertura no Upper East Side, uma casa de praia na região dos Hamptons, um condomínio numa estação de esqui, em Aspen, que foram passados para o seu nome por um cliente grato que agora reside na Colômbia e cujo acordo, mesmo que queira, não permite que ele regresse aos Estados Unidos.

Malone tem de admitir que Berger é muito bom no que faz. Ele é um excelente advogado, no conhecimento da lei, um gênio em requerimentos e mestre nas alegações de abertura e nos argumentos conclusivos.

O maior segredo de seu sucesso é que ele é corrupto.

Malone está convencido disso.

Ele nunca conseguiu provar, mas apostaria seu testículo esquerdo que Berger tem juízes na manga.

Outro segredo imundo do assim chamado sistema judiciário.

A maioria das pessoas não se dá conta, mas juízes não ganham muito dinheiro. E geralmente precisam gastar muito até receberem a toga. A matemática disso significa que grande parte pode ser comprada.

Não é preciso muito para desvirtuar um caso, um requerimento concedido ou negado, provas excluídas ou admitidas, testemunhas permitidas ou negadas. Coisinhas pequenas, detalhes enigmáticos que podem libertar um réu culpado.

O advogado de defesa sabe – porra, todo mundo sabe – que casos podem ser comprados. Um dos cargos mais lucrativos do judiciário é o de encarregado pelo rol das causas; pelo dinheiro certo, você pode pagar para ter um caso designado ao juiz que você já comprou.

Ou alugou.

Malone e Hinman trabalham no exame direto e depois fazem um intervalo de alguns minutos antes que Berger comece sua inquirição. Malone precisa ir ao banheiro. Quando sai do cubículo para lavar as mãos, Berger está na pia ao lado.

Eles se olham no espelho.

– Detetive-sargento Malone – diz Berger. – Que prazer.

– E aí, Gerry Burger, como vai indo?

– Ah, vou indo muito bem – diz Berger. – Mal posso esperar para vê-lo depondo. Vou destripá-lo, humilhá-lo e mostrar o policial mentiroso e corrupto que você é.

– Comprou o juiz, Gerry?

– O corrupto só vê corrupção – diz Berger.

Ele seca as mãos.

– Te vejo logo logo na cadeira do depoente, sargento.

– Ei, Gerry – chama Malone. – Seu escritório ainda tem cheiro de merda de cachorro?

Malone e Berger se conhecem há muito tempo.

Ele assume a posição de depoente e o oficial lembra que ele está sob juramento.

Berger sorri para ele e diz:

– Sargento Malone, a frase "depoimento falso" significa algo para o senhor?

– De maneira geral.

– Bem, de maneira geral, o que ela significa nos círculos policiais?

– Protesto – interfere Hinman. – Não tem relevância.

– Ele pode responder.

– Eu já ouvi dizer que um policial não diz exatamente a verdade quando está depondo.

– Exatamente a verdade? – diz Berger. – Existe uma verdade inexata?

– Repito a objeção.

– Qual o sentido disso, doutor? – pergunta o juiz.

– Eu vou explanar, meritíssimo.

– Certo, então faça.

– Há pontos de vista diferentes – diz Malone.

– Ah. – Berger olha para o júri. – E não é verdade que o ponto de vista dos policiais é que eles mentem depondo, para condenar um réu que julgam ser culpado independentemente de uma prova admissível?

– Eu já ouvi isso sendo usado nesse contexto.

– Mas o senhor nunca fez isso.

– Não, nunca fiz – diz Malone.

Sem contar algumas centenas de exceções.

– Nem mesmo em sua última resposta? – pergunta Berger.

– Argumentativo!

– Mantido – diz o juiz. – Prossiga, doutor.

– Bem – segue Berger –, segundo seu depoimento, o senhor não tinha flagrante para entrar no apartamento por suspeita de tráfico de drogas, correto?

— Correto.

— E em seu depoimento, sob juramento, o senhor disse ter, sim, flagrante, baseando-se em ter visto conhecidos dos meus clientes portando armas. Correto?

— Sim.

— O senhor disse ter visto as armas.

— Estavam à vista — diz Malone.

— Isso é um sim?

— Sim.

— E fora ter visto aquelas armas que estavam "à vista" — diz Berger —, o senhor não tinha nenhum flagrante para entrar naquele domicílio, correto?

— Correto.

— E quando viu aquelas armas — diz Berger —, eram esses suspeitos que estavam de posse das mesmas, correto?

— Sim.

— Eu gostaria de anexar esse documento como prova — diz Berger.

— O que é isso? — pergunta Hinman. — Nós não fomos notificados a respeito disso.

— Isso acabou de chegar às nossas mãos, meritíssimo.

— Senhores advogados, aproximem-se.

Malone vê Hinman ir até lá. Ela lança um olhar de "Que porra é essa?", mas ele também não sabe do que se trata.

— Meritíssimo — diz Berger —, esse é um registro de prova apreendida, datado de 22 de maio de 2013. É possível ver discriminada uma pistola MAC-10 com o número de série B-7842A14.

— Sim.

— O registro foi feito na sala de provas do Distrito Policial Três-Dois, na data citada. O Distrito Três-Dois fica, claro, em Manhattan North.

— Qual é a relevância disso?

— Se o tribunal me permite — diz Berger —, eu demonstrarei a relevância.

— Concedido.

— Eu protesto — diz Hinman. — Nós não tivemos acesso a esse documento...

— Sua objeção está mantida para a apelação, dra. Hinman.

Berger volta à sua inquirição. Ele entrega um documento a Malone.

— Reconhece isso?

— Sim, é um registro de prova de uma pistola MAC-10 tirada de um dos suspeitos.

— Essa é a sua assinatura?

— Sim.

— Poderia ler o número de série dessa arma? — pergunta Berger.

— B-7842A14.

Berger lhe entrega outro documento.

— Reconhece isso?

— Parece ser outro registro de prova.

— Bem, não "parece" ser — diz Berger. — É exatamente isso, não é?

— Sim.

— E ele mostra uma pistola MAC-10, não está correto?

— Está correto.

— Por favor, leia a data desse registro para nós.

— 22 de maio de 2013.

Puta que pariu, pensa Malone. Porra, eles me garantiram que as armas eram totalmente limpas.

Berger está conduzindo Malone a um precipício sem volta.

— Agora, por favor, leia para nós o número de série — diz Berger —, da pistola MAC-10 apreendida em 22 de maio de 2013.

Estou totalmente fodido, pensa Malone.

— B-7842A14.

Malone ouve o júri reagir. Ele não olha na direção deles, mas sabe que estão lançando canivetes com o olhar.

— É a mesma arma, não é? — pergunta Berger.

Como ele conseguiu essa porra desse registro? Imagina Malone. Como consegue tudo, seu imbecil. Ele comprou.

— Parece ser.

— Então — diz Berger —, como policial experiente, você poderia nos dizer como a mesma arma pode estar trancada na sala de provas da Três-Dois e depois, magicamente, aparecer "à vista" nas mãos dos suspeitos na noite de 13 de fevereiro de 2015?

– Argumentativo. Suscita especulação.
– Eu vou conceder.
O juiz está *puto*.
– Eu não sei – diz Malone.
– Bem, há apenas algumas possibilidades – continua Berger. – Seria possível a arma ter sido roubada da sala de provas e vendida aos supostos traficantes de drogas? Essa é uma possibilidade?
– Imagino que sim.
– Ou seria ainda mais provável – diz Berger – o senhor ter levado a arma no intuito de plantá-la nos suspeitos e conseguir um pretexto para o flagrante?
– Não.
– Nem é uma possibilidade, sargento? – pergunta Berger, deleitando-se imensamente. – Sequer é uma possibilidade o senhor ter entrado naquele domicílio, atirado nos dois suspeitos, *matado* um deles e plantado armas neles, depois mentido a respeito disso?
Hinman pulou.
– Argumentativo, especulativo. Invoca algo hipotético. Meritíssimo, o advogado de defesa está...
– Aproximem-se, por favor.

– Meritíssimo – diz Hinman –, nós não sabemos a procedência desse documento, não tivemos tempo suficiente para investigar sua legitimidade, sua autenticidade...
– Mas que droga, Mary – diz o juiz –, se você forjou esse caso...
– Nem por um momento eu impugnaria a ética da dra. Hinman – diz Berger. – Mas o fato preponderante é que o sargento Malone não viu as armas que alega ter visto, não havia flagrante e qualquer prova encontrada no domicílio é ilegal. Vou prosseguir à liberação, meritíssimo.
– Nada disso – interfere Hinman. – O próprio defensor levantou a possibilidade de que essa arma talvez tenha sido roubada da sala de provas e...
– Vocês me trouxeram uma grande dor de cabeça – diz o juiz.

Ele suspira, depois acrescenta:
– Vou excluir a MAC-10.
– Mas ainda fica a TEC-9.
– Certo – diz Berger –, o júri vai acreditar que uma arma é plantada mas a outra é genuína. Por favor.

Malone sabe que Hinman está considerando suas opções e todas são uma bosta.

Uma delas é que policiais de Nova York estão vendendo armas automáticas apreendidas como provas para traficantes de drogas. A outra é que um detetive altamente condecorado do Departamento de Polícia de Nova York está cometendo perjúrio no tribunal.

Se ela seguir por esse caminho, isso poderia abrir uma enxurrada de manchetes nos jornais. O tiroteio passa a ser um erro e a Corregedoria abre uma investigação sobre o sargento Denny Malone, incluindo todos os seus depoimentos anteriores. Hinman poderia perder não somente esse caso, mas ter outros vinte revertidos. Vinte bandidos culpados sairiam da cadeia e ela seria forçada a deixar a profissão.

Há mais uma opção.

Ele ouve Hinman perguntar a Berger:
– Seu cliente estaria aberto a uma oferta de acordo judicial para a confissão?
– Depende da oferta.

Malone sente a bile subindo à boca, quando Hinman diz:
– Acusação de porte simples. Uma multa de 25 mil dólares, dois anos de pena deduzidos do tempo cumprido e deportação.
– Vinte mil, pena cumprida e deportação.
– Meritíssimo? – pergunta Hinman.

O juiz olha com aversão.
– Se os doutores concordam, eu vou aceitar o acordo e expedir a sentença negociada.
– Mais uma coisa – diz Hinman. – As notas da sessão são lacradas.
– Não tenho problema com isso – diz Berger, com um sorrisinho malicioso.

Não há ninguém da mídia na sala, pensa Hinman. Há uma boa chance de manter isso fora do radar.

– As notas serão lacradas – diz o juiz. – Mary, a corte não está feliz com isso. Vá providenciar a papelada. Mande Malone ao meu gabinete.

O juiz levanta.

Hinman vai até Malone e diz:

– Porra, mas eu vou te matar.

Berger só sorri para ele.

Malone entra no gabinete. O juiz nem oferece para que ele se sente.

– Sargento Malone – diz o juiz –, esteve a um passo de perder seu distintivo, sua arma e ser indiciado por perjúrio.

– Eu mantenho o meu depoimento, meritíssimo.

– Assim como farão Russo e Montague – diz o juiz. – O muro policial.

Pode ter certeza, pensa Malone.

Mas ele fica de boca fechada.

– Graças a você – continua o juiz –, eu tenho que soltar um réu que temos certeza quase absoluta que é culpado. Para proteger o Departamento de Polícia de Nova York, que deveria estar nos protegendo.

É graças ao Berger, aquele babaca, pensa Malone. E outros babacas negligentes da Três-Dois, preguiçosos demais para jogar um registro velho na privada. Ou quem estiver na agenda do Berger. De qualquer jeito, eu vou descobrir.

– Tem algo a dizer, sargento?

– O sistema está fodido, meritíssimo.

– Saia, sargento Malone. Você me dá náuseas.

Eu lhe dou náuseas, pensa Malone ao sair. Você que me dá náuseas, seu hipócrita. Você acabou de participar do acobertamento desse negócio, você sabe o que está se passando. Você não protegeu os policiais pela bondade de seu coração, você nos protegeu porque tem de fazer isso. Você também é parte desse sistema.

Hinman está esperando por ele no corredor.

– Nossas carreiras ficaram revolvendo no vaso sanitário, ali dentro – diz ela. – Eu tive que oferecer um acordo àquele cretino para nos salvar.

Pobrezinha de você, pensa Malone. Eu faço acordos todos os dias e muito piores que esse.

– Você sabe das coisas, portanto, pode parar de bancar a Joana D'Arc.

– Eu nunca lhe disse para cometer perjúrio.

– Você não liga para o que nós fazemos quando consegue as condenações – afirma Malone. – "Faça o que tiver que fazer", você diz, mas, se algo dá errado, então você diz "siga as regras".

Eu vou seguir as regras.

Quando todo mundo seguir.

CAPÍTULO 15

Malone encontra sua equipe na Montefiore Square, que não é uma praça, mas um triângulo formado pela Broadway, a Hamilton Place e a rua 138.

– O que temos? – pergunta Malone.

– Fat Teddy fez trinta e sete ligações para números da Geórgia ao longo dos três últimos dias – diz Levin. – O carregamento certamente está vindo.

– É, mas, vindo para onde? – pergunta Malone.

– O Teddy só vai dar o endereço para eles no último minuto – suspeita Levin. – Se fizer isso do escritório, talvez a gente consiga captar, mas, se ele ligar da rua, nós saberemos quando ele fizer a ligação, mas não o que ele vai falar.

– Podemos conseguir autorização judicial de escuta para os telefones de Teddy? – pergunta Monty.

– Baseados num grampo ilegal? – diz Malone. – Hoje em dia não.

Levin sorri.

– Qual é a graça? – pergunta Russo.

– E se a gente pegar o Teddy? – levanta Levin.

– Ele não vai nos dar merda nenhuma – diz Russo –, por mais que a gente force a barra.

– Não – diz Levin. – Tenho uma ideia melhor.

Ele explica tudo.

Os três policiais mais velhos se olham.

Então, Russo diz:

— Estão vendo, essa é a diferença entre a City College e a Universidade de Nova York.
— Fica em cima — Malone diz a ele. — Avise-nos quando for a hora.

Malone está sentado com Sykes no escritório do capitão.
— Eu preciso de dinheiro — diz Malone.
— Pra quê?
— As armas do Carter estão chegando através da Pipeline — diz Malone. — Mantell não vai vendê-las para o Carter, vai vendê-las pra nós.
Sykes dá uma olhada desconfiada.
— E as questões de prova ilegal?
— Não haverá nenhuma. Nós faremos a compra na rua.
— Baseado em quê?
— Um informante vai nos dar o local de encontro — revela Malone. — Nós vamos assumir o lugar do informante.
— Você fez uma ficha para esse informante?
— Assim que eu sair de seu escritório.
— Quanto?
— Cinquenta mil — diz Malone.
Sykes ri.
— Você quer que eu vá até o McGivern e peça 50 mil dólares baseado em algo que você ouviu, mas não deveria ter ouvido?
— Eu terei uma declaração datilografada do juramento do informante.
— Assim que sair do meu escritório.
— McGivern vai te dar — diz Malone.
É um risco que ele precisa correr.
— Se disser que sou eu.
Esse é um sapo e tanto para o Sykes engolir.
— Quando será isso? — pergunta Sykes.
Malone dá de ombros.
— Em breve.

— Eu vou falar com o inspetor – diz Sykes. – Mas isso tem que andar na linha. Você se comunica e me mantém informado a cada passo.

— Pode deixar.

— E eu quero que você leve outra equipe, quando acontecer – diz Sykes. – Use o Torres e seu pessoal.

— Capitão Sykes...

— O quê?

— O Torres, não.

— O que há de errado com o Torres?

— Preciso que o senhor confie em mim dessa vez – pede Malone.

Sykes olha para ele durante alguns segundos.

— O que está tentando me dizer, sargento?

— Deixe que a minha equipe conduza a compra – diz Malone. – Mande as equipes envolvidas para cercar o vendedor. O senhor distribui os créditos pelas prisões como quiser, a Força-Tarefa inteira vai jantar fora.

— Só que o Torres, não.

— O Torres, não.

Mais silêncio.

Mais olhares.

Então, Sykes diz:

— Se você me foder nisso, Malone, eu vou tocar fogo no seu cu inteiro e cuidar para que nunca apaguem.

— Adoro quando o senhor fala sacanagens comigo, chefe.

— Você cometeu perjúrio no caso Rivera? – Paz pergunta a ele.

— Com quem você almoçou – pergunta Malone –, Gerry Berger?

Ela joga uma pasta de arquivo em cima da mesa.

— Responda a minha pergunta.

— Esse documento estava lacrado – diz Malone. – Como foi que o Berger pegou isso para você?

Ela não responde.

— Acha que aquele bosta ganha todos os casos porque é muito esperto? – pergunta Malone. – Por que todos os seus clientes são inocentes?

Acha que ele nunca comprou uma sentença, eliminou alguma prova com um envelope?

— Ele não precisou disso para se livrar da sua prova, precisou? — pergunta Paz. — Você plantou um flagrante e depois cometeu perjúrio.

— Se é o que está dizendo.

— As notas da sessão estão dizendo — diz Paz. — Mary Hinman normalmente apóia esse tipo de coisa para ganhar seus casos?

— Agora você vai atrás dela?

— Se ela for corrupta.

— Ela não é — diz Malone. — Deixe-a em paz.

— Por quê? Você está transando com ela?

— Jesus Cristo.

— Se você cometeu perjúrio — diz Paz —, nosso acordo é inválido.

— Pode ir em frente — diz Malone. Ele estende as mãos para ser algemado. — Não, vamos, agora mesmo. Pode fazer.

Ela continua olhando para ele, fulminantemente.

— É, foi o que eu pensei. — Ele abaixa as mãos. — Sabe por que não? *Brady versus Maryland*: você tem que notificar os advogados de defesa, na hipótese de um policial envolvido em seus casos ter deliberadamente mentido sob juramento. Porque se eu lhe dissesse que menti, isso abriria quarenta ou cinquenta casos antigos, de caras presos que vão querer novas sentenças. E vai suscitar perguntas quanto aos seus amigos promotores saberem que eu estava mentindo e terem tolerado isso para obter as condenações. Portanto, não me venha com sua baboseira de santinha, porque eu aposto que para chegar onde está, você fez exatamente a mesma coisa.

Silêncio na sala.

— Vocês, seus merdas de federais — diz Malone. — Vocês mentem, corrompem, vendem os olhos da mãe para conseguir uma condenação. Só é errado quando um policial faz.

— Cale a boca, Denny — diz O'Dell.

— Eu já lhes consegui, o que, seis acusações, sete? — pergunta Malone. — Quando acaba? Quando é o suficiente?

— Termina quando eu lhe disser que terminou — afirma Paz.

— E quando é? – pergunta Malone. – Até onde vocês estão dispostos a subir? Você tem culhão, Paz? Tem culhão suficiente pra ir atrás de juízes? Quanto acha que eles ganham depois dos impostos descontados? O suficiente para um apartamento num condomínio em West Palm? E quanto às viagens para Vegas, são cortesias? Também perdem um punhado de dinheiro que é apagado do relatório? Está interessada em saber como *isso* acontece?

— Você virou o quê? – pergunta Weintraub – Um expedicionário das Cruzadas de repente?

— Se você sabe de alguma coisa... – diz Paz

— *Todo mundo* sabe! – diz Malone. – Até a porra do hindu da banca de jornal sabe! Um negro de dez anos de idade, ali da esquina, sabe! O que estou perguntando é por que motivo *vocês* não sabem?

Silêncio.

— Nossa, mas que silêncio – diz Malone.

— Nós temos que trabalhar de baixo pra cima – diz O'Dell.

— Ora, mas isso é bem conveniente, não é? – diz Malone. – É confortável pra vocês. Não é o *cu de vocês* que está na reta.

— Eu não preciso ficar aqui sentada ouvindo sermão de um policial corrupto – diz Paz.

— Sabe de uma coisa, você não precisa mesmo – responde Malone.

Ele se levanta.

— Sente-se, Denny – diz O'Dell.

— Vocês já tiraram de mim o que tinham pra tirar – diz Malone. – Eu já delatei todos os advogados com quem trabalhei. Terminei.

— Então nós vamos acusá-lo – ameaça Paz.

— Podem me botar no banco de réus – diz Malone. – Vejam que nomes eu dou, vejam o que acontece com as carreiras de vocês.

— Quaisquer aspirações profissionais que eu possa cultivar – diz Paz –, não têm nada a ver com isso aqui.

— E eu sou o Coelhinho da Páscoa.

Ele caminha em direção à porta.

— Sabe, você está certo, Malone – diz Paz. – Você nos levou até onde podia com os advogados. Agora eu quero policiais.

Seu imbecil do caralho, pensa Malone, os advogados eram só para você entrar. Quantas vezes você usou o mesmo jogo com delatores? Uma vez que os têm na mão, eles são seus, você os coloca na rua e usufrui.

Mas achou que você era diferente, seu babaca.

– Eu disse desde o início – relembra Malone. – Policiais não.

– Você vai me dar policiais. Se não, quando nós abrirmos essas acusações contra os advogados, eu vou dizer que foi você.

Paz deixa que isso seja assimilado e depois sorri para Malone.

– Corra, Denny, corra.

A piranha te pegou pelo saco, pensa Malone. Você está encurralado. Se ela espalhar que você é um rato, todos virão atrás de você... o pessoal da corporação, os Cimino, os filhos da puta da prefeitura.

Você está morto.

– Sua puta latina.

Paz sorri para ele.

– As latinas têm fama de serem boas. Por isso que todo mundo as quer. Arranje policiais. Gravados.

Ela sai.

Para Malone, parece que a sala está girando. Ele se controla o suficiente para dizer a O'Dell:

– Nós fizemos um acordo.

– Não estamos pedindo os seus parceiros – diz O'Dell. – Apenas arranje um ou dois outros caras. Tem de haver policiais que até você acha que extrapolam, Denny. Policiais da linha dura, policiais que precisamos tirar das ruas.

– Eu não vou prejudicar meus parceiros – diz Malone.

– Você os estará salvando – explica O'Dell. – Acha que somos idiotas? Que achamos que você poderia fazer essa merda com o Rivera sozinho? Se nós o acusarmos nesse caso, eles também vão junto: Russo e Montague.

– Eles estão em suas mãos, Malone – diz Weintraub. – Não se atrapalhe.

– Denny – diz O'Dell. – Eu gosto de você. Não acho que você seja um cara ruim. Acho que você é um cara bom que fez algumas coisas ruins. Há um meio de sair disso, para você e seus parceiros. Trabalhe conosco e nós vamos trabalhar com você.

– E quanto à Paz?

– Você sabe que ela não pode estar inteirada de um acordo desse tipo – diz O'Dell.

– Por que acha que ela saiu? – pergunta Weintraub.

– Nós temos um entendimento – diz O'Dell.

– Se eu lhes der um ou dois – diz Malone –, eu tenho sua palavra sagrada, pelos olhos de seus filhos, que vocês não vão prejudicar meus parceiros?

– Você tem a minha palavra – diz O'Dell.

Como se cruza um limiar?

Passo a passo.

CAPÍTULO 16

Fat Teddy está a mil.

Bem, o mais depressa que Fat Teddy consegue ir.

Do outro lado da Broadway, de dentro do caminhão de entrega de bebidas, Malone o observa descer da loja de material de construção e vir até a rua, ainda falando ao telefone.

– Está captando – diz Levin, olhando a tela de seu iPad.

Teddy usou três telefones para ligar para o mesmo celular na Geórgia e agora está caminhando pela Broadway, na direção do centro da cidade.

– Ele acabou de ligar para um número com código de área 212 – informa Levin.

– Ele está avisando ao Carter que está a caminho – sugere Monty.

– Em que lugar você quer pegá-lo? – pergunta Russo.

– Espere – diz Monty.

Eles ficam em paralelo, conforme Teddy atravessa a rua 158. Então, ele vira à direita na rua 157 e novamente à direita, subindo a Edward Morgan Place.

– Se ele for ao Kennedy's Chicken – diz Monty – é muito clichê pra mim.

Eles viram atrás dele.

– Ele percebeu a gente? – pergunta Russo.

– Não – diz Malone. – Está com coisa demais na cabeça.

– Aquele é o carro dele – aponta Russo. – Do lado de fora da cafeteria.

– É a hora.

Ele liga para Nasty Ass.

— Manda ver.

Nasty não estava a fim de se envolver. Amarelou completamente.

— Cara, eu podia ter sido pego da última vez. Não quero ter que voltar pra Baltimore.

— Você não vai.

Nasty tentou outra.

— O Carter não é protegido pelo Torres?

Porra, Nasty, essa é a ideia.

— Agora você que comanda a Força-Tarefa? — perguntou Malone. — Eles substituíram o Sykes por um graveto preto e viciado e ninguém me mandou o memorando? Eu decido onde eu trabalho, babaca.

— Só estou dizendo...

— Então não diga nada, só que irá fazer o que eu lhe pedir.

Nasty está na rua e liga para a polícia.

— Estou vendo um homem com uma arma.

Dá o endereço.

Surge a mensagem no rádio e Russo atende.

— Unidade de Manhattan North na área. Conseguimos.

Eles pulam para fora da caminhonete caminham atrás de Teddy e o atracam, bem na hora em que ele ia entrar no carro.

Dessa vez, Teddy não está de brincadeira, ele nem tem voz.

Agora o negócio é sério.

Monty o coloca contra o carro.

Levin pega seu celular.

— Eu juro por Deus, uma porra de uma palavra... — diz Malone a Teddy.

Eles o arrastam até a traseira da caminhonete.

— Você tem uns amigos caubóis vindo lá do sul? — Malone pergunta.

Teddy não diz nada.

Monty entra na caminhonete com uma maleta.

— Olhe o que eu achei.

Ele abre a maleta. Pilhas de notas de cem, cinquenta e vinte.

— Poupe-me do trabalho, Teddy. Quanto é?

— Sessenta e cinco — diz Teddy.

Malone ri.

– Você disse 65 ao Carter? Qual é o valor real?

– Cinquenta, seu filho da puta.

Russo tira 15 mil da maleta.

– Que mundo triste e corrupto.

– Você já encontrou o Mantell pessoalmente – pergunta Malone –, ou só o conhece pelo telefone?

– Por que você quer saber?

– O negócio é o seguinte – diz Malone.

Ele ergue um punhado de papéis, o registro de informante que ele abriu para Teddy.

– Ou você se torna meu informante nesse momento ou essa papelada vai vazar para Raf Torres, que vai vendê-la pro Carter.

– Você faria isso comigo, Malone?

– Puta merda, é claro – responde o policial. – Já estou fazendo isso, seu imbecil. Agora, o que você vai fazer? Porque eu não quero que seus amigos roceiros branquelos fiquem grilados.

– Nunca estive com o Mantell.

– Assine aqui, aqui e aqui – diz Malone, oferecendo uma caneta.

Teddy assina.

– Onde vocês iam fazer a troca? – pergunta Malone.

– Lá perto do Highbridge Park.

– Os roceiros sabem disso?

– Ainda não.

O telefone de Teddy toca.

Levin olha para Malone.

– É da Geórgia.

– Você usa algum código? – pergunta Malone.

– Não.

Malone gesticula para Levin, que segura o telefone para Teddy.

– Onde estão vocês? – pergunta Teddy.

– *Harlem River Drive. Pra onde eu vou?*

Teddy olha para Malone que ergue um bloco.

— Dyckman a oeste da Broadway — diz Teddy. — Tem uma oficina mecânica, do lado mais alto. Entre no beco.

— *Você está com nosso dinheiro?*

— Que porra você acha? — pergunta Teddy.

Levin desliga.

— Muito bom, Teddy — diz Malone. — Agora, ligue pro Carter e diga a ele que está tudo redondo.

— O quê?

— Boa — diz Monty.

Teddy disca, enquanto Malone ergue a declaração de informante para lembrá-lo dos riscos.

— Sim, sou eu — diz Teddy, ao telefone. — Tudo em cima... vinte minutos, meia hora, talvez... tudo certo.

Ele desliga.

— Interpretação digna de um Oscar — diz Russo.

— Você tem garotos esperando no Highbridge Park? — pergunta Malone.

— O que você acha?

— Então você vai botar sua bunda gorda no carro e dirigir até lá — diz Malone. — Você vai esperar por esses roceiros, só que eles não vão aparecer.

— Não precisa que eu faça a compra?

— Não — diz Malone. — Nós temos o nosso próprio gordo negro. Eu posso te ouvir pensando, Teddy, então, pense nisso: se os seus novos amigos brancos não aparecerem em Dyckman, eu arquivo a sua papelada com o Carter.

— O que digo a ele?

— Diga para ele assistir ao noticiário — diz Malone. — E diga que ele não deveria fazer negócios na minha área.

Teddy desce da caminhonete.

Russo divide os 15 mil de Teddy e entrega a parte de Levin.

Levin ergue as mãos.

— Vocês podem fazer o que quiserem. Eu não vi nada. Eu só... eu não faço isso.

— Não é assim que funciona — diz Russo. — Ou você está dentro ou está fora.

— Se você não aceitar — diz Montague —, nós não sabemos se podemos confiar em você para ficar de boca fechada.

— Não sou um rato — diz Levin.

Malone sente uma pontada por dentro.

— Ninguém disse que você é — diz Montague. — Mas tem que ter participação no jogo, entende?

— Pegue o dinheiro — diz Russo.

— Dê à caridade, se quiser — diz Montague. — Deixe na caixa dos pobres.

— Mande para o St. Jude's — diz Malone.

— É o que você faz? — pergunta Levin.

— Às vezes.

— O que acontece se eu não pegar o dinheiro? — pergunta Levin.

Russo o segura pela camisa.

— Você está com a Corregedoria, Levin? É um "agente de campo"?

— Tire suas mãos de mim.

Russo tira, mas diz

— Tire a camisa.

— O quê?

— Tire a camisa — diz Montague.

Levin olha para Malone.

Malone assente.

— Jesus Cristo.

Levin desabotoa a camisa, abre pra que eles olhem.

— Estão felizes agora?

— Talvez esteja embaixo do saco dele — diz Russo. — Lembra do Leuci?

— Se você tiver alguma coisa embaixo do saco, fora fedor — diz Montague —, é melhor nos dizer agora.

— Pode tirar — diz Malone.

Levin sacode a cabeça, abre a fivela do cinto e desce o jeans até os joelhos.

— Vocês também querem olhar o meu cu?

— Gostaria que a gente olhasse? — pergunta Russo.

Levin sobe o jeans novamente.

— Isso é degradante.

— Nada pessoal — diz Malone. — Mas se você não pegar o dinheiro, nós temos que saber qual é a sua.

— Só quero ser um policial.

— Então seja — afirma Malone. — Você acabou de multar DeVon Carter em três pratas.

— É assim que funciona?

— É.

Levin pega o dinheiro e conta.

— Está faltando.

— Como assim, porra? — pergunta Russo.

— Quinze mil divididos por quatro são 3.070, mais uns trocados — diz Levin. — Aqui só tem 3 mil redondos.

Eles riem.

— Ora, agora temos um judeu de verdade em nossa equipe — caçoa Russo.

— Uma parte vai para despesas — diz Malone.

— Que despesas? — pergunta Levin.

— O que foi — pergunta Russo —, você vai querer um relatório específico?

— Leve a Amy pra jantar — diz Malone —, não se preocupe com isso.

— Compre algo bacana pra ela — aconselha Montague.

— Não *excessivamente* bacana — completa Malone.

Russo pega um envelope pardo e uma caneta.

— Escreva seu endereço e envie pelo correio. Assim, você não fica andando com isso.

Eles voltam para o carro, passam pelos correios, depois seguem até Dyckman.

— E se o Teddy os avisar?

— Aí a gente tá fodido — diz Malone.

Contudo, ele liga para o Sykes e recomenda que ele mande unidades de reforço para Highbridge Park. Dá a ele o nome, modelo e registro do carro de Fat Teddy.

Levin está nervoso como uma puta na igreja.

Malone não culpa o garoto: é uma apreensão e tanto, do tipo que faz uma carreira, que rende um distintivo de ouro. E foi a porra da ideia genial que ele teve que permitiu isso.

O telefone de Teddy toca.

Monty atende.

– Onde você está?

– Estou descendo a Dyckman.

– Estou te vendo – diz Monty. – Uma caminhonete Penske amarela?

– Somos nós.

– Pode vir.

A caminhonete alugada entra no beco.

Um cara com pinta de motoqueiro – cabelo comprido, barba, jaqueta de couro com ECMF gravado – desce do banco do passageiro segurando uma espingarda. No pescoço, tem tatuada uma suástica e o número 88, o código numérico dos nazistas para saudarem Heil Hitler.

Para esse filho da puta é ganhar ou ganhar, pensa Malone. Levanta uma grana e dá ferramentas para o "povo da lama" para que matem uns aos outros.

Monty sai da caminhonete com a mão esquerda erguida e uma maleta na mão direita. Malone e Russo saem atrás dele, ficam para trás e para os lados, para terem ângulos abertos para atirarem.

Malone vê que o motoqueiro fica meio cabreiro.

– Eu não esperava brancos.

– Nós só queríamos deixar você à vontade – diz Monty.

– Não sei disso não.

– Ah, tem uma porção de negros em volta – diz Monty. – Você só não vê porque está de noite.

– Espere aí.

O motoqueiro liga para o telefone de Teddy. Ouve-o tocar no bolso de Monty e relaxa um pouco.

Certo.

– Certo – diz Monty. – O que você tem pra mim?

O motorista desce, contorna o caminhão e abre a porta traseira. Malone segue Monty e olha lá dentro, enquanto o motoqueiro começa a abrir os caixotes. Ali dentro tem armamento suficiente para manter a Homicídios ocupada por dois anos – revólveres, pistolas automáticas, espingardas e fuzis automáticos: um AK e três AR-15, incluindo um Bushmaster.

– Está tudo aí – diz o motoqueiro.

Monty coloca a maleta sobre a tampa traseira da caminhonete e abre.

– Cinquenta pratas. Quer contar?

Sim, ele quer. Ele conta os maços de notas marcadas e registradas.

– Tudo em cima.

Malone e Russo começam a descarregar as armas e levá-las para a caminhonete de bebidas.

– Avise para o Mantell – diz Monty –, que nós compraremos tudo que ele puder mandar.

O motoqueiro sorri.

– Contanto que vocês as utilizem em outras "pessoas de cor".

Monty não consegue evitar.

– E talvez policiais.

– Por mim, está ótimo.

É, está bom para você? Pensa Malone. Veremos como vai ficar, quando algum agente penitenciário estiver sovando seu fígado, seu filho da puta, caipira de merda. Eu faria isso agora, se não quisesse passar essa prisão para o Sykes e a Força.

Eles terminam de descarregar.

– Você precisa de instruções pra voltar? – Monty pergunta ao motorista.

Monty pensa em tudo. Sykes está com o local coberto em todas as saídas, mas acho que isso lhe dará um alerta quanto ao caminho que a caminhonete provavelmente seguirá.

– Voltaremos pelo caminho que viemos, eu acho – diz o motorista.

— Ou podem ir direto, subindo a Dyckman aqui, até a Henry Hudson, sul da Ponte GW, depois pegam a 95 de volta até Dixie.

— A gente acha o caminho — diz o motoqueiro.

— Filho da puta — xinga Monty, balançando a cabeça —, se a gente fosse te dar um sacode, faríamos isso aqui mesmo, não perseguindo pela estrada.

— Mantell entrará em contato.

— Heil Hitler.

A caminhonete Penske dá ré e, fazendo jus à paranoia, vira à direita na Dyckman e segue até o outro lado da cidade, antes de cair na estrada novamente.

Malone pega o celular.

— Suspeito está seguindo a leste pela Dyckman.

— Temos visão daqui — diz Sykes.

Levin está sorrindo.

— Agora espera — diz Malone.

E lá vem, sirenes, gritos. Malone e Levin caminham até a rua e veem as luzes vermelhas das viaturas chegando.

— Bem — diz Malone —, pelo menos duas mães não vão se foder essa noite. Levin, esse foi um trabalho policial de verdade que você fez.

— Valeu.

— Sério — diz Malone. — Você salvou algumas vidas essa noite.

Uma viatura se aproxima e Sykes desce do banco traseiro. Uniformizado, recém-barbeado, pronto para as câmeras.

— O que temos, sargento?

— Venha.

Ele leva Sykes até a traseira da caminhonete.

Sykes olha as armas.

— Jesus Cristo.

— Você ligou para o McGivern? — pergunta Malone.

Se o Sykes não incluir McGivern nisso, desde o flagrante, o inspetor vai empatar sua carreira até o dia de sua aposentadoria.

— Não, sargento, eu sou um idiota — diz Sykes. — Ele está a caminho.

Ele ainda está olhando as armas.

Malone sabe o que isso significa para ele. Claro, é excelente para sua carreira, mas é mais que isso. Como o restante, Sykes já viu os corpos, o sangue, as famílias, os enterros.

Por alguns segundos, Malone quase gosta do homem.

Quanto a si mesmo, sente-se um policial novamente.

Não um rato.

Um policial cuidando de seu negócio, cuidando de sua gente. Por causa dessa noite, haverá menos morte e sofrimento no Reino de Malone.

Outro carro se aproxima e McGivern desce.

– Belo trabalho, cavalheiros! – ele grita. – Belo trabalho, capitão! É uma ótima noite para ser um policial da cidade de Nova York, não é?!

Ele se aproxima de Sykes.

– Você pegou o dinheiro da compra, não é?

– Sim, senhor – diz Sykes.

Mais carros vêm chegando. O pessoal da perícia, os caras da Força-Tarefa. Eles começam a tirar fotografias e etiquetar as armas apreendidas antes de levá-las para a delegacia, onde serão expostas para uma coletiva de imprensa pela manhã.

Depois que a papelada é feita, Sykes surpreende a todos anunciando que a primeira rodada na Dublin House é por sua conta.

A primeira rodada implica na segunda, que implica na terceira e, depois disso, quem está contando?

Em algum ponto, entre a quinta e a sexta biritas, Malone se vê sentado ao lado de Sykes no bar.

– Se alguém me pedisse – diz Sykes –, para dizer quem foi o melhor e o pior policial com quem trabalhei, eu responderia Denny Malone.

Malone ergue seu copo.

Sykes ergue o seu também, e ambos mandam para dentro.

– Nunca te vi sem uniforme – diz Malone.

– Eu trabalhei como infiltrado durante três anos, na Sete-Oito – diz Sykes. – Dá para acreditar?

– Não. Nem imagino.

— Eu tinha dreads.
— Ah não, nem fodendo.
— Juro por Deus — diz Sykes. — Foi um bom trabalho essa noite, Malone. Detesto pensar o que aconteceria se essas armas fossem pra rua.
— DeVon Carter não vai ficar muito feliz.
— Foda-se Carter.

Malone começa a rir.

— O quê? — pergunta Sykes.
— Eu estava pensando numa vez — diz Malone —, que o Monty, o Russo, o Billy O e eu, e mais uns seis caras, estávamos sentados nesse bar, E um menino negro — sem querer ofender — entrou pela porta armado e gritou que era um assalto. O garoto mais burro do mundo, certo? Devia ser sua primeira vez, porque ele aparentava uns dezenove anos e estava morrendo de medo. Então ele apontou a arma e Mike, atrás do bar, só olhou pra ele. De repente o pobre do garoto tinha umas doze armas apontadas pra ele, todos os policiais rindo e gritando "Dá o fora daqui", e o garoto deu meia volta, como num desenho animado, e saiu correndo pela porta. Nós nem fomos atrás. Só voltamos a tomar nossos drinques.
— Mas vocês não atiraram?
— Era um garoto — diz Malone. — Quer dizer, que idiota poderia render um bar de policiais?
— Um desesperado.
— Imagino que sim.
— Sabe qual é a diferença entre você e eu? — pergunta Sykes. — Eu teria ido atrás dele.

Ao seu redor, a festa rola. Monty está dançando sozinho, Russo e Emma Flynn estão tomando uns tragos, Levin está surfando em cima da mesa, Babyface está dando uma lavada nos policiais à paisana no *beer pong*.

O coração de Malone está apertado.

Ele vai trair essa gente.

Vai entregar os policiais.

Ao deixar uma nota de vinte no bar, Malone diz:

— É melhor eu ir.
— Denny Malone, que sempre toma a saideira? — pergunta Sykes.

— É.

É melhor eu ir, antes que eu fique mais bêbado e comece a falar, despejando meu sentimento de culpa, caindo em prantos no bar e contando para todo mundo o merda que eu sou.

Malone acena para ele.

— Malone! — grita Levin.

Ele ergue a caneca de cerveja.

— Pessoal. Ei, pessoal. Ô putada, escuta aí!

— Ele vai sentir só amanhã — diz Sykes.

— Judeus não podem beber — finaliza Malone.

Levin parece até a Estátua da Liberdade, com seu caneco erguido acima da cabeça, feito uma tocha.

— Senhoras e senhores da Força! Apresento-lhes o sargento Denny Malone! O mais fodão dos fodões, aquele que bota pra foder e varre a bandidagem da nossa boa cidade! O rei de Manhattan North! Vida longa ao rei!

Os policiais começam a entoar:

— Vida longa ao rei! Vida longa ao rei! Vida longa ao rei!

Sykes sorri para Malone.

— Capitão, até que você é um cara legal — diz Malone. — Não gosto muito de você, mas você é um cara legal. Cuide desse pessoal, está bem?

— Esse é o meu trabalho — diz Sykes, olhando ao redor do bar. — Eu adoro essa porra desse pessoal.

Eu também, pensa Malone.

Ele sai.

Ali não é mais o seu lugar.

Seu lugar também não é com Claudette.

Ele volta ao seu apartamento, onde termina de beber sozinho o que restou de uma garrafa de Jamenson's.

CAPÍTULO 17

A coletiva de imprensa parece o programa *Open Mike Night* no *Chuckle Hut*.

Era de se esperar, pensa Malone.

As armas estão expostas nas mesas, cuidadosamente etiquetadas, com uma aparência letal e bela. Uma fila de chefões e comandantes de alta patente aguarda no palanque pela sua vez de falar ao microfone. Além de Sykes, que nem parece estar de ressaca, e McGivern, também estão Neely, chefe dos detetives, Isadore, chefe dos patrulheiros; o chefe de polícia Brady; o chefe-adjunto de polícia; o prefeito e, por motivos que estão além da compreensão de Malone, o reverendo Cornelius.

McGivern diz algumas palavras parabenizando o departamento e apresenta Sykes, que fala em termos técnicos sobre a operação, as armas apreendidas e o quanto ele está orgulhoso dos muitos participantes da Força-Tarefa que trabalharam juntos para chegar a esse resultado.

Ele entrega o microfone ao chefe de polícia, que estende os cumprimentos e inclui o departamento inteiro, fazendo questão de se alongar, só pra fazer o prefeito esperar.

Quando Hizzoner finalmente recebe o microfone, ele estende os créditos e inclui cada autoridade da prefeitura, principalmente ele próprio, e fala de como a união entre o trabalho do departamento de polícia e do governo torna a cidade mais segura para todos. Por fim, ele apresenta o bom reverendo.

Malone já estava com vontade de vomitar, mas agora ele realmente está com ânsias. Enquanto Cornelius prega falando da comunidade, da não violência e das causas econômicas da assim chamada violência e de como a comunidade precisa de "programas e não programas" (e ninguém sabe que porra isso significa). Depois fica numa saia justa, quando incentiva a polícia a fazer mais sem se exceder.

Levando tudo em conta, pensa Malone, é uma excelente atuação.

Até a procuradora Isobel Paz, representando o Southern District de Nova York, que muito tem feito no combate ao tráfico interestadual de armas, parece estar gostando do espetáculo.

Quando o telefone de Malone toca, é Paz e ele a vê do outro lado do lobby lotado.

– Não pense que isso irá ajudá-lo, seu merdinha. Ainda quero policiais.

– Agora, mais que nunca, certo? – pergunta Malone, olhando para ela. – Achei que o chefe de polícia está com um ar bem maioral.

– Policiais. Gravados. Agora.

Clic.

Torres os confronta no vestiário, em Manhattan North.

– Você e eu precisamos conversar – diz Torres.

– Tudo bem – diz Malone.

– Aqui não.

Eles vão lá para fora e atravessam a rua, entram no pátio arborizado do lado de fora do St. Mary's.

– Seu *filho da puta* – diz Torres.

Bom, pensa Malone, quanto mais puto melhor. A raiva deixa Torres negligente, ele comete erros. Ele gruda em Malone.

– Sai pra lá, porra – diz Malone.

– Eu deveria te foder.

– Não sou uma das suas garotas.

A voz de Torres cai a um sussurro.

– Mas que porra você está fazendo pra pegar aquele carregamento? Na Dyckman? Essa é a minha área. Você deveria ficar fora da área de Heights.

– O Carter fechou o negócio na *minha* área.

– Você acabou de entregar a sua área ao Castillo, seu babaca – diz Torres. – O que o Carter vai fazer sem armas?

– Morrer?

– Eu tinha parte daquele negócio, Malone. A taxa de indicação.

– E aí, agora a gente dá reembolso?

– Você não ferra a minha grana, Malone.

– Está bem, está bem.

Então, sentindo-se um merda, ele joga a isca. E consegue para Paz o que ela quer.

– O que é preciso para endireitar isso? Quanto era a sua parte?

Torres se acalma um pouquinho. Então, mete o pescoço na forca.

– Quinze. Mais os três que o Carter não vai me pagar esse mês, agora que a gente fodeu com ele.

– Vai querer o suor da minha pica, também?

– Não, pode ficar – diz Torres. – Quando chega o meu dinheiro?

– Me encontra no estacionamento – diz Malone.

Malone volta para lá, tira 18 mil do console e coloca num envelope. Torres aparece alguns minutos depois e senta no banco do passageiro. No carro fechado, Malone sente o cheiro do homem – o hálito de café choco, a fumaça de cigarro impregnada na roupa, a colônia forte demais.

– E então?

Ainda dá tempo, pensa Malone. Ainda dá tempo de recuar sem prejudicar um irmão policial, mesmo um escroto baixo nível como o Torres. Até que ele pegue o dinheiro, eles não terão nada contra Raf, só ele falando besteiras.

Se você ultrapassar essa linha, não tem volta.

– Ei, Malone?

Torres está perguntando.

– Você tem algo para mim ou não?

É, eu tenho algo para você, pensa Malone. Ele entrega o envelope.

– Aqui está o seu dinheiro.

Torres enfia o envelope no bolso.

– Faça-me um favor? Toca uma punheta pra passar esse tesão que você tem pelo Carter. Pode acreditar, o Castillo é pior.

— O Carter já era – diz Malone. – Ele só não sabe ainda.
— Não me sacaneie de novo, Denny.
— Ah, não amola.

Torres sai do carro.

Malone abre a camisa e checa o gravador. Está ligado, gravou a conversa, Torres é um morto vivo.

E você também, pensa Malone.

O homem que você era não existe mais.

Então, ele vai de carro até o centro da cidade, para entregar a gravação para O'Dell. Durante o caminho, quinze, vinte vezes, ele pensa em simplesmente jogar a fita fora e ir embora. Mas, se fizer isso, pensa ele, eu só vou atolar o Russo e o Monty na minha merda. Então, se for para escolher entre eles e Torres...

Weintraub logo coloca na máquina e Malone ouve...

"Mas que porra você está fazendo pra pegar aquele carregamento? Na Dyckman? Essa é a minha área. Você deveria ficar fora da área de Heights."

"O Carter fechou o negócio na minha área."

"Você acabou de entregar a sua área ao Castillo, seu babaca. O que o Carter vai fazer sem armas?"

"Morrer?"

"Eu tinha parte daquele negócio, Malone. A taxa de indicação."

"E aí, agora a gente dá reembolso?"

"Você não ferra a minha grana, Malone."

"Está bem, está bem. O que é preciso para endireitar isso? Quanto era a sua parte?

— É isso aí, Malone – diz Weintraub. – Você está pegando o jeito da coisa.

"Quinze. Mais os três que o Carter não vai me pagar esse mês, agora que a gente fodeu com ele."

"Vai querer o suor da minha pica também?"

— Belo toque – diz Weintraub.

"Não, pode ficar. Quando chega meu dinheiro?"

– Deu a ele as notas marcadas? – pergunta Weintraub.

– Sim.

– Pegamos – diz Weintraub.

– Bom trabalho, Malone – cumprimenta O'Dell.

– Vai se foder.

– Nosso garoto está se sentindo todo culpado, porque entregou um policial que vende drogas – diz Weintraub. – Torres merece tudo que pegar.

– E o que é? – pergunta Malone.

– Nós vamos levá-lo para uma bela fazenda, no interior, onde ele ficará feliz, brincando com todos os outros policiais corruptos – diz Weintraub. – Que diabo você acha que vai acontecer?

– Agora chega – diz O'Dell. – Denny...

– Não abra a boca pra falar comigo.

– Eu sei como você está se sentindo.

– Não, não sabe.

Malone sai. Seus passos ecoam no corredor vazio.

Jesus Cristo, pensa ele, foi.

Você prejudicou um irmão policial.

Pode dizer a si mesmo que não tinha escolha. Você teve que fazer, certo? Por sua família, por Claudette, pelos seus parceiros. É, você pode dizer que tudo isso é verdade, mas nada muda o fato de que você acabou de prejudicar um policial irmão.

Então, o corredor começa a inclinar, ele sente as pernas oscilando e, subitamente, ele está se apoiando na parede, segurando para não cair. Então ele se curva e põe o rosto nas mãos.

Pela primeira vez, desde que seu irmão morreu, ele cai em prantos.

CAPÍTULO 18

Claudette está linda.

Branco no preto.

Um belo vestido branco justo exibe sua silhueta e a pele escura. Brincos de argolas de ouro, batom vermelho, o cabelo preso com um visual retrô dos anos 1940, com sua flor branca.

Deslumbrante.

Linda de partir o coração, ferver o sangue, arregalar os olhos.

Malone se apaixona novamente por ela.

Eles estão num encontro de verdade.

Ele concluiu que ela estava certa. Qualquer que fosse o seu motivo maluco, ele escondia sua namorada. Deixando-a sozinha, com sua dúvida e seu vício.

O resto que se foda.

Se os brancos provincianos conservadores da corporação não gostarem, eles que se fodam. E se os irmãos acharem que ele vai pegar leve, logo vão descobrir que estão errados.

E tem mais uma coisa.

Ele precisa dela.

Depois de armar para um irmão policial, mesmo um escroto como Torres, ele precisa dela.

Então, ele pegou o celular e ligou. Ficou um pouquinho surpreso por ela não ter simplesmente desligado na cara, quando ele disse:

– Aqui é o sargento Malone, Manhattan North.

Houve uma pequena pausa, antes que ela dissesse:

– O que posso fazer pelo senhor, detetive?

A julgar pela voz, ela estava limpa.

— Eu sei que está muito em cima – diz ele –, mas eu tenho reservas, essa noite, no Jean-Georges e ninguém piedoso o bastante para jantar com um babaca insensível e negligente como eu, e embora eu saiba que uma mulher como você já deve ter planos para hoje à noite, achei que deveria arriscar e perguntar se existe alguma possibilidade de você jantar comigo.

Ele teve de suportar um longo silêncio, antes que ela dissesse:

— Uma mesa no Jean-Georges é difícil de conseguir.

Tirei uma porra de uma nota dez, pensou ele. Ele tivera de lembrar ao maître de um determinado incidente que ele havia abafado, antes que saísse na página seis.

— Eu só disse a eles que havia uma possibilidade, só uma possibilidade, de que a mais bela e encantadora dama de Nova York talvez agraciasse o estabelecimento e eles aceitaram correndo.

— Você está pegando pesado.

— Sutileza não é um dos meus pontos fortes – disse Malone. – E então?

Outro longo silêncio, antes que ela dissesse:

— Eu adoraria.

Ele a leva ao Jean-Georges porque ela gosta de coisas francesas.

O local tem cotação no Zagat, três estrelas pelo guia Michelin, é caro e impossível de conseguir uma reserva, a menos que você seja um célebre detetive. Mas é o Malone e, embora ele esteja um pouquinho nervoso por estar num lugar elegante, Claudette não está.

Ela parece ter nascido ali.

O garçom também acha e dirige a maior parte das perguntas e comentários a ela, que age como se tivesse feito isso a vida inteira. Ela discretamente lhe sugere vinhos e pratos, e Malone aceita.

— Como você sabe de tudo isso? – pergunta ele.

Começa a comer as gemas torradas com caviar e ervas, que, na verdade, são bem mais saborosas do que ele imaginou.

— Acredite ou não – diz ela –, você não é o primeiro homem com quem eu saio. Eu já estive fora da região da rua 110, nossa, umas cinco ou seis vezes, talvez até sete.

Ele se sente um idiota completo.

— Vá em frente, pode pisotear. Eu mereço.

— Sim, merece — diz ela. — Mas eu estou me divertindo muito, amor. Obrigada por me trazer aqui. É lindo.

— *Você* é linda.

— Está vendo, você já está se saindo melhor.

Malone escolhe a lagosta de Maine e Claudette fica com o squab defumado.

— Isso é um pombo? — pergunta Malone.

— É um pombo — diz ela. — Você nunca quis vingança?

Eles não falam sobre heroína, da "escorregada" dela, de sua abstinência. Ela agora está se sentindo melhor, com uma aparência melhor. Ele acha que ela talvez tenha superado. De sobremesa, eles escolhem a "degustação" de chocolate, durante a qual, Claudette diz:

— Então, esse é o nosso primeiro encontro de verdade em muito tempo.

— A palavra chave é "primeiro".

— Com nossos horários — diz Claudette —, é difícil encontrar tempo.

— Talvez eu passe a trabalhar um pouquinho menos — comenta Malone. — A tirar um pouquinho mais de tempo de folga.

— Eu gostaria disso.

— É?

— Muito — diz ela. — Mas nós não temos que fazer *isso* sempre.

— É legal sair.

— Eu só quero passar mais tempo com você, amor — diz Claudette.

Malone levanta para usar o toalete masculino, mas, em vez disso, ele vai até a mulher que está no balcão da hostess e diz que quer uma nota de verdade. Há coisas que você pode aceitar como cortesia, outras você paga.

Se você leva sua mulher para sair, você paga.

— O gerente disse...

— Eu sei — diz Malone —, e agradeço muito, mas eu prefiro uma nota de verdade.

A conta de verdade chega. Ele paga, deixa uma bela gorjeta e puxa a cadeira para Claudette.

– Achei que você gostaria de ir ao Smoke. Lea DeLaria está lá essa noite.

Malone não sabe quem é, apenas que é uma cantora. Ele entrou no site e viu lá.

– Eu adoraria – diz Claudette. – Eu a *amo*. Mas você não gosta de jazz.

– Essa noite é sua.

O Smoke Jazz and Supper Club fica na rua 106 com a Broadway, de volta à área de Malone. É pequeno, com cerca de cinquenta lugares, mas Malone já havia ligado e feito uma reserva caso ela quisesse ir.

Eles sentam numa mesa para dois.

DeLaria canta acompanhada por um baixo, uma bateria, um piano e um quarto de saxofones. Claudette finge espanto.

– Uma mulher branca que sabe cantar, minha nossa.

– Racista.

– Só estou mandando a real, amor.

Entre as canções, DeLaria olha para baixo, para Claudette, e lhe pergunta:

– Ele é bacana pra você, querida?

Claudette assente.

– Muito bacana.

DeLaria olha para Malone.

– É bom mesmo. Ela é linda demais. Eu posso até tirá-la de você.

Então, começa a cantar "Come Rain or Come Shine".

Surge uma pequena comoção na plateia, quando Tre entra com um bando. DeLaria assente para cumprimentá-lo conforme Tre segue para sua mesa, e então o magnata do hip-hop avista Malone e Claudette, e os cumprimenta respeitosamente.

Malone retribui.

– Você o conhece? – pergunta Claudette.

– Faço alguns trabalhos pra ele de tempos em tempos – responde Malone.

E agora, por todo lado vai se espalhar a notícia de que Denny Malone está saindo com uma irmã.

— Você quer conhecê-lo? — pergunta Malone.

— Na verdade, não — diz Claudette. — Não sou muito ligada em hip-hop.

Malone sabe o que vai acontecer em seguida e acontece. Uma garrafa de Cristal chega à mesa, cortesia de Tre.

— Que tipo de trabalho você faz pra ele? — pergunta Claudette.

— Segurança.

DeLaria passa a cantar "You Don't Know What Love Is".

— Billie Holiday — diz Claudette.

Ela se perde na canção.

Malone olha para Tre, que está observando o policial, reavaliando-o, tentando descobrir quem é o cara que está vendo agora.

Saquei, pensa Malone. Eu estou tentando fazer a mesma coisa.

O vestido branco de Claudette desliza e cai como a chuva escorrendo pelas rochas.

Seus lábios são fartos e mornos, seu pescoço é almiscarado.

Depois que eles fazem amor e ela adormece, Malone fica deitado acordado e distrai-se olhando pela sua janela.

CAPÍTULO 19

O seu celular toca outra vez.

Ele o ignora novamente, vira de volta e se aninha em Claudette, tenta dormir de novo com o rosto na curva deliciosa do pescoço dela. Então sua consciência o domina e ele olha o celular.

É o Russo.

— Você soube?

— Soube de quê? — pergunta Malone.

— Do Torres — diz Russo.

Isso dá um calafrio em Malone.

— O quê?

— Comeu a arma.

Bem no meio do estacionamento de Manhattan North, Russo conta tudo. Dois policiais fardados ouviram o tiro, correram lá para fora e o encontraram em seu carro. O motor ligado, ar-condicionado no máximo, o som a toda, tocando salsa, e os miolos de Torres espalhados no vidro traseiro.

Sem bilhete.

Sem mensagem.

Sem marcas de freada.

— Por que diabos ele faria isso? — pergunta Russo.

Malone sabe o motivo.

Os federais o pressionaram. Torne-se um rato ou vá para cadeia.

E Torres respondeu a eles.

Brutal, cruel, racista, mentiroso, o escroto filho da puta do Raf Torres lhes deu uma resposta.

Vão se foder. Eu vou embora como homem.

Malone sai da cama.

– O que foi? – Claudette pergunta sonolenta.

– Preciso ir.

– Já?

– Um policial se matou.

Malone irrompe pela porta, agarra O'Dell pelo colarinho, ergue o homem da cadeira e caminha com ele até a parede.

– Eu estava tentando te ligar – diz O'Dell.

– Seus filhos da puta.

Weintraub levanta e tenta apartar, mas Malone vira e lança um olhar mortal, tipo, se você se meter nisso, vai ter, e Weintraub recua. Diz baixinho:

– Acalme-se, Malone.

– O que vocês fizeram? – Malone pergunta. – Tentaram fazer com que ele fosse pro lado de vocês? Usar um grampo? Ou estavam tentando algemá-lo em seu distrito, na frente de seus irmãos policiais, saindo como um bandido pela porta, diante das câmeras da televisão e dos locais aos gritos de "Porco!"? Falaram pra ele sobre ir pra cadeia e o que aconteceria com sua família?

– Fizemos o nosso trabalho.

– Vocês mataram um policial – Malone diz a O'Dell, a saliva voando no rosto dele. – Você é um assassino de policial.

– Eu tentei ligar pra você no segundo em que eu soube – diz O'Dell. – Isso não é culpa nossa nem sua, é dele. Ele fez suas próprias escolhas, incluindo essa última.

– Talvez ele tenha feito a escolha certa – diz Malone.

– Não fez, não – retruca O'Dell. – Ele não teve coragem de enfrentar o que havia feito. Você sim, Malone. Você está endireitando as coisas.

– Matando um irmão.

– Torres pegou a saída mais covarde – diz Weintraub.

Malone exploda da cadeira, cola no rosto dele.

– Não diga isso. Nunca mais diga essa porra. Eu vi aquele homem descendo as escadarias, eu o vi entrando pelas portas. E onde estava você, hein? Almoçando e tomando um Martini duplo? Em segurança na sua cama com sua namorada?

– Você nem gostava do cara.

– É verdade, mas ele era um policial – diz Malone. – Não era covarde.

– Está certo.

– Sente-se, Denny – diz O'Dell.

– Senta você.

– O que você tem, está doidão? – pergunta O'Dell. – Está ligado de alguma coisa?

Só meia dúzia de bala e duas carreiras de pó.

– Pode me testar. Meu mijo está dando positivo pra tudo, pode acrescentar isso às acusações, que tal?

– Acalme-se.

– Como é que eu vou me acalmar, caralho!? – Malone berra. – Você acha que isso vai acabar aqui? Acha que não haverá boatos? Que as pessoas não vão começar a fazer perguntas? A porra da Corregedoria vai cair matando!

– Nós cuidaremos disso.

– Como cuidaram de Torres?

– Torres não foi culpa minha! – diz O'Dell. – E se você me chamar novamente de assassino de policial, eu vou...

– Vai o quê, porra?

– Você não está inocente nisso, Malone!

Paz entra. Olha pra eles e diz:

– Quando as meninas terminarem o chilique, talvez eu consiga trabalhar.

Malone e O'Dell estão se encarando, prontos para briga.

– Certo, nenhum de vocês tem o pau maior – diz Paz. – *Eu* que tenho. Portanto, sentem-se, cavalheiros.

Eles se sentam.

— Um policial corrupto tirou a própria vida — comenta Paz. — Que pena. Superem. Agora, a questão é controle de danos. Será que Torres falou com alguém antes de partir? Contou a alguém sobre a investigação? Descubra o que as pessoas estão falando, Malone.

— Não.

— Não? — pergunta Paz. — Está tomado pelo remorso, agora, *papi*? Culpa católica? Quer subir na cruz e se pregar nela? Lute contra o impulso, Malone. Eu tenho você em conta como o tipo sobrevivente.

— Você quer dizer o tipo Judas.

— Não faça isso com você, Malone — aconselha Paz. — Aguente firme. Eu só quero saber o que seus companheiros estão dizendo sobre Torres. Eles vão falar a respeito de qualquer forma. Eles falam com você, você fala conosco. Simples assim. Existe algum problema em relação a isso que eu desconheça?

Há tantos problemas que você desconhece, pensa Malone.

— E vamos buscar explicações alternativas para o suicídio de Torres — continua Paz.

Ela olha para Malone.

— Ele era de beber? Usava drogas? Tinha dificuldades conjugais? Problemas financeiros?

— Não que eu saiba.

Torres estava fazendo um bom dinheiro. Tinha esposa, três filhos e pelo menos três mulheres na região de Heights.

— Mesmo que comecem boatos sobre a investigação — diz Paz —, isso pode ser bom pra você, Malone. Seus irmãos irão pensar que o rato está morto. Ele não conseguiu suportar a culpa e se apagou. Isso limpa o caminho pra você.

— Pra quê? — pergunta Malone. — Eu lhe dei o que você queria.

— Nós precisamos de uma base mais ampla, abaixo dele — explica Paz. — Não queremos mostrar que ele só estava levando de um policial, mas de um monte. Nós queremos acusações múltiplas. Torres estava fazendo mais?

— Vocês perguntaram a ele?

— Ele disse que nos daria retorno — diz Weintraub.
— Acho que ele deu, hein? — diz Malone.

A delegacia está um tumulto.

Quando Malone chega a Manhattan North, os furgões dos noticiários já estão lá. Ele vai abrindo caminho por entre os repórteres com um sucinto "sem comentários" e entra. Vai passando pelos bolos de policiais uniformizados que conversam perto do balcão e sente olhos em suas costas, ao subir até a Força-Tarefa.

Malone sabe o que eles estão pensando. *Malone sabe de alguma coisa. Malone sempre sabe de alguma coisa.*

Todos estão junto à sua mesa: Russo, Montague, Levin. Eles erguem os olhos, quando ele entra.

— Onde você esteve? — pergunta Russo.

Malone ignora a pergunta.

— Alguém já falou com o legista?

— McGivern está cuidado disso — diz Russo.

Ele aponta o queixo para o escritório de Sykes, onde o inspetor está observando o capitão, ao telefone.

— A Corregedoria? — pergunta Malone.

— Eles querem falar com todos os detetives da Força-Tarefa — diz Montague.

— Todos nós fomos chamados — conta Levin.

— Vocês vão falar o seguinte — diz Malone. — Não sabem de merda nenhuma. Não sabem nada de álcool, drogas, problemas de dinheiro ou em casa, nada. Deixem que a equipe dele fale sobre isso, se quiser.

Ele vai até a porta de Sykes, bate e entra sem esperar resposta.

McGivern põe a mão em seu ombro.

— Jesus, Denny.

— Eu sei.

— Que diabo aconteceu?

Malone dá de ombros.

— É uma pena — diz McGivern.

– Já falou com o legista?

– Ele está deixando uma possibilidade de ter sido acidental – diz McGivern.

– Essa é a melhor coisa que poderia fazer pelo Torres, inspetor – diz Malone. – Mas já está na mídia como suicídio?

– É uma pena – repete McGivern.

Sykes desliga o telefone e olha para Malone.

– Onde esteve, sargento?

– Dormindo – diz Malone. – Acho que não ouvi o telefone.

Sykes parece abalado. Malone não pode culpá-lo, o voo suave de sua carreira acaba de entrar em turbulência.

– O que pode me dizer sobre isso? – pergunta Sykes.

– Acabei de chegar aqui, capitão.

– Você não viu nenhum sinal? – pergunta Sykes. – Torres não lhe confidenciou nada?

– Não éramos exatamente próximos, senhor – diz Malone. – O que diz a equipe dele? Gallina, Ortiz, Tenelli...

– Nada – conta Sykes.

Claro que não, pensa Malone. E ainda bem.

– Eles ainda estão em choque – diz McGivern. – Já é ruim quando um policial tomba pela bala de um bandido, mas uma coisa dessas...

Cristo, pensa Malone, ele está escrevendo seu discurso.

Sykes está encarando Malone.

– Há boatos de que a Corregedoria estava em cima do Torres. Você sabe alguma coisa sobre isso?

Malone cruza seu olhar.

– Não.

– Então, você não sabe de nenhum motivo – pergunta Sykes –, para que a Corregedoria pudesse estar investigando Torres?

– Não.

– Ou algum detetive da Força-Tarefa? – pergunta Sykes.

– O comando é seu, senhor – diz Malone.

A ameaça é clara: remexa nisso e estará cavando sua própria cova.

McGivern entra na conversa.

– Estamos nos antecipando, cavalheiros. Vamos deixar que o pessoal da Corregedoria faça seu trabalho.

– Espero que você dê sua total colaboração à Corregedoria – diz Sykes a Malone. – E toda sua equipe.

– Nem precisa dizer.

– Vamos falar a real, Malone. O que você fizer, a Força-Tarefa fará. Os homens seguirão sua conduta. Você que impõe o tom.

É uma declaração admirável, ainda mais por ser verdade.

– Nós não vamos encobrir nada – diz Sykes. – Não vamos erguer barricadas, nos esconder atrás delas e nos fechar.

Isso é exatamente o que nós vamos fazer, pensa Malone.

– Seremos abertos e transparentes – continua Sykes – e deixaremos que a investigação siga seu rumo.

Se fizer isso, pensa Malone, ela vai entrar direto na sua bunda.

– Isso é tudo, senhor?

– Imponha o tom, sargento.

Pode deixar, pensa Malone, ao sair. Ele sinaliza para que Russo e Montague venham com ele, desce e vai até o balcão.

– Sargento, pode pedir a atenção deles pra mim?

– Alô, ouçam!

O lugar silencia.

– Certo – começa Malone. – Todos nós estamos sentindo pelo Torres. Nossos pensamentos e orações para sua família. Mas, nesse momento, nós temos que *cuidar do nosso negócio*. Se vocês falarem com a mídia, isso é o que vão dizer: "O sargento Torres era um policial amado e respeitado e fará falta". Só isso. Sejam educados, mas sigam em frente. Acredito que ninguém aqui seja assim, mas se algum de vocês acha que vai se tornar uma estrela de TV ou de mídia social em cima disso, vai se ver comigo.

Ele faz uma pausa, para deixar que eles assimilassem e para que Russo e Montague lhe dessem respaldo com os olhos. Então, ele continua:

– Olhem, haverá cidadãos em suas áreas que vão comemorar. Não reajam. Eles vão tentar induzi-los a tolices, mas não façam isso. Não quero ver nenhum de vocês se envolvendo em alguma brutalidade. Mantenham a calma, lembrem-se dos rostos e nós acertaremos depois. Vocês têm a minha palavra. Se a Corregedoria fizer perguntas, vocês colaboram. Digam a verdade, que não sabem de nada. E essa é a verdade. Achar que sabe de alguma coisa e realmente saber de alguma coisa são duas coisas muito diferentes. Se nós dermos queijo a um rato, ele sempre volta. Se mantivermos nossa casa limpa, eles vão embora. Perguntas?

Nenhuma.

– Está certo – diz Malone. – Nós somos o Departamento de Polícia de Nova York, porra. Vamos fazer nosso trabalho.

Isso que o capitão deveria ter dito, mas não disse. Malone volta lá para cima e vê Gallina, parceiro de Torres, em pé, junto à sua mesa.

– Vamos dar uma volta – diz Malone.

Eles saem pelos fundos, para evitar a mídia.

– Mas que porra aconteceu? – pergunta Malone.

Se Torres falou com alguém, foi com Jorge Gallina. Ele e Torres eram próximos.

– Eu não sei – responde Gallina.

Ele está claramente abalado, assustado.

– Ele estava quieto ontem. Alguma coisa estava errada.

– Mas ele não disse o quê?

– Ele me ligou do carro – diz Gallina –, e só disse que queria se despedir. Eu perguntei a ele, sabe? "Que porra é essa, Raf?", e ele disse "Nada" e desligou.

O cara vai tirar a própria vida, pensa Malone, e liga para se despedir do parceiro, não da esposa.

Policiais.

– A Corregedoria estava atrás dele? – pergunta Malone, sentindo-se um escroto.

– Não – diz Gallina. – Nós saberíamos. O que vamos fazer agora, Malone?

– Fechar tudo – responde Malone. – Quer dizer, não tanto a ponto de acirrar as multas por estacionamento proibido. Vamos levantar um muro pra Corregedoria e nos mantermos limpos. Se o Esquadrão dos Ratos começar a pintar o Raf como corrupto, a gente joga a mídia em cima deles.

– Está bem – diz Gallina.

– Onde está o dinheiro do Torres?

– Por todo lado – diz Gallina. – Eu tenho cerca de 100 mil num investimento.

– A Gloria sabe disso?

A última coisa que você quer é uma viúva se preocupando com dinheiro, além de tudo.

– Sim, mas eu vou lembrá-la.

– Como vai ela?

– Está um caco – diz Gallina. – Quer dizer, ela estava falando em divórcio, mas ainda o ama.

– Vá até as amantes dele – diz Malone. – Dê uma grana pra elas, diga pra ficarem de boca fechada. E pelo amor de Deus, faça com que saibam que ir ao enterro não é uma ideia inteligente.

– Certo. Está bom.

– Você precisa se tranquilizar, Jorge – diz Malone. – Os ratos farejam o medo como tubarões farejam o sangue.

– Eu sei. E se eles quiserem me colocar num polígrafo?

– Você liga pro seu advogado e ele vai mandá-los tomar no cu – diz Malone. – Você está de luto, está em choque, não tem condições de fazer isso.

Mas Gallina está assustado.

– Você acha que a Corregedoria estava em cima dele, Malone? Jesus, você acha que ele estava usando um grampo?

– Torres? – pergunta Malone. – Nem fodendo.

– Então por que ele fez isso? – pergunta Gallina.

Porque eu entreguei o cara, pensa Malone. Porque eu o joguei na fogueira e botei a arma na mão dele.

– Quem vai saber, porra? – diz Malone.

Ele volta para dentro do distrito. McGivern está esperando por ele.

– Isso é ruim, Denny – diz McGivern.

Não sacaneia que é ruim, pensa Malone. Talvez pior do que ele achava, porque Bill McGivern, um inspetor da polícia de Nova York com mais contatos que um conselheiro municipal, parece amedrontado.

Subitamente, parece velho.

Sua pele clara tem a aparência de papel, os cabelos brancos iguais à tampa de um frasco de aspirina, as bochechas coradas agora parecem veias saltadas.

– Se a Corregedoria estava com Torres... – diz McGivern.

– Não, não estavam.

– Mas e se estavam? – especula McGivern. – Que diabos ele disse a eles? O que ele sabia? Ele sabia a meu respeito?

– Eu sou o único que lhe entregava os envelopes – diz Malone.

De todos em Manhattan North.

Mas, puta merda, sim, Torres sabia.

Todo mundo sabe como funciona.

– Você acha que Torres estava usando um grampo? – pergunta McGivern.

– Mesmo que estivesse, o senhor não tem com que se preocupar – diz Malone. – Não falava de negócios com ele, falava?

– Não, é verdade.

– A Corregedoria mandou chamá-lo? – pergunta Malone.

– Eles não têm a audácia – diz McGivern. – Mas se alguém falar...

– Não vão falar.

– A Força-Tarefa é sólida, Denny? Os caras são firmeza?

– Totalmente – diz Malone.

Pelo menos é o que espero, porra.

– Ouvi boatos – diz McGivern –, que não é a Corregedoria, que são os federais.

– Que federais?

– O Southern District – diz McGivern. – Aquela piranha espanhola. Ela tem ambições, Denny.

McGivern fala como se fosse imoral. Ambições, como se ela tivesse piolho pubiano. Como se ser ambiciosa a tornasse uma puta.

Malone também odeia a *buchiach*, mas não por isso.

– Ela quer prejudicar a corporação – diz McGivern. – Não podemos deixá-la fazer isso.

– Nem sabemos se é ela – diz Malone.

McGivern não está ouvindo.

– Faltam dois anos para eu me aposentar. Jeannie e eu temos um chalé em Vermont.

E um apartamento num condomínio, em Sanibel Island, pensa Malone.

– Quero passar meu tempo naquele chalé – diz McGivern. – Não atrás das grades. Jeannie não está bem, sabe?

– Lamento ouvir isso.

– Ela precisa de mim – diz McGivern. – O tempo que ainda nos restar... eu estou contando com você, Denny. Estou contando com você para liquidar esse assunto. Faça o que tiver de fazer.

– Sim, senhor.

– Confio em você, Denny – diz McGivern, colocando a mão no ombro de Malone. – Você é um bom homem.

É, pensa Malone, se afastando.

Eu sou um rei.

Vai ser animal, pensa Malone, dar conta dessa.

Uma coisa é certa: vai haver falatório pela rua. Todos os traficantes baixo nível que Torres roubou ou surrou vão aparecer para contar a história agora que não têm mais medo dele.

Depois, os caras que Torres enquadrou vão começar a piar nas celas. *Ei, o Torres era um policial corrupto. Ele metia mão no tribunal. Eu quero um novo julgamento, não, quero minha condenação extinta.*

Se vazar que Torres era corrupto vai ter emprego de tempo integral para o pessoal da defensoria. Aqueles babacas vão reabrir cada caso que o Torres tocou; merda, que toda a Força-Tarefa participou.

E pode vazar. Só precisa de um cara para falar. O Gallina já está abalado. Se ele falar, não vai falar só de sua equipe, mas de todo mundo.

E caem os dominós.

Nós temos que conter isso.

Nós não, seu filho da puta. *Você*.

Você que pôs a bola em movimento.

Malone é o último de sua equipe a falar com a Corregedoria.

Seus caras fizeram o que tinham que fazer e Russo lhe disse:

— Eles não têm nada. Não sabem merda nenhuma.
— Quem é?
— Buliosi e Henderson.

Henderson, pensa Malone. Nós finalmente teremos uma folga.

Ele entra na sala.

— Sente-se, sargento Malone — diz Buliosi.

Tenente Richard Buliosi, um típico escroto da Corregedoria. Talvez sejam as cicatrizes de acne que o tornaram um rato, pensa Malone, mas o cara certamente tem dívidas pra acertar com o mundo.

Malone se senta.

— O que pode nos dizer — pergunta Buliosi —, sobre o aparente suicídio do sargento Torres?

— Não muito — diz Malone. — Eu não o conhecia tão bem.

Buliosi olha para ele demonstrando incredulidade.

— Vocês eram da mesma unidade.

— Torres trabalhava mais na região dos Heights e Inwood — diz Malone. — Minha equipe fica mais no Harlem.

— Não são mundos de distância.

— Você se surpreenderia — diz Malone. — Quer dizer, se trabalhasse na rua.

Ele imediatamente se arrepende da espetada, mas Buliosi deixa passar.

— O Torres estava deprimido?

— Acho que sim, né?

— Quer dizer — diz Buliosi, começando a se irritar —, ele demonstrava sinais de depressão?

— Não sou psicólogo — responde Malone —, mas, até onde pude observar, Torres era o mesmo metido de sempre.

— Vocês não se davam bem?

— Nós nos dávamos muito bem — responde Malone. — Um metido com outro metido.

Você não vai entrar nisso, Henderson? Pensa Malone, olhando para ele. Será que eu preciso lembrá-lo que você tem rabo preso nesse jogo? Henderson entende o recado.

— Meu entendimento é que Torres tinha fama de ser um cara duro por aqui. Está correto, Malone?

— Se você não tem fama de ser duro por aqui – diz Malone –, você não vai durar muito.

— É correto dizer – pergunta Henderson –, que os detetives são selecionados para a Força-Tarefa de certa forma por terem essa característica?

— Eu diria que está correto, sim.

— Esse é o problema com a Força-Tarefa – diz Buliosi. – É praticamente formada para dar problema.

— Isso foi uma pergunta, senhor?

— Eu lhe direi quais são as perguntas, sargento – diz Buliosi.

É, você acha, pensa Malone. Mas nesse momento nós estamos falando o que eu quero falar, não estamos?

— Sabe se Torres estava fazendo algo que pode ter causado preocupação, em relação ao seu emprego ou seu futuro? – pergunta Buliosi.

— Isso é mais da sua alçada, não?

— Nós estamos lhe perguntando.

— Como eu disse – diz Malone –, eu não sei o que Torres estava fazendo ou deixando de fazer.

— Não ouviu boatos – pergunta Buliosi –, pela repartição?

— Não.

— Ele estava recebendo dinheiro?

— Eu não sei.

— Extorquindo traficantes?

— Eu não sei.

— Você está? – interrompe Buliosi.

— Não.

— Tem certeza?

— Acho que eu saberia se estivesse fazendo isso – diz Malone, encarando-o.

— Você está ciente – informa Buliosi –, das consequências de mentir para a Corregedoria no decorrer de uma investigação.

— Envolveria a ação disciplinar interna, uma dispensa potencial da corporação, assim como possíveis acusações criminais por obstrução da justiça.

— Isso mesmo — diz Buliosi. — Infelizmente, Torres está morto. Você não precisa protegê-lo.

Malone sente a raiva subir por dentro. Como uma vontade de partir a cara desse filho da puta, fechar a boca nojenta desse filho da puta.

— Está triste com isso, tenente? Porque não vejo isso em seu rosto.

— Como você disse, você não é psicólogo.

— É, mas identificar a cara dos babacas é meio que a minha função.

Henderson se apressa em interferir.

— Já chega, Malone. Eu sei que você está sofrendo pela perda de um irmão, mas...

— Quando eu vir um cara da Corregedoria comer sua arma, será a primeira vez — diz Malone. — Vocês não fazem isso, nem os advogados, nem os mafiosos. Sabem quem faz? Policiais. Somente os policiais. Quer dizer, policiais de verdade.

— Acho que por hora, isso é tudo, Sargento — finaliza Henderson. —, Por que não tira um tempinho para se recompor.

— Nós nos reservamos o direito de repetir essa entrevista — diz Buliosi.

Malone levanta.

— Deixe-me dizer algo a vocês dois. Eu não sei por que Torres fez o que fez. Eu nem gostava do cara. Mas ele era policial. A corporação cobra um preço. Às vezes acontece subitamente, um bandido dá um tiro de sorte e acerta, pronto. Outras vezes, pode acontecer devagar, vão se acumulando sem que você sequer perceba. Mas, um dia, você acorda e não consegue mais suportar. Torres não se matou. De um jeito ou de outro, a corporação o matou.

— Precisa consultar um psicólogo do departamento? — pergunta Buliosi. — Eu posso lhe providenciar.

— Não — diz Malone. — O que eu preciso é voltar ao trabalho.

Ele encontra Henderson no Riverside Park, perto dos campos de softball.

— Obrigado por toda a ajuda que você me deu na sala — diz Malone.

— Você não ajudou com sua postura — diz Henderson. — Agora o Buliosi está a fim de te pegar.

— Como se a Corregedoria já não quisesse fazer isso — expõe Malone. — Vocês têm gana por *todos* os policiais de verdade.

— Nossa, Denny, valeu.

Malone olha para o outro lado do rio, para Jersey. A única coisa boa de morar lá, pensa ele, é ter a vista de Nova York.

— Vocês estavam na cola de Torres?

— Não.

— Tem certeza?

— Para citar o imortal Denny Malone — diz Henderson —, "acho que eu saberia". Não éramos nós. Talvez fossem os federais. O Southern District está querendo pegar o chefe de polícia.

Jesus, pensa Malone. Que radar da porra.

— Bem, a Corregedoria agora está em cima. Quanto mais vai custar?

— Isso é notícia de manchete, Denny — diz Henderson. — No *News*, no *Post* e até no *Times*. Além dessa porra desse troço do Bennett...

— Mais motivo pra acabar com isso — diz Malone. — Você realmente acha que o chefe de polícia quer que você fique vasculhando esqueletos no armário do Torres? Escândalos não duram, mas os meninos da One P, sim. E eles têm boa memória. Vão esperar esse negócio morrer e depois vão foder você. Você vai se aposentar na mesma patente que tem agora, se é que vai chegar lá.

— Você está certo.

— Eu já sei disso — diz Malone. — O que quero saber é quanto?

— Tenho que falar com o Buliosi.

— Então por que ainda está aqui? — pergunta Malone.

— Jesus, Malone, se eu vacilar, der um passo errado, eu vou pra cadeia.

— Pra onde acha que vai se o Gallina o entregar? — pergunta Malone. — Larry, eu estou lhe dizendo, se nós cairmos, você cai conosco.

Ele vai embora e deixa Henderson ali, olhando para Nova Jersey.

— Ah, mas que maravilha — comenta Paz. — Você está realmente nos dizendo que a Corregedoria está na agenda? Vocês estavam jogando ossos para os cães de guarda?

– Nem todos – diz Malone.
– O que eles fazem por vocês? – pergunta O'Dell.
– Nos dão pistas – diz Malone.
Depois, ele acrescenta:
– Vocês queriam policiais.
– Mas isso é uma beleza – diz Paz. – Em determinado nível doentio, é quase admirável, um rato delatando o Esquadrão dos Ratos.
– Até que patente, dentro da Corregedoria? – pergunta Weintraub.
– Eu pago um tenente – diz Malone. – Não tenho ideia do que ele faz com o dinheiro depois disso.
– Consegue filmá-lo? – pergunta Weintraub. – Um tenente da Corregedoria aceitando suborno.
– O que acabei de dizer?
Todos eles olham para Paz.
Ela assente.
– Não – diz Malone. – Eu quero ouvi-la dizer, chefa. "Sargento Malone, vá atrás do pessoal da Corregedoria."
– Tem minha autorização.
Bom, pensa Malone.
Jogar os ratos uns contra os outros, deixar que eles arranquem as próprias caras.
Weintraub interfere:
– Você acha que o seu cara consegue incitar o Buliosi?
– Ele não é meu cara.
– Claro que é – diz Weintraub. – Está na sua mão.
– Não sei.
– Nós precisamos parar a Corregedoria – diz Paz. – Uma revelação prematura ameaçaria a nossa investigação.
– Tiraria o seu brilho, você quer dizer – alfineta Malone.
– Eu *quero dizer* – afirma Paz –, que se a Corregedoria for corrupta, eles vão segurar as provas e interromper o vazamento. Nós ficaremos só com o Henderson.
Certo, pensa Malone. O que eles realmente temem é que o chefe de polícia chegue antes do prefeito, anuncie a corrupção, seja porta-voz da revelação e saia como herói.

— Essa porra desse Torres — diz Paz. — Quem poderia imaginar que ele era tão frágil?

— Então você não vai agir em cima da Corregedoria? — pergunta Malone.

— Claro que vamos, mas ainda não — diz Paz.

Ela caminha até Malone, seu perfume chega antes dela.

— Sargento Malone, seu lindo policial corrupto, você pode ter derrubado a corrupção na defensoria, na promotoria, na Corregedoria e em todo o Departamento de Polícia de Nova York sozinho.

— Isso é maior que Serpico — diz Weintraub —, Bob Leuci, Michael Dowd, Eppolito, qualquer um desses caras.

O celular de Malone toca.

O'Dell assente para que ele atenda.

É Henderson.

Ele tem uma resposta.

Cem mil dólares compram Buliosi.

— Pode ser um contragolpe — diz O'Dell.

— E que porra eu tenho a perder? — pergunta Malone.

— Nossa investigação inteira — diz Weintraub. — Se você pagar Buliosi e ele estiver armando pra cima de você, a Corregedoria vai derrubar a Força-Tarefa e depois nós estamos fodidos.

— E você vai nos entregar, não vai? — pergunta Paz.

— Sem pestanejar.

— Talvez seja hora — diz O'Dell —, de nós coordenarmos com a Corregedoria. Se eles estiverem limpos, nossas investigações vão começar a tropeçar uma na outra de qualquer forma.

— Você está maluco? — pergunta Paz. — Eles estão prestes a vender a investigação de Torres.

— Ou não — diz O'Dell.

— Se nós os entregarmos agora — diz Weintraub —, eles vão simplesmente jogar o Henderson na fogueira e encerrar o caso. Não farão nada além disso para constranger o chefe de polícia.

— Eles só ficarão na defensiva — diz Paz. — Vão nos impedir.

— E aí, o prefeito não vai poder ser governador — diz Malone —, e você não vai poder ser prefeito. Essa é a jogada. Poupe-me do papinho de deter a corrupção. Vocês *são* a corrupção.

— E você é puro como a neve — diz Paz.

— Neve nova-iorquina — diz Malone.

Suja, áspera, dura.

Paz vira-se de volta para O'Dell.

— Vamos pagar o Buliosi.

— E nós sequer temos 100 mil? Em espécie?

Ninguém responde.

— Tudo bem — diz Malone. — Eu tenho na mão.

E eu tenho vocês na mão.

Talvez eu até dê um jeito de sair disso.

— Está famoso, sargento Malone — diz Rubenstein.

Eles estão sentados no andar de cima da Landmark Tavern.

— Que nada — diz Malone.

Malone não consegue identificar se Rubenstein é gay, como Russo achou, mas Russo acha que todos os jornalistas são gays, até as mulheres. Uma coisa que Malone *consegue* identificar em Rubenstein é que ele é perigoso. Um predador sempre reconhece outro.

— Não, ora, vamos — diz Rubenstein. — A maior apreensão de drogas da história, você está bem perto de ser o policial mais célebre dessa cidade.

— Não conte ao meu capitão, está bem? — diz Malone.

— Dizem por aí que é você quem manda em Manhattan North — comenta Rubenstein, sorrindo.

Perigoso.

— Não escreva isso ou não temos mais nada a dizer — diz Malone.

— Olhe, tudo isso precisa ser... como é que vocês chamam...

Malone sabe muito bem como eles chamam.

— Fonte confidencial — diz Rubenstein.

— Isso – diz Malone. – Ninguém pode saber que eu estou lhe dando informação. Eu estou confiando em você.

— Pode confiar.

Sei, posso, sim. Você confia num repórter como confia num cachorro. Se você tem um osso na mão para dar a ele, está tudo certo. Se está com a mão vazia, não dê as costas. Ou você alimenta a mídia ou ela te come vivo.

— Você teve um caso contra Pena antes, não foi? – pergunta Rubenstein.

Puta que o pariu, com quem esse cara andou falando?

— Isso mesmo.

— Isso afetou seu modo de lidar com a coisa? – pergunta Rubenstein.

— Já ouviu falar do Alzheimer irlandês? – devolve Malone.

— Não.

— Você se esquece de tudo, menos dos rancores – diz Malone. – Olhe, nós não sabíamos o que iríamos encontrar quando adentramos aquele prédio. A bandidagem queria briga. Um deles era Pena. Se eu estou contente porque nós ganhamos e eles não? Sim. Gosto de matar pessoas? Não.

— Mas isso deve ter um efeito em você.

— O policial torturado – diz Malone. – Isso é estereótipo. Eu durmo bem, obrigado por sua preocupação.

— Como acha que as comunidades vêem a polícia, hoje em dia? – pergunta Rubenstein.

— Com desconfiança – diz Malone. – Olhe, houve uma longa história de racismo e abuso de autoridade dentro do Departamento de Polícia de Nova York. Nenhuma pessoa séria pode negar isso. Mas as coisas mudaram. As pessoas não querem acreditar nisso, mas é verdade.

— A morte de Michael Bennett parece indicar o contrário.

— Por que não esperamos até que os fatos sejam apresentados? – diz Malone.

— Por que demora tanto para que uma investigação seja concluída?

— Pergunte ao tribunal.

— Eu estou perguntando a você – diz Rubenstein. – Você esteve envolvido em inúmeros incidentes com mortes.

— E chegou-se à conclusão de cada um deles foi justificado — diz Malone.

— Talvez essa seja a questão a que me refiro.

— Eu não vim aqui para debater isso — diz Malone.

— Veio aqui pra quê? — pergunta Rubenstein.

— Rafael Torres — diz Malone. — Tem muita especulação da mídia...

— De que ele era um policial corrupto — diz Rubenstein. — Protegendo traficantes de drogas.

— Isso é baboseira.

— Você tem que concordar — diz Rubenstein —, que não é uma ideia absurda. Quer dizer, houve muitos precedentes.

— Os "Dirty Thirty", Michael Dowd — diz Malone. — História antiga.

— Será?

— Ninguém quer mais que a heroína saia da rua do que a polícia — diz Malone. — Nós lidamos com a violência, o crime, o sofrimento, as overdoses, os corpos. Nós que vamos aos necrotérios. *Nós* que temos que notificar as famílias. Não o *New York Times*.

— Isso parece deixá-lo zangado, sargento.

— Porra, claro que me deixa zangado — diz Malone, injuriado por deixar-se provocar. — As pessoas ficam fazendo acusações negligentes. Com quem vocês andaram falando?

— Fornece as suas fontes, sargento? — pergunta Rubenstein.

— Tudo bem, justo — diz Malone. — Olhe, eu vim aqui para lhe dizer o verdadeiro motivo para que Torres tenha se matado.

Ele empurra um envelope ao outro lado da mesa, material que seu bom médico de West Side proveu, depois de reclamar que isso é má conduta médica.

Rubenstein abre e olha um raio-x e o laudo médico.

— Câncer pancreático?

— Ele não queria morrer assim.

— Por que ele não deixou um bilhete? — pergunta Rubenstein.

— Raf não era esse tipo de cara.

— E também não era o tipo de policial corrupto?

Vá se foder, Rubenstein.

— Olhe, o Torres aceitaria uma xícara de café ou um sanduíche de graça? Está bem, claro. Mas parava por aí.

— Eu ouvi dizer que ele era praticamente o guarda-costas de DeVon Carter.

— Eu ouço todo tipo de coisa por aí — diz Malone. — Você sabia que Jack Kennedy está dirigindo um Applebee's em marte? Que o Trump é o filho amado de répteis que moram embaixo do Madison Square Garden? No ambiente atual, a "comunidade" ainda acredita em qualquer coisa ruim a respeito dos policiais, e quando a informação se repete, passa a ser "verdade".

— Sabe o que é engraçado? — diz Rubenstein. — As pessoas da "comunidade" que estavam falando comigo sobre Torres pararam. Não retornam as minhas ligações, se afastam de mim. É quase como se alguém tivesse feito alguma pressão.

— Vocês são inacreditáveis — diz Malone. — Eu acabei de lhe dar o verdadeiro motivo para que Torres tenha partido, mas você quer sensacionalismo mesmo assim. Acho que faz uma história melhor, não é?

— A verdade faz uma história melhor, sargento.

— E agora você já a conhece.

— Seus chefes que o mandaram?

— Está me vendo aqui de bicicleta? — diz Malone. — Eu vim até aqui por minha conta, para proteger a reputação de um irmão.

— E a da Força-Tarefa.

— É, isso também.

— Por que veio a mim? — pergunta Rubenstein. — O *Post* até se prostitui pelo departamento.

— Eu li seus artigos sobre heroína — diz Malone. — Foram bons, você fez direito. E você é do *Times*, porra.

Rubenstein pensa, por alguns segundos, então diz:

— E se eu escrever que uma fonte confidencial, mas confiável, revelou que Torres estava sofrendo de uma doença dolorosa e terminal?

— Teria minha gratidão.

— E o que ganho com isso?

Malone se levanta.

— Eu não transo no primeiro encontro. Jantar, talvez um filme, vamos ver o que acontece.

— Você tem meu número.

É, tenho, pensa Malone, saindo para rua.

Eu tenho o seu número.

Ele encontra Russo e Monty no apartamento que eles dividem.

Aonde eles geralmente vão para relaxar, dar uma acalmada, mas não tem nada de calmo ali agora. O ar está abafado. Russo e Monty, dois caras barra-pesada, estão agitados. Russo não está com o sorriso de sempre no rosto e Monty parece realmente sério, com o charuto apagado na boca.

Levin não está com eles.

— Onde está o novato? — pergunta Malone.

— Foi pra casa — diz Russo.

— Ele está bem?

— Está abalando, mas está bem — diz Russo.

Ele levanta do sofá e começa a andar pela sala. Olha pela janela e depois de volta pra Malone.

— Jesus Cristo. Você acha que o Torres entregou a gente?

— Se tivesse entregado, nós já estaríamos algemados — diz Monty.

— Raf Torres era muitas coisas, mas não era um rato.

Ouvir isso é como uma facada para Malone.

Porque Big Monty está certo. Raf Torres era traficante, cafetão e batia em mulher, Malone pensa, mas não era como eu. Ele não era um rato e não olhava nos olhos de seus parceiros e mentia para eles, como estou prestes a fazer.

— Mesmo assim, a porra da poeira está baixando — diz Russo.

— Não foi a Corregedoria — diz Malone, sentindo-se um merda. — Pelo menos não até onde o Henderson sabe. Ele está agindo pra paralisar o negócio. Vai custar 100 mil do dinheiro do caixinha.

— É o preço para se fazer negócios — diz Monty.

— Então quem é? São os federais? — pergunta Russo.

– Nós não sabemos – diz Malone. – Pode ser qualquer um. Até onde sabemos, o Torres simplesmente se cansou de ser um merda inútil e deu um fim a isso. Eu passei uma história de que ele estava doente.

Silêncio enquanto Monty e Russo se olham. Eles estavam conversando antes de Malone chegar e ele quer saber o que tinham em mente. Porra, será que estão em dúvida quanto a mim?

– O que foi? – pergunta Malone, com a porra do coração parado.

Russo começa:

– Denny, nós estávamos conversando...

– Jesus Cristo, fala logo – diz Malone. – Se está pensando em alguma coisa, fala de uma vez.

– A gente acha que está na hora de movimentar a heroína do Pena.

– *Agora?* – pergunta Malone. – Com todo esse barulho?

– Por causa disso – diz Russo. – E se a gente precisar partir ou de dinheiro pra pagar advogados? Se esperarmos, podemos ficar numa situação em que não dê mais pra passar.

Malone olha para o Monty.

– O que você acha disso?

Monty revira o charuto e o acende, cuidadosamente.

– Eu não vou ficar mais novo e a Yolanda anda no meu pé, pra eu passar mais tempo com a família.

– Você está falando em deixar a Força? – pergunta Malone.

– A corporação – diz Monty. – Minha aposentadoria está chegando, em alguns meses. Não tenho certeza se não é melhor eu terminar em alguma escrivaninha por aí, num distrito mais afastado, me aposentar e levar minha família pra Carolina do Norte.

– Se é isso que você quer fazer, Monty – diz Malone –, é o que você deve fazer.

– Carolina do Norte? – diz Russo. – Você não quer ficar na cidade?

– Os meninos – diz Monty –, principalmente os dois mais velhos, estão chegando àquela idade em que ficam respondões. Eles não querem fazer o que a gente manda, querem responder. A verdade é que eu não quero que eles falem de heroína com o policial errado e acabem tomando um tiro.

— Mas que porra é essa, Monty? — diz Russo.

Então a coisa se resume a isso, pensa Malone, um policial negro tem medo que outro policial atire em seu filho.

— Isso não é algo com que vocês dois precisem se preocupar — diz Monty. — Seus filhos são brancos, mas é algo em que a Yo e eu temos que pensar. Ela morre de medo. Se não for um policial, algum bandido.

— Jovens negros são mortos no sul — diz Malone.

— Não como aqui — diz Monty. — Você acha que eu quero ir embora? Porra, eu não gosto nem de fazer uma *refeição* fora de Nova York. Mas a Yo tem família perto de Durham, lá tem boas escolas, eu posso conseguir uma boa função numa das faculdades... Olhe, nós vivemos uma ótima época, mas tudo chega ao fim. Talvez esse negócio todo do Torres esteja tentando nos dizer pra sair com o dinheiro que temos. Portanto, sim, eu acho que quero passar a carga adiante e pegar o dinheiro.

— É, está bem — diz Malone. — Estou pensando no Savino. Ele pode levar pra algum lugar em New England. Guardar fora da nossa área.

— Então nós vamos encontrá-lo — diz Russo.

— Nós, não — interrompe Malone. — Eu.

— Que porra é essa?

Se chegar a tal ponto, eu posso jurar no polígrafo que vocês não estavam lá, pensa Malone.

— Quanto menos de nós, melhor.

— Ele está certo — diz Monty.

— Está certo, vamos botar o Raf na terra e depois eu vou combinar — diz Malone. — Enquanto isso vamos todos ficar frios, deixa isso passar.

CAPÍTULO 20

O detetive-sargento Rafael Torres recebe um velório de inspetor. É o modo que a corporação tem de fazer com que o mundo saiba que não há nada a esconder, pensa Malone, nada do que se envergonhar.

A matéria escrita por Rubenstein foi grande, uma história de primeira página, na metade superior, com apenas a sua assinatura, embaixo de POLICIAL HERÓI SUCUMBE.

E artística, pensa Malone.

"Ninguém sabe realmente o motivo para que Rafael Torres tenha feito o que fez. Se foi acidental ou intencional, se pela doença terminal agonizante ou as décadas da luta incessante contra as drogas. Tudo que sabemos é que ele apertou o gatilho, acabando assim com uma vida repleta de dor..."

Bem, até aí é verdade. Torres causou, mesmo, muita dor.

Sua esposa, sua família, suas putas, suas amantes, seus presos, praticamente todos com quem ele algum dia teve contato sofreram. É, talvez ele próprio tenha sofrido, embora Malone duvide. Raf Torres era um sociopata, incapaz de sentir a dor de outra pessoa.

Mas ele apertou o gatilho, pensa Malone.

Você tem que lhe dar crédito por isso.

O funeral é no Woodlawn Cemetery, no Bronx. Malone havia se esquecido que Torres era dali. O lugar é imenso, centenas de acres, com cedros e pinheiros gigantescos, cheio de mausoléus ornamentados. Malone só estivera ali uma vez, quando Claudette o arrastou para colocar flores no túmulo de Miles Davis.

Como todos os outros policiais no velório, Malone está de traje de gala completo. Seu paletó azul, luvas brancas, uma faixa preta sobre seu distintivo de ouro, suas outras medalhas. Malone não tem muitas, ele não gosta de medalhas porque para usá-las você tem que se vestir daquele jeito e isso parece um pouco de viadagem.

Ele sabe o que fez.

Assim como todos que importam.

O velório traz a lembrança dolorosa do enterro de Billy.

A formação, as gaitas de fole, a saudação com tiros, a guarda...

Só que Billy não tinha filhos e Torres sim, duas meninas e um menino, corajosamente postados ao lado da mãe, e Malone sente uma pontada gélida de culpa. Você fez isso com eles, você os deixou sem pai.

As esposas também estão ali. Não só do pessoal da equipe de Torres, mas de toda a corporação. Isso é esperado. Elas estão perfiladas com os seus vestidos pretos de enterro que usam com muita frequência. Como corvos num fio telefônico, Malone pensa indelicadamente, e sabe como elas também estão se sentindo: tristes por Gloria Torres e culpadas pelo alívio de não serem elas.

Sheila perdeu alguns quilos, sem dúvida.

Ela está bem.

Parece até meio chorosa, embora abominasse Torres e detestasse quando tinha que se sociabilizar com ele.

O prefeito está dizendo algumas palavras, mas Malone não sabe quais são, porque ele não está ouvindo e que diferença faz, porra? A maior parte dos policiais está demonstrando, mesmo que sutilmente, não estar prestando atenção, pois eles detestam os cornos dele, acham que ele os traiu, em todas as oportunidades que teve, e vai trair novamente, com a morte de Michael Bennett.

Hizzoner é esperto o bastante para ser breve e passar logo a palavra ao chefe de polícia. Malone imagina que o único motivo para que os dois não arranquem as tripas um do outro, poupando a todos o trabalho de irem a outro funeral, é pelo receio de uma ovação.

Os policiais estão ouvindo o chefe de polícia que, embora seja um babaca completo, está apoiando a todos no caso da morte de Bennett e o restante de toda aquela merda sobre abuso. E também temem perder esse apoio, porque o chefe da patrulha e o chefe dos detetives estão observando e fazendo anotações. Prefeitos e chefes de polícia vêm e vão, mas aqueles caras passam a vida no emprego.

Em seguida vem o padre, outro cara a quem Malone não dá ouvidos. Ouve a porra do parasita dizer algo sobre Torres estar no céu, o que só demonstra que o padre não conhecia o Torres.

De qualquer forma, a corporação precisou induzir a igreja a fazer um velório completo e enterrá-lo em solo sagrado, já que o policial cometeu suicídio, pecado grave, e não recebeu os últimos ritos.

Palhaços do caralho.

Façam a coisa certa, despeçam-se do homem diante de sua família e deixem que ele vá pro inferno. Ele ia mesmo, se houver esse lugar. Mas a corporação é cliente cativo e doa muito dinheiro, então a igreja cedeu. Malone não consegue deixar de perceber que o padre é asiático.

Mas que porra, eles não conseguiram deixar um padre irlandês sóbrio nem pelo tempo de fazer o enterro de um policial? Ou um que não estivesse ocupado demais comendo um garotinho? Tinham que arranjar, sei lá, um filipino ou seja lá que porra? Ele já tinha ouvido dizer que a igreja estava com escassez de padres brancos e agora ele imagina que seja verdade. O filipo pigmeu finalmente cala a matraca, as gaitas de fole começam e Malone pensa em Liam.

Nele e em todos aqueles velórios, naquela época.

Aquelas malditas gaitas de fole.

A música para, os tiros ecoam, a bandeira dobrada é entregue, a formação dispersa.

Malone caminha até Sheila.

– Troço horrível, hein?

– É pelas crianças que eu sinto.

– Eles ficarão bem.

Gloria é uma mulher bonita, ainda jovem e atraente. Cabelos pretos brilhosos, bela silhueta, ela não terá problema em substituir Raf, se quiser.

E a verdade é que Gloria Torres talvez tenha ganhado na porra da loteria. Ela estava prestes a se divorciar do marido quando ele bateu as botas, e agora ela vai receber as pensões oficial e não oficial.

Malone fez questão que Gloria recebesse seu envelope gordo e que o sistema estivesse providenciado os pagamentos mensais.

Torres vai continuar ganhando.

– E as prostitutas? – Gallina lhe perguntara.

– Você está fora do negócio de prostituição.

– Que porra você acha que é...

– Eu sou o cara que tirou a Corregedoria da sua bunda – disse Malone. – Essa é a porra que eu sou. Se a sua equipe sair dos trilhos, veja o que acontece.

– Isso é uma ameaça?

– Isso é a realidade, Jorge – disse Malone. – A realidade é que você não é esperto o suficiente pra lidar com essa merda. Aquelas mulheres estão em um ônibus de volta para os lugares de onde vieram e fim de história.

Malone se aproxima para dar suas condolências à Gloria Torres.

Esses babacas nem sabem o que eu fiz por eles, pensa Malone. Botei os federais e a Corregedoria na rinha para que se destruam, silenciei os boatos sobre Torres. Com alguma sorte, esse negócio será enterrado junto com ele e todos nós voltamos às nossas vidas.

Malone entra na fila para falar com a viúva e, quando chega até ela, diz:

– Eu lamento, Gloria, pela sua perda.

Ele fica chocado, quando ela sussurra:

– Sai de perto de mim, porra.

Ele só olha para ela.

– Câncer, Denny? – pergunta ela. – Ele estava com *câncer*?

– Eu estava resguardando a reputação dele – diz Malone.

Gloria ri.

– A reputação de Raf?

– Por você, pelas crianças.

– Não fale dos filhos dele.

Ela o encara com a mais pura ira nos olhos.

— O que...

— Foi você, seu filho da puta — diz Gloria entre os dentes.

Malone parece ter tomado um soco na cara. Não consegue acreditar no que está ouvindo. Ele se força a olhar para ela.

— Raffy me disse.

Foi você.

Russo lança um soco de direita e acerta Ortiz.

Ortiz dá um passo atrás, levando a mão à boca ensanguentada, porém Russo ainda não terminou, avança para dar outro de esquerda, mas Malone o arrasta para trás.

— Está maluco? — pergunta Malone. — *Aqui*?

Com metade da chefia do departamento olhando?

— Você ouviu o que ele acabou de dizer? — Russo pergunta, com o rosto vermelho e contorcido de ódio. — Ele te chamou de rato, porra!

Russo tenta se soltar da pegada de Malone, mas agora Monty também chegou e recua com os dois. Levin entra no espaço entre eles e o pessoal de Gallina. Monty continua levando Russo para trás, se afastando do velório, onde os policiais estão começando a reparar na confusão.

— Ele chamou o Malone de rato — diz Russo. — Disse que o Torres falou pra esposa.

— Se ele fez isso — diz Monty —, esse foi o último ato de malevolência de Torres, do túmulo.

Russo se solta de Malone e ergue as mãos.

— Eu estou bem. Estou bem.

Ele pousa a mão numa lápide para recuperar o fôlego.

Levin se aproxima.

— O que está havendo?

Russo sacode a cabeça.

— O pessoal do Torres está dizendo que o Malone estava trabalhando com os federais — diz Monty —, e armou pra ele.

— Isso não é verdade, é? — pergunta Levin.

Malone voa pra cima dele.

— Mas que porra...

Monty entra no meio dos dois e agarra Malone.

— Também vamos brigar entre nós?

— Mentira! — grita Malone, quase acreditando nele mesmo.

— Claro que é mentira — diz Monty. — Eles soltaram essa para testar, ver como nós iríamos reagir.

— Se é um teste — diz Levin —, por que dizer que foram os federais, não a Corregedoria?

Isso está fedendo a verdade, pensa Malone.

— Porque nós temos a Corregedoria na agenda e eles sabem disso — diz Russo. — Que porra, você acha que sabe de alguma coisa, novato?

— Eu não sei — diz Levin.

— Está mais calmo? — Monty pergunta a Malone.

— Sim.

Monty o solta.

Aconteceu em um minuto, pensa Malone. Um minuto depois da acusação e Monty já passou a ser o líder e eu estou com a minha reputação avariada. Ele não culpa Monty, ele está fazendo o que tem que fazer, mas Malone não pode deixar que isso aconteça.

Ele diz a Monty e Russo:

— Vão dizer a eles: Charles Young Park, dez da noite, hoje. É pra ir todo mundo.

Monty sai andando por entre as lápides.

— Isso é bom — diz Levin. — Vamos esclarecer isso.

— Você fica fora dessa — diz Malone.

— Por quê?

— Tem umas merdas que você não precisa saber — diz Malone.

— Olhe, ou eu estou na equipe, ou...

— Estou protegendo você — diz Malone. — Um dia, você talvez tenha que passar por um polígrafo e seria bom você dizer "eu não sei" sem que o alarme dispare.

Levin fica olhando para ele.

— Jesus Cristo, no que vocês estão metidos?

— Numas merdas que eu não quero envolvê-lo.
— Eu já aceitei dinheiro — diz Levin. — Estou encrencado com isso?
— Você tem uma carreira pela frente — diz Malone. — Estou tentando resguardar isso. Nada disso tem a ver com você, esteja em outro lugar essa noite.

Russo e Monty voltam.

O encontro está marcado.

— Acabou! — Malone berra. — Acabou essa porra!
— Acalme-se — diz Paz.
— Se acalma *você*, porra! — berra Malone. — Esse boato vai se espalhar por toda Força-Tarefa, merda voando pra todo lado, até essa tarde! Eu sou um homem marcado! Tenho um alvo na porra das costas!
— Negue — diz Paz.

Ela recosta na cadeira e o olha calmamente.

Eles estão na "casa segura", na rua 36, que Malone já não acha mais segura.

— Negar? — pergunta Malone. — Torres disse à esposa.
— Isso foi o que ela lhe disse — diz Paz. — Talvez eles só estejam tentando intimidá-lo.
— E recrutaram a Gloria para isso? — pergunta Malone.

Paz dá de ombros.

— Gloria Torres não é exatamente uma viúva pesarosa. E tem grande interesse em fazer com que o fluxo de dinheiro sujo continue entrando.

Malone olha para O'Dell.

— Você me entregou pro Torres?
— Nós mostramos a ele a gravação de vocês dois — diz O'Dell. — Mas dissemos que estávamos monitorando toda a Força-Tarefa.
— Então eles sabem que vocês me pegaram! — diz Malone. — Seus idiotas do caralho! Seus imbecis retardados da porra do Southern District! Jesus Cristo...
— Sente-se, Malone — diz Paz. — Eu disse sente-se.

Malone senta em uma das cadeiras de metal.

– Nós sabíamos que em algum momento você ficaria exposto. Mas não sei se já chegamos lá. Até onde o pessoal do Torres sabe, poderia ser qualquer um da Força-Tarefa, ou ninguém. Portanto, sim, negue.

– Eles não vão acreditar em mim.

– Convença-os – diz Paz. – E pare com a choramingação. Nós não o colocamos nessa situação, você que fez isso. Eu o aconselho a lembrar-se disso.

– Guarde os seus conselhos para suas amigas.

– Eu não tenho nenhuma amiga – diz Paz. – Estou ocupada demais lidando com escória como você e o falecido Rafael Torres. Ele era um corrupto, assim como toda a equipe dele. Você é igual, assim como toda sua equipe.

– Eu não vou...

– Sim, sim, eu já sei – diz Paz. – Você não vai fazer nada para prejudicar seus parceiros. Já ouvimos isso quinze vezes. Quer proteger seus parceiros, Malone? Engula em seco, fique na corporação, continue a nos trazer acusações.

– Vamos acabar fazendo com que ele seja morto – diz O'Dell.

Paz dá de ombros.

– As pessoas morrem.

– Legal – diz Weintraub.

– O que está rolando? – pergunta Paz a Malone.

– Temos uma reunião, essa noite. Minha equipe e a de Torres.

– Faça uma escala antes – diz Paz. – Você vai com um grampo.

– Nem fodendo – diz Malone. – Não acha que a primeira coisa que eles vão fazer é me revistar?

– Não deixe.

– Então eles saberão com certeza.

– Sabe o que eu não gosto em você, Malone? – pergunta Paz. – Além de tudo? Você acha que eu sou imbecil. O verdadeiro motivo para que você não queira usar um grampo nesse encontro é que você vai incriminar seus parceiros. Eu já lhe garanti, eu já registrei isso, se os seus preciosos parceiros não tiverem cometido outros crimes, fora o que já sabemos ou que possamos pressupor por seu envolvimento pessoal, eles serão liberados como cortesia por sua colaboração.

– Se ele for a esse encontro com uma escuta e o revistarem, nós teremos causado a sua morte. Se isso não importa para você, Isobel, isso significa que ele não estará mais disponível para confirmar nenhuma dessas gravações. – intervém O'Dell.

– É, tem isso – diz Weintraub.

– Eu quero um relatório completo e assinado por Malone sobre essa reunião. – diz Paz.

– Você quer reforço? – O'Dell pergunta a Malone.

– O quê?

– Caso você tenha problemas – diz O'Dell. – Nós podemos colocar gente lá, para retirá-lo.

Malone ri.

– É... Alguns federais vão entrar naquele bairro, sem serem detectados por policiais ou pela comunidade. Porra, vocês que vão fazer me matarem.

– Se você for morto, acabou o acordo – diz Paz.

Malone não sabe se ela está brincando.

Malone enfia a faca SOG na bota.

A Sig Sauer está no coldre da cintura, a Beretta no pé das costas e ele prendeu alguns pentes extras com fita isolante nos tornozelos.

Para encontrar outros policiais, pensa Malone.

Para encontrar outros policiais.

É, mas são policiais que querem me matar.

O Colonel Charles Young Playground é composto por quatro áreas de cestas de basquete rabiscadas na terra, entre as ruas 143 e 145, a leste da Malcom X e oeste da Harlem River Drive, onde a ponte da 145 cruza com a Deegan. A estação de metrô da rua 145 fica de frente para a Malcolm X, dando a Malone outra rota de saída, caso ele precise.

Conforme combinado, ele encontra a equipe na esquina sudeste da rua 143 e a Malcolm, e eles vão caminhando juntos para o playground.

Russo está vestindo um sobretudo de couro e Malone sabe que ele está com a arma por baixo. Monty está com seu paletó Harris de tweed e o volume do 38 visível no quadril.

– É Runnymede – diz Monty, quando eles atravessam a rua 143, em direção às quadras de basquete.

– Runny quem?

– Runnymede – diz Monty. – Os barões estão desafiando o rei.

Malone não sabe do que Monty está falando, ele só sabe que Monty sabe do que fala e isso já basta. De qualquer maneira, ele entende o principal, sabe quem é o rei e quem são os barões.

Uns garotos e alguns viciados dão o fora do parque quando vêem os policiais chegando.

O celular de Malone toca e ele olha o número.

É Claudette.

Ele deveria atender, mas agora não dá. Ele sente uma pontada de culpa. Deveria ter dado uma passada em sua casa ou ligado, mas com tudo que andou acontecendo ele não teve tempo.

Porra, pensa ele, talvez eu deva tirar um segundo e ligar de volta.

Então, ele vê o pessoal do Torres vindo da parte de cima do playground. Eles estavam esperando, Malone sabe, para ver se nós vínhamos sozinhos.

Não dá para condená-los.

Malone os vê caminhando em direção a eles, no meio das quadras. Sabe que está todo mundo bem armado também.

Parece até que vai haver um tiroteio, ao estilo do velho oeste, pensa Malone, em lugar de barões e reis. Os dois lados – porra, agora nós somos de lados opostos – se aproximam.

– Vou revistá-lo – Gallina diz a Malone.

– Por que nós todos não ficamos nus? – pergunta Malone.

– Porque nós não somos ratos.

– Nem eu.

– Não foi isso que ouvimos – diz Tenelli.

— Que porra vocês ouviram? — pergunta Russo.

— Primeiro, vamos ter certeza de que não estamos sendo gravados — diz Gallina.

Malone estende os braços. É humilhante, mas ele deixa que Gallina o reviste em busca de uma escuta.

— Agora o restante de sua equipe — diz Gallina.

— Todos revistam todos — diz Malone. — Não sabemos se é um de vocês.

É uma cena ridícula, policiais revistando uns aos outros, mas é isso o que acontece.

— Certo — diz Malone — podemos falar agora?

— Você já não falou o suficiente? — pergunta Tenelli.

— Eu não sei o que a Gloria disse a vocês — diz Malone —, mas eu não entreguei o Torres.

— Ela disse que os federais mostraram uma gravação pro Torres, dele e você — diz Gallina. — Ele não estava com escuta, então, só podia ser você.

— Porra nenhuma — diz Malone. — Eles podem ter colocado uma escuta num carro estacionado, num telhado, em qualquer lugar.

— Então, por que não vieram atrás de você? — pergunta Gallina.

— Ou vieram? — pergunta Tenelli.

— Não.

— E por quê? — Tenelli pergunta.

— Eles virão — diz Gallina. — Então, o que você vai fazer?

— Mandar todo mundo se foder — explica Malone. — Eles não têm porra nenhuma em ninguém mais daqui e não terão.

— A menos que você entregue — diz Gallina.

— Eu não vou prejudicar um irmão policial.

— Como podemos saber se já não entregou? — inquere Tenelli.

— Nunca bati em mulher — diz Malone —, mas você está me forçando a isso.

— Ora, vamos.

Gallina interrompe novamente.

— O que isso vai provar? Se não foi você, Malone, como foi que os federais pegaram a gente?

— Eu não sei — diz Malone. — Vocês, seus babacas, estavam na agenda do Carter. Talvez ele tenha falado. Vocês que mantinham as prostitutas, talvez isso os tenha levado até nós.

— E o novato, o tal Levin? — pergunta Ortiz.

— O que tem ele?

— Talvez ele seja o rato — diz Ortiz. — Talvez ele esteja trabalhando com os federais, não?

— Ah, sai fora.

— Se eu não sair?

— Eu tiro você.

Ortiz recua.

— E agora, o que vai ser?

— Nós nos mantemos limpos — diz Malone.

— E quanto aos pagamentos do Carter?

— De agora em diante, eu vou lidar com o Carter.

— Primeiro, você mata o Torres, agora vai tirar a comida da nossa mesa? — diz Tenelli.

— Ouçam — diz Malone. — O Raf *me* botou numa fria, não o contrário, mas eu vou lidar com isso. Se eu tiver que cair no buraco, que seja, mas nós podemos nos safar disso se formos espertos. Nós temos a Corregedoria no bolso, eles não podem nos atingir sem cair. A corporação já tem propaganda negativa de sobra, eles vão deixar isso de lado se não surgir mais nada.

— E quanto aos federais? — pergunta Gallina.

— Um verão longo e quente está chegando — diz Malone. — O relato do caso Bennett vai sair e, se aquela estupidez não der em nada, essa cidade vai explodir. Os federais sabem disso, sabem que vão precisar da gente para evitar que a cidade pegue fogo. Andem na linha, façam a porra do trabalho. Vou tirar a gente dessa.

Eles não parecem contentes, mas ninguém diz nada.

O rei ainda é o rei.

Então, Monty fala:

— O trabalho policial é perigoso. Nós todos sabemos disso. Mas se alguma coisa acontecer ao Malone, se ele levar um tiro, se um bloco de concreto cair em cima dele, se ele for atingido por um raio, eu vou atrás das pessoas que estão nesse playground. E vou matar todas.

Os dois lados vão embora.

Eles voltam ao apartamento.

– Não falem de negócios, só entre nós – diz Malone. – E não falem sobre nada no distrito, em carros, em nenhum lugar que não seja 100% seguro.

– Os federais gravaram você e o Torres? – pergunta Monty.

– Parece que sim.

– O que eles têm?

– Eu só tive duas conversas comprometedoras com o Torres – diz Malone. – Uma no Natal, quando ele veio me ver e falar sobre o Teddy. A outra foi depois da apreensão das armas, quando ele veio falar do Carter. Não me lembro exatamente do que foi dito, mas não foi bom.

– E se os federais realmente vierem atrás de você? – pergunta Russo.

– Não dou nada – diz Malone.

– Isso significa cadeia – comenta Monty.

– Então que seja cadeia.

– Jesus, Denny.

– Eu estou legal – diz Malone. – Vocês vão cuidar da minha família.

– Nem precisa dizer.

Isso é dito por Russo.

– Vamos torcer pra que não chegue a tanto – diz Malone. – Ainda não estou fora do jogo. Mas, se acontecer...

– Nós protegemos você – diz Russo. – E quanto ao Levin?

– Jesus, você também?

– Essa merda toda aconteceu depois que ele entrou pra equipe – diz Russo.

– *Post hoc, ergo propter hoc* – diz Monty.

– O quê?

– Depois disso, portanto, por causa disso – diz Monty. – É uma falácia da lógica. Só porque essa merda aconteceu depois que o Levin veio, não significa que tenha começado por causa dele.

– Ele recebeu sua parte do dinheiro de Teddy – diz Malone.

– É, mas levou pra onde? – pergunta Russo. – Talvez esteja guardado com os federais.

– Certo – diz Malone –, vá até a casa dele, às duas ou três da madrugada, pra ver se ele está com o dinheiro guardado.

– Se ele não estiver...

– Então nós temos perguntas – afirma Malone.

Malone sai e caminha até seu carro.

Chegou a hora de desentocar a heroína.

É o pior momento para fazer algo tão arriscado, mas ele tem que mudar a heroína do Pena de lugar.

CAPÍTULO 21

Eles se encontram no St. John Cemetery.

– Pra que essa porra de vir até o Queens? – pergunta Lou Savino.

– Você quer se encontrar na Pleasant Avenue? – diz Malone. – É um cenário de filme dos federais. Aqui, você pode dizer que estava prestando uma homenagem a velhos amigos.

Metade dos grandes chefes das Cinco Famílias da máfia está enterrada ali. O próprio Luciano, Vito Genovese, John Gotti, Carlo Gambino, Joe Colombo, até o velho Salvatore Maranzano, que começou tudo.

St. John é meio que o Hall da Fama dos Gângsteres.

E também tem o Rafael Ramos.

Nem parece que se passaram dois anos desde que ele e outro policial, o Wenjian Liu, foram mortos enquanto estavam sentados na viatura, em BedStuy. O maluco que fez isso disse que foi para vingar Eric Garner e Michael Brown. Disse que estava dando "asas aos porcos". Teve o bom senso de estourar os próprios miolos antes que o Departamento de Polícia chegasse a ele.

A arma que ele usou chegou através da Iron Pipeline.

Onde estavam os filhos da puta dos manifestantes naquela época? É o que Malone pensa. Onde estava os cartazes que dizem "Vidas policiais importam"?

Malone foi ao enterro de Ramos ali, o maior na história da polícia, com mais de cem mil pessoas. Muitos policiais deram as costas para o prefeito quando ele fez o tributo fúnebre.

Hizzoner deu as costas para eles, por conta do episódio de Eric Garner.

"Dar asas a porcos", pensa Malone.
Dou meu rabo de porco para vocês.
De qualquer maneira, é uma bela manhã de junho, é bom estar ao ar livre.
— Você tem certeza disso? Se seus chefes souberem que você está traficando, eles te apagam — diz Malone.
Regra da família Cimino: você trafica, você morre.
Não por terem escrúpulos morais, mas porque as penas pesadas induzem os caras a mudar de lado. Portanto, se você for pego com drogas, você é um risco grande demais e tem que cair.
— Não por traficar — explica Savino. — Mas por ser *flagrado* traficando. Contanto que a chefia também molhe o bico, eles não dão a mínima. E de que outra maneira eu vou comer, certo?
Sei. Está certo, pensa Malone.
Louie chorando miséria é bem engraçado. Como se ele precisasse vender heroína para colocar pão na mesa. Ele sabe que será uma tacada e tanto aqui. Uma porra de uma sorte grande e inesperada, se ele fizer direito.
— Deixe que eu me preocupe comigo — diz Savino. — O que você quer por isso?
— Cem mil por quilo — diz Malone.
— Mas em que porra de mundo você vive? — pergunta Savino. — Eu consigo arranjar heroína por 65, 60.
— Não da Dark Horse — diz Malone. — Não com 60% de pureza. O preço de mercado é 100 mil.
— Isso se você for direto ao varejista — retruca Savino. — O que você não pode fazer. Por isso que me ligou. Eu posso chegar a 75.
— Você também pode ir se foder.
— Pense a respeito — diz Savino. — Você pode fazer negócio com a família, gente branca, em vez de crioulos e latinos.
— Setenta e cinco não dá — diz Malone.
— Faça uma contraproposta.
— Estamos no programa *Shark Tank* aqui — diz Malone. — Certo, mister Maravilha, faremos por 90 o quilo.
— Você quer que eu vire de bruços, aqui, numa lápide, pra você comer a minha bunda? — pergunta Savino. — Talvez eu possa chegar a 80.

— Oitenta e sete.

— Mas que porra, agora somos judeus? — diz Savino. — Podemos fazer isso como cavalheiros, digamos, 85? Oitenta e cinco mil o quilo, vezes 50. Quatro milhões e duzentos e cinquenta mil dólares. Dá pra se lambuzar nesse chocolate.

— Você tem?

— Eu vou arranjar — diz Savino.

Isso significa que ele terá que ir a outras pessoas, pensa Malone. Mais gente significa mais conversa, mais risco. Mas não há como evitar.

— Outra coisa, você não distribui isso em Manhattan North. Leva lá pra cima, New England, só não passa aqui.

— Mas você é uma figura difícil, hein? — diz Savino. — Você não liga que haja viciados, contanto que não sejam *seus* viciados.

— Sim ou não?

— Fechado — diz Savino. — Só porque eu não estou a fim de continuar aqui no cemitério. Isso me dá calafrios.

É, sei, pensa Malone. Nada como um cemitério para fazer lembrar que um dia você terá que pagar, responder pelo que fez.

Freiras escrotas.

— Quando faremos isso? — pergunta Savino.

— Eu lhe darei a hora e o lugar — diz Malone. — E é em *grana*, hein, Lou. Não vai aparecer com jóias roubadas ou alguma promissória de um empréstimo fajuto.

— Policiais. — Savino dá uma risadinha. — Tão desconfiados.

Antes de ir embora, Malone vai prestar sua homenagem no túmulo de Billy.

— Isso é pra você, Billy — diz Malone. — É para o seu filho.

Malone abre a caçapa embaixo do chuveiro.

Como é mesmo que os porto-riquenhos chamam? *La caja.*

Cada um dos cinquenta quilos está embalado em plástico azul com etiquetas indicando que são da Dark Horse. Malone arranca as etiquetas, joga-as na privada e dá descarga. Então, coloca os quilos em duas mochilas da North Face que comprou para a ocasião, coloca a tampa de volta no boxe e leva os sacos lá para baixo, um de cada vez, de elevador, e os coloca na traseira de seu carro.

Habitualmente, teria Russo, Monty ou ambos com ele, mas quer deixá-los fora disso, apenas lhes dar a sua parte do dinheiro como se fosse Natal outra vez. Mas é meio capcioso fazer tudo sozinho, sem ter uma cobertura.

Agora esse é o seu mundo, ele diz a si mesmo, e vira ao norte, na Broadway, seguindo ao alto da cidade. Você está por sua conta até que possa sair da mira de Paz e dos federais. Até que isso aconteça, você tem que proteger seu pessoal.

Seria bom tê-los junto, caso Savino tente roubá-lo. Ele duvida que isso aconteça, porque eles têm tantos laços com a *borgata* Cimino, porém estamos falando de muito dinheiro e muita droga, nunca se sabe o que isso pode fazer com um cara.

Savino pode simplesmente se arrancar.

O que ele não faria se Russo ou Monty estivessem ali.

Mas agora sou só eu, com uma Sig, uma Beretta e uma faca. É, tudo bem, e a MP5 numa tipoia, por baixo da minha jaqueta. Tenho muito poder de fogo, mas só um dedo para o gatilho, portanto estou apostando mais na honra de Savino.

Até que se podia contar com isso, com os mafiosos.

Mas se podia contar com muita coisa.

Ele vira em direção à West Side Highway e passa pela Ponte GW, depois pelo Fort Tryon Park, abaixo de Cloisters. Uma hora da manhã, o parque está bem vazio, e se há alguém ali, não é por coisa que preste. Você é um morador de rua fazendo uma fogueira ilegal ou trouxe uma puta até ali ou está procurando alguém para lhe fazer um boquete, embora boa parte dessas merdas tenha acabado desde que os gays saíram do armário.

Ou está procurando vender drogas.

Que é o que eu estou fazendo, pensa Malone, como qualquer outro bandido.

Se não fosse eu, seria outra pessoa, ele reflete, sabendo que é uma antiga racionalização, mesmo naquele momento. Mas é antiga porque é verdade. Nesse momento, em algum laboratório do México, estão fazendo mais dessa merda. Portanto, se não fossem esses cinquenta quilos, seriam seus substitutos. E se não fosse eu, seria outro.

Então por que são os bandidos que sempre ganham todo o dinheiro? Os caras que torturam e matam. Por que eu, o Russo e o Monty não deveríamos ganhar um pouquinho, construir um futuro para nossas famílias?

Você passa a porra da vida inteira tentando evitar que essa merda seja espetada nos braços das pessoas e, por mais que você apreenda, ou quantos traficantes você prenda, sempre continua chegando mais de qualquer jeito, direto dos campos de ópio para os laboratórios, os trailers, as agulhas, para dentro das veias.

Um rio suave e de fluxo contínuo.

Não, ele percebe sua própria hipocrisia.

Sabe que poderia até estar espetando direto no braço de Claudette.

E a ironia é que usa esse dinheiro para mandá-la para a reabilitação. Mandar seus filhos para a faculdade. Em vez de ir para algum mexicano ou colombiano, para comprar outra Ferrari, mais algumas correntes de ouro, um tigre de estimação, uma propriedade rural, um harém.

De qualquer jeito, você diz a si mesmo o que for necessário para fazer o que tem que fazer.

E às vezes você até acredita nessa porra.

Ele sai onde a Fort Tryon Place cruza a Corbin Drive. Ainda quer estar em seu território de Manhattan North, caso algo dê errado ali, mas sabe, como todo bandido, que é bom se deslocar em volta dos distritos. Começar na Dois-Oito, fazer o negócio na Três-Quatro, todas cobertas pela Manhattan North.

Dessa forma, se der merda e você for pego, ainda tem uma chance de a papelada ser perdida entre os distritos e jurisdições. Rivalidades e invejas podem entrar no caminho e até livrá-lo.

É por isso que, por exemplo, as prostitutas circulam nas ruas que margeiam os distritos, porque nenhum policial quer fazer uma prisão do outro lado da linha. É papelada demais. O mesmo acontece com os traficantes pequenos, que vendem papelotes. Quando eles vêem um policial vindo, na maioria das vezes, simplesmente atravessam a rua e, geralmente, o policial nem vai atrás. Se houver uma perseguição agora, Malone vai dirigir descendo Manhattan, mas Savino vai atravessar o Bronx, envolver outro burgo totalmente distinto.

O Bronx e Manhattan se odeiam.

A menos que os federais estejam envolvidos, aí eles odeiam os federais.

O que o povo não sabe é quão tribais são os policiais. Começa pela etnia. A maior tribo é a irlandesa, depois tem a italiana e todas as outras tribos dos caras brancos. Em seguida vêm as tribos negras e a hispânica.

Cada uma tem seus clubes – os irlandeses têm a Emerald Society; os italianos, a Columbia Association; os alemães são da Steuben Society e os poloneses da Pulaski Association. Os outros brancos têm uma associação que aceita todos, chamada St. George's Society. Os negros são da Guardians, os porto-riquenhos têm a Hispanic Society, os doze judeus têm a Shomrim Society.

Depois complica, porque tem a Tribo dos Fardados, a Tribo dos Paisana e a Tribo dos Detetives que atravessam todas as tribos étnicas. Acima de todas, você tem mais a Tribo do Policial de Rua versus a Tribo da Burocracia, um sub-clã a que pertence a Tribo da Corregedoria.

Depois, tem os burgos, os distritos e as unidades de trabalho.

Malone está na Tribo da Força-Tarefa Especial de Manhattan North dos Detetives de Rua Irlandeses.

E em outra tribo, ele pensa, a Tribo dos Policiais Corruptos.

Savino já está no local combinado.

Pisca os faróis de seu Navigator preto duas vezes. Malone encosta na frente do Navigator, portanto, terá que dar ré para sair dali depressa. Ele não consegue enxergar dentro do veículo. Então Savino desce.

O capo está vestido, juro por Deus, com um conjunto de corrida, porque alguns desses caras simplesmente não conseguem se ajudar. A arma faz volume em sua cintura, perto da mão direita e ele está com um sorriso imenso e presunçoso.

Então, ocorre a Malone que ele não gosta tanto de Savino. Principalmente quando as portas traseiras abrem e três dominicanos descem.

Um deles é Carlos Castillo.

Claramente o *jefe*, ele está de terno preto, camisa branca, sem gravata e aparenta ter dinheiro. Cabelos pretos com gel penteados pra trás, um bigode fino. Os outros dois são matadores profissionais: paletós pretos, jeans, umas porras de umas botas de caubói e fuzis AK.

Malone pega a MP5 e segura-a junto ao quadril.

– Calma – diz Savino. – Não é o que parece.

O caralho que não é, pensa Malone. Você armou para mim. Toda aquela conversa fiada no cemitério, de não ter dinheiro. Era *fugazy,* uma fachada só para me apagar.

Castillo sorri pra ele.

– O que foi, você acha que nós não sabíamos quantos quilos havia naquela sala? Nem quanto dinheiro?

– O que você quer?

– Diego Pena era meu primo.

Não recue, Malone diz a si mesmo. Recuar será a sua morte. Aparentar fraqueza também.

– Assassinar um detetive do Departamento de Polícia de Nova York em Nova York? O mundo vai despencar na sua cabeça.

Se eu não a estourar primeiro.

– Nós somos o cartel – diz Castillo.

– Não, *nós* é que somos o Cartel – impõe Malone. – Eu tenho 38 mil na minha gangue. Quantos você tem?

Castillo está pensando. Esse cara não é nenhum imbecil.

– É uma pena. Então, por enquanto, eu terei que me contentar em recuperar o que é de nossa propriedade.

Uma das regras de Malone: nunca dê um passo atrás.

– Você pode *comprar* – diz ele.

– Que generosidade sua – diz Castillo –, oferecer para nos revender nosso próprio produto.

– Você está fazendo o negócio que esse carcamano filho da puta arranjou pra você – diz Malone. – Do contrário, seria venda direta da apreensão.

– Você roubou.

— Eu *peguei* — explica Malone. — Tem diferença.

Castillo sorri.

— Então, eu poderia simplesmente *pegar*.

— Seus *caras* poderiam — diz Malone. — E eu mandaria *você* pra onde mandei seu primo.

— Diego jamais teria puxado uma arma contra você — diz Castillo. — Ele era esperto demais. Por que lutar contra o que se pode comprar?

— Diego teve o que mereceu.

— Não, não teve — diz Castillo, calmamente. — Você não precisava matá-lo. Mas quis.

Porra, é verdade, pensa Malone.

— Nós vamos fazer isso ou não?

Um dos Domos vai até o carro e volta com duas maletas. Ele vai entregá-las a Castillo, que encara Malone e sacode a cabeça, então, seu capanga as entrega a Savino.

Demônios educados.

Savino se aproxima, coloca as maletas em cima do capô do carro de Malone e abre ambas, mostrando as pilhas de notas de 100.

— Está tudo aí — diz Castillo. — Quatro milhões e duzentos e cinquenta mil dólares.

— Você quer contar? — pergunta Savino.

— Não, está bom.

Ele não quer ficar ali nem um minuto a mais do que precisa e não quer tirar os olhos dos dominicanos pelo tempo que levaria para contar o dinheiro. De qualquer maneira, se fossem apagá-lo, poderiam simplesmente tomar tudo.

Malone coloca as maletas no chão do carro, junto ao banco do passageiro, contorna o carro, pega as mochilas e põe em cima do capô.

Savino as leva até Castillo, que abre e olha dentro.

— Estão faltando as etiquetas.

— Eu arranquei — diz Malone.

— Mas é a Dark Horse.

— É — diz Malone. — Você quer testar?

— Confio em você — responde Castillo.

Malone está com o dedo no gatilho da MP5. Se forem matá-lo, esse é o momento, quando sabem que estão com a heroína e ainda podem pegar o dinheiro de volta. O *jefe* assente para um de seus caras, que pega as mochilas e as leva para o carro de Savino.

Savino sorri.

– É sempre um prazer fazer negócio com você, Denny.

É, pensa Malone. E Castillo teria me matado se não quisesses fazer negócio com a família Cimino. Eu e você teremos uma conversa muito séria, Louie.

Castillo encara Malone.

– Sabe, sua sentença está apenas adiada.

– Não é o caso de todos nós? – pergunta Malone.

Ele entra novamente em seu carro e sai. Quatro milhões e tanto estão no chão de seu carro ao seu lado. Sua adrenalina está a mil enquanto ele dirige, então o medo e a raiva batem como uma martelada e ele começa a tremer.

Ele vê as mãos tremendo ao volante e segura com mais força, para tentar fazê-las parar. Inala o ar pelo nariz para desacelerar os batimentos cardíacos.

Achei que eu estivesse morto, pensa ele.

Caralho, eu achei que estivesse morto.

Escapei dessa, ele diz a si mesmo, mas o primo do Pena não vai deixar passar em branco. Ele vai esperar uma brecha e vai agir. Ou talvez contrate alguém através dos Cimino. Louie vai me convidar para uma reunião e eu não vou mais voltar. Muito disso terá a ver com quem tem mais valor para os Cimino: eu ou o cartel.

Eu aposto meu dinheiro nos Domos.

E tem outra coisa.

O merdas dos Domos vão botar essa porra na rua, em Manhattan North, para tirar o DeVon Carter do negócio.

Os viciados da minha área vão morrer.

Mais uma coisa com a qual terei de conviver.

Ele dirige rumo ao sul, margeando o Hudson e as águas negras brilham como prata refletindo as luzes da ponte.

CAPÍTULO 22

Malone coloca as maletas com o dinheiro de volta na *caja* e vai se servir de um drinque.

Pelo menos as mãos pararam de tremer. E ele usa o uísque para engolir dois Dexies. Já passam de três da madrugada e John tem um jogo de baseball às 8h30 que ele não quer perder. Malone fica sentado esperando que as anfetaminas façam efeito, depois deixa o apartamento, entra em seu carro e segue até Staten Island para assistir o sol nascendo junto ao mar.

Malone caminha sozinho pela praia, com um sol voraz e vermelho e o mar com um reflexo rosado, a Ponte Verrazano-Narrows em um arco âmbar. Um bando de gaivotas reunidas na beirada da água teima em manter sua posição quando ele passa por elas. Ele que é o intruso ali; elas estão esperando que as ondas tragam algas para o café da manhã, mas Malone, sem fome por conta das balas, mesmo estando sem comer desde o almoço de ontem, pensa: "que bom para vocês, gaivotas. Não deixem que ninguém as expulse de seu lugar. Vocês sabem das coisas".

Às vezes, quando pequeno, seu pai o levava até essa praia e Malone adorava correr atrás das gaivotas. Depois, se a água estivesse morna, o pai o levava para pegar jacaré e era a melhor coisa do mundo. Ele gostaria de entrar no mar agora, apesar da água gélida, mas não quer ficar todo salgado porque não tem onde tomar banho e nem tem trouxe toalha.

Mas seria bom entrar na água fria. Então ele se dá conta de que se esqueceu de tomar banho e espera não estar fedorento. Ele funga as axilas e não estão tão ruins.

Ele tampouco se barbeou e isso pode aborrecer o John, então, quando volta ao carro, ele pega o kit que guarda embaixo do banco e faz a barba a seco, olhando no espelho retrovisor. A lâmina arranha e o resultado não é tão macio quanto ele esperava, mas pelo menos está com uma aparência decente.

Então, Malone segue de carro até o parque de baseball.

Sheila já está lá e o time de John está aquecendo. As crianças parecem descontentes, tão cedo, numa manhã de sábado, quando poderiam dormir até tarde.

Malone caminha até a ex-mulher.

— Bom dia.

— Noite dura?

Ele ignora a indireta.

— A Caitlin está aí?

— Ela ficou na casa de Jordan ontem à noite.

Malone fica desapontado e não consegue evitar desconfiar que deixá-lo desapontado era parte do plano. Ele olha e acena para John, que lhe devolve um aceno sonolento. Mas sorri. Esse é o John, sempre com um sorriso.

— Quer sentar junto? — Malone pergunta a Sheila.

— Mais tarde, talvez — diz ela. — Eu fiquei com o primeiro turno de serviço no balcão.

— Tem café?

— Venha, eu faço pra você.

Malone vai atrás dela até a pequena cabana onde eles vendem as coisas. Sheila está com uma boa aparência, de jaqueta verde de lã e jeans. Ela faz o café, serve-lhe uma caneca e Malone pega um donut com glacê, porque sabe que deve comer. Ele põe uma nota de dez no balcão e diz a ela para colocar o troco no pote.

— Esbanjador.

Ele tira um envelope do bolso da jaqueta e passa para ela. Sheila o pega e o coloca na bolsa.

— Sheel — diz Malone —, se alguma coisa acontecer, você sabe aonde ir, certo?

— Phil.
— E se alguma coisa acontecer com ele?
Aqueles dois policiais, Ramos e Liu, parceiros, estavam simplesmente sentados no carro e ambos morreram.
— Então, o Monty — diz Sheila. — Vai acontecer alguma coisa, Denny?
— Não — diz Malone. — Eu só queria checar se você sabe o que fazer.
— Tudo bem.
Mas ela olha para ele preocupada.
— Eu disse que só estou checando, Sheila.
— E eu disse tudo bem.
Ela começa a arrumar os doces, pacotes de biscoitos e barrinhas de granola. Depois, maçãs, bananas e caixinhas de suco.
Algumas das mães queriam que a gente tivesse kale. Como é que podemos vender kale?
— O que é kale?
— Exatamente, entende?
Acho que sim, pensa Malone. Ele não sabe o que é kale.
— Então, como vai a Caitlin?
— Não sei, que horas são? — diz Sheila.
Ela se concentra na arrumação do balcão e acrescenta:
— Talvez ela venha até aqui mais tarde, dependendo da hora que acordar.
— Seria legal.
— É, depende da hora que elas vão acordar.
Malone sente-se meio perdido para conversar, mas acha que ainda não deve se afastar.
— Está tudo bem com a casa?
— Você se importa, Denny?
— Sim, fui eu que acabei de perguntar.
Não precisa nada, porra, nada mesmo, para eles começarem uma briga.
— Você poderia mandar o cara dar uma olhada no aquecedor — diz Sheila. — Está fazendo aqueles barulhos engraçados de novo. Eu já liguei pra ele três vezes.

Filho da mãe do Palumbo, ele fica enrolando as esposas, como se o barulho fosse só na cabeça delas.

– Deixa comigo.

– Obrigada.

Mas ele nota que isso a deixa irritada, por ainda precisar do "marido" para ter a atenção que deveria receber por conta própria. Se eu fosse mulher, pensa Malone, eu provavelmente estaria metralhando a esmo e gritando pela rua.

– Sheila, você tem alguma tampa?

Ela joga uma para ele.

Depois de um silêncio conveniente, Malone vai caminhando até as arquibancadas, do outro lado da cerca, perto da linha da primeira base. Alguns pais já estão sentados, algumas mulheres com cobertores no colo. Parte deles trouxe térmicas e caixas de donuts da Dunkin'. Mas que porra, pensa Malone, será que eles não podem gastar um trocado na loja, para ajudar as crianças?

Ele conhece a maioria dos pais e assente cumprimentando, mas senta sozinho.

Ele costumava frequentar as reuniões de pais e professores, as apresentações de talento e essas merdas junto com essa gente. Ia ao Pizza Hut após os jogos, aos churrascos de fundo de quintal, às festas em piscinas. Ele ainda vai aos eventos escolares, mas não é convidado para as atividades extracurriculares. Acho que rasguei minha carteirinha de pai do subúrbio, pensa Malone, ou eles rasgaram. Eles não parecem hostis nem nada, mas é diferente.

Eles estão tocando o hino nacional de uma fita. Malone levanta e põe a mão sobre o coração, e olha para John, enfileirado com seus colegas de time.

Eu lamento, John.

Talvez, algum dia, você entenda.

Seu pai ferrado.

O jogo começa. O time de John é o da casa, portanto, eles começam e Malone assiste John trotar rumo à esquerda. Ele é grande para sua idade, por isso o colocam no campo externo. Identificação, pensa

Malone. Na verdade, ele é muito bom com a luva, mas não tanto com o taco. Bate em qualquer coisa e os lançadores oponentes sabem disso, então, só fazem lançamentos ruins. Mas Malone não será um daqueles pais babacas que fica gritando para o filho da arquibancada. Que porra de diferença faz? Ninguém ali vai jogar nos Yankees.

Russo senta ao seu lado.

– Você está horrível.

– Tão bem assim?

– Nós fomos à casa do Levin ontem à noite – diz Russo. – Às duas da madrugada. Achei que o garoto fosse mijar nas calças. A namorada também não ficou pulando de alegria.

– E?

– O dinheiro estava numa maleta, no fundo do armário – conta Russo. – Eu disse a ele, garoto, você tem que fazer melhor que isso.

– Então ele está fora – diz Malone.

– Eu não iria tão longe – opina Russo. – Talvez eles estejam fazendo com que ele jogue um jogo mais demorado. Ele pode estar atrás da grana do Pena. Denny, a gente tem que tirar aquela merda.

– Eu tirei – diz Malone. – Você está 1 milhão e uns trocados mais rico do que era ontem à noite.

– Jesus. Sozinho?

Russo não gostou.

Malone conta a ele sobre a venda da heroína para Savino, sobre Carlos Castillo e os dominicanos.

– Você lhes vendeu a heroína deles de volta? – pergunta Russo. – Denny Malone, do caralho.

– Não acabou – diz Malone. – Esse tal de Castillo quer se vingar da gente por causa do Pena.

– Que merda, Denny, metade do norte de Manhattan quer apagar a gente – diz Russo. – Isso não é novidade.

– Sei não. Os Cimino, os Domos...

– A gente precisa conversar com o Lou – diz Russo. – Não está certo ele jogar os caras em cima de você desse jeito.

– Deixa comigo.

– Mas que porra, ultimamente você se transformou no cavaleiro solitário? – pergunta Russo. – Sinto que você está me excluindo das coisas.

Um garoto bate na bola bem para esquerda e eles olham, enquanto John vai atrás, pega e ergue para que o juiz veja.

– É isso aí, John! – Malone grita.

Eles ficam em silêncio, um tempinho, depois Russo pergunta:

– Você está legal, Denny?

– Sim. Por quê?

– Sei lá – confessa Russo. – Se alguma coisa estivesse te incomodando você me diria, certo?

As palavras estão ali, mas ficam presas na garganta dele.

Tudo muda nesse momento.

Os velhos padres podem ter dito que há pecados na execução e na omissão, que nem sempre são as coisas que você faz, mas as coisas que não faz que acabam custando a sua mente. Que, às vezes, não é a mentira dita, mas a verdade não dita que abre a porta para a traição.

– Como assim?

Malone está se sentindo um merda. Esse é o único cara com que ele deveria falar, contar. Mas não consegue. Não consegue dizer a Russo que ele se tornou um rato. A menos que Phil esteja tentando pressentir isso; talvez ele esteja começando a acreditar no que Gloria Torres disse.

Porque é verdade.

Confie em seu parceiro, Malone diz a si mesmo.

Você sempre pode confiar em seu parceiro.

É, mas, será que o Russo pode?

Uma movimentação no estacionamento chama a atenção de Malone. Ele dá uma olhada e vê Caitlin saindo de um Honda CR-V. Ela se inclina para dentro para se despedir, então Malone a vê caminhando até o balcão e se esticar nas pontas dos pés para dar um beijo no rosto da mãe.

Russo percebe, mas Russo percebe tudo.

– Você sente falta disso?

– Todo santo dia.

– Tem conserto, você sabe.

– Jesus, você também? – pergunta Malone.

– Só estou dizendo.

– É tarde demais – diz Malone. – De qualquer forma, eu não quero.

– Conversa que você não quer – diz Russo. – Olhe, você ainda pode fazer seus lances paralelos, mas mantém o centro no centro.

– Dê-me sua benção, padre, pois eu pequei.

– *Va fangul.*

– Olhe a boca, minha filha está vindo.

Caitlin sobe as arquibancadas. Malone estende a mão abaixo, para equilibrá-la e puxá-la acima. Ela se aninha junto a ele.

– Oi, papai.

– Oi, meu benzinho. – Malone dá um beijo em sua bochecha. – Dá oi pro tio Phil.

– Oi, tio Phil.

– Essa é a Caitlin? – pergunta Russo. – Eu achei que fosse a Ariana Grande.

Caitlin sorri.

– Quais as novidades, querida? – pergunta Malone.

– Eu dormi na casa da minha amiga. Da Jordan.

– Você se divertiu?

– *Sim.*

Ela tagarela contando as coisas de menininha que elas fizeram, depois pergunta quando ele vem visitá-los de novo, quando podem ir ficar com ele. De repente ela vê algumas amigas perto da cerca, atrás da base principal da quadra, e Malone diz:

– Tudo bem, Cait. Você pode ficar com as suas amigas.

– Mas você vai me dar tchau, não é?

– É claro.

Ele fica vendo, conforme ela vai ao encontro das amigas, depois pega o telefone e encontra o Palumbo na discagem rápida.

– Deixe-me falar com o Joe, por favor – pede Malone.

– Ele está numa ligação.

– Ele está no banheiro masculino batendo uma punheta – conta Malone. – Bota ele na linha.

Palumbo atende.

— E aí, Denny!

— E aí Denny é o caralho — repreeende Malone. — Mas que porra é essa, Joe? Minha esposa precisa te ligar três vezes e você ainda não aparece? Qual é?

— Eu ando ocupado.

— É mesmo? — pergunta Malone. — Então, da próxima vez que você ficar com um caminhão preso por um monte de multas, talvez *eu* esteja ocupado.

— Denny, como posso acertar isso com você?

— Quando a minha esposa ligar, você vai lá.

Ele desliga.

— Cretino do cacete.

— Você não adora quando esses caras aparecem — diz Russo —, e nunca estão com as ferramentas certas? O caminhão ocupando a entrada da sua garagem, mas não estão com a ferramenta que precisam pra fazer o trabalho. A Donna não é de brincadeira. Uma vez, ela disse ao Palumbo "Eu lhe daria o seu cheque, mas não tenho a caneta certa". Ele entendeu o recado.

— É, mas a Sheila não é assim.

— Mulheres italianas — diz Russo. — Se quer dinheiro delas, é bom fazer o trabalho.

— Ainda estamos falando de hidráulica?

— Mais ou menos.

— Como vão seus filhos?

— Os dois meninos são uns babacas — diz Russo.

— De qualquer maneira, agora você tem o dinheiro da faculdade deles.

— Isso aí.

— Então, isso é bom, não? — pergunta Malone.

— Está brincando?

Eles sabem o que fizeram e o motivo.

Se eu cair, pensa Malone, meus filhos podem ficar aborrecidos com o pai criminoso, mas vão ficar aborrecidos na faculdade.

E eu não vou cair.

O jogo se estende pelo que parece uma eternidade. Uma batalha defensiva de poucos pontos, pensa Malone, sarcástico, tipo 15-13, e o time de John ganha. Malone desce pra falar com ele.

— Você jogou bem.

— Mas eu fui eliminado.

— Foi eliminado depois de dar suas tacadas — diz Malone. — Que é algo importante. E quantas corridas você deu no campo? Aquilo também foi bom, John.

O garoto sorri para ele.

— Obrigado por ter vindo.

— Está brincando? — pergunta Malone. — Eu não perderia. O time vai pro Pizza Hut?

— Pinkberry — diz John. — É mais saudável.

— Bem, imagino que deve ser bom.

— Acho que sim — diz John. — Você quer vir?

— Tenho que voltar pra cidade.

— Pegar os bandidos.

— Isso aí.

Malone lhe dá um abraço, mas não o beija, para não deixá-lo constrangido. Despede-se de Caitlin e depois vai até Sheila.

— Você não veio assistir.

— A Marjorie não apareceu — diz Sheila. — Provavelmente está de ressaca.

Russo está esperando por ele no estacionamento.

— Precisamos falar mais um pouco?

— Sobre o quê?

— Você — diz Russo. — Eu não sou idiota. Você não está em seu estado normal, ultimamente. Distraído, temperamental pra cacete. Some em horas estranhas. Junte isso com o fato de Torres ter se apagado...

— Você quer dizer alguma coisa, Phil?

— Você quer dizer alguma coisa, Denny?

— Tipo?

— Tipo é verdade — diz Russo.

Ele fica quieto, por um minuto, depois diz:

– Olhe, talvez você tenha se enrolado. Acontece. Talvez tenha visto uma saída. Eu posso entender isso, você tem esposa, filhos...

Malone sente uma pontada no coração.

Estalando, como carvão em brasa.

– Não fui eu – diz Malone.

– Está bem.

– Não fui eu.

– Tá, eu ouvi.

Mas ele olha para ele como se não soubesse se acredita.

– Valeu, tá? Por ter cuidado daquele lance.

– Vá se foder.

Em Staten Island, isso é uma expressão de afeto.

CAPÍTULO 23

Fim de tarde de sábado, Malone tem um bom palpite de onde pode encontrar Lou Savino.

As velhas cafeterias italianas pelas calçadas, onde Lou gosta de ficar bebericando café expresso como Tony Soprano, não existem mais, então, Savino gosta de ir à Starbucks, pedir um expresso e sentar do lado de fora, no pequeno pátio cercado, do lado da rua 117.

Malone acha patético. Lá está ele, sentado, com seu conjunto ridículo de corrida, com um de seus soldados, um pretendente a mafioso chamado Mike Sciollo, mantendo guarda e olhando as bundas que passam rebolando.

Mas não se pode subestimá-lo, Malone diz a si mesmo. Foi o que você fez ontem à noite, e isso quase o levou à morte. Lou Savino não se tornou um capo por ser imbecil. Ele é esperto, um filho da puta inescrupuloso, pensa Malone ao entrar.

Até mesmo os filhos da puta inescrupulosos precisam mijar. Savino mora longe, lá em Yonkers, portanto vai usar o banheiro antes de voltar ao carro. Claro, Malone vê Lou levantando e entrando, cronometra o tempo para abordar Savino na hora em que ele entra no banheiro e começa a fechar a porta.

Malone enfia o pé, empurra a porta à força e fecha-a depois de entrar.

– Denny – diz Savino –, eu ia te ligar.

Ali dentro é apertado, abafado.

– Você ia me ligar? – pergunta Malone. – Não pensou em me dar uma porra de um telefonema *antes* de me entregar para o Castillo?

– Aquilo foi negócio, Denny.

– Não me venha com essa conversa fiada de Sollozzo – diz Malone. – Você e eu também temos negócios. Você deveria ter me falado, Lou. Você me deu sua palavra de que levaria aquela heroína para longe da minha área.

– Você está certo. Está mesmo – reconhece Savino. – Mas errou em matar o Pena daquele jeito. Você sabe disso, Denny. Deveria ter deixado que ele fosse embora.

– Onde encontro o Castillo?

– Você não vai querer encontrá-lo – diz Savino. – Ele quer arrancar a sua cabeça, porra.

– Eu vou encolher a dele e enfiar no meu bolso – diz Malone –, para que aquela boca esperta esteja sempre chupando meu saco. Onde está ele, Lou?

Savino ri.

– O que você vai fazer? Vai me dar umas coronhadas como faz com seus bandidos? Ora, vamos.

Savino olha por cima do ombro de Malone, como se estivesse esperando que Sciollo batesse na porta perguntando se ele está bem.

– Nós temos ouvido coisas a seu respeito. Algumas pessoas estão muito preocupadas.

Malone sabe que "algumas pessoas" significa Stevie Bruno. E ele está "preocupado" que eu seja um rato porque tenho muito para entregar, sobre a *borgata* Cimino.

– Diga a essas pessoas que elas não têm com que se preocupar – diz Malone.

– Eu garanti por você – diz Savino. – Sou responsável pelo que você faz. Eles também vão me matar. Eu fui convidado para uma reunião e você sabe o que isso significa.

– Se eu fosse você, não iria.

– É, bem, você também foi convidado, babaca – diz Savino. – Meio-dia e meia amanhã. La Luna. A presença não é opcional. Venha sozinho.

– Pra receber uma bala na nuca?

Ou algo pior, pensa Malone. Uma faca da espinha, um arame em volta do pescoço, meu pau enfiado na minha boca.

– Eu passo.

– Olhe – diz Savino –, eu garanto você, se me der uma cobertura na heroína.

– Você não contou ao Bruno sobre isso?

– Devo ter me esquecido – diz Savino. – O puto ganancioso iria querer uma parte. Você e eu damos cobertura um ao outro e ambos podemos sair andando dessa reunião, Denny.

– É, está certo.

– Eu te vejo amanhã.

Sciollo bate na porta.

– O que foi, Lou, você se afogou aí dentro?

– Dá o fora daqui, porra! – ele olha para Malone. – Você acha que pode tomar o mundo inteiro?

É, eu acho, pensa Malone.

A porra do mundo inteiro, se chegar a isso.

Ele está dirigindo de volta ao centro da cidade e subitamente sente que não consegue respirar.

Como se o carro estivesse encolhendo.

Porra, como se o mundo inteiro estivesse encolhendo – Castillo e os dominicanos, os Cimino, os federais, a Corregedoria, a corporação, o gabinete do prefeito e só Deus sabe quem mais. Sente um aperto no peito e fica imaginando se está tendo um ataque do coração. Ele encosta o carro, abre o porta-luvas, pega um Xanax e toma.

Isso não é você.

Que porra é essa, uma *crise de pânico?*

Isso não é você.

Você é Denny Malone, caralho.

Malone engata novamente o carro e segue descendo a Broadway. Mas sabe que há olhos sobre ele. Das calçadas, das janelas, dos prédios, dos carros. Olhos em rostos negros, rostos morenos. Olhos velhos, olhos jovens, olhos tristes, olhos zangados, olhos acusadores, olhos viciados, olhos bandidos, os olhos das crianças.

Há olhos sobre ele.

Ele vai até a casa da Claudette.

★ ★ ★

Ela está doidona.

Não superdoidona, mas balançando a cabeça ao som da música. Cécile McLorn Salvant, algo parecido. Claudette abre a porta e se afasta dançando, acenando pra que ele entre.

Sorrindo, como se o mundo fosse uma tigela de creme.

– Venha, meu amor, não seja chato. Dance comigo.

– Você está doidona.

– Isso aí – diz Claudette, virando para olhar para ele. – Estou doidona. Quer ficar também?

– Estou bem.

E isso nunca vai melhorar, pensa ele. Ela nunca vai melhorar. Mas você não vai poder estar sempre ali e a heroína sim.

A heroína que você acabou de botar na rua.

Ela dança pela sala e passa os braços em volta dele.

– Venha, amor, eu quero que você dance comigo. Você não quer dançar comigo?

O problema é que ele quer.

Ele começa a se balançar com ela.

Ela está quente, junto a ele.

Ele poderia ficar assim para sempre, mas não dançam por muito tempo porque a heroína começa a fazer efeito e Claudette começa a ter tiques. Ela murmura:

– Você não atendeu quando eu liguei.

Há um velho ditado sobre estar "louco por alguém". E eu estou, pensa ele, estou louco por essa mulher. É uma loucura amá-la, loucura ficar com ela, mas eu a amo e vou ficar.

Louco amor.

Ele a carrega para a cama.

CAPÍTULO 24

O domingo prossegue como sempre é para Malone, com uma vaga inquietação de infância por não ir à missa.

Malone mais cochilou que dormiu, pensando em Claudette.

Agora ele passa dois cafés e volta ao quarto para acordá-la. Ela abre os olhos e Malone vê que ela leva um ou dois segundos para reconhecê-lo.

– Bom dia, amor.

Claudette sorri.

Um sorriso tranquilo de manhã dominical, de quem diz vamos ficar deitados na cama.

– Ontem à noite...

– Foi lindo, meu bem – diz ela. – Obrigada de novo.

Ela não se lembra de porra nenhuma. Vai se lembrar, ele pensa, quando realmente voltar a si e começar a abstinência.

Ele deveria ficar com ela, ele sabe disso.

Mas...

– Eu tenho que ir trabalhar – diz ele.

– É domingo.

– Então durma de novo.

– Acho que farei isso – diz ela.

O La Luna é à moda antiga, pensa Malone.

O tipo de lugar que Savino vê em seus sonhos eróticos. Lá embaixo, no Village, eles me querem longe da minha área.

E os Cimino têm gente ali.

Ele deveria ter ligado para o Russo, talvez até o Monty também. Para que lhe dessem cobertura.

Só que a reunião é para falar sobre ele ser um rato delator.

Talvez O'Dell.

Isso que ele deveria ter feito, mas concluiu que foda-se essa porra.

Sciollo o encontra na porta.

— Eu tenho que revistá-lo, Denny.

— Tem uma nove na minha cintura — diz Malone. — Uma Beretta nas minhas costas.

— Valeu. — Sciollo tira as armas dele. — Eu lhe darei de volta quando você sair.

É, pensa Malone. Se eu sair.

Sciollo faz a revista em busca de um grampo. Não o encontra e leva Malone até uma mesa com sofá, nos fundos. O lugar está quase vazio. Há alguns caras no bar e um casal de sacanagem.

Savino está sentado na mesa com Stevie Bruno, que parece deslocado, em seu traje todo L.L.Bean: camisa xadrez, colete, calça clara de veludo cotelê e sapatos Dockers. Ele está até com uma bolsa masculina de lona ao seu lado. Não parece feliz por trás de sua xícara de chá, o poderoso chefão do subúrbio que foi forçado a vir até a cidade suja.

Há quatro caras com ele à vista, mas não se ouve nada de onde estão.

Bruno assente para que Malone se sente no lugar reservado. Malone toma assento e Sciollo recolhe-se a uma cadeira na ponta do sofá.

Eles o deixaram preso ali.

— Denny Malone, Stevie Bruno — diz Savino.

Ele está com um sorriso nervoso, agitado, no rosto.

— Aquele casal que está fazendo um filho no bar — diz Malone. — Qual dos dois é o matador, o garoto ou a garota?

— Você anda vendo filmes demais — diz Bruno.

— Eu só quero ver mais alguns.

— Quer um drinque, Denny? — pergunta Savino.

— Não, obrigado.

— Essa é inédita para um irlandês — diz Savino. — Isso eu nunca vi.

— Você me trouxe até aqui pra fazer piadas?

— Não tem piada nenhuma — diz Bruno. — O que andam dizendo por todo lado é que você é informante dos federais.

Mafiosos não se importam tanto com policiais, mas odeiam os federais, vistos como fascistas e perseguidores de qualquer um cujo nome termine em vogal. Particularmente, detestam federais e delatores italianos que informam os federais.

Malone sabe da distinção. Um policial cumprindo seu papel não é um rato. Um policial corrupto em negócios com eles, depois virando a casaca, é.

— Você acredita nisso? — ele pergunta.

— Eu não quero acreditar — diz Savino. — Diga-nos que não é verdade.

— Não é verdade.

— As palavras finais de um homem, para sua esposa — diz Bruno. — Sou inclinado a acreditar nisso.

— Os federais tinham tanto o Torres, quanto a mim — diz Malone. — Não sei como. Só posso lhe dizer que eu não estava usando um grampo.

— Então, porque pegaram o Torres e você não? — pergunta Bruno.

— Eu não sei.

— Isso é até pior.

— Torres não sabia do meu relacionamento com sua família — explica Malone. — Eu nunca discuti isso com ele, portanto você não pode estar em nenhuma gravação que eles tenham de mim com ele.

— Mas se os federais o levarem — diz Bruno —, eles vão fazer você falar tudo.

Savino olha para Malone, ansiosamente. Malone sabe o que ele está pensando, o que ele não quer que Malone diga: *se eu fosse informante dos federais, Savino, aí já estaria preso por uma apreensão de heroína que renderia de trinta anos à prisão perpétua e estaria negociando entregar você nesse momento, enquanto falamos.*

Em vez disso, Malone diz:

— Quanto dinheiro eu fiz para a *borgata* Cimino? Quantos sacos de dinheiro levei a promotores, juízes e autoridades municipais por licitações de contratos? Ao longo de quantos anos, sem qualquer problema?

— Eu não sei — diz Bruno. — Eu estava em Lewisburg. Puta que pariu, Savino, fale alguma coisa.

Mas Savino não fala.

— Quinze anos não representam nada?

— Representam muito — diz Bruno. — Mas eu não te conheço, pois estive afastado a maior parte do tempo.

Malone encara Savino, que finalmente diz:

— Ele é boa gente, Stevie.

— Você apostaria sua vida nisso? — pergunta Bruno, dando um olhar mortal a Savino. — Porque é isso que está fazendo.

Savino leva um segundo para responder.

É um segundo demorado.

— Apostaria, Stevie — diz ele. — Eu assino por ele.

Bruno ouve isso e então pergunta:

— O que você vai dizer aos federais?

— Nada.

— Você pode cumprir de quatro a oito?

— Será mais perto de quatro — diz Malone. — Seu pessoal vai impedir que os irmãos me façam de puta, certo?

— Os caras são firmeza — diz Bruno —, mas não vire de bruços.

— Eu sou um cara firmeza — diz Malone.

— Aqui está o problema — diz Bruno. — Você está diante de quatro anos, mas se eu for enquadrado, até por jogar lixo na rua, vou morrer trancado. Então, pra mim, a grande questão agora é: eu posso correr o risco? Se você for um rato, diga a verdade e nós faremos tudo depressa e sem dor, eu farei questão de que a sua esposa receba seu envelope. Do contrário... A se eu tiver que arrancar a verdade de você... será horrível e sua senhora estará por conta própria.

Malone sente a raiva minando por dentro, borbulhando como água fervente, e não pode apagar o fogo que está por baixo. Ele sabe que é um teste, oferecendo-lhe uma saída exatamente como faria um par de policiais numa sala fechada.

Qualquer sinal de fraqueza e ele está morto.

Então, Malone segue outro caminho.

— Nunca me ameace — diz. — Nunca ameace o meu dinheiro. Nunca ameace a minha esposa.

— Vá com calma, Denny — diz Savino.

— Nós só queremos a verdade — esclarece Bruno.

— Eu lhe disse a verdade.

— Está certo — diz Bruno.

Ele enfia a mão na mochila, tira um monte de papeis e põe em cima da mesa.

— O que é verdade sobre isso, cara firmeza?

Malone vê a delação 302.

Ele agarra Sciollo pelos cabelos, bate com seu rosto na mesa e chuta a cadeira debaixo dele. Depois, Malone enfia a mão na bota, pega a faca SOG, agarra Savino pela cabeça e encosta a lâmina em seu pescoço.

Dois caras sacam as armas, um deles é o cara que estava beijando a garota.

— Eu vou cortar a garganta desse ladrão — diz Malone.

— Saiam do caminho dele — ordena Savino.

Eles olham para Bruno, que assente.

Ele executaria uma morte limpa no local, mas não vai permitir um banho de sangue que acabe na capa do *Post*.

Malone arrasta Savino para fora do reservado e vai recuando em direção à porta, segurando Savino como escudo, a lâmina em seu pescoço. Ele diz a Bruno:

— Se quer que eu dê uma de O.J. em cima dele, ameace a minha esposa outra vez. Vá em frente, abra sua boca pra falar dela de novo.

— De qualquer maneira ele é um homem morto — diz Bruno. — E você também. Aproveite o seu último dia vivo na terra, seu rato filho da puta.

Malone leva a mão para trás, pega a maçaneta, empurra Savino para o chão e sai pela porta.

Trota até seu carro, mais abaixo, na quadra.

— Ele estava com o meu 302! — berra Malone.

— Tudo bem — diz O'Dell.

Mas ele está abalado.

— "É seguro", você me disse — berra Malone, andando de um lado pro outro. — Num cofre... só as pessoas que estão nessa sala...

— Acalme-se — diz Paz. — Você está vivo.

— Não graças a vocês! — diz Malone. — Eles estão com meu 302! Eles têm prova! Vocês estão tão ocupados tentando pegar policiais corruptos, mas não conseguem vê-los na sua própria operação!

— Nós não sabemos disso — diz O'Dell.

— Então como foi que eles conseguiram?! — diz Malone. — Não conseguiram isso de mim!

— Nós temos um problema — diz Weintraub.

— Não brinca!

Malone dá um soco na parede.

Weintraub está olhando o 302.

— Onde tem aqui alguma coisa dos Cimino?

— Não tem — diz Malone.

— Revelação integral — diz Paz. — Esse foi o nosso acordo.

Então, cai a ficha.

— Meu Deus... Sheila...

— Nós estamos com agentes a caminho — diz O'Dell.

— Foda-se — diz Malone. — Eu mesmo vou.

Ele vai em direção à porta.

— Fique onde está — diz Paz.

— Porra, você vai me impedir?!

— Se for preciso — diz Paz. — Há dois federais no corredor. Você não vai a lugar algum. Use a cabeça. Stevie Bruno não vai mandar alguém para Staten Island para fazer nada à sua esposa, no meio da tarde. Ele está tentando ficar fora da cadeia, não se jogar lá dentro. Nós temos algum tempo aqui.

— Eu quero ver a minha família.

— Se você tivesse nos falado a respeito disso — diz Paz —, você teria ido com uma escuta a essa reunião e agora nós teríamos Bruno atrás das grades. Tudo bem, leite derramado, você está perdoado. Mas agora você tem que nos contar, o que você fez para os Cimino?

Malone não responde. Ele se senta e apoia a cabeça nas mãos.

– A única maneira – diz Paz –, que você tem para proteger você e a sua família é colocando Bruno na cadeia. Dê-me alguma coisa para que eu consiga um mandado.

– Eu nunca tinha visto aquele cara.

– Viu sim – diz Paz.

Malone olha acima e vê nos olhos dela que ela quer – mais ainda, ela insiste – que cometa perjúrio.

O'Dell não olha para ele. Olha para o lado.

Weintraub remexe em mais papéis.

– Nós colocaremos você e sua família no programa – diz ela. – Você se apresenta para ser testemunha...

– Foda-se isso.

– Não há escolha aqui – diz Paz. – Você não tem escolha.

– Deixe-me sair – diz Malone. – Eu mesmo vou cuidar do Bruno.

– Sabe de uma coisa? – diz Paz. – Tragam os oficiais aqui pra dentro, mandem algemá-lo. Cansei de lidar com esse jumento imbecil.

– E quanto à minha família?! – pergunta Malone.

– Eles estão por conta própria! – grita Paz. – O que você acha que eu sou? Serviço Social?! Você que colocou seus entes queridos em perigo! Isso é por sua causa, não minha! Compre um rottweiler pra eles, um sistema de alarme, eu não sei.

– Sua piranha filha da puta – diz Malone.

– Por que os oficiais ainda não entraram? – pergunta Paz.

– Vocês são muito mais sujos do que eu jamais imaginei.

Silêncio. Ninguém tem resposta para isso.

– Está certo – diz Malone. – Ligue o gravador.

Ele começou com a máfia do jeito que a maioria dos policiais começa, pegando um envelope magro para fazer vista grossa pela jogatina clandestina.

Nada grande, cenzinho aqui, ou ali.

Conheceu Lou Savino quando o capo era um cara da rua que tinha acabado de entrar na gangue. Um dia, Savino o abordou no Harlem e lhe perguntou se queria ganhar algum.

Sim, Malone queria.

Um dos caras de Savino tinha uma encrenca boba, o cara só estava protegendo a irmã que um escroto tinha surrado, mas havia uma porra de uma testemunha que não entendia isso. Talvez Malone pudesse dar uma olhada no B.O., pegar o nome e endereço da testemunha, poupar a cidade das custas de um julgamento e evitar muito problema para todo mundo.

Não, Malone não queria participar da surra de uma testemunha que poderia até ser morta.

Savino riu. Ninguém estava falando nada disso, ora, vamos. Eles estavam falando de mandar a testemunha numa viagem bacana de férias, talvez até comprar um carro para o cara.

Um carro? Malone perguntou. Deve ter sido uma surra e tanto.

Não, o fato foi apenas que o cara do Savino estava em liberdade condicional, então a acusação de agressão o colocaria preso outra vez, por dez anos. Você chama isso de justiça? Isso não é justiça. Porra, se você se sentir melhor, você mesmo pode entregar o envelope, para ter certeza de que ninguém vai se machucar. Você ganha uma comissão, todo mundo sai feliz.

Malone estava nervoso para abordar o policial que efetuou a prisão, mas, no fim das contas, não tinha motivo para estar. Foi fácil, cem pratas para olhar o B.O. e ele podia voltar a qualquer hora. E quanto à testemunha, ele ficou encantado em ir de carro até Orlando, levar as crianças à Disneyworld. Todo mundo saiu ganhando, todo mundo ficou feliz, menos o cara que ficou com o queixo quebrado – mas isso aconteceria de qualquer jeito, imagine, bater em mulher.

A justiça foi feita.

Malone fez mais justiça para os Cimino, então Savino o procurou para outra coisa. Ele trabalha no Harlem, certo? Certo. Conhece a área, conhece as pessoas. Claro. Então, ele conhece um babaca de um pastor que tem uma igreja na rua 137 com a Lenox.

O reverendo Cornelius Hampton?

Todos o conhecem.

Ele estava liderando um protesto num canteiro de obras por não contratarem trabalhadores minoritários.

Savino entregou um envelope a Malone e pediu que ele o levasse a Hampton. O reverendo não queria ser visto ao redor dos carcamanos.

Isso é para acabar com o protesto?, Malone perguntou.

Não, seu babaca, isso é para que o protesto continue. Nós temos um jogo duplo ali, o reverendo começa um protesto, fecha a obra. O empreiteiro vem até nós, para pedir proteção. Nós pegamos uma fatia do projeto e o protesto acaba.

Nós ganhamos, o reverendo ganha, o empreiteiro ganha.

Então, Malone foi até a igreja e encontrou o reverendo, que recebeu o envelope como se fosse uma encomenda dos correios.

Não disse uma palavra.

Nem daquela vez, nem da vez seguinte, nem da outra.

– O reverendo Cornelius Hampton – diz Weintraub, agora. – Ativista dos direito humanos, homem do povo.

– Você se reuniu com Steven Bruno para falar algo a respeito disso? – pergunta Paz. – Ele alguma vez o abordou?

– Eu creio que ele estava sob sua custódia, à época – diz Malone.

– Mas seu entendimento era que Savino estava trabalhando segundo as instruções dele – diz Paz.

– Testemunho indireto – diz Weintraub.

– Não estamos no tribunal, doutor – diz Paz.

– Sim – diz Malone –, com certeza era meu entendimento que Savino estava atuando como agente de Bruno.

– Savino lhe disse isso?

– Sim. Várias vezes.

O que todos sabemos ser mentira, pensa Malone.

Mas é a mentira que eles querem ouvir.

Ele prossegue.

Os pagamentos seguintes que ele fez para os Cimino foram alguns anos mais tarde, depois que Bruno saiu de Lewisburg.

Malone quis saber quem eram eles.

Mais risadas de Savino.

Autoridades municipais, do tipo que concedem licitações de contratos.

– Desligue o gravador – diz Paz.

Weintraub desliga.

– Você disse autoridades municipais? – pergunta Paz. – Você está se referindo à Prefeitura?

– Do gabinete do prefeito – diz Malone. – Da controladoria, ao Departamento de Operações... Se quiser ligar novamente a gravação, eu repito.

Ele a encara.

– Isso acabou voltando pra vocês, não? – pergunta Malone. – Talvez vocês não queiram saber disso.

– Eu quero saber – diz O'Dell.

– Cale a boca, John.

– Não me diga pra calar a boca – diz O'Dell. – Você tem uma testemunha fidedigna que diz que funcionários públicos estão na agenda de subornos da família Cimino. Talvez o Southern District não queira saber, mas o FBI está muito interessado.

– Idem – diz Weintraub.

– Idem?

– Você abriu essa porta, Isobel – diz Weintraub. – Eu tenho o direito de entrar.

– À vontade – diz Paz.

Ela se inclina à frente, liga o gravador e olha para Malone, tipo, *vá em frente*.

– Diga os nomes.

Ela está encurralada, Malone sabe.

Ele dá os nomes.

– Jesus Cristo – diz Weintraub.

– Pois é – diz Malone. – Eu construí muitas casas em Westchester. Casinhas em Nantucket, casas de veraneio nas Bahamas...

Ele olha para Paz.

Ambos sabem que isso é o suficiente para derrubar o governo, acabar com carreiras e aspirações, incluindo a dela. Mas agora ela não tem escolha e destripa.

— Com quem da família Cimino você se encontrou para combinar esses pagamentos?

— Lou Savino — diz ele, olhando para ela.

Ele espera um segundo e depois acrescenta:

— E Steven Bruno.

— Você se encontrou pessoalmente com o sr. Bruno.

— Em diversas ocasiões.

Ele inventa algumas datas e locais prováveis.

— Sejamos claros — diz Paz. — Está dizendo que em diversas ocasiões, como observado, Steven Bruno lhe deu dinheiro e o instruiu a entregá-lo a funcionários públicos, com o propósito de fraudar licitações de obras?

— É exatamente isso que eu estou dizendo.

— Isso é inacreditável — diz Weintraub.

— Talvez, literalmente — diz Paz.

A merda dessa procuradora é escorregadia, pensa Malone. Está tentando ter de ambos os lados, preservando suas opções até calcular sua jogada, ver como as coisas se desenrolam.

Weintraub percebe e tenta confrontá-la.

— Você está dizendo que não o acha fidedigno?

— Eu estou dizendo que não sei — diz Paz. — Malone é um mentiroso manifesto.

— Você realmente vai querer abrir essa porta? — pergunta Weintraub.

— Eu quero ver minha família — diz Malone.

— Ainda não — diz Paz. — Isso é tudo, sargento Malone? Obstrução de justiça? Suborno a funcionários públicos?

— É isso — diz Malone.

Eu não vou lhe contar sobre as ligações com drogas.

Ou sobre o Pena.

Nesse momento, são de quatro a oito anos.

O Pena é pena de morte.

— Você acabou de confessar um punhado de delitos que não estavam incluídos em nosso acordo original, que agora, obviamente, está nulo – diz Paz.

Malone quase consegue farejar o cérebro dela queimando, de tanto esforço para pensar. Ele pressiona:

— Você vai me prender ou não?

— Agora, não – revela ela. – *Ainda* não. Eu quero conferenciar com meus colegas.

— Conferenciar – diz Malone. – Talvez vocês possam conferenciar sobre o rato que há na sua operação.

— Não é seguro para você na rua – diz O'Dell.

Malone ri.

— Agora vocês estão preocupados com isso? Eu já levei tiro, tomei facada, já desci centenas de escadarias e becos, passei por mil portas, com Deus sabe o que tinha do outro lado, e *agora* vocês estão preocupados comigo? Depois de quase fazer com que me matassem? Vão se foder, vocês todos.

Ele sai.

— A gente detona todos eles agora – planeja Russo. – Bruno, Savino, Sciollo, todos os putos dos Cimino, se precisarmos.

— Não podemos fazer isso – diz Malone.

Eles estão no apartamento.

— Já se espalhou pelas ruas – conta Monty. – Denny Malone teve um confronto armado com três mafiosos num local onde eles costumam frequentar. É só uma questão de tempo, até que a Corregedoria venha perguntar o que você estava fazendo lá.

— Você acha que eu não sei, porra?

— Por que eles queriam o encontro? – pergunta Monty.

— Eles ouviram a baboseira do Torres – disse Malone. – Acho que eles acreditaram, sei lá.

— Por que você não nos chamou para dar uma cobertura? – pergunta Russo.

— Achei que eu pudesse resolver — diz Malone. — Eu resolvi.
— Se nós estivéssemos lá — diz Monty —, não teria havido confronto. Nem barulho na rua, nada da Corregedoria. Mas você some por três horas. Isso, mais o que o pessoal do Torres anda dizendo...
— O que *você* está dizendo, Monty?
— Simplesmente isso — responde ele. — Agora, em menos de sessenta dias, eu estou deixando a corporação. Vou pegar minha família e deixar a cidade. E não vou deixar que nada nem ninguém atrapalhe isso. Portanto, se houver algo que a gente precise resolver, Denny, vamos resolver.

Malone vai até seu carro e entra.

Alguém passa um arame em volta de seu pescoço.

O arame é puxado para trás e começa a apertar.

Instintivamente, Malone segura, mas é justo demais e ele não consegue arrancar, nem enfiar os dedos para abrir espaço e respirar. Ele estende a mão para pegar a arma que pôs no banco do passageiro, mas não consegue alcançá-la direito e deixa cair.

Malone lança o cotovelo para trás, tentando acertar seu agressor, mas não consegue um ângulo de impulso. Seus pulmões clamam por ar, ele sente que começa a apagar, as pernas começam a dar espasmos e a consciência está sumindo. Em sua cabeça, sua voz começa a ecoar sua prece de infância...

Oh, meu Deus, eu sinto muito por tê-lo ofendido.

E me arrependo por todos os meus pecados...

Ele ouve a garganta grasnando.

A dor é terrível.

E me arrependo por todos os meus pecados...

E me arrependo por todos os meus pecados...

todos os meus pecados...

meus pecados...

pecados...

Então, ele está morto e não surge nenhuma luz branca cegante, só a escuridão. Não há música, só gritos. Ele vê Russo e se pergunta se Phil também está morto; dizem que você vê todos que ama no céu, mas ele não vê Liam ou seu pai, só Russo o agarrando pelos ombros e o jogando no asfalto duro da rua. Malone está tossindo, engasgando e cuspindo enquanto Russo o ergue e caminha com ele em direção a outro carro. Então, Malone se vê no banco do passageiro, com Russo ao volante, onde é seu lugar nessa terra dos vivos, e o carro arranca.

— Meu carro — diz Malone com a voz falhando.

— Está com o Monty — diz Russo. — Ele está atrás de nós.

— Onde estamos indo?

— A algum lugar onde possamos bater um papo com o passageiro do banco traseiro.

Eles sobem a West Side Highway e saem da rodovia em Fort Washington Park, perto da Ponte GW.

Malone desce do carro. Suas pernas parecem oscilar quando ele vê Monty arrastar o cara para fora do carro da frente até uma ilha de grama, entre dois arbustos, na Hudson River Greenway.

Cambaleando até lá, Malone olha abaixo, para ele.

O cara já foi surrado, está meio inconsciente. A cabeça dele parece que recebeu uma coronhada de 38, cabelo misturado com sangue. Ele deve ter trinta e poucos anos, com cabelos pretos, pele morena. Poderia ser italiano ou porto-riquenho, até dominicano, porra.

Malone lhe dá um chute nas costelas.

— Quem te mandou?

O cara sacode a cabeça.

— Quem te mandou? — pergunta Malone.

O cara sacode a cabeça de novo.

Monty agarra o braço do cara e bota a mão dele na porta do carro.

— O homem lhe fez uma pergunta.

Ele chuta a porta para fechá-la.

O cara berra.

Monty abre a porta e o puxa para fora.

Os dedos do cara estão esmagados, apontando para todas as direções, ossos espetados para fora da pele. Ele segura o punho com a outra mão e olha, depois uiva de dor outra vez e ergue os olhos para Monty.

— Agora vamos fazer na outra mão — diz Monty. — Ou você pode nos dizer quem o mandou.

— *Los Trinitarios*.

— Por quê?

— Eu não sei — diz o cara. — Eles só me disseram... esteja no carro... se você saísse...

— O quê? — pergunta Malone.

— Pra te matar. Levar sua cabeça pra eles. Para Castillo.

— Onde está Castillo agora? — pergunta Russo.

— Eu não sei — diz o cara. — Não encontrei com ele. Só recebi as ordens.

— Bota a outra mão na porta — diz Monty.

— Por favor...

Monty tira o 38 e aponta para a cabeça dele.

— Bota a outra mão na porta.

Chorando, o cara põe a mão na porta.

Ele está tremendo da cabeça aos pés.

— Onde está Castillo? — pergunta Monty.

— Eu tenho família.

— *Eu* não tenho? — pergunta Malone. — Onde está ele?

Monty vai chutar a porta.

— Park Terrace! Na cobertura!

— O que fazemos com esse cara? — pergunta Monty.

— O Hudson está bem aí — diz Russo.

— Não, por favor.

Russo se inclina acima dele.

— Você tentou matar um *detetive da polícia de Nova York*. Arrancar a cabeça dele. O que você *acha* que nós vamos fazer com você?

O homem chora, segurando a mão. Ele se encolhe em posição fetal, desistindo, e começa a entoar.

— Barão Samedi...

— O que ele está dizendo? — pergunta Russo.

— Ele está rezando para o Barão Samedi — diz Monty. — O deus da morte no vodu dominicano.

— Boa escolha – diz Russo, puxando a arma pessoal. – Pode terminar. Você precisa de uma galinha ou algo assim? Você está fodido.

— Não – diz Malone.

— Não?

— Nós já temos o Pena na nossa conta – diz Malone. – Não precisamos outro problema de homicídio para nos preocupar.

— Ele está certo – diz Monty. – E nosso amigo aqui não vai mais fazer nenhum garrote.

— Se nós o deixarmos vivo – diz Russo –, isso transmite o recado errado.

— Eu estou meio que perdendo o interesse em recados – diz Malone. Ele agacha ao lado de seu quase assassino.

— Volte para a República Dominicana. Se eu tornar a vê-lo em Nova York, eu vou matar você.

Eles entram nos carros e seguem para Inwood.

Park Terrace Gardens é um castelo.

O condomínio de prédios fica próximo à ponta da península que é o fim nordeste de Manhattan, o final do Reino de Malone.

A península é definida pelo Hudson River, a oeste, e Spuyten Duyvil Creek, ao norte, e, a leste, a enseada que separa Manhattan do Bronx. Há três pontes sobre a enseada: a ponte férrea, que perfila o rio, a Ponte Henry Hudson e, mais a leste, onde a água vira ao sul, a ponte da Broadway.

"The Gardens", como os residentes chamam, é um complexo com cinco prédios de pedras de oito andares construído nos anos 1940, localizado numa propriedade florestal entre as ruas 215 e 217.

No lado sul fica a Northeastern Academy e o pequeno Isham Park; a oeste, o bem maior Inwood Hill Park cerca o Gardens desde a Route 9 até o rio. Ao norte do Gardens, uma quadra residencial de prédios públicos: o complexo atlético da Universidade de Columbia, um estádio de futebol e uma filial do New York Presbyterian Hospital, entre o condomínio e a enseada.

O Muscote Marsh fica a nordeste.

A vista dos andares mais altos do Gardens é espetacular: a linha do horizonte de Manhattan, o Hudson, as colinas de carvalhos de Inwood Hill, a ponte da Broadway. A vista é bem ampla.

Dá para ver alguém chegando.

A equipe segue em dois carros pela Broadway, artéria central de Inwood. Há uma ruazinha menor que segue a oeste rumo a Park Terrace East e eles entram, rumo ao norte, até a rua 217. Encostam e olham o prédio onde Castillo mora, na cobertura do lado norte.

Isso apenas confirma o que Malone já sabia.

Eles não têm como pegar Castillo ali.

O traficante de heroína, o homem que ordenou que um detetive da polícia de Nova York fosse decapitado, está protegido não só pelas torres de pedra ou a água que o cerca, mas pela lei. Isso não é um conjunto habitacional, um gueto. É um condomínio de acionistas, com uma associação de proprietários, tem seu próprio site. Acima de tudo, tem gente branca e rica, portanto, não dá para invadir e arrastar Castillo para fora. Os residentes da lei e da ordem do Gardens ligariam em cinco segundos direto para o prefeito ou o chefe de polícia reclamando da tática de "cavalaria".

Para entrar ali eles precisam de um mandado, o que não vão conseguir.

E, para ser honesto, Malone diz a si mesmo, você não pode ir atrás de um mandado porque você é corrupto. A última coisa do mundo que você pode fazer é prender Carlos Castillo e ele sabe disso. Portanto, ele pode ficar sentado em seu castelo, passar sua heroína e providenciar alguém para matar você.

Engole essa.

Qual vai ser?

Cedo ou tarde, Castillo vai botar a Dark Horse na rua. Ele vai supervisionar isso pessoalmente, essa é a sua função.

Quando acontecer, Malone poderá pegá-lo.

Então terá que ser paciente.

Recuar agora, deixar Castillo sob vigilância e esperar que ele saia. Entre em contato com Carter, levante o paradeiro de Castillo.

Jogue com as cartas que você tem, não se preocupe com as que você não tem. Um par de valetes é tão bom quanto um *straight flush*, se souber manusear a mão. E você tem cartas melhores que valetes.

Russo está com seus binóculos olhando o terraço da cobertura.

– O que estamos olhando? – pergunta Levin.

Ele ainda está zangado com a invasão à sua casa às duas da madrugada.

– Não leve para o lado pessoal – Russo disse a ele. – Nós tivemos que checar você, saber se você é limpo.

– Saber se sou sujo, você quer dizer.

– Que porra você disse? – pergunta Malone.

Levin foi esperto o bastante para se calar em relação a isso. Ele só disse:

– A Amy ficou bem zangada.

– Ela lhe perguntou sobre o dinheiro? – pergunta Russo.

– Claro.

– O que disse a ela? – diz Monty.

– Para cuidar do que é da conta dela.

– Nosso menino está crescendo – orgulha-se Russo. – Agora você *tem* que casar com ela. Pra que ela não possa ser testemunha.

– Eu vou doar aquele dinheiro pra caridade – diz Levin.

Agora, Malone que diz pra ele:

– Essa é a fortaleza do Carlos Castillo. Nós vamos ficar de olho.

– Com escuta?

– Ainda não – diz Malone. – Nesse momento, só visual.

– Ei – diz Russo, entregando os binóculos a Malone.

Malone vê o próprio Castillo saindo, com uma caneca de café, para desfrutar do amanhecer.

O rei observando seu reino.

Ainda não, pensa Malone.

Esse reino ainda não lhe pertence, seu filho da puta.

CAPÍTULO 25

Eu fiz besteira – diz Claudette.
Parte dele nem queria entrar pela porta, temendo o que encontraria.
Mas ele concluiu que precisava ver como ela estava.
Ele deve isso a ela.
E ele a ama.
Claudette estava naquela fase cheia de remorso, que ele já vira centenas de vezes. Ela lamenta (ambos sabem que sim), ela não vai fazer isso de novo (ambos sabem que vai). Mas Malone está cansando para caralho.
– Claudette, eu não posso lidar com isso agora, desculpe, simplesmente não consigo.
Ela vê a marca no pescoço dele.
– O que aconteceu com você?
– Tentaram me matar.
– Isso não tem graça.
– Olhe, eu preciso tomar um banho pra arejar a cabeça.
Ele vai ao banheiro, tira a roupa e entra no chuveiro.
Seu corpo está dolorido.
Malone esfrega a pele até doer. O vergão não sai esfregando, nem dá para tirar a imundície que ele sente na pele, na alma. Seu pai voltava para casa do trabalho e entrava direto no chuveiro. Agora ele sabe o motivo.
A rua fica impregnada em você.
Ela penetra em seus poros e depois em seu sangue.
E sua alma? Malone pergunta a si mesmo. Você também vai botar a culpa disso na rua?

Em parte, sim.

Você respira corrupção, desde que colocou seu distintivo, pensa Malone. Como respirou a morte naquele dia de setembro. A corrupção não está só no ar da cidade, está no DNA urbano e no seu também.

É, culpe a cidade, culpe Nova York.

Culpa a corporação.

É fácil demais, evita a pergunta difícil.

Como você veio parar aqui?

Como se chega a qualquer outro lugar.

Dando um passo de cada vez.

Achou que fosse brincadeira, quando o alertaram, no curso de formação policial, sobre a ladeira escorregadia. *Uma xícara de café, um sanduíche, isso leva a outras coisas.* Não, pensou você, uma xícara de café era uma xícara de café e um sanduíche era um sanduíche. Os donos de delicatessen ficavam gratos por seu serviço, por sua presença.

Que mal havia?

Na verdade, não havia.

E ainda não há.

Então, veio o 11 de Setembro.

Jesus, não jogue a culpa nisso. Você não desceu tão baixo a ponto de pôr a culpa nisso, desceu? Um irmão morto, 27 irmãos mortos, uma mãe arrasada, um coração partido, o fedor de cadáveres queimados, cinza e poeira.

Não ponha a culpa nisso, campeão.

Se puser a culpa nisso, você nunca mais poderá visitar o túmulo de Liam.

Como policial à paisana, foi quando realmente começou.

Você e Russo entraram num local de armazenagem, os bandidos deram o fora e lá estava o dinheiro, na porra do chão. Não muito, alguns milhares, mas ainda assim você tinha o financiamento da casa, fraldas, talvez quisesse levar sua esposa a algum lugar que tivesse toalhas de mesa.

Russo e você se olharam e pegaram.

Nunca tocaram no assunto.

Mas um limite foi ultrapassado.

Você não sabia que havia outros limites.

No começo eram oportunidades, dinheiro abandonado por traficantes em fuga, grana ou gratuidades oferecidos por uma madame, em troca de uma vista grossa ou uma vigilância, um envelope de um agenciador de apostas. Você não foi atrás, não saiu à caça, mas se aparecesse você pegava.

Pois que mal havia? As pessoas iam jogar, iam transar.

E, tudo bem, talvez você tenha entrado num local assaltado, numa loja arrombada, e pode até ter levado alguma coisa que o ladrão não levou. Ninguém seria prejudicado, só a seguradora e eles são os maiores bandidos de todos.

Você está no tribunal toda hora, vê como a incompetência, a ineficiência, e, porra, sim, a corrupção solta aqueles caras por quem você arriscou a vida para levar a um juiz. Você fica olhando quando eles saem e ainda sorriem para você, eles riem da sua cara, então, um dia, alguém da defensoria vem até você, do lado de fora do tribunal, e diz que, de qualquer jeito, nós trabalhamos no mesmo sistema, talvez nós possamos fazer funcionar para ambos, lhe dá seu cartão e diz que haverá uma comissão se você o indicar.

E, porra, por que não? De qualquer jeito, o acusado vai arranjar um advogado e todo mundo do sistema está sendo pago, menos você, portanto, por que você não deveria aceitar uma parcela do que está sendo oferecido? Depois, se ele quer que você leve um envelope até um promotor disposto a soltar um cara que provavelmente seria solto de qualquer jeito, porra, você só está tirando mais dinheiro do traficante.

Você tirava vantagem dos crimes, você não armava os crimes para tirar vantagens deles e depois...

Teve aquele laboratório de crack, na rua 123, com a Adam Clayton Powell. Você o abordou segundo as regras, com um mandado e tudo mais, e o traficante não fugiu – ele só ficou ali sentado e disse, calmamente:

– Pode pegar. Eu vou embora, você vai embora e é melhor para ambos.

E agora você não está mais pegando mil, 2 mil pratas, está pegando 50 mil, dinheiro gordo, dinheiro que você guarda e que paga a faculdade dos seus filhos. Até parece que o traficante não vai arranjar um Gerry Burger e ser liberado, certo? Porra, pelo menos, você o puniu, custou-lhe algum dinheiro, emitiu uma multa – por que deveria ir para o Estado em vez do seu bolso, onde pode fazer algum bem?

Então, você deixa. Ele vai embora.

Você não se sente bem por isso, mas não se sente tão mal quanto achou que se sentiria, porque chegou ali passo a passo. Por que só os advogados devem ganhar o dinheiro? O sistema judiciário? As cadeias?

Você faz um atalho do processo inteiro e faz justiça na hora.

É o que fazem os reis.

Mas ainda havia um limiar que você não tinha cruzado. Você nem percebeu que estava caminhando nessa direção.

Você dizia a si mesmo que era diferente, mas sabia que estava mentindo. E você sabia que estava mentindo quando disse a si mesmo que aquele seria o último limite que atravessaria, pois sabia que não seria.

Você costumava corromper os mandados para fazer apreensões honradas, para tirar drogas e criminosos da rua. Então, veio a época em que você corrompia os mandados para fazer apreensões e fazer seus *ganhos*.

Você sabia que faria a transição de um catador de carniça para um caçador.

Você se tornou um predador.

Um criminoso absoluto.

Disse a si mesmo que era diferente porque estava roubando traficantes de drogas em lugar de bancos.

Disse a si mesmo que jamais mataria alguém para fazer um ganho.

A última mentira, o último limite.

Pois que diabos você deveria fazer quando entra num laboratório e eles querem briga? Deixar-se matar ou matá-los. Depois, você não deve pegar o dinheiro, nem as drogas, só porque alguns escrotos foram excluídos da conta?

Você pegou dinheiro literalmente sujo de sangue.

E pegou a droga.

E deixou que o chamassem de herói.

E meio que acreditava nisso.

E agora você é um traficante de drogas.

Igual aos escrotos que você ingressou na corporação para combater.

Agora você está nu e não consegue lavar a marca de Judas de seu corpo, nem de sua alma, e sabe que Diego Pena não estava sacando a arma para matá-lo, você sabe que literalmente o assassinou.

Você é um criminoso.

Um bandido.

A porta do boxe desliza e Claudette entra. Ela fica embaixo d'água com ele, tracejando a cicatriz já apagada em sua coxa, depois a marca viva em seu pescoço.

— Você está machucado mesmo — diz ela.

— Sou indestrutível, diz Malone, passando os braços em volta dela.

O jato do chuveiro se mistura às lágrimas em sua pele negra.

— A vida está tentando nos matar — diz ela.

A vida, pensa Malone, está tentando matar a todos.

E sempre consegue.

Às vezes, antes que você morra.

Malone sai do chuveiro e se veste. Quando Claudette sai, ele diz:

— Não posso voltar por um tempo.

— Porque eu estou usando outra vez?

— Não, não é isso.

— Você vai voltar para a sua esposa, não vai? — diz ela. — A ruiva irlandesa, de Staten Island, mãe dos seus filhos. Não, tudo bem, amor, lá que é o seu lugar.

— Eu decido onde é meu lugar, Dette.

— Acho que já decidiu.

— Não é seguro para você que eu venha aqui — diz Malone. — Tem gente querendo me pegar.

— Eu estou disposta a arriscar.

— Eu não.

Ele prende a Sig Sauer no quadril.

A Beretta 8000D no coldre do tornozelo.

Uma Glock 9mm num coldre de ombro.

Depois veste uma camiseta preta GG por cima de tudo e põe a faca SOG na bota.

Claudette fica olhando para ele.

– Jesus Cristo, quem está querendo te pegar?

– A cidade de Nova York – diz Malone.

CAPÍTULO 26

Ned Chandler mora na Barrow Street, a oeste de Bedford.

Ele abre uma fresta da porta e vê o distintivo. Então, não vê mais nada, porque a porta entra com tudo e Denny Malone o empurra para cima do sofá e gruda a arma na lateral de sua cabeça.

– Seu filho *da puta* – diz Malone.

– O quê? O quê? Vá com calma.

– Paz é a garota do prefeito, não é? – Malone pergunta. – Comandando o ataque dele contra a corporação?

– Se você quer colocar dessa forma – diz Chandler. – Jesus, Malone, você não pode abaixar a arma?

– Não, não posso – afirma Malone. – Porque tem gente querendo me matar. Uma hora depois que eu disse à Paz sobre os pagamentos feitos à prefeitura, alguém passou um arame em volta do meu pescoço. Foi um dos caras do Castillo, mas Castillo está de conchavo com os Cimino e os Cimino estão de conchavo com a prefeitura...

– Eu não diria "conchavo"...

– Eu que entreguei os envelopes, porra! – diz Malone, apertando o cano da arma com mais força, na têmpora de Chandler. – Quem vazou meu 302?

– Eu não sei.

– Você acredita em Deus, Ned?

– Não. Eu não sei...

– Você não sabe as respostas, certo?

– Certo.

— Você quer saber todas as respostas — diz Malone —, repita que não sabe. Quem vazou meu 302?

— Paz.

Malone tira a arma da cabeça de Chandler.

— Fala.

— Nós não estávamos rastreando a investigação dela — diz Chandler. — Se você tivesse nos procurado antes, Malone, nós poderíamos ter interrompido ou pelo menos redirecionado. Quando descobrimos que era você, nós sabíamos que seria um... problema.

— Um problema que vocês acharam que os Cimino resolveriam pra vocês.

Chandler não responde. Nem precisa.

— E quando eles falharam — diz Malone —, Castillo tentou.

— Isso é por conta dele. Você matou alguém da família dele, não foi?

— E vocês estavam todos lá pra aplaudir quando eu matei o cara.

Mas eles não sabem, pensa Malone. Eles não sabem sobre a droga. Não sabem que seus camaradas babacas da família Cimino entregaram cinquenta quilos de heroína aos dominicanos.

Ainda tem jeito de sair disso.

— Você fez as alegações dos pagamentos na frente dos federais — diz Chandler. — Não apenas da Paz, mas diante do FBI, Weintraub. Você colocou certas pessoas em uma posição muito difícil.

— Não se eu estiver morto e não puder ser testemunha.

Chandler dá de ombros. É verdade.

— Que certas pessoas? — pergunta Malone. — Quem está atrás de mim?

— Todo mundo — diz Chandler.

Certo, pensa Malone, Castillo, os Cimino, a equipe de Torres, Sykes, a Corregedoria, os federais... a prefeitura.

É, praticamente todo mundo.

— Não precisa acabar assim — diz Malone. — Eu vou cuidar do Castillo. Vou lidar com os Cimino. Você me arranja uma reunião com "certas pessoas".

— Não sei se eu posso fazer isso — diz Chandler. — Sem querer ofender, Malone, mas você é veneno.

– Ah, eu sei que você pode – diz Malone. – Sabe, eu não tenho nada a perder, Neddy, e vou meter duas balas na porra da sua cabeça.

Chandler pega o telefone.

Eles chamam o local de "Billionaires' Row", na rua 57.

Um porteiro conduz Malone ao elevador privativo que leva até a cobertura do One57 e Bryce Anderson abre a porta, pessoalmente.

– Sargento Malone – diz Anderson –, por favor, entre.

Ele acompanha Malone até uma sala com vidraças que vão do chão ao teto, cuja vista justifica o preço de 100 milhões de dólares. Todo o Central Park se estende abaixo deles, todo o West Side à esquerda, o East Side à direita. Isso que o pessoal rico tem para olhar, pensa Malone, a cidade estendida aos seus pés.

Toda a parede dos fundos da sala é composta por um aquário de água salgada com seus próprios arrecifes de coral.

– Obrigado por me receber tão cedo – diz Malone.

– Não gosto que o sol me encontre dormindo – diz Anderson.

Ele parece o personagem de um magnata do setor imobiliário: alto, cabelos louros, nariz de falcão, olhos penetrantes.

– Chandler sinalizou que esse não era exatamente um encontro social. Gostaria de um café?

– Não.

Ele está diante da janela, com o alvorecer sobre Nova York de fundo.

É proposital.

Está mostrando a Malone o *seu* reino.

– Devemos revistar um ao outro, sargento – pergunta Anderson –, ou podemos fazer isso como cavalheiros?

– Não estou com escuta.

– Nem eu – diz Anderson. – Então...

– Eu entreguei muitos envelopes para a família Cimino – conta Malone –, não foram poucos os que vieram pra cá.

– Talvez – diz Anderson –, ouça, detetive, se eu aceitei envelopes, eles eram trocados. Eu os aceitei para que coisas fossem feitas, construídas, e essa era a maneira de fazer. Olhe lá... aquele edifício... aquele edifício... aquele ali. Sabe quantos empregos isso representou? Quantos negócios? Turismo? Você não é ingênuo, sabe o que é preciso para reconstruir uma cidade. Quer voltar aos velhos tempos? Desemprego? Frascos de crack espalhados como conchas sob seus pés?

– Eu só quero sobreviver.

– E o que acha que será preciso? – diz Anderson. – Você ainda tem um problema com pelo menos duas organizações criminosas que o querem morto. Você parece fazer inimigos, Malone, como a Lay's faz chips.

– Isso é parte do trabalho – diz Malone. – Eu posso cuidar dos traficantes e dos mafiosos. O governo federal é grande demais pra mim. A prefeitura também. Quando ambos estão juntos... você está atrás do chefe de polícia e da corporação. Eu sou apenas um policial.

– Você é um policial que atravessou o caminho – diz Anderson. – E agora colocou a prefeitura e mais de cinquenta pessoas poderosas, incluindo a mim, no centro das atenções.

– Não precisa ser assim.

– De que maneira?

– Interromper uma investigação federal – diz Malone – seria bem mais fácil que me matar.

– Aparentemente – diz Anderson. – E se essa investigação fosse interrompida, as pessoas que reconstruíram essa cidade teriam motivo para se preocupar com você?

– Acha que eu me importo – devolve Malone –, com quem forra o bolso na cidade? Quem será o prefeito, quem será governador? Pra mim, vocês são todos iguais.

– No escuro, todos os gatos são pardos? – pergunta Anderson. – Mas por que nós devemos confiar em você, Malone?

– Como vai a sua filha?

– O que quer dizer com isso? – pergunta Anderson.

Mas ele é um homem esperto e logo percebe o significado dessa sugestão.

– Ah, claro, foi você. Agora ela está indo bem, obrigado. E eu quero dizer, literalmente, graças a você. Ela está de volta a Bennington. Excelente aluna.

– Fico contente em saber.

– Então isso é chantagem – diz Anderson. – Você tem uma cópia da fita dela fazendo sexo e vai divulgar, a menos que eu interrompa a investigação?

– Não sou você – diz Malone. – Não vi o vídeo e muito menos fiz uma gravação. Talvez por isso eu não tenha um apartamento desses. Talvez por isso eu seja apenas um burro de carga trabalhador na cidade que você reconstruiu. Não tem chantagem nenhuma, você é esperto o bastante para tomar a atitude inteligente. Mas eu estou te dizendo: se alguém vier atrás de mim, de minha família, de meus parceiros, eu vou voltar aqui e, da próxima vez, eu vou matar você.

Malone caminha até a janela.

– É uma cidade bonita pra caralho, não é? Eu a amava tanto quanto a minha vida.

Isobel Paz dá sua corrida matinal pelo Central Park, passando pela reserva.

Malone segue atrás dela.

Seus cabelos estão presos num rabo-de-cavalo.

– Isobel – diz Malone –, eu imagino que você nunca tenha levado um tiro nas costas. Nem eu, mas eu já vi algumas vezes e não é bonito. Parece que dói também. Muito. Se você se virar, ou gritar pedindo socorro, ou fizer qualquer coisa, eu vou dar um tiro no seu rim. Acredita em mim?

– Sim.

– Então você vazou meu 302 para os Cimino – diz Malone. – Não se dê ao trabalho de negar, eu já sei, eu já nem ligo mais.

– Você vai me matar?

Ela está tentando parecer durona, mas está com medo, com a voz trêmula.

– Só alguns advogados e policiais da classe trabalhadora que levam no pescoço, certo? – diz Malone. – Os queridinhos do fundo fiduciário estão liberados. Um policial recebe um suborno, ele é criminoso; um funcionário público faz o mesmo e não dá nada.

— O que você quer?

— Eu já tenho o que eu quero – diz Malone. – O cara com a vista do parque concordou. Eu só vim lhe dizer como vai funcionar. Eu estou liberado. Sem acusações. Nenhuma pena a cumprir. Eu vou me demitir da corporação e vou embora.

— Nós não podemos inseri-lo no programa, a menos que você testemunhe – diz Paz.

— Eu não quero o programa – esclarece Malone. – Posso me cuidar e cuidar de minha família.

— Como?

— Você não precisa se preocupar como. Você está certa, isso não é problema seu.

— O que mais?

— Meus parceiros – diz Malone –, ficam com seus empregos, seus distintivos e suas aposentadorias.

— Está me dizendo que seus parceiros são cúmplices? – pergunta Paz.

— Estou lhe dizendo que se você tentar prejudicá-los – diz Malone –, eu vou botar toda essa cidade abaixo, em cima de você. Mas não vejo certas pessoas deixando que isso aconteça.

Paz para de correr e vira para olhar para ele.

— Eu o subestimei.

— É, subestimou – diz Malone. – Mas não guardo rancor.

Ele sai dali para matar Lou Savino.

O carro de Savino não está na entrada da garagem, em Scarsdale.

Malone observa a casa por alguns minutos, depois volta de carro para a cidade, até o apartamento da amante de Savino, na rua 113, no segundo andar de um prédio sem elevador.

Ele coloca a 9mm atrás das costas e toca a campainha.

Ouve passos lá dentro, depois a voz de mulher dizendo:

— Lou, o que foi, perdeu a chave outra vez?

Malone ergue o distintivo diante do olho mágico.
– Srta. Grinelli? Polícia. Eu gostaria de falar com você.
Ela abre a porta só com a corrente.
– É o Lou? Ele está bem?
– Quando o viu pela última vez?
– Ah, meu Deus. – Então, ela se lembra quem ela é, onde ela mora.
– Eu não falo com policiais.
– Ele está aí dentro, srta. Grinelli?
– Não.
– Posso entrar e ver? – pergunta Malone.
– Tem um mandado?
Ele chuta a porta e entra. A piranha do Savino põe as mãos no rosto.
– Eu estou sangrando, seu babaca!
De arma em punho, Malone caminha pela sala de estar, depois olha o banheiro e o quarto, o armário do quarto, a cozinha. A janela do quarto está fechada. Ele volta à sala.
– Quando foi a última vez que viu Lou? – pergunta Malone.
– Vai se foder.
Malone aponta a arma para o rosto dela.
– Eu não estou brincando com você. Quando o viu pela última vez?
Ela está tremendo.
– Alguns dias atrás. Ele veio pra transar e foi embora. Deveria ter vindo ontem à noite, mas não apareceu. Nem ligou, o babaca. Agora isso. Por favor, não me mate... Por favor...

Mike Sciollo está chegando em casa.
Ele está tirando a chave do bolso do jeans e abrindo a porta do prédio, quando Malone o acerta na cabeça, com a coronha da pistola, e o empurra para dentro de seu pequeno hall.
Malone o empurra contra as caixas de correio e põe o cano da pistola atrás de sua orelha.
– Onde está seu chefe?
– Eu não sei.

– Diga boa noite, Mike.

– Eu não o vi!

– Desde quando?

– Hoje de manhã – diz Sciollo. – Nós tomamos café, conversarmos, eu não o vi desde então.

– Ligou pra ele?

– Ele não atende.

– Está me dizendo a verdade, Mike? – pergunta Malone. – Ou está ajudando Lou a se esconder? Se estiver mentindo pra mim, seus vizinhos vão encontrar seus pedaços grudados nas contas de luz.

– Eu não sei onde ele está.

– Então, o que está fazendo na rua? – pergunta Malone. – Se Bruno mandou apagar o Lou, você é o próximo na lista de espécies ameaçadas de extinção.

– Eu só estava pegando algumas coisas – conta Sciollo. – Depois vou embora.

– Se eu trombar com você de novo, Mikey – diz Malone –, eu vou deduzir que é uma intenção hostil e agir em conformidade. *Capisce?*

Ele empurra Sciollo contra a parede e caminha de volta até o carro.

Lou Savino não vai voltar, pensa Malone, enquanto segue dirigindo até o centro da cidade. Savino está no rio ou num aterro sanitário. Vão encontrar seu carro no Kennedy, como se ele tivesse partido para algum lugar, mas ele nunca deixou Nova York e nunca vai deixar.

Bruno vai enterrar o 302.

Paz vai enterrar o restante.

Anderson vai providenciar para que seja assim.

Vou cuidar do Castillo.

Ele vai para casa e dorme um pouco.

Acabou.

Você os derrotou.

CAPÍTULO 27

Ele está dormindo profundamente, quando a porta vem ao chão.

Mãos empurram seu rosto contra a parede.

Mais mãos pegam suas armas.

Seus braços são torcidos para trás, seus punhos são algemados.

– Você está preso – diz O'Dell. – Conduta ilegal em serviço, suborno, extorsão, obstrução da justiça...

Ele está confuso, desorientado.

– Você está errado, O'Dell! Fale com a Paz!

– Ela não é mais a encarregada – diz O'Dell. – Na verdade, ela está sendo acusada. Assim como o Anderson. Bela jogada, Malone. Bela tentativa. Você também está preso por porte de drogas com intenção de vender, conspiração para vender e/ou distribuir narcóticos e assalto a mão armada.

– De que porra você está falando? – pergunta Malone.

O'Dell pega Malone e vira.

– Savino se entregou, Denny – diz O'Dell. – Ele entregou tudo. Contou-nos tudo sobre Pena, sobre a heroína que você roubou e vendeu pra ele.

– Eu quero um advogado – solicita Malone.

– Nós até ligaremos pra ele pra você – diz O'Dell. – Como se chama?

– Gerard Berger – diz Malone.

Talvez exista um Deus, pensa Malone.

Talvez exista um inferno.

Mas com certeza não existe a porra do Coelhinho da Páscoa.

TERCEIRA PARTE

4 DE JULHO, DESSA VEZ, O FOGO

Por essa razão porei fogo nos muros de Tiro e as chamas aniquilarão todas as suas fortalezas.

— AMÓS 1:10

Deixe que a liberdade ecoe, que a pomba branca cante, deixe que o mundo inteiro saiba que hoje é o dia do Juízo Final.

— GRETCHEN PETERS, "INDEPENDENCE DAY".

CAPÍTULO 28

Gerard Berger enlaça os dedos, pousa as mãos na mesa e diz:
— Dos milhares de telefonemas que poderiam ter me acordado essa manhã, eu tenho de dizer que você era a última pessoa que eu esperava.

Eles estão sentados numa sala de interrogatório, no escritório do FBI, no número 26, Federal Plaza.

— Então por que você veio? – pergunta Malone.

— Dada a fonte, eu aceitarei isso como uma expressão de gratidão – diz Berger. – E, para responder sua pergunta, eu devo dizer que fiquei intrigado. Não surpreso, veja; eu sabia que suas inclinações mais infelizes acabariam por jogá-lo na água fervendo. Mas estou, sim, surpreso por ter sido eu para quem você ligou para lhe atirar um salva-vidas.

— Eu preciso do melhor – diz Malone.

— Meu Deus, quanto deve ter lhe custado para dizer isso – diz Berger, sorrindo. – O que nos leva ao nosso primeiro e mais importante assunto: você tem os recursos para pagar meus honorários? Essa é uma pergunta primordial. Sem uma resposta satisfatória, nós não passaremos pela porta juntos.

— Quanto você cobra? – pergunta Malone.

— Mil dólares a hora – diz Berger.

Mil dólares a hora, pensa Malone. Um policial de patrulha mediano ganha 30.

— Se você conseguir que eu saia daqui hoje – diz Malone –, eu posso arranjar suas primeiras cinquenta horas em dinheiro.

— E depois disso?

– Posso arranjar mais 200 mil – diz Malone.

– É um começo – diz Berger. – Você tem casa, um carro, talvez uma história suficientemente interessante para vender direitos de um livro ou um filme. Está bem, sargento Malone, você tem um advogado.

– Quer que eu lhe conte o que eu fiz? – diz Malone.

– Ai, meu Deus, não – diz Berger. – Não tenho o menor interesse em saber o que você fez. Isso é totalmente irrelevante. Tudo que importa é o que eles podem *provar* que você fez ou o que acham que podem. Quais são as acusações?

Malone conta tudo que O'Dell lhe disse, um monte de acusações por corrupção, múltiplas acusações por perjúrio e, agora, roubo e narcotráfico.

– Isso é a respeito da questão de Diego Pena?

– É conflitante para você?

– De forma alguma – diz Berger. – O sr. Pena não é mais meu cliente. Aliás, ele está morto, como você sabe.

– Você acha que fui eu que matei.

– Você o matou, sim – diz Berger. – A questão é se você o *assassinou* e não importa o que eu acho. Não importa se você, de fato, o assassinou e eu não estou perguntando se você fez isso. Portanto, por favor, fique de boca fechada. Até agora eles não estão te acusando de homicídio. Na verdade, não acusaram de nada, simplesmente prenderam você. Então, vamos convidar esses camaradas para entrar para vermos o que eles têm?

O'Dell entra com Weintraub e eles se sentam.

– Eu achei que você fosse um homem decente – diz Weintraub a Malone. – Um bom policial que se enrolou com alguma coisa da qual não sabia sair. Agora eu sei que você é apenas mais um traficante de drogas.

– Se agora você já tirou suas decepções pessoais do peito e já execrou meu cliente – diz Berger –, será que nós podemos prosseguir às questões mais substanciais?

– Claro – diz O'Dell. – Seu cliente vendeu cinquenta quilos de heroína a Carlos Castillo.

– E você sabe disso como?

– Uma testemunha confidencial – diz Weintraub. – Louis Savino.

— Lou Savino? – diz Berger. – O criminoso condenado, conhecido mafioso, *esse* Lou Savino?

— Nós acreditamos nele – diz O'Dell.

— Quem se importa com o que vocês acreditam? – pergunta Berger. – A única coisa que importa é no que um júri vai acreditar e quando eu colocar Savino na banca para interrogá-lo sobre seu passado e o acordo que vocês, sem dúvida, lhe ofereceram para ser testemunha, eu diria que será, no mínimo, uma aposta empatada. O júri não vai acreditar na palavra de um mafioso contra a de um detetive de polícia de feitos heróicos. Se tudo que vocês têm é uma fábula fantástica contada por um traficante de drogas tentando evitar passar a vida na prisão, cujas fotografias de detenção eu vou usar como papel de parede no tribunal, eu sugiro que liberem meu cliente imediatamente, e com um pedido de desculpas.

Weintraub se inclina à frente e aperta um botão num gravador e ouve Malone dizendo a Savino:

"*Deixe que eu me preocupe comigo. O que você quer por isso?*"

"*Cem mil por quilo.*"

É Malone.

Weintraub pausa a fita e olha para Berger.

— Eu creio que esse seja seu cliente.

Ele liga a fita novamente.

"*Mas em que porra de mundo você vive? Eu consigo arranjar heroína por 65, sessenta.*"

"*Não da Dark Horse. Não com 60% de pureza. O preço de mercado é 100 mil.*"

"*Isso, se você for direto ao varejista. O que você não pode fazer. Por isso que me ligou. Eu posso chegar a 75.*"

— Vamos passar adiante? – diz Weintraub.

Malone ouve a si mesmo dizer:

"*Estamos no programa* Shark Tank *aqui. Certo, mister Maravilha, faremos por noventa o quilo.*"

"*Você quer que eu vire de bruços aqui numa lápide pra você comer a minha bunda? Talvez eu possa chegar a oitenta.*"

"*Oitenta e sete.*"

"Mas que porra, agora somos judeus? Podemos fazer isso como cavalheiros, digamos, 85? Oitenta e cinco mil o quilo, vezes cinquenta. Quatro milhões, duzentos e cinquenta mil dólares. Dá pra se lambuzar nesse chocolate."

O filho da puta estava grampeado, me fodendo o tempo todo, talvez até desde a noite de Natal, quando estava reclamando de seus chefes, de como seu envelope estava magro. Ele estava cavando um túnel de fuga, caso precisasse.

Então, ele ouve a si mesmo dizendo:

"Outra coisa, você não distribui isso em Manhattan North. Leva lá pra cima, New England, só não passa aqui."

Weintraub para a gravação.

– Essa era sua tentativa de virtude cívica, Malone? Nós devemos ser gratos?

Ele aperta o botão.

"Mas você é uma figura difícil, hein? Você não liga que haja viciados, contanto que não sejam seus viciados."

"Sim ou não?"

"Fechado."

– É inadmissível – diz Berger, parecendo entediado.

– Isso é discutível – retruca Weintraub.

Ele olha para Malone.

– Quer apostar sua vida numa invalidação de prova?

– Não responda isso – diz Berger.

Ele sorri para Weintraub e O'Dell.

– O que eu ouvi e o que acredito que um júri vai ouvir, é um detetive de polícia armando uma venda de drogas para um mafioso sob disfarce.

– É mesmo? – pergunta O'Dell. – Se esse fosse o caso, Malone estaria usando um grampo. Onde está a cópia da fita? Onde está o mandado? Onde está a aprovação de seus supervisores? Você será capaz de produzir alguma dessas coisas?

– É amplamente sabido que o sargento Malone é um tanto independente – diz Berger. – O júri vai concluir que esse foi apenas outro exemplo de sua atuação por conta própria.

Weintraub dá um sorriso malicioso e Malone sabe o motivo.

Se Savino gravou o encontro no cemitério de St. John's, ele também gravou a venda. Claro, Weintraub insere outro micro disco na máquina e recosta na cadeira. Na gravação, Carlos Castillo diz:

"*O que foi, você acha que nós não sabíamos quantos quilos havia naquela sala? Nem quanto dinheiro?*"

"*O que você quer?*"

"*Diego Pena era meu primo.*"

"*Assassinar um detetive do Departamento de Polícia de Nova York em Nova York? O mundo vai despencar na sua cabeça.*"

"*Nós somos o Cartel.*"

"*Não, nós é que somos o cartel. Eu tenho 38 mil na minha gangue. Quantos você tem?*"

– O que o júri vai achar de um policial se gabando de que a o Departamento de Polícia de Nova York é o maior cartel do mundo? – pergunta O'Dell.

"*Você pode comprar.*"

"*Que generosidade sua, oferecer para nos revender nosso próprio produto.*"

"*Você está fazendo o negócio que esse carcamano filho da puta arranjou pra você. Do contrário, seria venda direta da apreensão.*"

"*Você roubou.*"

"*Eu peguei. Tem diferença.*"

– Acho que nós já ouvimos o suficiente – diz Berger.

– Por favor – diz Weintraub –, não mete essa operação sob disfarce. Onde está a prisão subsequente de Castillo? Onde está a heroína apreendida? Tenho certeza de que está guardada num armário de provas. Mas não acho que *ouvimos* o bastante.

"*Nós vamos fazer isso ou não?*"

"*Está tudo aí. Quatro milhões, duzentos e cinquenta mil dólares.*"

"*Você quer contar?*"

"*Não, está bom.*"

Malone ouve o resto de sua conversa com Castillo, depois ouve Savino dizer:

"*É sempre um prazer fazer negócio com você, Denny.*"

A sala cai em silêncio.

Malone sabe que está 100% fodido.

– Onde está a procuradora do Southern District? É a assinatura dela que está no acordo de delação do detetive Malone. – pergunta Berger.

– A dra. Paz foi retirada do caso – diz Weintraub.

– Por quem?

– Pelo chefe dela – diz Weintraub. – Que é o ministro da Justiça dos Estados Unidos.

– Posso perguntar por quê?

– Pode, mas nós não temos obrigação de responder – diz Weintraub.

– Estou ciente disso.

– Digamos que ela teve um conflito de interesses – diz Weintraub –, e deixemos assim. A dra. Paz está enfrentando sua própria acusação, assim como talvez aconteça com inúmeras pessoas dentro e ao redor da prefeitura.

– Eu gostaria de um instante a sós com meu cliente.

– Isso aqui não é seu escritório, doutor. Nós não vamos ficar entrando e saindo como se fôssemos estagiários – ironiza O'Dell.

– Eu creio que minha conversa com meu cliente faria nossa discussão avançar – diz Berger. – Peço-lhes esse favor.

Quando O'Dell e Weintraub saem, Berger diz:

– O que você sabe sobre a Paz?

Malone conta a ele sobre suas conversas com Chandler, Anderson e Paz.

– Paz tentou vender seu acordo – diz Berger –, e eles não compraram. Ela calculou mal.

Berger explica que Paz não imaginava que o governo em Washington quisesse que as ambições políticas do prefeito fossem extintas. Eles estão se deleitando com um escândalo de corrupção em Nova York. Então, quando Paz jogou para encobrir isso, Weintraub e O'Dell caíram matando em cima dela. Paz subestimou os dois.

– Você deu uma cartada forte – diz Berger. – Tenho que admitir que estou impressionado. Mas não foi tão forte assim.

– Você consegue impedir que as gravações de Savino entrem numa audiência com base na anulação de prova? – pergunta Malone.

– Não – diz Berger.

– Então eu estou fodido.

– Sim – diz Berger –, mas há graus relativos de fodido. Eles querem sua colaboração para derrubar o prefeito, isso não é tão valioso agora que têm Savino. Vamos descobrir qual é o valor de seu depoimento no mercado?

Ele sai para chamar os dois federais.

Eles sentam.

Berger começa:

– Meu cliente vai cooperar como testemunha protegida.

– Ele *era* testemunha protegida – diz O'Dell. – Ele posteriormente confessou crimes que não relatou no acordo original, portanto, a violação da cláusula de confissão de inteiro teor anula o acordo.

– E daí? – pergunta Berger. – Ele agora está disposto a confessar esses crimes anteriormente ocultados. Isso é o que vocês realmente querem, não é? Nós somos ofertas interessantes, cavalheiros.

– À merda! – diz Weintraub. – Pra isso temos o Savino.

– Nós poderíamos fazer um acordo sobre outras coisas – diz O'Dell.

– O suborno, a compra do caso. Não podemos fazer um acordo de um policial corrupto colocando cinquenta quilos de heroína na rua.

– Vocês sabiam que eu roubava drogas – diz Malone.

– Cale a boca, Dennis – diz Berger.

– Não, esses santinhos de merda que se fodam – diz Malone. – Vocês todos que se fodam. Querem falar dos meus crimes, do que eu fiz? Vamos falar do que *vocês* fizeram. Vocês são tão sujos quanto eu.

O'Dell explode. Levanta e dá um murro na mesa.

– Essa merda tem que acabar! Eu não vou permitir, está me ouvindo? Eu não vou permitir que policiais se transformem em gangues de bandidos roubando traficantes pra depois venderem droga na rua! Estou acabando com isso! E se isso significa que tenho que cortar na própria carne, que assim seja.

– Concordo – diz Weintraub. – Sente-se, O'Dell, antes que você tenha um ataque do coração.

O'Dell senta. Seu rosto está vermelho e suas mãos estão tremendo.

— Nós temos um acordo a lhe oferecer.

— Estamos ouvindo — diz Berger.

— Os dias em que você ditava quem entregava ou não, quem prejudicava ou quem protegia, *acabaram* — diz O'Dell. — Queremos tudo agora. Tudo sobre cada policial. McGivern, a Força-Tarefa e, sim, Malone, nós queremos os seus parceiros, Russo e Montague.

— Eles não têm...

— Não me venha com essa merda — diz O'Dell. — Seus parceiros estavam junto com você na apreensão do Pena. Eles ganharam medalhas por isso. Eles estavam junto e não me diga que não sabiam que você pegou cinquenta quilos. Nem tente me dizer que eles não ganharam dinheiro com a venda.

— Isso mesmo — diz Weintraub. — Fique de boca fechada e pegue de trinta anos à prisão perpétua.

— Isso cabe a um juiz e a um júri — diz Berger. — Vamos levar isso a julgamento e vamos ganhar.

Não, pensa Malone.

O'Dell está certo. Acabou. Isso tem que acabar.

Eu vou para a cadeia.

Russo cuida da minha família.

Não é um acordo ótimo, mas também não é tão ruim.

De qualquer maneira, é o acordo que eu tenho.

Ele diz:

— Parei. Chega de conversa, chega de negociação, chega de acordos. Façam o que tiverem que fazer.

— Você me chamou aqui pra que você fosse seu próprio advogado? — pergunta Berger. — Eu não recomendo isso.

Malone se debruça sobre a mesa, em direção a O'Dell.

— Eu lhe disse, no primeiro dia, que jamais prejudicaria os meus parceiros. Posso cumprir a pena.

— Você, talvez sim — diz Weintraub. — Mas a Sheila pode?

— O quê?

— Sua esposa, pode cumprir a pena? — pergunta Weintraub. — Ela pode pegar de dez a doze anos.

— Pelo quê?! – diz Malone.

— Sheila pode justificar sua renda? – pergunta Weintraub. – Quando mandarmos os auditores de imposto de renda, ela pode justificar seus gastos? Pagamentos de cartão de crédito que ela não faria, a menos que tivesse uma fonte oculta de renda? Se entrarmos em sua casa, vamos encontrar envelopes de dinheiro?

Malone olha para Berger.

— Eles podem fazer isso?

— Receio que podem, sim.

— Pensem nos seus filhos – diz O'Dell. – Eles terão os dois pais na cadeia. E ficarão sem casa, Denny, porque você tem no máximo uma calha de chuva pra justificar com o seu salário. Nós vamos confiscar a casa. A casa, os carros, sua poupança, Denny, olhe em meus olhos, eu vou tirar os brinquedos dos seus filhos.

— Se você escondeu o dinheiro da droga em algum lugar para sua família, pode esquecer. O que não pegarmos, o seu advogado vai levar. Você vai gastar cada centavo em custas de defesa e multas. Quando sair, *se* sair, você será um idoso, sem um centavo em seu nome, com filhos adultos que nem saberão quem você é, a não ser o cara que botou a mãe deles em cana. – diz Weintraub.

— Eu vou te matar.

— Da Lompoc? – enumera Weintraub. – Victorville? Florence? Porque é onde você estará, numa prisão federal de segurança máxima do outro lado do país. Você nunca mais verá seus filhos, sua esposa estará em Danbury, com as presas e um monte de sapatão.

— Quem vai criar seus filhos? – pergunta O'Dell. – Eu sei que os Russo são os guardiões, mas como o tio Phil vai se sentir, criando os filhos de um rato delator? Principalmente quando você não tiver dinheiro nenhum para contribuir. Será que ele vai pôr belas roupas neles, mandá-los pra faculdade? Gastar dinheiro pra levá-los pra visitar a mãe na cadeia?

— Russo é um pão-duro, não compra nem um sobretudo novo. – ironiza Weintraub.

— Como eu posso fazer isso com as famílias *deles*? – pergunta Malone.

— Você está nos dizendo que ama mais os filhos deles do que os seus? – pergunta O'Dell. – Ama mais as esposas deles do que a sua?

— Dennis, vamos levar isso a julgamento – diz Berger.

— Isso pode dar certo – diz Weintraub. – Talvez o julgamento da Sheila seja na mesma seção, vocês podem tirar os intervalos de almoço juntos.

— Seu filho da puta.

— Nós vamos sair por dez minutos – diz O'Dell. – Para deixá-lo pensar a respeito, conferenciar com seu advogado. Dez minutos, Denny, e só. Depois disso, você escolhe o que será.

Eles saem e Malone e Berger ficam sentados, em silêncio. Então, Malone levanta e caminha até a janela, olha lá para fora, a cidade. É o movimento de Nova York, as pessoas andando, correndo atrás de uma prata, tentando viver.

— Isso é o inferno – diz Malone.

— Você sempre odiou advogados de defesa. Achava que éramos a escória da terra, ajudando gente culpada a fugir da justiça. Agora, Denny, você sabe por que nós existimos. Quando um cara pequeno é pego pelo sistema – se ele tem uma vogal no fim de seu nome, ou, Deus o livre, se ele é negro, latino, ou até um policial – a máquina simplesmente vai triturá-lo. Não é uma briga justa. A Justiça tem uma venda sobre os olhos há anos porque simplesmente não suporta olhar o que acontece.

— Você acredita em carma? – pergunta Malone.

— Não.

— Nem eu – diz Malone –, mas agora eu tenho que me perguntar... As mentiras que eu contei, os mandados falsos... As surras... Os mafiosos, a negada, os latinos que coloquei atrás das grades. Agora eu sou um deles. Sou o crioulo deles, agora.

— Você não precisa ser – diz Berger. – Você tem a mim.

É, Malone sabe muito bem como Berger é bom no tribunal. Ele sabe o que mais o advogado tem em mente, porém, se conseguir passar pelo júri – e vai passar – nenhum promotor ou juiz vai correr o risco de vender o caso.

— Não posso arriscar a minha família – diz Malone.

Ele não precisou dos dez minutos. Assim que eles começaram a conversar, Malone sabia que não deixaria Sheila ir para a cadeia.

Um homem cuida de sua família e fim de papo.

– Eu vou aceitar o acordo.

– Você terá que cumprir pena – diz Berger.

– Eu sei.

– Assim como os seus parceiros.

– Também sei disso.

O inferno não está dando outra escolha.

É ter que escolher entre duas coisas horrendas.

– Eu não posso representar Russo ou Montague. Isso sim seria um conflito de interesses – diz Berger.

– Vamos fazer logo isso.

Berger vai até lá fora e chama O'Dell e Weintraub. Quando eles sentam, ele diz:

– O detetive Malone vai confessar inteiramente os seus crimes e declarar-se culpado por tráfico de heroína. Vai colaborar inteiramente e atuar como testemunha protegida contra outros policiais em serviço, cuja implicação nos crimes é de seu conhecimento.

– Isso não basta. Ele tem que usar uma escuta e obter provas que os incriminem – conta O'Dell.

– Ele vai usar a escuta – diz Berger. – Em troca, ele quer um memorando de cooperação do juiz que vai sentenciar, recomendando que a sentença não ultrapasse doze anos, a ser cumprida pelas múltiplas acusações, multa que totalize, no máximo, 100 mil dólares, e confisco de quaisquer recursos adquiridos através das atividades ilegais.

– Aceito, em princípio – diz Weintraub. – Nós podemos repassar os detalhes depois. O julgamento das acusações será suspenso, aguardando a conclusão da colaboração do réu.

– Com o entendimento de que o 302 de Malone não contenha mentiras ou omissões – diz O'Dell –, e que ele se comprometa a não cometer novos crimes.

– Nossa outra condição... – diz Berger.

– Vocês não estão em posição de fazer exigências – diz O'Dell.

— Se não estivéssemos — diz Berger —, nós não estaríamos aqui. Estaríamos numa cela de detenção no Centro Correcional Metropolitano. Posso prosseguir? A colaboração do detetive Malone, em relação aos detetives Russo e Montague é sob a garantia de que não haja acusações a nenhuma das esposas. Isso não é negociável, tem de ser inserido em um memorando separado e assinado tanto por vocês quanto pelo ministro da Justiça.

— Você não confia em nós, Gerry? — pergunta Weintraub.

— Eu só quero ter certeza de que todos estejam comprometidos no jogo — expõe Berger —, e de que, se qualquer um de vocês deixar seus cargos atuais, meu cliente ainda esteja protegido.

— De acordo — diz Weintraub. — Nós não temos nenhuma intenção de prejudicar as famílias.

— Ainda assim, vocês conseguem fazer isso todo dia — diz Berger.

— Temos um acordo? — pergunta O'Dell.

Malone assente.

— Isso é um sim? — pergunta Weintraub.

— Meu cliente concorda — diz Berger. — O que você quer, o sangue dele?

— Eu quero que ele diga.

— Eu falo pelo meu cliente — diz Berger.

— Bem, então, avise ao seu cliente — diz Weintraub —, que se ele quiser bancar o Rafael Torres pra se livrar disso, o acordo é nulo. Sua esposa não colocará flores em seu túmulo, por cinco a oito anos.

— Agora nós precisamos da sua delação — diz O'Dell.

Malone conta a eles sobre a apreensão da carga do Pena, do roubo do dinheiro e da heroína, e da venda subsequente da droga.

Ele não conta que a morte de Diego Pena foi, de fato, uma execução.

Malone e Berger saem do prédio juntos.

— Foi pra isso que você me ligou — diz Berger —, pra poder sair.

— Você estará lá para me acompanhar quando eu entrar? — diz Malone. — Quando eu me entregar na cadeia federal?

— Vamos trabalhar para colocá-lo em Allenwood — diz Berger. — É um trajeto de três horas de carro, sua família pode visitá-lo.

Malone sacode a cabeça.

– Eles vão me colocar numa prisão de segurança, "para minha proteção". Não terei visitas durante anos. De qualquer maneira, eu não quero que os meus filhos me vejam na cadeia. Que passem por tudo aquilo, sentados numa sala de espera com as famílias de bandidos. Quando os visitantes habituais descobrirem que eles estão visitando um policial, meus filhos serão incomodados, talvez ameaçados.

– Não será por meses, talvez anos – diz Berger. – Muita coisa pode acontecer durante esse tempo.

– Vou buscar seu dinheiro.

– Precisamos combinar um local para você o deixar – diz Berger. – Não seria muito adequado você ser visto entrando em meu escritório.

Malone quase ri.

– O que os seus clientes delatores geralmente fazem?

Berger lhe entrega um cartão.

– É uma tinturaria. Eu tenho as minhas brincadeirinhas.

– E quanto ao restante de seus honorários? – pergunta Malone. – Esses confiscos... Eu estava contando com esse dinheiro para pagá-lo.

– Deixe-me ser bem claro – diz Berger. – Eu sou o primeiro da fila. O governo federal é o último. O que eles podem fazer, apreender dinheiro que você não tem?

– Eles podem tomar minha casa.

– Eles farão isso de qualquer maneira – diz Berger.

– Que ótimo.

– E você com isso? – pergunta Berger – Você vai ser testemunha durante vários anos, vai viver numa base militar. Sua família vai entrar no programa. Quando você sair, vai ficar com eles. Com seu dinheiro, pode comprar uma casa bem melhor em Utah, pelo que ouvi dizer.

– Você tem um apartamento na Quinta Avenida.

– E uma casa nos Hamptons – diz Berger –, uma casinha em Jackson Hole e estou procurando uma *casita* em St. Thomas.

– Você precisa de um lugar para ancorar seu barco.

– Sim, isso mesmo – diz Berger. – Isso é um negócio, detetive. A justiça é um *negócio*. Eu por acaso me saí muito bem nisso.

– Bela profissão, se você consegue trabalhar nela.

– Gostaria de saber qual o lado ruim disso? – pergunta Berger.

– Claro – responde Malone.

– Ninguém jamais me liga quando as coisas vão bem.

CAPÍTULO 29

Existe calor e existe o calor da cidade de Nova York. Sufocante, abafado, um calor fétido que emana do concreto e asfalto, transformando a cidade numa sauna a céu aberto.

O tempo está quente, é verão na cidade.

Malone acordou suado e já estava suando outra vez, trinta segundos depois de sair do chuveiro.

O seu melhor está ali, em Staten Island, enquanto ele está sentado no pátio dos fundos de Russo, bebericando uma garrafa de Coors. Sua camisa de brim está solta por cima do jeans e ele está de tênis Nike preto.

Com uma camisa havaiana ridícula, bermuda e sandálias por cima das meias, Russo vira os hambúrgueres na churrasqueira.

– Quatro de Julho. Eu amo esse país.

Monty está com uma camisa guayabera, calça cáqui e um chapéu de feltro azul. Baforando seu charutão Montecristo.

O churrasco de 4 de Julho dos Russo sempre acontece no fim de semana que eles têm de folga, mais próximo da data.

Uma tradição da equipe.

O comparecimento é obrigatório, um dia em família.

Esposas, namoradas marcantes, filhos.

John está na piscina jogando Marco Polo com os filhos de Monty e os irmãos Russo. Caitlin está sentada com Sophia, louvada por ela como uma heroína, fazendo sua maquiagem. Yolanda, Donna e Sheila estão na mesa do pátio, bebericando sangria e fofocando coisas de mulher.

O anúncio da iminente aposentadoria de Monty está sendo o assunto do churrasco. Yolanda está animadíssima para afastar o marido dos riscos da corporação e tirar os filhos da cidade. Ver sua felicidade parte o coração de Malone.

– Está vendo aqueles idiotinhas na piscina? – diz Monty. – Eles são inteligentes. Têm inteligência universitária.

– Eles são negros – diz Russo –, vão obter bolsas de estudo.

– Eles têm uma bolsa de estudo – diz Monty. Ele dá uma risada. – A Bolsa de Estudos Diego Pena.

Ele tilinta sua garrafa na garrafa de Russo.

– A Bolsa Pena – diz Russo. – Gostei.

Malone sente a alma murchar dentro dele. Ali, na casa de seu melhor amigo, com a família do homem, fazendo uma gravação que vai tirar tudo isso dele.

Mas ele grava, mesmo assim. Olhando em volta, para ter certeza de que nenhuma das esposas ou as crianças estão ouvindo, ele diz:

– Nós temos que ir pra cima do Castillo. Se ele for preso antes de o pegarmos, ele vai dizer que faltavam cinquenta quilos da heroína do Pena faltando no registro de apreensão.

– Acha que acreditariam nele? – pergunta Russo.

– Você quer correr esse risco? – pergunta Malone. – De quinze a trinta anos numa cadeira federal? Nós temos que pegá-lo.

Ele olha diretamente para Russo, que tira uma linguiça da grelha e coloca num prato.

– Nas palavras do imortal Tony Soprano: "Tem gente que precisa sumir".

Monty está ocupado girando o charuto para igualar a brasa.

– Não tenho o menor problema em meter uma bala na cabeça do Castillo.

– Você nunca se sentiu mal por isso? – pergunta Malone.

– Do Pena? – pergunta Russo. – Por ter pegado o dinheiro daquele assassino de bebês e ter feito algo bom com ele? Por meus filhos terem um futuro? Eles não vão carregar empréstimos nas costas pela vida inteira. Saem da faculdade e estão livres. Foda-se o Pena, ainda bem que a gente fez o que fez.

– Concordo – diz Monty.

Os meninos vêm até a beirada da piscina e gritam para que os pais entrem para jogar.

– Daqui a pouquinho!

– Vocês sempre dizem isso!

– Você não fica preocupado com a densidade óssea deles na água? – pergunta Russo.

– Eu me preocupo com a densidade *cerebral* – diz Monty. – Tanta gatinha dando sopa por aí hoje em dia e eles nem ligam, preferem ficar fazendo downloads no iTunes. Eu vou me aposentar na Carolina do Norte. Não quero saber de netos por um bom tempo.

– As Carolinas são caras – diz Malone. – Eu estou pensando em, sei lá, porra, Rhode Island. Pra onde vai o dinheiro? A grana do Pena, dos advogados, outros ganhos. Quer dizer, acho que a gente fez, sei lá, alguns milhões ao longo dos anos?

– Que porra você tem hoje? É Merrill Lynch? – pergunta Russo.

– Nós não sabemos quando vamos ter outro pagamento de verdade. Talvez a gente só tenha nossos salários, talvez um pouquinho de horas extras. – diz Malone.

– Monty – diz Russo –, o Malone quer nos vender ações municipais.

– Nós sempre soubemos que não duraria pra sempre – diz Monty. – Tudo que é bom chega ao fim.

– Talvez seja a hora de me aposentar também – diz Malone. – Quer dizer, pra que correr o risco de tomar um tiro de algum bandido sortudo. Talvez seja hora de pegar minhas fichas e sair da mesa enquanto ainda estou ganhando.

– Jesus, vocês vão me deixar sozinho com o Levin? – zomba Russo.

– Cerveja, tenho que mijar – diz Malone.

Donna o cerca na cozinha, passa o braços em volta dos ombros dele. Ela aponta o queixo para Sheila, sentada lá fora, e diz:

– Legal isso, vocês dois juntos, a família. Sheila me disse que ela tirou uns dias pra pensar, vocês dois vão voltar?

— Até que parece, não é?

— Estou orgulhosa de você, Denny — diz ela. — Recobrando o juízo. Sua vida é aqui com eles, conosco.

Malone entra no banheiro, abre a torneira pra abafar o som e chora.

A quarta cerveja desce mais suave que a terceira, a quinta ainda melhor que a quarta.

— Quer maneirar um pouquinho? — Sheila pergunta a ele.

— Quer não me dizer o que fazer? — pergunta Malone.

Ele se afasta dela, vai até a piscina, onde está rolando o jogo anual de pólo aquático de "filhos versus pais".

John está se divertindo muito e grita:

— Pai! Vem jogar!

— Agora, não, Johnny.

— Ah, vem, pai!

— Entra aqui — diz Russo. — Eles estão nos dando uma surra.

— Eu tô legal — diz Malone.

Russo também tomou algumas cervejas. Começa a falar meio rude.

— Entra aqui, Malone, porra.

— Não, obrigado.

A festa cai em silêncio. Todos estão olhando, as mulheres notam que o clima está ligeiramente mais tenso do que a discussão sobre entrar na piscina merece.

— Por que não? — pergunta Monty.

Ele conseguiu jogar sem molhar o charuto.

— Porque eu não estou com vontade — diz Malone.

Porque eu estou com uma escuta.

— Agora está tímido? — pergunta Russo.

— É isso aí — diz Malone.

— Não tem nada que a gente já não tenha visto — diz Russo. — Entra na porra da piscina.

Agora, ele e Malone estão se encarando.

— Eu não trouxe calção de banho — diz Malone.

– Pra uma festa na piscina – diz Monty. – Você não trouxe calção de banho.

– Eu te empresto um. Donna, vai pegar um calção pro Denny.

Mas ele não tira os olhos de Malone.

– Jesus, Phil – diz Donna. – O homem disse que não...

– Eu ouvi o que o homem disse – diz Russo. – Você ouviu o que *eu* disse? Vá lá dentro e pegue uma porra de um calção.

Donna entra em casa apressada.

– Tem algum motivo pra que você não queira se despir, Denny? – pergunta Monty.

– O que você tem a ver com isso?

– Você vai entrar na piscina – diz Monty.

– *Você* vai me obrigar?

– Se for preciso.

Malone explode.

– Vai tomar no olho do seu cu, Monty! Vai se foder, Phil!

– Jesus, Denny! – exclama Sheila.

– Vá se foder você também! – grita Malone.

– *Denny!*

– Foda-se essa porra *toda*! – grita Malone. – Eu tô fora.

– Você não vai a lugar nenhum – diz Russo.

Sheila o agarra pelo braço.

– Você não deveria dirigir.

Ele dá um solavanco e solta o braço.

– Estou bem.

– É, está ótimo! – ela grita atrás dele. – Você é um babaca, Denny! É realmente um babaca!

Ele faz um sinal obsceno ao se afastar.

Malone está com o som a toda, tocando Kendrick Lamar, ao pegar a 95 de volta à cidade.

Eles sabem, pensa ele.

Russo e Monty sabem, puta que pariu.

Jesus Cristo.

Agora ele vai cumprir noventa anos.

Ele pensa em simplesmente virar o volante e *emburacar* num poste. Seria tão fácil. Uma fatalidade por dirigir alcoolizado, sem marcas de freada. Ninguém jamais conseguiria provar que não foi. Você apaga depressa e a fita de seus amigos pega fogo junto com o carro.

Com você.

Um funeral de viking no local da batida.

Rapidinho.

Minhas cinzas espalhadas por Manhattan North.

Eles iam ficar putos por eu ainda estar aqui. Denny Malone, soprando ao vento, junto com o lixo.

Entrando nos olhos das pessoas, nos narizes.

Eles iam me fungar como coca, como heroína.

Piche preto irlandês.

Vai, guerreiro, não seja um marica. Ele pisa no acelerador, não no freio. Dê uma guinada à direita com o volante e acabou.

Para todo mundo.

Malone segura com mais força ao volante.

Anda, calhorda.

Vai logo, seu rato filho da puta.

Judas.

Ele vira o volante.

O Camaro sai voando e atravessa quatro faixas. As buzinas disparam, as freadas gritam, os postes de aço ficam grandes, no pára-brisa.

No último minuto, ele desvia.

O Camaro gira em 360 graus que sacodem sua cabeça, a linha do horizonte de Manhattan surgindo e sumindo, diante de seu rosto.

Então, o carro desacelera e se endireita. Malone acelera, volta para a faixa e segue rumo à cidade.

Malone arranca o esparadrapo da barriga e bate com o gravador na mesa.

— Aqui está. Vão se foder. Esse é o sangue dos meus parceiros.

– Você está bêbado? – pergunta O'Dell.

– Estou doidão de anfetamina e cerveja – diz Malone. – Pode acrescentar isso às acusações. Vai empilhando a porra toda.

– Eu tenho que sair dos Hamptons e vir aqui pra ouvir essa merda? – diz Weintraub.

– Meus parceiros sabem! – grita Malone.

– Sabem o quê? – pergunta O'Dell.

– Sabem que eu sou o rato!

Ele conta sobre o incidente na piscina.

– Só isso? – pergunta Weintraub. – Por você não entrar na porra da piscina?

– Eles são policiais – conta Malone. – Nasceram desconfiados. Eles farejam culpa. Eles sabem.

– Não importa. Se você os pegou nessa fita, nós vamos atrás deles amanhã de qualquer maneira.

Eles ouvem a gravação.

"Eles são negros, vão obter bolsas de estudo."

"Eles têm uma bolsa de estudo. A Bolsa de Estudos Diego Pena."

"A Bolsa Pena. Gostei."

"Nós temos que ir pra cima do Castillo. Se ele for preso antes de o pegarmos, ele vai dizer que faltavam cinquenta quilos da heroína do Pena no registro de apreensão."

"Acha que acreditariam nele?"

"Você quer correr esse risco? De quinze a trinta anos, numa cadeira federal? Nós temos que pegá-lo."

"Nas palavras do imortal Tony Soprano, 'Tem gente que precisa sumir'."

"Não tenho o menor problema em meter uma bala na cabeça do Castillo."

– Você terá que depor para corroborar – diz Weintraub.

– Eu sei.

– Mas isso é bom – agradece Weintraub. – Você fez um bom trabalho, Malone.

Ele liga novamente a fita.

"Você nunca se sentiu mal por isso?"

"Do Pena? Por ter pegado o dinheiro daquele assassino de bebês e ter feito algo bom com ele? Por meus filhos terem um futuro? Eles não vão carregar empréstimos nas costas pela vida inteira. Saem da faculdade e estão livres. Foda-se o Pena, ainda bem que a gente fez o que fez."

"Concordo."

– Bem, é isso – diz O'Dell.

– Eu vou providenciar as acusações do Russo e Montague – comenta Weintraub.

– Vocês mal podem esperar, não é? – diz Malone.

– Que diabo você pensa que é? – diz Weintraub. – Você não é Serpico, Malone! Você estava pegando com as duas mãos tudo que podia. Vai se foder.

– Vá se foder também, seu babaca!

– Vamos dar uma volta – diz O'Dell. – Pegar um pouco de ar.

Eles descem pelo elevador de serviço e caminham rumo à Quinta Avenida.

– Quer saber o que eu acho, Denny? Acho que você está se sentindo culpado. Acho que se sente culpado por tudo que fez e agora está culpado por trair outros policiais. Mas não dá pra ter tudo, se você realmente lamenta o que fez, então, vai nos ajudar a pôr um fim nisso.

– Que porra é essa, agora você é o padre da minha paróquia?

– Mais ou menos – diz O'Dell. – Só estou tentando ajudá-lo a superar seus sentimentos e enxergar esse negócio com clareza.

– Estou com uma etiqueta de delator pendurada no pescoço – diz Malone. – Estou acabado. Já não sirvo mais pra vocês, acha que algum policial ainda vai falar comigo? Algum advogado?

Malone para de andar. Recosta numa parede.

– Você fez algo ótimo – diz O'Dell. – Está ajudando a limpar essa cidade, o sistema judiciário, o departamento de polícia... nós somos gratos. Parou de proteger sua "irmandade" que está por aí, acoitando traficantes de drogas, eles próprios vendendo drogas, mas sem fazer nada para proteger as pessoas que estão morrendo de overdose, crianças que são mortas por gente que passa atirando, bebês morrendo de...

— Cala a porra da boca.

— Essa cidade está prestes a explodir — continua O'Dell —, e metade do motivo são os policiais corruptos, abusadores, racistas. Não há muitos deles, mas eles cobrem todos os bons com essa merda.

— Eu não suporto isso!

— O que você não suporta é a vergonha, Denny — diz O'Dell. — Não é informar sobre outros policiais, o que você não suporta é ter traído a si mesmo. Eu entendo, nós viemos da mesma igreja, das aulas de catecismo. Você não é uma má pessoa, mas fez coisas ruins. A única maneira, o único jeito de se sentir correto é se contar tudo.

— Não posso.

— Por causa dos seus parceiros? — pergunta O'Dell. — Acha que se eles estivessem nesse aperto não iriam entregá-lo?

— Você não conhece aqueles caras — diz Malone. — Eles não falariam com vocês.

— Talvez você não os conheça tão bem quanto imagina.

— Eu não os *conheço?* — diz Malone. — Eu coloco a minha vida nas mãos deles, todo santo dia. Fico sentado, durante horas, com eles, em tocaias, como um monte de porcaria com eles, durmo em colchonetes ao lado deles, no vestiário. Eu sou o padrinho dos filhos deles, eles são dos meus, acha que eu não os *conheço?!* Sabe o que eu acho deles? São as melhores pessoas que eu já conheci. Eles são melhores que eu.

Ele sai andando.

Seu celular toca.

É o Russo.

Ele quer encontrá-lo.

CAPÍTULO 30

Morningside Park.

A tensão parece arame farpado no peito de Malone.

Pelo menos, ele não está usando a escuta. O'Dell queria que ele usasse, mas Malone o mandou para aquele lugar.

O'Dell nem queria que ele fosse.

– Se você estiver certo quanto à desconfiança deles, eles podem matá-lo.

– Não farão isso.

– Pra que ir? – perguntou Weintraub. – Agora nós já temos o suficiente contra eles para que você ingresse no programa.

– Vocês não podem prendê-los em casa – disse Malone –, não na frente das famílias.

– Ele poderia ir ao encontro – disse Weintraub –, e nós os pegaríamos lá.

– Então ele teria que usar a escuta.

– Foda-se essa merda – disse Malone.

– Se você não usar a escuta – disse O'Dell –, não podemos lhe dar cobertura.

– Que bom. Eu não quero cobertura.

– Não seja babaca! – exclamou Weintraub.

Mas é isso que eu sou, pensou Malone. Sou um babaca.

– O que vai dizer a eles? – perguntou O'Dell.

– A verdade – disse Malone. – Eu vou contar a verdade a eles, tudo o que eu fiz. Pelo menos, vou dar a eles uma chance de preparar suas famílias. Vocês podem prendê-los amanhã.

– E se eles fugirem? – perguntou Weintraub.

– Eles não vão fugir – disse Malone. – Não vão deixar as esposas e os filhos ao vento.

– Se fugirem – diz O'Dell –, é culpa sua.

Agora, ele está no parque e vê Russo e Montague vindo, da Morningside Avenue.

O rosto de Russo está contorcido de raiva; Monty está impassível, sem dar pistas.

Rostos de policiais.

E eles estão bem armados. Malone vê o peso extra no quadril de Russo, vê no andar de Monty.

– Nós vamos revistá-lo, Denny – diz Monty.

Malone ergue os braços. Russo se aproxima e procura um grampo. Não encontra.

– Você já está sóbrio? – pergunta Russo.

– Sóbrio o bastante.

– Tem algo que queira nos dizer? – pergunta Monty.

Eles sabem, eles são policiais, são seus irmãos, estão vendo em seu rosto a culpa. Mas ele não consegue falar.

– Tipo?

– Tipo que eles te pegaram – diz Monty. – Eles te pegaram e você entregou a gente.

Malone não responde.

– Jesus, Denny – diz Russo. – Na minha casa? Com nossas famílias? Você usou uma porra de uma escuta na minha *casa*? Enquanto nossas esposas conversavam e nossos filhos brincavam juntos na piscina?

– Como foi que eles te pegaram? – diz Monty.

Ele puxa o 38 e mira no rosto de Malone.

Malone nem tenta pegar a arma, apenas olha para Monty.

– Se você acha que eu sou um rato, atire.

– Farei isso.

– Nós temos que ter certeza – diz Russo. Ele está quase chorando. – Temos que estar 100% certos.

– Do que você precisa? – Monty pergunta.

— Preciso ouvi-lo dizer — diz Russo. Ele agarra os braços de Malone. — Denny, me olhe nos olhos e diga que não é verdade, eu vou acreditar em você. Por favor, porra, cara, que merda, me diga que não é verdade.

Malone o olha nos olhos.

As palavras não saem.

— Denny, por favor — diz Russo. — Eu posso entender, se... Isso poderia acontecer com qualquer um de nós... Só me diga a porra da verdade, nós ainda podemos consertar isso.

— Como vamos consertar isso? — pergunta Monty.

— Ele é padrinhos dos meus filhos!

— Ele vai botar o pai dos seus filhos na cadeia — diz Monty. — Os meus também. A menos que não esteja por aí para corroborar a gravação e ser testemunha. Eu lamento, Denny, mas...

— Denny, diga a ele que nós estamos errados!

— Ele vai pensar o que tiver que pensar — diz Malone.

Russo puxa a arma.

— Eu não vou deixar você fazer isso.

— O quê? Nós vamos atirar uns nos outros? — pergunta Malone. — Assim que agimos agora?

Seu telefone toca.

— Vá em frente. Devagar. — diz Monty.

Malone tira o celular do bolso da jaqueta.

— Bota no viva voz — ordena Monty.

Malone faz o que ele manda.

É Henderson, da Corregedoria.

— *Denny, achei que você deveria saber* — diz ele —, *eu acabei de receber minha cabeça numa bandeja entregue aos federais.*

— O que está dizendo, porra?

— *Um federal chamado O'Dell me disse pra deixar de lado a Força-Tarefa, porque eles têm um cara aí* — diz Henderson. — *Denny, é o Levin.*

Malone sente um embrulho no estômago.

O'Dell, o que você fez?

— Você me disse que o Levin era limpo — diz Malone.

— *Ele me mostrou o 302* — diz Henderson. — *Tinha o nome do Levin.*

— Está bem. — Malone desliga.

Russo senta na grama.

— Jesus Cristo. Nós íamos nos matar. Puta que pariu, Jesus, me desculpe, Denny.

Monty guarda o 38.

Devagar.

Malone vê que o grandalhão está pensando, jogando xadrez na cabeça, passando cada jogada. Henderson é um contato de Denny, os federais só mostram documentos aos caras da cidade quando são forçados...

Ele não engoliu.

Agora é o telefone de Russo que toca. Ele espera um minuto, desliga e diz:

— Falando do diabo.

— O quê?

— Levin — diz Russo. — Ele avistou Castillo.

Eles caminham de volta ao carro de trabalho.

Os olhos de Monty estão fixos nele.

Malone consegue até sentir uma bala de 38 entrando atrás de sua cabeça.

Velha escola.

E seria merecido, pensa ele. Eu mereço essa porra.

Estou quase desejando que isso aconteça.

Ele desacelera e fica ao lado de Monty.

— Você ia mesmo me matar, grandão?

— Não sei — diz Monty. — Deixe-me fazer uma pergunta: se estivesse no meu lugar, o que você teria feito?

— Não sei se conseguiria matar você.

— Nenhum de nós sabe, não é verdade? — diz Monty —. Até chegarmos ali.

— O que vamos fazer com o Levin? — pergunta Russo. — Se Levin está com os federais, a gente tá fodido, ele vai nos botar na cadeia.

— O que está dizendo? — pergunta Malone.

— Que se nós prendermos Castillo — diz Russo —, há duas pessoas que não podem sair vivas desse lance.

— Apreensões de drogas são perigosas — alerta Monty.

— Você tem problema com isso? — pergunta Russo.

Malone está enjoado. Que porra o O'Dell estava fazendo, me dando cobertura? Conte a eles. Conte agora. Três palavras. Sou um rato.

Ele não consegue dizer.

Achou que conseguiria.

Em vez disso, diz:

— Vamos nessa.

Talvez eu tenha sorte, pensa ele.

E seja morto.

O prédio fica na Payson Avenue, do outro lado da rua do Inwood Hill Park.

— Você tem certeza disso? — questiona Malone.

— Eu vi a van encostando — diz Levin. A voz dele está tensa, empolgada. — Todos Trinis. Eles saíram com mochilas.

— E você *viu* o Castillo — diz Malone.

— Eles o deixaram e foram embora — diz Levin. — Ele foi para o quarto andar. Eu o vi ali, antes de fecharem as cortinas.

— Você tem certeza? — pergunta Malone. — Tem certeza de que era ele?

— Cem por cento — diz Levin.

— Mais alguém entrou ou saiu?

— Ninguém.

Então não sabemos quantas pessoas Castillo tem lá dentro, pensa Malone. Podem ser os dez que Levin viu, pode haver mais vinte que já estavam lá dentro. Castillo está lá verificando e contabilizando antes de soltar a heroína, para ter certeza de que ninguém do seu pessoal roubou.

O que devemos fazer, pensa Malone, é ficar de guarda, ligar para Manhattan North, deixar que Sykes traga o pessoal da emergência, os caras da SWAT. Só que não podemos fazer isso, porque isso não é uma prisão, é uma execução.

Todos eles sabem o risco. E todos eles, exceto Levin, sabem por que estão correndo esse risco.

Ninguém diz nada.

Um consentimento silencioso.

— Prepararem-se — diz Malone. — Coletes. Automáticas. Vamos pegar pesado.

— E quanto a um mandado? — pergunta Levin.

Malone percebe o olhar de Russo.

— Mandado de tiros. Nós vimos membros de gangues à espreita, fomos atrás e ouvimos tiros. Não tínhamos tempo para pedir reforço. Alguém tem problema com isso? — pergunta Russo.

— Nós ainda devemos um troco a esses caras, pelo Billy — diz Russo, passando os HKs.

Levin olha para Malone.

— Prisões talvez não sejam a nossa prioridade aqui — diz Malone.

— Por mim, tudo bem — concorda Levin.

— Tudo bem mesmo que haja um comitê de análise dos tiros? — diz Malone. — Corregedoria?

— Tudo bem.

— Dessa vez, nós vamos nos misturar um pouquinho. Eu vou abrir, o Levin entra primeiro. Malone vai em segundo. Monty fica de guarda na porta — diz Russo.

Ele olha para Malone, como quem diz *não me contrarie nessa*. Levin também olha para o capitão. Malone sempre entra primeiro.

— Levin, tudo bem assim? — pergunta Malone.

— É minha vez — diz Levin.

— Vamos nessa — incentiva Malone.

Ele dispara dois tiros para o alto.

Monty dá uma corrida até a porta e enfia o pé de cabra. Levin chega ao seu lado, cola na parede e segura a HK ao alto, pronto para ir.

A tranca estoura.

A porta é escancarada.

Russo joga uma granada de luz.

O interior se ilumina.

Levin conta até três e grita:

– Vamos!

Vira e entra pela porta. Os tiros acertam-no instantaneamente, de baixo para cima: suas pernas, barriga, peito, pescoço e cabeça.

Ele está morto antes que seu corpo chegue ao chão.

Malone se abaixa ao lado dele e vê os Trinis de bandanas verdes, agachados atrás do corrimão da escada. Eles têm armamento Kevlar e capacetes de combate com viseiras blindadas e óculos de visão noturna.

Eles correm escada acima.

Malone deita estirado no chão, atrás do corpo de Levin. Aperta o botão de seu rádio transmissor e grita "10-13! Policial ferido! Policial ferido!", depois, estende seu HK por cima do peito de Levin e aperta o gatilho.

Os tiros são revidados, acertando Levin.

Russo está junto à porta, dando tiros de espingarda.

– Sai daí, Denny!

Malone rola por cima do corpo de Levin e dispara.

Então se levanta.

E corre escada acima.

– Denny! Volta!

Mas Russo entra.

E Monty também.

Malone ouve os dois subindo a escada atrás dele.

Ele nunca se preocupou com sua retaguarda, porque Monty sempre esteve atrás dele.

Agora ele está preocupado. Porque Monty está atrás dele, pensando em suas próprias costas, ponderando se Malone enfiou uma faca ali.

Malone ouve os Trinis correndo acima dele. Esses moleques filhos da puta são muito mais velozes que ele. Correndo até o quarto andar, para proteger a heroína e o *jefe*. Mas não importa se eles ganharem a corrida, pois não têm para onde ir. Só o telhado, que é uma armadilha mortal.

Mas eles param e atiram.

Os tiros ricocheteiam na escada, como num jogo de fliperama. Rebatem nas paredes, no corrimão.

Malone ouve Russo gritar:

— Meu olho!

Malone vira e o vê cair, se encolher numa bola, segurando o rosto. Um estilhaço de ferrugem do corrimão. Monty o pressiona abaixo, passa por cima dele, espremendo seu porte ao longo da parede, enquanto sobe.

— Eu estou bem! — Russo grita. — Apenas desça!

Malone não desce. Em vez disso, sobe correndo até a porta do quarto andar, com Monty atrás, de arma abaixada.

Malone dá um passo ao lado.

Monty chuta a porta.

Malone entra atirando.

Ouve um Trini gritar ao ser alvejado. As balas vêm estalando pelo piso de concreto, lançando centelhas e estilhaços.

Malone se joga no chão e rola para o lado.

Olha para trás e vê Monty erguer o 38.

Para ele.

Malone recua até a parede ao lado da porta. Encosta na parede. Não há mais para onde ir.

Ele ergue o HK para Monty.

Eles se olham.

Monty dispara na direção da porta.

Um Trini vem sorrateiro, atingido na virilha, abaixo do colete. Seu HK dispara para o teto. Monty o derruba com dois tiros nas pernas. O Trini se curva e cai pra trás.

Os Trinis não vão desistir. Eles sabem que mataram um policial e não vão sair dali algemados. As únicas opções que têm são a porta dos fundos ou matar os policiais que restam.

Malone gira a arma na direção da porta aberta e dispara, depois abaixa, conforme Monty usa os disparos como cobertura para se deslocar ao outro lado da porta. Olha para Malone como quem diz *agora, estamos dentro*. Então, aponta o queixo na direção da porta — *vai*.

Malone dá um salto e passa pela porta. Sente os golpes pesados nas costelas, batendo em seu colete, e cai.

Um Trini vem andando em sua direção, empunhando uma Glock.

Malone salta e o agarra pelas pernas, levando-o ao chão. Arranca a arma da mão dele e o golpeia com ela, repetidamente, até o corpo do Trini ficar imóvel.

Então, ouve outro estouro e um corpo cai com força em cima dele. Ele olha por baixo e vê Monty baixando a arma.

Monty olha para o colega.

Pensando em atirar novamente.

Fogo amigo acontece.

As sirenes ecoam pela noite. As luzes pulsam do lado de fora da porta. Malone empurra o corpo para tirá-lo de cima dele.

Um corpo cai pela escada de incêndio.

Monty sai pela janela, atrás dele.

Nada de heroína na sala. Nada de máquinas de contagem de dinheiro.

Nada de Castillo.

Foi uma emboscada.

Castillo deve ter saído pela porta dos fundos antes de chegarmos aqui, pensa Malone. Ele descobriu a vigilância e armou para me pegar, sabendo que eu sou sempre o primeiro a entrar.

Aquela primeira rajada era para mim.

Levin levou no meu lugar.

Russo entra cambaleando.

Passos vêm estrondando no alto da escada e Malone ouve:

– Polícia!

Eles descem atirando pelo corredor.

– Polícia! – Malone grita. – Somos policiais!

Ele tenta se lembrar da cor do dia.

– Vermelho! Vermelho! – grita Russo.

Malone ouve mais tiros lá fora.

As balas vêm voando e acertam a parede acima deles. É a Força-Tarefa – Gallina e Tenelli – vindo pelo corredor, disparando à frente. Russo se joga no chão, se arrasta para debaixo de uma mesa. Malone se espreme num canto. Tira seu cordão com o distintivo e joga no chão, onde eles possam ver.

– Polícia! É o Malone!

Tenelli o vê, mas finge que não.

Ela dispara duas vezes.

Malone joga os braços na frente do rosto. Os tiros acertam à esquerda de sua cabeça.

– Porra! Pare! É o Russo! – grita Russo.

Mais passos, mais vozes.

Policiais uniformizados da Três-Dois gritando:

– Cessar fogo! Cessar fogo! São policiais! Russo e Malone!

Tenelli abaixa a arma.

Malone levanta e voa para cima dela.

– Sua piranha filha da puta!

– Eu não vi você!

– O caralho que não!

Um policial uniformizado entra no meio deles.

– Porra, cadê o Monty? – pergunta Russo.

– Ele desceu a escada de incêndio.

Eles vão atrás dele.

Na rua, o caos. Carros chegando, freadas e pneus cantando. Gritos, gente correndo.

Monty está deitado na calçada.

O sangue jorra de sua artéria carótida.

Malone ajoelha e aperta seu pescoço com força, tentando conter a hemorragia.

– Não vai apagar, você não vai apagar, irmão. Por favor, grandão, não apaga.

Russo gira como um bêbado, segurando a cabeça, chorando.

Uma viatura da Três-Dois entra, os policiais pulam para fora de armas em punho.

– Nós estamos na ocorrência! Força-Tarefa! Policial ferido! Chamem os paramédicos! – grita Malone.

Ele ouve um dos uniformizados dizer:

– Não é o filho da puta do Malone? Talvez a gente tenha vindo depressa demais.

— Chame uma ambulância! — grita Russo. — Um policial morto, dois feridos, um em estado crítico!

Mais carros vêm chegando, depois uma ambulância. Os paramédicos assumem o lugar dos policiais.

— Ele vai conseguir? — Malone pergunta, levantando.

Ele está todo ensanguentado, com o sangue de Monty.

— É muito cedo pra saber.

Um dos paramédicos vai até Russo.

— Vamos ajudar você.

Russo se sacode para se soltar.

— Cuide primeiro do Montague — diz Russo. — Vai!

A ambulância parte.

Um sargento uniformizado vem até Malone.

— Mas que porra aconteceu aqui?

— Um policial morto lá dentro — diz Malone.

— Tem algum bandido vivo?

— Sei não. Pode ser.

Um policial uniformizado sai do galpão.

— Três mortos no local. Dois estão com hemorragia. Um deles levou um tiro na região femoral, o outro está com o crânio esmagado.

— Você quer falar com algum desses filhos da puta? — pergunta o sargento a Malone.

Malone sacode a cabeça.

— Então, espere — diz o sargento ao policial. — Notifique que são cinco bandidos mortos no local. E chame outra ambulância, vamos resgatar o corpo daquele policial.

Malone senta e recosta na parede. Subitamente, está exausto, a adrenalina passou e ele está caindo num buraco negro. Então, Sykes surge ali, curvando-se para falar com ele.

— Mas que porra é essa, Malone? Que porra você fez?

Malone sacode a cabeça.

Russo vem cambaleando.

— Denny?

— Hã?

— Que foda isso.

Malone levanta, ergue Russo pelo cotovelo e o acompanha até um carro.

A campainha da casa de um policial só toca às quatro da madrugada por um motivo.

Yolanda sabe disso.

Malone vê no rosto dela, no segundo em que ela abre a porta.

— Ah, não.

— Yolanda...

— Ah, Deus, não, Denny. Ele...

— Ele está ferido — diz Malone. — É sério.

Yolanda olha para baixo, para a camisa dele, ele tinha se esquecido que está todo sujo com o sangue de Monty. Ela contém o choro, engole em seco e então endireita a postura.

— Eu vou vestir uma roupa.

— Tem um carro esperando você — diz Malone. — Eu tenho que avisar a namorada do Levin.

— Levin?

— Ele se foi.

O filho mais velho de Monty surge atrás dela.

Parece uma versão magra do pai.

Malone vê o medo nos olhos dele.

Yolanda vira-se para ele.

— O papai foi ferido. Eu vou até o hospital e você precisa cuidar dos seus irmãos até que a vovó Janet chegue. Vou ligar pra ela no caminho pro hospital.

— O papai vai ficar bem? — pergunta o menino, com a voz trêmula.

— Ainda não sabemos — diz Yolanda. — Agora precisamos ser fortes pra ele. Precisamos rezar e ser fortes, meu bebê.

Ela vira de volta para Malone.

— Obrigada por vir, Denny.

Ele só consegue assentir.

Se começar a falar, vai começar a chorar e ela não precisa passar por isso agora.

Amy acha que é outra Noite de Boliche.

Vem até a porta muito irritada e então vê Malone sozinho.

– Onde está o Dave?

– Amy...

– Onde está ele? Malone, onde está ele, porra?

– Ele se foi, Amy.

Primeiro, ela não entende.

– Foi? Pra onde?

– Houve um tiroteio – diz Malone. – Dave foi ferido... Ele não resistiu, Amy. Eu lamento muito.

– Nossa.

Para quantas pessoas ele já teve que avisar que algum de seus entes queridos não vai voltar para casa. Algumas gritam, ou desmaiam, outras recebem assim.

Perplexas.

Ela repete.

– Nossa.

– Eu vou levá-la até o hospital – diz Malone.

– Por quê? – pergunta Amy. – Ele está morto.

– Os médicos têm que fazer uma autópsia – diz Malone. – Foi um homicídio.

– Entendi.

– Você quer se trocar, bem depressa?

– Certo. Claro. Está bem.

– Eu espero.

– Você está ensanguentado – diz Amy. – Isso é...

– Não.

Talvez, um pouco, mas ele não lhe dirá isso. Ela se troca rapidamente. Volta de jeans e um moletom azul claro de capuz.

No carro, ela diz:

– Sabe por que David se transferiu para sua unidade?
– Ele queria ação.
– Ele queria trabalhar com você – diz Amy. – Você era o herói dele. Ele só falava de você. Denny Malone isso, Denny Malone aquilo. Eu estava farta de tanto ouvir falar de você. Ele voltava pra casa falando de todas as coisas que tinha aprendido, todas as coisas que você havia ensinado pra ele.
– Eu não ensinei o bastante.
– Era um negócio de macho – diz Amy. – Ele não queria que ninguém pensasse que ele era só mais um garoto judeu com ensino superior.
– Ninguém achava isso.
– Claro que achavam – diz Amy. – Ele queria tanto ser um de vocês. Um policial de verdade. E agora está morto. É um desperdício tão grande. Eu estava muito bem e feliz com o garoto judeu com ensino superior.
– Amy, você e o Levin não eram casados – diz Malone –, portanto você não recebe a pensão dele.
– Eu trabalho – diz ela. – Estou bem.
– A corporação vai enterrá-lo.
– Deixando a ironia dessa afirmação de lado, por hora – diz ela. – Eu vou dizer aos pais dele.
– Eu vou falar com eles – diz Malone.
– Não, não faça isso. Eles vão culpá-lo.
– Eu também me culpo.
– Não me olhe em busca de compaixão. Eu também culpo você.
Ela fica olhando pela janela.
Vendo a vida que conhecia, passando por ela.

O hospital está um caos.
Geralmente é assim a essa hora da manhã, no Harlem.
Uma jovem mãe porto-riquenha segura um bebê que tosse. Um idoso sem teto com pés inchados e enfaixados se balança para frente e para trás. Um jovem psicótico mantém uma conversa intensa com gente

dentro de sua cabeça. E há os braços quebrados, os cortes, as dores de estômago, as infecções respiratórias, as gripes, os *delirium tremens*.

Donna Russo está sentada com Yolanda Montague, segurando-lhe a mão.

McGivern e Sykes estão no canto da sala, perto da porta, conversando baixinho. Eles têm muito a falar, Malone sabe. Um detetive morto, outro por um fio. Apenas dias depois que um terceiro detetive, da mesma unidade, se matou.

Menos de um ano depois que Billy O foi morto, numa incursão parecida.

Dois policiais da Três-Dois estão atrás deles, bloqueando a porta da horda da mídia que está do lado de fora.

Mais policiais esperam lá fora.

McGivern se afasta de Sykes e caminha até Malone.

– Posso dar uma palavra, sargento?

Malone segue McGivern pelo corredor.

Sykes caminha atrás deles.

– Um policial morto, outro possivelmente morrendo. Cinco suspeitos, todos minoritários, mortos. Nada de pedido de reforço nem apoio dos serviços de emergência, nada de plano operacional. Você não se dá ao trabalho de informar seu capitão...

– Agora? – pergunta Malone. – Você vai começar isso agora, com Monty deitado lá dentro?

– Você o colocou lá, Malone! E Levin...

Malone parte para cima.

McGivern entra no meio dos dois.

– Basta! Isso é uma tragédia absoluta!

Malone recua.

– O que aconteceu, Denny? – McGivern pergunta. – Não havia drogas no galpão.

Só atiradores armados para guerra.

– Os dominicanos queriam vingar o Pena – diz Malone. – Eles fizeram ameaças à Força-Tarefa. Nós os seguimos, foi uma emboscada. Eu não vi isso, a culpa foi minha, isso é minha culpa.

— A mídia está caindo em cima — diz Sykes. — Eles já estão falando de policiais caubóis fora de controle. Já estão perguntando se a Força-Tarefa não deve ser extinta. Eu tenho que dar algumas respostas.

McGivern toma a frente.

— Você acha que pode jogar o Malone pra eles e vai parar por aí? Se der qualquer abertura à imprensa, qualquer que seja, eles vão nos comer vivos, a *todos* nós. Aqui estão as respostas que você dará a eles: quatro policiais de Nova York, policiais e heróis, travaram uma batalha com uma gangue de assassinos. Um desses heróis foi morto, deu sua vida por essa cidade, e outro está lutando pela vida. Essas são as respostas. As únicas respostas que você dará. Está me entendendo, capitão Sykes?

Sykes sai andando.

McGivern começa a dizer algo, mas ouve uma comoção no lobby. O chefe de polícia, o chefe dos detetives e o prefeito estão vindo, por entre a aglomeração.

As câmeras disparam.

Malone vê que o chefe Neely está com o traje completo. Ele deve ter tido tempo para enfiar a fantasia antes de vir correndo.

Ele chega a Yolanda antes do prefeito.

Curva-se e diz coisas confortantes, Malone supõe. Estamos todos aqui para apoiá-la. Pensamento positivo. Trinta e oito mil estarão procurando os homens que fizeram isso ao seu marido e nós vamos pegá-los.

Neely avista Malone e se aproxima.

Olha para McGivern, que vai para outro lugar.

— Sargento Malone — diz Neely.

— Senhor.

— Eu vou apoiá-lo — diz Neely —, ao longo desse calvário, vou elogiá-lo para a imprensa e respaldá-lo integralmente. Mas você está liquidado na corporação. Não há mais lugar para essa sua noia de caubói. Você fez com que um, talvez dois policiais tenham sido mortos. Faça um favor a si mesmo, providencie a sua saída por invalidez. Eu assino.

Ele dá uns tapinhas no ombro de Malone e sai.

★ ★ ★

Um médico de uniforme do centro cirúrgico chega e Claudette vem atrás dele. Ele olha ao redor e avista Yolanda. Donna ajuda Yolanda a levantar e elas caminham até o doutor. Malone e Russo ficam distantes, mas de onde dá pra ouvir.

– Seu marido saiu da cirurgia – diz o médico.

– Graças a Deus – roga Yolanda.

– Nós o levamos para a UTI. O seu fluxo de sangue para o cérebro foi interrompido por um tempo expressivo. Além disso, outra bala atingiu a vértebra cervical e a medula espinhal. Nesse momento, talvez tenhamos que pensar em diminuir as nossas expectativas.

Yolanda desaba nos braços de Donna.

Donna se afasta com ela.

O médico volta para o centro cirúrgico.

Malone se aproxima de Claudette.

– Traduza?

– Não é nada bom – diz Claudette. – Ele tem um dano cerebral severo. Mesmo que sobreviva, vocês precisam se preparar.

– Pra quê?

– O homem que vocês conheciam se foi – diz Claudette. – Se ele ficar vivo, será em nível mais básico.

– Cristo.

– Eu lamento – diz Claudette. – E me sinto culpada. Quando o aviso de 10-13 chegou, eu temi que fosse você. Depois fiquei aliviada porque não era.

Ele vê que ela está limpa.

Ou, pelo menos, não está sob efeito de heroína.

Talvez seu amigo médico tenha arranjado alguma coisa para que ela pudesse trabalhar.

Claudette olha por cima do ombro dele e vê Sheila vindo direto na sua direção. Ela sabe que essa só pode ser a esposa de Malone.

– É melhor você ir – diz Claudette.

Malone vira, vê Sheila e caminha até ela. Ela passa os braços em volta dele.

— Estou todo sujo de sangue — diz Malone.
— Não me importo — diz ela. — Você está bem?
— Estou bem — diz Malone. — Levin está morto e Monty está mal.
— Ele vai conseguir?
— Talvez seja melhor que não — diz Malone.
Sheila vê Claudette e imediatamente sabe quem ela é.
— É aquela? Ela é bonita, Denny. Dá pra entender o que você vê nela.
— Aqui não, Sheila.
— Não se preocupe — diz Sheila. — Não farei uma cena na frente da Yolanda, não com tudo que ela está passando.
Sheila vai até Claudette.
— Eu sou Sheila Malone.
— Eu imaginei. Lamento pelo seu amigo.
— Eu só vim lhe dizer — diz Sheila —, que se você quer meu marido, pode ficar com ele. Boa sorte, querida.
Sheila vai até Yolanda e a enlaça nos braços.

Não há nada que um inspetor de polícia católico irlandês adore mais que morte e tragédia. McGivern é pior que uma velhinha para essas coisas; várias vezes, Malone entrou em seu escritório e o viu lendo os obituários.
Agora ele encontra McGivern na capela do hospital, segurando seu terço.
— Denny... eu estava fazendo uma oração.
Malone abaixa o tom de voz.
— Se o pessoal da Homicídios começar a procurar motivo, se pegarem Castillo, tudo pode vir à tona.
— O quê?
Não me venha bancar o inocente comigo, porra, pensa Malone.
— O negócio do Pena.
— Ah, eu não sei nada em relação a isso.
— De onde você acha que vinham seus envelopes gordos? — pergunta Malone. — Nós compramos um bilhete de loteria juntos, aquela foi sua parte. Foi só coincidência que depois da queda do Pena suas mesadas aumentaram como dicas quentes de ações?

– Você nunca me disse nada sobre a apreensão do Pena – diz McGivern, a voz ficando tensa –, só o que estava em seu relatório.

– Você não quis saber.

– E continuo não querendo. – McGivern levanta. – Com licença, sargento. Eu tenho um policial gravemente ferido para ver.

Malone não sai do banco.

– Se eles pegarem o Castillo, ele pode começar a contar histórias sobre quantos quilos realmente havia naquela sala. Se fizer isso, vai recair sobre mim e meus parceiros, incluindo o policial gravemente ferido com quem você está tão preocupado.

– Mas você vai se manter firme, não vai? – diz McGivern. – Eu conheço você, Denny. Sei que o homem que seu pai criou jamais delataria um irmão policial.

– Eu poderia ir pra cadeia.

– Sua família terá cuidados – diz McGivern.

– Isso é o que dizem os caras da máfia.

– Nós somos diferentes – explica McGivern. – Nós dizemos pra valer.

– Você e meu velho – diz Malone –, vocês estavam na agenda juntos, nos velhos tempos?

– Nós cuidamos de nossas famílias – conta McGivern. – Nunca faltou nada pra você e seu irmão. Seu pai fazia questão disso.

– Tal pai, tal filho.

– Você é como um filho pra mim, Denny – diz McGivern. – Seu pai, que Deus o tenha e proteja, me fez prometer que eu cuidaria de você. Que eu ajudaria em sua carreira, que eu cuidaria para que você agisse corretamente. Você vai fazer o correto agora, não vai? Diga-me que vai fazer a coisa certa.

– Que é ficar de boca fechada.

– Essa é a coisa certa a fazer.

Malone olha no rosto dele. Vê o medo.

– Então eu vou fazer a coisa certa, inspetor.

Ele levanta e sai do banco.

McGivern sai ao corredor, olha o altar e faz o sinal da cruz. Depois, vira para Malone.

– Você é um bom menino, Denny.

É, sei, pensa Malone.

Eu sou o seu bom garoto.

Ele não faz sinal da cruz.

Qual o sentido?

Transferiram Monty para a UTI.

Quando Malone se aproxima, uma enfermeira bloqueia seu caminho no corredor do lado de fora do quarto de Monty.

– Só família direta, senhor.

– Eu sou família direta – diz Malone, mostrando seu distintivo ao contorná-la. – Mas agradeço pela sua atenção.

Monty ainda está em coma. Ele teve um "incidente coronariano", mas eles conseguiram estabilizá-lo. Para quê, porra? Malone sente-se culpado ao pensar que seria melhor se simplesmente deixassem que Monty partisse.

Yolanda está amuada numa cadeira, cochilando. As máquinas zunem e apitam com seus tubos entrando pela boca de Monty, pelo seu nariz e em seus braços. Seus olhos estão fechados; a parte de seu rosto que não está enfaixada está roxa e inchada.

Ele pousa a sua mão sobre a de Monty.

Debruça acima dele e sussurra:

– Grandão, eu lamento muito. Eu lamento demais por tudo.

Dessa vez, não consegue segurar as lágrimas. Elas escorrem pelo seu rosto, pingam na mão de Monty.

– Não se culpe, Denny. – Yolanda acordou. – Não é culpa sua.

– Eu estava no comando. Foi culpa minha.

– Monty é um homem feito – diz Yolanda. – Ele sabia dos riscos.

– Ele é forte. Vai conseguir.

– Mesmo que consiga – diz Yolanda –, ele vai vegetar. Terei meu marido em casa, babando, numa cadeira de rodas. Seu seguro por invalidez não vai cobrir todas as suas necessidades, sem mencionar as despesas de três filhos. Eu não sei o que nós vamos fazer.

Malone olha para ela.

— Yolanda, Monty nunca falou sobre o dinheiro?

Ela parece confusa.

— O dinheiro extra.

— Dos trabalhos na madrugada? Sim, mas...

Puta merda, pensa Malone.

Ela não sabe.

Malone se curva abaixo, passa os braços em volta dela e diz, bem baixinho:

— Monty tem mais de 1 milhão de dólares guardados. Parte em espécie, parte em investimentos. Ele não lhe disse?

— Eu sempre achei que nós vivíamos com o salário dele.

— Vocês viviam — diz Malone. — Acho que ele estava economizando o restante.

— Onde...

— Você não precisa saber — diz Malone. — Phil sabe onde está, como acessar. Mas fale com ele essa noite, Yo. *Essa noite.*

Ela olha nos olhos dele.

— A corporação não deixa nada para você, não é?

Ele aperta a mão dela e sai.

Russo está sentado na salinha do lado de fora da UTI, folheando uma edição antiga da *Sports Illustrated*.

— A gente precisa conversar — diz Malone.

— Tudo bem.

— Aqui não. Lá fora.

Eles caminham pelo hospital e saem por uma entrada de serviço. Caçambas transbordam de lixo, há guimbas de cigarro amontoadas no asfalto, em pequenos arcos, onde os fumantes inveterados estiveram.

Malone senta num pilar e põe a cabeça nas mãos.

Russo recosta na caçamba.

— Jesus Cristo, quem saberia que algo assim iria acontecer?

— Nós sabíamos — diz Malone.

— Não matamos aquele garoto e não atiramos no Monty — diz Russo. — Os Domos que fizeram isso.

– O cacete que não fomos nós – diz Malone. – Sejamos ao menos honestos um com o outro. Esse negócio tem sido ruim desde que o Billy morreu. Às vezes eu fico achado que foi Deus nos punindo pelo que nós fizemos. Isso acaba essa noite.

– Acaba é o caralho – diz Russo. – Nosso parceiro está lá dentro morrendo. Nós temos que reagir.

– Acabou – diz Malone.

– Você acha que agora isso vai simplesmente passar? – pergunta Russo. – Um comitê de análise de tiros? A Corregedoria? A Homicídios vai cair matando em cima e eles vão procurar um motivo. Isso poderia expor todo o negócio do Pena.

– Estamos liquidados – diz Malone.

– As duas únicas pessoas que podem entregar qualquer coisa sobre o Pena estão bem aqui – diz Russo. – Contanto que a gente sustente um ao outro, eles não podem nos tocar. Agora somos só você e eu, é isso.

Malone cai em prantos.

Russo se aproxima, põe as mãos nos ombros de Malone.

– Está tudo bem, Denny, está tudo bem.

– Não está tudo bem. – Com o rosto vermelho, molhado de lágrimas, ele ergue os olhos para Russo. – Fui eu, Phil.

– Não foi culpa sua. Isso poderia ter acontecido...

– Phil, não foi o Levin. Fui *eu*.

Russo fica olhando para ele, por um segundo, depois entende.

– Ai, caralho, Denny.

Ele senta ao lado dele. Fica quieto, por um bom tempo, como se estivesse em choque, como se tivesse sido atingido por alguma coisa. Então pergunta:

– Como eles chegaram até você?

– Foi por uma babaquice – diz Malone – Piccone.

– Jesus Cristo, Denny. – exclama Russo – Você não podia cumprir quatro anos?

– Eu teria cumprido. Eu deixei vocês de fora. – diz Malone – Então, o Savino entregou. Os federais ameaçaram Sheila. Disseram que iriam prendê-la por sonegação de imposto, por receber recursos roubados. Eu não podia...

– E quanto às nossas esposas? – pergunta Russo. – *Nossas* famílias?

– Eles prometeram deixar todas as nossas famílias fora disso se eu entregasse vocês – confessa Malone.

Russo arqueia as costas. Olha ao alto, para o céu. Então pergunta:

– O que disse a eles?

– Tudo – diz Malone. – Menos a morte do Pena. Teria sido assassinato de réu para nós três. E eu gravei você falando do Pena, do dinheiro...

– Então, eu estou diante de que, de vinte a perpétua? – diz Russo. – Qual é o seu acordo? O que conseguiu por nos entregar?

– Doze anos – explica Malone. – Confisco. Multas.

– Vai se foder, Denny – diz Russo.

Então, ele pergunta:

– Quando eles vão me levar?

– Amanhã – diz Malone. – Eu só deveria lhe dizer alguns minutos antes.

– Porra isso é nobre pra caralho da sua parte.

– Você pode fugir – diz Malone.

– Como é que eu vou fugir? – pergunta Russo. – Eu tenho família. Cristo, quando os meus filhos me virem...

– Desculpa – diz Malone.

– Não é só culpa sua – conta Russo. – Nós somos homens feitos. Sabíamos o que estávamos fazendo. Sabíamos no que podia dar. Mas, porra, como viemos parar nisso?

– Um passo de cada vez – diz Malone. – Um dia, nós fomos bons policiais. Depois, sei lá... mas nós acabamos de botar cinquenta quilos de heroína na rua. Não foi pra isso que começamos a trabalhar. Foi pra fazer exatamente o contrário. É como se você acendesse um fósforo, sem achar que vai fazer algum mal. Então, o vento chega e muda tudo, transforma aquilo num incêndio que queima tudo que você ama.

– Eu te amava, Denny – diz Russo, levantando. – Eu te amava como um irmão.

Russo vai embora e o deixa ali sentado.

CAPÍTULO 31

Malone entra pela porta da frente de onde era sua casa, em Staten Island, e encontra O'Dell em pé, na sala, esperando por ele.

– O que você está fazendo na minha casa? – pergunta Malone.

– Protegendo a sua família – diz O'Dell. – Uma pergunta melhor é: por que você não está fazendo isso?

– Talvez você tenha ouvido dizer, eu tive dois amigos feridos. Um está morto, o outro talvez fique melhor se morrer.

– Eu lamento.

– É mesmo? – pergunta Malone. – Você tem parte nisso, por pregar uma etiqueta de traidor em Levin.

– Eu estava tentando salvar a sua pele.

– Você estava tentando salvar a sua investigação.

– Eu não mandei que ele entrasse pela porta – diz O'Dell. – Você que fez isso.

– Continue dizendo isso a você mesmo.

Ele passa bruscamente por O'Dell e entra na cozinha.

Sheila está sentada perto da bancada, de cabeça baixa.

Dois federais de terno estão junto à parede, um deles olha pela janela da cozinha, para o quintal dos fundos.

Sheila andou chorando, ele vê o inchaço vermelho sob seus olhos.

– Vocês poderiam nos dar um minuto? – Malone pergunta.

Os dois agentes se olham.

– Deixe-me dizer de outro modo – diz Malone. – Nos deem um minuto, porra. Vão ajudar seu chefe a proteger a sala.

Eles saem da cozinha.

Sheila ergue os olhos para ele.

– Há algo que você queira me dizer, Denny?

– O que você ouviu?

– Não brinque comigo! – grita ela. – Não sou bandida! Não sou a Corregedoria! Sou sua esposa! Eu mereço saber!

– Onde estão as crianças? – pergunta Malone.

– Ai, merda, é verdade – diz Sheila. – Eles estão na minha mãe. O que aconteceu, Denny? Você está encrencado?

Parte dele quer mentir para ela, continuar fingindo não ter nada a ver com isso. Mas já não pode fazer isso, mesmo que quisesse. Sheila o conhece bem demais, sempre soube quando ele está mentindo. Motivo, em parte, do fim do seu casamento. Sheila sempre soube quando ele estava tentando mentir.

Então, Malone conta para ela.

Tudo.

– Jesus, Denny.

– Eu sei.

– Você vai pra cadeia?

– Aham.

– E quanto a nós? – pergunta ela. – Eu e as crianças? O que você fez conosco?!

– Eu não ouvi você reclamar dos envelopes. – diz Malone. – Dos móveis novos da sala, das suas contas de restaurante...

– Não jogue isso pra cima de mim! – exclama ela. – Não se atreva a jogar pra cima de mim!

Não, é culpa minha, pensa Malone.

Ninguém nos colocou aqui, exceto eu.

– Eu tenho dinheiro guardado – diz Malone –, onde os federais não podem achar. Aconteça o que acontecer, vocês serão bem cuidados... a faculdade das crianças...

Ela está furiosa. Ele não pode condená-la.

– Você entregou o Phil pra eles? O Monty?

Ele assente.

— Jesus — diz ela. — Como posso voltar a olhar pra Donna?
— Está tudo bem, Sheel.
— Está tudo bem?! Temos agentes federais em nossa casa! Por que eles estão aqui?

Ele passa o braço em volta do ombro dela.

— Ouça. Não dê ataque comigo. Mas talvez nós tenhamos que ingressar no programa.
— De proteção à testemunha?
— Talvez.
— Mas que *porra é essa*, Denny? — diz Sheila. — Nós teremos que tirar as crianças da escola, afastá-los de seus amigos, da família? Mudar para onde, o Arizona ou algum outro lugar onde seremos caubóis, algo assim?
— Eu não sei, pode ser um novo começo.
— Eu não quero um novo começo — diz Sheila. — Eu tenho família aqui. Meus pais, minha irmã, meus irmãos...
— Eu sei.
— As crianças, elas nunca mais devem ver seus primos?
— Vamos encarar isso um passo de cada vez, está bem?
— Qual é o próximo passo?
— Você e as crianças — diz ele —, vão tirar umas férias.
— Nós não podemos tirá-las do acampamento de verão.
— Ah, podemos sim — impõe Malone. — Faremos isso. Assim que voltarem para casa. Vão para, não sei, Poconos. Você sempre quis ir para lá, não é? Ou aquele lugar lá em New Hampshire.
— Por quanto tempo?
— Eu não sei.
— Ai, meu Deus.
— Eu preciso que você seja forte, Sheel — diz Malone. — Eu realmente preciso que você seja forte nesse momento. Você precisa confiar em mim nessa. Pra endireitar esse negócio, cuidar disso, pela nossa família. Faça as malas. Eu vou juntar as coisas das crianças.
— Só isso que você tem a dizer?
— O que você quer que eu diga?
— Não sei — diz Sheila. — "Desculpa"?

— Desculpe, Sheila.

Você não imagina o quanto eu lamento.

— Em alguns dias os federais vão me levar pra onde vocês estiverem e...

— Não, Denny.

— Como assim, não?

— Eu não quero mais ficar com você — diz Sheila. — E não quero você perto das crianças.

— Sheel...

— Não, Denny — continua ela. — Você fala bonito. Família, irmandade, lealdade. Honestidade. Que honestidade, Denny? Você quer honestidade? Você é vazio. Uma pessoa vazia. Eu sabia que você recebia dinheiro, sabia que era um policial corrupto. Mas não sabia que era um assassino. E não sabia que você era um rato delator. Mas isso que você é e eu não quero que meu filho cresça pra ser como o pai.

— Você tiraria as crianças de mim?

— Você já jogou as crianças fora — diz Sheila. — Como jogou fora todo o restante da sua vida. Por que eu não fui o suficiente pra você, Denny? Por que nós não fomos o suficiente pra você? Merda, eu sabia do trato, eu cresci com o trato. Você se casa com um policial, ele é distante, ele é afastado, talvez ele beba demais, tudo bem, talvez transe um pouquinho por aí. Mas ele volta pra casa. Ele volta pra casa e fica. Eu aceitei o trato. Achei que você também tivesse aceitado. Pode se despedir das crianças. Você deve isso a eles. Depois, deve ficar longe, deixar que se esqueçam de você.

Com as crianças, a coisa fica difícil.

Mais difícil do que Malone jamais poderia imaginar.

Merda, quando ele era pequeno, se o seu pai lhe dissesse que ia tirá-lo da escola, ele teria se mijado de alegria, mas John e Caitlin têm um monte de atividades: aula de dança, liga esportiva mirim, acampamento diurno.

E os federais os deixaram assustados.

Agora eles estão na sala, olhando pela janela, para os federais que Malone pediu para esperar na rua, pelo amor de Deus.

– Quem são eles, papai? – pergunta Caitlin.

– Amigos policiais.

– Por que nós nunca os conhecemos?

– Eles são novos.

– Por que vão nos levar de carro?

– Porque eu tenho que voltar pro trabalho – diz Malone.

– Vai pegar bandidos – diz John, mas, dessa vez, ele não parece tão convicto.

– Por que o tio Phil não pode nos levar? – pergunta Caitlin.

Ele passa os braços em volta dos dois, puxa ambos para perto.

– Ouçam, eu preciso que vocês guardem um grande segredo. Vocês conseguem?

Os dois assentem, satisfeitos.

– Eu e o tio Phil estamos trabalhando num caso importante – diz Malone. – Segredo absoluto.

– Eu vi isso na TV – conta John.

– Bem, isso é o que estamos fazendo – diz Malone. – Nós estamos fingindo que somos bandidos, estão entendendo? Portanto, se vocês ouvirem alguém dizer que nós *somos*, vocês precisam fingir que acreditam. Não contem nada.

– Por isso que nós temos que nos esconder? – pergunta Caitlin.

– Isso mesmo – diz Malone. – Nós estamos enganando os bandidos.

– Os bandidos vão tentar nos encontrar? – pergunta John.

– Nããão, não.

– Então por que os policiais novos vão com a gente?

– É só parte do jogo – explica Malone. – Agora, me deem um abraço bem forte e prometam que serão bonzinhos e vão cuidar da mamãe, está bem?

Eles o abraçam com tanta força que ele sente vontade de chorar. Ele cochicha no ouvido de John.

– Johnny.

– O que, pai?

– Você tem que me prometer uma coisa.

– Está bem.

– Você tem que saber – diz Malone, contendo as lágrimas. – Você é um garoto bom. E você será um homem bom. Está bem?

– Está bem.

– Certo.

Então, O'Dell entra e diz que eles precisam ir andando.

Malone dá um beijo no rosto de Sheila.

É uma encenação para as crianças.

Ela não lhe diz nada.

Já disse o que tinha de dizer.

Ele abre a porta do carro e ajuda Sheila a entrar.

Vê sua família indo embora.

Donna Russo atende a porta.

Ela esteve chorando.

– Vá embora, Denny. Você não é bem-vindo.

– Eu lamento, Donna.

– Você *lamenta*? – ela pergunta. – Você sentou em nossa mesa, no dia de Natal. Com a minha família. Ali, você sabia? Sentou conosco, sabendo que iria destruir a minha família?

– Não.

– Você veio aqui pra quê? – pergunta Donna. – Pra que eu lhe dissesse que compreendo? Que o perdôo? Para poder se sentir melhor com você mesmo?

Não, pensa Malone. Para que eu me sentisse pior.

Ele ouve Russo gritar:

– É o Denny? Deixa entrar!

– Não – diz Donna. – Nessa casa não. Ele nunca mais vai pôr o pé aqui dentro.

Russo vem até a porta. Parece que ele também andou chorando.

– Sheila e as crianças estão bem arrasados?

– É.

— É — diz Russo. — Eles ainda não sabem que são os sortudos. Essa é minha última noite com a minha família, portanto, a menos que você tenha algo a dizer...
— Eu só queria ter certeza...
— Que não comi a arma? — pergunta Russo. — Irlandeses fazem isso, italianos não. Nós, carcamanos, pensamos em viver, não em morrer. Só pensamos em fazer o que temos que fazer.
— Eu gostaria que o Monty *tivesse* me dado o tiro na cabeça.
— Suicídio por um policial? — pergunta Russo. — Fácil demais, Denny. Muito fácil. Se você não teve culhões pra fazer isso, conviva com o que fez. Viva como rato. Agora, se não se importa, eu vou abraçar os meus filhos enquanto posso.
Donna fecha a porta.

Claudette está na porta de seu apartamento, sem deixá-lo entrar.
Ela está limpa, com uma sobriedade recente, delicada, frágil, uma xícara de porcelana que pode estilhaçar com um som áspero.
— Volte para a sua esposa — diz ela, em tom hostil.
— Ela não me quer.
— Então você volta pra mim?
— Não — diz Malone. — Eu vim pra me despedir.
Claudette parece surpresa, mas diz:
— Acho que é melhor. Nós não servimos um pro outro, Denny. Eu tenho ido às reuniões.
— Que bom.
— Tenho que ficar limpa — diz ela. — Eu *vou* ficar limpa e não posso fazer isso e amar você ao mesmo tempo.
Ela está certa.
Malone sabe que ela está certa.
Eles são duas pessoas se afogando, que se agarram mutuamente, não se soltam e afundam juntos, na escuridão fria de suas tristezas compartilhadas.
— Eu só queria que você soubesse — diz Malone. — Você nunca foi "uma puta qualquer com quem eu transava". Eu te amei. Ainda amo.

– Eu também te amo.
– Eu sou corrupto – diz Malone.
– Muitos policiais...
– Não, eu sou *corrupto* – diz Malone.
Ele tem que contar a ela, chegou a hora de dizer a verdade.
– Eu botei heroína na rua.
– Nossa! – diz ela.
Só isso, "Nossa!", mas isso diz tudo.
– Me desculpa – diz Malone.
– E agora, o que acontece? – ela pergunta. – Você vai pra cadeia?
– Eu fiz um acordo.
– Que tipo de acordo?
O tipo que me coloca do outro lado para sempre. O tipo que impede que eu olhe pra você pela manhã.
– Eu vou pra longe – diz ele.
– Um daqueles programas? Como nos filmes?
– Algo parecido.
– Meu amor, eu lamento.
– Eu também.
Eu lamento muito, muito, mesmo.

O saco pesado dá um tranco.
Balança na corrente e volta para Malone, conforme ele se abaixa e o acerta novamente com a esquerda, depois solta.
Repetidamente.
O suor voa de seu rosto, molhando o saco. Ele acerta uma de direita cruzada e depois uma de esquerda, no fígado.
A sensação é boa.
É bom sentir dor.
O suor, a queimação em seus pulmões, até os nós de seus dedos, sensíveis e roxos, enquanto ele bate, sem luvas, na lona áspera, agora salpicada com seu sangue. Malone está descontando no saco, está descontando nele mesmo. Ambos merecem a dor, a mágoa, a raiva.

Malone inspira forte e bate no saco de novo, seus socos pesados mirados em O'Dell, Weintraub, Paz, Anderson, Chandler, Savino, Castillo, Bruno... Porém mais ainda em Denny Malone.

Sargento Denny Malone.

Policial e herói.

Rato.

Ele termina com um soco no coração.

O saco pula e depois para na corrente, balança como algo que está morto, mas não sabe ainda.

CAPÍTULO 32

De manhã, Malone caminha pela Broadway e passa por um jornaleiro na esquina.

Vê seu rosto na capa do *New York Post*, com uma manchete chamativa que diz DOIS HERÓIS ALVEJADOS, com uma foto de Malone, Russo e Monty após a apreensão de Pena.

A imagem de Monty está enfatizada com um halo oval branco.

O *Daily News* diz UM POLICIAL DA ELITE MORTO, OUTRO FERIDO e mostra uma foto ligeiramente diferente de Malone, além de uma foto sua no dia em que o Pena caiu, dizendo DENNY CORRUPTO? SERÁ QUE SE ACHAVA SORTUDO?

A página de capa do *New York Times* não traz sua foto, mas a manchete diz COM O RECENTE BANHO DE SANGUE, SERÁ QUE É HORA DE REPENSAR AS UNIDADES DE ELITE DA POLÍCIA?

A assinatura da reportagem é de Mark Rubinstein.

Malone pega um táxi e vai para Manhattan North.

Russo está elegante.

Terno Armani bem passado, camisa branca com monograma e abotoaduras, gravata vermelha Zegna, sapatos Magli brilhando. É verão, ele não está usando seu sobretudo retrô, mas o tem pendurado no braço, dificultando que O'Dell lhe ponha as algemas.

Pelo menos ele as prende na frente, não atrás.

Malone põe o sobretudo em cima das algemas.

A mídia está toda do lado de fora da delegacia de Manhattan North. Caminhonetes das emissoras de TV, do rádio, o pessoal da imprensa, com seus fotógrafos.

— Você precisa fazer isso? — Malone pergunta a O'Dell. — Obrigá-lo a sair como um bandido?

— Não fiz.

— Outra pessoa que fez.

— Bem, não fui eu.

— E você tinha que fazer isso aqui — diz Malone —, na frente dos outros policiais.

— Você queria que eu fizesse na casa dele, na frente de seus filhos?

O'Dell parece zangado, tenso. Ele tem que estar, cada policial da delegacia está olhando para ele e os outros federais com sangue nos olhos.

E para Malone também.

Ele poderia ter evitado isso — O'Dell lhe disse para não vir —, mas achou que tinha de estar ali.

Merecia estar ali.

Para vê-los colocando as algemas em seu irmão.

Russo se mantém de cabeça erguida.

— Adeus, seus burros do caralho — diz Russo. — Divirtam-se esperando por suas aposentadorias!

Os federais levam-no lá para fora.

As câmeras disparam como metralhadoras.

Os repórteres forçam para se aproximar, mas os policiais fardados impedem. Os caras de uniforme não estão no menor clima de aturar merda nenhuma. Assistir a outro policial saindo algemado deixa todos enojados e temerosos.

E zangados.

Depois dos tiros que acertaram os policiais, a polícia fez operações nos conjuntos habitacionais em ondas e má intencionada.

Eles desabilitaram as câmeras de vídeo dos painéis dos carros, seguiram rumo à cidade.

Quem tivesse um mandado e não aparecesse na data de apresentação, ou tivesse uma queixa por jogar lixo na rua, ia preso. Se tivesse portando sequer uma ponta de maconha, uma agulha velha, um cachimbo com um grão de pedra velha, ia preso. Se resistisse à prisão, se falasse besteira, se apenas olhasse torto para um policial, levava uma coça e depois era jogado numa viatura, com as mãos algemadas para trás, mas sem cinto de segurança, e os policiais iam à toda, depois atolavam o pé no freio, para que arrebentassem a cara do suijeito na tela de segurança.

O pessoal da Três-Dois entrou duas vezes no St. Nick's à procura de armas, drogas e, acima de tudo, informação, tentando arranjar alguém para dedurar, dar uma pista, vender um nome.

A Força – o que sobrou dos filhos da puta – entrava logo atrás e eles não estavam procurando por prisões, queriam a forra, e a única forma de ficar fora da equação era dar a eles informação, depois eles ficavam encrencados, entre a Força e o DeVon Carter, e a questão é que a Força vem e vai.

DeVon Carter fica.

Se calhasse de você levar uma coça, era bom levar de bico calado, como se estivesse sendo gravado, o que poderia até acontecer quando a Força e os policiais à paisana terminassem com você.

O pessoal do St. Nick's estava se perguntando por que estava apanhando se todos sabiam que foram os Domos que massacraram aqueles policiais, lá do outro lado do Harlem.

Então, quando o assunto se espalhou, que um policial da Força tinha sido levado algemado, uma multidão ávida se juntou na rua.

Uivando, bradando.

Se as câmeras não estivessem lá, os policiais fardados talvez lhes dessem um couro, calando a porra da boca de todos eles.

Russo entra no banco traseiro de um carro preto.

Acena para Malone.

E lá se foi.

Malone entra de novo na delegacia.

Alguns policiais olham para ele de esguelha. Ninguém lhe dirige a palavra.

Exceto Sykes.

– Desocupe o seu armário – diz ele. – Depois venha até minha sala.

O sargento na recepção olha para abaixo e os policiais viram de costas, quando Malone passa.

Ele vai até o vestiário da Força-Tarefa. Gallina está lá com Tenelli, Ortiz e alguns policiais no banco, conversando fiado.

Eles se calam quando Malone entra.

Todos encontram um motivo para olhar para o chão.

Malone abre seu armário.

E vê um rato morto.

Ele ouve o riso contido atrás dele e vira rápido. Gallina está rindo maliciosamente para ele, Ortiz tosse na mão.

Tenelli só o encara.

– Quem fez isso? – pergunta Malone. – Qual dos babacas?

– Esse lugar está infestado. Precisa ser dedetizado – diz Ortiz.

Malone agarra o animal e o joga contra os armários da parede oposta.

– É você, é? Você é o detetizador? Quer começar agora?

– Tire as suas mãos de mim.

– Talvez haja alguma outra coisa que você queira dizer.

– Solte-o, Malone – diz Gallina.

– Não se meta – diz Malone.

Ele se aproxima do rosto de Ortiz.

– Você tem algo a me dizer?

– Não.

– Foi o que eu pensei – diz Malone.

Ele o solta, esvazia seu armário e sai.

Ouve o riso atrás dele.

Então, ele ouve:

– Um homem morto andando.

Sykes não o convida a sentar.

Apenas diz:

– Seu distintivo e sua arma, na minha mesa.

Malone tira o distintivo e põe na mesa, depois posta sua arma de trabalho ao lado.

– Acho que eu sempre soube que você era um policial corrupto – diz Sykes –, mas não achei que o lendário Denny Malone também fosse um rato. Eu tinha algum respeito por você – não muito, mas algum. Já não sobra nada. Você é um corrupto e um covarde que me dá nojo. O Rei de Manhattan North? Você não é rei de nada. Saia. Não aguento olhar para a sua cara.

— Se ajudar, eu também não aguento olhar para a sua.

— Não ajuda — diz Sykes. — Meu substituto está a caminho. Minha carreira acabou. Você a tirou de mim, da mesma forma como roubou a reputação de milhares de policiais decentes e honestos. Eu sei que você fez um acordo, mas espero que te coloquem na cadeia assim mesmo. Espero que você apodreça lá.

— Não vou durar muito — diz Malone.

— Ah, eles manterão você em segurança — diz Sykes. — Eles vão te guardar em Fort Dix e arrolá-lo como testemunha. Você terá três ou quatro anos, por informar sobre seus irmãos, antes que o coloquem numa instituição. Você ficará bem, Malone. Os ratos sempre ficam.

Malone sai de seu escritório, depois sai da delegacia.

Olhos o seguem.

Assim como o silêncio.

McGivern está esperando por ele na rua.

— Você me entregou também? — pergunta McGivern.

— Aham.

— O que eles têm?

— Tudo — diz Malone. — Eles têm você numa gravação.

— Seu pai se envergonharia — diz McGivern. — Ele está revirando no túmulo.

Eles chegam à Eighth Avenue.

Malone espera o sinal.

A luz fica verde e ele começa a atravessar. Ouve McGivern atrás dele, berrando:

— Você vai pro inferno, Malone! Você vai pro inferno!

Sem sombra de dúvida, pensa Malone.

Isso é certo.

★ ★ ★

A recepcionista se lembra dele.

— Da última vez que o vi — diz ela —, você tinha um cachorro.

— Ele se aposentou.

— O dr. Berger já vai atendê-lo — diz ela. — Se quiser se sentar.

Ele senta e folheia uma revista GQ. Ali está dizendo o que um homem bem vestido vai usar nesse outono. Alguns minutos depois, a recepcionista o acompanha até o escritório de Berger.

É maior que o apartamento inteiro de Malone. Ele põe a maleta no chão, perto da escrivaninha. O advogado sabe o que é.

— Gostaria de um drinque? — pergunta Berger. — Eu tenho conhaques excelentes.

— Não, eu estou bem.

— Não se importa se eu me servir? — diz Berger. — Foi um dia daqueles. Vi que Russo está sob custódia federal.

— Isso mesmo.

— E você achou necessário estar presente — diz Berger, se servindo de um decanter de cristal. — Diga-me, Malone, o seu masoquismo não tem limites?

— Acho que não.

— Ouvi dizer — diz Berger —, que cerca de dois terços dos bombeiros e policiais que entraram nas torre naquele dia receberam extrema-unção. Fico imaginando se é verdade.

— Provavelmente.

— Se você vai ser uma testemunha estrela — diz Berger —, você vai precisar ser um pouco mais prolixo. Isso significa...

— Eu sei o que isso significa.

— Já está melhor. — Berger manda para dentro o drinque. — Eu garanti ao O'Dell que o entregaria até as três horas. Resta algum tempo. Você tem algum negócio para providenciar? Algo de que precise?

— Estou com a minha escova de dente, mas tenho um negócio — diz Malone. — Tem uma mulher chamada Debbie Phillips. Ela acabou de ter um bebê, filho de Billy O'Neill. Parte desse dinheiro precisa ser entregue a ela, um pouquinho de cada vez. Todas as informações estão aqui dentro. Pode fazer isso?

— Posso — diz Berger. — Mais alguma coisa?
— Só isso.
— Bem, então, não há momento como o presente.
A recepcionista enfia a cabeça para dentro da porta.
— Dr. Berger, o senhor me pediu para informá-lo. Eles estão prestes a fazer um comunicado referente à investigação do caso Bennett.
Berger liga a televisão presa à parede.
— Vamos ver?
O promotor de justiça surge atrás de um púlpito, ladeado pelo chefe de polícia e o chefe de patrulha.
— Esse foi um incidente infeliz — o promotor lê, ao microfone —, mas os fatos são claros. O falecido sr. Bennett recusou-se a obedecer a ordem do policial Hayes para parar. Ele virou e partiu na direção do policial, enfiando a mão na jaqueta, tirando o que parecia ser uma arma. O policial Hayes disparou, alvejando o sr. Bennett fatalmente. Por tragédia, o que o policial Hayes julgou ser uma arma, era na verdade um celular. Mas o policial Hayes agiu dentro da lei, dentro dos parâmetros de um procedimento apropriado. Se o sr. Bennett tivesse obedecido a ordem, as consequências trágicas não teriam ocorrido. Sendo esse o caso, o júri declina quaisquer acusações contra o policial.
— Judicialmente, correto — diz Berger —, porém politicamente uma idiota. Totalmente fora do tom. Os guetos vão pegar fogo, até o pôr-do-sol. Está pronto para ir?
Malone está pronto.

O motorista do Berger os leva até o escritório do FBI, no número 26 da Federal Plaza. Quem poderia imaginar uma porra dessa, pensa Malone, que eu iria para o inferno de chofer, numa limusine?
O prédio é uma torre de vidro e aço, fria como um coração morto. Eles passam pelos detectores de metal, depois sobem até o escritório de O'Dell, no 14º andar, sentam num banco no corredor e esperam.
A porta do escritório de O'Dell se abre e Russo sai.
Vê Malone sentado ali.

– Então você não deu um tiro na cabeça – diz Russo.
– Não.
Talvez eu devesse ter feito isso, pensa ele.
Não fiz.
– Tudo bem – diz Russo. – Fiz isso por você.
– Que porra você está dizendo, Phil?
– Eu disse ontem à noite –diz Russo –, eu ia fazer o que fosse preciso.
Malone não entende.
Russo se curva, fala bem no rosto de Malone.
– Você me entregou pra salvar a sua família. Eu não lhe culpo. Teria feito a mesma coisa. Foi o que acabei de fazer, Denny.
Então, a ficha cai. Russo só tinha uma carta e botou na mesa.
– É, o Pena – diz Russo. – Eu disse a eles que você o assassinou. Matou aquele latino filho da puta a sangue frio. Agora eu vou ser a testemunha, a estrela no seu julgamento. Eu vou embora, vou vender forro de alumínio em Utah, e *você* pega a prisão perpétua sem condicional.
Um federal sai do escritório, pega Russo pelo punho e o leva embora.
– Sem ressentimentos, Denny – diz Russo. – Cada um de nós fez o que tinha que fazer.
O'Dell abre a porta e gesticula para que Malone entre.
– Nosso acordo foi anulado – diz O'Dell. – Seu cliente será acusado por assassinato em primeiro grau. Seu depoimento já não será necessário, temos Phil Russo para tudo que precisamos. O sargento Malone terá que encontrar um novo representante legal, pois o senhor não pode mais exercer esse papel.
– Por que motivo?
– Está excluído por conflito de interesses – diz Weintraub. – Nós o convocaremos como testemunha da relação de *animosidade* expressiva entre Malone e Diego Pena.
O'Dell algema Malone e o leva para o Centro Correcional Metropolitano, em Park Row, onde o coloca numa cela.
A porta fecha e, de repente, Malone está do outro lado.
– Por que você tinha que matar esse cara? – pergunta O'Dell.

CAPÍTULO 33

Foi Nasty Ass que deu a dica a Malone sobre algo errado no número 673 da rua 156 oeste. Isso foi lá atrás, no começo da Força-Tarefa, numa noite fétida de agosto, e o informante nem quis ser pago por isso em dinheiro ou heroína. Pareceu abalado, quando disse "Ouvi dizer que o negócio é ruim, Malone, muito ruim".

A equipe de Malone foi verificar.

Trabalhando na corporação, você entra por muitas portas. Dá para esquecer a maioria que não se destaca muito.

Malone jamais se esquecerá dessa.

A família inteira estava morta.

Pai, mãe, três crianças pequenas, de três a sete anos. Dois meninos e uma menina. As crianças tinham sido alvejadas na nuca; o mesmo com os dois adultos, mas eles primeiro foram esquartejados com machados. Havia sangue espirrado por todas as paredes.

Russo fez o sinal da cruz.

Montague só olhava. As crianças assassinadas eram negras e Malone sabia que ele estava pensando em seus filhos.

Billy O chorava.

Malone ligou para relatar, cinco homicídios, todos executados: homem adulto, mulher adulta e três menores. Pediu pressa. Minelli e a divisão de homicídios da Força-Tarefa levaram talvez cinco minutos para chegar lá, o perito logo atrás deles, com o pessoal de análise da cena do crime.

– Jesus Cristo – disse Minelli, ao ver o que se passava.

Então sacudiu a cabeça e disse:

— Tudo bem, obrigado, nós assumimos a partir daqui.
— Nós estamos no caso — disse Malone. — É relacionado a drogas.
— Como você sabe?
— A vítima adulta é DeMarcus Cleveland — diz Malone. — Essa é sua esposa, Janelle. Eles eram traficantes medianos do DeVon Carter. Isso não foi um roubo, o local nem foi revirado. Eles simplesmente vieram e os executaram.
— Pelo quê?
— Traficar nas esquinas erradas.

Minelli não ia arrumar encrenca pela jurisdição nesse caso, não com três crianças mortas. Até o pessoal de investigação ficou abalado. Ninguém fez as piadas habituais, nem olhou em volta, procurando alguma coisa para embolsar.

— Você tem alguma ideia de quem fez isso? — Minelli perguntou.
— Tenho sim — disse Malone. — Diego Pena.

Pena era um gerente intermediário para a operação nova-iorquina dos dominicanos. Sua função era estabilizar o varejo caótico da vizinhança, botar a negada baixo nível sob controle ou expulsá-los dali. Resumindo, ou você compra da gente ou não compra.

A intuição de Malone dizia que os Cleveland não quiseram entrar na linha e pagar pedágio. Ele tinha ouvido DeMarcus Cleveland contando sobre sua resistência numa esquina, noutra noite: "Essa porra dessa área é nossa, é a porra da área do Carter. Somos pretos, não espanhóis. Está vendo tacos aqui? Tem algum irmão dançando merengue?"

Aquilo rendeu gargalhadas na esquina, mas agora ninguém está rindo.

Nem falando.

Malone e sua equipe percorreram o prédio todo e ninguém ouviu nada. Não era o papo habitual de "que se fodam esses policiais, eles não fazem nada mesmo", nem a postura dos traficantes de "a gente cuida do nosso negócio".

Era medo.

Malone entendia. Se você mata um traficante por uma disputa de área, é só mais um dia comum. Ao matar o traficante e sua família inteira — seus filhos — você está mandando um recado para todo mundo.

Póngase a la cola.

Pode entrar na fila.

Malone não aceitaria "eu não sei" como resposta.

Três crianças mortas com tiros na cabeça, ele caiu matando em cima com a Força-Tarefa inteira. Você não quer ser testemunha? Tranquilo, pode ser réu. Ele e sua equipe deram sacode em todos os viciados, traficantes e prostitutas da área. Levavam os caras por simplesmente estarem ali de bobeira: ociosos ou por jogar lixo no chão, olhando torto para eles. Você não ouviu nada, não viu nada, não sabe de nada? Tudo bem, não se preocupe, nos lhe daremos algum tempo na Rikers para pensar, talvez algo lhe ocorra.

A equipe lotou os registros de ocorrências na Três-Dois, Três-Quatro e Dois-Cinco. À época, o capitão era Art Fisher, ele tinha malandragem de rua e muita disposição, não deu dor de cabeça nenhuma para eles.

Torres, sim. Ele e Malone quase saíram na porrada, no vestiário, quando Torres lhe perguntou

— Por que está se matando por esse troço? É N.H.E.

Nenhum Humano Envolvido.

— Três crianças mortas?

— Se você fizer a matemática — disse Torres —, isso poupa a cidade de quanto, dezoito netos ilegítimos no serviço social?

— Cale essa boca, seu idiota, ou não vai conseguir pagar um boquete por um mês — disse Malone.

Monty teve que entrar no meio dos dois. Ninguém contornava Big Monty para entrar numa briga. Ele disse a Malone:

— Por que você se importa com esse cara?

Como quem diz *Eu não estou nem aí, por que você está?*

Quem trabalhou duro no caso foi Nasty Ass.

Quando não estava doidão, o informante trabalhava na rua, como se fosse policial (Malone precisou alertá-lo, mais de uma vez, que ele não era). Ele se esforçava, se arriscava, fazia perguntas sobre pessoas que não deveria. Por algum motivo, aquilo incomodou e Malone, que há muito havia concluído que viciados não tinham alma, teve que repensar sua opinião.

Mas não surgiu nada que eles pudessem usar para pegar Pena.

Ele simplesmente continuava botando heroína na rua – um produto rotulado como Dark Horse – e todos estavam amedrontados demais para entrar em seu caminho.

– Nós temos que ir atrás dele de forma mais direta – Malone disse uma noite, enquanto estavam sentados no Carmansville Playground, tomando umas cervejas.

– Por que não o matamos? – perguntou Monty.

– Vale a pena ficar pegado por isso? – devolveu Malone.

– Talvez.

– Você tem filhos – disse Russo. – Família. Todos nós temos.

– Não é assassinato se ele tentar nos matar primeiro – concluiu Malone.

Assim começou a campanha de Malone para induzir Pena a tentar matar um policial.

Eles começaram numa boate, no Spanish Harlem, uma casa bem bacana de salsa da qual Pena era sócio, que talvez até usasse para lavar dinheiro. Esperaram uma noite de sexta-feira, quando o local estava abarrotado, e invadiram como patrulheiros em busca de crack.

Os caras da segurança tentaram criar caso quando Malone e sua equipe passaram direto pela fila, mostraram os distintivos e disseram que iam entrar.

– Você tem um mandado?

– Que porra é você, o Johnnie Cochran? – perguntou Malone. – Eu vi um cara armado correr pra cá. Ei, talvez tenha sido você. Foi você, doutor? Vire-se, mãos pra trás.

– Eu tenho meus direitos constitucionais!

Monty e Russo o agarraram pela parte de trás da camisa e o arremessaram pela janela de vidro.

Uma mulher estava filmando com o celular e o ergueu.

– Eu tenho tudo bem aqui, o que você fez!

Malone foi até ela, arrancou-lhe o celular da mão e esmagou com sua bota Doc Marten.

— Mais alguém teve os direitos constitucionais violados? Eu quero saber agora para que possamos ratificar a situação.

Ninguém disse nada. A maioria das pessoas olhou para o chão.

— Agora, deem o fora daqui enquanto podem.

A equipe entrou na boate e arregaçou tudo. Monty pegou um taco de baseball de alumínio e deu nas mesas de vidro, nas cadeiras. Russo chutava as caixas de som. Os clientes corriam para sair do caminho. Parecia o barulho de uma tempestade num teto de zinco, com as pessoas soltando as armas no chão.

Malone foi atrás do bar e atirou as garrafas no chão. Depois disse a uma das bartenders:

— Abra o caixa.

— Eu não sei se...

— Eu te vi botando pó aí dentro. Abra.

Ela abriu e Malone encheu a mão de notas e arremessou pelo ar, por cima do bar, como se fossem folhas.

Um grandalhão, de camisa de seda cara, um verdadeiro *crema*, veio até ele.

— Você não pode...

Malone o agarrou pelo pescoço e deu com a cara dele no bar.

— Por que você não repete o que eu não posso fazer? Você é o gerente?

— Sim.

Ele pegou um punhado de notas e enfiou na boca do homem.

— Coma isso. Ora, vamos, *jefe*, coma. Não? Então, talvez seja melhor você ficar com a porra da boca calada ou só me diga onde está o Pena. Ele está aqui? Está na sala dos fundos?

— Ele foi embora.

— Embora? — perguntou Malone. — Se eu for à sala VIP e ele estiver lá, você e eu teremos um problema. Eu vou fazer *Riverdance* na sua cara.

— Sacode geral! — Malone gritou, ao seguir na direção da escada. — Chamem as viaturas! Diga pra trazerem um ônibus! Vai todo mundo em cana!

Ele subiu a escada até a sala VIP.

O segurança que estava à porta parecia inseguro, então Malone decidiu por ele.

— Eu sou VIP. Sou a pessoa mais importante do seu mundo nesse momento, porque sou o cara que decide se você será jogado numa jaula com um bando de *mallates* que odeiam *hermanos*. Portanto, me deixe passar.

O cara o deixou passar.

Havia quatro homens sentados com suas damas, latinas deslumbrantes, cheias de maquiagem, cabelões e belos vestidos curtos.

As armas estavam no chão, perto dos pés dos homens.

Esses caras eram pesados e bem vestidos. Muito calmos, tranquilos, arrogantes. Malone sabia que só podiam ser do pessoal do Pena.

— Saia do reservado — disse Malone. — Deite no chão.

— O que acha que está fazendo? — perguntou um dos homens. — Você está desperdiçando o tempo de todo mundo. Nenhuma dessas prisões vai se manter.

Outro pegou o telefone e apontou para Malone.

— Ei, Ken Burns, o único documentário que você vai fazer é sua colonoscopia.

O cara pousou o telefone.

— No chão. Podem deitar. Todos.

Eles saíram devagar dos sofás do reservado, mas as mulheres estavam relutantes em deitar, porque as saias iam subir demais.

— Você está desrespeitando nossas mulheres — disse o primeiro cara.

— É, elas se dão muito ao respeito, trepando com um bando de merdas como vocês — disse Malone. — Moças, vocês sabiam que seus namorados matam criancinhas? De três anos de idade? Na cama? É, eu realmente acho que vocês devem se casar com esses gorilas. Claro, eles provavelmente já são casados.

— Mostre algum respeito — pediu o cara.

— Se você abrir a boca de novo — disse Malone —, eu vou chamar uma policial feminina até aqui para fazer uma revista no orifício de suas damas e, enquanto isso, eu estarei chutando seu crânio.

O cara começou a dizer alguma coisa, mas depois pensou melhor. Malone agachou e disse, baixinho:

— Bem, quando você pagar a fiança, corra e diga ao Pena que o sargento Denny Malone, Força-Tarefa Especial de Manhattan North, vai destruir suas boates, prender seus traficantes, sacudir seus clientes e depois vou começar a ficar sério. Está me entendendo? Pode responder.

— Entendi.

— Que bom — diz Malone. — Depois, ligue para os seus chefes na República Dominicana e diga-lhes que isso nunca vai acabar. Diga a eles que o Pena fez merda e que o detetive-sargento Denny Malone, da Força-Tarefa Especial de Manhattan North, vai jogar a Dark Horse deles no esgoto enquanto o Pena estiver andando a pé na cidade de Nova York. Diga que eles não governam esse bairro. Quem faz isso sou eu.

Quando Malone chegou lá embaixo, os policiais fardados já estavam algemando, coletando os frascos de pó, as balas, as armas.

— Leva todo mundo — Malone disse ao sargento fardado. — Posse de armas de fogo, cocaína, ecstasy, um pouquinho de heroína, parece...

— Denny, você sabe que isso não vai durar — disse o sargento.

— Eu sei.

Ele gritou para a aglomeração:

— Não voltem a essa boate! Isso vai acontecer toda vez!

Conforme ele e a equipe saíam pela porta, Malone gritou:

— Que a Força esteja com vocês!

Art Fisher, o capitão à época, não era frouxo. Segurou o tranco.

Advogados de defesa entraram em sua sala gritando que não podiam nem iriam aceitar um único caso, pois a incursão se enquadrava inteiramente numa invalidação de prova, exemplo primordial de má conduta policial, beirando — ultrapassando — o limite do abuso de autoridade.

Fisher dificultou ("Estão com medo que alguma Chiquita os processe por causa de um iPhone?"), e os caras foram falar com sua chefia imediata que, à época, era Mary Hinman.

A conversa não foi tão boa.

— Se vocês não querem pegar os casos, não peguem — disse ela. — Mas também não chorem. Tenham culhões, pois a coisa vai ficar mais feia.

— Nós simplesmente vamos deixar que Denny Malone e sua tropa de jurássicos atropelem tudo em Manhattan North? — disse um deles.

Hinman não ergueu os olhos de sua papelada.

— Ainda estão aí? Achei que tivessem ido embora quando eu mandei que fossem fazer seu trabalho. Agora, se não querem o emprego...

A Corregedoria também não arrumou nada.

Eles estavam pegando a rebarba de uma secretaria da Corregedoria que atendia queixas de violação aos direitos civis.

McGivern encerrou o negócio. Ele tirou da escrivaninha uma foto da cena do crime, das três crianças alvejadas na cabeça e perguntou se eles queriam ver isso na capa do *Post*, com a manchete CORREGEDORIA CESSA INVESTIGAÇÃO DE ASSASSINOS DE CRIANÇAS.

Eles não queriam, não.

Isso tudo foi antes de Ferguson, antes de Baltimore e do resto daquelas mortes e, embora a comunidade latina tivesse ficado ofendida com a incursão na boate, não tinha nada a ver com o assassinato das crianças, nem a comunidade negra.

Malone continuou metendo bronca.

Sua equipe entrava em bodegas, depósitos de drogas, depósitos de dinheiro, boates e esquinas. Espalhou-se na rua que se você estivesse traficando ou usando qualquer coisa, exceto Dark Horse, a polícia faria vista grossa, mas se estivesse de porte do produto do Diego Pena, A Força ia atropelar de trator.

E eles não iam parar.

Até que alguém desse a eles alguma coisa que pudessem usar contra Pena.

Malone levou a coisa a outro nível, infringindo todas as regras não escritas que regem o relacionamento entre policiais e gângsteres. Um traficante pego em sua terceira apreensão entregou onde Pena estava realmente morando. Malone o encontrou em Riverdale e ficou de tocaia.

Ele ficava observando a esposa do Pena levando os dois filhos para uma escola particular bacana. Um dia, quando ela estava caminhando do carro para a casa, ele se aproximou e disse:

— A senhora tem belos filhos, sra. Pena. Sabia que seu marido manda assassinar as famílias dos outros? Tenha um ótimo dia.

Não fazia dez minutos que Malone tinha voltado à delegacia quando uma assistente veio lhe dizer que havia alguém lá embaixo pedindo para falar com o sargento Malone.

Ela entregou-lhe um cartão. *Gerard Berger — Advogado*.

Malone desceu e viu um homem elegantemente trajado que só podia ser o próprio.

— Sou o sargento Malone.

— Gerard Berger — disse o advogado. — Eu represento Diego Pena. Há algum lugar onde possamos conversar?

— Qual o problema de ser aqui?

— Nenhum — disse Berger. — Eu só queria poupá-lo de um grande constrangimento diante de seus colegas policiais.

Constrangimento? Pensou Malone. Na frente *desses* caras? Ele já tinha visto alguns participando de competições para ver quem ejacula mais depressa.

— Não, não tem problema — disse Malone. — Por que o Pena precisa de representação? Ele foi acusado de alguma coisa?

— O senhor sabe que não — disse Berger. — O sr. Pena sente que está sendo importunado pela polícia. Especificamente pelo senhor, sargento Malone.

— Nossa, mas que ruim.

— Vá em frente e faça piadas — disse Berger. — Nós veremos que graça vai achar quando processarmos você.

— Podem processar. Eu não tenho dinheiro nenhum.

— Tem uma casa em Staten Island — disse Berger. — Uma família para cuidar.

— Deixe minha família fora de sua boca, doutor.

— Meu cliente está lhe dando uma chance, sargento. Pare e desista. Do contrário, vamos mover uma ação civil e uma reclamação oficial junto ao departamento. Eu vou tomar seu distintivo.

— Bem, quando tomar — disse Malone —, aproveita e enfia no cu.
— Você é merda de cachorro para o meu nariz, sargento.
— Isso é tudo?
— Por hora.

Malone voltou para sua mesa. Todo mundo já sabia que o infame Gerard Berger fizera uma visita.

— O que aquele babaca queria? — perguntou Russo.
— Ele veio me dar o sermão do "você nunca mais vai trabalhar nessa cidade" — disse Malone. — Me disse pra sair de cima do Pena.
— E você vai?
— Vou sim.

O que Malone fez a seguir será eternamente lembrado no folclore da delegacia de Manhattan North como "A Tarde de Cão".

Malone foi ver o policial Grosskopf, da divisão canina, e pediu para pegar emprestado o Wolfie, um pastor alemão enorme que tinha aterrorizado o Harlem durante os dois últimos anos.

— O que você vai fazer com ele? — perguntou Grosskopf.

Ele adorava Wolfie.

— Vou levá-lo pra dar uma volta — disse Malone.

Grosskopf disse sim, porque era muito difícil, para não dizer arriscado, dizer não a Denny Malone.

Malone e Russo puseram Wolfie na traseira do carro de Russo e foram até um trailer que ficava estacionado na rua 117 leste, tecnicamente chamado de Paco's Tacos, porém mais conhecido como o Laxante Truck. Malone deu a Wolfie três *enchiladas* de frango com *chili* verde, cinco tacos de carne misteriosa e um burrito gigante chamado Furatripa.

Wolfie, geralmente mantido em dietas rigorosas, ficou animadíssimo e grato, e logo se apaixonou por Malone, lambendo-o e abanando o rabo de felicidade ao voltar pro carro, ansiosamente esperando pela próxima surpresa gastronômica.

— Quanto tempo leva pra chegar lá? — perguntou Malone a Russo.
— Vinte minutos, se não tiver trânsito.
— Acha que temos tudo isso?
— Vai ser por pouco.

O trajeto levou vinte minutos, durante os quais a alegria de Wolfie se transformou em desconforto, conforme a comida gordurosa foi seguindo por seus intestinos, exigindo passagem. Wolfie choramingava, sinalizando o que Grosskopf imediatamente teria reconhecido como a necessidade de sair.

– Aguente firme, Wolfie – disse Malone, coçando-lhe a cabeça. – Logo chegaremos.

– Se esse cachorro cagar no meu carro...

– Ele não vai, não – disse Malone. – Ele é um garanhão.

Quando chegaram, Wolfie estava se remexendo de aflição e seguiu direto para uma faixa de gramado do lado de fora do prédio, mas Malone e Russo o levaram para dentro, entraram no elevador e subiram ao sétimo andar.

A recepcionista de Berger, uma jovem deslumbrante que o advogado provavelmente estava pegando, disse:

– Vocês não podem trazer um cachorro aqui, senhor.

– Ele é um cão-guia – disse Russo, olhando os peitos dela. – Eu sou cego.

– Tem horário agendado com o dr. Berger? – perguntou ela.

– Não.

– O que há com seu cachorro?

A resposta veio imediatamente.

Wolfie choramingou, girou e deu uma cagada épica e apocalíptica, despejando um monte de merda misturada com chili, no que antes era um tapete Surya Milan de Gerard Berger.

– Ops – disse Malone.

Saíram ao som da recepcionista engasgando de repulsa e Malone afagou a cabeça de Wolfie, vendo sua cara envergonhada, mas aliviada, e disse:

– Bom garoto, Wolfie. Bom garoto.

Então, levaram Wolfie de volta para delegacia.

O fato chegou lá antes deles, porque os policiais foram recebidos com uma ovação e Wolfie foi coberto de carinhos, afagos, abraços e beijos, além de uma caixa de biscoitos caninos Milkbone amarrada com um laço azul.

— O capitão quer vê-los — avisou o sargento de plantão no atendimento a Malone e Russo —, "assim que entrarem".

Eles devolveram Wolfie a Grosskopf, que estava lívido, e foram até o escritório de Fischer.

— Vou perguntar isso somente uma vez — disse ele. — Vocês levaram um cão policial para cagar no escritório de Gerard Berger?

— Eu faria uma coisa dessas? — perguntou Malone.

— Saiam. Eu estou ocupado.

Ele estava mesmo. Seu telefone não parava de tocar, com os parabéns de todos os distritos da cidade de Nova York.

Grosskopf nunca perdoou Malone por abusar do sistema digestivo de Wolfie. Sua hostilidade foi exacerbada pelo fato de Wolfie correr para Malone toda a vez que o via, porque o policial lhe proporcionara a melhor tarde de sua vida.

Malone continuou em cima. Nasty Ass — e só Deus sabe onde ele conseguia esse tipo de informação — disse a ele que a esposa do Pena estava dando uma festa surpresa de aniversário para o marido, no Rao's, o famoso restaurante do Harlem.

Pena estava sentado na mesa grande com a família, os amigos, mais de um líder dos negócios, alguns políticos locais, e abria seus presentes, quando pegou um pacote grande com a foto emoldurada de três crianças mortas, com um bilhete: *De seus amigos da Força-Tarefa Especial de Manhattan North — Nada de felicidades, seu assassino de bebês.*

Malone ouviu a respeito disso dos mafiosos da Pleasant Avenue. Ele foi convidado a uma reunião com Lou Savino, a quem ele conhecera quando ainda era policial de rua. Eles ficaram sentados do lado de fora do café, com xícaras de expresso, e o capo disse:

— Você é uma figura difícil. Tem que parar com essa merda.

— Desde quando você é garoto de recado dos tacos?

— Eu poderia me ofender com isso — disse Savino —, mas não vou. Nós deixamos esposas fora dos nossos negócios, Denny.

— Diga isso a Janelle Cleveland. Ah, sim, você não pode dizer isso pra ela. Ela e sua família inteira estão mortas.

— Essa briga é entre dois bandos de macacos — disse Savino. — São os macacos morenos e os macacos pretos. Que diferença faz qual deles vai levar a banana? Isso não tem nada a ver conosco.

— É melhor, mesmo, Lou — disse Malone. — Se alguém do seu pessoal estiver passando o produto do Pena, acabou o jogo. Eu vou atrás, não me interessa.

Ele sabia o que estava fazendo, deixando que Savino soubesse que se quisesse fazer negócio de heroína, tinha que ser com qualquer um, menos com Pena. Isso talvez o incentivasse a fazer uma ligação para o dominicano.

A chave para se manter vivo em qualquer tipo de organização criminosa é muito simples: render dinheiro a outras pessoas. Contanto que você esteja gerando lucro, você está a salvo. Se começar a custar dinheiro, você é prejuízo e as organizações criminosas não mantêm gastos na agenda por muito tempo.

Não dá para lançar na declaração de imposto de renda.

Malone estava transformando Pena num prejuízo, o homem estava custando aos seus chefes dinheiro e problemas, estava se tornando um constrangimento, um cara que estava se deixando humilhar. Sua esposa era insultada, seus pontos comerciais revirados; ele virou motivo de piadas.

Se você quiser ser o mestre de cerimônias, é bom ser um comediante. Se está tentando tomar o comércio de drogas no gueto, a última coisa que quer ser é engraçado.

Você quer ser temido.

E se as pessoas estão fazendo piada de você, mesmo pelas costas, elas não estão com medo. E se não têm medo e você não está rendendo dinheiro, você é apenas um problema.

Organizações de drogas não possuem departamento de RH. Não mandam chamá-lo, não o aconselham, não o instruem com meios para melhorar sua performance. Mandam alguém que você conhece, alguém em quem você confia, levá-lo para tomar uns drinques ou jantar e lhe dizer *"Cuida de tu negocio"*.

Cuide de seu negócio.

— Apenas sente com o cara — disse Savino —, é tudo que estou pedindo. Nós podemos resolver alguma coisa.

— Três crianças mortas. Não há nada pra resolver.
— É sempre bom conversar.
— Se ele quer conversar — disse Malone —, ele que se apresente e confesse ter ordenado matar a família Cleveland, ele que escreva uma declaração. Essa é a única forma de eu conversar com ele.

Mas Savino deu sua cartada decisiva.
— Não é ele quem está pedindo, somos nós.

Malone não podia recusar um pedido direto da família Cimino. Eles tinham negócios juntos, ele tinha obrigações.

Eles se encontraram numa sala dos fundos de um pequeno restaurante em East Harlem, bairro controlado pelos Cimino. Savino garantiu a segurança de Malone; ele, em contrapartida, prometeu que não haveria prisão e que não usaria escuta.

Quando Malone entrou na sala, Pena já estava à mesa. Camisa branca, acima do peso, horrendo, mesmo com um terno de mil dólares. Savino levantou para abraçar Malone e começou a revistá-lo. Malone espanou sua mão.

— Está me revistando? Você fez uma revista *nele?*
— Ele não tem motivo para usar uma escuta.
— Eu não tenho porquê ter grampo — disse Malone. — Isso não é maneira de começar uma reunião, Lou.
— Onde está a escuta?
— No cu da sua mãe — diz Malone. — Da próxima vez que você for comê-la, não diga nada comprometedor. Vai se foder, eu tô fora.
— Está tudo bem — disse Pena.

Savino sacudiu os ombros e gesticulou para que Malone sentasse.
— De quem você anda recebendo ordens ultimamente? — Malone perguntou a Savino.

Ele sentou de frente para Pena.
— Quer alguma coisa? — perguntou Pena.
— Não vou dividir pão com você — disse Malone. — Não vou beber com você. Lou me pediu esse encontro, portanto aqui estou eu. O que você quer me dizer?
— Isso tudo tem que parar.

— Vai parar quando espetarem uma agulha no seu braço — disse Malone.

— Cleveland sabia das regras — disse Pena. — Sabia que um homem não se coloca sozinho em perigo, coloca sua família inteira. Esse é o nosso jeito.

— Essa é a minha área — disse Malone. — Minhas regras. E minhas regras dizem que não matamos crianças.

— Não tente ser moralmente superior comigo — disse Pena. — Eu sei o que você é. Você é um policial corrupto.

Malone olhou para Savino.

— Era só isso? Já tivemos nossa conversa? Posso ir comer alguma coisa?

Pena colocou uma maleta em cima da mesa.

— Tem 250 mil dólares aqui. Pegue e coma.

— Pra que é isso?

— Você sabe pra que é.

— Não, me diga você, seu asqueroso — diz Malone. — Diga que é pra deixá-lo passar por ter assassinado aquela família.

— Reviste-o — ordenou Pena a Savino.

— Se você encostar um dedo em mim — disse Malone —, Deus o ajude, Lou, eu vou limpar esse chão com a sua cara.

— Ele está grampeado — disse Pena.

— Você está — disse Savino —, você não vai sair daqui, Denny.

Malone arrancou o casaco esportivo, abriu a camisa estourando os botões, desnudando o peito.

— Está feliz agora, Lou? Ou quer botar uma luva e enfiar o dedo na minha bunda, seu viado filho da puta?

— Jesus, Denny, sem querer ofender.

— É, que bom, pois eu estou ofendido por você e esse assassino de bebês. — Malone pegou a maleta e atirou em Pena. — Não sei o que você ouviu de mim, mas sei o que você não ouviu. Você não ouviu que eu deixaria um escroto matar três crianças na minha área e ficar livre. Se você me oferecer uma maleta de novo, eu vou enfiar pela tua goela até sair pelo cu. O único motivo para que eu não te pegue e leve agora mesmo é ter prometido ao Lou que não faria. Mas isso não se estende até amanhã ou depois de amanhã, ou o outro dia. Eu vou te enquadrar se os seus chefes não fizerem isso primeiro.

— Talvez eu enquadre você — disse Pena.

— Faça isso — disse Malone. — Venha atrás de mim. Mas traga todo o seu pessoal. Chame o lobo, ganhe a matilha.

Russo e Montague surgem à porta do restaurante, como se estivessem ouvindo. Eles estavam no carro, gravando a porra toda, com uma escuta parabólica.

— Está com algum problema, Denny? — perguntou Russo.

Ele estava ostentando um sorriso e uma pistola Mossberg 590.

Monty não estava sorrindo.

— Problema nenhum — respondeu Malone.

Ele olhou para Pena.

— E você, seu merdinha, eu vou comer a bunda da sua mulher, em cima do seu caixão, até que ela me chame de *Papi*.

Eles se armaram. Pesado.

Começaram a andar com uma artilharia do cacete.

Podia vir de qualquer direção, do Pena ou até dos Cimino, embora Malone duvidasse que uma família da máfia fosse negligente a ponto de matar um detetive.

Eles tomaram precauções. Malone não voltava para casa, em Staten Island. Ficou entocado no West Side. Russo mantinha sua pistola no banco do passageiro. Mas eles ainda continuavam circulando pelas ruas, cercando a operação do Pena, indo atrás das fontes, sondando.

E Malone levou a gravação para Mary Hinman.

— O Berger vai passar por isso como merda passa por dentro de um pato — Hinman disse. — Você não tinha mandado, não tinha flagrante...

— Policiais vigiavam um colega numa operação secreta — disse Malone. — No decorrer desse trabalho, eles ouviram um homem confessando múltiplos homicídios e...

— Você quer que eu acuse Pena do homicídio dos Cleveland com base nisso? – perguntou Hinman. – Suicídio da carreira.

— Apenas traga-o aqui – disse Malone. – Coloque-o dentro da sala. Deixe que a Homicídios bote a fita pra ele ouvir, trabalhe em cima dele.

— Você acha que o Berger vai deixá-lo responder a alguma pergunta, fora o seu nome? – perguntou Hinman.

— Tente mesmo assim – disse Malone, muito tenso, muito frustrado, quase explodindo. – Você me deve essa.

Quantas condenações você conseguiu com meus falsos depoimentos?

Eles trouxeram Pena.

Malone ficou olhando por trás do vidro, enquanto Hinman pôs a fita.

"Cleveland sabia das regras. Sabia que um homem não se coloca sozinho em perigo, coloca sua família inteira. Esse é o nosso jeito."

Berger ergueu a mão para que Pena se mantivesse em silêncio, olhou para Hinman e disse:

— Eu não ouço nada nem remotamente parecido com uma confissão, ou sequer o reconhecimento da culpa pelos assassinatos dos Cleveland. Ouvi um homem expressando uma norma cultural repulsiva que, embora repreensível, não é crime.

Hinman ligou novamente a fita.

"Tem 250 mil dólares aqui. Pegue e coma."

"Pra que é isso?"

"Você sabe pra que é."

— Então, agora você acha que pegou meu cliente por tentar subornar um policial – diz Berger. – Só que você não tem o dinheiro. Talvez a maleta estivesse vazia. Talvez o meu cliente estivesse meramente provocando o sargento Malone em retribuição aos seus assédios pueris. Que mais?

"Não, me diga você, seu asqueroso. Diga que é pra deixá-la passar, por ter assassinado aquela família."

"Reviste-o."

Hinman deixa tocar o restante da fita.

— Não ouvi nada de comprometedor — avalia Berger. — Ouvi, sim, um detetive do Departamento de Polícia de Nova York ameaçar um sujeito e dizer que ia "enrabar" sua esposa em cima de seu caixão. Você deve estar muito orgulhosa. De qualquer maneira, essa fita não é somente inútil, ela seria inadmissível se você fosse tola o bastante para abrir um inquérito contra meu cliente. O júri pode até se impressionar; um juiz ficaria indignado e a jogaria no lixo, onde é seu lugar. Você não tem nada contra meu cliente.

— Temos uma frase sobre os atiradores que pode ser aplicada para condenar seu cliente. Esse é o momento de entrar na viatura e poupá-lo da injeção fatal — disse Hinman.

É um blefe absoluto, mas Pena se retraiu.

Berger, não.

— Será que estou ouvindo um assovio além do cemitério? Ou é uma admissão tácita de que seu "caso" se resume a nada? Eu vou lhe dizer o seguinte, doutora, sua polícia está fora de controle. Eu levarei isso à ouvidoria da polícia, mas lhe recomendo que salve a sua carreira tomando uma atitude e contendo os cães raivosos de seu bando.

Ele levantou e gesticulou para que Pena fizesse o mesmo.

— Bom dia.

Berger olhou diretamente para o espelho, tirou um lenço do bolso, sorriu para Malone e ergueu o sapato. Ele limpou a sola e jogou o lenço no cesto de lixo.

A vizinhança começou a entregar o Pena.

No começo foi sutil, um mero vazamento. Mas o vazamento se tornou um córrego que se tornou uma inundação e arregaçou o muro da invulnerabilidade de Pena.

Ninguém veio até a delegacia — não havia esse tipo de confiança, mas alguém assentia, sacudia a cabeça ou sinalizava com gestos discretos para que Malone soubesse que queriam falar quando ele passava pelas ruas.

Essas conversas aconteciam nas esquinas, em becos, em corredores de conjuntos habitacionais, locais de uso de droga, em bares. Conversas sobre quem havia matado aquelas três crianças, quem Pena havia contratado, quem eram os atiradores.

Parte da conversa era cinismo; os informantes queriam que o fluxo de heroína fosse retomado, queriam parar de tomar duras, que Malone interrompesse sua campanha implacável. Mas muito disso era a consciência libertada do medo, conforme a maré começou a mudar.

Começou a surgir um quadro de que Pena havia contratado dois novatos ambiciosos que queriam ganhar moral com ele. E a comunidade estava especialmente injuriada porque eles eram negros.

Tony e Braylon Carmichael eram irmãos, 29 e 27 anos, respectivamente, com fichas corridas que vinham desde a adolescência por agressão, roubo, tráfico e arrombamentos, e agora eles estavam querendo subir, passando a traficar como atacadistas do Pena.

Primeiro, Pena tinha um trabalho de batismo para eles.

Matar os Cleveland.

A família inteira.

Malone, Russo e Montague invadiram o apartamento na rua 145 de armas em punho, prontos para atirar.

Pena tinha chegado lá primeiro.

Tony Carmichael estava amontoado numa cadeira, dois ferimentos de bala na testa.

Bem, pensou Malone, de qualquer jeito, pelo menos conseguimos executar um dos assassinos indiretamente ao dizermos ao Pena que estávamos na cola dos atiradores. Eles vasculharam o restante do apartamento mas não encontraram Braylon, o que significava que o caso contra Pena ainda estava vivo.

Malone foi até Nasty Ass.

– Espalha isso na rua. Se ele me procurar, eu prometo levá-lo em segurança. Sem apanhar. Ele faz o acordo que tiver que fazer para depor contra Pena.

Braylon era um imbecil, o irmão falecido era o cérebro da dupla. Mas tinha que ser esperto o bastante para saber que Pena estava à sua caça, os amigos de Cleveland estavam à sua caça e sua única chance era Malone.

Ele o procurou naquela noite.

Malone e sua equipe o pegaram no St. Nicholas Park, onde ele andava se escondendo no meio dos arbustos, e o levaram para a delegacia.

– Não me diga porra nenhuma – Malone disse ao algemá-lo. – Fique de boca fechada.

Ele queria fazer isso direito. Ligou e fez questão de que Minelli estivesse pronto para interrogar e que Hinman estivesse presente. Braylon não quis um advogado. Ele entregou tudo, como Pena o havia contratado, junto com o irmão, para matar os Cleveland.

– Isso é suficiente? – perguntou Malone.

– É o bastante para prendê-lo.

Ela conseguiu o mandado para Pena e a Homicídios foi buscá-lo – Hinman proibiu, terminantemente, que Malone fosse.

Pena não estava lá.

Eles o perderam por uma questão de minutos.

Gerard Berger havia entregado o cliente aos federais.

Não por assassinato, mas por tráfico de entorpecentes.

Malone explodiu quando Hinman ligou dando a notícia.

– Eu não quero prisão por tráfico! Quero pelos assassinatos!

– Nós não conseguimos tudo que queremos – disse Hinman. – Às vezes, precisamos nos contentar com o que conseguimos. Ora, vamos, Malone, você ganhou. Pena se entregou para salvar a própria vida e seguir para uma cadeia federal, onde sua própria gente não pode matá-lo. Ele cumprirá de quinze a trinta anos, provavelmente morrerá lá. Isso é uma vitória. Aceite.

Só que não.

Gerard Berger articulou o melhor acordo do mundo para seu cliente. Dando como contrapartida a inteligência do cartel e o depoimento em uma dúzia de casos em curso, Diego Pena recebeu dois anos, menos o tempo cumprido, o que significava que estaria livre quando terminasse de dedurar os outros no púlpito.

Um juiz federal teve de assinar o acordo dizendo que a informação que o Pena forneceria tiraria toneladas de heroína da rua e salvaria mais de cinco vidas.

— Porra nenhuma — disse Malone. — Se não for a heroína do Pena, será de outro. Isso não muda nada.

— Nós fazemos o que podemos — disse Hinman.

— O que eu devo dizer às pessoas? — perguntou Malone a Hinman.

— Que pessoas?

— Às pessoas do bairro que arriscaram a vida pra derrubar esse cara — disse Malone. — As pessoas que confiaram em mim pra fazer justiça, por aquelas crianças.

Hinman não sabia o que dizer a ele.

Malone tampouco sabia.

Só o óbvio. Para eles, era uma velha história: as carreiras de um monte de chefões brancos eram mais importantes do que a morte de cinco negros.

Braylon Carmichael recebeu cinco sentenças de prisão perpétua a serem cumpridas consecutivamente.

Denny Malone perdeu parte de sua alma. Não toda, mas o suficiente para que, quando Pena se cansasse da vida certinha e voltasse a traficar heroína, Malone estivesse disposto e disponível para executá-lo.

CAPÍTULO 34

A porta da cela de Malone é aberta e O'Dell está ali.
— Você já tomou banho?
— Sim.
— Bom — diz O'Dell. — Nós vamos ao centro da cidade.
— Pra onde? — Malone está satisfeito ali, em sua cela, com seus pensamentos.
— Algumas pessoas querem vê-lo.
Ele acompanha Malone até o lado de fora, coloca o policial no banco traseiro de um carro e entra também. O'Dell tira as algemas.
— Presumo que eu possa confiar que você não vai fugir de mim?
— Pra onde eu fugiria?
Malone olha pela janela, conforme o carro passa pela prefeitura e entra na Chambers, saindo na West Street, depois subindo a West Side Highway.
Depois de apenas uma noite numa cela, a liberdade já parece estranha para Malone.
Inesperada.
Inebriante.
O Hudson parece mais largo, mais azul. Sua vasta extensão parece ofertar a fuga, a espuma branca pela brisa abafada incita a libertação. O carro passa pelo Holland Tunnel, depois o Chelsea Piers, onde Malone costumava jogar hóquei à meia-noite, depois o Javits Center, o concreto, a hidráulica, janelas e iluminação que salvaram a máfia, em seguida o Lincoln Tunnel e o Pier 83, onde Malone sempre teve a intenção de

levar a família para fazer o Circle Tour ao redor de Manhattan, mas nunca levou, e agora é tarde demais.

O carro vira na rua 57 e é quando Malone vê que há algo errado.

O ar ao norte tem uma coloração amarelada.

Quase marrom.

Ele não vê esse tipo de ar desde que as Torres vieram abaixo.

– Posso abrir a janela? – pergunta Malone.

– Vá em frente.

O ar tem cheiro de fumaça.

Malone vira para O'Dell com uma expressão interrogativa.

– Os distúrbios começaram por volta das cinco da tarde de ontem – diz O'Dell. – Logo depois que você se apresentou.

Segundo O'Dell, os protestos relativos ao veredicto de Bennett começaram pacificamente, então uma garrafa foi arremessada e, depois, um tijolo. Lá pelas seis e meia da tarde as vitrines ao longo de St. Nicholas e da Lenox estavam sendo quebradas, lojas e bodegas saqueadas. Às dez da noite, coquetéis molotov estavam sendo atirados nas viaturas na Amsterdam e Broadway.

E vieram as bombas de gás e os cassetetes.

Mas a revolta se espalhou.

Por volta das onze da noite, Bed-Stuy estava em chamas, depois, Flatbush, Brownsville, South Bronx e partes de Staten Island.

Quando finalmente amanheceu, a fumaça nublava o sol quente de julho. Os funcionários municipais esperavam que a violência terminasse ao cair da noite, mas começou de novo, por volta de meio-dia, com manifestantes se aglomerando em massa na frente da prefeitura e do One Police Plaza, investindo contra o cordão de isolamento policial.

Em Manhattan North, bombeiros que tentavam apagar as chamas foram alvejados por atiradores das torres de St. Nick's e depois se recusaram a atender outros chamados, portanto, quarteirões inteiros simplesmente incendiaram.

Todos os policiais da cidade foram chamados para conter a rebelião. Eles nem foram para casa, só tiraram cochilos nos vestiários. Estão exaustos, esgotados física e mentalmente, prontos para explodir.

"Voluntários" – clubes de motociclistas, milícias, grupos de supremacia branca e malucos a favor dos direitos de armamento – vieram de outras áreas para ajudar a restabelecer "a lei e a ordem", dificultando ainda mais o trabalho da polícia, que agora tenta evitar que a revolta tome mais vulto e se transforme numa guerra racial.

Dessa vez, é o fogo.

O carro passa pela Billionaires' Row e encosta junto ao prédio de Anderson.

Berger está do lado de fora do edifício, claramente aguardando pelo carro. Ele se aproxima e abre a porta de Malone.

– Não diga coisa alguma até que você os tenha ouvido.

– Mas que porra?

– Pronto, já é dizer alguma coisa.

Eles pegam o elevador até a cobertura.

Malone vê que a sala está bem cheia.

O chefe de polícia, o chefe Neely, O'Dell, Weintraub, o prefeito, Chandler, Bryce Anderson, Berger e Isobel Paz. A surpresa de Malone ao vê-la fica evidente em seu rosto, e ela diz:

– Todos nós viemos para um pequeno acordo. Sente-se, sargento Malone.

Paz lhe aponta uma cadeira.

– Eu fiquei bastante tempo sentado – diz Malone.

Ele continua de pé.

– Como nós já temos alguma familiaridade, me foi solicitado intermediar essa reunião.

O chefe de polícia e Neely parecem querer tacar fogo em Malone. O prefeito olha para a mesa de centro, Anderson está paralisado, Berger está com seu sorriso presunçoso.

O'Dell e Weintraub parecem querer vomitar.

– Primeiramente, essa reunião nunca aconteceu. Não há gravações, nem memorandos, nenhum registro. Entende e concorda? – começa Paz.

– Escreva qualquer ficção que queiram. Estou pouco me fodendo. Por que eu estou aqui?

— Eu fui autorizada a lhe fazer uma oferta – diz Paz. – Gerard?

— Eu achei que você estivesse fora, por conflito de interesses – diz Malone.

— Isso foi quando parecia certo que rumávamos a um julgamento – diz Berger. – Isso já não está mais tão certo.

— Por que motivo?

— Você pode ou não estar ciente do tumulto social decorrente da infeliz decisão do júri em relação ao caso Michael Bennett – diz Berger. – Resumindo, mais um fósforo vai incendiar a cidade inteira, se não o país.

— Liguem para os bombeiros – diz Malone. – Posso voltar para a minha cela agora?

— Alguns boatos chegaram ao gabinete do prefeito – diz Berger –, de que existe um vídeo feito com um celular, com a morte de Michael Bennett, que mostra o rapaz correndo quando o policial Hayes o matou. Se essa gravação se tornar pública, essa revolta de agora vai parecer uma fogueirinha das bandeirantes.

— Isso não pode acontecer – diz o prefeito.

— O que isso tem a ver comigo? – pergunta Malone.

— Você tem relacionamentos com a comunidade afro-americana de Manhattan North – diz Berger. – Tem relacionamento especificamente com DeVon Carter.

— Se quiser colocar dessa forma.

Alguém que o quer morto é um relacionamento, eu imagino.

— Pare com essa merda, detetive! – diz o chefe de polícia. – Você e toda sua unidade estavam na agenda de Carter!

Não exatamente, pensa Malone.

Torres e sua equipe estavam.

Mas ele chegou perto.

— O que sabemos é que Carter está de posse do vídeo – diz Paz –, e está ameaçando torná-lo público. Ele está bem escondido, onde não podemos encontrá-lo. Nossa oferta é...

— Podemos parar com essa sacanagem? – diz o chefe de polícia. – Malone, o acordo que você tem é trazer-nos o vídeo em troca da sua liberdade. Pra mim, isso fede até o céu, mas é isso.

– E quanto ao Russo?
– O acordo dele permanece – diz Weintraub, franzindo a testa.
– E nenhuma acusação contra Montague – diz Malone.
– O sargento William Montague é um heróico detetive policial de Nova York – diz o chefe de polícia.
– Temos um acordo? – pergunta Paz.
– Não tão depressa – diz Berger. – Há a questão do confisco.
– Não – interfere Weintraub. – Não vamos deixar que ele fique com o dinheiro. Não.
– Eu estava pensando na casa – diz Berger. – Malone concorda em transferir a casa integralmente para a esposa que, de qualquer forma, entendo estar dando início ao processo de divórcio. Ela fica com a casa.
– Nós vamos deixar o policial mais corrupto dessa cidade simplesmente livre? – diz o chefe Neely.

Bryce Anderson, finalmente, fala:
– Você prefere que a cidade arda em chamas? Quer dizer, será que realmente nos importamos com o fato de um traficante de drogas ter recebido uma carga que já estava a caminho? Vamos colocar isso contra as mortes potenciais de gente inocente, sem mencionar a destruição de propriedades? Se três maus policiais forem livrados, bem, eles não serão os primeiros, serão? Se soltar esse cara impedir que a cidade incendeie, esse é um acordo que eu faço sem hesitar.

É a última palavra.

O homem da cobertura dá a última palavra.

Paz olha para Berger.
– Está bom?
– "Bom" não é exatamente a palavra que eu escolheria – relata Berger. – É suficiente dizer que nós chegamos a um acordo mutuamente satisfatório e que podemos dizer a nós mesmos que é para o bem maior do povo. Temos um acordo, Detetive Malone?
– Eu vou precisar do meu distintivo e da minha arma.

Ele será novamente um policial.

Pela última vez, ele será um policial.

CAPÍTULO 35

Manhattan North está em estado de sítio.
Malone percorre o corredor polonês de manifestantes vindos da Grant e de baixo, de Manhattanville. Pelotões de policiais fardados perfilam a Martin Luther King Boulevard, virados para o sul; mais deles estão posicionados na rua 126, virados para o norte, criando um corredor em volta da delegacia, como um forte cercado. Os policiais colocaram as viaturas perfiladas feito vagões e se escondem atrás delas. A guarda montada tenta conter os cavalos indóceis na calçada. Atiradores estão posicionados no telhado do distrito.

A loja de bebidas Amsterdam Liquor foi saqueada, suas vidraças estão quebradas, o que havia dentro foi levado. Na Martin Luther King, o C-Town Supermarket foi destruído. Pastores das igrejas Manhattan Pentecostal e Antioch Batista estão na rua, pedindo calma e uma resistência pacífica, enquanto na rua 126 os manifestantes estão reunidos no parquinho ao lado da St. Mary's, e ambos os lados parecem esperar pelo anoitecer para ver o que vai acontecer.

Ele sai à procura de Nasty Ass.

O informante está desaparecido.

Malone verifica em todos os seus locais habituais: Lenox Avenue, no Buck Twenties, Morningside Park, do lado de fora do 449.

Um policial branco andando sozinho no Harlem, no meio de uma revolta racial. Fosse qualquer um, menos Malone, provavelmente estaria morto. Mas sua reputação ainda existe, o medo e até respeito, e as pessoas deixam que ele passe sem o importunar.

Manhattan North pode estar em chamas, mas ainda é o Reino de Malone.

Quem ele encontra é Ah Não Henry.

O homem vê Malone e arranca como uma gazela. Para a sorte de Malone, viciados não são conhecidos por sua eficiência em provas de cem metros, portanto Malone o alcança e o empurra contra a parede de um beco.

– Agora você foge de mim, Henry?
– Ah, não.
– Você acabou de fugir.
– Eu achei que você fosse um gorila.
– Sei, eu quero roubar sua droga – diz Malone. – Onde está o Nasty Ass?
– Podemos conversar em algum lugar particular? – pergunta Henry.
– Se eu for visto com você, assim...
– Então, fala logo, porra – insite Malone. – Fala agora ou eu vou botar a boca no trombone e sair pela Lenox *anunciando* que você é meu informante.

Henry começa a chorar. Ele parece aterrorizado.

– Ah, não. Ah, não.
– Onde está ele? – Malone empurra o rapaz contra a parede.

Henry desliza abaixo e deita no chão, em posição fetal. Cobre o rosto com as mãos, agora chorando desvairadamente.

– No playground da escola.
– Que escola?
– 175. – Henry se encolhe ainda mais. – Ah, não. Ah, não.

Ah Não Henry estava de conversa.

Ah Não Henry mentiu para ele, porque Malone não consegue encontrar Nasty Ass no playground do lado de fora da pré-escola 175. E é estranho que em uma noite quente de verão, mesmo durante esse tumulto, o playground esteja vazio, abandonado.

Como se tivesse algo radioativo.

Então, Malone ouve.

Um gemido, mas não humano.

Algum animal ferido, gemendo.

Malone olha em volta, tentando encontrar a origem do som. Não está vindo da quadra de basquete nem da cerca de arame.

Então ele vê Nasty Ass recostado a uma árvore.

Não, ele não está recostado na árvore.

Ele está *pregado* a ela.

Há pregos fincados em suas mãos.

Ele está totalmente nu, com os braços esticados para cima, uma mão sobre a outra, preso ao tronco da árvore, as pernas magras estendidas e os pés cruzados, pregados no tronco. Seu queixo está caído sobre o peito.

Tomou uma surra do caralho.

Seu rosto está moído, os olhos reviram desvairados nas órbitas. O queixo está quebrado, os dentes arrebentados, os lábios pendem como duas tiras.

Ele está todo cagado.

Está tudo grudado nas pernas e em cima dos pés.

– Ai, Deus – diz Malone.

Nasty Ass abre os olhos, só o pouco que consegue abrir. Vê Malone e geme. Não sai nenhuma palavra, só dor.

Malone agarra o prego grosso preso aos pés de Nasty e o arranca. Depois, se estica e segura a cabeça do prego preso às mãos dele. Ele puxa, puxa, e puxa, até finalmente o soltar e segura Nasty, abaixando-o devagar até o chão.

– Eu estou te segurando, estou segurando – diz Malone.

Ele passa um rádio:

– Preciso de uma ambulância. Depressa. Um Três Cinco e Lenox.

– *Malone?*

– Manda.

– *Vai se foder, seu rato. Tomara que você morra.*

A ambulância não virá.

Malone passa os braços por baixo de Nasty Ass e ergue o homem. Carrega-o como quem carrega um bebê, atravessando a Lenox, até a emergência do Harlem Hospital.

– Quem fez isso com você? – Malone pergunta. – O Fat Teddy?

Ele não consegue entender o que Nasty diz.
— Onde está ele? — Malone pergunta.
Era o que ele queria saber de Nasty, mas chegou tarde demais.
— St. Nick's — Nasty sussurra. — Prédio Sete.
Então, ele sorri, se é que se pode chamar de sorriso, o que se forma no que restou de sua boca, e diz:
— Ouvi outra coisa, Malone.
— O que você ouviu?
— Que agora a gente é igual, você e eu — diz Nasty Ass. — A gente é informante.
Sua cabeça cai nos braços de Malone.

Malone o carrega até o posto de emergência.
Claudette está trabalhando.
— Jesus, meu Deus — diz ela —, o que fizeram com essa pobre alma?
Eles colocam Nasty numa maca com rodinhas e vão levando.
— Você está todo ensanguentado — diz Claudette a Malone.
Ela segura a mão de Nasty, enquanto eles empurram o carrinho.
Malone vai até o banheiro dos homens, molha uma toalha de papel e faz o possível para tirar o sangue e a merda de sua roupa.
Depois, vai sentar na sala de espera.
Está lotada, movimentada pelas ocorrências da revolta. Cortes pelo vidro quebrado das vitrines, hematomas pelas brigas, queimaduras, por atear fogo ou ficar encurralado nas chamas. Olhos vermelhos e inchados pelo gás lacrimogêneo, contusões das balas de borracha das armas dos policiais. Os ferimentos mais sérios, de bala de verdade, já estão na emergência, nas enfermarias de recuperação ou no necrotério, aguardando transferência para as funerárias.

— Ele se foi, amor — diz Claudette.
— Eu imaginei.
— Eu lamento — consola Claudette. — Ele era seu amigo?

— Ele era meu informante — diz Malone, pensativo.

Então ele reconsidera.

— É, era meu amigo.

Uma infração de uma das primeiras leis não escritas do trabalho policial: nunca faça amizade com um informante.

Mas como você chamaria um cara com quem dividiu as ruas, os parques, os becos? Com quem você realmente trabalhou, porque ele o ajudou a fazer prisões, tirar um monte de bandido da rua, a proteger o bairro?

Nunca faça amizade com um informante ou um viciado, com um informante viciado então...

Mas, sim, Nasty era meu amigo e sempre achou que eu fosse amigo dele. E veja aonde isso o levou.

— Ele tinha família?

— Não que eu saiba.

Não que ele jamais tenha se importado em descobrir, pensa Malone. Mas, sim, provavelmente deve haver uma mãe e um pai em algum lugar. Talvez até uma esposa, quem sabe, talvez até um filho ou mais. Talvez alguém esteja procurando por ele ou talvez tenham desistido do cara...

— Então, o corpo...

— Ligue para a Unidade — diz Malone, dando o nome da funerária mais próxima. — Eu vou pagar pelo enterro.

— Você é um bom amigo — diz ela.

— Sou tão bom amigo — conta Malone —, que nunca nem me dei ao trabalho de descobrir seu verdadeiro nome.

— Benjamin — diz Claudette. — Benjamin Coombs.

Ela parece exausta, os feridos da revolta devem tê-la mantido em turno quase contínuo, com poucos minutos para cochilos.

— Você tem um minuto? — pergunta Malone. — Para ir até lá fora conversar?

Ela olha em volta e diz:

— Um minuto. Você sabe, está lotado. O tumulto...

Eles saem na rua 136.

— Eu achei que você fosse pra cadeia — diz Claudette.

— Eu também achei – revela Malone. – Eu fiz um acordo. Talvez ainda mais sujo que o último.

— Uma vez, você me falou – continua Malone –, algo sobre o *peso* de ser negra. Ainda sente isso?

— Bem, eu ainda sou negra, Denny – diz ela.

— Isso ainda a deixa cansada?

— Eu não estou usando – diz ela –, se é isso que você está perguntando.

— Não, eu só quis dizer...

— O que?

— Sei lá.

Ela olha para baixo e passa o sapato no concreto da calça, depois ergue os olhos para ele.

— Preciso voltar lá pra dentro.

— Tudo bem.

— Você fez uma coisa boa em trazê-lo. Eu não poderia amá-lo mais.

Ela passa os braços em volta dele. O rosto dela está molhado, junto ao pescoço dele.

— Tchau, amor.

Tchau, Claudette.

Noite quente de verão, o ar-condicionado não funciona, então os residentes de St. Nick's estão do lado de fora, nos pátios. Não há cena mais impagável que a de um policial tentando entrar escondido em algum lugar, por isso Malone nem tenta ser sutil.

Simplesmente entra marchando, como se ainda fosse dono do lugar.

Como se ainda fosse Denny Malone.

Os assovios, uivos, gritos e insultos começam, e quando ele chega ao Prédio Sete, St. Nick's inteiro sabe que ele está ali e ninguém está pensando na distribuição de perus natalinos.

Eles só estão pensando no quanto odeiam policiais.

Um bando da gangue Get Money Boys está do lado de fora do Prédio Sete.

Isso não surpreende Malone.

O que o surpreende é ver que Tre está com eles.

O magnata do rap caminha até Malone.

– Está se misturando, Tre? – pergunta Malone.

– Só estou ajudando a proteger a minha gente.

– Eu também.

– Quando acham que um irmão matou um policial – diz Tre –, eles viram o mundo de cabeça pra baixo. Não acontece o mesmo quando um policial mata um irmão meu.

– Quer proteger sua gente? – diz Malone – Diga a esses caras para saírem do meu caminho.

– Você tem um mandado?

– Isso é habitação pública – diz Malone. – Não preciso de mandado. Um homem formado em direito, como você, eu achei que soubesse disso.

– Lamento pelo seu amigo – diz Tre. – Montague era legal.

– Ele ainda é – afirma Malone.

– Não foi o que eu ouvi – diz Tre. – Ouvi que ele vai precisar de um macaco ajudante.

– Está se oferecendo? – pergunta Malone.

Os GMBs acham que isso é o suficiente e vêm na direção de Malone com a intenção de ferrar com ele. Eles já sabem, a rua inteira sabe que nenhum reforço virá ajudá-lo.

Tre gesticula para que eles fiquem frios, depois se vira de volta para Malone.

– O que você quer aqui?

– Preciso falar com o Fat Teddy.

– Você sabe que Fat Teddy vai deixar que você o mate de porrada antes de entregar qualquer coisa. Ele tem mãe, irmã e três primos em St. Nick's e no Grant's – diz Tre.

– Nós vamos protegê-los.

– Vocês não conseguem nem proteger a si mesmos – diz Tre.

– Você está obstruindo uma investigação policial, Tre – diz Malone. – Saia do meu caminho ou sairá algemado.

— Sabe, eu acho que estou obstruindo algum negócio particular entre você e o Carter — diz Tre. — Mas se quiser entrar nessa de obstrução, pode me botar de pulseira e provocar outra revolta.

Ele vira e oferece as mãos.

— Você adoraria isso, não é? — diz Malone. — Depositar um pouco do crédito da rua, tão necessário, na sua conta.

— Faça o que tem de fazer — esnoba Tre. — Eu não tenho a noite inteira.

Então, Fat Teddy sai pela porta da frente, com as mãos para cima.

— Meu advogado está a caminho. O que você quer comigo?

— Você está preso.

— Eu ouvi dizer que você não era mais polícia.

— Ouviu errado — diz Malone. — Coloque as mãos para trás antes que eu estoure a sua cabeça gorda.

— Você não precisa fazer isso, Teddy — diz Tre.

— Cale a porra da boca.

— E se eu não calar?

— Eu vou calar — diz Malone. — Não me teste.

— Não devia me testar — diz Tre. — Está vendo alguma coisa além dos meus irmãos, aqui? O que eu sei, Malone, é que se você ligar pedindo reforço, ninguém vem. Você seria um policial morto pra quem ninguém vai ligar.

— Mas você não viverá pra ver isso — diz Malone.

Deve haver umas vinte pessoas ali segurando os celulares. Parece uma porra de um concerto de rock, pensa Malone. Ele vira de volta para Teddy.

— Mãos pra trás. Se eu puxar a minha arma, eu *vou* atirar em você depois no Tre. O que todos vocês precisam saber é que agora eu estou pouco me fodendo.

Teddy deve acreditar nele, porque põe as mãos para trás. Malone o conduz para longe da porta, o empurra contra a parede e o algema.

— Você está preso por homicídio.

— Matei quem? — pergunta Teddy.

— Nasty Ass.

Teddy abaixa o tom de voz.

– Não *matei ele*.

– Não? – pergunta Malone. – Quem matou?

– Você.

Malone sente a verdade disso, mas pergunta:

– Como é isso?

– Aquelas armas – diz Teddy. – O Carter o matou porque o Nasty dedurou as armas.

– Carter o pregou numa árvore.

– E eu não sei? – diz Teddy. – Por que acha que eu tô dizendo? Não tá certo isso que o Carter fez. Matar um irmão tudo bem, se você acha que precisa. Mas fazer aquilo? Não se pode fazer isso com um homem.

– Onde está o Carter agora?

Teddy berra bem alto, para que o conjunto inteiro ouça.

– Não sei onde o Carter está!

Malone se aproxima de Fat Teddy e sussurra:

– Quando eu disser ao Carter que foi você que dedurou as armas, ele vai te matar, vai matar seus primos, sua irmã *e* a sua mãe.

– Faria isso comigo, cara? – pergunta Fat Teddy. – Faria isso com a minha família? Isso é muito baixo pra você, Malone.

– Não tenho como chegar mais baixo, Teddy – diz Malone. – Não mais. Onde está ele?

Garrafas começam a voar.

Postagens aéreas.

Garrafas, latas, lixo queimando.

Fogo desce flutuando do céu.

As sirenes ecoam, a cavalaria policial subindo pelas ruas. Não para resgatar Malone, Deus sabe, mas para baixar a porrada na negada, antes que eles saiam novamente dos conjuntos habitacionais.

– Qual vai ser, Teddy? – pergunta Malone. – Não temos muito tempo.

– Número 4 Oeste da Rua 122 – diz Teddy. – Último andar. E, Malone? Eu espero que eles te matem. Espero que teus *irmão polícia* te dê uns tiro na cara.

– É isso aí, seu babaca do caralho! – grita Malone. – Fique com essa boca gorda fechada, pra ver o que te acontece!

A aglomeração começa a se aproximar de Malone. Ele recua e segue na direção do carro. É algo que ele não faria, deixar a negada botá-lo para fora do conjunto, mas ele nunca mais vai voltar mesmo.

CAPÍTULO 36

É o antigo bairro de Mount Morris.

O velho Harlem de belos prédios de tijolinhos que um dia abrigaram os médicos, advogados, músicos, artistas e poetas.

A revolta não chegou a esse bairro.

Agora Malone sabe o motivo.

DeVon Carter não quer saber disso ali.

Malone encosta do outra lado da rua, em frente ao prédio dele. Os guardas de Carter o avistam assim que ele desce do carro. Um deles diz:

— Você é bem atrevido em vir até aqui, um policial branco.

— Diga ao Carter que eu quero vê-lo.

— Por quê?

— Por que está perguntando o motivo? — diz Malone. — Você só tem que ir dizer ao Carter que Denny Malone quer falar.

O leão de chácara encara enfurecido, só por brio, depois entra. Ele leva uns dez minutos, volta e diz:

— Venha.

Ele o acompanha até lá em cima.

DeVon Carter está esperando na sala de estar. O apartamento é grande, bem arejado e espaçoso. Paredes branquinhas ostentam fotografias em preto e branco de Miles Davis, Sonny Stitt, Art Blakey, Langston Hughes, James Baldwin, Thelonious Monk. Uma estante de livros do chão ao teto, laqueada de preto, abriga livros de arte, na maioria Benny Andrews, Norman Lewis, Kerry James Marshall, Hughie Lee-Smith.

Carter está de camisa preta de brim, jeans preto, mocassins pretos, sem meias. Ele vê Malone dando uma olhada nas lombadas dos livros.

– Você conhece arte afro-americana? Ah, isso mesmo, você tem uma namorada negra. Talvez ela o tenha ensinado alguma coisa.

– Ela me ensinou muito – diz Malone.

– Acabei de comprar um Lewis num leilão – diz Carter. – Cento e cinquenta mil por um trabalho sem assinatura.

– Por essa grana, é de se pensar que eles poderiam tascar uma assinatura.

– Está lá em cima, se quiser olhar.

– Não vim aqui para admirar a sua coleção de arte.

– Então o que está fazendo aqui? – pergunta Carter. – Ouvi dizer que você estava preso. Algo relativo a você ter vendido uma grande quantidade de heroína aos dominicanos. E eu achando que nós fôssemos amigos, Malone.

– Não somos.

– Eu teria pagado mais – diz Carter.

– Você precisava mais da droga – confronta Malone. – Agora, você não tem a heroína e não tem as armas, portanto não tem o dinheiro e não tem pessoal. Castillo vai te espanar da rua, como o lixo que você é.

– Eu tenho policiais.

– A velha equipe de Torres? – pergunta Malone. – Se eles ainda não foram para os Domos, pois eles vão.

Não seria o Gallina, pensa Malone. Ele não tem inteligência nem culhão.

Só pode ser a Tenelli.

Carter sabe que ele está certo. Ele pergunta:

– Então, o que você está me oferecendo? Sua equipe ou o que restou dela? Não, obrigado.

– Eu estou lhe oferecendo a porra do departamento inteiro – diz Malone. – Manhattan North, a federal toda, a Narcóticos, a divisão de detetives. Ainda jogo junto, o gabinete do prefeito e metade dos filhos da puta da Billionaire's Row.

– Em troca de quê?

– O vídeo do Bennett.

Carter sorri. Agora tudo faz sentido para ele.

— Então, os seus chefes soltaram o crioulo empregadinho da gaiola para vir buscar a fita.

— Sou eu mesmo.

— O que o faz pensar que eu estou com a fita?

— Você é DeVon Carter.

Ele está.

Malone está vendo em seus olhos.

— Então, você quer que eu venda a minha gente – diz Carter –, para comprar a proteção dos brancos.

— Você tem vendido sua gente desde que botou o primeiro papelote na rua – diz Malone.

— Isso dito por um policial que trafica.

— Por isso que eu sei – diz Malone. – Somos iguais, você e eu. Ambos somos dinossauros, apenas tentando ganhar um pouquinho mais de tempo antes de sermos extintos.

— Natureza humana – diz Carter. – Um homem quer respirar pelo tempo que puder. Um rei quer ficar no trono. Somos reis, Malone.

— É o que somos.

— Nós deveríamos ter trabalhado juntos – diz Carter. – Ainda seríamos reis.

— Ainda podemos.

— Se eu lhe der a fita.

— Simples assim – diz Malone. – Você me dá a fita e nós vamos mandar em Manhattan North juntos. Ninguém poderá nos tocar.

Carter fica olhando para ele, depois diz:

— Sabe qual é a melhor coisa dessa revolta? Eles incendeiam coisas que você queria derrubar mesmo: prédios de cortiços, bodegas sujas, bares ordinários. Depois você compra tudo a um preço baixo, constrói belas coisas e vende bem caro. Deixe-me lhe dar um conselho, Malone. Pegue um pouco do seu dinheiro sujo das drogas, invista no mercado imobiliário e vai se tornar um pilar da comunidade.

— Isso quer dizer que temos um acordo?

— Sempre tivemos.

— Eu preciso ver o vídeo.

Carter tem um belo monitor de tela plana.

Ele conecta seu iPhone.

As imagens são dolorosamente claras.

Michael Bennett é um típico garoto de rua, com um moletom cinza de capuz, jeans largos e tênis de basquete. Ele está no meio da rua, discutindo com um policial fardado, Hayes.

Hayes vai algemá-lo.

Bennett vira e sai correndo.

Ele é veloz como um garoto de catorze anos, mas não é mais veloz que uma bala.

Hayes puxa a arma de serviço e a descarrega.

O corpo de Bennett rodopia, fazendo com que os dois últimos tiros o acertem no rosto e peito, exatamente o oposto do que o médico legista disse.

Jesus Cristo.

É simplesmente um assassinato.

Vidas negras importam, pensa Malone.

Só não importam tanto quanto as vidas brancas.

— Você fez cópias — diz Malone.

— Claro que fiz — disse Carter. — A sra. Carter não criou nenhum bebê negro imbecil. Diga aos seus chefes que se alguma coisa me acontecer, esse vídeo será veiculado em cinquenta grandes sites da internet. Depois, a cidade inteira vai arder. Faça o mesmo acordo pra você, eu não me importo. Quero você de volta à rua.

Ele entrega o celular a Malone.

— A revolta vai passar, sempre passa — diz Carter. — Você e eu voltaremos e continuaremos segurando a onda, porque é sempre assim. Transformaremos Manhattan North um local seguro para o mercado imobiliário. Agora corra e vá dizer a Massuh Anderson que, contanto que eu tenha espaço pro meu jogo, ele não precisa se preocupar com o vídeo.

Malone enfia o celular no bolso.

— Está bom? — pergunta Carter.

— Deixe-me perguntar uma coisa — diz Malone. — Quem foi Benjamin Coombs?

Carter parece intrigado. Fica buscando o nome na cabeça, como se fosse algum pintor afro-americano de quem não ouviu falar. Mas não lhe ocorre nada e ele parece irritado quando tem que perguntar:

– Quem?

Malone puxa a arma.

– Nasty Ass – diz ele.

Dispara dois tiros no peito do Carter.

CAPÍTULO 37

Eles o esperam na cobertura de Anderson.

Toda a gangue está lá.

Como um grupo para uma foto coletiva feita por um artista, em vários dias consecutivos. As mesmas pessoas, poses diferentes, mas todos os olhos focados em Malone, quando ele entra.

– Revistem-no – diz o chefe Neely.

– Por quê? – pergunta Berger.

– Ele é um delator, não é? – diz o chefe dos detetives, aproximando-se de Malone e começando a revistá-lo.

Ele olha bem no rosto de Malone e diz:

– Uma vez um rato, sempre um rato. Eu não quero me livrar de uma gravação para ter outra, ainda pior.

– Não estou usando uma escuta – diz Malone, erguendo os braços. – Mas pode se esbaldar, senhor.

Neely continua revistando, depois olha para o restante diz:

– Ele está limpo.

– Conseguiu o vídeo? – pergunta Paz a Malone.

– Não se preocupe, eu consegui – diz o policial. – Esse foi o nosso acordo, não foi? Se eu trouxesse o vídeo do Bennett vocês me soltariam?

Paz assente.

– Não – diz Malone, olhando-a fixamente. – Eu quero ouvir você dizer. Quero que você faça a oferta, dizendo a porra toda.

– Esse foi o nosso acordo – diz Paz.

– É, esse *foi* o nosso acordo – aponta Malone. – Isso foi antes.

— Antes de quê? – pergunta Anderson.

— Antes que eu visse o vídeo – diz Malone. – Antes que eu visse o nosso policial matar aquele garoto. Hayes o matou enquanto ele fugia. Foi assassinato puro. Portanto, agora o vídeo vale mais.

— O que você quer? – pergunta Anderson.

— Quero voltar à corporação – diz Malone. – Volto a comandar Manhattan North. Esse é meu preço. O de Carter é um pouquinho mais exorbitante. Ele fica liberado pra tocar seu negócio de tráfico. Nós perseguimos os dominicanos e o deixamos em paz. Se estão pensando em mandar alguém para matá-lo, ou a mim, podem esquecer.

— Há cópias desse vídeo – diz Anderson.

— Vocês acharam que estavam brincando com crianças? – pergunta Malone. – Policiais idiotas e macacos tolos? De qualquer forma, ele é seu parceiro no mercado imobiliário, não é, sr. Anderson? Mas, não se preocupe, mantendo a sua parte do acordo, nós manteremos a nossa.

— Nós não podemos permitir... – começa o prefeito.

— Sim, nós podemos – diz Anderson, sem tirar os olhos de Malone. – Podemos e faremos. Não temos escolha, temos?

— E estão todos dentro, certo? – pergunta Malone.

Ele olha todos na sala, passando de rosto em rosto. Como num daqueles filmes do velho oeste de John Ford, de que seu pai gostava, dando um close em cada rosto mostrando esperança, medo, raiva, ansiedade, desafio. Só que esses não são rostos de caubóis, são rostos da cidade, de Nova York, cheios de riqueza, aspereza, cinismo, ganância e energia.

— Sr. Prefeito, sr. chefe de polícia, chefe Neely, agente especial O'Dell, dra. Paz, sr. Anderson. Estão todos dentro, certo? Falem agora, ou calem-se...

— Dê-nos a porcaria do vídeo – diz Anderson.

Malone arremessa o celular para ele.

— Essa é a gravação original. O Carter está morto. O vídeo provavelmente já está passando na CNN, Fox, Canal 11, Net, eu não sei.

Paz olha para ele, incrédula.

— Será que você sabe o que fez? – pergunta Anderson. – Você incendiou essa cidade. Você ateou fogo nesse país inteiro.

— Agora eu não posso ajudá-lo, Denny — diz Berger. — Não há nada que eu possa fazer para salvá-lo.

— Bom — diz Malone. Ele não quer ser salvo. — Eu adorava a corporação. Adorava. Eu adorava essa porra dessa cidade. Mas agora está tudo errado. Vocês foderam tudo.

— Vão se foder. Cada um de vocês e coletivamente. Dezoito anos que eu passei nessas ruas, naqueles corredores, entrando por aquelas portas, fazendo o que vocês queriam que fosse feito. Vocês não queriam saber como, só queriam que fosse feito. Eu fazia, mas agora acabou. Agora, vocês vão viver com o que acontece quando caras como eu não estão mais por perto para impedir que os animais arrebentem as jaulas, fujam e marchem pela Broadway para reivindicar o que vocês esconderam deles por quatrocentos anos. Vocês me chamam de policial corrupto. Eu e os meus parceiros, eu e meus irmãos. Vocês nos chamam de corruptos. Bem, eu chamo *vocês* de corruptos. Vocês são a corrupção, são a podridão da alma dessa cidade, desse país. Vocês aceitam milhões em suborno na construção da cidade mas vão me libertar para encobrir isso. Os chefes dos guetos ganham passes em prédios sem aquecimento, com privadas que não funcionam, e vocês olham na outra direção. Juízes compram suas bancas e vendem casos para ganhar o dinheiro de volta, mas vocês não querem saber disso.

Ele olha para o chefe de polícia.

— Vocês aceitam presentes, viagens, refeições gratuitas, ingressos de cidadãos ricos para eliminar multas, intimações, transgressões... Compram armas pra eles e depois caem em cima dos policiais por uma xícara grátis de café, uma bebida, uma porra de um sanduíche.

Malone vira para Anderson.

— E você, você construiu essa cobertura lavando dinheiro do tráfico. Essa porra toda está construída em cima de uma montanha de pó branco e nas costas do povo pobre. Eu me envergonho de ter trabalhado pra você, ajudado a protegê-lo — continua Malone. — É, eu sou um policial corrupto. Eu sou um cara errado. Tenho que responder a Deus pelo que fiz. Mas não a *vocês*. A nenhum de *vocês*. Aquela guerra de drogas, pra vocês, é um jeito de deixar os crioulos e os hispânicos nos seus lugares, encher os tribunais e as celas, manter os advogados e os guardas e, sim, a polícia, integralmente empregados. Vocês brincam com os números para transformá-los no que querem que eles sejam, para que possam conseguir suas promoções, suas manchetes e suas carreiras políticas. Mas *nós* é que estamos lá. *Nós* que recolhemos os corpos, *nós* que comunicamos às famílias, *nós* que as vemos chorando. Nós vamos pra casa e choramos, sangramos e *nós* morremos e vocês nos vendem rio abaixo, sempre que a coisa aperta. Mas seguimos não importa o que aconteça, não importa o que mais nós fizemos, o que vocês pensam de nós ou se nos perdemos ao longo do caminho. Nós vamos lá e tentamos proteger essa boa gente. Policiais corruptos? Eles são meus irmãos, minhas irmãs. Podem ser corruptos, podem ser errados, mas são melhores que vocês. Qualquer um deles é melhor que vocês.

Malone sai pela porta e ninguém tenta impedi-lo. Ele caminha pela Quinta Avenida até o Central Park South, vira na direção do Columbus Circle e está quase lá, quando olha para trás e vê O'Dell vindo atrás dele, a mão direita dentro do paletó. O agente caminha depressa, é um homem em uma missão.

Malone vira e o espera.

O'Dell se aproxima, ligeiramente sem fôlego.

– Você conseguiu? – Malone lhe pergunta.

O'Dell abre a camisa e mostra o grampo.

– Estou embarcando no próximo Acela para a capital. Eles virão atrás de você, você sabe.

– Eu sei. De você também.

– Talvez, quando as pessoas ouvirem o que está nessa fita...

– Talvez – diz Malone. – Mas eu não contaria muito com isso. Eles também têm amigos na capital. Portanto, cuide-se, está bem? Mantenha a cabeça no lugar.

As pessoas passam por eles como água que contorna uma pedra. A imobilidade é um obstáculo nessa cidade de movimento.

– O que você vai fazer agora? – pergunta O'Dell.

Malone dá de ombros.

A única coisa que eu sei fazer, pensa ele.

CAPÍTULO 38

Nova York, quatro horas da madrugada.
A cidade não está dormindo, apenas passa por um turno em sobressalto depois de outra noite de revoltas que irromperam com violência renovada quando o vídeo de Bennett chegou às telas.

Os manifestantes desceram a Broadway, vindo do Harlem, arrebentando vitrines e saqueando as lojas. Primeiro, agiram ao redor da Universidade de Columbia e Banard, depois adentraram o Upper West Side, virando carros, roubando táxis, surrando quaisquer brancos que não estivessem trancados em seus prédios, ateando fogo em tudo, até que a Guarda Nacional formou um cordão na rua 79 e disparou balas de borracha, seguidas por balas de verdade.

Treze civis, todos negros, foram feridos; dois morreram.

E não foi somente em Nova York.

Os protestos se transformaram em tumulto em Newark, Camden, Filadélfia, Baltimore e Washington. Até a noite, como brasas voando num vendaval feroz, os distúrbios chegaram a Chicago, leste de St. Louis, Kansas City, Nova Orleans, Houston.

Los Angeles pegou fogo depois.

Watts, South Central, Compton, Inglewood.

As unidades da Guarda Nacional foram chamadas, tropas federais foram enviadas para Los Angeles, Nova Orleans e Newark, conforme o tumulto por Michael Bennett se transformou no pior de todos desde Rodney King e os verões longos e quentes dos anos 1960.

Malone assistiu tudo de uma banqueta de bar, na Dublin House.

Viu o presidente entrar no ar e pedir calma. Quando seu discurso terminou, Malone foi até o banheiro masculino e tomou quatro anfetaminas por cima das três doses de Jamesons, que já tinha tomado.

Ele ia precisar.

Sabia que estavam procurando por ele.

Provavelmente já tinham passado em seu apartamento.

Ele deixou o bar e entrou no carro.

Seu próprio carro, seu amado Camaro, que ele comprou logo que foi promovido a sargento.

Botou o Bose para tocar no máximo enquanto seguia outro automóvel, subindo a Broadway.

O trajeto é uma viagem em meio a sonhos destroçados.

Décadas de progresso reduzidas a cinza, em alguns dias de ira e noites de tormento. Malone passou dezoito anos percorrendo essas ruas, vendo-as quando eram guetos abandonados, depois assistiu o seu florescer, o seu crescimento, agora volta a vê-las com tapumes nas janelas e fachadas chamuscadas.

Do lado de dentro, as pessoas ainda têm as mesmas esperanças, as mesmas decepções, o amor, o ódio, a vergonha – mas os sonhos, os sonhos estão em espera.

Malone passa pelo Hortifruti do Hamilton, a barbearia Big Brother, a Farmácia Apollo, pelo Trinity Church Cemetery, e pelo mural de um corvo, na rua 155. Passa pela Igreja da Intercessão – mas é tarde demais para intercessão, pensa Malone, pela Wahi Diner e todos os pequenos deuses de locais, os altares pessoais, as referências de sua vida nessas ruas que ama como um marido ama uma mulher traidora, como um pai ama um filho desobediente.

Ele segue o carro que sobe a Broadway.

Illmatic estrondando no som.

Da última vez que seguiu por aqui, a essa hora da madrugada, pensa Malone, você estava com seus irmãos, seus parceiros, rindo, de sacanagem.

Foi a noite em que Billy O morreu.

Agora Monty está com um pé do outro lado.

Russo não é mais seu irmão.

Levin, o que você deveria proteger, está morto.

E sua família, pela qual você dizia fazer tudo, foi embora e não quer mais vê-lo.

Você não tem mais nada.

São quatro da madrugada em Nova York.

A hora dos sonhos acordados.

Hora de despertar dos sonhos.

O carro que ele está seguindo vira à esquerda, na rua 177 e segue a oeste, passando pelas avenidas Fort Washington e Pinehurst, até virar novamente à esquerda, na Haven Avenue, atravessar a rua 176 e encostar do lado leste da Haven, pouco acima do Wright Park. Malone observa Gallina, Tenelli e Ortiz descendo, sem sequer disfarçarem o porte dos fuzis – M4s e Ruger 14s –, ao entrarem no prédio.

Os olheiros Trinis os deixam entrar.

Por que não? Pensa Malone. Agora eles estão do mesmo lado. Tenelli que fez a jogada e foi a aposta mais inteligente.

Ele vê um Navigator preto parado na frente do prédio e Carlos Castillo desce do banco traseiro. Dois capangas saem com ele e o acompanham, conforme ele entra. Malone segue descendo a rua, encosta na Pinehurst Avenue e estaciona no final da rua sem saída.

Malone está com a Sig Hauer e uma Beretta, a faca no tornozelo e uma granada de fumaça.

Mas nada de Billy O, nem Russo ou Monty. Nada de Levin para lhe dar cobertura. Ele veste o colete e o ajusta bem apertado com o velcro, gostaria de poder ouvir Big Monty reclamar novamente do colete. Inclinar seu chapéu, girar o charuto.

Ele pendura o cordão com o distintivo no peito. Então, tira o pé-de-cabra do porta-malas, caminha pelo parque e entra num beco ao lado do prédio de Castillo.

Ele sobe a escada de incêndio até a beirada do telhado.

O olheiro Trini está prestando atenção no outro lado, em direção à rua. E ele não está olhando com tanto afinco, pois Malone sente cheiro de maconha.

Malone atravessa o telhado.

Passa o braço esquerdo em volta do pescoço do Trini e o puxa acima, segurando bem apertado para que não grite quando lhe dá dois tiros de Sig nas costas. O corpo fica mole e Malone o solta no chão, devagar.

Ninguém vai notar os tiros, há tiros esporádicos por toda a cidade. As viaturas pararam de atender aos chamados 10-10 e os eternos festeiros de 4 de Julho ainda estão soltando fogos.

Malone olha na direção do centro da cidade e vê o brilho alaranjado e sinistro das chamas ardendo, da fumaça negra subindo pelo céu noturno.

Depois vai até a porta do telhado.

Está trancada, então ele enfia o pé-de-cabra e aperta. Novamente queria que Monty estivesse ali, porque isso é difícil, mas ele continua apertando até a tranca finalmente ceder e a porta se abrir.

Malone desce a escada.

Minha última vertical, pensa ele.

Ele segura a Sig à sua frente.

Outra porta, mas essa não está trancada.

E dá num corredor.

Uma lâmpada fraca e fluorescente pendurada numa corrente enferrujada lança uma luz amarelada no rosto do guarda surpreso, do lado de fora da porta de madeira, no fim do corredor.

Sua boca faz um formato de O.

O cérebro apressa-se para enviar uma mensagem que não chega à sua mão, porque Malone atira duas vezes e ele se encolhe diante da porta como um tapete de boas-vindas enrolado.

A última porta, pensa Malone.

Flashbacks de Billy O.

E Levin.

Tantas portas malditas, tantas coisas do outro lado.

Muitos mortos.

Famílias mortas, crianças mortas.

Uma alma morta.

Malone cola na parede e segue na direção da porta. Balas espirram para fora. Artilharia pesada, estilhaçando a madeira. Malone dá um uivo como se fosse de dor e cai de cara no chão.

A porta se abre.

Com a arma em sua frente, os olhos de Gallina estão arregalados de adrenalina, e a cabeça gira à procura da ameaça, então vê o homem morto aos seus pés.

Malone dispara em seu peito.

Gallina rodopia como uma tampa.

Um regador automático borrifando sangue.

A arma cai de sua mão, bate ruidosamente no chão.

Mais balas vêm lá de dentro, arrancando fragmentos da parede acima da cabeça de Malone. Ele rola pelo chão até o outro lado da parede conforme a arma de um Trini espeta para fora da porta, procurando por ele.

Malone arranca o pino da granada de impacto e arremessa para dentro da porta, cobrindo os olhos com o braço.

O ruído é horrendo, nauseante.

O clarão branco toma conta de tudo.

Ele conta até cinco e salta, mergulhando para dentro da porta aberta. Seu equilíbrio está meio ferrado por conta da explosão, suas pernas bambeiam como se estivesse bêbado. Um Trini vem cambaleando, gritando, com o rosto queimado, a bandana verde em seu pescoço está pegando fogo. Agarrando a própria garganta para arrancar o lenço em chamas, ele tropeça em Malone e cai no chão. A Sig cai da mão de Malone e ele não consegue enxergar para encontrá-la, então puxa a Beretta da cintura.

Ortiz o olha, abaixo.

Ortiz ergue uma Ruger.

Malone atira, ao se arrastar sentado, para colar as costas na parede. Ortiz dá um gemido forte e cai de joelhos, a Ruger ainda apontada. Malone o acerta com mais dois tiros.

Ortiz cai de cara.

O sangue empoça sob ele.

A heroína, cinquenta quilos de Dark Horse, está caprichosamente empilhada em mesas.

Castillo está calmamente sentado atrás de uma delas, atrás de sua droga, como Midas contando seu ouro.

Malone levanta, apontando a Beretta para ele.

– Eu achei que você fosse o Carter – diz Castillo.

Malone sacode a cabeça.

– Você matou um dos meus irmãos. O outro está com morte cerebral.

– É um jogo perigoso, esse que nós jogamos – diz Castillo. – Todos nós sabemos dos riscos. Então, o que vamos fazer aqui?

Castillo sorri.

O sorriso de Satã encontrando Fausto.

Uma olhada rápida diz a Malone que a Dark Horse está toda ali. Eles estavam se preparando para botá-la na rua.

Suas ruas.

Da última vez que esteve nessa posição, ele cometeu o maior erro de sua vida. Agora, diz:

– Você está preso. Você tem o direito de...

Malone ouve dois tiros.

Eles o lançam para frente, como dois socos, e ele cai de bruços, mas rola antes de bater no chão e ergue os olhos para Tenelli.

Os dedos dele apertam o gatilho e não o soltam.

Quatro tiros acertam-na de baixo para cima, na virilha, barriga, seu peito e pescoço.

Seus cabelos negros sobre o seu rosto.

Ela põe a mão no ferimento do pescoço, como se fosse um mosquito.

Então, senta no chão e olha para Malone com um sorrisinho engraçado, como se estivesse surpresa por estar morrendo, como se não acreditasse ter sido imbecil o suficiente para deixar que ele a matasse.

Um gemido rouco escapa do fundo de seu peito, seus olhos se arregalam e ela se foi.

Malone se força a levantar.

A dor é horrível.

Ele uiva, depois dá uma golfada; se curva e vomita de novo. Ao olhar para baixo, vê o sangue saindo do ferimento abaixo de seu colete. Ele toca o ferimento e o sangue vaza e molha seus dedos, deixando-os vermelhos, quentes e pegajosos.

Malone mira a arma para a cabeça de Castillo e aperta o gatilho.

Ouve o clique metálico e sabe que a arma está vazia.

Castillo dá uma gargalhada. Levanta de sua cadeira e caminha até ele. Põe a mão no peito de Malone e o empurra para baixo.

Não é preciso muito esforço.

Malone cai de quatro.

Como um animal.

Um animal ferido que precisa ser morto.

Castillo tira uma pistola da jaqueta.

Uma bela Taurus PT22.

Pequena, mas vai dar conta.

Ele encosta o cano na cabeça de Malone.

– *Por Diego.*

Malone não diz nada. Ele puxa a faca SOG do tornozelo, ergue-a e finca nas costas de Castillo.

A pistola dispara com um rugido ensurdecedor, mas Malone ainda está vivo, num mundo de luz e dor vermelhas, conforme se levanta, vira e crava a faca na perna de Castillo, puxa e finca a faca em sua barriga, rasgando-lhe o ventre.

A boca de Castillo está toda aberta.

Um som não humano escapa.

Malone tira a faca do corpo e deixa Castillo cair.

Seu sangue suja o peito de Malone.

Malone cambaleia até a mesa e começa a colocar os tijolos de heroína nas mochilas.

CAPÍTULO 39

Uma vez, Malone levou a família a White Mountains, em New Hampshire, nas férias de primavera das crianças. Eles alugaram uma cabaninha num vale perto de um rio e, um dia de manhã, ele levantou cedo e abriu a torneira para beber água; estava tão fria que quase doía para engolir, mas o gosto era tão bom e tão limpo que ele não conseguia parar.

Aquela foi uma boa viagem, foram boas férias.

O motor do helicóptero corta o ar.

Malone sente dor e está com sede, conforme suspende as mochilas, caminhando – se arrastando –, oeste na rua 176, rumo a Haven. O sangue escorre dele como um segredo culpado, enquanto atravessa a rua cambaleando rumo a Riverside, adentra algumas árvores, tropeça numa raiz e cai.

Seria tão bom simplesmente ficar ali, apenas permanecer deitado e dormir, aquecido e sonolento na grama, mas a dor é aguda e ele não pode ficar, precisa ir a um lugar. Então, se esforça para lebantar e continua andando.

John pescou uma truta no rio e quando Malone colocou-a em cima do toco de uma árvore para limpá-la, John começou a chorar, vendo as tripas saindo, triste por ter matado o peixe.

Malone vai caminhando até o Henry Hudson.

Um carro passa buzinando e desvia dele. Um grito sai pela janela:

– Seu bêbado filho da puta!

Malone atravessa a faixa que segue ao norte, depois a que aponta ao sul, e adentra novamente as árvores. Enfim chega a umas quadras de basquete, agora vazias, e embora consiga ver o rio, ele recosta num poste para descansar e se apoiar ao se curvar para vomitar de novo.

Então, recomeça a andar e chega a novas árvores, que usa para manter-se de pé até alcançar umas pedras, perto da beira do rio.

Ele senta.

Abre o zíper das mochilas e começa a tirar os tijolos de heroína.

Billy O ergue os olhos e sorri para ele.

— Estamos ricos.

Então, um cão se solta, arrebentando a corrente.

Cachorrinhos choramingam, um pequeno bolo de vida se remexendo.

O dia em que Malone se formou policial foi um daqueles dias de primavera que faz de vez em quando em Nova York, um daqueles dias esplêndidos, quando você sabe que não quer estar em nenhum outro lugar do mundo e não quer ser nenhuma outra pessoa, só você, aqui mesmo, nessa cidade, nesse mundo.

E ele era jovem, limpo, cheio de esperança, orgulho e fé. Fé em Deus e fé nele mesmo, fé na corporação, fé na missão de proteger e servir.

Malone crava a faca no tijolo de heroína e rasga o plástico.

Depois, joga o conteúdo do saco no rio.

Faz isso repetidamente.

Naquele dia de primavera, ele estava num mar de azul. Seus irmãos e irmãs, seus amigos, seus companheiros de farda. Eles eram brancos, negros, morenos e amarelos, mas, na verdade, eram todos azuis, todos tinham a mesma cor do uniforme de policial.

Sinatra cantava "New York, New York", conforme eles entravam em posição de atenção.

Eu deveria ligar e relatar o 10-13 agora, ele pensa. Policial ferido, policial precisa de ajuda. Mas ele não está com seu rádio e não consegue se lembrar onde está seu telefone e, de qualquer maneira, não importa, porque ninguém viria se soubesse que era ele e, mesmo que viessem, não chegariam a tempo.

Você deveria ter relatado o 10-13 há muito tempo.
Antes que fosse tarde demais.
A pele de Claudette é negra, em contraste com o ponto branco sedoso, bem ali, naquele lugar mais macio do mundo, um mundo de concreto e asfalto, de algemas e barras de aço, palavras duras, pensamentos mais duros ainda, sua pele é negra e macia e fresca, tão perto de seu calor.
Ele esvazia uma mochila daquele lixo e começa a fazer a mesma coisa com a outra. Quer terminar antes de adormecer.
Levin sorri para ele, nós estamos ricos.
Não, esse foi o Billy.
Ou o Liam.
Tantos mortos.
Muitos.
Quando John nasceu, ele levou tanto tempo para chegar que, quando finalmente saiu, Malone subiu na maca e eles três adormeceram juntos de cansaço.
Caitlin, sendo a segunda, foi bem mais depressa.
Jesus, como dói.
Malone, com seu novo uniforme azul, seu novo distintivo, seu quepe e as luvas brancas, sua mãe, seu irmão Liam e Sheila olhando, ele queria que seu pai estivesse ali, que tivesse vivido para ver isso, ele teria se orgulhado, apesar de ter dito a Malone que não queria essa vida para ele. Essa era a vida que sua família conhecia, seu pai, seu avô, essa era a vida deles, o que eles faziam, o que eles acreditavam em meio à dor e à tristeza, isso era o que eles faziam e ele desejou que o pai estivesse ali para vê-lo fazer seu juramento.

Eu juro e declaro defender a Constituição dos Estados Unidos e a Constituição do Estado de Nova York e fielmente cumprir meus deveres como policial do Departamento de Polícia de Nova York, com todo meu empenho, que Deus me ajude.

Então, que Deus me ajude.
Não, você não vai ajudar, por que deveria?
A dor penetra em suas vísceras e ele grita, contorcendo-se sobre as pedras.

John chorou por causa daquele peixe.

Ele chorou.

O ar tem cheiro de cinza. Como naquele dia em que o Liam morreu.

Cinza, fumaça, prédios estilhaçados e corações partidos.

Lágrimas riscam rostos chamuscados.

Agora a cidade está acordando.

Ele ouve o ruído das sirenes, como bebês recém-nascidos.

Malone olha para trás, para o seu reino em chamas, colunas de fumaça se erguendo, como piras fúnebres.

Rasga outro saco e entrega ao rio.

Então joga suas luvas brancas no ar enquanto uma chuva de confete azul e branco cai sobre ele e seus irmãos e irmãs, e todos gritam a plenos pulmões, com a multidão dando vivas, e ele sabe, naquele momento, que isso é o que ele quer, o que sempre quis, que assim dará sua vida, seu sangue, sua alma, seu ser.

Uma chama pura arde em seu coração.

É o melhor dia de sua vida.

Não, isso não é hoje, ele se lembra.

Aquilo não é agora, foi naquele dia.

Heroína cai do teto como se estivesse nevando do lado de dentro. Flutua devagar e cai nos ferimentos de Billy, em seu sangue, suas veias, alivia a dor.

Billy, ainda está doendo?

A dor cessa?

Acaba?

Nossos começos não podem conhecer nossos fins, nossa pureza não pode imaginar sua corrupção. Naquela época, tudo que ele sabia era que adorava a corporação, naqueles primeiros anos, andando ou dirigindo pelas ruas, de farda, vendo as pessoas que o olhavam, os inocentes sentindo-se seguros porque ele estava ali, os culpados sentindo-se em perigo, porque ele estava ali.

Ele se lembra de sua primeira prisão da forma como você se lembra da primeira vez que fez amor: um ladrão que tinha roubado uma velhinha. Malone o encontrou e o tirou da rua, acabou sabendo que ele era procurado por dez outros roubos. A cidade ficou mais segura, as pessoas estavam mais seguras, porque Malone estava na corporação.

Ele adorava o jeito como as pessoas o procuravam para que ele as ajudasse, as salvasse de predadores ou delas mesmas. Ele adorava que elas o buscassem para assistência, respostas, até para acusação e absolvição. Ele adorava a cidade, adorava as pessoas que protegia e servia, adorava a corporação.

Ele não podia imaginar que aquelas ruas iriam esgotá-lo, a corporação iria esgotá-lo, que a tristeza e a raiva, os corpos, a mágoa, o sofrimento, a tolice, o cinismo iriam moer sua alma como uma pedra no aço. Cegando, não afiando. Deixando marcas e rachaduras invisíveis e traiçoeiras que se espalhariam até que o aço quebrasse e se despedaçasse, até que ele entendesse o que matou seu pai e deixou seu casaco azul esparramado na neve suja, e Billy O deitado no chão, coberto de dinheiro sujo, seu corpo e seu sangue corrompidos.

A alma de Malone começou tão brilhosa quanto seu distintivo, escureceu quando se tornou de ouro e agora é negra como a noite.

Ele solta o último tijolo na água.

Que bom, nada disso irá para suas ruas.

Tarefa cumprida, ele se deita.

O velho pai morreu num monte de neve suja; Liam, embaixo de um prédio incendiado; eu, em cima de pedras pontiagudas, olhando pro céu.

O céu está cinza, o sol logo surgirá.

As sirenes ecoam.

Um rádio estala em seu ouvido.

10-13, 10-13.

Policial ferido.

Então, o céu fica branco, as sirenes cessam, o rádio silencia e ele está fazendo sua primeira prisão novamente, o cara que roubou a velhinha.

Tudo que Denny Malone sempre quis foi ser um bom policial.

AGRADECIMENTOS

Muitos policiais da ativa e aposentados foram incrivelmente generosos comigo, compartilhando seu tempo, sua experiência, suas histórias, seus pensamentos, suas opiniões e seus sentimentos. Tenho uma grande dívida com eles, mas talvez seja um desserviço listar seus nomes. Vocês sabem quem são e eu não tenho como agradecer o suficiente. Também quero agradecê-los pelo que fazem e o que são.

Na questão do agradecimento, esse livro se originou numa ligação matinal, bem cedo, de Shane Salermo, meu parceiro de escrita policial, colega e amigo próximo, há quase vinte anos. Eu o agradeço pela inspiração, colaboração criativa, apoio incansável e muitas risadas, tão necessárias. Foi uma viagem e tanto, irmão.

Também gostaria de agradecer a David Highfill, por me levar até William Morrow e pela cuidadosa edição do manuscrito.

À Deborah Randall, David Koll, Nick Carraro e todos na Story Factory.

A Michael Morrison, Liate Stehlik, Lynn Grady, Kaitlin Harri, Jennifer Hart, Sharyn Rosenblum, Shelby Meizlik, Brian Grogan, Danielle Bartlet, Juliette Shapland, Samantha Hagerbaumer e Chloe Moffett, pelo apoio fervoroso a esse livro e por trabalharem com tanto afinco para torná-lo possível.

Minha gratidão também vai para a editora de produção Laura Cherkas e a editora e copidesque Laurie McGee, pelo trabalho árduo.

A Ridley Scott, Emma Watts, Steve Asbell, Michael Schaefer e a Twentieth Century Fox, por acreditarem nesse manuscrito e por comprarem os direitos cinematográficos desse livro, depois de nossa parceria de sucesso em *The Cartel*.

A Matthew Snyder e Joe Cohen, da Creative Artists Agency.

À Cynthia Swartz e Elizabeth Kushel, pelo trabalho fantástico em *Savages*, *The Cartel* e *The Force*. Agradeço-lhes pelo trabalho duro.

A Richard Heller, meu advogado.

A John Albu, por me arrastar por aí.

Ao pessoal bacana da Solana Beach Coffee Company, Jeremy's on the Hill, Mr. Manitas, The Cooler, El Fuego e Drift Surf, por me manter com cafeína, burritos de café da manhã, hambúrgueres, nachos, tacos de peixe e a distração necessária.

Ao falecido Matty Pavis, por sua bondade e generosidade, e a Steve Pavis, meu *paisan* de Staten Island, por me apresentar ao seu irmão.

Ao falecido Bob Leuci, que era um príncipe em qualquer lugar.

Eu gostaria de expressar minha gratidão a todos os meus leitores, antigos e novos, pelo apoio e a gentileza, ao longo dos anos. Sem eles, eu não teria esse emprego que adoro.

À minha mãe, Ottis Winslow, pelo uso de sua varanda da frente e por todos aqueles livros da biblioteca ao longo dos anos.

A Thomas, meu filho, por seu conhecimento enciclopédico das letras de hip-hop e por todos os anos de paciência e apoio.

E, sempre, à Jean, minha paciente esposa, pelo apoio incansável e por seguir comigo nessa jornada, como em todas as outras. ILYM.

PUBLISHER
Omar de Souza

GERENTE EDITORIAL
Mariana Rolier

EDITORA
Alice Mello

COPIDESQUE
Thadeu Santos

REVISÃO
Thaís de Carvalho

COORDENAÇÃO EDITORIAL
Vigia Noturno Textos

DIAGRAMAÇÃO
Abreu's System

CAPA
Elmo Rosa

Este livro foi impresso em 2018,
pela Intergraf, para a HarperCollins Brasil.
A fonte usada no miolo é Bembo Std, corpo 11,25/15,55.
O papel do miolo é polén soft 70g/m², e o da capa é cartão 250g/m².